Dedicado à memória de
Neal Cassady e Allen Ginsberg

Camarada, dou-lhe minha mão!
Dou-lhe o meu amor, mais precioso que o mel,
Dou-lhe eu mesmo, para além de rezas ou leis;
Você se dará para mim? Viajará comigo?
Devemos ficar um com o outro enquanto vivermos?

Walt Whitman

Jack Kerouac
(1922-1969)

Jean-Louis Lebris de Kerouac nasceu em Lowell, Massachusetts, em 12 de março de 1922; era o mais novo de três filhos de uma família de origem franco-canadense. Começou a aprender inglês apenas aos seis anos de idade, estudou em escolas católicas e públicas locais e, como jogava futebol americano muito bem, ganhou uma bolsa para a Universidade de Columbia, na cidade de Nova York. Nesta cidade conheceu Neal Cassady, Allen Ginsberg e William S. Burroughs. Largou a faculdade no segundo ano, depois de brigar com o técnico de futebol, foi morar com uma ex-namorada, Edie Parker, e juntou-se à Marinha Mercante em 1942 – dando início às jornadas infindáveis que se estenderiam por boa parte de sua vida. Em 1943 alistou-se na Marinha, de onde foi dispensado por razões psiquiátricas. Entre uma e outra viagem, voltava para Nova York e escrevia o seu primeiro romance, *The Town and the City*, publicado em 1950, sob o nome de John Kerouac. Este primeiro trabalho era fortemente influenciado pelo estilo do escritor norte-americano Thomas Wolfe e foi bem recebido. Em abril de 1951, entorpecido por benzedrina e café, inspirado pelo jazz, escreveu em três semanas a primeira versão do que viria a ser *On the Road.* Kerouac escrevia em prosa espontânea, como ele chamava: uma técnica parecida com a do fluxo de consciência. O manuscrito foi rejeitado por diversos editores. Em 1954, começou a interessar-se por budismo e, em 1957, *On the Road* foi finalmente publicado, após inúmeras alterações exigidas pelos editores. O livro, de inspiração autobiográfica, descreve as viagens de Sal Paradise e Dean Moriarty pelos Estados Unidos e pelo México. *On the Road* exemplificou para o mundo aquilo que ficou conhecido como "a geração beat" e fez com que Kerouac se transformasse em um dos mais controversos e famosos escritores de seu tempo – embora em vida tenha tido mais sucesso de público do que de crítica e embora rejeitasse o título de "pai dos beats". Seguiu-se a publicação de *The Dharma Bums* (*Os vagabundos iluminados*) – um romance com franca inspiração budista –, *The Subterraneans* (*Os subterrâneos*), em 1958, *Maggie Cassidy*, em 1959, e *Tristessa*, em 1960. Publicou ainda *Big sur* e *Doctor Sax*, em 1962, *Visions of Gerard*, em 1963, e *Vanity of Duluoz*, em 1968, entre outros. *Visões de Cody*, considerado por muitos o melhor e mais radical livro do autor, só foi publicado integralmente em 1972. Ele morreu em St. Petersburg, Flórida, em 1969, aos 47 anos, de cirrose hepática. Morava, então, com sua mãe e sua mulher, Stella. Escreveu ao todo vinte livros de prosa e dezoito de ensaios, cartas e poesia.

Jack Kerouac

ON THE ROAD

O MANUSCRITO ORIGINAL

Tradução de Eduardo Bueno *e* Lúcia Brito

Editado por Howard Cunnell

Introduções de Howard Cunnell, Penny Vlagopoulos, George Mouratidis *e* Joshua Kupetz

www.lpm.com.br

L&PM POCKET

Coleção **L&PM** POCKET, vol. 990

Texto de acordo com a nova ortografia.

Título original: *On the Road – The Original Scroll*
Este livro foi publicado pela L&PM Editores, em formato 16x23cm, na primavera de 2008
Primeira edição na Coleção **L&PM** POCKET: setembro de 2011
Esta reimpressão: junho de 2023

Tradução: Eduardo Bueno e Lúcia Brito
Tradução das introduções: Pedro Gonzaga
Capa: Ivan Pinheiro Machado
Preparação: Bianca Pasqualini
Revisão: Marianne Scholze

CIP-Brasil. Catalogação na Fonte
Sindicato Nacional dos Editores de Livros, RJ.

K47o

Kerouac, Jack, 1922-1969
On the road: o manuscrito original / Jack Kerouac; tradução de Eduardo Bueno e Lúcia Brito; editado por Howard Cunnell; introduções de Howard Cunnell ... [et al.]. – Porto Alegre, RS: L&PM, 2023.
464p. (Coleção L&PM POCKET; v. 990)

Tradução de: *On the Road – The Original Scroll*
ISBN 978-85-254-2488-4

1. Kerouac, Jack, 1922-1969. On the road. 2. Geração beat - Ficção. 3. Romance americano. I. Bueno, Eduardo, 1958-. II. Brito, Lúcia. III. Título. IV. Série.

11-5933. CDD: 813
CDU: 821.111(73)-3

Rua Comendador Coruja, 314, loja 9 – Floresta – 90.220-180
Porto Alegre – RS – Brasil / Fone: 51.3225.5777

Pedidos & Depto. Comercial: vendas@lpm.com.br
Fale conosco: info@lpm.com.br
www.lpm.com.br

Impresso no Brasil
Inverno de 2023

Sumário

Rápido desta vez

Jack Kerouac e a escritura de *On the Road*

Howard Cunnell

1

"A estrada já foi toda contada", disse Jack Kerouac em uma carta de 22 de maio de 1951, enviada de Nova York a seu amigo Neal Cassady, que estava no Oeste, em San Francisco. "Chegou rápido porque a estrada é rápida." Kerouac disse a Cassady que entre os dias 2 e 22 de abril havia escrito "um romance inteiro de 125.000 [palavras]... A história é sobre você e eu e a estrada". Ele havia escrito "tudo em um rolo de papel com 36 metros de comprimento... simplesmente inserido na máquina de escrever e sem qualquer divisão de parágrafos... deixando que o papel se desenrolasse sobre o chão e que o aspecto do rolo lembrasse o de uma estrada".

Como todas as demais coisas sobre ele, a história de como Jack Kerouac escreveu *On the Road* se transformou em lenda. Seguramente, quando li o livro aos dezesseis, meu amigo Alan já sabia tudo a seu respeito. Ele o havia lido primeiro e, àquela altura, já usava uma camiseta branca, uma calça Levi's de cintura baixa e escutava George Shearing. Isso ocorreu há 25 anos, em uma cidade litorânea, branca e azul, desbotada pelo sol, na costa sul da Inglaterra. Kerouac estava sob forte efeito de benzedrina e o escreveu de uma tirada, em três semanas, em um rolo de papel de teletipo, sem nenhuma pontuação. Apenas se sentou, o rádio em uma estação de música *bop*, e deixou o texto jorrar para fora dele, e as histórias eram todas verdadeiras, histórias de vida, cada palavra, tudo sobre pegar a estrada e cruzar a América na companhia de seu louco amigo Dean, tudo sobre jazz, bebidas, garotas, drogas, liberdade. Eu não sabia o que eram *bop* e benzedrina, mas fui descobrir e comprei uma porção de discos de Shearing e Slim

Gaillard. *On the Road* foi o primeiro livro com uma trilha sonora interna que li ou de que ouvi falar.

Depois que li *On the Road* e tentei encontrar outros livros de Kerouac, a história que eu escutava era sempre a mesma. Na sobrecapa da minha velha versão inglesa de *Visions of Cody* diz que "*On the Road* foi escrito em 1951, em uns poucos dias de escrita febril num rolo de papel de impressão para jornais". Em seguida, Kerouac recolheu o rolo e o despachou para Robert Giroux, o editor da Harcourt, Brace, que havia trabalhado com Kerouac em *The Town and the City* [*Cidade pequena, cidade grande*], o romance que publicara na primavera anterior. Kerouac estendeu a estrada à sua frente e à frente de Giroux, que, sem entender, perguntou a Kerouac como o tipógrafo poderia dar conta *daquilo*? Uma história que mesmo que não seja verdadeira ou perfeita expressa a colisão da América careta com uma nova geração subterrânea e *hipster* que está aí para mostrá-la. Livros, ainda que não exatamente quadrados, com certeza não eram como aquele. Kerouac leva o romance consigo e se recusa a revisá-lo, voltando a pegar a estrada em direção à Califórnia e ao Novo México, e descobre o budismo e a prosa espontânea e escreve outros romances ainda mais rapidamente, em pequenos cadernos que ninguém tem coragem de publicar. Passam-se anos até que a Viking compre o *On the Road*. Allen Ginsberg diz que o romance publicado não tem nada a ver com o selvagem livro que Kerouac compôs em 1951. Ginsberg diz que algum dia quando "todos estiverem mortos" o livro "original e louco" será publicado tal como foi concebido.

Na carta de 22 de maio de 1951 para Neal Cassady, Kerouac tinha explicado que "claro que desde 22 de abril eu tenho digitado e revisado. Trinta dias em cima disso", e os amigos mais próximos de Kerouac sabiam que ele vinha trabalhando no livro ao menos desde 1948. No entanto, cinquenta anos depois da publicação do romance, as imagens que definem Kerouac e *On the Road* no imaginário cultural permanecem ligadas a esse escavar frenético em busca de uma verdadeira história de vida, o infinito rolo de papel descendo como uma cascata da máquina de escrever, como a imagem de uma estrada, e, penduradas para secar como bandeiras vitoriosas, as camisetas que Kerouac empapava de suor por causa da velocidade de sua digitação. A ruidosa máquina de escrever de Kerouac se juntou às pinceladas furiosas de Jackson Pollock e às escalas e aos movimentos em espiral do sax alto de Charlie Parker em uma trindade que representava o surgimento de uma nova contracultura no pós-guerra, aparentemente construída sobre suor, imediatismo e instinto, em detrimento do aprendizado de um ofício, até se chegar a uma prática bem-executada.

Faz algum tempo que já sabemos que havia muito mais além disso, assim como sabemos que o romance é bem mais uma busca espiritual do que um guia de como se tornar um *hipster*. *On the Road* ainda não havia saído do nada. Através dos diários de Kerouac sabemos que, durante suas viagens pela América e pelo México, ele coletava material para um romance que se passasse na estrada, que ele menciona pela primeira vez em uma anotação de 23 de agosto de 1948. *On the Road*, escreve Kerouac, "sobre o qual continuo pensando: [é] sobre dois caras que pegam carona até a Califórnia em busca de algo que eles não conseguem *realmente* encontrar, e assim se perdem na estrada, e fazem todo o caminho de volta na esperança de encontrar alguma *outra* coisa".

Este romance impossível escrito em três semanas continua a dominar nossa imaginação quando pensamos em Jack Kerouac. A versão original em rolo de *On the Road* é o documento-chave na história de um dos romances mais duradouros – a um só tempo popular e influente – publicado nos últimos cinquenta anos, um dos mais significativos, celebrados e provocativos artefatos dentro da história da literatura contemporânea dos Estados Unidos. Traçarei aqui uma história da composição e da publicação de *On the Road*. A história é sobre trabalho, ambição e rejeição, mas é também sobre transformação. Estes são os anos em que Kerouac se transforma, passando de um jovem e promissor romancista a um dos mais bem-sucedidos escritores experimentais de sua geração. Os textos-chave nesta história são a versão original em rolo de *On the Road* e *Visões de Cody*, que Kerouac começaria no fim do ano em que escreveu o rolo. Por ser o rolo a flor silvestre da qual se origina o jardim encantado de *Visões de Cody*, seu papel é fundamental não só na história de Jack Kerouac, mas também na literatura americana. A história também é, claro, sobre Neal Cassady.

2

À medida que Kerouac se aproximava da conclusão de *Cidade pequena, cidade grande*, no final do verão e início do outono de 1948, já pensava em seu segundo livro. Kerouac trabalhou em *Cidade pequena, cidade grande* entre 1947 e 1949, e o romance foi publicado em 2 de março de 1950. Na metade final de sua primeira novela, podem ser encontrados muitos dos temas que dominariam a segunda, ao passo que, na versão original de *On the Road*, o leitor percebe o progresso que "Jack" faz em *Cidade pequena, cidade grande*. Se o estilo de *On the Road* pode ser lido como uma reação e um progresso em relação ao estilo do primeiro livro, então a versão original de *Road*, que começa com a morte do pai, assim como *Cidade pequena, cidade grande* termina com essa morte, também revela que o segundo romance de Kerouac deveria ser lido como uma sequência do primeiro.

Seria preciso um livro inteiro para fazer a devida justiça à quantidade de escritos produzidos por Kerouac, entre 1948 e 1951, enquanto trabalhava em seu segundo romance. Escrevendo na maior parte das vezes tarde da noite, ele encheu cadernos, diários, centenas de páginas manuscritas e cartas, assim como conversas, com ideias para o livro. Em outubro de 1948, Kerouac escreveu em seu diário que as ideias para *On the Road* "me obcecavam tanto que já não podia mais guardá-las". Para Hal Chase, em 19 de outubro, Kerouac escreveu que seus planos de trabalho "transbordavam, mesmo em bares na companhia de estranhos".

Uma maneira de navegar pelo material é através das três maiores protoversões de *On the Road* que Kerouac escreveu entre agosto de 1948 e abril de 1951. São as 54 páginas de "Ray

Smith Novel of Fall 1948", a versão de Red Moultrie/Vern [depois Dean] Pomery Jr. de 1949, da qual o esboço mais longo também tem 54 páginas, e "Gone on the Road", uma versão de trinta páginas, em sete capítulos rigorosamente corrigidos, que apresenta Cook Smith e Dean Pomeray e que Kerouac redigiu em Richmond Hill, em agosto de 1950. Essas histórias são o espaço em que Kerouac dá expressão formal às ideias que lhe enchiam os sonhos e os cadernos de anotações.

Neles, Kerouac está tentando, de modo consciente, escrever um romance da maneira como os romances sempre foram escritos, fundindo o que ele lembra com aquilo que pode fazer. As coisas devem fazer sentido em relação umas às outras. As elaboradas histórias em segundo plano e as histórias principais devem ser construídas para explicar por que seus amigos pegam a estrada. Elas devem ser meias-irmãs de sangue, em busca de uma herança perdida, em busca de pais, famílias, lares e até mesmo em busca da América. Talvez acabem sendo metade comanches para melhor ilustrar aquilo que perderam.[1] Ele acumula e ensaia sequências de cenas em seus cadernos. O mito da noite chuvosa. Versões do sonho do estranho amor talhado. O horror revivido de acordar em um quarto de um hotel barato no Iowa sem saber quem era ou onde estava, sabendo apenas que envelhecia e que a morte se aproximava. Repetidamente retorna à morte do pai.

A favor e contra Kerouac enquanto ele trabalha está o doce e convidativo mundo para além da janela. A escritura do romance, iniciado antes das primeiras viagens de Kerouac com Neal Cassady pela estrada em dezembro de 1948, é testada, decomposta e modificada pelas subsequentes viagens transcontinentais dos dois que acabarão, no final, tornando-se a história do livro que Kerouac fielmente registra em seus diários de viagem. Seu foco se expande à medida que ele segue de

---

1. Na lista de personagens em um manuscrito intitulado "*On the Road* reconcebido em 15 de fevereiro de 1950", Chadwick "Chad" Gavin, um jogador de beisebol do Brooklyn, culto, ex-presidiário e andarilho, é meio-irmão de Dean Pomeray Jr. Pomeray é um "*hipster*, corredor de carros envenenados, chofer, ex-presidiário e maconheiro". Os homens são "meios-irmãos de sangue; cada um 1/16 comanche". (N.A.)

Nova York em direção ao Oeste, para depois retornar e seguir ainda mais para o Leste, depois rumo ao Oeste de novo, e então a descida até o México. Os lugares em que o livro imaginado e as experiências vividas se cruzam são os lugares em que se negocia o livro que está por vir. O que está sendo negociado é a relação entre ficção e verdade, em que a verdade é entendida por Kerouac significando "o modo como a consciência *realmente* vai ao fundo de todos os acontecimentos".

Conforme explica Penny Vlagopoulos no ensaio seguinte, Kerouac escreve de forma consciente contra uma cultura monológica e temerosa, característica da guerra fria, que encorajava os americanos à autovigilância e à autocensura e à transmissão de níveis de realidade politicamente aceitáveis. Trabalhando no romance em 1949, Kerouac visitava com frequência John Clellon Holmes e lhe mostrava o andamento de sua obra. Holmes escreve:

> Quando ele chegava nos fins de tarde, costumava trazer novas cenas com ele, mas seus personagens nunca pareciam ir muito além [do que]... um romance benfeito parecia exigir em contraste com toda a liberdade e todo o desarraigamento que estavam por vir. Ele escrevia frases longas e intricadas, ao estilo de Melville... Eu daria tudo para ter escrito aquela prosa abundante, e mesmo assim a jogou fora, e recomeçou, e falhou novamente, e foi ficando taciturno e perturbado.

Com exceção de tais escritores como Melville, Dostoiévski e Joyce, que claramente o influenciaram, a ficção, até mesmo e especialmente a ficção europeia bem-composta, estava ligada, na imaginação de Kerouac, a uma cultura de autocensura, tanto do ponto de vista estético quanto político. As velhas formas de ficção obscureciam a significação; impediam que chegasse ao que estava oculto nas camadas mais profundas. *On the Road* é o começo do processo através do qual Kerouac desmantela e reaplica, de um modo radical, aquilo que aprendeu como escritor de ficção, o que permite que ele possa, como escreve John Holmes, "liberar toda a extensão de sua consciência e fixá-la na página".

No *Ray Smith Novel of Fall 1948*, Smith, que reaparecerá como o experiente narrador caronista de *Os vagabundos iluminados* (1958), mal pega a estrada. O jovem Smith decide viajar da Califórnia a Nova York depois de descobrir que sua namorada de quarenta anos, Lulubelle, assumiu uma relação com um homem da mesma idade dela. Ray se vê preso na chuva, a norte de Nova York, na Bear Mountain, graças ao seu tolo sonho de cruzar a Rota 6 ao longo de toda a costa oeste. Na Bear Mountain, Smith conhece Warren Beauchamp, um rapaz franco-americano, loiro, abastado e perturbado, que convence Ray a viajar com ele de volta até Nova York, para que Beauchamp possa arrumar dinheiro com sua família e assim continuar sua viagem em direção ao oeste. A narrativa chega a um beco sem saída em uma noite de bebedeira em Nova York. O pai alcoólatra de Beauchamp desmaia, e os rapazes vão à Times Square em busca dos amigos de Ray Smith, Leon Levinsky [Allen Ginsberg], Junkey [Herbert Huncke] e de um lugar para ficar. Smith conhece Paul Jefferson, o meio-irmão de Lulubelle, e, por fim, Smith e Beauchamp seguem a pé para o Harlem e dormem no chão da casa de Lulubelle, enquanto seu novo amante dorme com ela na cama, no antigo lugar de Ray.

Em seu diário Kerouac escreve que ele "não faz a menor ideia de onde quer chegar com esse romance". Em 1º de dezembro, Kerouac escreve um capítulo extra intitulado "Festa do chá", datilografando o manuscrito no dia 8. Nessa história, Smith e Beauchamp e muitos outros *hipsters* subterrâneos da costa leste, incluindo Junkey e Levinsky, encontram-se no apartamento da irmã de Peter Martin, Liz, para fumar maconha e se injetar morfina.

Aqui Kerouac escreve o sonho de movimento, a jornada paralisada, e a compensação das drogas que promoveria uma viagem interior. De modo que o mundo pudesse ao menos se mostrar transformado, assim como Liz Martin disfarça seu apartamento de antro proletário enquanto a peça dos fundos está decorada com paredes pintadas de preto e vermelho, com cortinas, velas e "incensos baratos e fumegantes, comprados em lojas de quinta categoria".

Em *Cidade pequena, cidade grande*, Kerouac investigou como a geração do pós-guerra começara a se dispersar para lugares que William Burroughs, em *Junky*, chamou de "regiões transicionais ou ambíguas". Uma contracultura transracial e transgenérica tinha começado a emergir entre essas pequenas e entrelaçadas comunidades subterrâneas de Nova York, formadas por escritores e artistas, prostitutas de rua e usuários de drogas, homossexuais e músicos de jazz. Peter Martin e Ray Smith, no entanto, encontravam apenas um refúgio desconfortável, fechado e encurralado, nessas regiões transicionais. Eles precisavam *seguir*.

John Clellon Holmes observou com astúcia que "o rompimento com o lar [de Kerouac] em Lowell, o caos dos anos de guerra e a morte de seu pai deixaram-no fendido, desancorado, uma natureza profundamente tradicional posta fora de ordem e, por isso, enormemente sensível a qualquer coisa desarraigada, desolada, indefesa ou persistente". Para Kerouac, esse sentido particular de perda e desassossego, registrado em *Cidade pequena, cidade grande*, levou-o à crença nas possibilidades do movimento e a uma conexão com a histórica crença americana no movimento como expediente para a autotransformação. De *Song of the open road*, de Whitman, ao desoladoramente radiante romance pós-apocalíptico *A estrada* (2006), de Cormac McCarthy, a narrativa da estrada sempre desempenhou um papel central nas representações que a cultura americana faz de si mesma. Quando no caderno de anotações de 1949 Kerouac descreveu sua decisão de situar seu segundo romance na estrada, ele disse que era "como uma mensagem de Deus a lhe dar uma direção segura".

A estrada ocuparia uma posição central na obra de Kerouac do início ao fim de sua carreira literária. Em 1940, escreveu um conto de quatro páginas chamado "Onde a estrada começa", que explorava a desafiadora atração exercida pela estrada aberta e a alegria de voltar para casa. *Cidade pequena, cidade grande* é, em parte, uma narrativa de estrada, quando Joe Martin, inebriado pelo perfume das flores da primavera e "pelo cheiro acre e pungente da fumaça dos escapamentos nas autopistas, e do calor da própria autopista esfriando debaixo das estrelas", e corporificando e antecipando uma nova geração americana em sua necessidade de buscar e de *seguir*, sente-se predestinado e impulsionado a empreender uma "louca e maravilhosa viagem para o Oeste, para qualquer lugar, para todos os lugares". No mês de sua morte, Kerouac submeteu a seu agente, Sterling Lord, um material retrabalhado e previamente descartado de *On the Road*, como um romance intitulado *Pic* (publicado postumamente em 1971).

Como escreve Holmes, Kerouac, da mesma forma que todos os americanos, "ansiava pelo Oeste, pela saúde e abertura de espírito ocidental, pelo sonho imemorial de liberdade [e] alegria". A nação marginal em movimento de *On the Road* dramatiza a forte crença de Kerouac de que o idealismo americano fundamental, a fé em um lugar ao fim da estrada onde se poderia ter a um só tempo lar e parada, nas palavras de Holmes, havia "sido banido para as margens da vida americana em seu tempo. Seu desejo mais persistente naqueles dias era registrar o que acontecia nessas margens".

Kerouac escreve a partir dessas margens. O amor pela América que tanto distingue *On the Road* e *Visões de Cody* vinha da noção que o próprio Kerouac tinha de ser ao mesmo tempo americano e franco-canadense. A ideia de conceber Kerouac como um escritor pós-colonial é confirmada de modo mais particular por seu romance mágico-realista *Doctor Sax*, no qual Kerouac descreve a experiência franco-canadense dentro da narrativa nacional americana à maneira como Salman Rushdie registra a experiência anglo-indiana em *Os filhos da noite*. Curiosamente, Kerouac trabalhava ao mesmo tempo em *Road* e *Sax* e considerava misturar os dois romances. Ainda no verão de 1950, utilizava um narrador franco-canadense para o *Road*, mas apenas alguns traços de *Sax* permaneciam nesse romance.

Mais do que tudo, a história de *On the Road* retorna continuamente para Neal Cassady. Cassady é o irmão perdido de Kerouac redivivo; o remoçado herói do Oeste sedento de aventura; e a expressão viva do lado dionisíaco da própria natureza dual de Kerouac. Cassady, como escreve Kerouac em *Visões de Cody*, era aquele que "via o sol se pôr, junto à ferrovia, ao meu lado", mas também era uma presença destrutiva, de cuja atmosfera de mistério alimentada pela loucura por velocidade e pelo espírito trapaceiro Kerouac às vezes sentia a necessidade de escapar. Conheceram-se em 1947, mas não tomaram a estrada juntos senão em dezembro de 1948, e a cada nova aventura Kerouac conduzia mais e mais o romance em sua direção. Recebia vários nomes: Vern Pomery Jr., Dean Pomeray Jr., Neal Cassady, Jean Pomery Jr., Dean Moriarty e, em *Visões de Cody*, Cody Pomeray. Na versão do rolo Kerouac explicita esta conexão:

> Meu interesse em Neal é o interesse que poderia ter tido (...). Vocês sabem em quantos estados estivemos juntos?

Kerouac e Cassady fizeram duas viagens no final de dezembro na companhia de Louanne Henderson e Al Hinkle, carregando os pertences da família de Rocky Mount, na Carolina do Norte (onde Kerouac passava o Natal com sua família), até a casa de Kerouac em Ozone Park, Nova York. Depois da festa de ano novo em Nova York, os quatro seguiram de carro para Algiers, Louisiana, para visitar Bill Burroughs e sua família. Herbert Huncke e a nova esposa de Hinkle, Helen, também estavam hospedados na decrépita casa de Burroughs junto ao rio. Deixando Hinkle na Louisiana com Helen, Cassady, Louanne e Kerouac seguiram para San Francisco. Kerouac retornou sozinho para Nova York em fevereiro.

Em 29 de março de 1949, Kerouac soube que a Harcourt, Brace havia aceitado *Cidade pequena, cidade grande.* Um Kerouac tomado de júbilo continuou trabalhando em *On the Road*, enchendo as folhas do caderno com planos, conforme escreve para Alan Harrington em 23 de abril: "Esta semana começo a trabalhar com afinco no meu segundo romance". Kerouac relata as prisões de Bill Burroughs, em Nova Orleans, por posse de armas e drogas, e as de Allen Ginsberg, Herbert Huncke, Vicki Russell e Little Jack Melody, em Nova York, depois que a polícia invadiu o apartamento de Ginsberg e descobriu drogas e mercadorias roubadas. As prisões de seus amigos, o medo de que ele próprio pudesse ser interrogado e a aceitação de seu romance levaram Kerouac a escrever que se encontrava em um ponto de virada em sua vida, "o fim da minha 'juventude'". Kerouac estava "determinado a começar uma vida nova". Nesta nova versão do romance "não haveria mais" Ray Smith. Em vez disso, Red Moultrie, um marinheiro mercante preso em Nova York, sob a acusação de porte de drogas, irá em busca de Deus, família e um lar no Oeste.

Em maio, Kerouac viajou para Denver na condição de um romancista prestes a ser publicado, com um adiantamento de mil dólares no bolso. Pegando carona para economizar, Kerouac estava "fissurado" para estabelecer o lar familiar com que sonhava havia muitos anos. Na tarde de um domingo de fim de maio, Kerouac escreve este começo: "'On the Road' de volta em Ozone, e aqui, é difícil. Escrevi um ano inteiro antes de começar *Cidade...* (1946) – mas isso deve acontecer de novo. Escrever é meu trabalho... assim, preciso me *mexer*". Em 2 de junho, a mãe de Kerouac, Gabrielle, sua irmã Caroline, seu cunhado Paul Blake e seu sobrinho Paul Jr. se uniram a Kerouac na casa alugada na West Center Avenue, 6.100, em Denver. Em 13 de junho, Kerouac escreve que está no "verdadeiro começo" de *On the Road.*

Na primeira semana de julho, Kerouac estava novamente sozinho. Gabrielle e Caroline e sua família se sentiam infelizes no Oeste, de modo que voltaram para casa. Em 16 de julho o editor da Harcourt, Brace, Robert Giroux, voou até Denver para trabalhar com Kerouac no manuscrito de *Cidade pequena, cidade grande.*

Kerouac escreveu à máquina e revisou um esboço de 24 páginas manuscritas do início de uma nova versão de *Road* intitulada "Shades of the Prision House. Capítulo 1 On the Road – maio-julho de 1949". O manuscrito traz marcado Nova York-Colorado, indicando que Kerouac escreveu o esboço escrito à mão em Ozone Park e o levou consigo para o Oeste. *Shades of the Prision House* (Sombras da penitenciária) é composto pelas viagens de Kerouac na companhia de Cassady mais cedo naquele ano, pelas histórias que Cassady lhe contou a respeito de sua infância, pela expectativa de Kerouac diante da publicação iminente de *Cidade pequena, cidade grande* e pelas prisões de seus amigos em abril. Kerouac talvez estivesse lembrando também de sua prisão e breve encarceramento como testemunha direta e cúmplice do assassinato de Dave Kammerer por Lucien Carr em 1944. Acima de tudo, nesse período de frágil otimismo, a nova versão de *On the Road* foi amparada pelo amor permanente de Kerouac por Deus.

Em uma cela na prisão do Bronx, olhando ao longe o rio Harlem, Red Moultrie se encosta contra as barras gastas e assiste ao sol se pôr sobre Nova York uma noite antes de ser solto. Para "os policias [Red] era apenas mais um personagem das ruas – sem nome, anônimo e acabado". Olhos castanhos, "vermelhos à luz do sol; alto, sólido, determinado, contido", Red tem 27 e "envelhece a todo momento e sua vida está se esvaindo". Planeja ir para Nova Orleans e tem dez dólares do "Old Bull" para chegar lá. De Nova Orleans, Red seguirá de carro para San Francisco com seu meio-irmão Vern Pomery Jr., e de lá Red irá para sua casa em Denver, cuidar da esposa, do filho e do pai. Pomery é para ser uma representação de Cassady, e ele aparece aqui pela primeira vez no romance projetado como uma ideia, uma presença fantasma no horizonte mais longínquo do texto.

Red é assombrado pelas "grandes realidades do outro mundo que lhe aparecem em sonhos como no sonho do estranho encoberto", no qual é perseguido através de "Araby" e busca refúgio na "Cidade Protetora". Observando o esplêndido pôr do sol, Red decide seguir a direção que ele vê no céu do entardecer:

> O pôr do sol avermelhado de sua última noite na cadeia era um indício da imensa natureza a lhe dizer que todas as coisas poderiam ser recuperadas se ele ao menos fosse capaz de rezar... "Deus faz tudo certo", rezava num sussurro. Tremeu. "Estou sozinho. Quero ser amado, não tenho para onde ir." O que quer que fosse aquela coisa escura ele continuava sem saber... não importava mais. Ele tinha que voltar para casa.

Em agosto, Kerouac fechou a casa e deixou Denver para visitar Neal e Carolyn Cassady em San Francisco. Em *On the Road*, Kerouac escreve:

> Estava me dilacerando para saber o que se passava na mente dele e o que aconteceria agora, porque já não havia mais nada atrás de mim, todas as minhas pontes haviam sido derrubadas e eu já não dava a mínima para coisa alguma.

Kerouac chegou à Califórnia no momento em que o casamento de Neal e Carolyn parecia estar implodindo. Grávida, Carolyn expulsou Neal de casa, e Jack sugeriu que Neal voltasse com ele para Nova York. Os dois viajaram na direção leste, onde visitaram a primeira mulher de Kerouac, Edie, em Grosse Pointe, Michigan. Kerouac escreve que esta "memorável viagem descrevia um outro lugar, em outro tempo. (No livro 'Rain & Rivers')".[2] O diário de "Chuva e rios", um caderno que lhe fora presenteado por Cassady, em janeiro de 1949, era onde Kerouac registrava a maioria de suas jornadas e aventuras específicas que viriam a formar a narrativa do romance. À medida que Kerouac luta para identificar e articular os temas de seu romance nas protoficções de seus cadernos, a narrativa é, talvez a princípio de modo inconsciente, registrada nesses diários de viagem.

Ao final de agosto, Jack e Neal tinham chegado a Nova York. Os dois amigos caminharam por toda Long Island porque, como Kerouac escreverá em *On the Road*, estavam acostumados demais ao movimento, embora "não houvesse mais terra, somente o Oceano Atlântico e era até onde podíamos ir. Nos demos as mãos e concordamos em ser amigos para sempre". Em 25 de agosto, Kerouac retomou o que ele chama de "trabalho esfarrapado" no romance sobre a estrada, enquanto, em parceria com Robert Giroux, continuava a preparar *Cidade pequena, cidade grande* para que fosse publicado na próxima primavera. Kerouac datilografou uma versão revisada de 54 páginas em espaço duplo de *Shades of the Prision House*. O pôr do sol agora aparece "dourado" em uma "abertura no firmamento entre duas grandes nuvens negras."

> A fonte central de alegria do universo estava lá, e mais clara do que nunca, quando, por fim, alguma estranha confluência

2. Publicada em *Diários de Jack Kerouac: 1947-1954* (L&PM, 2006). (N.E.)

terrestre forçou as nuvens a se separar, e, como cortinas recolhidas num espetáculo, revelou a própria e perdurável luz: a pérola do céu brilhando nas alturas.

A longa noite de Red termina em uma lista de nomes e imagens oriundos das viagens e da mitologia privada de Kerouac. Esse encantamento se estende das páginas 49 a 53, e essas páginas estão escritas em espaço simples, em contraste com o espaçamento duplo do resto do texto à máquina, sugerindo o livro prestes a começar, o livro que ainda estava para ser escrito, imaginado em fragmentos reverberantes:

> Fresno, Selma, Pacific Railroad; campos de algodão, uvas, crepúsculos tintos; caminhões, pó, barraca, San Joaquin, mexicanos, okies[3], estrada, bandeiras vermelhas, Bakersfield, vagões, palmeiras, lua, melão, gim, mulher...

O texto datilografado termina na manhã em que Red é solto. Red escuta o canto dos pássaros "e as badaladas das sete do sino dominical começavam a repicar".

No verso da página 54, Kerouac escreveu à mão: "Lauda para Novo Começo 'On the Road' 25 Ago, 1949 – Separando o verso desta folha para a abertura da nova Parte Dois – THE STORY JUST BEGINS." À mão, Kerouac começa a nova sequência da história no lugar em que passou o verão, no Colorado. O ano é 1928. Old Wade Moultrie tem uma fazenda de duzentos acres, tocada por seu filho Smiley Moultrie e seu melhor amigo Vern Pomery. Havia um "toque do Velho Oeste" em Old Wade, e quando ele saca o revólver para uns "jovens delinquentes" que tentam roubar seu Ford é baleado e morto. Isso não tem nada a ver, escreve Kerouac, "com nossos heróis Red Moultrie e Vern Pomery Jr.". Em um registro em seu diário de 29 de agosto, Kerouac anota:

> Voltando aos trabalhos realmente sérios, descubro-me com o coração preguiçoso... E por que isso ocorre – por uma razão, indiretamente falando, não posso, por exemplo, entender ainda por que meu pai morreu... é algo sem sentido, totalmente inapropriado, e incompleto.

3. Nativos do estado de Oklahoma. (N.T.)

Por volta de 6 de setembro, esse mesmo diário havia se tornado o "Registro Oficial da Geração Hip", como naquele momento se chamava *On the Road.* "Não trabalhei de fato desde maio de 1948", ele escreve. "Hora de começar... Vamos ver se consigo escrever um romance." A história de dezoito páginas "Hip Generation" que Kerouac começa a escrever então dá seguimento à história que ele começara a escrever no verso da página da versão de 25 de agosto de *Shades of the Prision House*, enquanto editava o material da cadeia.

A mãe de Red, Mary Moultrie, tem um caso com Dean Pomery e morre ao dar à luz Red, que é meio-irmão de Dean Pomery Jr. A fazenda de Wade Moultrie se arruinou nos anos que seguiram à sua morte, uma morte que Kerouac pretendia manter como uma espécie de elo com os valores do Velho Oeste e também para servir como uma espécie de bússola moral, uma estrela-guia certamente perdida para os seus viajantes sem pai.

Kerouac ainda estava tangenciando a estrada na sua escrita. A estrada existe em um tempo futuro, para ser cruzada *quando* Red sai da cadeia ou *quando* ele e Vern crescem para além da história de fundo que Kerouac constrói no lugar dos episódios da cadeia. Ele está buscando o porquê da estrada, não a estrada em si. Está comprometido com os elementos inspiradores da história mesmo quando os eventos nos quais esses elementos se baseiam – levar sua família para o Oeste e seu estatuto de jovem romancista com futuro – entraram em colapso ou, de súbito, mostraram-se novamente frágeis. Se ele não pudesse criar um lar bem-sucedido no Oeste talvez o romance também pudesse falhar. Era difícil escrever um livro sobre Red saindo da prisão da vida para retornar ao lar que havia herdado, para junto da família, quando o próprio Kerouac era, de fato, alguém sem lar, cujo sonho de uma casa no Oeste havia desmoronado; o casamento com Edie enfaticamente acabado; e a "herança" de mil dólares da Harcourt evaporada no ar.

Ao longo de boa parte dos dias que ainda restavam de setembro, Kerouac trabalhou no manuscrito de *Cidade pequena, cidade grande* no escritório nova-iorquino da Harcourt,

Brace. Quando o trabalho foi concluído, Kerouac escreveu que estava "novamente pronto para retomar *On the Road*", antes de confessar, em 29 de setembro, que:

> Tenho que admitir que estou bloqueado com On the Road. Pela primeira vez em anos NÃO FAÇO A MAIS VAGA IDEIA DO QUE FAZER. SIMPLESMENTE NÃO TENHO A MENOR IDEIA DO QUE FAZER

No dia seguinte, e escrevendo que ele não era um "hipster... nem Red Moultrie... Nem mesmo Smitty, não sou nenhum deles", Kerouac garantia ter localizado o problema relativo à sua incapacidade de escrever:

> O mundo realmente não importa, mas Deus o fez assim, e então tem sentido em Deus, e Ele tem desígnios para ele, que não podemos conhecer sem a compreensão da obediência. **Não há nada a fazer senão glorificá-lo.** Esta é a minha ética da "arte" e o seu porquê.

Em 17 de outubro de 1949, Kerouac escreve de que ainda é "impossível dizer que 'Road' realmente começou". "Comecei *On the Road*, de fato, em outubro de 1948", ele escreve, "um ano atrás. Não há muito a mostrar que justifique esse ano, *mas o primeiro ano sempre é lento*." Ainda assim, pensava Kerouac, o romance estava "prestes a *deslanchar*". No final do mês, Kerouac escreve "para o diabo com isso tudo; não se preocupe, simplesmente faça". Confiava que no "trabalho em si" poderia encontrar o caminho, mas acaba por escrever: "ainda não sinto que *On the Road* começou".

Em novembro, escrevendo no verso de seu diário iniciado na primavera daquele ano, "On the Road Readings and Notes, 1949", no qual ele fizera anotações para episódios do romance incluindo "The Tent in San Joaquin Valley" e "Marin City and the barracks cops-job", Kerouac escreve um "New Itinerary and Plan". Acima de um mapa desenhado da América, marcado com os nomes de cidades e localidades onde a ação do romance aconteceria, Kerouac escreveu "On the Road" e "Reverting to a Simpler style – Further draft + beginning – Nov 1949" (Retomando um estilo mais simples

– Rascunho adicional + começo – novembro de 1949). O romance começaria na cadeia de Nova York e seguiria para Nova Orleans, San Francisco, Montana, Denver e então de volta à Times Square em Nova York. A lista de anotações de personagens inclui Moultrie e "Dean Pomeray", "Slim Jackson", irmão de Pic, "Old Bull" e "Marylou".

Em notas e fragmentos manuscritos, escritos no ano novo, Kerouac retorna aos temas da perda, da incerteza e da mortalidade onipresente. Um manuscrito datado de 19 de janeiro de 1950, escrito à mão em francês e traduzido por Kerouac ("On the Road ECRIT EM FRANÇAIS"), começa assim:

> Após a morte de seu pai – Peter Martin se viu sozinho no mundo, e afinal o que pode um homem quando seu pai está enterrado nas profundezas da terra senão morrer ele mesmo em seu coração e saber que não será a última vez antes que finalmente morra em seu pobre corpo mortal, e, ele também pai de crianças e progenitor de uma família, retornará à forma original de um pedaço de pó aventuroso nesta bola fatal de terra.

O tema corrente da busca pelo pai que está morto e do Pai que é Deus nos permite compreender que a morte, como escreveu Tom Clark, era "o solo profundo da compreensão da vida [de Kerouac], a ressaca que movia as correntes profundas de seu trabalho e que levava ao que o próprio Kerouac chamou de... 'inescapável e pesarosa profundidade que transparece'". As mortes de seu irmão Gerard, de seu pai Leo, de Sebastian, seu melhor amigo. Seus amigos que estavam na tripulação do SS *Dorchester* e que morreram afogados quando a embarcação foi afundada por um torpedo em 3 de fevereiro de 1943. Mortos de guerra. Mortos em Hiroshima. A bomba que havia sido detonada, como escreve Kerouac, tratava-se de uma arma capaz de "destruir todas as nossas pontes e barragens, reduzindo-as a migalhas, como a queda de uma avalanche". E isto é a morte, na forma da figura sonhada do estranho amor talhado, que persegue os viajantes ao redor da terra.

Muito antes de suas leituras budistas, Kerouac tentava, de modo intuitivo, reconciliar uma visão de mundo que encarasse sua experiência de vida como fruto de seu conhecimento feroz da mortalidade, que tornava tudo doloroso e sem sentido, mas, ao mesmo tempo, uma experiência para ser celebrada e vivida a cada momento, em cada detalhe, precisamente porque, como escreve em *Visões de Cody*, logo "todos estaremos mortos". Kerouac escapa da perda que o envolvia através do ato da escrita. Essa urgência compele Kerouac a se livrar de suas histórias "inventadas". A impermanência da vida e a inevitabilidade do sofrimento dão forma e motivam a sensibilidade e a receptividade aguçadas de Kerouac em relação ao mundo fenomenal. Aquilo que Ginsberg chamou de seu "coração aberto" e que o próprio Kerouac descreveu como ser "submisso a tudo, estar aberto, à escuta" resulta em um corpo de ficção no qual a representação da natureza mágica do transe e o detalhe transitório que afirma a vida são os aspectos mais notáveis.

Nos primeiros meses de 1950, Kerouac aguardou ansiosamente a publicação de seu primeiro romance, perguntando-se: "Serei rico ou pobre? Serei famoso ou serei esquecido?". Em 20 de fevereiro, ele confessa: "Regozijo-me mais & mais com o fato de que em breve poderei ser rico & famoso". *Cidade pequena, cidade grande* foi publicado em 2 de março de 1950, e no dia 8 de março Kerouac admite que o "turbilhão" do lançamento havia "interrompido o trabalho que eu vinha fazendo no Road". Assim que se tornou claro para ele que *Cidade pequena, cidade grande* não seria um sucesso financeiro, começou novamente a se preocupar com o dinheiro e com sua mão, que, conforme escreveu, "não pode trabalhar para sempre". Essas preocupações somadas à recepção "insignificante" de seu romance deixaram-no incapaz de escrever. Em 3 de abril, ele escreve: "LIVRO VENDENDO POUCO. Não nasci pra ser rico".

A convite de William Burroughs, em junho de 1950, Kerouac viajou de Denver para a Cidade do México com Frank Jeffries e Neal Cassady. Depois que Cassady deixou o México, Kerouac e Jeffries se mudaram para um apartamento no Bulevar Insurgentes, em frente à casa alugada por William e Joan Burroughs. Escrevendo ao seu amigo de Denver, Ed White, em 5 de julho, Kerouac explicou que pretendia investigar "todos os níveis" de consciência de "dois quilômetros de altura" promovidos pelo fumo da maconha mexicana, "particularmente com referência aos muitos problemas e considerações daquele segundo romance que tenho que escrever". As frases deveriam se romper e se abrir quando ele estava chapado.

Kerouac escreveu isso porque quando ele fumava maconha seus "pensamentos subconscientes mais profundos" comumente lhe vinham em sua língua nativa franco-americana. Isso o levou a criar um herói, Wilfred Boncoeur, que era franco-canadense, mas cujo ambíguo estatuto pós-colonial é sugerido por seu "inglês simplório". Referenciando o texto fundacional da tradição narrativa na qual está conscientemente operando, Kerouac escreveu que pretendia que Boncoeur viajasse na companhia de um sujeito chamado "Cousin", que atuaria como "Pança para o herói Quixote". Kerouac faz anotações para o romance de Freddy "Goodheart" no "Caderno Road" de 120 páginas, que manteve naquele verão no México. Boncoeur foi informado de que seu pai, Smiley, tinha morrido, mas "eu não acreditei nisso". Quando completa quinze anos, Freddie é informado de que seu pai "estava vivo de verdade, mas ninguém sabia onde", e então ele e Cousin pegam a estrada para encontrá-lo.

Preocupado, por fim, que "Freddy" aos quinze anos seja jovem demais para contar a novela "corretamente", Kerouac mudou de curso mais uma vez, escrevendo que o romance continuaria tendo um narrador franco-canadense, mas esse "narrador franco-canadense seria eu". Kerouac rejeitava então a ideia de escrever uma "autobiografia pura ao estilo de Tom Wolfe" porque isso não seria "arquetípico". Seu narrador, em vez disso, seria o andarilho franco-canadense "Cook" Smith.

Em seu diário mexicano, Kerouac escreveu:

> Mas você não pode seguir pensando ou imaginando sempre em frente e parar num ponto sem decisões e querer colocar os pensamentos numa sacola. Transforme o seu pensamento em seu trabalho, suas ideias num livro, em cercados. Basta de notas para esse negócio de livro Road, tomadas desde outubro de 1948 (ou mais de um ano e meio e + ainda) e comece a escrever de uma vez o negócio.
>
> Eu sou.
>
> O Cook é o cara

De volta a Richmond Hill em agosto, Kerouac datilografou "Private Ms. OF Gone on the Road – PRIMEIRO TRATAMENTO COMPLETO E MAIS ALGUMAS CORREÇÕES ARTÍSTICAS MENORES". "Cook" Smith, "ainda despreparado para a estrada, despreparado mesmo", acorda no quarto de uma pensão em Des Moines, Iowa, sem saber quem é e onde está, percebendo apenas no "vazio de sua cabeça" que ele envelhece e que a morte se aproxima. Em seu trabalho como balconista em uma lanchonete, Smith prepara um hambúrguer de graça para um velho mendigo negro, que lhe retribui cantando um blues sobre a morte de seu pai. Após estar por meses em Iowa, Smith resolve voltar de carona para casa e para sua esposa Laura em Denver, depois que Deus, "com um golpe macio em minha cabeça", diz a Smith que ela continua sendo sua garota. Por dezesseis dólares Smith leva uma caixa que contém basicamente livros europeus pertencentes ao seu senhorio alemão. Na "luz europeia, triste e avermelhada" do Iowa, Smith fracassa em sua tentativa de vender os livros ou mesmo se livrar deles.

Tomando a estrada na direção oeste, Smith conhece um jovem negro que também está pegando carona. Depois de assistir ao homem, que poderia ser Slim Jackson, sair de vista, Smith é apanhado por um caminhoneiro texano que permite que ele durma. Smith sonha então o sonho de Red Moultrie, em que ele é perseguido pelo estranho escondido enquanto tenta escapar de alguma "terra árabe em direção à Cidade Protetora".

O andarilho Smith é deixado pelo caminhoneiro em Stuart, Iowa. Lá ele conhece um "puxador", livre, afável e conversador, que está viajando para leste para ver uma partida de futebol americano do Notre Dame, pegando carona durante o dia e roubando carros durante a noite. O jovem, cujo nome é Dean Pomeray, lembra Smith que eles haviam se conhecido em Denver, na esquina da Welton com a Quinze. A história termina com Smith e Pomeray sentados, conversando em uma sala de espera do telégrafo em Stuart.

"Gone on the Road" dramatiza ainda mais o combate interior de Kerouac para encontrar sua voz própria e libertar seu *self* criativo de uma tradição literária europeia aprisionante e intimidadora. Observado por uma garçonete entediada em um restaurante, Smith leva um banho dos velhos livros que caem em sua cabeça através de um buraco na caixa em que eram carregados. Parado debaixo daquela cascata de literatura europeia, Smith sabe que estampa "uma pose horrenda" para a jovem americana que o assiste. Esse pesado simbolismo é amainado na versão publicada do livro quando Sal Paradise, cujo próprio sonho de não saber onde está também tem lugar na junção do leste de seu passado e do oeste de seu futuro, senta-se em um banco de ônibus, lendo a paisagem americana de acordo com o grande romance de Alain Fournier sobre amizade juvenil, amor e perda que é *Le Grand Meaulnes.* Assim que Cook Smith se junta a Dean Pomeray, Kerouac deixa para trás a "luz europeia, avermelhada e triste" e a pose dos livros europeus para viajar "de volta a todo mundo" na América.

Ao fim da história, a frustração que Kerouac está sentindo depois de mais de dois anos de trabalho em um romance ainda teimosamente paralisado explode em um apelo direto a Deus:

> Pomeray estava excitado demais para perceber que norm – [Meu Bom Deus, por favor, me ajude, estou perdido] – almente o levava a explicações eufóricas de todo tipo.

No verso da página-título, Kerouac escreveu sua própria autocrítica: "Embelezando a vida como um maconheiro".

Kerouac enviou "Gone on the Road" para Robert Giroux, que, embora não o tenha rejeitado de imediato, sugeriu que Kerouac revisasse a história. No outono de 1950, Kerouac estava fumando "três bombas por dia [e] pensando o tempo todo sobre a tristeza". Certa vez havia imaginado *On the Road* como uma parte de uma série ambiciosa de romances, "American Times", a ser "narrada na voz dos próprios americanos". O garoto afro-americano, Pic, narraria "Adventures on the Road", enquanto outros livros da série seriam narrados por "mexicanos, índios, franco-canadenses, italianos, gente do Oeste, diletantes, presidiários, vagabundos, *hipsters* e muito mais". Mas onde estava a sua voz? Em vez de revisar "Gone on the Road", ele começou de novo.

Na quarta-feira, 20 de dezembro de 1950, Kerouac começou a escrever à mão a nova versão de seu romance de estrada intitulado "Souls on the Road". O manuscrito de cinco páginas começa assim:

> Uma noite na América quando o sol já se pôs – começando às quatro de uma tarde de inverno em Nova York, derramando um belo tom de ouro desbotado no ar que fazia os velhos prédios sujos parecerem as paredes do templo do mundo... então fazendo voar mais rápidas suas próprias sombras enquanto corre três mil e 200 milhas sobre a terra crua e protuberante em direção à costa oeste inclinando-se sobre o Pacífico, deixando para trás a grande mortalha da noite na retaguarda para se arrastar sobre nossa terra, escurecendo rios, para dar forma aos picos e encobrir a última praia – escuta-se uma batida na porta do apartamento da sra. Gabrielle Kerouac sobre uma farmácia na região de Ozone Park na Grande Nova York.

À porta está Neal Cassady. As imagens do sol se pondo sobre a "terra crua, protuberante" da América, da noite que chega "escurecendo rios, para dar forma aos picos e encobrir a última praia" são tiradas de *Shades of the Prision House* e irão, evidentemente, voltar à tona no parágrafo final do romance publicado. Na sequência rearranjada dos episódios que Kerouac aqui escreve, nos quais "Jack Kerouac" reconta seu primeiro encontro com "Neal Cassady" em "um apartamento de cortiço" no Spanish Harlem e Cassady vai a Ozone Park para pedir que Kerouac lhe ensine a escrever, estão presentes todos os elementos do capítulo de abertura do livro publicado.

No manuscrito, Kerouac riscou o nome "Benjamin Baloon" na linha "E Benjamin Baloon foi até a porta" e colocou no lugar "Jack Kerouac". Kerouac tinha originalmente escrito que "era Dean Pomeray" quem estava à porta, trocando "Dean Pomeray" por "Neal Cassady". A partir da página três, Ben e Dean se tornam Jack e Neal.

3

Excetuado este momento, o que leva às três semanas de escrita explosiva em abril de 1951? As influências-chave têm de incluir a competição mais do que amigável com John Clellon Holmes (cujo romance *Go*, publicado em 1952 e que apresentava retratos de Kerouac e Cassady, Kerouac leria em março de 1951), a prosa locomotiva de Dashiell Hammett e o romance de vanguarda de Burroughs, ainda manuscrito (então chamado *Junk).* Importância central, no entanto, deve ser dada à longa carta "Joan Anderson e Cherry Mary" de Neal Cassady que Kerouac apanhou da soleira da porta do apartamento de sua mãe em Richmond Hill, no dia 27 de dezembro de 1950. A resposta exuberante de Kerouac naquele mesmo dia à urgente história de desventura sexual de Neal Cassady, na qual ele diz que o texto poderia "figurar entre as melhores coisas já escritas na América", sugere que os efeitos da carta sobre Kerouac foram imediatos e complexos (Joan Haverty também escreveu a Cassady naquele dia 27, dizendo-lhe que Jack "lera [a carta] no metrô no seu trajeto para a cidade... [e] passara mais duas horas a ler no café").

"Souls on the Road" mostra que Kerouac já tinha tomado o rumo em direção a uma ficção autobiográfica, mas ainda não havia feito a mudança crítica para uma narração em primeira pessoa. Foi a longa história em primeira pessoa de Cassady, rápida, franca e detalhada do ponto de vista sexual, partida e interrompida por aquilo que Cassady chamou de seus "*flashbacks* hollywoodianos", que confirmaram e encorajaram Kerouac a avançar ainda mais na direção para a qual já apontava. O que restou da carta foi publicado como "To have seen a specter isn't everything..." no livro de Cassady *The First Third* [*O primeiro terço*]. O fragmento é interessante tanto por sua mistura de confissão e jactância quanto também por aquilo que Lawrence Ferlinghetti chamou de "voz apressada" de Cassady, uma voz brilhantemente capturada por Kerouac em seu romance. A prosa de Cassady, como observa Ferlinghetti, é "áspera, primitiva [e] tem um certo encanto por sua ingenuidade, a um só tempo bufona e antiquada, frequentemente desajeitada e engrolada, como ocorre a alguém que fala rápido".

"Todo esse frenesi que vocês dois fizeram sobre a minha Grande Carta", Cassady disse a Ginsberg, no dia 17 de março de 1951, "faz vibrar apenas os gorgolejos que saem de mim, mas ainda sabemos que sou um vestígio e um sonho. Apesar disso, embora me envergonhe de suas inadequações, quero que vocês percebam que esse maldito negócio tomou a melhor parte de três tardes e noites em que fiquei direto na Benzedrina. De modo que trabalhei pesado na coisa e consegui extrair um pouco do suco de mim e se essa porra de texto vale alguma grana então está tudo ótimo."

A resposta de Kerouac mostra que o que mais o excitou em relação à carta de Cassady foi o que *ele* poderia conseguir com esse método. Por vezes Kerouac soava como se estivesse falando consigo mesmo; como se estivesse escrevendo regras para um novo método que logo aplicaria. "Você reúne os melhores estilos... Joyce, Celine, Dosty & Proust", ele escreveu, "e os utiliza na arremetida muscular de seu próprio estilo narrativo & excitação... Você escreve o texto com dolorosa rapidez & pode arrumá-lo depois."

Nas dez cartas que enviou a Cassady nas duas semanas seguintes, Kerouac tomou-lhe o método e o amplificou até que, como observa Ginsberg, acabou por desenvolver um estilo que

> era a longa confissão de dois camaradas contando um ao outro tudo o que acontecia, cada detalhe, até mesmo cada pentelho de mulher sobre a relva, cada minúscula olhadela para os lampejos do néon laranja passando na estação de ônibus de Chicago, todas as imagens do fundo do cérebro. Isso exigia frases que não necessariamente seguissem a exata e clássica ordem sintática, mas que pudessem ter interrupções com travessões, frases que se rompiam na metade, tomando outra direção (com parênteses que podiam seguir por parágrafos). Isso permitia frases individuais que podiam se estender sem se encerrar através de várias páginas de reminiscências pessoais, de interrupções e de acúmulos de detalhes, de modo que o que você acabava encontrando era uma espécie de fluxo de consciência cuja visão foi construída em torno de um assunto específico (a história da estrada) e um ponto de vista específico (dois camaradas tarde da noite se encontrando e se reconhecendo como personagens de Dostoiévski, contando um ao outro a história de suas infâncias).

As cartas de Kerouac, frequentemente lidas como respostas espontâneas a Cassady, são, em muitos de seus detalhes e episódios, desenvolvimentos das notas e dos fragmentos de história que ele primeiro compusera em 13 de dezembro de 1950, também sob o título de "Souls on the Road". Estas notas incluem 35 "memórias" numeradas, que vão desde a história sobre a mãe de Kerouac arrancando "vermes do meu cu"; ao seu "descer a milhão" uma rua nas proximidades da Lupine Road; até a assombrosa "One Mighty Snake Hill Castle" na Lakeview Avenue, muitas das quais Kerouac trabalhou nas cartas enviadas a Cassady. Isso não visa diminuir a importância catalítica da carta de Joan Anderson a Kerouac. John Clellon Holmes lembra de Kerouac dizendo, "vou arranjar um rolo de papel, enfiar na máquina de escrever e simplesmente bater o mais rápido que eu puder, exatamente como tudo aconteceu, de uma sentada, para o inferno com essas arquiteturas baratas – deixo tudo isso pra depois". Na versão do rolo, Kerouac escreve que "em poucos anos [Cassady] se tornaria um grande escritor" e sugere que isso ocorrerá porque ele está escrevendo a história de Cassady. Depois de ler a carta de Joan Anderson e redigir sua série de cartas em resposta, Kerouac estava convencido de que *On the Road* deveria ser escrito em um estilo direto, coloquial, e de que deveria renunciar "à ficção e ao medo. Não há nada a fazer senão escrever a verdade. Não há nenhuma outra razão para escrever". O romance detalharia as cinco viagens de Kerouac através da América desde que conhecera Cassady em 1947 e terminaria na viagem ao México no verão anterior.

Quais foram os métodos de trabalho de Kerouac durante estas três semanas de abril de 1951? Alguns anos mais tarde, Philip Whalen escreveu um relato que nos permite imaginar a prática de escrita de Kerouac ali desenvolvida pela primeira vez.

> Ele se sentava – junto à máquina de escrever, com cadernos e mais cadernos de anotações que abria à sua esquerda sobre o tampo da mesa – e então começava a datilografar. Ele era capaz de bater à máquina mais rápido do que qualquer ser humano que você já viu. O barulho mais significativo que se escutava enquanto ele batia à máquina era o retorno do carro, estalando sem parar. A pequena campainha não parava de soar, plim-plim, plim-plim, plim-plim! Incrivelmente rápido, mais

> rápido do que um teletipo... Então ele cometia um erro, o que levava a iniciar uma possível parte de um novo parágrafo, um tipo de frase musical divertida e recorrente que ele acrescentaria na hora de passar a limpo. Então, às vezes folheava uma das páginas de seus cadernos, vendo que aquilo não estava bem, anulando a página com um X, ou talvez apenas parte dessa página. E então ele escrevia um pouco mais e virava mais uma página, datilografando tudo, e então mais uma, e continuava a partir dali. Então algo ocorria – de novo, e ele exclamava e ria, e se divertia como nunca nesse processo.

Kerouac trabalhava numa "peça ampla e agradável em Chelsea", segundo a lembrança de Holmes. Seus cadernos e cartas e uma "lista de instruções particulares" ficavam ao lado da máquina de escrever para servir de guia para os capítulos." O papel usado por Kerouac não era o tradicional de teletipo, mas sim um de folhas finas e longas, de desenho, que pertencia a um amigo, Bill Cannastra. Kerouac havia herdado as folhas ao se mudar para o *loft* na West Twentieth Street depois da morte acidental de Cannastra no metrô de Nova York. Quando ocorreu a Kerouac pela primeira vez a imagem do papel em rolo? Um longo rolo de papel que o fazia lembrar-se da estrada no qual podia escrever em um fluxo rápido e contínuo. De modo que este papel em rolo se tornasse uma página sem fim.

Está claro que o rolo, mais do que uma descoberta, foi algo conscientemente *concebido* por Kerouac. Ele cortou o papel em oito partes, com diferentes extensões, e o formatou para que coubesse na máquina de escrever. As marcas de lápis e os cortes de tesoura ainda são visíveis. Então ele uniu as partes com fita adesiva. Não se pode precisar se ele colou as folhas enquanto as concluía ou se esperou até que estivesse tudo pronto para então colá-las e uni-las.

O rolo é, em grande parte e contrariando a mitologia, pontuado de modo convencional, convencionalismo que se estende até mesmo ao fato de Kerouac sempre utilizar um toque de espaço antes do início de cada frase. Está composto de apenas um parágrafo. Como o romance publicado, é composto por cinco partes. Quanto ao mito de que a benzedrina servira de combustível ao seu trabalho, resta-nos o que Kerouac disse a Cassady: "Escrevi aquele livro movido a CAFÉ, lembre-se disso. Benny[4], chá, nada do que CONHEÇO é tão bom quanto café para ativar o cérebro". Segundo suas próprias contas, a média de Kerouac era de "6 mil [palavras] por dia, 12 mil no primeiro dia, 15.000 no último". Em uma carta a Ed White, escrita quando Kerouac tinha como estimativa 86.000 palavras completas, ele diz: "Não sei que dia é hoje e nem me importo e a vida é uma tigela de suculentas cerejas que quero devorar uma a uma mordendo primeiro com meus dentes manchados de cereja. – Como?".

Kerouac, com dramaticidade, leva ao colapso a distinção entre o escritor e o "Eu" narrado, sem deixar de utilizar as técnicas estabelecidas para a escrita ficcional, incluindo desde a narração em dupla perspectiva até o controle da progressão do texto. Impetuoso, íntimo, discursivo, selvagem e "verdadeiro", usando anotações improvisadas – reticências e travessões – para romper as frases de modo que elas se acumulassem umas sobre as outras como ondas.

Há aqui uma excitante diferença em relação a quase tudo que se tenha lido anteriormente; a incomparável intimidade daquilo que Allen Ginsberg chamou de "discurso sentido com o coração", construído por Kerouac de um modo sincero e adorável. Talvez se fique confuso em um primeiro momento com a energia incandescente de Neal, queimando a tudo e a todos ao seu redor, mas ao mesmo tempo você entende que no coração do romance está a busca de Kerouac, que as perguntas que ele faz são as mesmas que nos mantêm acordados à noite, que preenchem nossos dias. O que é a vida? O que significa estar vivo quando a morte, o estranho amor talhado, está em seu encalço? Será que Deus revelará sua face? Pode a alegria varrer a escuridão? Esta busca é interior, mas as lições da estrada, a mágica apreendida das paisagens americanas descritas como em um poema, são aplicadas para iluminar e amplificar a jornada espiritual. Kerouac escreve para ser entendido; a estrada é o caminho da vida e a vida é a estrada.

Kerouac não esconde o custo da estrada, mesmo para aqueles que vão em busca disso ou para os que, nas palavras

4. Possivelmente uma referência carinhosa à benzedrina. (N.T.)

de Carolyn Cassady, "mapeiam o percurso" com um sentido diferente de responsabilidade. O que é eletrizante a respeito do livro é a ideia de que Deus, a realização pessoal e a liberdade transformadora estão *lá fora*, do outro lado da janela para a qual você olha, sentado e confinado, na escola ou no trabalho, talvez onde a cidade termina, ou talvez atrás da colina mais próxima. Isso faz o coração saltar e o sangue golpear em seus ouvidos. Alguém em busca de uma religião, um escritor de sonhos e visões, Kerouac é, nesse sentido, uma fonte, caso você esteja atormentado em busca de respostas, e uma vez que este tipo de luz tenha entrado na sua casa, vem para ficar, engajando-o nesta constante busca. Uma vez ele disse a Cassady: "procuro utilizar todos os estilos e, ainda assim, anseio por ser não literário". Por romper tão conscientemente nossa compreensão do que estamos lendo quando deparamos com a versão original do rolo de *On the Road*, a afirmação de Kerouac a Cassady de que o livro "estabelece um rompimento completo com *Cidade pequena, cidade grande* e, de fato, com toda a literatura americana antecedente" parece justificada. *On the Road* é o romance de não ficção, dez anos antes.

4

Passariam-se ainda mais seis anos antes que *On the Road* aparecesse, mas, notavelmente, ninguém que estava em condições de publicá-lo jamais havia lido o manuscrito do rolo. Kerouac começou, de imediato, a revisar o romance. Como registra o biógrafo de Kerouac, Paul Maher, "*On the Road* foi então datilografado em páginas separadas para tornar sua aparência mais convencional e assim mais atraente aos editores... Jack rabiscou anotações em algumas páginas, acrescentou instruções de composição, cortou passagens e propôs inserções textuais... Seus cortes em *On the Road* precedem a sugestão de Malcolm Cowley para que ele encurtasse o manuscrito, contrariando as asserções dos biógrafos anteriores de que Jack teria insistido em manter o texto que originalmente escrevera em 1951". No dia 22 de maio de 1951, Kerouac disse a Cassady que vinha "datilografando e revisando" desde que terminara o rolo em 22 de abril. "Trinta dias em cima disso." Ele estava, conforme revelou a Cassady, "esperando terminar meu livro para lhe escrever". Kerouac escreve que Robert Giroux estava "aguardando para ler" o romance.

Há dois esboços subsequentes do romance que sobreviveram: um de 297 páginas, revisado à exaustão, com diversas linhas cortadas e inserções manuscritas no verso de algumas páginas, e um esboço de 347 páginas, revisado por Kerouac e por um editor, provavelmente a editora Helen Taylor, da Viking. Ambos os manuscritos não possuem data. É preciso ainda um trabalho de investigação para comparar e interpretar a relação entre os três esboços. Enquanto parece mais claro que o esboço de 297 páginas é aquele em que Kerouac trabalhou após terminar o original do rolo, é mais obscuro o momento em que foi escrito o esboço de 347 páginas. Existe evidência de que Kerouac e a Viking trabalharam a partir deste esboço no outono de 1955. A correspondência entre Kerouac e Malcolm Cowley entre setembro e outubro de 1955 faz referência a "Dean Moriarty", "Carlo Marx" e "Denver D. Doll". Esses nomes só são utilizados no esboço de 347 páginas. As anotações das páginas, compiladas pelo advogado Nathaniel "Tanny" Whitehorn (um advogado da Hays, Sklag, Epstein & Herzberg contratado pela Viking para revisar o manuscrito) para a queixa de difamação, depois enviadas à Viking no dia 1º de novembro de 1955, também correspondem às do esboço de 347 páginas.[5]

---

5. Um dos lados da página de rosto do esboço de 297 páginas de *On the Road* traz um título cuidadosamente escrito à mão "The Beat Generation" riscado e "On the Road", de modo menos caprichoso, escrito sobre ele. No outro lado do título, "On the Road" está datilografado em letras maiúsculas e há ali um subtítulo de cinco palavras fortemente apagado, sendo que as três primeiras dizem "On the Road". Abaixo do título, Kerouac escreveu à máquina "por John Kerouac" e depois apagou o "John", escrevendo à mão "Jack", sobre as maiúsculas. No canto direito inferior desta página, Kerouac datilografou mais uma vez seu nome com o "John", e mais uma vez o riscou. Abaixo desta marca, aparece seu endereço, aos cuidados de "Paul Blake", o cunhado de Jack, com um endereço parcialmente legível da Carolina do Norte. Este endereço foi bem apagado e, à mão, Kerouac escreveu: "a/c Allen Ginsberg, 206E, 7th St. Nova York, N.Y.". Em uma página separada, Kerouac escreveu à mão os títulos dos cinco livros do romance: "Get High (continua)

Kerouac também começou a escrever *Visões de Cody* entre suas revisões de *On the Road* no outono de 1951, e a relação entre todos esses textos é bastante complexa. Enquanto claramente os leitores estarão interessados nas diferenças entre a versão original do rolo de *On the Road* e o romance publicado, falar apenas de cenas no rolo original que foram "cortadas" da versão publicada elide o processo de reescritura impetrado por Kerouac e serve para marginalizá-lo da escritura de seu próprio romance. Seguramente há cenas e episódios no rolo que não estão presentes no romance publicado, mas esse texto é o resultado de um processo consciente de reescrita e revisão iniciado por Kerouac e influenciado por um número de leitores, editores e advogados, incluindo Robert Giroux, Rae Everitt, Allen Ginsberg, Malcolm Cowley, Nathaniel Whitehorn e Helen Taylor.

Cenas significativas aqui presentes, mas ausentes do romance publicado, incluem um relato bastante cômico da visita de Neal e Allen a Bill Burroughs no outono de 1947; uma pungente discussão entre Jack, Neal e Louanne enquanto passam através de Pecos, Texas, a caminho de San Francisco do jeito "que seríamos se fôssemos personagens do Velho Oeste"; um bando selvagem, destrutivo, na casa de adobe de Alan Harrington, no Arizona, durante a mesma jornada que reforça o sentido da sexualidade acelerada e fora de controle de Cassady; a segunda viagem de Jack de San Francisco a Nova York "através

---

(cont.) and Stay High" (acima há um título alternativo ilegível, datilografado e riscado), "I Can Drive All Night", "A Hundred and Ten Miles an Hour", "The Bottom of the Road" e "Can't Talk No More".

O texto, em espaço duplo, é iniciado com um parágrafo de abertura de oito páginas bastante editado que começa com "Conheci Dean não muito tempo [datilografado] depois que meu pai morreu e pensei que tudo estava morto [manuscrito]".

O esboço de 347 páginas está datilografado em espaço duplo, em um papel não uniforme. O texto está editado com acréscimos e supressões feitas por Kerouac e, de modo mais vigoroso, por alguém da Viking, possivelmente Helen Taylor. No canto inferior direito da página 347 está datilografado "JEAN-LOUIS a/c Lord & Colbert 109E. 36 St. Nova York, N.Y.". O manuscrito começa com "CONHECI DEAN não muito tempo depois que minha mulher e eu nos separamos". (N.A.)

do continente sofrido"; e a visita de Jack e Neal à primeira esposa de Jack, Edie, em Detroit, no fim da Terceira Parte.

Como detalhado adiante, havia muitas razões para o apagamento destas e de outras cenas, incluindo, com o passar dos anos, o crescente desespero de Kerouac, em função do sucesso do livro *Go* de Holmes e com *Uivo* de Allen Ginsberg, de ver seu romance publicado. Em setembro 1955, ele disse a Malcolm Cowley que quaisquer "mudanças que você quiser fazer por mim ESTÁ BEM". A segunda viagem de retorno a San Francisco foi cortada por Kerouac para dinamizar a história, enquanto a seção de Detroit do romance, em que Edie é representada como gorda e usando guarda-pós surrados, bebendo cerveja e devorando doces de forma ruidosa, estava entre um número de cenas igualmente cortadas por Kerouac por recomendação de Cowley e de Nathaniel Whitehorn, que temiam por processos de difamação. Apesar da exclusão feita por Kerouac de boa parte do material e da linguagem sexuais, em particular o conteúdo homossexual, como parte do processo de reformulação, outras cenas que sobreviveram no esboço de 347 páginas, incluindo a história de um macaco sodomizado em um prostíbulo de Los Angales, foram cortadas mais tarde por obscenidade.

De modo interessante, muitas cenas na versão original que foram suprimidas por Kerouac no esboço de 297 páginas reaparecem, retrabalhadas, no esboço de 347 páginas e no romance publicado. Por exemplo, no início da Parte 2 do rolo, quando Neal e Jack se preparam para deixar Ozone Park para a viagem de volta à Carolina do Norte, no Natal de 1948, a fim de se reunir a Gabrielle, são visitados por Allen Ginsberg, que pergunta, "Qual é o significado desta viagem a Nova York? Em que tipo de negócio sórdido você está metido agora? Quero dizer, cara, para onde ides?". Neal não tem resposta. "A única coisa a fazer era seguir." Kerouac riscou esta cena de 26 linhas no rolo, e não está presente no lugar de correspondência (página 121) do esboço de 297 páginas. Na página 130 do esboço de 347 páginas, entretanto, a cena é restaurada, com Allen Ginsberg como Carlo Marx, Hinkle como Ed Dunkel, Neal como Dean Moriarty e Jack como

Sal Paradise. Estão em Paterson, Nova Jersey, preparando-se para viajar para Virgínia para apanhar a tia de Sal. Depois que Marx faz a pergunta fundamental: "Quero dizer, cara, para onde ides?", Kerouac adicionou uma linha escrita à mão que, de modo crítico, torna a questão politicamente representativa em detrimento de algo pessoal: "Para onde ides, América, à noite, em vosso carro brilhante?". Kerouac tinha feito uma anotação desta frase em seu diário "Chuva e rios"; no romance publicado, a cena aparece com a frase adicionada.

Igualmente importantes são aquelas passagens de lirismo áspero no rolo, que Kerouac refina no processo de reformulação. A famosa imagem de Cassady e de Ginsberg como "as velas romanas" é polida e retrabalhada nos esboços subsequentes. No rolo Kerouac escreve,

> [Neal and Allen] rushed down the street together digging everything in the early way they had which has later now become so much sadder and perceptive . . . but then they danced down the street like dingledodies and I shambled after as usual as I've been doing all my life after people that interest me, because the only people that interest me are the mad ones, the ones who are mad to live, mad to talk, desirous of everything at the same time, the ones that never yawn or say a commonplace thing . . . but burn, burn, burn like roman candles across the night.[6]

Kerouac fez algumas correções de próprio punho às últimas quatro palavras do texto aqui, incluindo o acréscimo da palavra "amarelas" depois de "velas romanas". No rolo, Kerouac exacerba e erotiza a imagem ao vinculá-la ao relacionamento sexual de Neal e Allen. Allen estava "se comportando como homossexual naqueles dias, experimentando completamente a si mesmo, e Neal percebeu isso, e então um antigo

6. [Neal e Allen] varavam as ruas juntos absorvendo tudo com aquele jeito que tinham no começo e que mais tarde se tornaria muito mais melancólico e perceptivo... mas nessa época eles dançavam pelas ruas como piões e eu me arrastava atrás como sempre tenho feito toda a minha vida atrás de pessoas que me interessam, porque as únicas pessoas que me interessam são os loucos, os que estão loucos para viver, loucos para falar, que querem tudo ao mesmo tempo, aqueles que nunca bocejam ou falam chavões... mas queimam, queimam, queimam como fogos de artifício pela noite. (N.E.)

cafetão da época da juventude na noite de Denver, querendo aprender ansiosamente como escrever poesia com Allen, a primeira coisa que você percebe é ele atacando Allen com uma grande alma amorosa tal como somente um pilantra pode ter". Jack está no mesmo quarto. "Eu os ouvi através da escuridão e então refleti e disse, 'Hmm, alguma coisa começou agora, mas não quero ter nada a ver com isso.'" Kerouac riscou a parte que diz "mas não quero ter nada a ver com isso" no rolo. Nas páginas 4-5 do esboço de 297 páginas, Kerouac datilografou a passagem sobre a relação sexual de Neal e de Allen, mas depois a excluiu com uma marcação bastante evidente. Dean agora está simplesmente seduzindo Justin Moriarty (Ginsberg) para que o ensine a escrever. Com os cortes de Kerouac, a imagem da vela foi emendada para assumir o seguinte aspecto:

> They rushed down the street together digging everything in the early way they had which has later now become so much sadder and perceptive, but then they danced down the street and I shambled after because the only people that interest me are the mad ones, the ones who are mad to live, mad to talk, desirous of everything at the same time, the ones who never yawn or say a commonplace thing... but burn, burn, burn like yellow spidery roman candles with the blue centerlight across the night.[7]

À mão, Kerouac acrescentou "Como você chamaria estas pessoas na Alemanha de Goethe?". Na página 6 do esboço de 347 páginas, a passagem foi reformulada e datilografada por Kerouac e então corrigida novamente à mão, possivelmente por Helen Taylor. As correções são mostradas abaixo nos colchetes, e esta é a passagem corrigida que aparece na versão publicada do romance.

---

7. Eles varavam as ruas juntos absorvendo tudo com aquele jeito que tinham no começo, e que mais tarde se tornaria muito mais melancólico e perceptivo, mas nessa época eles dançavam pelas ruas e eu me arrastava na mesma direção porque, para mim, as únicas pessoas que interessam mesmo são os loucos, os que estão loucos para viver, loucos para falar, que querem tudo ao mesmo tempo agora, aqueles que nunca bocejam e jamais falam chavões... mas queimam, queimam, queimam como fabulosos fogos de artifício explodindo como constelações em cujo centro fervilhante pode-se ver um brilho azul e intenso pela noite. (N.E.)

> They rushed down the street together [,] digging everything in the early way they had [,] which has later now become [which later became] so much sadder and perceptive and blank [. B] but then they danced down the street like dingledodies [,] and I shambled after as usual [as usual] as I've been doing all my life after people who interest me, because the only people for me are the mad ones, the ones who are mad to live, mad to talk, mad to be saved, desirous of every thing at the same time, the ones who never yawn or say a commonplace thing... [,] but burn, burn, burn like fabulous yellow roman candles exploding like a [a] spider[s] across the stars and in the middle you see the blue centerlight pop and everybody goes "Awww!" What do you [did they] call such young people in Goethe's Germany?[8]

Neste exemplo de uma das passagens mais conhecidas de *On the Road*, podemos ver como no complexo processo de revisão e de reformulação é Kerouac quem começa a moderar o conteúdo sexual de seu romance. Nesse caso, a extirpação do relacionamento sexual entre Neal e Allen serve para obscurecer o aspecto erótico da imagem que Kerouac está, de modo simultâneo, tentando refinar. Igualmente significativas são as mudanças editoriais posteriores que rompem a longa frase de Kerouac em duas. São essas mudanças em suas frases, mais do que o corte de cenas, o que Kerouac mais objetaria depois da publicação do romance. Responsabilizaria Malcolm Cowley por fazer "revisões infinitas", introduzindo "milhares de vírgulas supérfluas", embora seja Helen Taylor quem muito provavelmente tenha feito essas mudanças. Impedido de ver as provas finais antes que o romance estivesse impresso, Kerouac

8. Eles varavam as ruas juntos[,] absorvendo tudo com aquele jeito que tinham[,] no começo, e que mais tarde se tornaria muito mais melancólico, perceptivo e vazio. Mas nessa época eles dançavam pelas ruas como piões frenéticos[,] e eu me arrastava na mesma direção como tenho feito toda minha vida, sempre rastejando atrás de pessoas que me interessam, porque, para mim, pessoas mesmo são os loucos, os que estão loucos para viver, loucos para falar, loucos para serem salvos, que querem tudo ao mesmo tempo agora, aqueles que nunca bocejam e jamais falam chavões... [,] mas queimam, queimam, queimam como fabulosos fogo[s] de artifício explodindo como constelações em cujo centro fervilhante – pop! – pode-se ver um brilho azul e intenso até que todos "aaaaaaah!". Como é mesmo que você chamava [eles chamavam] esses garotos na Alemanha de Goethe? (N.E.)

disse que não teve "nenhum poder de lutar por meu estilo, para o bem ou para o mal".

É o rolo o verdadeiro *On the Road*? Esta é uma pergunta natural, especialmente tendo em vista que o romance negocia de modo tão vigoroso com questões de autenticidade, mas talvez seja a pergunta errada a se fazer. O rolo não questiona a autenticidade do romance publicado, mas se estabelece dialogicamente com ele e com todas as versões restantes do texto, incluindo as protoversões do romance e com *Visões de Cody*, de modo que o romance da estrada de Kerouac se torna um *Song of Myself* do século XX. A versão do rolo de *On the Road* é, no entanto, um texto marcadamente mais escuro, nervoso e desinibido do que o livro publicado. A versão original de *On the Road* é também, naturalmente, um livro de um homem mais jovem. Kerouac tinha, na primavera de 1951, apenas 29 anos. Quando o romance foi publicado, ele já tinha 35.

Se a história do romance, que vai do outono de 1948 à primavera de 1951, é a história do esforço de Kerouac para alcançar o estilo íntimo de escrita expresso de maneira tão poderosa no manuscrito do rolo, o que agora segue é a história de como, nas palavras do editor Malcolm Cowley, o romance se tornou "publicável de acordo com os padrões [da Viking]".

5

No dia 10 de junho de 1951, o breve casamento entre Kerouac e Joan Haverty desmoronara; Joan estava grávida e havia retornado para a casa da mãe depois que Kerouac negou ser o pai da criança. Em uma carta escrita nessa data, quando Kerouac se mudava do apartamento que dividira com Joan na West Twentieth Street para o *loft* de Lucien Carr, que ficava na vizinhança, na West Twenty-first, Kerouac disse a Cassady que o "livro estava pronto, entregue, esperando pela opinião de Giroux".

Entrevistado em 1997, Robert Giroux contou a história de Kerouac desenrolando o manuscrito em seu escritório. Giroux insistiu que o rolo deveria ser desfeito e editado. Kerouac supostamente se recusou a acolher tal ideia, dizendo a Giroux que o "Espírito Santo" havia ditado o romance. Kerouac também, em retrospectiva, recontou versões do episódio. É possível que Kerouac tenha redatilografado e revisado o rolo depois de tal confrontação, mas a história pode muito bem fazer parte da mitologia criada ao redor de *On the Road*.[9] Se o encontro de fato se deu, deve ter ocorrido nos dias subsequentes à conclusão do rolo e deve, possivelmente, em um primeiro momento ter motivado ou encorajado Kerouac a reescrever o rolo de uma forma mais convencional, embora eu acredite que Kerouac já tivesse chegado a essa decisão por si mesmo. Em 24 de junho, Kerouac relatou que, enquanto Giroux disse ter gostado do livro, Harcourt, Brace o havia rejeitado por ser "novo e incomum e controverso e censurável demais (por seus *hipsters*, maconheiros, veados etc.) para que pudessem aceitar". Kerouac partia em direção ao sul na companhia da mãe, ele disse, "para descansar de mente e alma".

Em 6 de julho a agente de Kerouac na época, Rae Everitt, da MCA, escreveu a seus cuidados para o endereço da irmã de Kerouac na Carolina do Norte, elogiando o que ela dizia serem os momentos de "absoluta e mágica poesia" no romance. Comentou que havia lido o livro

---

9. Entrevistado no documentário *On the Road to Desolation* (dirigido por David Steward, em uma coprodução BBC/NVC Arts, 1997), Giroux disse: "Eu diria que na primeira metade do ano de 1951, eu estava à minha mesa na Harcourt, Brace, e o telefone tocou e era Jack, exclamando, 'Bob, terminei!', e eu disse, 'Oh, que maravilha, Jack, isso é uma ótima notícia'. Ele falou, 'Quero dar uma chegada aí'. Eu perguntei, 'O que, agora?'. Ele respondeu, 'Sim, preciso ver você, preciso lhe mostrar...' Eu disse, 'Está bem, venha até o meu escritório'. A editora ficava na Madison Avenue com a Forty-sixth Street. Ele entrou no escritório parecendo... chapado, parecendo, você sabe... bêbado, e trazia consigo um enorme rolo de papel, como essas toalhas de papel que se usam na cozinha, um enorme rolo de papel debaixo do braço, e ele estava, você sabe... Era um grande momento para ele, pude perceber. Pegou uma das pontas e estendeu o resto pelo meu escritório, como uma serpentina, por sobre a minha mesa, e eu pensei, 'Este manuscrito é estranho. Nunca vi um manuscrito como esse.' E então ele me olhou, esperando que eu dissesse alguma coisa. Eu disse, 'Jack, você sabe que tem que cortar este manuscrito. Ele precisa ser editado'. E seu rosto ficou vermelho e ele disse, "Não haverá nenhum tipo de edição neste manuscrito'. Eu retruquei, 'Por que não, Jack?'. Ele respondeu, 'Este manuscrito foi ditado pelo Espírito Santo'". (N.A.)

> muito antes de lhe escrever esta carta, mas que é o tipo de livro sobre o qual se precisa refletir muito... a reflexão veio com a tentativa de ponderar sobre se dessa vez eu poderia falar honestamente sobre a minha reação a algumas partes dele antes que você o tomasse de mim.

Everitt preferia os livros 3, 4 e 5 em relação ao 1 e 2 porque havia uma "forma e intensidade nas viagens de Dean e Sal". Everitt disse a Kerouac que o romance começou muito constrangido, como se Kerouac estivesse tentando acostumar o leitor àquele "estilo extremamente especializado de escrita". Como resultado, o romance era longo demais,

> as páginas do manuscrito como agora se apresentam dariam uma página e meia no formato de livro, o que levaria a edição a um total aproximado de 450 páginas. Você quer deixar as coisas assim ou não [?]

A avaliação de Everitt quanto ao número de páginas poderia indicar um manuscrito que tivesse por volta de trezentas.

Em 16 de julho, Kerouac enviou uma carta para Allen Ginsberg endereçada para Allen Moriarty. Allen Moriarty, corrigido à mão para Justin Moriarty, é o nome que Kerouac dá a Ginsberg no esboço de 297 páginas. Na carta, Kerouac escreve que não para de cortar e escrever inserções no romance, e a carta de Everitt pode ter ocasionado essas novas revisões.

Kerouac foi acometido de flebite na Carolina do Norte, e de 11 de agosto ao fim da primeira semana de setembro esteve internado no Hospital dos Veteranos, na Kingsbridge Road, no Bronx. De lá ele escreveu para Ed White, em 1º de setembro, a fim de preparar a visita de White a Nova York. No verso de algumas inserções escritas em francês e inglês e intituladas "On the Road", Kerouac escreveu, "Sim – estou reescrevendo por completo o épico-de-Neal". A reescritura de Kerouac pode ter incluído algumas dessas inserções escritas à mão que se encontravam no esboço de 297 páginas de *Road*, mas este também é o momento em que Kerouac começa a escrever *Visões de Cody*.

Em outubro, e utilizando uma nova técnica que ele chamaria de "*sketching*", Kerouac começou a preencher o primeiro de nove cadernos que formariam, ao seu final, um volume de 955 páginas manuscritas. A primeira página do primeiro caderno traz a data de outubro de 1951 e está intitulada "On the Road. A Modern Novel". Na capa deste primeiro caderno está escrito "Visions of Cody". Kerouac diz a Cassady, no dia 9 de outubro de 1951, que está lhe enviando "essas três páginas recém datilografadas e revisadas da minha nova versão de ROAD" e que "desde que as escrevi, estou envolto em frases & VISÕES ainda maiores e mais complicadas".

No outono de 1951, Kerouac recebeu uma oferta de Carl Solomon, então um editor da A. A. Wyn, para publicar *On the Road* no seu selo Ace como o primeiro de um contrato para três livros. Kerouac viajou então mais uma vez para o Oeste, para visitar Neal e Carolyn. Ele deveria ficar em San Francisco até a primavera, trabalhando para a Southern Pacific Railroad e dando segmento ao texto de *Visões de Cody*. Bloqueado em um manuscrito que a cada dia se tornava mais radicalmente experimental, no dia 27 de dezembro de 1951, escreveu a Carl Solomon dizendo que "não estou fugindo da A. A. Wyn. Só me afastei para ganhar dinheiro com meus próprios meios, assim, quando o meu livro for vendido, não fará nenhuma diferença e, de todo modo, ele ainda não está pronto". Em 22 de março de 1952, ele disse a Ed White que havia terminado o romance no sótão de Neal. O romance era *Visões de Cody*.

Em 26 de março, a A. A. Wyn escreveu para a residência de Cassady na Russel Street, 29, San Francisco, aos cuidados de Kerouac:

> Segue a cópia assinada do contrato para ON THE ROAD. O primeiro adiantamento de 250 dólares será enviado para sua mãe... Aguardamos com ansiedade o presente esboço do manuscrito.

Em 7 de abril, Kerouac respondeu a Solomon, sugerindo que a Wyn publicasse uma versão resumida, em brochura, de *On the Road*, que incluiria uma "narrativa alongada e sexual", de 160 páginas, sobre Cassady que Kerouac pretendia extrair de seus manuscritos. A narrativa a que Kerouac se refere, "Conheci Neal Pomeray em 1947...", corresponde à última seção da versão publicada de *Cody*. Kerouac poderia estar tentando preparar Solomon para aquilo que ele sabia ser a parte chocante contida no resto de *Visões de Cody*, escrevendo que "temo apenas que você não publique a versão integral de ROAD [Cody] em capa dura... acredite em mim, Carl, a versão integral de ROAD fará a reputação da Wyn subir às alturas". Dizendo a Solomon para não se preocupar com o sacrifício da reputação em troca de lucro, Kerouac escreveu: "Vamos fazer as duas edições".

No dia 17, Kerouac disse a Ginsberg que havia enviado o manuscrito a Solomon e que esperava que o texto chegasse por volta do dia 23 de maio. Em 18 de maio, Kerouac ofereceu a Ginsberg uma explicação inflamada sobre a técnica de "*sketching*" que ele havia usado para mudar a "visão narrativa convencional" de *On the Road* para a "grande e multidimensional invocação consciente e subconsciente do personagem de Neal e de suas reviravoltas" de *Cody*:

> Bem, vamos ao que é o *sketching*. Em primeiro lugar, lembra quando em setembro passado Carl pediu pela primeira vez o livro de Neal e o que queria... O *sketching* me veio com força total em 25 de outubro... – de um jeito tão forte que nem me importei com a oferta de Carl e comecei a fazer *sketching* de todas as coisas à vista, de modo que *On the Road* tomou um caminho que o afastou da narrativa convencional sobre viagens pela estrada etc., transformando-se numa grande e multidimensional invocação consciente e subconsciente do personagem de Neal e de suas reviravoltas. *Sketching* (Ed White mencionou casualmente isso lá no 124, o restaurante chinês próximo a Columbia, "Por que você simplesmente não se joga a fazer *sketchs* como um pintor mas usando palavras"), o que de fato fiz... tudo se ativa na sua frente numa confusão de miríades, você precisa apenas purificar sua mente e deixar que as palavras extravasem (os anjos da visão voam sem qualquer esforço quando você se põe diante da realidade) e escreve com 100% de honestidade pessoal, tanto psíquica quanto social etc. e registra tudo sem constrangimento, por bem ou por mal, rapidamente, até que em certas ocasiões fico tão inspirado que chego a perder a consciência de que estou escrevendo. Fonte tradicional: a escrita em transe de Yeats, claro. É a única maneira de escrever.

Kerouac disse a Ginsberg que estava "tudo bem" com o romance:

> Podemos mostrar Road para Scribners ou Simpson ou Farrar Straus [Stanley Young] se necessário, mudar o título para Visions of Neal ou algo assim, e escrever um novo Road para a Wyn.

O que Ginsberg então leu e o que Kerouac enviara a Carl Solomon na Wyn era, de fato, o manuscrito de *Visões de Cody* e não *On the Road.* As tentativas de Kerouac de preparar terreno para sua revolução em prosa seguiam ignoradas. Em *Cody*, a autoridade de Kerouac sobre a linguagem adotada parece mágica. É um romance em que, como mais tarde escreveria Holmes, "as palavras já não são palavras, mas se tornaram coisas. De alguma maneira, um circuito aberto de sensibilidade tinha sido estabelecido entre sua consciência e os objetos do momento, e o resultado era tão espantoso quanto estar aprisionado no olhar de outro homem".

Na ocasião, Holmes lê o romance com uma espécie de descrença furiosa. Escrevendo que ele às vezes desejava que Kerouac "pudesse aparar as arestas" de sua escrita a fim de que pudesse ter o reconhecimento que merecia, mais tarde Holmes se lembrou

> de sair para caminhar junto ao East River, amaldiçoando Kerouac em minha cabeça por escrever tão bem num livro que, eu estava firmemente convicto, jamais seria publicado... Lembro de que *o* amaldiçoei, mais do que aos editores, ou os críticos, ou mesmo a própria cultura que o excluía. Alguns anos mais tarde, reli *Cody* com uma sensação de assombro de minha própria confusão que era tão completa como a vergonha que senti.

Allen Ginsberg também lê o romance no contexto de seu potencial comercial. "Não vejo como o livro possa ser um dia publicado", disse a Kerouac, no dia 11 de junho. Alguns trechos eram "o que de melhor já se escreveu na América", mas o livro de Kerouac também era "louco em um mau sentido". Trazia uma "confusão cronológica"; as partes surreais se recusavam a "fazer sentido" e as gravações em fita estão parcialmente comprometidas" e deveriam ser diminuídas.

Solomon estava ainda mais horrorizado do que Ginsberg. Em 30 de julho, enviou uma carta ríspida aos cuidados de Kerouac para o endereço de sua mãe em Richmond Hill:

> Demos uma lida em ON THE ROAD e, pelo que entendemos, embora se trate meramente de um "esboço", estamos totalmente desnorteados com quase tudo que você escreveu desde as primeiras 23 páginas da amostra e do prospecto. As 500 páginas subsequentes são tão diferentes do romance que você começou e que estávamos esperando [depois de havermos feito um contrato por ele] que não parecem ter qualquer relação com o material anterior... No momento, cerca de noventa por cento do que segue à página 23 nos parece uma imensa e total confusão.[10]

Kerouac acrescentou uma nota escrita à mão a Carolyn Cassady: "Esta é a recepção que *On the Road* [Cody] vem tendo – Ginsberg + Holmes estão ainda mais irritados – o que prova, sem sombra de dúvidas, que o livro é ótimo". Em resposta a Solomon, em 5 de agosto, Kerouac admitiu que a "nova visão" de *Visões de Cody* (que então ainda se chamava *On the Road*) seria "considerada impublicável por um bom tempo", mas isso devido à falta de visão dos editores. Classificar o livro como "incoerente não é apenas um erro semântico, mas um ato de covardia e de morte intelectual".

> Isto é o que acontecerá: "On the Road" [Cody] será publicado... e ganhará o devido reconhecimento, a seu tempo, como o primeiro ou o único livro de prosa moderna na América; não apenas um "romance", o que, afinal, é uma forma europeia... E tudo o que vocês terão conseguido é colocar mais um livro de culinária na vaga que eu deixei aberta. Vocês podem sair com mil epigramas de ótima qualidade para provar que qualquer

10. A versão datilografada e revisada de *Visões de Cody* na Coleção Berg traz uma página de capa com o título escrito à mão: "Visions of Cody, Jack Kerouac '51-52". Uma segunda página, também escrita à mão, diz "On the Road", escrito com tinta e depois riscado, reintitulada à lápis como "Visions of Neal (Cody)". A primeira página da parte escrita à máquina traz "Visions of Enal". O texto tem 558 folhas. Não há qualquer esboço de *On the Road* que exceda as 347 páginas. (N.A.)

> livro de culinária é melhor do que as minhas selvagens visões de Neal Pomeray e da Estrada. Mas não quando os vermes começarem a digerir, irmão e irmãs.
> Não escrevi "On the Road" [Cody] para ser malicioso, eu escrevi com alegria no coração, e com uma convicção de que em algum lugar ao longo da linha alguém o verá sem o esbugalhar de olhos dos dias atuais e perceberá a liberdade de expressão que ainda está no porvir.

A resposta de Solomon à "cacetada de mestre" de Kerouac, em 5 de agosto, aceitava que "você pode estar inteiramente certo ao nos acusar de falta de visão, e de que nossos gostos foram moldados pela TV. Contudo, jamais alegamos ser profetas... [N]ossa rejeição do [Cody] em 1952 pode muito bem, como lhe parece, estigmatizar-nos com a pecha de ridículos daqui a vinte anos". Dizendo que ele era obrigado a julgar o manuscrito pelos padrões vigentes no momento, Solomon escreveu que o romance, "a partir do instante em que você descobre sua técnica de '*sketching*', é simplesmente um experimento que não conseguimos entender". *Visões de Cody* não seria publicado até 1972, três anos depois da morte de Kerouac.[11]

Para Kerouac, os anos imediatamente posteriores ao fracasso de ver *On the Road* e *Visões de Cody* publicados são marcados pela obscuridade e por vagares desordenados entre Carolina do Norte, San Francisco, México e Nova York. No verão de 1952, ele deixou o México e retornou para Rocky Mount, onde trabalhou por um curto período em uma fábrica têxtil. No outono, retornou para a Costa Oeste e trabalhou na ferrovia, vivendo a maior parte do tempo em um quarto de hotel de periferia em San Francisco, juntando dinheiro para retornar ao México. Notavelmente, embora tivesse sido

11. Ginsberg colaborou com uma introdução intitulada "O grande rememorador", escrevendo que "não penso que seja possível ir mais fundo na América sem antes entender a compaixão chocante e terna de Kerouac... Ao ignorar Kerouac, ignora-se o coração mortal, cantado em vogais em prosa; o livro é um gigantesco mantra de apreciação e adoração a um americano, uma alma aguerrida e heroica". (N.A.)

rejeitado, estivesse sozinho, pobre e sem um lar, o fluxo de trabalhos brilhantes que havia se iniciado com *On the Road* e *Visões de Cody* continuava. Sua escrita fluía. No verão mexicano, concluiu *Doctor Sax*. No Oeste, escreveu "October in the Railroad Earth". De volta a Richmond Hill, no Ano Novo, escreveu *Maggie Cassidy*. No seu aniversário de trinta anos, em 12 de março de 1952, Kerouac, seguindo para o México desde San Francisco, escreveu a John Holmes:

> Alcancei por completo meu pico de maturidade e estou pondo pra fora uma poesia e uma literatura tão enlouquecidas que olharei daqui a alguns anos com estupefação e pesar de que já não possa fazer isso, mas ninguém saberá do fato daqui a 15, 20 anos, apenas eu vou saber, e talvez o Allen.

Em julho de 1953, Malcolm Cowley começou a desenvolver um vigoroso interesse pelo trabalho de Kerouac após receber uma carta de Allen Ginsberg. Como registra Steve Turner, Ginsberg havia trabalhado com publicidade e jornalismo ao longo de anos, e não foi por acidente que se aproximou de Cowley. Uma figura extremamente significante e influente dentro da história da literatura americana no século XX, Malcolm Cowley havia patrocinado Hemingway na década de 1920, além de ter feito muito para recuperar a reputação de William Faulkner ao editar *The Portable Faulkner* pela Viking em 1946. Nascido em 1898, e tendo se alistado, como Hemingway, no serviço médico durante a Primeira Guerra Mundial, Cowley tinha sido o editor literário de *The New Republic*, sucedendo a Edmund Wilson, de 1929 a 1944, e se tornaria presidente do *National Institute of Arts and Letters* em 1956. Um conselheiro literário da Viking, Cowley, que estava entre os mais destacados historiadores da literatura da Geração Perdida dos 1920 e que viria a escrever que os escritores lembrados "não avançam isoladamente... aparecem em grupos e constelações que estão envoltos em anos comparativamente vazios", era, nesse sentido, um homem convincente para Kerouac. Mas Cowley jamais entendera de fato o trabalho de Kerouac e era, com frequência, condescendentemente hostil a ele, contrário a dar apoio ao que chamava de "a interminável" *Duluoz Legend.*[12]

Na sua carta de 6 de julho, Ginsberg relata a Cowley que Kerouac havia lhe pedido que tentasse "resolver suas pendências". Ginsberg escreveu que Kerouac "está bem, trabalhando numa outra versão de On the Road. (Creio que você não está ciente de que ele pretende continuar trabalhando neste livro)".

Chamando Kerouac de "o mais interessante autor que não vem sendo publicado nos dias de hoje", Cowley respondeu, em 14 de julho, que o "único de seus manuscritos entre os que li com alguma chance de publicação imediata é a primeira versão de On the Road. O que vi da segunda versão contém algumas partes tremendamente bem escritas, mas não possui qualquer tipo de história". A resposta de Cowley sugere que o que ele havia visto era o segundo esboço de *Road* e partes de *Visões de Cody*, enquanto o comentário de Ginsberg de que Kerouac trabalhava em uma "outra versão" de *On the Road* levanta a possibilidade de que Kerouac tivesse começado a trabalhar em um terceiro esboço. No outono, o segundo esboço já estava sendo avaliado pela Viking. Em seu memorando interno de 20 de outubro, o editor Malcolm Cowley escreveu:

> *On the Road* é o relato de algumas viagens pelo continente nos anos de 1947-9. Foi escrito de um só fôlego pelo autor, que trabalhou dia e noite em um rolo de papel artístico de trinta metros. Acredito que ele o concluiu em três semanas, entregou-o ao seu editor (de então) na Harcourt, Bob Giroux, e teve o material rejeitado. Depois disso, reescreveu-o significativamente, já num formato normal, e no último verão retomou este esboço, fazendo alguns pequenos cortes e alguns acréscimos. Está agora em nossa posse, com a autorização do autor para que façamos as alterações que nos pareçam necessárias – embora me pareça que ele está fazendo algumas mudanças adicionais por conta própria, eliminando trechos, em especial, do segundo retorno de San Francisco e deslocando o capítulo

12. Designação dada por Kerouac ao grande corpo dos seus trabalhos literários. (N.T.)

de Denver para a Costa Oeste. As mudanças parecem ser boas e amarrarão melhor a história.

Acho que este é o maior documento sobre como é a vida para a geração beat ou hip. Problemas: o autor é solene sobre si mesmo e sobre Dean. Alguns de seus melhores episódios fariam com que o livro fosse proibido por obscenidade. Mas penso que há aqui um livro que poderia e deveria ser publicado. A questão é se podemos ou não publicá-lo e o que podemos ou devemos fazer para torná-lo publicável de acordo com nossos padrões. Tenho algumas ideias, todas a respeito de cortes a fazer.

A Viking rejeitou o esboço de 297 páginas de *Road* em novembro de 1953.

No verão de 1954, sob recomendação de Cowley, Arabelle Porter, da *New World Writing*, aceitou para publicação "Jazz of the Beat Generation", de Kerouac, uma fusão de material retirado de *Road* e *Cody*, creditado como sendo parte de *The Beat Generation*, um romance finalizado em 1951. Em sua carta de agradecimento, datada de 6 de agosto de 1954, Kerouac revelou a Cowley que *On the Road* agora tinha sido reintitulado para "Beat Generation". Este seria o título de preferência de Kerouac até o outono de 1955. O livro estivera com a Little Brown por um "longo período", ele disse, e havia sido rejeitado por lá. Estava agora sendo avaliado pela Dutton. Em setembro, Sterling Lord, que se tornara agente de Kerouac, disse a Cowley que "*On the Road*, ou *The Beat Generation*, como agora ele o chama, continua disponível para compra". Em 23 de agosto, Kerouac disse a Ginsberg que ele havia chamado o romance de "The Beat Generation" "na expectativa de vendê-lo... mas a Merdinha[13] Little Brown Seymour Lawrence" recusara a novela.

Embora esta fosse sua primeira publicação em cinco anos, Kerouac usou o nome Jean-Louis quando "Jazz of the Beat Generation" foi publicado em abril de 1955. Kerouac contou a Cowley que usara o nome "porque tenho uma ex-mulher que não para de tentar me mandar para a cadeia por falta de pagamento de pensão". Kerouac também ressaltou que não se tratava de um pseudônimo, já que seu nome completo

13. *Littleshit* no original, um trocadilho com o nome da editora. (N.T.)

era "John [Jack] [Jean-Louis] Kerouac". Cowley tinha esperança de que a publicação de excertos de *On the Road* pudesse ajudar no surgimento de uma oferta pelo romance integral e respondeu que "acho que você errou ao mudar seu nome, porque John Kerouac é um bom nome do ponto de vista literário, e ao assinar seu trabalho como Jean-Louis você perde a reputação que você já construiu".

Depois que "Jazz of the Beat Generation" foi publicado, Kerouac tentou, furiosamente, gerar interesse por seu trabalho e se sentiu frustrado ao não ouvir qualquer novidade sobre o destino de seus muitos manuscritos. Em 4 de julho, Kerouac estava "prestes a se jogar de uma ponte", como escreveu a Cowley, após os dois terem se encontrado em Nova York.

No dia 12, Cowley escreveu a Kerouac com a nova de que Peter Matthiessen havia aceitado o episódio "The Mexican Girl" do *On the Road* para ser publicado na *The Paris Review*. "The Mexican Girl" foi posteriormente escolhido por Martha Foley para a antologia *Os melhores contos americanos* de 1956. Cowley revelou a Kerouac que "*On the Road* continua sob apreciação da Dodd, Mead. Se o livro retornar das mãos deles, Keith [Jennison, um editor da Viking] e eu tentaremos mais uma investida para ver se conseguimos que ele seja aceito pela Viking". Cowley também se ofereceu para escrever uma apresentação a *On the Road*, para que a Viking pudesse considerá-lo de modo mais favorável. Ele disse a Jack que havia escrito ao National Institute of Arts and Letters perguntando se eles podiam enviar algum dinheiro a Kerouac através do Fundo Rotativo para Escritores e Artistas. Enquanto isso, ele disse, "não se deixe abater. Dias melhores virão".

A carta "bela e calorosa" de Cowley "me fez sentir realmente melhor", disse Kerouac a Sterling Lord em 19 de julho. "Cedo ou tarde [*On the Road*] poderá estar na Viking, graças à integridade de tal apresentação." Expressou seu agradecimento a Cowley no mesmo dia, dizendo-lhe que "sua carta me fez sentir melhor, e acalentado, e bem, como há muito não me sentia". Ele "espera que a Dodd, Mead se apresse e que o manuscrito volte a suas mãos". Uma apresentação de Cowley daria ao livro "um toque de classe literário e uma paulada literária... É isso o que eu quero, ser publicado pela Viking". Escreveu dizendo que usaria seu verdadeiro nome outra vez, mas "Sterling e eu concordamos em usar JACK Kerouac em vez de JOHN, que me parece mais natural". Em agosto, Kerouac, do México, escreveu para Cowley ao "saber da boa nova" de que havia recebido um prêmio do National Institute.

> Você foi muito gentil, demonstrou uma gentileza divinamente-inspirada... manteve a quietude a tranquilidade em seu coração e ajudou anjos desamparados.

Em 11 de setembro, Kerouac escreveu a Cowley dizendo, "estou feliz que você tenha por fim o manuscrito de Sal Paradise. Você e Keith precisam fazer sucesso".

No dia 16, Cowley respondeu com boas notícias. Revelando que *On the Road* é "o nome certo para o livro", Cowley escreveu a Kerouac que o livro agora estava "sendo considerado com muita seriedade" pela Viking e que havia "uma boa chance de que o livro fosse publicado por nós". A publicação dependia, nas palavras de Cowley, de "três ses":

> se pudermos imaginar quais as alterações adequadas a serem feitas (cortes e rearranjos); se pudermos ter certeza de que o livro não será recolhido por imoralidade; e se isto não vai nos meter em processos por difamação.

Em um memorando interno sem data acerca das "questões de difamação", Cowley reafirmou suas preocupações sobre as "principais dificuldades", a obscenidade e a difamação, mas argumentou que muitas das pessoas envolvidas na narrativa "não eram do tipo que abririam processos por difamação – de fato, muitas delas haviam lido o manuscrito e se sentiam bastante orgulhosas de fazerem parte da trama, ou pelo menos assim me pareceu". O que mais preocupava Cowley era o momento em que pessoas "respeitáveis" entram na história. Denver D. Doll precisaria ser "mudado a ponto de não ser reconhecido". Cowley não acreditava que o "Old Bull Balloon" (Burroughs) pudesse processá-lo: "a mais original das figuras vinha de uma família proeminente – a corte de um tribunal era um lugar que gostaria de manter à máxima distância". Cowley queria uma segunda opinião antes que pudesse ter certeza de que a publicação do livro estava assegurada legalmente, e a Viking chamou o advogado Nathaniel Whitehorn.

Se permanece obscuro quando, precisamente, Kerouac escreveu o esboço de 347 páginas, uma carta de Kerouac, de 11 de setembro de 1955, pode indicar tanto que ele havia enviado um novo esboço para Cowley nessa ocasião, quanto que o manuscrito retornara a Cowley da Dodd, Mead, o que ele havia informado a Kerouac. O que está claro é que naquele momento o esboço do romance que Cowley estava lendo era o de 347 páginas. Justin W. Brierly, o erudito de Denver que preparava jovens promissores da localidade para a Universidade de Columbia e uma figura que Kerouac satiriza por completo na versão original, é disfarçado como Baettie G. Davis no esboço de 297 páginas. É somente no esboço de 347 páginas que Kerouac o chama de Denver D. Doll.

Concordando com Cowley que o romance deveria se chamar *On the Road* e não *Beat Generation*, no dia 20 de setembro, Kerouac delineou rapidamente os passos que já havia tomado para evitar o processo por difamação. Estes incluíam fazer de Denver D. Doll "um instrutor na Universidade de Denver em vez de na Escola Secundária de Denver". Havia mudado "o nome da cidade-prostíbulo mexicana de Victoria para 'Gregoria'". Mantinha ainda relações próximas com "'Galatea Buckle', que estava apenas orgulhosa de estar no livro". Além disso, Kerouac disse a Cowley:

> Quaisquer mudanças que você queira fazer, por mim tudo bem. Lembra-se da sua ideia em 1953 de misturar a viagem Nº 2 e a viagem Nº 3 em uma só viagem? Estou disponível para ajudá-lo no que for preciso.

Cowley não pensava que Kerouac estivesse levando a questão da difamação a sério. Escrevendo em 12 de outubro aos cuidados de Allen Ginsberg no endereço em Berkeley, onde Kerouac estava de visita, Cowley lhe disse que o manuscrito estivera com o advogado contratado pela Viking nas últimas duas semanas. Cowley explicou que devido ao fato de que o romance havia sido primeiramente um registro de experiências,

> [a]penas modificar os nomes dos personagens e alterar algumas de suas características físicas não é suficiente para evitar um processo por difamação se uma das pessoas puder se reconhecer pelos detalhes que nomeamos... É melhor que eu lhe advirta mais uma vez de que essa questão do processo é séria... As modificações que você mencionou em sua carta não são suficientes. É melhor você ir pensando em mais algumas modificações que possam impedir que (Doll) entre na justiça.

Para personagens como Moriarty, Cowley escreveu, "o mais seguro a fazer pode ser obter da pessoa retratada um contrato assinado garantindo seu consentimento". Mais uma vez, Cowley repetiu que essas eram "sérias dificuldades".

Dois dias mais tarde, Kerouac disparou em resposta mais uma carta otimista. Relatando que Ginsberg havia "provocado sensação" com sua leitura do "Uivo", na "Six Poets at the Six Gallery", um evento realizado em 7 de outubro, Kerouac disse que o problema da difamação seria "facilmente resolvido". Ele iria "rapidamente" obter os consentimentos das pessoas e, se isso não fosse possível, faria "as mudanças requisitadas propostas... Não há qualquer dúvida de que você terá minha cooperação". A resposta final às preocupações da Viking com um possível processo de difamação movido por Brierly é cortar do manuscrito de 347 páginas a maioria das cenas nas quais Denver D. Doll aparece.

Depois de ver a publicidade gerada pela leitura na Six Gallery, a Viking estava ansiosa por ver o romance de Kerouac na linha de produção. Em 31 de outubro, Tanny Whitehorn mandou os formulários de liberação para Helen Taylor na Viking. Deveriam ser assinados "pela maior quantidade de amigos de Kerouac que tivessem alguma coisa a ver com 'On the Road' que ele pudesse conseguir". Whitehorn entregou seu relatório sobre o romance no dia seguinte.

O relatório de nove páginas de Whitehorn listava as referências presentes no manuscrito de 347 páginas em que as pessoas que já haviam sido disfarçadas por Kerouac poderiam ainda ser capazes de se identificar e poderiam protestar quanto ao modo como haviam sido retratadas. Junto aos vários nomes e às páginas de referência em sua cópia do relatório, Kerouac acrescentou anotações à mão, dando conta das ações que havia tomado. Junto ao nome de Denver D. Doll, Kerouac escreveu, "Doll foi removido, exceto por referências casuais". A palavra "cortado" foi escrita junto à maioria das anotações de Whitehorn, que objetava também uma referência a "Jane caminhando em círculos, alucinada de benzedrina". Jane era Joan Vollmer Burroughs, e ela havia sido morta em setembro de 1951 por um tiro disparado, de modo acidental, por William Burroughs. Junto à anotação de Whitehorn Kerouac escreveu: "Jane está morta".

No dia 2 de novembro, Taylor agradeceu a Whitehorn pelas liberações e por seu "laborioso" empenho sobre o romance. "Agora é nossa vez de dar conta de um bocado de tediosas edições e pesquisas", ela escreve, "e então passamos ao próximo estágio. Temo que você tenha que olhar tudo de novo".

Depois de receber as "os formulários antidifamação", Kerouac garantiu as liberações de seus "dois heróis", "Dean Moriarty" e "Carlo Marx". "Posso conseguir as assinaturas de todos", escreveu Kerouac em 14 de novembro. Ginsberg assinou sua liberação "pelo benefício da literatura americana. Ass: Carlo Marx, como devia ser".

Apesar das "imediatas" coletas de assinaturas e envios pelo correio dos formulários, Kerouac ficou frustrado por não receber qualquer retorno de Cowley. "Você recebeu essas duas assinaturas", ele escreve em 23 de dezembro. "Eu as enviei imediatamente; não venha me dizer que não as recebeu! Faz várias semanas." Kerouac também se sentia frustrado com o fato de que nem o contrato, nem a prometida lista com as mudanças recomendadas haviam sido enviados.

A primavera de 1956 encontrou Kerouac ainda à espera. Após uma série de desencontros, caracterizados pelo que Cowley chamou de "destino maligno", prometeu enviar a lista com as correções recomendadas para Kerouac a tempo para que pudesse trabalhar nelas no Washington Skagit Valley, onde Kerouac trabalharia como fiscal de incêndios ao longo do verão no Desolation Peak. Este atraso, acrescido da já longa espera por ver o romance publicado, testou, de modo nada surpreendente, a temperança de Kerouac, e ele reclamou a Sterling Lord, em 10 de abril, que a saga assumia uma "proporção de absurdo martírio que não estou disposto a pagar". Mais de uma vez ameaçou tirar *On the Road* da Viking. Mas sempre voltava atrás, convencido de que a Viking representava sua melhor chance, apesar dos vieses que o projeto continuou a enfrentar ao longo de 1956. Na maior parte do tempo, dava vazão à sua fúria em cartas a Sterling Lord e outras nunca enviadas a Cowley.

Kerouac continuava ansioso no outono de 1956, escrevendo em setembro, de San Francisco, para Sterling Lord para perguntar "o que está acontecendo agora?". "Me diz o que lhe parece a situação da Viking Press", perguntou a Lord, "talvez você possa sugerir que mudemos o título para UAU e o publiquemos imediatamente."[14] Em 7 de outubro, Kerouac escreveu da Cidade do México pedindo a Lord para reaver "Beat Generation" das mãos de Cowley. "Diga-lhe que o tenho na mais alta conta, mas não tenho tanta confiança nas outras pessoas da Viking e lhe diga que <u>não me importo mais</u>... quero que o livro seja vendido nos mercados de rua, é um livro <u>sobre</u> as ruas. Faça o que puder... Já enfrentei todas as desgraças possíveis e nem a rejeição, nem a aceitação por parte das editoras podem alterar esse horrendo sentimento de morte – de uma vida-que-é-morte."

O relatório de Cowley, com sua aceitação final, não está datado, mas é possível que tenha sido escrito perto do final de 1956. Cowley retraçou a história do livro. Relembrando que o romance havia sido rejeitado em 1953 "com a ressalva de que gostaríamos de reexaminá-lo", Cowley escreveu que a Viking havia trabalhado subsequentemente para "remover os dois maiores problemas: as cenas de difamação e obscenidade... Além disso, Kerouac modificou a história para evitar

---

14. De Londres, em abril de 1957, e impressionado pela cultura Teddy Boy que encontrou por lá, Kerouac escreveu a Sterling Lord que "talvez as vendas pudessem ser dobradas se o título fosse mudado para ROCK AND ROLL ROAD". (N.A.)

o perigo de processos... e Helen Taylor ainda fez uma revisão em busca de outras referências difamatórias e obscenas, além de amarrar os pontos da história".

Cowley escreveu que *On the Road* não é "um grande romance ou mesmo um livro agradável". Os "selvagens boêmios" do romance eram mais como "máquinas em curto-circuito... esvaziadas de quase todas as emoções, exceto a determinação de dizer Sim para toda e qualquer experiência nova".

> O livro, eu profetizo, terá críticas variadas, mas interessadas, terá uma boa venda (talvez ótima), e não creio que possa haver dúvida de que chegará à edição em brochura.[15] Além do mais, permanecerá por longo tempo como o mais honesto registro de um modo alternativo de vida.

No Ano Novo de 1957, Kerouac, da Flórida, relatou a Sterling Lord que "o manuscrito de ROAD já estava pronto para ir para a gráfica, diga, por favor, para que Keith e Malcolm tenham plena confiança na limpeza que fiz para evitar os processos de difamação... eles ficarão satisfeitos". Viajando para Nova York em um ônibus da Greyhound que partira da Flórida, Kerouac entregou o manuscrito a Cowley em 8 de janeiro. O contrato assinado entre a Viking e "John" Kerouac, para um romance "provisoriamente intitulado *On The Road*", está datado de 10 de janeiro de 1957. Kerouac recebeu a quantia de U$ 1.000 como total de adiantamentos, sendo U$ 250 relativos à assinatura, U$ 150 pela aprovação e um saldo de U$ 600 em pagamentos mensais de U$ 100 ao longo de seis meses. O acerto dos royalties estabeleceu que Kerouac receberia 10% do preço de capa até 10.000 exemplares, 12,5% para uma venda superior a 12.500 exemplares e 15% daí para cima. Em 10 de janeiro, Kerouac informou a John Clelton Holmes que "amanhã, com toda certeza, assinaria com a Viking".

Em 24 de fevereiro, Cowley escreveu a Kerouac recusando seu novo romance *Desolation Angels*. Escreveu, "enquanto

---

15. Nos Estados Unidos, os livros saem primeiro no formato *hardcover* (capa dura) e depois em edições mais baratas e populares, em *paperback*, que podem tanto ser as nossas brochuras (livros de capa mole) ou mesmo edições mais simples, com papel jornal e/ou formato de bolso. (N.T.)

isso On the Road vai avançando – logo estará impresso – e então os vendedores sairão pela estrada com *On the Road*, e espero que ele venda um montão de cópias".

Com os contratos assinados e o livro na linha de produção, Kerouac se descobriu isolado pela Viking. Escrevendo de Berkeley em julho, e preocupado com o resultado iminente do processo por obscenidade impetrado contra o "*Uivo*", marcado para agosto, e com seus possíveis efeitos sobre *On the Road*, Kerouac reclamava para Sterling Lord do "misterioso silêncio". "Estou preocupado de verdade porque você não me escreve mais, não sei se há algo errado, ou tudo não passa de coisa da minha cabeça? Escrevi uma longa carta para Keith Jennison, também não obtive resposta. ON THE ROAD será publicado? E se vai ser, onde estão as provas que fiquei de ver, e quanto ao negócio da minha fotografia, e não está ocorrendo nenhum tipo de divulgação ou promoção de que eu deveria estar informado? Vou lhe dizer uma coisa, estou me sentido sozinho e assustado por não ouvir notícias de ninguém."

Depois que a pequena revista literária *New Editions* publicou "Neal and the Three Stooges", um excerto de *Visões de Cody*, em julho, Kerouac enviou uma cópia a Cowley, escrevendo, de modo proposital, que acreditava que Cowley ficaria "deleitado ao ver minha prosa 'intocada' impressa". Kerouac estava escrevendo para perguntar quando lhe seriam enviadas as provas finais de *On the Road*, mas foi interrompido em sua escrita pela entrega das cópias em primeira mão do romance. Como descrito em *Desolation Angels*, Neal Cassady bateu à porta no exato instante em que Kerouac desempacotava os livros. Sentindo que havia sido pego com a "mão na massa", Kerouac deu a Cassady, "o herói daquele livrinho louco e triste", o primeiro exemplar.

As tensões culturais que podem ser lidas em todas essas trocas e negociações, a mistura de excitação e desagrado demonstrada pelas figuras mais experientes dentro da Viking em relação a Kerouac e seu trabalho, as tentativas de controlar e acomodar seu livro indômito e a entusiástica vulnerabilidade e cumplicidade de Kerouac no processo todo e a sensação parcialmente apreendida em todos os lados de que a história literária e cultural estava para se modificar viriam à tona quando as primeiras resenhas sobre *On the Road* – que foi publicado finalmente em 5 de setembro de 1957 – começaram a sair.

Em *Minor Characters*, Joyce Johnson descreve como um pouco antes da meia-noite de 4 de setembro ela e Kerouac foram a uma banca de jornal na 66th Street com a Broadway para esperar pela entrega dos exemplares do *New York Times.* Quando os jornais foram retirados do caminhão, e o velho da banca cortou as tiras que os mantinham em fardos, Joyce e Jack compraram uma cópia e leram a resenha crítica de *On the Road* de Gilbert Millstein sob a luz de um poste, e depois continuaram a lê-la, sem parar, no bar Donnelly na Columbus Avenue.

A resenha de Millstein, que considerava o livro "uma autêntica obra de arte", anunciava *On the Road* como um "romance maior", e sua publicação como "um evento histórico". Elogiando o estilo e a virtuosidade técnica de Kerouac, Millstein argumentava que os excessos de Sal e Dean, sua "busca frenética por qualquer impressão sensorial", eram cometidos e tinham o propósito, em primeiro ligar, "de servir a um propósito espiritual". Pode ser que a geração de Kerouac, escreveu Millstein, não "saiba que refúgio está procurando, mas está procurando". Era nesse sentido espiritual, argumentava Millstein, que Kerouac havia escolhido o mais desafiador e difícil dos caminhos disponíveis para um escritor americano no pós-guerra, dilema identificado por John Aldridge em seu estudo "After the Lost Generation". Kerouac, nas palavras de Aldridge, tinha afirmado "a necessidade de acreditar mesmo quando o pano de fundo tornava qualquer crença impossível". Essa necessidade de acreditar era também o ponto que John Clellon Holmes havia privilegiado em "This is the Beat Generation", um artigo encomendado por Millstein para a edição dominical do *New York Times* em 1951 e do qual extraiu uma citação para sua resenha de *On the Road.* Holmes tinha argumentado que a diferença entre a geração "Perdida" e a "Beat" estava no fato de que a última "seguirá acreditando mesmo diante de uma incapacidade de fazê-lo em termos convencionais". "*Como* viver", escreve Holmes, tornara-se muito mais "crucial do que *por quê.*"

Se a tentativa de Millstein, ao identificar *On the Road* como um romance preocupado antes de mais nada com a procura de afirmação no contexto de uma sociedade americana assustadiça e espiritualmente estéril, era a de estabelecer a base sobre a qual o romance poderia ser discutido, sua visão era desafiada pela de outros críticos menos simpáticos que, ainda que não pudessem ignorar o exuberante frescor e beleza do estilo de Kerouac, não reconheciam a seriedade de sua proposta espiritual e de seu intento. Na edição dominical do *New York Times*, de 8 de setembro, David Dempsey argumentou que "Jack Kerouac escreveu um livro bastante agradável e interessante, mas quem o lê o faz com um espírito semelhante ao de quem assiste a um show de segunda classe – as aberrações são fascinantes, embora dificilmente possam fazer parte de nossas vidas".

Outros críticos culturais foram mais abertamente hostis. Resenhando o romance para o *New York World-Telegram & Sun*, Robert C. Ruark argumentou que *On the Road* não era muito mais que uma "cândida confissão" de que Kerouac "estivera vagabundeando por seis anos". Os personagens "ranhentos" de Kerouac, escreveu Ruark, eram "marginais" que precisavam de um bom chute "no traseiro". No *New Leader*, de 28 de outubro, William Murray argumentou que o romance certamente era significativo e importante dentro do contexto do "espírito e pensamento" de seu tempo, mas Kerouac certamente não era um artista, porque isso exigiria uma disciplina e uma unidade de propósito que não se reflete em sua escrita". *On the Road* era importante, seguia Murray, "por comunicar diretamente, de um modo não literário, uma experiência emocional de nosso tempo".

O que a diretora de publicidade da Viking, Patricia McManus, chamou de "efeito ressonante, senão complexo" do romance em um memorando interno datado de 6 de fevereiro de 1958, levou *On the Road* rapidamente a três edições. Em um memorando anterior à publicação, McManus havia antecipado que, "a julgar pela leitura das prévias", o romance poderá "gerar uma animada e considerável discussão, cheia de prós e contras". Em janeiro de 1958, McManus relatou: "pelo menos duas faculdades adotaram o livro em suas classes de literatura moderna (o modo como as escolas o estão utilizando ainda precisa ser averiguado... talvez como leitura para depois do toque de recolher)".

A controvérsia sobre Jack Kerouac e *On the Road* se tornou a disputa sob foco em uma guerra cultural muito mais ampla, na qual a insistência de que estava em uma busca espiritual, seu quase imperceptível pertencimento à classe operária, seu estatuto de franco-canadense e sua aparente emergência de lugar-nenhum para se tornar, de modo relutante e mitificador, a figura central de uma geração de contracultura, definida pela oposição às políticas da Guerra Fria e sua ideologia, fizeram dele um alvo fácil. O romance de Kerouac, escrito seis anos antes, preocupado com a "quente" e exuberante juventude do fim dos 1940, foi equivocadamente visto como um comentário social e direto da cultura "*cool*" da juventude do fim dos 1950. O sucesso técnico de Kerouac em fazer ruir a distinção entre ficção e não ficção também significou que a temática consciente e pretendida e que o parentesco estrutural que *On the Road* divide com os romances canônicos americanos, incluindo, de modo óbvio e notável, *Moby Dick*, *As aventuras de Huckleberry Finn* e *O grande Gatsby*, passaram inteiramente despercebidos, enquanto muitos leitores, porque lhes era conveniente, simplesmente confundiram Kerouac com Dean Moriarty. Em "The Cult of Unthink", publicado na *Horizon*, em 15 de setembro de 1958, Robert Brustein ligou Kerouac aos "furiosos" e inarticulados "seguidores tribais" de Marlon Brando e James Dean. A "Geração Beat", argumentava Brustein, era grosseira e descontente, tinha "muitos músculos e pouco cérebro" e estava "preparada para recorrer à violência diante da menor provocação". "Não precisa muito", continuou Brustein, "para passar do poeta violento ao adolescente violento que, enterrando sua faca na carne de sua vítima, agradece-lhe pela 'experiência.'"

Kerouac, um pacifista inveterado, que havia se desfeito de seu rifle e abandonado o campo enquanto estava no acampamento das forças armadas, respondeu a Brustein no dia 24 de setembro, uma semana antes da publicação do enfaticamente espiritual e pacífico *Os vagabundos iluminados* em 2 de outubro:

> Nenhum de meus personagens viaja "em bando" ou em "gangues juvenis" ou leva facas. Concebi On the Road como um livro sobre a doçura de jovens intempestuosos e infernais, como seu avô em 1880, quando também ele era um jovem. Jamais exaltei ninguém por sua natureza violenta... Dean Moriarty e Sal Paradise eram personagens completamente desprovidos de ódio, ao contrário de seus críticos.

Apesar das tentativas de atrair seus críticos para debates sérios, Kerouac descobriria custosamente, como escreve Joyce Johnson, que o que a maioria dos entrevistadores queria era conseguir uma visão "dos bastidores da Geração Beat e de seu avatar". Especificamente, claro, esses entrevistadores queriam que Kerouac explicasse o significado de "Beat", a palavra que começava a ser ouvida em todas as partes. A palavra "Beat", escreve Johnson, foi

> dita pela primeira vez numa esquina da Times Square em 1947 pelo anjo-*hipster* Herbert Huncke em algum momento evanescente de exaltada exaustão, mas ressoou mais tarde na cabeça de Jack, vivendo para adquirir novo sentido, conectando-se finalmente com a palavra latina e católica *beatífica.* "Beat é realmente dizer *beatífico.* Percebe?" Jack está empenhado para que o entrevistador entenda o seu ponto, em respeito à busca jornalística pela exatidão, embora ele saiba que exatidão não é o mesmo que verdade.

Repetidas vezes, Johnson escreve, Kerouac "fará esta derivação com crescente cansaço... as palavras sucumbindo progressivamente". Então começou o pesadelo que Johnson chamou de "o horrendo pesadelo" de Kerouac. A bebida, que Kerouac sempre usara pesadamente, tornou-se incontrolável, e o romance que ele havia começado quase dez anos antes em Ozone Park condenou-o ao seu destino mitológico de "Rei dos Beats", que foi onde nós começamos.

Este texto é uma contribuição a uma contranarrativa que vem sendo produzida e que pretende desfazer a mitologia e recuperar a figura de Kerouac como escritor, sob todos os aspectos. "É assim que me lembro de Kerouac", escreveu William Burroughs, "como um escritor falando sobre escritores ou sentado num canto, silencioso, com seu caderninho, escrevendo à mão... Tinha-se a impressão de que ele escrevia o tempo inteiro; que a escrita era tudo que lhe interessava, em que pensava. Ele nunca quis fazer nada além disso."

Reescrevendo a América

A nação de "monstros subterrâneos" de Kerouac

Penny Vlagopoulos

Muitas vezes, ao entrar em uma livraria em Nova York, você encontra Kerouac não nas prateleiras, mas logo atrás da caixa registradora. Segundo reza a lenda, ao lado da Bíblia, *On the Road* é, com frequência, um dos livros mais roubados. Livros não são, comumente, objetos capazes de estimular um comportamento criminoso, mas Kerouac continua a inspirar um grau de desafio a esta regra que parece sugerir que seu mundo sem leis continua a se espalhar através das gerações. Embora seu romance mais famoso tenha se erguido a partir das condições específicas da época em que foi escrito, ele funciona como uma espécie de impressão digital capaz de traduzir as agitações e os tremores secundários de seu momento histórico em preocupações vitais e perenes. No centro dessa qualidade há um imperativo ao leitor para que persiga as questões mais difíceis de apreender em nossas vidas através da escavação dos lugares que nos definem, como se os descobríssemos pela primeira vez – como *outsiders*. Kerouac dedica *Visões de Cody*, o relato experimental de sua viagem com Neal Cassady, à "América, o que quer que ela seja". Talvez mais do que qualquer outro romancista de sua geração, ele se aproxima das ambiguidades da América como em uma aventura inerente ao processo criativo de, como ele coloca em *On the Road*, "surgir do subterrâneo". Os anos que Kerouac passou escrevendo sobre sua experiência na estrada foram, em certo sentido, uma exploração a respeito dos alicerces da nação.

"Certa noite na América quando o sol já se pôs", diz o começo de um pré-rascunho de *On the Road* de 1950. Esta imagem, em última análise, subsiste até o último parágrafo da versão publicada, mas, lida como abertura, traz para o primeiro plano a dimensão panorâmica do romance, que contextualiza o "inferno e a amargura da pobre vida beat" como um "triste drama na noite americana". Em 4 de julho de 1949, Kerouac escreve em seu diário sobre os planos de ir do México a Nova York e sente "uma pesada melancolia, quase como uma espécie de prazer", que ele descreve da seguinte maneira: "A grande noite americana segue se fechando sobre si mesma, cada vez mais vermelha e negra. Não há nenhum lar". Ainda que Kerouac jamais tenha renunciado aos lugares e às pessoas que em sua vida constituíam sua ideia de lar – sobretudo sua mãe, para quem sempre retornava, e sua cidade natal, Lowell, Massachusetts –, sempre sentiu a combinação única de exuberância e desespero de se sentir desabrigado em sua própria terra. A intensidade demolidora de grande parte da escrita de Kerouac, que frequentemente exige que o leitor se posicione entre a apreciação intelectual e a liberdade emocional, evidencia o quanto era importante para Kerouac a construção de um vocabulário que pudesse dar conta, de modo adequado, da relação entre indivíduo e nação.

"Esta é a história da América", Kerouac esclarece em *On the Road*, ao descrever a tentativa frustrada de Sal Paradise de burlar as regras durante uma rápida incursão como segurança. "Todos fazem o que acham que deveriam fazer." O período após a Segunda Guerra Mundial, que marcou o início da Guerra Fria, patrocinou uma mitologia de unidade nacional. No NSC 68, um relatório confidencial preparado pelo Conselho Nacional de Segurança dos Estados Unidos, em 14 de abril de 1950, um ano antes de Kerouac sentar praça para compor o rolo de *On the Road*, três "realidades" emergem em uma seção intitulada "Propósito Fundamental dos Estados Unidos": "Nossa determinação de manter os elementos essenciais da liberdade individual, tal como estabelecidos na Constituição e na Declaração de Direitos; nossa determinação de criar as condições sob as quais nosso sistema livre e democrático possa viver e prosperar; e nossa determinação de lutar, se necessário, para defender nosso modo de vida". Nesta seção, a retórica usada na defesa da liberdade é inconfundivelmente ameaçadora, até mesmo imperialista, em seu tom. Quase um século antes, Walt Whitman escreveu, no ensaio

"Perspectivas Democráticas", sobre um "perfeito individualismo" que "tinge profundamente e dá personalidade à ideia do agregado". Nos anos 1950, este paradigma parecia adquirir sentido reverso: era o Estado que estruturava as exigências do indivíduo, tanto nas fronteiras internas – um sacrifício que exigia de cada um a sua parte no esforço de guerra – quanto nas fronteiras externas.

No ano em que Kerouac compôs o rolo de *On the Road*, os Estados Unidos expandiam seus testes nucleares do Pacífico Sul ao deserto de Nevada, trazendo, literalmente, a guerra para dentro de casa. O Comitê de Atividades Antiamericanas começava a segunda rodada de depoimentos, e artistas e intelectuais viam-se exigidos a provar sua inocência e lealdade aos Estados Unidos e a renunciar a suas ligações comunistas. Mesmo a menor das ofensas poderia ser rotulada como um desafio às normas, e os cidadãos sofriam com a restrição de suas prerrogativas civis em nome da manutenção da liberdade diante do totalitarismo. Esse período de confissão compulsória foi o modo performático de um vasto movimento sigiloso que foi realmente efetivo, como argumenta Joyce Nelson, graças à "fragmentação intencional e à compartimentalização da informação."

Quanto menos as pessoas entendessem a respeito dos tecidos conjuntivos que se estabeleciam profundamente entre a política e a cultura, mais efetiva se tornaria a capacidade do governo de manipular a população enquanto seguia na busca por influência e autoridade ao redor do globo.

No artigo que formulou a política de contenção da Guerra Fria, "As origens da conduta soviética", publicado em 1947, George Kennan enfatizou as conexões entre a harmonia social no país e o controle externo. Os Estados Unidos, ele argumentava, deveriam vender a imagem de uma nação que "podia lidar exitosamente com os problemas da vida interna e com as responsabilidades de um poder global", além de ser capaz de "sustentar sua posição na grande disputa ideológica de seu tempo". Sinais de fraqueza, de acordo com Kennan, poderiam ter consequências drásticas ao redor do planeta, uma vez que "demonstrações de indecisão, de desunião e desagregação internas produzem um efeito estimulante em todo o movimento comunista". Em outras palavras, dissensões e contradições eram vistas como malefícios capazes de ameaçar a própria soberania da nação, através do fortalecimento do inimigo. O antídoto, por implicação, era a homogeneidade e o consenso, sem importar o quão compulsórios fossem ambos.

Entre as muitas definições de Kerouac para a Geração Beat, ele inclui "um cansaço de todas as formas, todas as convenções do mundo". A sensação de estar alienado em sua própria terra derivava em parte do entendimento de que alguma coisa "tinha se corroído dentro de mim, fazendo com que eu lutasse para ser 'diferente' disso tudo". Sentia-se próximo de pessoas "*sombrias* demais, estranhas demais, subterrâneas demais" para preencher as credenciais de uma sociedade na qual, como argumenta Stephen J. Whitfield, "a expressão cultural era impedida e distorcida" a cada nova oportunidade. *On the Road*, em sua promoção da vida vivida para "a alegria crua e extática de simplesmente ser", pode ser visto como uma resposta para um determinado nível de conformidade tão prevalente na consciência cultural da nação, que a obra acabou por produzir ansiedade sobre o que William H. Whyte Jr., em seu best-seller de 1956, *A organização do homem*, advertiu ser uma sociedade composta por trabalhadores de classe média "que deixaram seus lares, tanto espiritual quanto fisicamente, para assumir as promessas da vida organizada". Esta forma de autocrítica que era fruto dos medos de uma sociedade de "homens organizados", contudo, produziu apenas um espaço seguro para a dissensão, no qual os mais submersos níveis de controle podiam continuar sem verificação.

Para Kerouac, eram os próprios sistemas através dos quais as ordens militares e burocráticas eram filtradas que estavam cindidos. Na carta para Allen Ginsberg, de julho de 1951, ele escreveu: "Fico feliz por ter entendido exatamente o que é ser um homem de escritório em pleno mundo. Nos meus primeiros tempos como repórter – eu tinha uma mesa, um telefone – aquilo tudo era uma maneira muito fácil de estar no mundo, talvez... automática". Kerouac se alistou por um curto período na reserva da Marinha, em 1943, mas assim que se deu conta do que havia feito – segundo o psiquiatra que o avaliou, "a individualidade é subordinada à obediência e à disciplina", e qualquer um "que não esteja de acordo com este regime é inútil para a organização" – fingiu loucura para ser exonerado, realistando-se, depois, na Marinha Mercante. Em seu ensaio mais cáustico, "Depois de mim, o Dilúvio", escrito ao final da vida com o intuito de mostrar sua falta de alinhamento tanto com a "geração hippie do paz e amor" quanto com os "altos escalões da sociedade americana", ele determina que "irá retornar aos alienados radicais, que compreensivelmente estão alienados e ainda mais enojados com o atual cenário", porque, embora ao seu ponto de vista eles fossem hipócritas e contraproducentes, as pessoas que faziam parte da "parasitação neurológica da busca incessante pelo dinheiro" eram piores.

Ainda assim, seria um equívoco ler *On the Road* como o manifesto de um porta-voz de uma geração. Depois do sucesso imediato do livro, Kerouac se viu na posição de ter de resgatar a ideia da Geração Beat e de ter de se livrar do título de "Rei dos Beats". Ao final da vida, convocado com frequência para definir suas crenças políticas e sua relação com a florescente contracultura, explicava que *On the Road* dificilmente "poderia ser tomado como uma propaganda para a agitação". Ele não queria se responsabilizar por guiar uma geração inteira que, de fato, ele mal compreendia. Já em 1959, Kerouac deplorava as "aparições beatniks na tevê", que implicavam em "meras mudanças na moda e nos hábitos, apenas um acontecimento de superfície" que "mudará apenas alguns penteados e calças e tornará as cadeiras inúteis nas salas de estar e que em breve fará com que tenhamos ministros de Estado beats e então serão instituídos novos ouropéis, novas razões, de fato, para a malícia, e novas razões para a virtude e novas razões para o perdão..." Kerouac assistiu em primeira mão às absurdas trajetórias dos movimentos culturais de vanguarda, que não raro se desviam das ideias fundamentais que os geraram. Entendeu como o potencial radical da arte se torna sanitizado em versões refletidas que destilam de si as críticas escondidas por detrás de suas originais articulações criativas.

Kerouac se ocupa do lado mais sinistro desta deturpação ao desafiar o poder absoluto que essas taxonomias, com todas as suas qualificações resultantes, exigem. Ao final de "After Me, the Deluge", sua única solução é "ver todas as pessoas que estão no mundo como órfãos inconsoláveis, gritando e urrando em todas as direções atrás dos arranjos necessários para ganhar a vida" e, no fim das contas, "completamente *solitários*". Kerouac rejeita a rigidez e o caráter redutivo das categorias. *On the Road* conclama as pessoas a encontrar a beleza nas jornadas fracassadas, à descoberta dos excessos pessoais, a sentir a ferroada dos limites, mas essas são as fronteiras ao redor das quais a humanidade se constrói. Rótulos, por outro lado, podem, algumas vezes, esvaziar a presença daquilo que tentam conter. Kerouac criticava "aqueles que pensam que a Geração Beat significa crime, delinquência, imoralidade, amoralidade", escreveu em 1959. Isso não passava de táticas mal-informadas "daqueles que atacam o movimento a partir de bases que simplesmente não compreendem, desconhecendo a história e os anseios das almas humanas... ai daqueles que não percebem que a América deve, irá, já está mudando, para melhor eu digo." Em vez de escrever com teimosa resistência ao *mainstream* americano, Kerouac mapeou a geografia humana de uma "terra que ainda nunca foi... /E que deve começar a ser", nas palavras de Langston Huges. Para Dean, o personagem baseado em Neal Cassady, "Todos te chutam, cara!". Mas para Sal, um substituto para Kerouac, as pessoas são "como fabulosas velas romanas". As pessoas divertem e servem Dean. Para Sal, elas são fontes de luz.

Kerouac sentia de modo muito fundo a distância entre o que a vida deveria ser e o modo como as pessoas, de fato, levavam suas vidas. Lamentava em um registro em seu diário, de 1949: "Sinto como se eu fosse a única pessoa no mundo que desconhece o sentimento de calma irreverência – o único louco no mundo então – o único peixe fora d'água. Todos os outros estão perfeitamente satisfeitos com a pura vida. Eu não. Quero a compreensão pura, e só depois a pura vida". Kerouac sentia um profundo sentimento de solidão, que provinha em parte de uma compreensão espiritual do sofrimento humano embebida em sua criação católica, como em parte de sua interioridade de artista, que intensificava a percepção de sua diferença, ainda que também alimentasse a solidariedade entre ele e as pessoas que estavam "loucas por viver, loucas para falar, loucas para serem salvas". Sal entende a necessidade compulsiva da mente criativa em colaborar: "Mas então eles dançam pelas ruas como piões frenéticos, e eu me arrastava atrás deles como tenho feito ao longo de toda minha vida, seguindo aquelas pessoas que me interessam". Ao mesmo tempo, Kerouac se descobriu em um território singularmente marginal, buscando definir parâmetros particulares para sua individualidade. Em sua primeira viagem com o pé na estrada, Sal acorda em Des Moines, no centro da América, sem saber quem é: "Eu era apenas uma outra pessoa qualquer, um estranho, e minha vida inteira era uma vida assombrada, a vida de um fantasma". Aqui, a estrada erradica momentaneamente a identidade de Sal a fim de inseri-la em uma longa linhagem de andarilhos e viajantes à procura de alguma coisa.

On the Road irradia a esperança de que as comunidades pudessem funcionar sem a mediação das forças sublimadoras inerentes à sociedade moderna. Quando Sal deixa San Francisco em direção a Denver, no começo da terceira parte, ele se prevê assentado "no meio da América, um patriarca". Mas ao chegar lá de fato, encontra-se "na parte negra e segregada de Denver, desejando ser um negro, sentindo que o melhor que o mundo branco podia oferecer não era suficientemente extático para mim, faltava vida, alegria, excitação, escuridão, música, faltava noite". Ele explica: "Queria ser um mexicano de Denver, ou mesmo um japa pobre e exaurido pelo trabalho, qualquer coisa que não fosse esse 'homem branco' tão melancólico e desiludido". Os críticos têm apontado de maneira acertada para o primitivismo radical expresso nessa passagem, que pode ter o efeito de obscurecer a verdadeira experiência de vida dos negros durante esse período. Para Kerouac, no entanto, essas minorias oprimidas eram a mais honesta evocação do que um "subterrâneo americano" realmente poderia significar. Não é por mera coincidência que "a terra mágica ao fim da estrada" seja o México. À medida que Sal e Dean se dirigem para a Cidade do México, os "camponeses indígenas do mundo" olham fixos para "os americanos cheios de prata, com seu auto-orgulho ostensivo, prontos para farrearem em suas terras" e sabem "quem é o pai e quem é o filho da antiga vida na Terra", um ponto de vista compartilhado por Kerouac. Seu profundo desejo de se identificar com as pessoas marginalizadas enquanto reafirma também seu compromisso com o que ele admite em *On the Road* se tratar de "ambições brancas" – mesmo que ele perceba a quase impossibilidade de sustentar em iguais condições as duas identidades sociais e políticas em 1949 – originava-se de seu próprio estatuto étnico e de classe.

Kerouac nasceu Jean-Louis Lebris de Kerouac, de pais franco-canadenses que imigraram para a Nova Inglaterra em busca de emprego. Cresceu falando *joual*, um dialeto da classe trabalhadora franco-canadense, e ao longo de sua carreira como romancista se considerou mais confortável com o *joual* do que com o inglês, que não falou até os seis anos. Em sua introdução a *Viajante solitário*, menciona que seus ancestrais eram bretões e índios. Demonstrando orgulho por ambas as heranças, oscilava entre "o pilar faulkneriano da propriedade rural" e "o aço da América cobrindo o solo em que estavam enterrados os ossos dos velhos índios e dos americanos legítimos", como escreve em *Os subterrâneos*. Tim Hunt argumenta que o passado imigrante de Kerouac "manteve-o suspenso entre categorias – nem um negro, nem um americano branco de classe média – e, por isso, incapaz de resolver entre a dissonância da retórica étnica e de classe relativa ao período (segundo a qual, por ser branco, pertencia à principal corrente social e cultural) e entre seu senso de marginalidade – a percepção de que era, por fim, um estranho e um *outsider*". Aqueles que se identificam primeira e primordialmente como americanos possuem um senso de merecimento de seus direitos que é deles de maneira única. É algo que somente os imigrantes e os americanos de primeira geração, talvez, possam de fato entender, porque se trata de um senso de propriedade que eles jamais terão por completo. Escritores não dedicam um livro a uma nação que lhes pertence de modo não problemático, muito menos incluem uma oração que admite a impossibilidade de defini-la ("o que quer que ela seja").

Os elementos discordantes da identidade de Kerouac levam a lente antropológica de *On the Road* para as margens da vida cotidiana na América dos anos 1950. Ann Douglas escreve que a leitura do livro fez com que ela e suas amigas pela primeira vez percebessem que "éramos parte de um continente, mais do que um país" e, além disso, que "o continente havia sido estranhamente esvaziado das pessoas que costumavam ser apanhadas pelas câmeras, mas esse vazio fora preenchido por outras pessoas, pessoas em movimento, de várias raças e etnias, falando diversas línguas, migrando de um lugar para outro como trabalhadores sazonais, vagando por aí como vagabundos e caroneiros, encontrando-se em oportunidades breves mas de algum modo duradouras". Embora ser branco, independente de quão comprometido com categorias menos privilegiadas, ainda garanta uma grande vantagem a *On the Road*, Kerouac também dota os rejeitados daquela era – sem-teto viajando em traseiras de caminhões ou saxofonistas miseráveis, por exemplo – de alguma espécie de função, ainda que seja apenas a de dividir o palco como sujeitos da experiência da vida na estrada. Howard Zinn argumenta que contar a América em termos de heróis e vítimas, que acarreta a "silenciosa aceitação da conquista e do assassinato em nome do progresso", funciona como "apenas um aspecto de um certo tipo de aproximação histórica, no qual o passado é construído a partir do ponto de vista dos governos, conquistadores, diplomatas, líderes". Se *On the Road* trata de definir a América, também diz respeito a executar uma intervenção nas definições oficiais de história e nacionalidade.

Kerouac revisitou questões étnicas e de classe ao exemplificar e lapidar o que considerava serem os *verdadeiros* americanos, além de desafiar também as definições de gênero e sexualidade. No período do pós-guerra, o medo de infiltração de um inimigo estrangeiro se expande para incluir qualquer um que não se encaixasse nos padrões brancos e heteronormativos. Como defende Wini Breines em *Young, white, and miserable: growing up female in the fifties*, "as mudanças que acompanharam a formação de uma sociedade capitalista avançada foram percebidas e experimentadas como ameaças daqueles que estavam para além das fronteiras americanas e daqueles que haviam sido excluídos dentro dessas mesmas fronteiras, mulheres, negros e homossexuais". Enquanto a preocupação de Kerouac com a questão racial é aparente tanto na versão em rolo de *On the Road* quanto na publicada, todas as evidentes referências à sexualidade – especialmente a homossexualidade – foram cortadas da edição de 1957. Os atos sexuais são mais explícitos e igualitários no rolo. De acordo com Ginsberg, Louanne está "decidida" a se divorciar de Neal para que ele possa casar-se com Carolyn, mas "diz que ama o seu enorme pau – assim como Carolyn – assim como eu". Essa versão explora a sexualidade da mulher e a liberdade em uma era em que, como escreve Joyce Johnson em seu livro de memórias beat *Minor Characters*, as pessoas olhavam torto para uma garota "de boa família" que deixasse a casa dos pais, sabendo "o que ela poderia fazer nesse quartinho só seu". As mulheres não tinham o mesmo grau de mobilidade dos homens, e os custos de uma rebelião eram altos demais. Johnson escreve, "assim que tivéssemos encontrado nossos equivalentes masculinos, teríamos fé cega o suficiente para desafiar as velhas regras do masculino/feminino", embora já soubéssemos que "havíamos feito algo corajoso, praticamente histórico. Fomos aquelas que ousaram sair de casa".

Embora a estrada pintada por Kerouac só estivesse plenamente aberta para aqueles que tivessem a luxúria de percorrê-la sem maiores consequências, suas possibilidades libertadoras se estendiam para quem quer que encontrasse um jeito de interpretá-las. Marylou, a amante de Dean, está na estrada ao longo de boa parte do romance e parece ser uma presença ainda mais forte no rolo. Ela jamais recebe muita voz própria nas duas versões, mas é a testemunha, usando os homens tanto quanto eles a usam, sugando-lhes energia e sabedoria do viver na estrada sem qualquer responsabilidade. Isso, também, é uma forma de liberdade. Embora o livro seja sobre a busca pelo pai perdido, é, além disso, sobre o potencial das mulheres de resistir ao controle através da aquisição de experiências que normalmente lhes são negadas, revisando-as para que se adaptem às suas próprias formulações da narrativa da estrada. As mulheres são igualmente catalisadoras para mudanças mais amplas. No rolo, Jack lembra de sua mãe lhe falando sobre a necessidade dos homens de expiarem suas ofensas, o que instiga uma linha de pensamento que no final foi deixada de fora da troca entre Sal e a tia na versão publicada: "Ao redor do mundo, nas florestas do México, nas ruelas de Xangai, nos bares de Nova York, maridos se embebedam enquanto suas esposas estão em casa com os bebês de um futuro sempre mais sombrio. Se esses homens detivessem a máquina e voltassem para casa – e ficassem de joelhos – e pedissem perdão – e as mulheres os abençoassem – a paz subitamente desceria sobre a terra com um grande silêncio, como o silêncio inerente ao Apocalipse". Nessa passagem, Kerouac ancora a relação entre a América e o resto do mundo numa reparação coletiva de erros, representada aqui por meio de uma crítica das funções dos gêneros. Ele sugere que as fronteiras, dentro e entre as nações, têm o potencial de erodir se começarmos a desemaranhar nossas histórias humanas de opressão, negligência e vergonha sob um prisma de amor e empatia.

On the Road nos pede para considerarmos, se não para compartilharmos completamente, as perspectivas que estão para além daquelas do homem branco, mas o livro também apoia a criação de novas modalidades de vida *outsider*. A representação que Kerouac fez da América era uma resposta à falsidade da guerra "fria", mais ameaçadora em sua negação implícita dos reais custos do conflito do que sua contraparte explícita, a guerra "quente". Em uma analogia paralela, dois anos depois da publicação de *On the Road*, Kerouac escreve que há dois estilos de "hipsterismo"[16]: o *cool*, representado pelo "sábio lacônico e barbudo", uma pessoa "cuja fala é soturna e hostil, cujas garotas não dizem nada e vestem roupas

16. Versão do que está no original, *hipsterism*. A palavra significa ser *hipster*, termo usado pelos beats para moderno, à frente de seu tempo, na crista da onda, também ligado à ideia de ser aficionado por jazz. Segundo muitos, a palavra daria origem à expressão hippie alguns anos mais tarde. (N.T.)

pretas", e o *hot*, que é "o louco que fala demais e tem os olhos brilhantes (geralmente inocente e de peito aberto), rodando de bar em bar, de estrada em estrada, buscando as pessoas, gritando, agitado, exuberante, tentando 'se enturmar' com os beatniks subterrâneos que o ignoram". A maior parte dos artistas da Geração Beat, ele explica, "pertence à escola *hot*, naturalmente, pois aquela dura chama em forma de joia precisa de um pouco de calor". Na lógica da retórica de guerra, ser "*hot*" significa ser incapaz de disfarçar a si mesmo por trás das máscaras do segredo. É um lugar em que alguém se põe vulnerável e incômodo, uma exposição para toda e qualquer forma de crítica. Era mais importante para Kerouac ser sincero do que "*cool*". Em 1949, ele lamenta: "Voltando aos trabalhos verdadeiramente sérios, descubro-me com o coração preguiçoso". Sentia-se frustrado com a falta de disciplina que observa em suas perscrutações e se pergunta: "Será assim que o mundo vai acabar – em *indiferença*?". Ao ser perguntado por um entrevistador sobre o que buscava, Kerouac respondeu que estava "esperando que Deus revelasse Sua face". Se de um ponto de vista nacional a "verdade" era um termo político genérico para uma forma particular de ideologia, para Kerouac, escrevendo o que ele chamava de "romances de histórias verdadeiras", era um ato envolvido em responder à "pergunta adolescente de 'por que os homens seguem vivendo'".

On the Road fala a certa ânsia de seus leitores, dando-lhes o vocabulário com que re-imaginar suas vidas cotidianas de modos organicamente sentidos em detrimento da articulação plena. Trata-se de algo como a sensação súbita de ser surpreendido pela visão de uma lua grande e cheia pairando quase baixa demais para ser percebida, um questionar-se sobre se alguém mais a vê. Você é um feliz participante recebendo informação privilegiada. Como argumenta Douglas, "Na era que inventou a ideia de informação confidencial, o esforço de Kerouac era o de *des*confidenciar os segredos do corpo e da alma humana". Kerouac sempre esteve interessado na honestidade, especialmente consigo mesmo, a qualquer preço, e muitas vezes isso representou oferecer um retrato de possibilidade em vez de um sinal de direção preciso. Em uma das partes mais memoráveis de *On the Road*, Sal compreende que Dean, de maneira silenciosa, reconhece que "eu nunca tinha me comprometido com o pesado fardo de sua existência", e os dois homens se descobrem em um complicado momento de *pathos* e descoberta: "Ambos nos sentíamos incertos sobre alguma coisa". Depois dessa troca tácita na qual alguma coisa "estalou em nós dois" (no rolo, Kerouac escreve "em nossas almas"), os dois homens retomam sua jornada. É aquilo que não é dito, que não é feito, que impele *On the Road*, o que não pode ser contido, categorizado ou amainado. O comprometimento recém-descoberto de Sal com seu amigo se dissolve em uma questão sobre Dean: "Ele era BEAT – a raiz, a alma do Beatífico. O que ele estava sabendo?". Em vez de perguntar "O que ele sabia?", uma aproximação mais convencional do modo como nós escavamos os outros em busca de ideias para convertermos em capital pessoal, Kerouac usa o gerúndio, como para indicar um estágio em que o conhecimento ainda está se dando – um espaço criativo de contestação que se inicia nos limites da experiência subjetiva.

Em primeiro lugar, o que é mais impactante na leitura do manuscrito em rolo, sem contar a visão dos verdadeiros nomes, a linguagem sexualmente franca e certas partes que acabaram sendo cortadas, é como a linguagem pouco difere da versão publicada como um todo. Mas o sentimento dessa leitura é inteiramente novo. Os processos de leitura e escrita emergem como práticas artísticas cruciais. Kerouac nos deixa brincar com a opção de que, como ele escreveu em uma anotação de um diário, "*Não são as palavras o que importa, mas o fluxo daquilo que é dito*". Em uma crítica a *Vagabundos iluminados* na *Village Voice*, Ginsberg discute *On the Road* e descreve sentir uma "tristeza de que o livro não tenha sido publicado na sua forma mais excitante – sua manifestação original – sem ter sido talhado e repontuado e partido – os ritmos e o suingue destruídos – por críticos literários presunçosos a serviço das editoras". O rolo de *On the Road* representa o estágio inicial da crescente inovação da técnica literária de Kerouac. Em uma carta para Ginsberg no ano seguinte, Kerouac escreveu que enquanto fazia "*sketchings*", um método sugerido por seu amigo Ed White, produziu escritos que oscilavam entre as confissões de um lunático e a prosa brilhante. Compôs a versão de *On the Road* que por fim se tornou *Visões de Cody* nesse estilo, para o desânimo dos editores, que repetidamente o acusavam de incoerência. A percepção de deslizar nos limites da consciência e da sanidade na linguagem é sentida em grau muito maior na versão em rolo. Lê-la é quase embaraçoso, como percorrer o repertório de fraquezas particulares de alguém. Por vezes, parece cru e pouco trabalhado ao extremo, mas essas reações são exatamente o que devem ser. "E como você bem diz", escreveu Kerouac para Ginsberg, em 1952, "as melhores coisas que escrevemos são sempre as mais suspeitas."

A relação única de Kerouac com a linguagem é, em parte, resultado de sua formação. Como escreveu para um crítico, "A razão por que domino as palavras inglesas com tanta facilidade se deve ao fato de não ser essa a minha própria língua. Remodelo-as para se adequarem às imagens francesas". Essa dualidade específica dos americanos de primeira geração – ser um cidadão de fala inglesa, mas sem possuir a herdada facilidade linguística de gerar uma atitude incidental em relação à linguagem – mostra-se na força visceral e no teor inesperado da escrita de Kerouac. Ele parece introduzir as palavras em um contexto inesperado de significados, como se fossem objetos descobertos, à espera de apropriação e uso renovado. O estilo de escrita utilizado em *On the Road*, que Kerouac, por fim, desenvolveu em "prosa espontânea", foi fortemente influenciado pelo jazz da época, "no sentido de um, vamos dizer, saxofonista no tenor que tomasse ar e soprasse uma frase no seu saxofone, até ficar sem ar, e assim que ele termina, sua sentença, sua declaração está pronta... é assim que de agora em diante separo minhas sentenças, como tomadas de ar da mente". Em 1950, ele escreve em seu diário, "quero evocar a indescritível tristeza da música da noite na América – por razões que jamais são mais profundas que *a música*. O *bop* apenas começa a expressar essa música americana. É o verdadeiro som interior do país". Se ler *On the Road* é ouvir esse *som* da América escapando de uma janela à distância, experienciar o rolo é como finalmente se infiltrar na performance pela porta dos fundos.

No manuscrito do rolo, Kerouac escreve, "Minha mãe estava de pleno acordo com minha viagem para o Oeste, ela me disse que isso poderia me fazer bem, eu estivera trabalhando pesado demais durante todo o inverno, muito tempo dentro de casa; nem protestou muito quando lhe contei que teria que pedir algumas caronas, o que normalmente a assustava, ela achava que isso iria me fazer bem". Na versão publicada, o que se lê é: "Minha tia estava de pleno acordo com minha viagem para o Oeste, ela me disse que isso poderia me fazer bem, eu estivera trabalhando pesado demais durante todo o inverno, muito tempo dentro de casa; ela sequer reclamou quando lhe contei que teria que pedir algumas caronas". "Nem protestou muito" evoca com mais proximidade a língua falada do que "ela sequer reclamou", enquanto "o que normalmente a assustava" é o tipo de explicação posterior que alguém acrescenta enquanto está contando uma história. O imediatismo rítmico no vernáculo da primeira versão traz à lembrança as síncopes da improvisação jazzística. A agitação de Jack aparece no uso que faz da repetição, uma técnica predominante ao longo de todo o rolo. Além disso, ele usa apenas um ponto e vírgula e, assim, as orações perdem o grau de hierarquia sintática e causalidade aparente na segunda versão. Cada sentimento é tão importante como o seguinte, o que iguala a busca por "impactos" representada no romance. As mudanças sutis na pontuação não alteram apenas a cadência da seção, mas também diluem o efeito do sentido.

Do rolo para a edição de 1957, os travessões[17] e as elipses normalmente se convertem em vírgulas. As vírgulas passam com frequência a ponto e vírgulas e dois-pontos. O fluxo é interrompido. Seguir um travessão de um ponto a outro sem se deter na construção de uma arquitetura lógica e esperada para a sentença mais vividamente imita a sensação de se estar de fato na estrada com Neal, como derrapagens através das

17. Este sinal, que em português é utilizado para marcar diálogos ou intercalações, em inglês é comumente usado com a função similar à das nossas reticências. (N.T.)

descrições sem que se estabeleçam, de modo claro, orações subordinadas. "Saltei pra lá e pra cá apenas com minhas calças de algodão sobre o tapete grosso e macio" torna-se, na versão publicada, "Saltei pra lá e pra cá sobre o tapete grosso e macio, usando apenas as minhas calças de algodão". A vigorosa igualdade de toda a experiência no momento presente é reduzida na segunda versão. Lendo o rolo, pode-se entender o que Kerouac quer dizer quando lista como um dos "essenciais" em seu "Belief & technique for modern prose" [Crença & técnica para a prosa moderna], "Submisso a tudo, aberto, à escuta". Ao mesmo tempo, o rolo é um tipo de jargão, um código para iniciados, uma maneira de mudar as regras do inglês comum para criticá-lo e revisá-lo, para contestar as maneiras como a linguagem desempenha um papel de poder. Mais importante, trata-se de uma salvaguarda definitiva contra a cooptação. Thelonious Monk certa vez disse sobre o jazz, "Criaremos algo que eles não poderão nos roubar, porque não são capazes de tocá-lo". Em uma era de controle da informação, reestruturar as ferramentas básicas da comunicação além do campo de ação da corrente principal era um ato subversivo.

Kerouac parecia ansioso por conhecer a América de um modo que pudesse codificar um processo secreto de edição, um modo que pudesse recuperar as perdas e as falhas inerentes às próprias estruturas de nossa língua. No início dos 1950, depois de passar a noite ouvindo um grande número de estrelas do jazz, incluindo Dizzy Gillespie e Miles Davis, ele compreendeu que uma "arte que expressa a disposição da mente e não a disposição da vida (a ideia de uma vida mortal na Terra) é uma arte morta". Como os artistas das vanguardas europeias das décadas precedentes, Kerouac procurava derrubar a distância entre vida e arte. Explicando a importância da banda punk dos anos 1970 Sex Pistols, escreve Greil Marcus que a gravação do grupo "tinha de mudar o modo como dada pessoa, homem ou mulher, participava da comunhão". Enquanto lia o rolo em uma cafeteria, recentemente me peguei olhando para as pessoas para além da vitrine e percebi, quase em um devaneio, que *On the Road* obriga uma pessoa a mudar a maneira como bebe o seu café. É também, de modo simultâneo, sobre o menor dos detalhes na vida de alguém e a mais monumental das cartografias sobre o desejo humano, em toda a sua extrema imensidão e insignificância. Em sua espontânea obra em prosa, que mescla uma biografia sobre Kerouac intitulada *Jack Kerouac: A Chicken Essay*, Victor-Lévy Beaulieu, um escritor de Quebec, explica que a questão "*Quem fui eu?*" estava no centro do projeto da escrita de Kerouac, porque ele sabia que "a revolução não é nada se não ocorre no interior de cada um".

As questões de Kerouac a respeito do *self* devem mudar o modo como conhecemos a América. Uma das mais vergonhosas lembranças que trago dos embaraços que meus pais – que eram imigrantes – me provocaram na infância é uma ocasião em que critiquei minha mãe por expor sua estranheza de modo tão evidente, ao que ela respondeu, "Não nos misturamos assim tão fácil". Quando leio *On the Road*, penso no que eles enfrentaram – viver entre duas guerras, em uma sucessão incontável de dias de miséria e morte – para chegar a um lugar onde o desejo de se integrar foi rapidamente substituído pela necessidade de se criar um espaço no qual sobreviver poderia significar algo pessoal. *On the Road* é uma espécie de mapa para esses espaços. Inspira um retrato vestigial de idealismo que talvez exista apenas nos livros – algo semelhante ao futuro orgástico de Jay Gatsby "que ano a ano parece nos fugir". Ao mesmo tempo, é um sentimento de confortável estranheza, de estar perfeitamente de fora, de chegar aos limites, como os Beats, "mais um passo em direção à última e pálida geração que também não saberá as respostas". Kerouac permite que você se afeiçoe à ideia de se perder. Você se torna afinado com alguma coisa que, em última instância, está fora da linguagem – um rumor muito sutil de inteligência que é apenas sentido, em um caminho que leva ao âmago da existência. O melhor jeito, penso, de experienciar *On the Road* é sentar-se a sós junto a uma janela, sentindo a investida de um poema, uma pintura, uma canção que está para acontecer, a cabeça levemente inclinada em direção às forças invisíveis que garantem, não importa o que aconteça, que os artistas continuarão, nas palavras de Kerouac, "a traduzir a apaixonada intensidade da vida". Você se vê envolvido pela percepção de estar sendo assombrado por pessoas e lugares e momentos específicos que o levam, como Kerouac, aos "limites da linguagem onde o balbuciar do subconsciente começa a se ouvir", ansiando chegar ao botão secreto de PAUSA antes daquilo que se revela, de modo que você possa deixar que o processo siga, seja ele o que for.

Em direção ao coração das coisas

Neal Cassady e a busca pelo autêntico

George Mouratidis

Escrevendo sobre o lançamento iminente de *On the Road* na conclusão de *Desolation Angels*, Jack Kerouac dá uma impressão marcadamente mitificante da aparência inesperada de Neal Cassady no momento em que "Jack Duluoz" está desembalando as primeiras cópias de seu romance, "tudo sobre Cody e eu":

> Olho para cima enquanto uma luz dourada aparece silenciosamente no patamar da porta; e ali está Cody.... Nenhum som. Também fui pego em falta ... com uma cópia de Road em minhas mãos.... Automaticamente alcanço um para Cody, que, apesar de tudo, é o herói desse livrinho triste e louco. É uma das diversas ocasiões em minha vida em que um encontro com Cody parece banhado por uma luz dourada e silenciosa... embora eu nem mesmo saiba o que isso significa, a menos que signifique que Cody é algum tipo do anjo ou arcanjo que desceu a este mundo e que eu possa reconhecê-lo.

Abarcando seus romances de estrada, a representação que Kerouac faz de seu relacionamento com Cassady é marcada por contrastes, consistindo em várias e distintas encarnações de Cassady entre as quais nós leitores nos movemos, em nossa tentativa de estabelecer um sentido de seu desenvolvimento e cambiante significado. Com a publicação do manuscrito original do rolo de *On the Road*, o processo real de representação mutável que Kerouac faz de Cassady é ainda mais iluminado. Agora nos é dado um retrato mais amplo, mais coesivo do desenvolvimento da figura de Cassady na escrita de Kerouac; de "Neal Cassady" (no rolo) a "Dean Pomeray" (no segundo e imediato esboço de *On the Road*), passando por "Cody Pomeray" (na publicação póstuma de

Visões de Cody), até o "Dean Moriarty" na versão publicada de *On the Road*, depois da qual Cassady reapareceria como o alienado e quase mítico "parceiro" Cody Pomeray nos romances subsequentes, *Vagabundos iluminados*, *Big Sur* e no acima mencionado *Desolation Angels*. Essa progressão move-se do simbólico para o mítico, do *humano* para a *visão*, marcando a separação gradual que faz Kerouac do Cassady verdadeiro de sua visão romântica sobre ele. Através de suas cambiantes respostas a Cassady em seus romances de estrada, Kerouac problematiza a um só tempo a preocupação existencial com ser "autêntico", particular ao período do pós-guerra, e a preocupação mais contemporânea com autenticidade na representação, mostrando que ambos são (respectivamente) inatingíveis, em última instância, como fins. Através da mudança do relacionamento entre as contrapartes narracionais de Kerouac e Cassady e sua busca por "AQUILO", junto com a metamorfose de Cassady durante os romances de estrada, Kerouac ressalta o significado do *processo* de autenticação em si mesmo – a viagem é mais importante do que o destino – demonstrando assim que o que seria considerado mais autêntico seria o *tornar-se* de fato, antes de simplesmente ser. A publicação do manuscrito em rolo contribui para este significado de um processo em andamento rumo a um tornar-se, mostrando-nos, como leitores, que não pode haver nenhum *On the Road* autêntico, somente nosso movimento perpétuo entre as versões ou as diferentes "encarnações" da narrativa.

O contexto do primeiro encontro entre Kerouac e Cassady é significativo no que diz respeito ao significado pessoal e simbólico que o último assumiria na escrita de Kerouac. Kerouac conheceu Cassady em dezembro de 1946, no fim de um período de um ano em que enfrentou sua hospitalização por tromboflebite, a morte de seu pai, Leo (em 16 de maio de 1946), e a anulação do primeiro casamento de Kerouac com Frankie Edith Parker, em 18 de setembro. Quatro anos mais novo que Kerouac, Cassady representa uma reafirmação da vida e da juventude vital, cuja efemeridade inevitável Kerouac desejava transcender, uma maneira de desafiar e romper a sujeição do indivíduo ao tempo. Esse assombroso e sufocante sentido de mortalidade e de perda inevitável, que Kerouac carregaria ao longo de sua vida, tem suas raízes cravadas ainda mais no passado, na morte, em 1926, de seu irmão de nove anos, Gerard, quando Kerouac tinha quatro. Em Cassady, Kerouac viu, além disso, o irmão cuja morte era um ponto focal em sua educação de católico devoto, uma conexão reforçada pelo fato de que Cassady também era católico. Embora ao longo de todos os romances de estrada, assim como em sua correspondência pessoal, Kerouac se refira a Cassady como seu "irmão", essa conexão é tornada bem mais explícita no manuscrito do rolo: "Meu interesse em Neal é o interesse que eu poderia ter tido por meu irmão que morreu quando eu tinha cinco anos, para ser totalmente franco. Nós nos divertimos muito juntos e nossas vidas são fodidas e assim são as coisas". Desde a linha de abertura do rolo, Kerouac traz para um primeiro plano esse sentimento de abandono e de perda, e igualmente a falta do pai compartilhada com Cassady, cujo pai era um sujeito bizarro e desamparado: "Encontrei Neal pela primeira vez não muito depois que meu pai morreu... Eu tinha acabado de me livrar de uma doença séria da qual nem vale a pena falar a não ser que teve algo a ver com a morte de meu pai e minha medonha sensação de que tudo estava morto". Cassady transformou-se em um irmão e em um pai substituto, um professor e um guia na busca de Kerouac para se reconectar àqueles que havia perdido – o irmão, o pai, a esposa, o lar – uma maneira de prevenir a qualidade efêmera daquilo que causou esse sentimento de abandono e inapelável esquivamento, e também uma maneira de transcender a culpa e o peso da existência em seu despertar. "A vida não é o bastante", escreveu Kerouac em uma anotação no diário de agosto de 1949. O que Kerouac procurava foi caracterizado por uma tensão entre uma verdade subjetiva que ele encontrava nas origens – no interior e fora dos limites das instituições socioculturais e temporais – e um senso de uma realidade objetiva que sempre manteve tais verdades "autênticas" a uma certa distância, sempre ausentes, e, nessa ausência, romantizadas e mitificadas.

Como atestam o rolo e a versão publicada de *On the Road*, a ausência de Cassady transforma-se em uma presença através da lenda. Isso ressoa com o sentido do autêntico, que é estabelecido na ausência, reconhecido como mais de acordo com aquilo que não é mais do que com aquilo que é. O amigo próximo de Kerouac, Hal Chase, que, como Cassady, havia igualmente nascido em Denver, tinha compartilhado com Kerouac as cartas que Cassady lhe havia remetido, contando a Kerouac tudo o que sabia sobre o assunto nebuloso dos furtos de carro, sobre os mulherengos das esquinas, recém-casados e saídos do reformatório. Assim, Cassady se estabeleceu imediatamente na mente de Kerouac como um *outsider* consumado, uma incorporação da individualidade descomprometida, alguém que apelou ao próprio sentido de Kerouac de deslocamento sociocultural. "Cague nos russos, cague nos americanos, merda em todos eles. Vou viver a vida à minha maneira, um jeito 'preguiçoso-vagabundo' de ser, é *isso* mesmo o que quero", Kerouac escreveu em seu diário em 23 de agosto de 1948, e Cassady se transformaria em um veículo através do qual Kerouac poderia tentar conduzir tal existência. No mesmo registro do diário, explicou primeiramente que seu novo romance, *On the Road*, seria sobre "dois indivíduos" que viajam "à procura de algo que eles *realmente* não encontram", o motivo central e estrutural que permaneceria constante durante todo o desenvolvimento do romance, e que também viria a caracterizar a relação entre Kerouac e Cassady, em especial sua descrição na prosa de Kerouac.

A composição de Kerouac do manuscrito do rolo em abril de 1951 dividia uma zona em comum com numerosos escritos da literatura existencialista. Em *O homem revoltado* (1951), um livro em que discute que a oposição é o que traz uma reafirmação da vida no meio da conformidade das massas, Albert Camus escreve, "Cada ato de rebelião expressa uma nostalgia da inocência e um apelo à essência de ser". Camus é mais conhecido por seu romance *O estrangeiro* (1942). Nesse romance e em outras ficções similares, o foco central de quem é mais propriamente um "anti-herói" é a busca por uma essencialidade do ser, pelo autêntico. Em Cassady, Kerouac viu o potencial para alcançar tal autenticidade, uma existência que fosse totalmente subjetiva e impulsiva, para além dos limites das instituições sociais conservadoras e das normas culturais – dominantes em seu tempo –, acima de tudo, uma existência que transcendesse as constrições imutáveis e objetivas de tempo, sua regimentação da experiência e da expressão. "Eu quero o arrebatamento ininterrupto", Kerouac escreve em um de seus cadernos de *On the Road*, "por que deveria me comprometer com qualquer coisa, ou com calma 'burguesa' do gramado no fundo do quintal". Esse desejo fervente, entretanto, fornece o contraponto à calma que procurou simultaneamente em suas relações pessoais e em uma existência doméstica mais centrada como um patriarca, um retrato ideal engessado por essa efemeridade que tanto desejou transcender.

No trabalho de Kerouac, a busca pelo autêntico é, assim, parte da dualidade que marca sua vida e sua escrita, uma dualidade entre dois imperativos distintos mas a um só tempo entrelaçados – a domesticidade e o "prazer", a tradição e o progresso, a nostalgia e a possibilidade –, uma ambivalência de significado tanto pessoal quanto sociocultural, em um aspecto mais amplo. A nostalgia de Kerouac era de um passado americano que ele havia romantizado e mitologizado, a América da Depressão do pré-guerra, da expansão na direção ocidental, do Velho Oeste, que ele impregnou de "alegria", "honestidade", "ausência de malícia" e "uma voraz e autoconfiante individualidade". Este desejo de se reconectar com "o velho brado americano" ao mesmo tempo estava intimamente ligado à sua juventude idílica ainda que assombrada em Lowell, Massachusetts. Ao posicionar os imperativos da individualidade e da inocência em seu próprio passado e no passado da América, a autenticidade buscada por Kerouac dirigia-o para fora do *mainstream* social e cultural, assim como indicava um deslocamento de seu próprio tempo histórico.

Nas diferentes versões da narrativa da estrada de Kerouac vemos esse sentido da autenticidade como uma presença somente em sua conspícua ausência, como algo pressuposto, e que existe somente em sua potencialidade; enquanto o ideal de autenticidade permanecesse intacto, assim também permaneceria a sua possibilidade de realização. A espécie de vida que, para Kerouac, existia fora dos limites objetivos é incumbente na busca transgressiva da autenticidade através do processo sociocultural, a busca pela "pérola" acenada, entregue ao viajante na estrada, o "paraíso" prometido no fim da viagem: "a pérola estava lá, a pérola estava lá", como afirma "Jack Kerouac"/ Sal Paradise, mas sempre um pouco aquém do alcance. A possibilidade de alcançar está construída sob a fé de Jack/Sal, e seu movimento é guiado por isso, no lugar de *qualquer* conhecimento de sua iminente realização. Com a perseguição desse imponderável "ALGO" a única maneira de seguir é de uma forma descentralizada, indo "em todas as direções" e sem nunca se deixar "desligar". Contudo, vemos que Jack/Sal já está desligado. O refrão de Neal Cassady/Dean Moriarty que diz "Nós conhecemos o tempo" é um convite à espontaneidade, à vida totalmente subjetiva dentro e para o momento. Ao fazer isso, ele suspende a autoridade do tempo sobre o indivíduo: "A hora é *agora*" [grifo nosso], diz Neal/ Dean ecoando o clássico de Charlie Parker.[18] Essa ruptura de tempo regimentado, entretanto, é igualmente um método com que Kerouac, através de suas contrapartes narrativas, expressa seu desejo de romper a efemeridade da História – aquela de sua própria vida e a do passado legendário da América tal como existia em sua imaginação.

Kerouac medeia a busca por autenticidade através das mudanças que opera nas representações de Neal Cassady. Através dele, expressa a instabilidade e o desassossego de sua própria vida, as ambivalências e o dualismo com os quais tinha de lutar. Neal/Dean está *sempre* em movimento, oscilando entre "os planos profissionais", casamento e família, de um lado, e "enlouquecer" e partir em busca "DAQUILO", do outro. Jack/Sal, no entanto, é menos irreverente e inflexível em tais movimentos entre essas duas dinâmicas, achando, com frequência, esse limite um obstáculo psicológico e emocional. Sua opinião ao longo de uma estrada capaz de dar autenticidade é – como a própria opinião de Kerouac sobre

18. Referência a *Now's the time*, famoso tema de *bebop*. (N.T.)

a América do pós-guerra e do próprio Cassady – sempre à maneira de Janus.[19]

Vemos a imagem que Kerouac faz de Cassady progredir ao longo de um arco. Começando no mito, na lenda, e no ideal, Cassady transforma-se em realidade através da experiência pessoal que dele tem Kerouac. Contudo, assim que seu relacionamento começa a se romper, Kerouac recua para o mito e para a lenda em sua representação de Cassady. Nessa progressão, há um movimento simultâneo para frente, moldado por um olhar retrospectivo, uma espécie de recapagem das perdas e impossibilidades. Esta dualidade é exemplificada em uma seção do manuscrito do rolo na qual Jack está "rumando em direção ao leste, à procura da [sua] pedra" como consequência de sua desilusão com seu Oeste idealizado e com Neal – uma parte da viagem que falta na versão publicada do romance, mas que corresponde ao diário de Kerouac "Chuva e rios" conforme publicado em *Windblown World* (2005; *Diários de Jack Kerouac: 1947-1954*, L&PM, 2006). Kerouac explica no rolo a razão e a finalidade de uma viagem de pesquisa como aquela:

> Tudo que eu queria e tudo que Neal queria e tudo que todos queriam era algum tipo de penetração no coração das coisas, como num útero, poderíamos nos encolher e dormir o sonho extático que Burroughs está experimentando com uma grande e boa dose de M. na veia e que os executivos de publicidade estão experimentando com doze Scotch & Sodas no Stouffers antes de tomar o trem dos bebuns para Westchester – mas sem ressacas. E eu tinha uma fantasia romântica então, e suspirava para a minha estrela. A verdade da questão é, você morre, tudo que você faz é morrer, e apesar disso você vive, sim você vive, e isso não é nenhuma mentira de Harvard.

Aqui Kerouac admite a inacessibilidade da autenticidade e a perda da forma ideal que pode tomar ou sobre a qual se projeta, enquanto ao mesmo tempo enfatiza a inevitabilidade, senão a necessidade, de lidar com tal realização.

---

19. Deus da mitologia romana, com duas faces, responsável pela guarda dos vãos das portas e das aberturas. (N.T.)

Primeiramente, Kerouac estabelece Neal/Dean como a incorporação da potencialidade para a autenticidade quando o posiciona nas margens sociais e culturais por meio de sua criminalidade, como "um jovem delinquente envolto em mistério". Sua impulsividade e excitabilidade, sua franqueza e falta de consciência de si mesmo apontava às possibilidades novas de experiência, não tanto devido a quem Neal/Dean era, mas sim por aquilo que simbolizava – o que ainda havia para ser descoberto, o Oeste a ser ainda atingido por Jack/Sal.

A viagem de Nova York a San Francisco na esperança de encontrar "AQUILO" por meio da perseguição do "estímulo" é o evento decisivo no relacionamento entre as contrapartes narrativas de Kerouac e de Cassady. Destacando a importância do movimento e da fluidez da própria busca, com sagacidade escutam *The Hunt* de Dexter Gordon antes de partir: "Estávamos todos deleitados, sabíamos que deixávamos a confusão e o absurdo para trás e executando nossa única e nobre função naquele tempo, nos *movemos*". Essa viagem, tanto no rolo quanto na versão publicada, é o ponto onde a visão de Kerouac sobre Cassady começa a se deslindar, quando Neal/Dean – como a incorporação da autenticidade e veículo potencial dela – torna-se duvidoso: "Perdi a *fé* em Neal naquele ano" [grifo nosso], Jack/Sal afirma ter sido imediatamente abandonado em San Francisco. Escrevendo em seu diário "Chuva e rios", Kerouac descreve sua desiludida San Francisco não em termos de rejeição ou fracasso, mas como catarse, como "tendo escapado da compulsividade da *mística* e do *haxixe* de Neal" – uma percepção de que o Cassady "real" e a significação que Kerouac projeta sobre ele são duas entidades distintas. Kerouac faz explícita esta separação iminente no manuscrito do rolo logo no advento desta viagem central: "Você sempre espera algum tipo de mágica ao fim da estrada. Por estranho que pareça, Neal e eu fomos encontrá-la, *sozinhos*, antes que terminássemos com ela" [grifo nosso].

Somente após ser questionado é que Neal/Dean se torna "grande" – uma grandeza que o separa do zênite absoluto do físico e do vital que ele representa como comandante, rapsodo, louco místico por trás do volante. É quando Neal/Dean é visto como *humano* que os ideais de Jack/Sal sofrem uma mudança. Quanto mais ele é lembrado de que Neal/Dean não é impérvio ao tempo, ao envelhecimento e à mortalidade, mais *elevada*, distante e menos acessível de um ponto de vista humano se torna a imagem representativa. Na terceira seção da narrativa, Kerouac compara Neal/Dean com o personagem de Rabelais, "Gargântua", que é maior do que a vida, queimando através da terra. Nessa conjuntura, Neal/Dean se torna o "Bobo Sagrado", uma consequência da visão romântica desfeita – destituído, com o dedo enfaixado, nunca tão parte do mundo corpóreo, embora nunca tão apartado dele por sua humilde santidade. Ao fim do romance, um Neal/Dean exausto "já não consegue falar", desaparecendo em uma esquina, retornando, de modo furtivo, às travessias do país. É aqui que a visão de Kerouac sobre Cassady nos *road novels* começa a assumir uma forma mais complexa e profunda.

A apresentação de Dean Moriarty, assim como o tratamento dos eventos dados por Kerouac em *On the Road*, é um recontar mítico e idealizado – como lenda –, mas algo que só pode ocorrer depois que os "fatos" estiverem distintos da visão romântica de Cassady. O manuscrito do rolo e o romance publicado enquadram a metamorfose da resposta de Kerouac a Cassady, enquanto em *Visões de Cody* os eventos recontados e as pessoas nele presentes, como Cassady, estão em grande parte separados das passagens mitológicas e visionárias.

O Neal do rolo é, em comparação ao Dean da versão publicada, menos mitificado, mais humano. A infância de Neal em Denver e suas relações pessoais – mais notavelmente com Allen Ginsberg, Louanne Henderson e Justin W. Brierly – são explicadas através de detalhes mais explícitos, oferecendo um contexto mais extenso, além de um pano de fundo para Neal. O material suprimido da versão publicada faz surgir os perfis de outros personagens na história, diminuindo o papel de centralidade de Neal na ação narrativa, especialmente o exercido na jornada de Jack. Continua sendo, contudo, conspícuo em sua ausência, com a compulsão já de início demonstrada por Kerouac no manuscrito do rolo de "preparar o palco para Neal". A desmistificação resultante do caráter de Cassady –

quando lido em comparação com a versão publicada –, por sua vez, modifica a natureza da relação da figura de Kerouac com o autêntico anti-herói da história para uma forma mais distante, mais dependente da ausência física, transmitindo uma impressão mais realista da conhecida relação pessoal retratada na narrativa.

Enquanto o papel de Denver D. Doll na versão publicada é marginal, o de sua contraparte real no rolo, Justin W. Brierly, é maior, especialmente se for levada em consideração a sua relação na vida real com Cassady. Um professor de inglês de ensino médio, advogado, corretor de imóveis, empresário, Brierly era uma personalidade proeminente e bem-relacionada em Denver à época em que o rolo foi escrito. Ele também foi o antigo mentor e o patrocinador de Cassady enquanto este estava no reformatório. Escrevendo para Ed White, em 6 de agosto de 1953, Kerouac se refere à versão de rolo de *On the Road* como "o romance em que Justin tem um papel importante, realmente importante... Acho que Cassady irá me processar". Brierly apresenta uma forte ligação com a vida pessoal e o *verdadeiro* passado de Cassady, exibindo-o em grande profundidade. O fracasso de Neal como *protégé* de Brierly, por exemplo, fornece um contexto para a "guerra com nuances sociais", alienando-o de seus amigos de Denver, algo nunca propriamente explicado na versão publicada do romance. Enquanto o estatuto de Neal como um *outsider* é aumentado por esse deslocamento, somente a partir da versão publicada esse estatuto de *outsider* seria completamente mitificado.

A percepção em retrospecto, oferecida em vários pontos ao longo do rolo, enfatiza uma reconhecida aceitação da falha da visão de Jack sobre Neal e, assim, ilumina a problemática relação de Jack com suas próprias expectativas e com a natureza ambivalente de sua busca por autenticidade. Assim como Kerouac escreveu *Cidade pequena, cidade grande*, como ele disse, para "explicar tudo", na versão do rolo vemos o início da explicação de Kerouac sobre Cassady e seu significado. Após concluir o rolo, Kerouac tentou reescrever a mesma história, mas em vez disso compôs um livro totalmente diferente, um romance que poderíamos, por fim, e de modo conveniente, chamar de "Visions of Neal".

Na nova versão de *On the Road* que Kerouac começou em maio de 1951, a mitologização de Neal Cassady é aumentada, enquanto, ao mesmo tempo, acaba por se tornar distinta do próprio Cassady. Em correspondência com Cassady naquele outubro, Kerouac o tranquiliza: "estou lhe enviando estas três páginas recém-datilografadas e revisadas do meu texto ROAD... para lhe mostrar que Dean Pomeray é uma *visão*" [grifo nosso]. Por volta de abril de 1952, Kerouac havia ainda completado outra versão de *On the Road* enquanto estava com Cassady e sua família em San Francisco. Em uma carta de 18 de maio de 1952, Kerouac informa a Ginsberg (naquele momento seu agente literário também) que "*On the Road* tomou um caminho oposto ao da visão convencional das narrativas de viagem etc., para seguir uma invocação consciente e subconsciente do personagem de Neal em seus turbilhões". Chega, inclusive, a dizer a Ginsberg: "Se necessário, altere o título para Visions of Neal ou algo assim". Entre inúmeras críticas a essa nova versão de *On the Road*, em uma carta a Kerouac, de 11 de junho de 1952, Ginsberg observa: "1. Você ainda não deu conta da história de Neal. 2. Você deu conta de suas próprias reações". O novo romance de Kerouac não era certamente uma biografia, mas sim uma cartografia, tanto interior quanto exterior, de sua *própria* visão cambiante sobre Cassady e o significado pessoal que guardava sobre Kerouac; também era uma maneira que ele tinha de explorar sua relação pessoal com esses dois significados. Essa nova versão de *On the Road* seria finalmente publicada como *Visões de Cody*.

À medida que Kerouac reconcilia suas complexas respostas a Cassady em *Visões de Cody*, vemos o sentido de autenticidade migrar do existencial para o representacional. Kerouac examina Cassady como um fenômeno, em um estilo de prosa que é uma expansão exploratória e multifacetada. Ele problematiza a ideia do autêntico em *Visões de Cody* ao fornecer a Cody Pomeray dimensões mais amplas e, por conseguinte, uma representação mais plena. Isso oferece mais ao leitor, mais "minutos particulares" blakeanos, do que ofereceria uma significação simbólica. Sentimos, então, que a *experiência* desse tratamento é muito mais autêntica porque muito mais sensorial, mais evocativa, mesmo sendo a representação de um Cassady ainda mais afastado da verdade e mais próximo da mitologia e da divinização. A construção de Cody o faz falar de várias e distintas maneiras que se desviam da consideração que Kerouac tinha pelo Cassady de carne e osso e por sua revelada relação pessoal – maneiras que, por isso, podem ser consideradas "inautênticas". Aqui, Cody se torna um veículo através do qual Kerouac poderia ilustrar sua impressão particular do mundo. Agora, contudo, em vez de distinguir Cassady de seu mundo, Kerouac o funde nesta visão mais ampla: "o modo como a consciência *realmente* vai ao fundo de tudo o que acontece", como diria Ginsberg mais tarde sobre a "forma profunda" de Kerouac. Este agora apresenta Cassady da mesma maneira sensorial, polivalente e panorâmica como reconhece o mundo. Somente depois que Kerouac examina em cada detalhe possível e a partir de cada aspecto possível sua visão de Cassady e das paisagens romantizadas e das projeções idealizadas que ele simboliza e da qual ele faz parte é que Kerouac declara que "Cody é o irmão que perdi", uma assertiva que deve ser tomada em seu sentido pleno. Kerouac compreende que sua visão romântica – de seu passado pessoal e do passado da América, da autenticidade – é, por fim, irrealizável quando focada em uma pessoa, lugar ou período em particular. Cody é a visão e o ideal cujo esquivamento e cuja perda Kerouac agora aceita. Ele precisa penetrar e deslindar sua visão de Cassady de modo a abandoná-la, a separá-la do próprio Cassady. "Cody não morreu", escreve Kerouac. "Ele é feito de carne e osso (claro) tanto quanto eu e você." A figura de Cassady é apenas a de mais um ser humano entre inumeráveis outros, extraordinário porque *todos* são extraordinários, como é o mundo para Kerouac, agora renascido e desvelado, desvelado para ele mesmo. Perto do fim de *Visões de Cody*, Kerouac escreve: "Mas Cody não é grande porque é comum... Cody não pode de jeito nenhum ser comum porque jamais o vi. Jamais vi nenhum de vocês antes. Eu mesmo sou um estranho para este mundo". "Aceitar a perda para sempre", como prescreve Kerouac em "Belief & Technique for Modern Prose", é absorver tudo *neste instante*, e assim imortalizar o mundo e as pessoas que vivem nele, antes que passem vitimados pela efemeridade do tempo e pela mortalidade. À conclusão de seu exame de uma "metafísica vertical" de Cassady em *Visões de Cody*, Kerouac escreve: "Não apenas aceito a perda para sempre, sou feito dessa perda – sou feito também de Cody".

Quer o Cassady na prosa de Kerouac corresponda ou não ao modo como Cassady *realmente* era, isso tem uma menor significância que a verdade subjetiva encontrada por Kerouac na visão de autenticidade que ele, por fim, separou de Cassady, e de uma noção de realidade objetiva imposta. À luz das nuances e contrastes textuais que o manuscrito do rolo fornece, o que permanece como elemento mais significante é a aceitação da perda da visão romântica e de sua significação pessoal. Comentando a ficcionalização da morte do pai em *Cidade pequena, cidade grande*, Kerouac diz: "George Martin está morto e enterrado. Nem consigo lembrar se Leo Kerouac era realmente desse jeito. É tudo fruto da minha imaginação". As versões de *Road* salientam justamente a compreensão da falibilidade de uma visão corporificada do autêntico.

No período anterior à escritura do rolo, enquanto Kerouac trabalhava em um novo estilo de prosa, o que se mostrava fundamental era a rejeição a um fatualismo objetivo e uma consequente receptividade a uma verdade impulsiva e subjetiva que é imediata e, acima de tudo, verdadeira para o próprio autor: "As pessoas não estão interessadas nos fatos", escreve Kerouac em seu diário em dezembro de 1949, "mas em ejaculações". O que poderia, nesse sentido, ser considerado autêntico é o modo como Kerouac é verdadeiro em relação às suas respostas e experiências, tanto interiores quanto exteriores. O *fluxo de escrita* da visão de Kerouac do autêntico foi uma maneira que ele achou para encontrar seu próprio lugar ali – uma visão que agora já não estava projetada somente sobre Cassady, mas que o implicava também. Essa escritura ilumina uma noção de autenticidade no verdadeiro processo em si. O que Kerouac viu em Cassady, por mais mutável que isso seja, é, de fato, tão autêntico quanto o que Kerouac via no mundo e o que encontrou em uma relação mais aberta e direta com ele.

Os romances de estrada de Kerouac formam um terreno textual expansivo e inclusivo, e nós, como leitores, somos conduzidos através dele pela visão que Kerouac tem de Cassady, uma visão que se desvela. Por meio de tal movimento transgredimos as fronteiras do que, em um sentido modernista, seria considerada uma obra literária "verdadeira" ou "clássica", uma obra que é restritiva e exclusiva – que é encerrada em si mesma, erudita e impenetrável. Esse movimento exemplifica o que o crítico literário Roland Barthes chama uma "mutação" da "obra" literária em um "texto" discursivo. O manuscrito do rolo, *Visões de Cody* e *On the Road* são, assim, em seu conjunto, "fragmentos" inter-relacionados mas distintos, e é nosso movimento entre eles que, como a jornada transgressiva em busca de um elusivo e autêntico "AQUILO", gera o significante do texto. O *On the Road* "autêntico" é a luz refletida que passa por entre espelhos. Quer se considere o manuscrito do rolo como um artefato ou como parte de um texto discursivo e pós-moderno, os três estão dialogicamente unidos, refletindo-se e se iluminando. Como os músicos *bop* de Chicago que, no velório de George Shearing, seguiram soprando, lutando para encontrar novas frases, novas explorações refletidas e defletidas umas pelas outras, "Alguma coisa surgirá dali outra vez. Sempre há mais, um pouquinho mais – isso nunca acaba".

A linha reta só o levará à morte

O manuscrito original e a teoria literária contemporânea

Joshua Kupetz

Um colega do departamento de história, na pequena faculdade de ciências humanas onde comecei a dar aulas, certa vez me perguntou: "Por que os estudantes ainda querem ler Kerouac?". Era outono de 2004, e os Estados Unidos estavam em guerra contra o terror, um adversário mais nebuloso do que foram o fascismo e o comunismo. Contive o ímpeto e lhe respondi, "Ora, você é o historiador; é você quem deve me dizer", não apenas por lisonja, o que de fato era, mas porque aquela resposta teria confirmado todas as pressuposições sobre Kerouac que eu vinha tentando desfazer em minhas aulas, pressuposições que faziam com que fosse visto antes de mais nada como uma personalidade e que a leitura de seus textos só valia a pena pelas intersecções de seu conteúdo com a história cultural.

Lidos no contexto da história cultural americana, o manuscrito do rolo e *On the Road* revelam muito acerca do discurso social americano no pós-guerra; contudo, esses textos devem ser considerados estruturas literárias antes que possam ser tomados como documentos históricos. Como narrativas, são partes integrais do *continuum* da prosa ficcional americana, estruturas liminares que, em retrospecto, servem de ponte entre o moderno e o pós-moderno. Embora qualquer descrição de tal *continuum* possa ser entendida como contingente e subjetiva – já que ninguém decide objetivamente quais textos são ou não relevantes para uma tradição –, o ato de estabelecer um texto literário em um contexto histórico particular pode revelar suas estruturas, processos e convenções ideológicas. Ao passo que a função primeira da crítica literária americana no tempo em que Kerouac escreveu o manuscrito do rolo consistia em estabelecer o significado de um texto, a aplicação da teoria contemporânea está mais empenhada em tentar entender *como*, não o *que*, o texto significa.

O manuscrito do rolo e *On the Road* demonstram a antecipação de novos desenvolvimentos nos estudos narrativos americanos. Um ano depois que Kerouac compôs o manuscrito do rolo, Carl Solomon, um editor da A. A. Wyn, a quem o *Uivo* de Allen Ginsberg é dedicado, rejeitou o novo esboço do romance de Kerouac, considerando-o "uma imensa e total confusão". (A versão específica rejeitada por Solomon seria mais tarde publicada como *Visões de Cody*.) Em resposta, Kerouac escreveu, "o *Ulysses* [de James Joyce] foi considerado de difícil leitura e agora é aclamado como um clássico e todos conseguem entendê-lo. [...] *Sister Carrie* [de Theodore Dreiser] ficou anos parado numa editora porque foi considerado impublicável. Pelas mesmas razões, e em seu tempo, acredito que *On the Road*, por sua nova visão composta de rascunhos contra a estrutura de ideias estabelecidas, vai ser considerado impublicável por um tempo ainda". Kerouac estava certo: *On the Road* foi publicado pela Viking em 1957 somente depois que o manuscrito do rolo passou por uma série de revisões convencionalizantes, *Visões de Cody* foi publicado postumamente em 1972, e ainda seria preciso que se passassem mais de cinquenta anos para que o primeiro esboço completo do romance, o manuscrito do rolo, fosse publicado.

Muitos leitores poderiam rapidamente refutar a pretensão de Kerouac por arrogância, ainda que a troca de cartas entre Solomon e Kerouac ilustre o crescente cisma que transformou a crítica literária americana no século XX. Em sua rejeição, Solomon não sustenta que a escrita de Kerouac está desprovida de arte, pelo contrário, o que objeta é que o romance não possui coerência e inteligibilidade. A opinião de Solomon implica que um romance publicável deveria *ter coerência* ou demonstrar unidade entre suas estruturas verbais, de modo a comunicar claramente seu significado. Kerouac rejeita o julgamento de Solomon, refutando, dessa maneira, sua definição de romance, argumentando que "as massas captam o incompreensível; a incoerência encontra o seu lugar numa página bem escrita". A incompreensibilidade, sugere Kerouac, não é uma função do texto, mas da percepção limitada do leitor. Narrativas inovadoras, ele reconhece, tornam-se compreensíveis depois que suas estruturas incomuns forem convencionalizadas pela passagem do tempo.

A postura de Carl Solomon é consistente como o discurso da Nova Crítica, a escola dominante dentro da teoria literária americana na metade do século passado. Baseada nas estratégias interpretativas articuladas em *Understanding Poetry* (1938), de Cleanth Brooks e Robert Penn Warren, a Nova Crítica estabelece o significado de acordo com as qualidades internas das obras literárias, especialmente a partir da unidade de suas múltiplas estruturas verbais. Se de um lado a Nova Crítica valoriza a unidade e a convergência, de outro evita utilizar as intenções do autor e o contexto histórico como bases interpretativas, embora isso permita que eles possam complementar sua compreensão. Os critérios da Nova Crítica, como o argumento de Solomon, situam a significação dentro de uma obra que é interpretada por um leitor que, como um explorador, extrai o que é válido a partir das estruturas unificadas e ignora o que, de outra maneira, é prosa "sem sentido".

A Nova Crítica foi a forja na qual Kerouac moldou seu *Cidade pequena, cidade grande* e o esquema do qual tinha que escapar para escrever *On the Road*. Enquanto lutava para purificar suas ideias para *On the Road*, Kerouac compreendeu que a história do mundo após a Segunda Guerra Mundial que ele queria contar não poderia ser plenamente realizada com as convenções romanescas existentes. Em resposta a esse impedimento, Kerouac escreve em seu diário que quer "tanto uma estrutura diferente quanto um estilo diferente em [*On the Road*], em contraste com *Cidade...* Cada capítulo como uma linha de verso no poema épico comum, em vez de cada capítulo como uma afirmativa feita num amplo fluxo de prosa no romance épico comum". Por evitar ativamente a narrativa convencional, Kerouac reivindica que seu projeto não resultaria em um "romance", mas em uma nova forma de prosa-narrativa que usa enxertos de dois gêneros. Para desenvolver a poética de sua prosa narrativa, ele fez experimentos de técnica e de trama, particularmente no manuscrito do rolo, ultrapassando as limitações da narrativa convencional à medida que ajudava a defini-las.

Wolfgang Iser defende que inovadores artísticos sempre correm o risco de serem marginalizados por leitores que julgam as obras artísticas por meio de padrões estéticos que a "arte, de fato, abandonou", e os experimentos de Kerouac são, em geral, criticamente malignos. Sua obstinada negligência diante das convenções, contudo, não ocorre sem precedente. Por exemplo, 150 anos antes que Kerouac esboçasse *On the Road*, William Wordsworth reconheceu esse anacronismo crítico no prefácio à edição de 1800 das *Baladas Líricas*. Wordsworth, que agora representa o cânone literário naquilo que há de mais convencional, admite: "um[a] Autor[a] assume um engajamento formal de que ele[ela] satisfará certos hábitos conhecidos de associação". Em defesa da sua forma não convencional de poética, Wordsworth afirma que:

> ao menos [o leitor] estará protegido de qualquer sensação desagradável de desapontamento, e que eu mesmo talvez possa estar protegido da mais desonrosa acusação que pode ser feita contra um Autor, a saber, a de uma indolência que o impede de empenhar-se para determinar aquilo que é seu dever e que, quando seu dever está determinado, impede-o de desempenhá-lo.

Wordsworth evoca este "dever" não para defendê-lo, mas para libertar-se dele. Enquanto Kerouac não inclui um prefácio apologético nem no manuscrito do rolo nem em *On the Road* (ele escreverá um, no entanto, para *Visões de Cody*), sua correspondência e os registros de seu diário estabelecem um argumento convincente para as mudanças por ele introduzidas em sua prosa narrativa.

Kerouac abandonou as técnicas convencionais que tinha utilizado para escrever *Cidade pequena, cidade grande* a fim de que pudesse escrever "livre como Joyce" quando começasse a compor *On the Road*. Enquanto ele continuava a dar valor à forma – "a escrita está boa. Ainda cuidando das estruturas, e da Estrutura" –, seu conceito sobre ela passava por uma drástica mudança. Por fim, seu conceito de forma no manuscrito do rolo antecipa vagamente os princípios do estruturalismo, a primeira das novas escolas teóricas dos 1960 a retirar a Nova Crítica do centro do debate. Kerouac escreve que não "estava interessado no Romance" e que queria ser "livre para perambular entre as leis do 'romance' como estipuladas por [Jane] Austens & [Henry] Fieldings". Aqui, Kerouac sugere que o romance é uma articulação de convenções reconhecíveis, "leis" que não o auxiliarão a contar a história que ele quer contar. Ao rejeitar Austen, Fielding e seus imitadores, Kerouac nega a "forma europeia" do romance e afirma o que chama de nova forma americana de prosa.

Kerouac era um ávido leitor de Whitman, e suas reivindicações por uma "prosa [narrativa] moderna na América" ecoam a profecia de Whitman de um "gênio infantil da expressão poética americana". O gênio de Whitman "descansa em seu sono, longe daqui, feliz por não ser reconhecido nem machucado pelos círculos sociais, pelos escritores-artistas, pelos falastrões e críticos de salão ou pelas palestras acadêmicas". De acordo com Whitman, esse novo escritor usaria os dialetos nativos dos Estados Unidos que se originam em lugares que Whitman descreve como "leitos rudes e corretos", embora conceda que "somente dessas fontes e estoques, nativos daqui, poderão com alegria chegar, transplantar-se e germinar, a seu tempo, flores de genuíno aroma americano, e frutas verdadeira e completamente nossas". Kerouac adota esses dialetos no manuscrito do rolo e os explora por completo na caracterização que faz de Dean Moriarty em *On the Road*, mas sua inovação requeria mais do que uma simples adaptação de dialetos. Em sua tentativa de acessar "uma área de maior essência espiritual", um espaço metafórico que lhe era inacessível por meio da prosa convencional, Kerouac alega ser necessário lançar mão dos "aparatos técnicos" da poesia épica.

A combinação de elementos poéticos e prosaicos fortificou a prosa de Kerouac e tornou possíveis as transformações mais radicas de sua narrativa. Em seu diário, Kerouac escreve: "Parece que estive aprendendo nos últimos oito meses a trabalhar com... poesia. Minha prosa está diferente, mais rica em textura". Essa riqueza de textura, alega Kerouac, é necessária se *On the Road* deve ser "um romance poético, ou melhor, um poema narrativo, uma epopeia em mosaico". O uso de "epopeia" por Kerouac é revelador, uma vez que o termo designa qualquer poema narrativo oral que escapa à definição de épico. Em um registro de seu diário, de outubro de 1949, Kerouac descreve seu projeto narrativo como uma espécie de epopeia: "Quero [...] escapar da narrativa europeia em direção aos Capítulos de Ânimo de uma poética americana 'em expansão' – se é que se pode chamar capítulos cuidadosos e uma prosa cuidadosa de um movimento de expansão". Enquanto sua narrativa se "expande", Kerouac enfatiza o controle estrutural que ele planeja exercitar. Como explica na carta a Solomon, sua técnica narrativa recém-concebida irá engendrar novos elementos convencionais, uma "gramática" compreensível aos leitores futuros uma vez que tenha sido descrita.

Muitos inícios não continuados de Kerouac, realizados no final dos anos 1940 e em 1950, unidos aos registros correspondentes no diário lamentando suas dificuldades, sugerem que Kerouac se esforçou para pôr a teoria em prática ao escrever os primeiros esboços de *On the Road*. À maneira dos pintores *en plein air* que confiavam nos tubos de tinta e a armação francesa do cavalete para realizar inteiramente o potencial do impressionismo, Kerouac teve que descobrir uma técnica de composição nova a fim de criar a estrutura contínua que se tornaria *On the Road*. O rolo permitiu que Kerouac levasse seu texto além dos parâmetros da narrativa convencional em prosa, redefinindo o limite mais básico de escrita, o meio. Durante os primeiros estágios do desenvolvimento da narrativa, Kerouac era um artista para quem o meio importava. Nas páginas da abertura de seu diário de 1949, um livro-financeiro com espiral, Kerouac escreve, "Alguma coisa está errada com minha alma que eu me recuso a sentir e lamentar neste caderno contábil". Ainda que sentado em sua escrivaninha, com a máquina de escrever à sua frente, Kerouac ainda continuava lutando para descobrir a voz para *On the Road*. Somente quando Kerouac tivesse um meio que acomodasse sua visão é que poderia exercitar sua nova técnica e destravar a narrativa poética e contínua que sua história exigia.

Além do trabalho com a técnica, Kerouac experimentou igualmente com os conceitos de trama. Ao trazer para o primeiro plano as culturas e as práticas marginalizadas na América, Kerouac sabia que *On the Road* seria, muito provavelmente, castigado pela crítica. A poética populista de Kerouac, sua crença de que "uma arte que não seja 'para todos' de modo explícito é uma arte inoperante", era e permanece impopular entre os *literati*. Foi sob essa impressão que escreveu, "Como um menino miserável e que vive de pegar carona pode significar alguma coisa... a Howard Mumford Jones que quer que todos sejam como ele (classe média, intelectual, 'responsável') antes que possa aceitá-los". Escritor, crítico e professor na Universidade de Harvard, Jones representava para Kerouac tanto a antítese da audiência que buscava quanto a opinião da crítica que iria reinar. Já no início do processo de esboço, Kerouac escolheu um caroneiro como o protagonista, não para refletir suas próprias experiências da vida na estrada – que naquele tempo eram poucas – mas com finalidades estéticas. Em seu diário, Kerouac se pergunta: "Poderia Dostoiévski fazer seu Raskolnikov, um lúmpen-proletário, ter algum significado para este cara [Jones] nos dias de hoje? – Para esta classe literária? – senão como um vagabundo". Nesse contexto, a escolha temática de Kerouac em *On the Road* transforma-se em uma figura que significa "o caminho espiritual" que ele quer evocar no texto.

Além da escolha do tema, Kerouac reimagina a função da trama e embasa sua narrativa nessa nova função. Enquanto as tramas convencionais são episódicas, unificadas e sugestivas de relações causais entre eventos, a estrutura de trama de Kerouac no manuscrito do rolo é contingente e se apropria de seu conceito de um "círculo do desespero". De acordo com Kerouac, o círculo de desespero representa uma crença de que "a experiência da vida é uma série regular de desvios" de nossos objetivos. Quando alguém é desviado de um objetivo, explica Kerouac, ele ou ela estabelece um novo objetivo do qual será também igualmente desviado. Para Kerouac, esta série de desvios não assume o padrão de um navio que segue o sopro do vento, movendo-se sempre em frente; em vez disso, Kerouac ilustra esses desvios como uma série de voltas à direita que continuam até que façamos um círculo completo que circunscreva uma "coisa desconhecida" que seja "central para a existência". As tentativas de evitar o círculo do desespero terminarão em fracasso, afirma Kerouac, porque "a linha reta o levará somente à morte". Os traços do círculo do desespero aparecem durante todo o manuscrito do rolo e em *On the Road*. As viagens dos protagonistas dominam boa parte da narrativa do manuscrito do rolo, e sua tentativa de encontrar propósito em seus movimentos perpétuos e em seus planos fracassados ilustra o círculo do desespero como um elemento projetado para a trama. Apesar de suas frustrações, Kerouac e Cassady continuam a encontrar "AQUILO", um estado mal definido de consciência que dá finalidade a suas experiências divergentes. Antes de experimentar "AQUILO", Kerouac pede a Cassady uma definição. Cassady responde: "Agora você está me perguntando algo que é im-pon-de-rável". Indefinível, o "AQUILO" existe paradoxalmente como um estado de ser inconcebível através do pensamento ou da linguagem, mas reconhecível através da experiência.

O círculo do desespero também opera em cenas aparentemente marginais no manuscrito do rolo, sendo sua predominância a sugestão de um padrão ou uma "gramática" pela qual a trama contingente pode ser compreendida. Quando Kerouac planeja sua primeira viagem para o Oeste, decide viajar de carona através dos Estados Unidos pela Rota 6, "uma linha vermelha e longa... que seguia da ponta de Cape Cod direto até Ely, Nevada, e depois mergulhava em direção a Los Angeles". Combalido diante da assustadora Bear Mountain, um Kerouac encalhado encontra um motorista que lhe diz que "não há nenhuma passagem de tráfego através da" Rota 6 e lhe sugere uma rota alternativa. Kerouac reflete sobre isso, narrando: "eu sabia que ele estava certo. Era meu sonho que se arruinava, estúpida e acalentada ideia de que seria maravilhoso seguir uma grande linha vermelha através da América em vez de tentar estradas e rotas diversas". O objetivo existencial de

Kerouac ou centro desconhecido, a "pérola" final, permanece o mesmo, mas ele aprende que sua passagem estará marcada por divergências e que seus esforços serão frustrados.

Os avanços narrativos de Kerouac, na técnica e na trama, combinam-se para criar textos que funcionam como pontos focais para muitos dos problemas que a teoria contemporânea apresenta. Somando-se à trama não linear e descontínua de Kerouac (autor), os momentos de frustração de Kerouac (narrador) em Bear Mountain podem ser lidos como uma metáfora das mudanças na teoria literária americana na segunda metade do século XX. Assim que o método claramente definido de escavar o sentido utilizado pela Nova Crítica perdeu lugar para as investigações estruturalistas e pós-estruturalistas no que diz respeito a leitores, leitura e à disputa do conhecimento do "senso comum", entre outras questões, o dilema de Kerouac passa a envolver suas expectativas cambiantes da estrada. Devemos recordar que "a acalentada e estúpida ideia" que trava Kerouac provém de sua interpretação direta de textos. No manuscrito do rolo, Kerouac afirma que se debruçou "sobre os mapas dos EUA em Ozone Park por meses, lendo, inclusive, livros sobre os pioneiros, de nomes deliciosos como Platte e Cimarron e tudo mais", antes de escolher sua rota para o Oeste. Kerouac é atraído pela linearidade representada no mapa pela Rota 6 e é seduzido pelo "maravilhoso" prospecto de uma passagem direta até seu destino. Ele conta que esses mapas e romances de bolso lhe ofereceram seus significados, de modo que ele baseia sua rota em uma leitura superficial dos mesmos.

As estratégias de leitura de Kerouac o decepcionam quase imediatamente, assim como acontece com o leitor convencional. Kerouac é forçado a descobrir uma nova modalidade discursiva de interpretação, a fim de seguir em frente. À medida que "os raios... [lhe] impõem o temor a Deus" debaixo dos picos encobertos pela tempestade, Kerouac revela o fracasso inerente em uma linearidade e unidade antecipadas; a linha reta da Rota 6 ameaça "levá-lo somente à morte". Ansioso por prosseguir, mas desviado de seu objetivo, Kerouac chega à compreensão de que o método de sua passagem deve ser contingente, que o progresso é alcançável somente "ao se tentar várias estradas e rotas" em vez de avançar com expectativas predeterminadas. Os leitores de Kerouac se encontram igualmente encalhados caso se aproximem de sua montanha de texto integral já antecipando que esta lhes oferecerá um significado inerente se suas expectativas e estratégias interpretativas estiverem baseadas em linearidades e predeterminadas por convenções romanescas. Entretanto, se um leitor aproxima a prosa alargada de Kerouac e permite que a narrativa gire, para o reverso, para se ajustar sobre si mesma em uma série de desvios, e aceita que o horizonte do deslocamento da significação é parte da experiência de sentido, o leitor pode continuar e ser "por fim guiado até lá".

Como uma série de desvios, as narrativas em prosa de Kerouac antecipam as teorias voltadas para o leitor, que estabelecem o leitor, não o texto, como o local do sentido. Contudo, a teoria contemporânea também não pode provar de maneira definitiva que a formação de sentido ocorre dentro do leitor, de modo que o significado de um texto é frequentemente considerado um efeito da interação entre o texto e o leitor. Em vez de funcionar como obras com significados aprisionados em estruturas hermeticamente fechadas, as narrativas de Kerouac envolvem o leitor no processo de descoberta do significado através do encontro de estruturas não familiares.

Jorge Luis Borges escreveu que um romance é uma "linha central de inumeráveis relações", e os desenvolvimentos narrativos de técnica e trama no manuscrito do rolo e em *On the Road* resistem a essa afirmação. À medida que essa nova narrativa americana em prosa demole as convenções, o manuscrito do rolo e *On the* Road se tornam objetos para as variadas lentes da análise literária americana na contemporaneidade. Um exame detalhado das leituras possíveis encheria diversos volumes, se não prateleiras. No entanto, um breve exemplo de como a desconstrução, um discurso teórico que brotou do estruturalismo e que compartilha seus métodos com muitas outras escolas pós-estruturalistas (tais como a teoria feminista e o discurso de minorias, para nomear alguns), ilumina o rolo pode demonstrar a escala das leituras possíveis que foram marginalizadas pelos discursos precedentes.

De uma perspectiva mais simples, a desconstrução procura desestabilizar hierarquias aparentemente naturais ou inerentes, ou oposições em um texto literário. Uma leitura desconstrutiva identifica oposições dentro do discurso escrito não para desacreditar o argumento ou para provar a invalidade lógica, mas para reinscrever o significado da oposição através de um rompimento com aquilo que havia sido considerado anteriormente como um conhecimento "dado". A desconstrução é uma ferramenta bastante útil para a análise do manuscrito do rolo ou de *On the Road* já que os dois textos contêm pretensões aparentemente contraditórias, que foram consideradas como escrita inconsistente em vez de uma oportunidade para a análise.

Quando Sal, em *On the Road*, chega pela primeira vez à casa de Lee em Old Bull, por exemplo, sua inabilidade em perceber em Jane o fogo que Lee vê é lida, com frequência, como um exemplo de sua ingenuidade ou insegurança. Examinando a passagem no manuscrito do rolo, que é reproduzida de modo quase literal no romance, o leitor encontra uma série de oposições cambiantes que simultaneamente corroem e dão suporte umas às outras. Quando Kerouac diz, "eu não vejo nada", Joan responde "O bom e velho Kerouac". A condenação que Joan faz da incapacidade de observação de Kerouac sugere que ele seja incapaz de ver a realidade empírica, que ele não compreende o mundo material diante de seus próprios olhos. Entretanto, Joan confia em seu sentido de audição para captar a cena, dizendo, "escuto as sereias dessa maneira", minando, desse modo, sua crítica à percepção visual de Kerouac. Além disso, a própria Joan estava alucinando – continua Kerouac, "ela ainda procurava seu fogo e naqueles tempos devorava três tubos de benzedrina por dia". Usando o possessivo "seu", Kerouac sugere que a percepção do fogo seja possível somente a Joan, que, de certa maneira, esse fogo "pertença" a ela. Ao coordenar essa oração com a seguinte em que afirma o uso que ela faz da droga, Kerouac sugere uma correlação entre "seu fogo" e seu consumo de benzedrina, implicando que seu "fogo" é uma invenção da imaginação dela alimentada pela benzedrina. Consequentemente, nessa cena, a crítica inicial da percepção é invertida e não adulterada, a percepção racional é privilegiada sobre a percepção alterada e irracional. Contudo, essa oposição binária é logo invertida, e o texto argumenta que a percepção não é apenas racional, mas também intuitiva.

Quando Kerouac vai às corridas de cavalo em Graetna com Burroughs, ele intui o vencedor, em um desenvolvimento que privilegia a percepção não literal e subjetiva sobre a literal e objetiva. Kerouac olha o prospecto da corrida, um informe que resume os dados empíricos relevantes para se ter vantagens nas corridas de cavalo, e se deixa extasiar por um nome, não pelas estatísticas, um nome que o lembra de seu pai: Big Pop [Paizão]. Enquanto Burroughs aposta em Corsário de Ébano, Big Pop vence e paga 50 por 1. Burroughs, que aposta baseando-se na avaliação dos dados do prospecto, exclama: "Você teve uma visão, garoto, uma VISÃO. Somente os tolos não prestam atenção às visões", validando assim a percepção intuitiva de Kerouac. Justapondo essas cenas, a reinscrição de Kerouac da oposição normativa e privilegiada do racional sobre o irracional é revelada: a racionalidade e a irracionalidade se transformam em modalidades coiguais, partes do todo que é a percepção em sua totalidade.

No manuscrito do rolo, Kerouac estabelece um outro argumento dependente de ambos os lados de sua oposição presuntiva ao trazer para o primeiro plano a tentativa dos protagonistas de superar as constrições do tempo. As técnicas de Cassady para operar fora do tempo, entretanto, confiam em sua estrita aderência a ele. Ao representar os horários e as programações ubíquas de Cassady, Kerouac ilustra o que Michel Foucault chama de "o uso exaustivo" do tempo, uma técnica que subjuga o ator ao tempo, enquanto promete sua emancipação temporal. O uso exaustivo do tempo requer sua subdivisão meticulosa, assegurando "um uso sempre crescente do tempo, em tese", pela "extração, do tempo, de mais outros momentos disponíveis", detendo-o de modo efetivo. Durante todo o romance, Cassady organiza seus compromissos com os horários precisos de começo e de término, compelindo seus amigos e amantes a se subjugarem a este agendamento em uma tentativa de subdividir seu próprio tempo, gerando assim mais tempo disponível, uma maneira de usar de modo mais efetivo todo o tempo que possui.

Embora Allen Ginsberg classifique o programa frenético de Cassady em Denver como um dispositivo para esconder sua infidelidade de Louanne e de Carolyn, a arregimentação de Cassady é uma técnica por meio da qual tenta fazer "tudo" ao mesmo tempo. A chegada de Kerouac a Denver acrescenta uma outra variável à agenda de Cassady, e para que Cassady abra espaço para Kerouac em seu próprio cronograma, Cassady subdivide ainda mais o tempo. A poucos minutos de ver Kerouac, Cassady diz a Carolyn:

> "Agora é (olhando pro seu relógio) exatamente uma e catorze ---- devo estar de volta exatamente às TRÊS e catorze, para nossa hora de delírio conjunto... portanto neste exato minuto devo me vestir, enfiar as calças, cair na vida, quer dizer na vida do mundo exterior, pelas ruas e o que mais acontecer, como já estamos combinados, agora já é uma e QUINZE e o tempo está correndo, correndo.."

Como sugerem seus agendamentos, a liberdade de Cassady em relação ao tempo é dependente de sua estrita submissão a ele. Assim, desconstruindo a fuga do tempo por parte dos protagonistas e examinando suas técnicas, a inescapabilidade do tempo e sua penetrância são reveladas, tornando, dessa forma, o presente de Neal à garota mexicana na beira da estrada (seu relógio de pulso) – presumivelmente um ato que significa a derrota de Cassady ao tempo – um ato de colonização e subjugação pelo tempo.

Apesar de sua relevância às questões levantadas pela teoria literária contemporânea, a publicação do manuscrito do rolo revela um perigo imanente ao texto. Na medida em que altera o discurso que cerca *On the Road* para ajustá-lo, de forma ostensiva, ao seguinte registro: um romance "sério" de um autor "sério", a presumida fidelidade do manuscrito do rolo às próprias experiências vividas por Kerouac pode reforçar muitas suposições que quando articuladas fizeram de *On the Road* um romance famoso não por seu caráter literário, e de Kerouac um autor infame, não um autor para ser levado a sério. A possibilidade do surgimento desse aparente oposto não faz, entretanto, com que se possa pensar na publicação do manuscrito do rolo como um erro crítico de julgamento.

A publicação do manuscrito do rolo cria um paradoxo necessário que problematiza a própria noção do significado em um texto e desmonta a habilidade de um leitor em diferenciar, de modo confiável, o fato da ficção. Enquanto o manuscrito do rolo é interpretado, corretamente ou incorretamente, como uma versão mais autêntica de *On the Road*, a ficcionalidade do romance e a função de Kerouac como o autor se tornam mais aparentes por meio de uma leitura comparativa. Além disso, como o manuscrito do rolo desestabiliza a veracidade presumida de *On the Road* – um romance lido como um híbrido não ficcional, parte diário, parte uma peça autobiográfica –, essa instabilidade da interpretação é transferida de maneira autorreflexiva ao próprio manuscrito. O rolo desacredita sua própria veracidade, estabelecendo-se como uma narrativa ficcional em prosa.

Enquanto Kerouac reorganiza as convenções sociais no texto, dando proeminência às culturas e às práticas marginalizadas em outras obras populares na ficção de seu tempo, igualmente reestrutura convenções e alusões literárias de um modo que não havia sido ainda totalmente cooptado pela narrativa contemporânea. Assim, *On the Road* e sobremaneira o manuscrito continuam sendo textos para serem lidos como obras de vanguarda, mesmo meio século após sua composição. A publicação do manuscrito do rolo abre novas possibilidades de interpretação para ambos os textos. Essas novas possibilidades trazem para um primeiro plano os avanços de Kerouac no campo da narrativa na medida em que destacam o fazer literário dentro de *On the Road*, conferindo finalmente a *On the Road* o estatuto de romance, ainda que seja uma forma híbrida que una "a típica organização da experiência 'romanesca' e o mundo 'fibroso'... com sua sugestão de unidade orgânica" do pós-modernismo, e o manuscrito do rolo como "o primeiro ou um dos primeiros livros de prosa moderna na América".

Cinquenta anos depois da publicação de *On the Road*, os leitores do manuscrito podem experimentar um rompimento da hierarquia dominante e ver o Kerouac mítico como subordinado ao escritor Kerouac, que, no início de 1951, desenvolveu uma nova forma de prosa narrativa americana e escreveu: "Muita gente diz que eu não sei o que estou fazendo, mas naturalmente eu faço. Burroughs & Allen disseram que eu não sabia o que estava fazendo nos anos de *Cidade pequena, cidade grande*; agora eles sabem o que eu fiz". Assim como nós, agora.

Sugestões de leitura

Beaulieu, Victor-Lévy. *Jack Kerouac: A Chicken Essay.* Stella Fischman, Toronto: The Coach House Press, 1975.

Belgrad, Daniel. *The Culture of Spontaneity: Improvisation and the Arts in Postwar America.* Chicago: University of Chicago Press, 1998.

Burroughs, William S. "Remembering Jack Kerouac". In: *The Adding Machine: Collected Essays.* London: John Calder, 1985.

Cassady, Carolyn. *Off the Road: Twenty Years with Cassady, Kerouac and Ginsberg.* London: Black Spring Press, 1990.

Cassady, Neal. *Collected Letters, 1944-1967.* Dave Moore. (ed.) New York: Penguin, 2004.

_____. *The First Third & Other Writings.* San Francisco: City Lights, 1971; 1981.

_____ e Ginsberg, Allen. *As Ever: The Collected Correspondence of Allen Ginsberg and Neal Cassady.* Barry Gifford (ed.). Berkeley: Creative Arts Book Co., 1977.

Charters, Ann. *Kerouac: A Biography.* New York: St. Martin's Press, 1973, 1987.

Clark, Tom. *Jack Kerouac: A Biography.* New York: Paragon House, 1990.

Coolidge, Clark. "Kerouac". In: *Disembodied Poetics: Annals of The Jack Kerouac School.* Anne Waldeman e Andrew Schelling (eds.).

_____. *Now it's Jazz: Writings on Kerouac & the Sounds.* Albuquerque: Living Batch Press, 1999.

DOUGLAS, Anna. "Telepathic Shock and Meaning Excitement; Kerouac's Poetics of Intimacy". In: *The Beat Generation: Critical Essays.* Kostas Myrsiades (ed.)

GIAMO, Bem. *Kerouac, the Word and the Way: Prose Artist as Spiritual Quester.* Carbondale, IL: Southern Illinois University Press, 2000.

GIFFORD, Barry; Lawrence, Lee. *Jack's Book: An Oral Biography of Jack Kerouac.* New York: Thunder's Mouth Press, 1978, 1994.

GINSBERG, Allen. "The Great Rememberer", "Kerouac's Ethic". In: *Deliberate Prose: Selected Essays 1952-1995.* Bill Morgan (ed.). New York: Harper Collins, 2000.

GUSSOW, Adam. "Bohemia Revisited: Malcolm Cowley, Jack Kerouac, and *On the Road*". *Georgia Review.* Verão de 1984, vol.XXXVIII, n.2.

HOLMES, John Clellon. *Go.* New York: Thunder's Mouth Press, 1952, 1988.

_____. "The Great Rememberer", "Perpetual Visitor", "Gone in October". In: *Representative Men: The Biographical Essays.* Fayetteville: University of Arkansas Press, 1988.

HUNT, Tim. *Kerouac's Crooked Road: Development of a Fiction.* Berkeley: University of California Press, 1981, 1996.

JOHNSON, Joyce. *Minor Characters: A Beat Memoir.* New York: Houghton Mifflin, 1983.

JOHNSON, Ronna C. "'You're Putting Me On': Jack Kerouac and the Postmodern Emergence". In: *The Beat Generation: Critical Essays.* Kostas Kyrsiades (ed.)

KEROUAC, Jack. *Atop an Underwood: Early Stories and Other Writings.* Paul Marion (ed.) New York: Viking, 1999.

_____. *Good Blonde & Others.* Donald Allen (ed.). San Francisco: Grey Fox Press, 1993.

_____. *On the Road.* New York: Viking, 1957.

_____. *Pic.* New York: Grove Press, 1971.

_____. *The Portable Jack Kerouac.* Ann Charters (ed.). New York: Viking, 1995.

_____. *Selected Letters 2 v.* Ann Charters (ed.). New York: Viking, 1999.

_____. *The Town and the City.* New York: Harcourt Brace, 1950.

_____. *Visions of Cody.* New York: McGraw-Hill, 1972.

_____. *Windblown World: The Journals of Jack Kerouac 1947-1954.* Douglas Brinkley (ed.). New York: Viking, 2004, 2006.

LARDAS, John. *The Bop Apocalypse: The Religious Visions of Jack Kerouac, Ginsberg and Burroughs.* Urbana: University of Illinois Press, 2001.

MAHER, Paul (ed.). *Empty Phantoms: Interviews and Encounters with Jack Kerouac.* New York: Thunder's Mouth Press, 2005.

_____. *Kerouac: The Definitive Biography.* Lanham: Taylor Trade Publishing, 2004.

MYRSIADES, Kostas (ed.). *The Beat Generation: Critical Essays.* New York: Peter Lang, 2002.

SKERL, Jennie (ed.). *Reconstructing the Beats.* New York: Palgrave Macmillan, 2004.

TURNER, Steve. *Angelheaded Hipster: A Life of Jack Kerouac.* London: Bloomsbury, 1996.

WALDMAN, Anne; SCHELLING, Andrew (eds.). *Disembodied Poetics: Annals of the Jack Kerouac School.* Albuquerque: University of New Mexico Press, 1994.

WEINREICH, Regina. *The Spontaneous Poetics of Jack Kerouac.* Carbondale: Southern Illinois University Press, 1987.

Pela L&PM Editores

BUIN, Yves. *Kerouac.* Trad. Rejane Janowitzer. Porto Alegre: L&PM, 2007.

CASSADY, Neal. *O primeiro terço.* Trad. Mauro Sá Rego Costa. Porto Alegre: L&PM, 1986.

FERLINGHETTI, Lawrence. *Um parque de diversões da cabeça.* Trad. Eduardo Bueno e Leonardo Fróes. Porto Alegre: L&PM, 2007.

GINSBERG, Allen. *Uivo e outros poemas*. Trad. Cláudio Willer. Porto Alegre: L&PM, 2006.

KEROUAC, Jack. *Anjos da desolação*. Trad. Guilherme da Silva Braga. Porto Alegre: L&PM, 2010.

_____. *Big Sur*. Trad. Guilherme da Silva Braga. Porto Alegre: L&PM, 2009.

_____. *Cidade pequena, cidade grande*. Trad. Edmundo Barreiros. Porto Alegre: L&PM, 2008.

_____. *Despertar: uma vida de Buda*. Trad. Lúcia Brito. Porto Alegre: L&PM, 2010.

_____. *Diários de Jack Kerouac: 1947-1954*. Douglas Brinkley (ed.). Trad. Edmundo Barreiros. Porto Alegre: L&PM, 2006.

_____. *Geração Beat*. Trad. Edmundo Barreiros. Porto Alegre: L&PM, 2007.

_____. *O livro dos sonhos*. Trad. Milton Persson. Porto Alegre: L&PM, 1998.

_____. *On the Road: Pé na Estrada*. Trad. Eduardo Bueno. Porto Alegre: L&PM, 2004.

_____. *Os subterrâneos*. Trad. Paulo Henriques Britto. Porto Alegre: L&PM, 2006.

_____. *Os vagabundos iluminados*. Trad. Ana Ban. Porto Alegre: L&PM, 2004.

_____. *Satori em Paris*. Trad. Lúcia Brito. Porto Alegre: L&PM, 2010

_____. *Tristessa*. Trad. Edmundo Barreiros. Porto Alegre: L&PM, 2006.

_____. *Viajante solitário*. Trad. Eduardo Bueno. Porto Alegre: L&PM, 2005.

_____. *Visões de Cody*. Trad. Guilherme da Silva Braga. Porto Alegre: L&PM, 2009.

SOLOMON, Carl. *De repente, acidentes*. Trad. José Thomáz Brum. Porto Alegre: L&PM, 1999.

Agradecimentos

O primeiro e maior obrigado vai para John Sampas, por nos convidar a participar deste projeto e pela sua inabalável fé e apoio. Também gostaríamos de agradecer a Joyce Johnson, Ronna C. Johnson, Sterling Lord, David Orr, Dawn Ward e John Shen-Sampas por toda ajuda e gentileza. Agradecimentos especiais ao nosso editor, Paul Slovak, pelo entusiasmo pelo projeto, pela sabedoria cristalina e por ter sempre todas as respostas. Muito obrigado também a Isaac Gewirtz, curador da Berg Collection da Biblioteca Pública de Nova York, por sua amabilidade e percepção sagaz, e a seus colegas Stephen Crook, Declan Kiely e Phillip Milito. Pela colaboração gentil também gostaríamos de agradecer a David Amram e Audrey Sprenger. Obrigado a Hilary Holladay, diretora da Jack and Stella Kerouac School of American Studies da Universidade de Massachusetts em Lowell, e a Melissa Pennell, catedrática do Departamento de Língua Inglesa da mesma universidade.

Howard Cunnell gostaria de agradecer a ajuda da British Association for American Studies pelo Founder's Award, que o permitiu viajar a Nova York na primavera de 2006. Obrigado a Alan Stepney, Matthew Loukes, Jim MacAirt e a todos do Karma Divers por iluminar minha morada. Obrigado a Jackie e Donald e à minha família: minha mãe, Gillian, meu irmão, Mark – ainda na estrada depois de vinte anos –, e minhas lindas e inspiradoras filhas, Jesse, Lily e Daisy. Agradecimentos especiais a Jeremy Cole e a Frank e Rosemary Andoh, pela folga nesse último inverno. Acima de tudo, gostaria de agradecer à minha mulher, Adjoa. Como tudo na minha vida, esse livro é dedicado para ela.

Penny Vlagopoulos gostaria de agradecer a Ann Douglas pelos conselhos de especialista e pela conhecida sabedoria beat. Um obrigado especial a Rachel Adams, Roberto O'Meally e a Maura Spiegel, pelo inestimável ensinamento e pela inspiração, e a Baz Dreisinger, Mike Johnson e Nicole Rizzuto por todo o auxílio e apoio. Finalmente, gostaria de expressar a minha gratidão aos meus pais, Marika e Triphon, e ao meu irmão Pete, pelo incentivo sem fim.

George Mouratidis gostaria de agradecer a Kris Hemensley do Collected Works Bookshop pelo conhecimento e paixão, a Gemma Blackwood por sua presença minérvica ao longo deste projeto, e a Garry Kinnane e Peter Otto por sua iluminação e encorajamento. Também gostaria de agradecer aos meus pais, Chris e Georgina, ao meu irmão John, a Chris Ioannou e a Lucy Van pelo constante apoio e compreensão. Sobretudo, agradecimentos especiais para meus colegas e amigos Howard Cunnell, Joshua Kupetz e Penny Vlagopoulos pelo inestimável apoio, ajuda e inspiração.

Joshua Kupetz gostaria de agradecer a Dan Terkla e aos colegas Carol Ann Johnston, Wendy Moffat e Robert Winston por ensinarem Kerouac nesses "tempos frivolamente científicos". Também gostaria de agradecer a Michele Fleming, minha mãe, Tabatha Friffin, minha irmã, e Ty Dellinger por acreditarem em mim, sempre. Sem o apoio de Shana Ageloff-Kupetz, minha mulher, eu jamais teria terminado este projeto e sequer saberia como começá-lo.

Nota sobre o texto

Howard Cunnell

O manuscrito original de *On the Road*, escrito num rolo de papel, é aqui publicado com a intenção de apresentar um texto que seja tão próximo quanto possível ao produzido por Kerouac entre 2 e 22 de abril de 1951.

O rolo foi cuidadosamente datilografado, e há nele relativamente poucos erros para um manuscrito dessa extensão – ainda mais considerada a velocidade em que Kerouac estava trabalhando. Ao longo do trabalho de revisão do texto, Kerouac acrescentou ao manuscrito, à mão, correções e adendos. Em uma carta para Neal Cassady de 22 de maio de 1951, Kerouac escreve: "Claro, já que desde 22 de abril eu só datilografo e reviso. Trinta dias em cima disso". Apesar de não termos certeza de que Kerouac se refere aqui às revisões que fez *no* rolo, e apesar de ele poder ter começado a corrigir o romance a qualquer momento, é certo que as correções foram acrescentadas a uma cópia que havia sido datilografada por ele. Deixei de fora essas correções e revisões e restaurei, linha a linha, o texto datilografado, exceto onde a adição feita à mão é claramente uma palavra que faltava – no mais das vezes um conetivo – no texto datilografado. Não incluímos nesta edição linhas de texto que foram riscadas, ou melhor, suprimidas por Kerouac. Reticências (...) e traços (---) estão conforme aparecem no manuscrito. Às vezes Kerouac usa quatro dois-pontos ou traços, o que foi mantido.

Corrigi a ortografia de Kerouac para fins de compreensão, apenas. Ao longo do manuscrito, são utilizadas muitas abreviações e neologismos. Deixei as abreviações intactas para emular pelo menos em parte o ritmo com que Kerouac estava datilografando. Pela mesma razão, e porque essas palavras fazem parte da prosa musical de Kerouac, corrigi apenas os neologismos que parecem duvidosos. Contrariamente ao mito, o texto do rolo é, na maior parte, pontuado de forma convencional. Exceções – não corrigidas – refletem o hábito de Kerouac de deixar perguntas sem ponto de interrogação e de não separar, pela pontuação, os falantes dos diálogos.

Quase quarenta anos atrás, Sterling Lord disse a Kerouac que o manuscrito parecia "frágil", e há alguns lugares em que o papel está, de fato, rasgado. Como seria de se esperar, esses rasgões ocorreram sobretudo no início do texto, já que as primeiras camadas do rolo ficam expostas e vulneráveis. Na maior parte das vezes, é muito fácil dizer qual é a palavra ou a letra que falta. Nos pouquíssimos casos em que isso não acontece, consultei as subsequentes versões de Kerouac para o romance e o próprio texto publicado.

E porque ela de forma tão bela sugere o som de um carro afogado antes de iniciar uma longa jornada, deixei inalterada a linha de abertura do manuscrito.

Brixton, Londres, 2007

ON THE ROAD

O MANUSCRITO ORIGINAL

Encontrei Neal pela primeira vez não muito depois que meu pai morreu... Eu tinha acabado de me livrar de uma doença séria da qual nem vale a pena falar a não ser que teve algo a ver com a morte de meu pai e minha medonha sensação de que tudo estava morto. Com a vinda de Neal realmente começa para mim a parte da minha vida que se pode chamar de vida na estrada. Antes disso eu sempre tinha sonhado em ir para o oeste, ver o país, sempre planos vagos e eu nunca dava a partida mesmo e coisa e tal. Neal é o cara perfeito para a estrada simplesmente porque nasceu na estrada, quando seus pais estavam passando por Salt Lake City em 1926, a caminho de Los Angeles, num calhambeque caindo aos pedaços. As primeiras notícias sobre Neal chegaram a mim através de Hal Chase, que havia me mostrado algumas cartas que ele escrevera num reformatório do Colorado. Fiquei tremendamente interessado pelas cartas por causa do jeito ingênuo e singelo com que elas pediam a Hal para lhe ensinar tudo sobre Nietzsche e todas aquelas maravilhas intelectuais pelas quais Hal era merecidamente famoso. Certa vez Allen Ginsberg e eu falamos a respeito dessas cartas e nos perguntamos se algum dia iríamos conhecer o estranho Neal Cassady. Tudo isso foi há muito tempo, quando Neal não era do jeito que ele é hoje, quando era um delinquente juvenil envolto em mistério. Então chegaram as notícias de que Neal havia saído do reformatório e estava vindo para Nova York pela primeira vez; falava-se também que ele tinha acabado de casar com uma garota de 16 anos chamada Louanne. Um dia eu vagabundeava pelo campus da Colúmbia quando Hal e Ed White me disseram que Neal tinha acabado de chegar e estava morando numa espelunca sem água quente de um cara chamado Bob Malkin no East Harlem, o Harlem espanhol. Neal tinha chegado na noite anterior, pela primeira vez em NY, com sua gostosa gatinha linda Louanne; eles saltaram do ônibus Greyhound na R. 50 e dobraram a esquina procurando um lugar onde comer e deram de cara com a Hector's, e a partir de então a cafeteria

Hector's se transformou para sempre num grande símbolo de NY para Neal. Eles gastaram dinheiro em belos bolos enormes com glacê e bombas de creme. O tempo inteiro Neal dizia para Louanne coisas do tipo, "Então querida cá estamos nós em Ny e embora eu não tenha lhe contado tudo em que estava pensando quando a gente atravessou o Missouri e especialmente na hora em que passamos pelo reformatório de Bonneville que me lembrou do meu problema na prisão agora é absolutamente imprescindível dar um tempo em todos as coisas pendentes do nosso caso e sem demora começar a pensar em planos específicos de vida profissional..." e assim por diante do jeito que ele falava naqueles tempos. Fui à espelunca sem água quente com a rapaziada e Neal abriu a porta de cueca. Louanne estava saltando ligeiro da cama; aparentemente ele estava trepando com ela. Ele sempre estava fazendo isso. O outro cara dono do lugar o tal Bob Malkin estava lá mas Neal aparentemente o tinha expulsado para a cozinha, provavelmente para que fizesse café enquanto ele dava prosseguimento às suas questões amorosas.... já que para ele sexo era a primeira e única coisa sagrada e importante na vida, ainda que ele tivesse que suar e blasfemar para ganhar o pão, e assim por diante. A primeira impressão que tive de Neal foi a de um Gene Autry moço --- esperto, esguio, olhos azuis, com um genuíno sotaque de Oklahoma. Na verdade ele tinha trabalhado num rancho, o de Ed Uhl em Sterling Colorado antes de casar com L. e vir para o Leste. Louanne era uma coisinha querida, bonita, mas terrivelmente estúpida e capaz de coisas horríveis, como mostrou mais adiante. Só menciono esse primeiro encontro com Neal por causa do que ele fez. Aquela noite todos nós bebemos cerveja e eu fiquei bêbado e num lero-lero qualquer, dormi no outro sofá, e de manhã, enquanto fumávamos em silêncio baganas dos cinzeiros na luz opaca de um dia sombrio Neal levantou-se nervosamente, andou em círculos, pensativo, e decidiu que a melhor coisa a fazer era mandar Louanne preparar o café e varrer o chão. Aí eu caí fora. Isso era tudo que de início eu sabia de Neal. Durante a semana seguinte contudo ele confidenciou a Hal Chase que tinha que aprender a escrever com ele de qualquer jeito; Hal disse que eu era escritor e que ele deveria me procurar se quisesse algum conselho. Neste meio-tempo Neal havia descolado um emprego num estacionamento, brigado com Louanne no apartamento deles em Hoboken e só Deus sabe por que eles foram parar lá e ela ficou tão furiosa e tão profundamente vingativa que o denunciou à polícia, uma falsa acusação inventada e confusa e histérica, e Neal teve que se mandar de Hoboken. Portanto já não tinha onde morar. Neal veio direto a Ozone Park onde eu estava morando com minha mãe, e certa noite enquanto eu trabalhava em meu livro ou pintura ou como quer que você o chame bateram na porta e lá estava Neal, curvando-se, introduzindo-se servilmente na escuridão do hall, e dizendo "O-lá, lembra de mim, Neal Cassady? Vim pedir que você me ensine a escrever". "E onde anda Louanne?" perguntei, e Neal disse que ela aparentemente tinha batalhado um punhado de dólares prostituindo-se ou algo assim e voltado para Denver... "a piranha!" E então saímos para tomar umas cervejas já que não poderíamos conversar como queríamos na frente de minha mãe, que estava sentada na sala lendo seu jornal. Ela deu uma só olhada para Neal e concluiu na hora que ele era doido. Ela jamais sonhou que também andaria com ele pela louca noite americana mais de uma vez. No bar eu disse para Neal, "Porra cara sei muito bem que você não me procurou só porque tá a fim de virar escritor e afinal de contas o que é que eu teria a dizer a não ser que você tem que se agarrar nisso com a energia de um viciado em benzedrina", e ele disse, "Sim, é claro, entendo exatamente o que você quer dizer e de fato já tinha pensado nesses problemas mas o caso é que eu almejo a realização de todos esses fatores que dependem da dicotomia de Schopenhauer para qualquer concretização íntima..." e assim por diante, coisas que não entendi e ele ainda menos, e o que quero dizer é, naqueles dias ele realmente não sabia o que estava falando, para dizer a verdade, era um jovem marginal deslumbrado com a maravilhosa possibilidade de se tornar um verdadeiro intelectual e gostava de falar com sonoridade e usando de modo confuso as palavras que ouvira da boca de "verdadeiros intelectuais" embora veja bem ele não fosse tão ingênuo assim no resto todo, e só precisou de alguns meses com Leon Levinsky para ficar completamente por dentro de todo o jargão e estilo da intelectualidade. De qualquer forma eu o amava por sua loucura e nos embebedamos no bar Linden atrás da minha casa e concordei que ele ficasse na minha casa até arranjar um emprego e além do mais combinamos que algum dia iríamos juntos para o oeste. Era o inverno de 1947. Pouco depois de conhecer Neal comecei a escrever ou pintar meu enorme Town and City, e tinha uns quatro capítulos quando certa noite, quando Neal jantava na minha casa, e já tinha um novo emprego num estacionamento em Nova York, do hotel NYorker na r. 34, ele se debruçou sobre meus ombros enquanto eu datilografava rapidamente e disse "Vamos lá, cara, as garotas não vão esperar, depressa", e eu disse "Espera um pouco, a gente cai fora assim que eu terminar este capítulo", e terminei e foi um dos melhores capítulos do livro todo. Então me vesti e nos mandamos direto para NY para encontrar umas garotas. Como se sabe para ir de Ozone Park a Nova York leva uma hora de trem e metrô, e enquanto rodávamos no elevado por cima dos telhados do Brooklyn íamos recostados um no outro, gritando e gesticulando com os dedos e falando com enorme excitação e comecei a ficar doido como Neal. No fim, o que Neal era, simplesmente, era tremendamente apaixonado pela vida, e mesmo sendo um vigarista só trapaceava porque tinha uma vontade enorme de viver e também de se envolver com pessoas que de outra forma não lhe dariam a mínima atenção. Ele estava me enrolando, por assim dizer, e eu sabia, e ele sabia que eu sabia (essa era a base do nosso relacionamento) mas eu não me importava e seguíamos juntos numa boa. Comecei a aprender com ele tanto quanto ele provavelmente aprendeu comigo. Quanto ao meu trabalho, ele dizia, "Vai em frente, tudo que você faz é bom demais". Fomos para Nova York, as circunstâncias já esqueci, eram duas garotas --- não havia garotas lá, elas deveriam encontrá-lo ou coisa assim e não estavam lá. Fomos até o estacionamento onde ele tinha algumas coisas a fazer --- mudar de roupa no barraco dos fundos e se ajeitar um pouco em frente a um espelho rachado e coisas assim, e logo caímos fora. E foi nessa noite que Neal conheceu Leon Levinsky. Algo tremendo aconteceu quando Neal conheceu Leon Levinsky... refiro-me é claro a Allen Ginsberg. Duas cabeças iluminadas como eram, eles se ligaram no ato. Um par de olhos penetrantes relampejou ao cruzar com dois outros olhos penetrantes... o santo vagabundo e o grande e angustiado poeta vagabundo que é Allen Ginsberg. Daquele momento em diante quase não vi mais Neal e fiquei um pouco magoado também... As energias deles entraram em fusão. Comparado a eles eu era um paspalho; era incapaz de acompanhá-los. Começou então o louco redemoinho de tudo o que ainda estava por vir e que misturaria todos meus amigos e tudo que restava da minha família numa gigantesca nuvem de poeira sobre a noite americana --- eles falavam de Burroughs, Hunkey, Vicki, ...Burroughs no Texas, Hunkey em Riker's Island, Vicki às voltas com Norman Schnall na época... e Neal falou para Allen sobre gente do oeste como Jim Holmes o craque corcunda das mesas de bilhar e jogador de cartas e santo veado... falou sobre Bill Thomson, Al Hinkle, seus amigos de infância, seus companheiros da rua... eles varavam as ruas juntos absorvendo tudo com aquele jeito que tinham no começo e que mais tarde se tornaria muito mais melancólico e perceptivo... mas nessa época eles dançavam pelas ruas como piões e eu me arrastava atrás como sempre tenho feito toda minha vida atrás de pessoas que me interessam, porque as únicas pessoas que me interessam são os loucos, os que estão loucos para viver, loucos para falar, que querem tudo ao mesmo tempo, aqueles que nunca bocejam ou falam chavões... mas queimam, queimam, queimam como fogos de artifício pela noite. Allen era veado naqueles tempos, experimentando-se por completo, e Neal viu aquilo, e ele mesmo um ex-michê menino na noite de Denver, e querendo a todo custo aprender a escrever poesia como Allen, a primeira coisa que se vê é que ele estava atacando Allen com uma enorme alma amorosa como só um trapaceiro pode ter. Eu estava na mesma sala, eu os ouvi através da escuridão e refleti e disse a mim mesmo "Humm, algo começou aqui, mas não quero nada com isso". Assim não os vi por umas duas semanas durante as quais eles selaram seu relacionamento em proporções malucas. Chegou então a melhor época para cair na estrada, a Primavera, e todos nesse bando disperso começaram a se preparar para algum tipo de viagem. Eu estava ocupadíssimo com meu romance e quando estava na metade, depois de uma ida ao Sul com minha mãe para visitar minha irmã, me aprontei para viajar para o oeste pela primeiríssima vez. Neal já havia partido. Allen e eu vimos ele se mandar na estação do Greyhound na rua 34. No andar de cima tem um lugar onde dá para tirar umas fotos baratas. Allen tirou os óculos e ficou com um ar sinistro. Neal posou de perfil e olhou para o lado timidamente. Eu tirei uma foto frontal que me fez ficar parecido, como disse Lucien, com um italiano de 30 anos capaz de matar qualquer um que falasse mal de sua mãe. Essa foto Allen e Neal cortaram cuidadosamente ao meio usando uma lâmina de barbear e cada um guardou a metade na carteira. Vi essas metades mais adiante. Para sua grande viagem de volta a Denver Neal vestia um terno de trabalho típico do oeste; havia encerrado sua primeira farra em Nova York. Digo farra mas ele apenas trabalhou pra cachorro em estacionamentos, o mais fantástico garagista do mundo, capaz dar marcha à ré a sessenta por hora num corredor exíguo e estreito e parar rente à parede, e salta do carro, serpenteia por entre os para-choques, pula para dentro de outro, manobra a oitenta por hora num espaço minúsculo, engrena e entra de ré outra vez em uma vaga apertada com uns poucos centímetros de cada lado e para com um sacolejo no mesmo instante em que puxa o freio de mão; e então sai voando em direção à cabina de controle como um atleta na pista, entrega um tíquete, pula para dentro de um carro recém-chegado enquanto o motorista ainda está saindo, pula literalmente por cima enquanto o outro sai, liga o motor com a porta entreaberta e sai roncando em direção ao lugar disponível mais próximo: trabalhando assim oito horas por noite sem parar, no rush dos fins de tarde e nas horas de saída dos teatros, de calças velhas sujas de graxa com uma jaqueta rota forrada de pele e sapatos gastos com a sola descosturada. Agora para a viagem de volta ele comprou um terno novo; azul com riscas, com colete e tudo, com um relógio e uma corrente para o relógio, e uma máquina de escrever portátil com a qual iria começar a escrever numa pensão qualquer de Denver assim que arranjasse um emprego por lá. Fizemos uma refeição de despedida de feijão com salsichas no Riker's da 7ª avenida, e logo depois Neal entrou no ônibus cujo letreiro dizia Chicago e que saiu fora rugindo noite adentro. Prometi a mim mesmo seguir na mesma direção tão logo a Primavera realmente desabrochasse e escancarasse a terra. Lá se foi o nosso vaqueiro. E foi exatamente assim que toda minha experiência na estrada de fato começou e as coisas que estavam por vir são fantásticas demais para não serem contadas. Apenas falei de Neal de uma forma preliminar porque na época não sabia nada mais que isso sobre ele. Não estou por dentro de sua relação com Allen, e como se viu mais tarde Neal cansou-se daquilo, especificamente da veadagem e voltou aos seus hábitos naturais, mas isso não interessa. No mês de julho de 1947, tendo terminado metade do meu romance e economizado uns cinquenta dólares da minha velha pensão de veterano eu estava pronto para ir à Costa Oeste. Meu amigo Henri Cru havia escrito uma carta de San Francisco dizendo que eu deveria ir pra lá e embarcar com ele num navio para uma volta ao mundo. Ele jurava que conseguiria me arranjar um lugar na casa de máquinas. Respondi dizendo que já estaria satisfeito com um velho cargueiro qualquer contanto que pudesse dar umas longas navegadas pelo Pacífico e voltar com dinheiro suficiente para me sustentar na casa de minha mãe enquanto terminava meu livro. Ele disse que tinha uma cabana em Marin City e que lá eu teria todo o tempo do mundo para escrever enquanto a gente aguardasse a aporrinhação burocrática antes de pegar o navio. Ele estava morando com uma garota chamada Diane, disse que ela era uma cozinheira maravilhosa e que tudo daria certo. Henri era um velho colega da escola preparatória, um francês criado em Paris e na França e um cara realmente muito louco --- nessa época eu não imaginava o quanto e como. Assim ele aguardava minha chegada para dentro de uns dez dias. Escrevi confirmando.... sem fazer ideia do quanto eu acabaria envolvido na estrada. Minha mãe estava inteiramente de acordo com minha viagem para o oeste, ela disse que aquilo me faria bem, eu havia trabalhado duro durante todo o inverno e ficado demais dentro de casa; ela não reclamou muito nem mesmo quando eu lhe disse que teria que pegar umas caronas, no geral isso a assustava, ela achava que não seria bom para mim. Tudo que ela esperava era que eu voltasse inteiro. Assim certa manhã deixando meu grosso manuscrito incompleto sobre a escrivaninha, e dobrando pela última vez meus confortáveis lençóis caseiros, parti com meu saco de viagem no qual poucas coisas fundamentais foram enfiadas, deixei um bilhete para minha mãe, que estava no trabalho, e caí fora em direção ao Oceano Pacífico como um autêntico Ismael com cinquenta dólares no bolso. Que enrascada me meti de saída! Ao olhar para trás é incrível que eu possa ter sido tão burro. Eu tinha esquadrinhado mapas dos Estados Unidos durante meses em Ozone Park, e até lido livros sobre os pioneiros e saboreado nomes como Platte e Cimarron e tudo mais, e no mapa rodoviário havia uma longa linha vermelha chamada Rota Seis que conduzia da ponta de Cape Cod direto a Ely Nevada e dali mergulhava em direção a Los Angeles. "Simplesmente vou ficar na seis o tempo inteiro até Ely", disse a mim mesmo e confiantemente dei a partida. Para pegar a seis, eu deveria subir até Bear Mtn. Nova York. Sonhando com o que faria em Chicago, Denver, e finalmente em San Fran, peguei o metrô da 7ª avenida até o fim da linha na rua 242, bem ao lado de Horace Mann a escola preparatória onde de fato conheci Henri Cru que estava indo ver, e lá tomei o trólebus para Yonkers; do centro de Yonkers um novo trólebus me conduziu até os limites da cidade na margem leste do rio Hudson. Se você jogar uma rosa no rio Hudson em sua misteriosa foz perto de Saratoga imagine todos os lugares pelos quais ela viajará antes de desaparecer no mar para sempre.. pense no sublime vale do Hudson. Comecei a subida de carona. Cinco caronas me conduziram à ambicionada ponte de Bear Mtn. onde a Rota 6 entra em arco vinda da Nova Inglaterra. Eu tinha visões dali, jamais sonhei que fosse como era. Em primeiro lugar começou a chover torrencialmente assim que fui deixado ali. Era uma zona montanhosa. A seis vinha da floresta, fazia um enorme retorno (depois de cruzar a ponte, quero dizer) e desaparecia de novo na floresta. Não só não havia nenhum tráfego como também chovia a cântaros e eu não tinha onde me abrigar. Tive que correr para baixo de alguns pinheiros para me cobrir; o que não adiantou; comecei a chorar e a praguejar e a esmurrar a própria cabeça por ser tão estúpido. Estava uns sessenta quilômetros ao norte de Nova York, durante todo o caminho já estava cismado com o fato de, nesse meu primeiro grande dia, estar avançando apenas para o norte em vez de seguir para o desejado, o tão ansiado oeste. Agora estava empacado em minha enrascada mais setentrional. Corri uns quinhentos metros até um posto de gasolina abandonado construído num elegante estilo inglês e parei debaixo de um telhado gotejante. Muito acima de minha cabeça a hirsuta e imponente Bear Mtn. enviava trovões que gelavam minha alma. Tudo o que eu podia distinguir eram árvores nebulosas e a desolada vastidão elevando-se aos céus. "Que diabos estou fazendo aqui em cima?" xinguei implorando por Chicago... "Agora mesmo estão todos lá numa boa, fazendo coisas, não estou lá, quando vou chegar lá!" etc.... Finalmente um carro parou no posto abandonado, o homem e as duas mulheres que estavam nele queriam consultar um mapa. Aproximei-me no ato e gesticulei na chuva; eles se questionaram; claro que eu parecia um maníaco com meu cabelo todo molhado e os sapatos encharcados... meus sapatos, que perfeito idiota eu sou, eram umas alpargatas mexicanas de corda trançada que, conforme um cara me disse depois em Wyoming, com certeza brotariam se fossem plantadas --- peneiras com aspecto de planta impróprias para a noite chuvosa da América e para a noite sempre rude da estrada. Mas eles me deixaram entrar e me levaram <u>de volta</u> para Newburgh o que aceitei como uma alternativa melhor do que ficar preso na desoladora Bear Mtn a noite inteira. "Além disso disse o homem praticamente não há tráfego pela seis... se você quer ir para Chicago seria melhor sair pelo túnel Holland em NY e seguir em direção a Pittsburgh" e eu sabia que ele estava certo. Era meu sonho se ferrando, a ideia caseira idiota de que seria maravilhoso seguir uma única e grande linha vermelha através da América em vez de tentar várias estradas e rotas. Essa é a minha trágica rota Seis - - vai ter mais disso, também. Em Newburgh tinha parado de chover. Caminhei até o rio, e no meio de tudo isso tive que voltar para NY num ônibus junto com uma delegação de professores primários que retornavam de um fim de semana nas Mtns. - - lero-lero blá-blá-blá e eu praguejando por causa de todo o tempo e dinheiro que tinha gasto, e dizendo a mim mesmo "Eu queria ir para o oeste e fiquei todo o dia e noite adentro indo pra cima e pra baixo, para o norte e para o sul, como uma coisa que não engrena". Jurei que estaria em Chicago amanhã; e garanti que isso acontecesse, pegando um ônibus até Chicago, gastando quase todo o meu dinheiro, mas eu estava pouco me lixando, contanto que estivesse na maldita Chicago amanhã. O ônibus partiu às 2 horas da manhã da estação da R. 34 mais ou menos dezesseis horas depois de eu ter passado por ali na minha ida até a Rota Seis. Minha tola e envergonhada carcaça foi transportada para o oeste. Mas pelo menos eu finalmente rumava para lá. Não vou descrever a viagem para Chicago, foi uma viagem de ônibus ordinária com bebês chorões e de vez em quando sol escaldante e caipiras embarcando em tudo quanto é cidade da Penn, e coisa e tal, até que atingimos as planícies de Ohio e então realmente rodamos, direto até Ashtabula e rasgando Indiana noite adentro rumo a Chicago. Cheguei em Chicago no romper da aurora, arranjei um quarto na ACM e caí na cama com uns poucos dólares no bolso em consequência da minha bobeira. Curti Chicago depois de um bom dia de sono. O vento do Lago Michigan, o pessoal, bop no Loop, longas caminhadas ao redor de Halsted S. e Clark N. e uma longa caminhada pela selva de pedra na madrugada quando uma radiopatrulha me seguiu como se eu fosse suspeito. Nessa época, 1947, o bop se alastrava loucamente pela América, mas ainda não havia se tornado o que é hoje. Os caras no Loop continuavam soprando, mas com um ar fatigado porque o bop estava em algum ponto entre o período ornitológico de Charley Parker e outro período que começou realmente com Miles Davis. E enquanto eu estava sentado ali ouvindo aquele som noturno que o bop veio representar para todos nós, pensei em todos meus amigos espalhados de um canto a outro da nação e em como todos eles na verdade viviam dentro dos limites de um único e imenso quintal fazendo alguma coisa frenética e correndo de um lado para outro. E pela primeira vez na minha vida, na tarde seguinte, segui para o oeste. Era um lindo dia ensolarado para cair na estrada. Para fugir da impossível complexidade do tráfego de Chicago peguei um ônibus até Joliet, Illinois, cruzei pela penitenciária de Joliet, e me parei na periferia da cidade, depois de uma caminhada por suas minúsculas ruas frondosas, deixando meu dedo apontar o caminho. Todo o percurso de Nova York até Joliet de ônibus de fato, e me restavam uns 20 dólares. Minha primeira carona foi num caminhão carregado de dinamite com bandeira vermelha, uns cinquenta quilômetros pela esverdeada amplitude do Illinois, com o caminhoneiro apontando o lugar onde a Rota 6 em que a gente estava se juntava com a Rota 66 antes de ambas mergulharem nas inimagináveis vastidões do oeste. Por volta das três da tarde depois de uma torta de maçã e um sorvete num bar de beira de estrada uma mulher parou seu pequeno cupê para mim. Tive uma pontada de excitação ao correr até o carro. Mas era uma mulher de meia-idade, de fato mãe de filhos da minha idade, que queria alguém para ajudá-la a dirigir até o Iowa. Era uma boa. Iowa! não muito longe de Denver, e assim que eu chegasse a Denver poderia relaxar. Ela dirigiu as primeiras horas; a certa altura insistiu em visitar uma velha igreja sei lá onde, como se fôssemos turistas, e depois assumi o volante, e mesmo não sendo lá grande motorista dirigi direto pelo restante do Illinois até Davenport, Iowa, via Rock Island. E foi então que vi pela primeira vez na vida meu amado rio Mississippi --- raso sob a bruma do verão, quase seco, com o odor desagradável que cheira como o próprio corpo vivo da América porque ele a lava. Rock Island --- trilhos de trem, barracos, o insignificante centro da cidade; e do outro lado da ponte para Davenport, o mesmo tipo de cidade, tudo cheirando a serragem sob o sol abafado do Meio Oeste. Ali a mulher tinha que seguir por outra estrada até sua cidade natal no Iowa; e eu saltei fora. O sol se punha. Andei, depois de umas cervejas geladas, até os arrabaldes da cidade, e foi uma longa caminhada. Todos os homens voltavam do trabalho para casa.. usando chapéus de ferroviários, chapéus de beisebol, todos os tipos de chapéus, como depois do expediente em qualquer cidade de qualquer lugar. Um deles me deu uma carona até o topo de uma colina e me deixou numa vasta encruzilhada isolada na beira da pradaria. Era lindo ali. Do outro lado da rua havia um Motel, o primeiro de muitos motéis que eu veria no oeste. Os únicos carros que passavam eram carros de fazendeiros, eles me lançavam olhares desconfiados, sacolejavam adiante, o gado ia para casa. Nem um só caminhão. Uns poucos carros sibilantes. Um garotão passou com seu carango envenenado e um cachecol esvoaçante. O sol se pôs por completo e lá estava eu de pé na escuridão purpúrea. Agora eu estava com medo. Não havia luz alguma nos campos do Iowa; em um minuto eu não seria visto por mais ninguém. Felizmente um sujeito que voltava a Davenport me deu uma carona até o centro da cidade. Só que lá estava eu de volta ao ponto de partida. Fui sentar na rodoviária e refletir sobre a situação. Comi outra torta de maçã com sorvete, foi praticamente só o que comi durante toda a viagem através do país, eu sabia que era nutritivo e claro que delicioso. Decidi arriscar. Peguei um ônibus no centro de Davenport, depois de passar meia hora paquerando a garçonete no bar da rodoviária, e retornei aos limites da cidade, mas dessa vez perto dos postos de gasolina. Aqui os grandes caminhões roncavam, vrumm, e em dois minutos um deles parou aos solavancos para me apanhar. Corri até lá exultante. E que motorista... um caminhoneiro enorme e durão com olhos esbugalhados e uma voz rouca e arranhada que dava porradas e chutes em tudo e pisava fundo fazendo aquela máquina rodar sem dar a menor bola para mim de modo que pude descansar um pouco minha alma fatigada... já que um dos maiores problemas de se viajar de carona é ter de falar com incontáveis pessoas, fazer com que sintam que não cometeram um erro ao apanhar você, indo quase ao ponto de entretê-las, e tudo isso resulta num esforço enorme se o percurso é longo e você não está a fim de dormir em hotéis. O cara simplesmente berrava mais alto do que o ronco do motor e tudo o que eu tinha a fazer era gritar uma resposta, e relaxamos. Ele deixou aquele monstrengo rolar até (Rapid City Iowa) berrando histórias engraçadíssimas sobre como burlava a lei em cada cidade que tinha limites de velocidade estritos, repetindo milhares de vezes "Esses malditos tiras nunca conseguiram meter no meu rabo". E ele era maravilhoso. E fez uma coisa maravilhosa por mim. Quando rodávamos pelas proximidades de Rapid City ele viu outro caminhão vindo atrás de nós, e como ele tinha que sair em Rapid City, piscou as sinaleiras para o outro cara e diminuiu a velocidade para que eu saltasse, o que fiz com minha mochila, e, ao perceber o sinal, o outro caminhão parou para me apanhar, e num piscar de olhos lá estava eu de novo numa espaçosa cabina elevada, preparado para avançar centenas de quilômetros noite adentro, e feliz da vida! E o novo caminhoneiro era tão louco quanto o primeiro e gritava tanto quanto aquele e tudo o que eu tinha a fazer era me recostar e relaxar minha alma e deixar rolar. Agora podia ver a silhueta de Denver agigantando-se à minha frente como a Terra Prometida, lá fora sob as estrelas, através das pradarias do Iowa e pelas planícies do Nebraska, e pude ter uma visão grandiosa de San Francisco mais adiante como joias à noite. Ele meteu o pé na tábua contando histórias por algumas horas até que, em Stuart, uma cidade do Iowa, onde anos mais tarde Neal e eu fomos detidos sob suspeita de estarmos dirigindo um Cadillac roubado, ele dormiu no assento por umas horas. Eu também dormi; e dei uma pequena caminhada por entre solitárias paredes de tijolos iluminadas por uma única lâmpada, com a pradaria brotando ao final de cada ruazinha e o cheiro do milho como orvalho da noite. Ele acordou num sobressalto ao amanhecer. Lá fomos nós, e uma hora depois surgiu à nossa frente a fumaça de Des Moines além do milharal esverdeado. Ele quis tomar seu café da manhã e diminuir o ritmo, então fiz o resto do trajeto direto para Des Moines, uns seis quilômetros, pegando uma carona com dois garotos da U. do Iowa; e foi estranho sentar no carro confortável e novo em folha e ouvi-los falar sobre seus exames enquanto deslizávamos suavemente para dentro da cidade. Agora eu queria dormir o dia inteiro e seguir até chegar em Denver. Fui à ACM batalhar um quarto, não havia nenhum, e por instinto perambulei até os trilhos de trem - - e tem um monte deles em Des Moines - - e acabei numa velha pensão sombria junto à oficina das locomotivas e passei um longo dia maravilhoso dormindo numa grande cama branca e dura e limpa com palavrões rabiscados na parede ao lado do meu travesseiro e as surradas persianas amarelas emoldurando a enfumaçada paisagem ferroviária. Acordei com o sol rubro do fim de tarde; e aquele foi um momento marcante em minha vida, o mais bizarro de todos, quando não soube quem eu era... estava longe de casa assombrado e fatigado pela viagem, num quarto de hotel barato que nunca vira antes, ouvindo o silvo das locomotivas, e o ranger das velhas madeiras do hotel, e passos no andar de cima e todos aqueles sons melancólicos, e olhei para o teto rachado e por quinze estranhos segundos realmente não soube quem eu era. Não fiquei apavorado, eu simplesmente era uma outra pessoa, um estranho, e toda a minha existência era uma vida mal-assombrada, a vida de um fantasma... Eu estava na metade da América, na linha divisória entre o Leste da minha juventude e o Oeste do meu futuro, e é provável que tenha sido exatamente por isso que tudo se passou bem ali naquele estranho entardecer avermelhado. Mas era hora de parar com as lamentações e partir, então apanhei minha mochila, disse adeus ao velho recepcionista sentado ao lado de sua escarradeira, e fui comer. Comi torta de maçã com sorvete --- estava ficando cada vez melhor à medida que eu avançava Iowa adentro, a torta maior, o sorvete mais cremoso. Naquela tarde em Des Moines para onde quer que eu olhasse via inúmeros bandos de garotas lindíssimas --- elas voltavam para suas casas depois das aulas, mas agora eu não tinha tempo para pensamentos desse tipo e jurei que cairia na farra em Denver. Allen Ginsberg já estava em Denver, Neal estava lá; Hal Chase e Ed White estavam lá, era a cidade natal deles; Louanne estava lá; e eu tinha ouvido falar de uma turma muito louca que incluía Bob Burford, sua linda irmã loira Beverly; duas enfermeiras que Neal conhecia, as irmãs Gullion; e até Allen Temko um velho colega com o qual eu me correspondia nos tempos da universidade andava por lá. Eu ansiava por todos eles com alegria e expectativa. Por isso passei direto por essas meninas bonitas, e as meninas mais bonitas do mundo moram em Des Moines, Iowa. Um cara maluco com uma espécie de caixa de ferramentas sobre rodas, um caminhão cheio de ferramentas, que ele dirigia ficando de pé como um leiteiro moderno, me deu uma carona colina acima; onde peguei imediatamente outra carona de um fazendeiro e seu filho que iam para Adel no Iowa. Nessa cidade, sob um olmo enorme nas proximidades de um posto de gasolina, fiz amizade com outro caroneiro que ficaria comigo por uma parte considerável do resto do caminho. Ele era, quem diria, um típico nova-iorquino, um irlandês que havia passado a maior parte de sua vida profissional dirigindo um caminhão dos Correios e que agora ia ao encontro de uma garota em Denver e de uma nova vida. Acho que ele estava fugindo de alguma coisa em NY, provavelmente da lei. Ele era um legítimo jovem beberrão com o narigão vermelho de 30 anos e normalmente teria me enchido o saco caso eu já não estivesse preparado para qualquer espécie de amizade humana. Ele vestia um suéter surrado e calças largas e não possuía nada que lembrasse uma mochila --- só uma escova de dentes e uns lenços. Ele disse que a gente deveria pegar carona juntos. Eu deveria ter dito não, porque ele parecia péssimo na estrada. Mas ficamos juntos e pegamos carona com um homem taciturno até Stuart Iowa, cidade na qual eu estava fadado a ficar realmente atolado. Paramos em frente à bilheteria da estação ferroviária de Stuart esperando pelo tráfego que ia para o oeste até o sol se pôr, uma boas cinco horas... matando tempo primeiro falando sobre nós mesmos, em seguida ele contou umas sacanagens, depois acabamos chutando umas pedrinhas e dizendo todo tipo de bobagem. Enchemos o saco; decidi gastar umas moedas em cerveja; fomos a um velho e tumultuado saloon em Stuart e bebemos algumas. Lá ele ficou tão bêbado quanto sempre ficava em sua caminhada noturna pela Nona Avenida voltando para casa e berrou alegremente em meu ouvido todos os sonhos sórdidos de sua vida. Até que gostei dele; não que fosse um cara legal, como provaria mais tarde, mas se entusiasmava com tudo. Retornamos à estrada em meio à escuridão e logicamente poucos passaram e ninguém parou. Isso se prolongou até as três da manhã; gastamos um tempo tentando dormir num banco da estação ferroviária, mas o telégrafo martelou a noite inteira e não conseguimos dormir e os enormes trens de carga faziam ruídos estrondosos lá fora. Nem ao menos sabíamos saltar para dentro dos trens em movimento, nunca havíamos feito aquilo antes, nem sabíamos se eles estavam indo para o leste ou para o oeste e como descobrir isso e quais vagões pegar e tudo o mais.. Assim quando o ônibus para Omaha passou pouco antes do amanhecer entramos nele e nos juntamos aos passageiros adormecidos --- para isso gastei a maior parte do resto de meus poucos dólares, a passagem dele e também a minha. Chamava-se Eddie. Me fazia lembrar do sujeito que era casado com minha prima do Brooklyn. Foi por isso que me liguei nele. Era como estar junto com um velho amigo... um pateta simpático e sorridente com o qual falar bobagens. Chegamos a Council Bluffs ao amanhecer; dei uma olhada; durante o inverno inteiro eu estivera lendo sobre os grandes comboios de carroções que se reuniam ali para confabulações antes de pegarem as trilhas do Oregon e de Santa Fé; agora é claro que havia apenas chalés suburbanos engraçadinhos de uma droga de estilo tolo ou outro, alinhados sob o amanhecer cinzento e sombrio. Então Omaha, e meu Deus o primeiro caubói que vi, caminhando junto às paredes gélidas dos armazéns que vendem carne por atacado com um chapéu descomunal e botas texanas, igual a qualquer tipo picareta do leste recostado em um muro ao amanhecer exceto pela vestimenta. Saltamos do ônibus e fomos direto até o topo da colina, a extensa colina formada ao longo de milênios pelo poderoso Missouri, junto ao qual Omaha foi construída, e chegamos à zona rural já com os dedões em prontidão. Pegamos uma carona curta até um entroncamento mais adiante com um fazendeiro rico com chapéu descomunal, e ele disse que o Vale do Nebraska (Platte) era tão soberbo quanto o Vale do Nilo no Egito, e assim que ele disse isso avistei árvores exuberantes serpenteando ao longo do leito do rio e os esplêndidos campos verdejantes ao redor, e quase concordei com ele. Então quando estávamos parados ali e o céu começava a ficar nublado outro caubói, este com um metro e noventa de altura e com um chapéu mais modesto, se aproximou perguntando se um de nós sabia dirigir. Claro que Eddie sabia, e ele tinha carteira de motorista e eu não. O caubói tinha dois carros e desejava levá-los de volta para Montana. Sua mulher estava dormindo num motel em Grand Island e ele queria que dirigíssemos um dos carros até lá, quando então ela assumiria o volante. Dali em diante ele iria para o norte e esse seria o limite da nossa carona com ele. Mas eram uns bons 200 quilômetros para dentro do Nebraska e lógico que embarcamos nessa. Eddie ia sozinho, o caubói e eu o seguíamos, só que assim que saímos dos limites da cidade ele meteu o pé na tábua a cento e quarenta por hora com um desembaraço fantástico. "Puta merda, o que esse cara está fazendo!" gritou o caubói, e saiu atrás dele. Parecia uma corrida. Por um instante achei que Eddie estava a fim de dar o fora com o carro --- e pelo que sei dele era exatamente isso o que pretendia. Mas o Velho Caubói colou nele e meteu a mão na buzina. Eddie diminuiu. O caubói buzinou para que ele parasse. "Porra, garoto, periga você furar um pneu nessa velocidade. Será que não dá pra ir com mais calma." "É sério, eu estava realmente a cento e quarenta?" disse Eddie. "Nem percebi nessa estrada tão lisinha." "Pega um pouco mais leve e chegaremos inteiros em Grand Island." "Pode crer." E retomamos a jornada. Eddie se acalmou e até deve ter ficado um pouco sonolento. E assim rodamos uns 200 quilômetros através do Nebraska, acompanhando o Platte S. tortuoso com seus campos verdejantes. "Durante a depressão", me disse o caubói, "eu costumava saltar nos trens de carga pelo menos uma vez por mês. Naquele tempo havia centenas de homens nos vagões abertos e até mesmo em cima dos vagões de carga, e não eram apenas os vagabundos, havia todo tipo de homens desempregados indo de um lugar pra outro e alguns apenas vagando. Era assim por todo o oeste. Naquela época os guarda-freios nunca incomodavam. Não sei como é hoje. Nebraska, eta lugarzinho inútil. Na metade dos anos 30 isso aqui não passava de uma enorme nuvem de poeira até onde os olhos pudessem ver. Não dava para respirar. O solo era preto.

Eu estava aqui naqueles tempos. Por mim poderiam devolver o Nebraska pros índios. Odeio esse maldito lugar mais do que qualquer outro do mundo. Agora moro em Montana, em Missoula. Apareça lá uma hora dessas e verá o paraíso terrestre." No fim da tarde dormi e descansei um pouco quando ele cansou de falar --- ele era um bom papo. Paramos na estrada para descansar e comer. O caubói foi consertar um estepe e Eddie e eu sentamos numa espécie de lanchonete caseira. Ouvi uma gargalhada espalhafatosa, a maior gargalhada do mundo, e aí entrou aquele velho fazendeiro tosco e casca-grossa típico do Nebraska com um bando de rapazes; dava para ouvir perfeitamente a gritaria dele pelas planícies, por todo aquele mundo descolorido deles naquele dia. Todo mundo ria com ele. Ele parecia não ter a menor preocupação na vida e não obstante tratava todo mundo com o maior respeito. Disse para mim mesmo, "Uau, escuta só a risada desse cara. O oeste é isso aí, olha eu aqui no Oeste". Os passos dele retumbavam pela lanchonete enquanto ele chamava por Maw, e ela fazia a torta de cereja mais deliciosa do Nebraska e comi com uma montanha de sorvete por cima. "Maw, me arranja logo um grude aí antes que eu tenha que começar a comer a mim mesmo cru ou faça alguma besteira semelhante" e se atirou num banco às gargalhadas "Hoo Hoo Hoo Hoo! e cubra tudo com feijão". Era o espírito do oeste sentado bem ali ao meu lado. Desejei saber toda sua vida nua e crua e que diabos estivera ele fazendo durante todos esses anos além de gritar e gargalhar daquele jeito. "Eiiia", disse para mim mesmo, e o caubói voltou e nos mandamos para Grand Island. Chegamos lá num piscar de olhos. Ele foi encontrar sua mulher adormecida e os dois se mandaram para qualquer que fosse o destino deles nos anos seguintes, e Eddie e eu retomamos a estrada. Pegamos uma carona com dois garotões, vaqueiros, caipiras adolescentes em um calhambeque todo remendado e eles nos deixaram mais adiante em algum lugar sob uma garoa fina. Aí um velho que não disse uma palavra e só Deus sabe por que ele nos apanhou nos levou até (Preston) Nebraska. Ali Eddie prostrou-se sem ânimo na estrada em frente a um bando de índios Omaha mirrados e acocorados que não tinham para onde ir ou o que fazer. Os trilhos do trem ficavam do outro lado da estrada junto a uma caixa d'água onde se lia "Preston". "Puta que pariu", disse Eddie surpreendido, "já estive nesta cidade antes. Foi há um tempão, durante a porra da guerra, era de noite, tarde da noite quando todos dormiam saí para fumar na plataforma, e ali estávamos nós no meio do nada na mais negra escuridão e eu olhei para cima e vi esse nome Preston escrito nessa caixa d'água.. íamos para o Pacífico, todo mundo roncava, cada um daqueles bundões, e paramos apenas por alguns instantes para abastecer ou algo assim e logo seguimos adiante. Puta merda, essa Preston! -- odeio esse lugar desde sempre!" E ali estávamos nós encalhados em Preston. De alguma forma como em Davenport Iowa todos os carros que passavam eram carros de fazendeiros; e de vez em quando um carro de turistas, o que é ainda pior, velhos dirigindo e suas esposas consultando mapas e apontando pontos turísticos, e recostados como fazem em suas salas de estar por toda América olhando para tudo com caras desconfiadas. A garoa aumentou e Eddie ficou gelado; ele vestia pouquíssima roupa. Catei uma camisa de flanela xadrez no meu saco de viagem e ele a vestiu. Sentiu-se um pouco melhor. Eu estava resfriado. Comprei umas pastilhas para a garganta numa espécie de loja indígena caindo aos pedaços. Fui a um minúsculo posto de correio de dois metros por quatro e enviei um postal barato para minha mãe. Retornamos à estrada opaca. Ali bem na nossa frente a caixa d'água onde estava escrito Preston. O Rock Island passou zunindo. Vimos as caras dos passageiros do Pullman num relance. O trem silvou pelas planícies seguindo na direção dos nossos desejos. Começou a chover mais forte. Mas eu sabia que chegaria lá. Um sujeito alto, esguio com um chapéu de porte médio parou seu carro no lado oposto da estrada e caminhou em nossa direção; parecia o xerife. Silenciosamente preparamos nossas desculpas. Ele se aproximou vagarosamente. "Os rapazes estão indo para algum lugar, ou estão apenas indo?" Não entendemos a pergunta e era uma pergunta boa pra cacete. "Por quê?" dissemos. "Bem, tenho um pequeno parque de diversões a uns poucos quilômetros daqui e estou precisando de uns garotões que estejam a fim de trabalhar e ganhar um dinheirinho. Tenho uma concessão para roleta e outra para o jogo de argolas, sabe como é, aquelas que você atira e ganha o objeto no qual ela se encaixa. Vocês querem trabalhar para mim podem embolsar 30% de cada bolada." "Cama e comida?" "Cama podem ter mas comida não. Vocês terão que comer na cidade. Vamos viajar um pouco." Refletimos por uns instantes. "É uma boa oportunidade", ele falou e esperou pacientemente que nos decidíssemos. Nos sentimos uns tolos sem saber o que responder e quanto a mim eu não queria me meter em um parque de diversões, estava louco de pressa para encontrar a rapaziada em Denver. Disse "Não sei não, estou a fim de cair fora o mais rápido possível e acho que não vai dar tempo". Eddie repetiu a mesma coisa, e o velho gesticulou displicentemente e perambulou de volta para seu carro e se mandou. E foi isso aí. Rimos por uns instantes e ficamos imaginando como seria aquilo. Tive visões de uma noite sombria e poeirenta nas planícies, e as caras das famílias do Nebraska desfilando à minha frente, basicamente caipiras, com crianças rosadas olhando para tudo com espanto, e sei que me sentiria o Demônio em pessoa ao lográ-los com todos aqueles truques baratos de parque que mandam você fazer.... e rodas-gigantes girando na escuridão da planície, e pelamordedeus a música entristecida do carrossel ecoando e eu ansioso para chegar ao meu destino... e dormindo numa cama de aniagem em algum vagão todo enfeitado. Eddie acabou se revelando um companheiro um tanto avoado demais para a estrada. Uma geringonça antiga e engraçada cruzou por nós, dirigida por um velho, era feita num tipo de alumínio, quadrada como uma caixa, um trailer sem dúvida, mas um trailer artesanal estranho e maluco feito no Nebraska, e ia muito devagar e parou. Corremos até lá; o velho disse que só podia levar um de nós; sem uma palavra, depois de um olhar meu, Eddie jogou-se para dentro e sumiu lentamente de vista, e vestindo minha camisa de flanela xadrez, a camisa que eu tinha usado para escrever a primeira metade de meu livro. Poxa, que dia de sorte, joguei um beijo de despedida para a camisa, de qualquer maneira ela só tinha valor sentimental, além disso, embora eu não soubesse, estava destinado a reavê-la mais adiante na estrada. Voltei a esperar no nosso inferno particular que é Preston por um longo, longo tempo, muitas horas; eu temia que a noite chegasse mas na verdade, apesar de escuro, ainda era bem cedo. Denver, Denver, como e quando eu finalmente chegaria a Denver. Já estava quase desistindo e planejando uma chegada ao café mais próximo quando um carro quase novo, dirigido por um rapagão, parou. Corri como um louco. "Pra onde você tá indo?" "Denver." "Bem, posso te levar uns duzentos quilômetros." "Grande, grande, você acaba de me salvar a vida." "Eu também costumava pegar carona, por isso sempre pego quem encontro na estrada." "Eu faria o mesmo se tivesse carro." E continuamos conversando, e ele me falou sobre sua vida, que não era das mais interessantes e eu adormeci um pouco e acordei nos arredores de North Platte, onde ele me deixou. E eu nem imaginava mas a mais incrível carona da minha vida estava prestes a aparecer, um caminhão, com uma plataforma de madeira na traseira, já com uns cinco caras jogados em cima e os motoristas, dois garotos agricultores loiros do Minnesota estavam recolhendo toda e qualquer alma que encontrassem na estrada --- a mais simpática e sorridente e jovial dupla caipira que se pode imaginar, os dois vestindo camisas de algodão e macacões, nada mais, ambos ágeis e com pulsos grossos, um amplo sorriso de comovaivocê resplandecendo pra tudo e pra todos que cruzassem o caminho deles. Eu corri, perguntei "Tem lugar pra mais um?" Eles disseram "Claro, sobe, tem lugar pra todo mundo". Foi o que fiz. Fiquei espantado com a simplicidade da carona; ainda não estava na caçamba quando o caminhão arrancou zunindo, cambaleei, um caroneiro me agarrou, e meio que me sentei. Alguém me passou uma garrafa com uma bebida forte como veneno, o último gole dela. Tomei um bom trago no selvagem ar lírico chuvoso do Nebraska. "Iuupii, lá vamos nós!" gritou um garoto com um boné de beisebol, e eles fizeram o caminhão disparar a cento e vinte e ultrapassaram todo mundo na estrada. "A gente tá andando nessa merda desde Omaha. Esses caras nunca param. Às vezes a gente tem que gritar pra que nos deixem dar uma mijada se não a gente é obrigado a mijar no vento e se segurar, meu irmão, se segurar." Olhei para a tripulação. Havia dois jovens lavradores da Dakota do Norte com bonés de beisebol vermelhos, que é o chapéu-padrão de todos os jovens agricultores da Dakota do N., e eles iam em direção às colheitas: o velho deles os deixara cair na estrada o verão inteiro. Havia dois garotos urbanoides, de Columbus, Ohio, jogadores de futebol no time da escola, mascavam chicletes, pestanejavam, cantarolavam com os cabelos ao vento, e disseram que estavam aproveitando o verão para viajar de carona pelos Estados Unidos. "A gente tá indo pra LA!" berraram. "O que vocês vão fazer lá?" "Porra, não sabemos. Que diferença faz?" Havia ainda um sujeito alto e magro cujo nome era Slim e que veio de Montana, disse ele, e tinha um olhar furtivo. "De onde você é?" perguntei; eu estava deitado junto a ele na plataforma, o caminhão não tinha grades de proteção; era impossível sentar sem ser cuspido fora. Ele se virou vagarosamente, abriu a boca e disse, "Mon-ta-na". Por fim ali estavam também Mississippi Gene e o protegido dele. Mississippi Gene era um cara moreno e mirrado que saltava nos trens de carga por todo país, um vagabundo de 30 anos mas com aparência jovem de modo que não dava pra dizer com certeza que idade tinha. Ele ficava sentado sobre as tábuas de pernas cruzadas, contemplando os campos sem dizer uma só palavra durante centenas de quilômetros, até que finalmente em determinado momento virou-se pra mim e perguntou "Pra onde <u>você</u> tá indo?" "Denver" eu disse. "Tenho uma irmã lá mas já faz muitos anos que não vejo ela." Sua fala era pausada e melodiosa. O protegido dele era um garoto alto e loiro, de dezesseis anos, igualmente envolto em trapos de andarilho, o que quer dizer que ambos vestiam roupas surradas escurecidas pela fuligem das locomotivas e pela imundície dos vagões de carga e por noites ao relento. O garoto loiro também era do tipo silencioso e parecia estar fugindo de alguma coisa, e a julgar pela maneira que umedecia os lábios com um ar preocupado e olhando sempre para frente, deveria ser da lei. Sentavam-se lado a lado, camaradas silenciosos, e não diziam nada para mais ninguém. Os jovens agricultores e os estudantes chateavam eles; contudo Montana Slim falava com eles ocasionalmente com um sorriso insinuante e sarcástico. Eles não lhe davam bola. Slim era todo insinuações. Eu ficava apreensivo com o largo sorriso calhorda que ele escancarava na cara dos outros e deixava suspenso ali como se fosse meio abobado. "Você tem algum dinheiro?" perguntou para mim. "Poxa não, talvez só o suficiente prum trago de uísque até chegar a Denver. E você?" "Sei onde conseguir." "Onde?" "Em qualquer lugar. Você sempre pode enrolar alguém num beco, não pode?" "Sim, creio que pode." "Não vacilo muito quando tou mesmo necessitado de um troco. Rumo a Montana pra ver meu pai. Terei que saltar dessa barca em Cheyenne e dar um jeito de subir até lá, esses garotos malucos tão indo pra Los Angeles." "Sem escala?" "Direto e sem escalas --- se você tá a fim de ir pra L.A. acaba de conseguir uma carona." Cogitei essa possibilidade, a ideia de voar através do Nebraska e do Wyoming noite adentro e pelo deserto de Utah de manhã e então provavelmente pelo deserto do Nevada à tarde e chegar realmente a Los Angeles Califórnia dentro de um espaço de tempo previsível quase me fez mudar de planos. Mas eu tinha que ir para Denver. Por isso também teria de saltar em Cheyenne e pegar uma carona para o sul, uns 150 quilômetros até Denver. Fiquei contente quando os dois colonos de Minnesota donos do caminhão decidiram dar uma parada em N. Platte para comer; queria dar uma olhada neles. Saltaram da cabina e sorriram para nós todos. "Hora de dar uma mijadinha!" disse um. "Hora de comer!" disse o outro. Só que eles eram os únicos do bando com dinheiro para comprar comida. Nos arrastamos todos atrás deles para dentro de um restaurante dirigido por um bando de mulheres e nos sentamos entre hambúrgueres enquanto eles devoravam enormes pratos feitos como se tivessem retornado à cozinha da mãe deles. Eram irmãos: transportavam máquinas agrícolas de Los Angeles para Minnesota e faziam um bom dinheiro com aquilo. Aí em sua viagem para a costa sem carga pegavam todo mundo na estrada. Já tinham feito umas cinco viagens; estavam se esbaldando. Eles gostavam de tudo. Nunca deixavam de sorrir. Tentei puxar conversa --- na verdade foi um tipo de ideia estúpida de minha parte fazer amizade com os capitães do nosso navio e não havia motivo para isso, porque eles tratavam a tripulação com igual respeito --- e as únicas respostas que recebi foram dois sorrisos ensolarados e dentes grandes e radiantes criados a milho. Todos os seguiram ao restaurante menos os dois jovens vagabundos, Gene e seu garoto. Quando retornamos eles ainda estavam sentados no caminhão solitários e soturnos. A noite estava caindo agora. Os dois garotos do caminhão fumavam; decidi aproveitar a chance para ir comprar uma garrafa de uísque e me manter aquecido no gélido e ventoso ar noturno. Eles sorriram quando lhes falei. "Vá em frente, não perca tempo." "Na volta dou uns goles pra vocês!" tranquilizei-os. "Oh, não, a gente não bebe jamais, vai firme." Montana Slim e os dois colegiais perambularam comigo pelas ruas de North Platte até que encontrei um boteco. Eles contribuíram com um pouco, Slim outro pouco, e eu comprei quase um litro. Homens altos e taciturnos nos observavam de prédios de fachada falsa; na rua principal se alinhavam umas casas quadradas como caixas. Além de cada rua melancólica se descortinavam vistas imensas das planícies. Senti algo diferente no ar de North Platte, eu não sabia o que era. Em cinco minutos saberia. Voltamos para o caminhão e caímos fora, mesma velocidade. Escureceu num instante. Todos tomamos um trago e, de repente olhei para os lados, e os campos verdejantes das fazendas de Platte S. começaram a desaparecer e no lugar deles surgiram planos e amplos desertos de areia e arbustos ressequidos se esparramando tão longe quanto os olhos pudessem alcançar. Fiquei estarrecido. "Que porra é essa?" perguntei para Slim. "Esse é o começo das pradarias, garoto. Me passa outro trago." "Iuuupii!" gritaram os colegiais. "Tchau Columbus! O que Sparkie e os garotos diriam se estivessem aqui. Uau!" Os motoristas tinham se revezado; o irmão mais moço acelerava o caminhão até a velocidade máxima. A estrada mudou também; calombos na pista, acostamentos estreitos com valões de um metro e meio de fundura de ambos os lados, de modo que o caminhão corcoveava de um lado para outro da estrada, milagrosamente apenas quando não havia nenhum carro vindo na direção oposta, e eu pensei que iríamos acabar dando um salto mortal. Mas eles eram exímios motoristas. Eles se alternavam no volante por todo o trajeto de Minnesota às palmeiras de L.A. sem parar por mais de 10 minutos para comer. Como aquele caminhão se aproveitava dos calombos do Nebraska! --- calombos que se prolongam até o Colorado. Então percebi que finalmente já estava no Colorado, ainda não oficialmente, mas realmente vendo Denver a apenas algumas centenas de quilômetros a sudoeste dali. Gritei de tanta felicidade. A garrafa circulava. Surgiram estrelas resplandecentes, as distantes colinas arenosas se obscureceram. Me sentia como uma flecha capaz de vencer todas as distâncias. De repente Mississippi Gene se virou para mim do seu paciente devaneio de pernas cruzadas, e abriu a boca, e se aproximou, e disse "Essas planícies me fazem lembrar o Texas". "Você é do Texas?" "Não senhor, sou de Green-vell Muzz-sippy" e foi bem assim que ele falou. "De onde é o garoto?" "Ele se meteu em algum tipo de encrenca lá no Mississippi então me ofereci para ajudar. Ele jamais tinha saído de sua terra, então me ofereci pra dar uma mão. Tomo conta dele da melhor forma que posso, é apenas uma criança." Embora Gene fosse branco havia algo da sabedoria de um velho negro experiente nele, e algo que lembrava demais Hunkey o viciado de NY, mas um Hunkey das estradas de ferro, um épico Hunkey andarilho, cruzando e tornando a cruzar a nação anualmente, o sul no inverno, o norte no verão e apenas porque não havia nenhum lugar onde pudesse permanecer sem cair no tédio e também porque não havia lugar algum para ir senão todos os lugares, e rodando sempre sob as estrelas, especialmente as do oeste. "Estive em Og-den algumas vezes. Se você quiser ir até Og-den tenho alguns amigos com os quais a gente pode se juntar." "De Cheyenne estou indo pra Denver." "Porra, segue direto de uma só vez, não é todo dia que a gente pega uma carona como essa." Ali estava mais uma proposta tentadora. O que havia em Ogden. "O que é Ogden?" perguntei. "É o lugar por onde a maioria dos rapazes passa e sempre se encontra, você pode achar qualquer um lá." Na juventude eu estivera em alto-mar na companhia de um sujeito alto e esquelético de Ruston

Louisiana chamado Big Slim Hubbard, William Holmes Hubbard, um vagabundo por opção; quando criança tinha visto um vagabundo se aproximar para pedir um pedaço de torta à sua mãe, e ela lhe deu, e quando o vagabundo sumiu na estrada o garotinho perguntou, "Mãe quem era esse homem?" "Ora é um vagabundo." "Mãe, quero ser vagabundo um dia." "Cale a boca, isso não é coisa para os Hubbards." Mas ele jamais esqueceu aquele dia, e quando cresceu, depois de jogar futebol durante uma curta temporada na LSU, tornou-se de fato um vagabundo. Slim e eu passamos muitas noites contando histórias e cuspindo tabaco em sacos de papel. Havia reminiscências tão indubitáveis de Big Slim Hubbard no jeito de Mississippi Gene que resolvi perguntar "Nunca aconteceu de cruzar com um cara chamado Big Slim Hubbard por aí?" E ele respondeu "Um sujeito alto com uma risada forte?" "É, parece ele. Nasceu em Ruston Louisiana." "É isso aí, às vezes chamam ele de Louisiana Slim. Sim senhor, claro que eu conheço Big Slim." "E ele trabalhava nos poços de petróleo do Leste do Texas?" "No Leste do Texas está certo. E agora lida com gado." E era exatamente isso; mas eu ainda não conseguia acreditar que Gene realmente pudesse conhecer Slim, que durante anos eu meio que estivera procurando. "E ele trabalhava nos rebocadores em NY?" "Bem, sobre isso eu nada sei." "Vai ver que você só conheceu ele no Oeste." "Certo, na verdade, jamais estive em NY." "Bem, puxa vida, estou surpreso que você o conheça. Este país é enorme. No entanto tinha certeza de que você deveria conhecer ele." "Sim senhor, conheço Big Slim muito bem. Sempre generoso com sua grana quando tem alguma. Um cara durão e valente, também; vi ele desmontar um guarda nos arredores de Cheyenne, com um único soco." Isso soava a Big Slim; ele estava sempre praticando aquele soco definitivo no ar; parecia Jack Dempsey, mas um Jack Dempsey jovem e beberrão. "É demais!" gritei ao vento, e tomei outro trago, e agora realmente estava me sentindo maravilhosamente bem. Cada gole era enxugado pelo vento esvoaçante do caminhão sem capota, enxugado de seus efeitos maléficos enquanto o efeito bom afundava em meu estômago. "Cheyenne, aí vou eu!" cantarolei. "Ei, Denver, prepare-se pra seu garoto." Montana Slim virou-se para mim, apontou para os meus sapatos e comentou "Você não acha que se colocar essas coisas na terra vai nascer algo?" Sem um traço de riso, é claro, e a rapaziada ouviu e gargalhou. Eram os sapatos mais ridículos de toda a América; trouxera-os comigo especificamente porque não queria que meus pés suassem na estrada abafada por medo de desenvolver outro caso de flebite, e a não ser pela chuva em Bear Mtn. eles demonstraram ser os melhores sapatos possíveis para minha viagem. Assim também ri com eles. Os sapatos já estavam bem rotos, soltando tiras coloridas de couro como um abacaxi maduro, deixando meus dedos à mostra. Bem, bebemos mais um gole e gargalhamos. Como num sonho passamos por minúsculas cidades de beira de estrada cintilando na escuridão e por longas filas de mãos camponesas ociosas e caubóis noturnos voltando para lá. Eles nos observavam passar num rápido meneio de cabeça e nós os víamos batendo com as mãos nas coxas através da escuridão contínua do outro lado da cidade --- formávamos uma tripulação engraçada. Muitos homens estavam na região naquela estação do ano, era a época das colheitas. Os garotos de Dakota ficaram irrequietos. "Acho que vamos saltar na próxima parada para mijar, parece que tem um monte de trabalho por aqui." "O negócio é ir seguindo para o norte quando a colheita for acabando nesta região", aconselhou Montana Slim, "e continuar colhendo até chegar ao Canadá". Os garotos concordaram sem muito entusiasmo; não levaram muita fé naquele conselho. Enquanto isso o jovem fugitivo loiro seguia sentado daquele mesmo jeito; vez por outra Gene abandonava seu transe budista por cima das esvoaçantes planícies sombrias e sussurrava afetuosamente ao ouvido do garoto. O menino assentia. Gene estava cuidando dele, até mesmo de sua melancolia e de seus receios. Eu me perguntava onde é que eles iriam se meter e o que fariam. Não tinham nem cigarros. Eu esbanjava meu maço com eles, estava apaixonado por eles. Eram agradáveis e encantadores. Jamais pediam; eu continuava oferecendo. Montana Slim tinha seus próprios cigarros mas nunca passava o maço. Zunimos através de outra cidade de beira de estrada, passamos por mais uma fila de homens altos e esguios vestindo jeans, agrupados sob a luz pálida como mariposas no deserto, e reingressamos na escuridão absoluta... e as estrelas sobre nossas cabeças eram muito puras e reluzentes, por causa do ar progressivamente rarefeito à medida que nos elevávamos para o topo do platô do oeste quase meio metro a cada quilômetro e meio, pelo menos é o que eles diziam, e fazendo um quilômetro e meio por minuto, ar puro e fresco, e nenhuma árvore escondendo as estrelas na linha do horizonte em lugar nenhum. E cheguei a ver uma vaca mal-humorada com a cara branca parada à beira da estrada enquanto deslizávamos para longe. Era como viajar de trem, de tão seguro e estável. Logo passamos por uma cidade, reduzimos a velocidade, Montana Slim disse "Ah, hora do pipi" mas os caras de Minnesota não pararam e nós cruzamos direto. "Porra, tenho que mijar", disse Slim. "Dá uma chegadinha ali no canto" sugeriu alguém. "Bem, eu vou" disse ele, e lentamente, enquanto todos nós observávamos dirigiu-se de cócoras para a parte de trás da caçamba equilibrando-se o melhor que podia até que suas pernas bambolearam. Alguém bateu na janela da cabina para chamar a atenção dos irmãos. Seus sorrisos amplos reluziram quando eles se viraram. E no instante em que Slim estava pronto para entrar em ação, cauteloso como tinha sido até então, eles começaram a ziguezaguear o caminhão a uns 120 quilômetros por hora. Ele caiu por um momento; vimos o esguicho de uma baleia dançar no ar; ele se esforçou e conseguiu se acocorar outra vez. Eles gingaram o caminhão. Brumm, lá se foi ele caindo de lado, se molhando todo. Sob o ronco do motor podíamos ouvi-lo praguejar debilmente como o lamento distante de um homem através das colinas. "Merda... merda.." Ele nem percebera que havíamos feito aquilo propositadamente, apenas se esforçava, com uma careta digna de Jó. Quando havia acabado, literalmente, estava totalmente molhado, e tinha agora que traçar sua trêmula trajetória de retorno, com a cara mais lastimável do mundo, e todos dando gargalhadas, incluindo os caras de Minnesota na cabina, menos o tristonho garoto loiro. Estendi-lhe a garrafa para que se refizesse. "Que merda", disse, "eles estavam fazendo isso de propósito?"

"Certamente." "Porra, eu nem imaginava. No Nebraska não tive tanta dificuldade pra fazer a mesma coisa." Subitamente chegamos à cidade de Ogallala, e aqui nossos camaradas da cabine gritaram "Hora do xixi!" repletos de imensa satisfação. Slim parou taciturnamente ao lado do caminhão lamentando a oportunidade perdida. Os dois garotos de Dakota deram adeus para todos e eu imaginei que eles começariam a colheita ali mesmo. Vimos os dois desaparecerem noite adentro em direção às cabanas na periferia da cidade onde luzes cintilavam, e um vigilante noturno de jeans decidia quem seria contratado. Eu tinha de comprar mais cigarros. Gene e o garoto loiro me seguiram para esticar as pernas. Nos dirigimos ao lugar mais inverossímil do mundo, uma espécie de bar solitário das planícies para os garotos locais e meninas adolescentes. Eles estavam dançando, uns poucos, ao som de uma jukebox. Quando entramos houve um silêncio constrangedor. Gene e o Loiro ficaram parados sem olhar para ninguém; tudo o que desejavam eram cigarros. Havia também umas garotas bonitas. E uma delas lançou olhares para o Loiro e ele nem notou e se notasse, não teria ligado de tão triste e distante. Comprei um maço para cada um deles; me agradeceram. O caminhão estava pronto para partir. Agora era quase meia-noite e estava frio. Gene que já havia cruzado o país mais vezes do que poderia contar nos dedos dos pés e das mãos explicou que o melhor que tínhamos a fazer era entrarmos todos debaixo de uma grande lona ou iríamos congelar. Dessa forma, e com o resto da garrafa, nos conservamos aquecidos enquanto o ar uivava cada vez mais gélido em nossos ouvidos. Quanto mais subíamos as High Plains mais radiantes as estrelas pareciam. Agora já estávamos no Wyoming. Deitado de costas eu olhava fixamente em direção ao esplêndido firmamento, me deliciando com aqueles momentos e pensando o quão distante enfim tinha ficado a desolada Bear Mtn., como tudo tinha dado certo no fim, e excitadíssimo só de pensar no que me aguardava lá adiante em Denver --- o que quer que fosse estaria de bom tamanho para mim. E Mississippi Gene começou a cantarolar uma canção. Cantava com a voz calma e melodiosa, com um sotaque caipira, e era uma canção simples, apenas "Tenho uma garota que ronrona, ela tem só dezesseis aninhos, é a gatinha mais mimada que você já viu", repetindo esse refrão e misturando outras frases no meio, falando sobre sua vida em geral e o quão longe ele estivera e como gostaria de voltar para ela mas a tinha perdido. Eu disse "Gene que canção maravilhosa". "É a mais linda que conheço", ele respondeu com um sorriso. "Espero que você chegue aonde pretende e seja feliz lá." "De um jeito ou de outro sempre acabo me dando bem e vou adiante." Montana Slim estava adormecido. Acordou e me disse "Ei Moreno, que tal você e eu curtirmos Cheyenne juntos essa noite antes de você se mandar pra Denver." "Claro." Eu estava bêbado o suficiente para aceitar qualquer coisa. E o caminhão penetrou nos subúrbios de Cheyenne, vimos no alto as luzes avermelhadas das antenas da estação de rádio local, e repentinamente lá estávamos nós aos solavancos entre uma verdadeira multidão estranha que se esparramava pelos dois lados das calçadas. "Raios, é a Semana do Oeste Selvagem" disse Slim. Multidões de executivos, executivos gordos com chapéus enormes e botas, com suas pesadas esposas vestidas de vaqueiras percorriam as calçadas de madeira da velha Cheyenne barulhentos e afobados; lá longe reluzia a luz viscosa dos bulevares do centro novo de Cheyenne. A celebração concentrava-se na parte velha. Estouravam tiros de festim. Os saloons estavam abarrotados até a calçada. Eu estava surpreso e ao mesmo tempo nunca tinha visto nada realmente tão ridículo: na minha primeira investida no oeste estava vendo a que mecanismos absurdos eles recorriam para manter viva sua orgulhosa tradição. Rapaz, mal pude acreditar no que vi. Tivemos de saltar do caminhão e nos despedir de todos, os garotos de Minnesota não estavam interessados em curtir o ambiente. Fiquei triste ao vê-los partir e percebi que jamais voltaria a rever qualquer um deles, mas era isso aí. "Vocês vão ficar gelados até o cu esta noite", avisei, "e torrados no deserto amanhã à tarde." "Pra mim tá tudo bem contanto que a gente se livre dessa noite gelada" disse Gene. E o caminhão arrancou, abrindo caminho entre a multidão sem que ninguém prestasse atenção na excentricidade dele e dos garotos debaixo da lona observando a cidade como bebês sob as cobertas. Observei-os desaparecer dentro da noite. Mississippi Gene se foi; rumo a Og-den e sabe Deus o que mais. Fiquei com Montana Slim e começamos a percorrer os bares. Eu tinha uns dez dólares, oito dos quais desperdicei estupidamente naquela noite com bebida. Primeiro circulamos entre todos aqueles turistas fantasiados de caubói, fazendeiros e executivos de petróleo, pelos bares, pelas calçadas, pelos umbrais, e aí por uns instantes sacudi Slim que agora perambulava pela rua um pouco aturdido de tanto uísque e de tanta cerveja: era aquele tipo de bêbado, os olhos ficavam vidrados, e de uma hora para outra começava a contar coisas para alguém completamente desconhecido. Entrei numa espelunca que vendia chili e a garçonete era espanhola e linda. Comi, e logo em seguida escrevi um pequeno bilhete amoroso no verso da conta. A espelunca estava às moscas; todos estavam bebendo. Eu disse para ela virar a nota. Ela leu e riu. Era um pequeno poema a respeito de como eu gostaria que ela fosse para a noite comigo. "Eu adoraria, Chiquito, mas tenho um encontro com meu namorado." "Não dá para dispensar ele?" "Não, não, não posso" respondeu entristecida; e eu adorei o jeito com que ela falou. "Outra hora qualquer eu apareço", eu disse, e ela respondeu "Quando quiser, garoto". Mesmo assim fiquei matando o tempo por ali sorvendo outra xícara de café só para ficar olhando pra ela. Seu namorado entrou com ar rabugento e quis saber a que hora ela largaria o serviço. Ela começou a fazer tudo afobadamente para cerrar logo as portas. Tive de cair fora. Sorri para ela ao partir. Na rua o ambiente continuava tão selvagem quanto sempre, com a diferença de que os gordos arrotadores estavam ficando ainda mais bêbados e mais barulhentos. Era engraçado. Havia uns caciques índios vagando por ali com penteados enormes e realmente solenes em meio aos rostos enrubescidos pela bebida. Vi Slim cambaleando e me juntei a ele. Ele disse "Acabei de escrever um postal para o meu pai em Montana. Será que você conseguiria encontrar uma caixa postal onde enfiá-lo". Era uma estranha solicitação; ele me entregou o postal e cambaleou entre as portas vaivém de um saloon. Peguei o cartão, me dirigi à caixa postal e dei uma olhadela rápida nele:

"Querido Pai, quarta-feira estarei em casa. Tudo bem comigo e espero que com você também. Richard". Isso me deu uma impressão diferente a respeito dele; que afetuoso e cortês ele era com seu pai. Entrei no bar e me juntei a ele. Em algum momento distante ao raiar do dia planejei pegar a estrada para Denver, os últimos 150 quilômetros, mas em vez disso arranjamos duas garotas que vagavam na multidão, uma linda jovem loira e uma morena gorda irmã de alguém. Elas eram burras e chatas, mas a gente queria faturá-las mesmo assim. Arrastamos as garotas a uma boate insignificante que já estava fechando e lá eu gastei nada menos do que dois dólares em uísque para elas e cerveja para nós. Eu estava ficando bêbado e nem ligava; estava tudo bem. Meus anseios e intenções voltavam-se todos para o meio daquela pequena loira; queria penetrá-la com toda minha energia. Eu a abracei e quis dizer isso a ela. A boate fechou e nós perambulamos por raquíticas ruas poeirentas. Olhei para o céu; as puras e maravilhosas estrelas ainda estavam ali, cintilando. As garotas queriam ir até a rodoviária e assim fomos nós todos, só que aparentemente elas pretendiam encontrar um marinheiro qualquer que estava lá esperando por elas, um primo da gorda, e o marinheiro tinha amigos com ele. Eu disse para a loira "Qual é a tua". Ela disse que queria ir para casa, no Colorado bem no limite sul de Cheyenne. "Eu te levo de ônibus", falei. "Não, o ônibus para na estrada e eu tenho que caminhar sozinha por aquela pradaria de merda. Passei a tarde inteira olhando pra essa bosta e não estou a fim de caminhar por ela hoje à noite." "Ei escuta, a gente pode curtir uma bela caminhada entre as flores da pradaria." "Não tem flor nenhuma lá", ela respondeu. "Quero ir pra Nova York, estou de saco cheio disso aqui. Nunca há lugar algum pra ir a não ser Cheyenne e em Cheyenne não tem nada pra fazer." "Também não há nada pra fazer em Nova York." "Um cacete que não" disse ela franzindo os lábios. A rodoviária estava abarrotada até as portas. Gente de todo tipo estava esperando os ônibus ou simplesmente parada ali; havia vários índios, que observavam tudo com olhares impassíveis. A garota desvencilhou-se da minha conversa e se juntou ao marinheiro e à turma dele.

Slim estava cochilando num banco. Sentei ali. Os pisos das estações rodoviárias são exatamente iguais no país inteiro, sempre cobertos de baganas e catarro e de uma melancolia que só mesmo as rodoviárias têm. Por uns instantes não houve diferença entre estar ali ou em Newark a não ser que eu estava ciente da extraordinária imensidão lá fora que eu tanto amava. Lamentava a maneira com a qual eu tinha corrompido a pureza de toda minha viagem, economizar cada centavo e não beber e não desperdiçar o tempo e aproveitá-lo de verdade, andando enrabichado naquela garota estúpida e gastando todo meu dinheiro. Isso me fez ficar furioso. Eu não dormia há tantas horas que cansei de me atormentar e de blasfemar e fui dormir; finalmente me ajeitei num banco com meu saco de lona como travesseiro e dormi até as oito horas da manhã ao som de murmúrios oníricos e dos ruídos da estação e de centenas de pessoas passando. Acordei com uma puta dor de cabeça. Slim tinha se mandado... para Montana eu acho. Saí à rua. E ali no ar azulado vi pela primeira vez, em vestígios e numa poderosa aparição, bem ao longe, os enormes cumes nevados das Montanhas Rochosas. Respirei profundamente. Tinha de chegar a Denver, de uma vez. Primeiro tomei meu modesto desjejum, de torradas, café e um ovo, e então saí da cidade para a estrada. O festival do Oeste Selvagem ainda prosseguia, deixei-o para trás: havia um rodeio e a baderna e a agitação estavam para começar outra vez. Queria encontrar a rapaziada em Denver. Cruzei uma passarela sobre a estrada de ferro e cheguei a um monte de barracos onde duas estradas se bifurcavam, ambas conduzindo a Denver. Peguei a que ficava mais próxima das montanhas para poder olhar para elas, e me dirigi para lá. Ganhei uma carona instantânea de um cara jovem de Connecticut que viajava num calhambeque pintando todo o país; ele era filho de um editor do Leste. Ele falava e falava; eu estava enjoado do trago e da altitude. Em determinado momento quase tive de pôr a cabeça para o lado de fora da janela. Mas aguentei, e quando ele me largou em Longmont Colorado eu já estava me sentindo bem de novo e começando até a lhe contar a respeito do espírito das minhas viagens. Ele me desejou boa sorte. Era lindo em

Longmont. Sob uma gigantesca árvore velha havia um gramado que pertencia a um posto de gasolina. Perguntei ao servente se podia dormir ali e ele disse claro que sim; então estiquei uma camisa de flanela, deitei minha cabeça sobre ela, com um cotovelo por cima, e com um olho espiando por alguns instantes as Rochosas nevadas sob o sol cálido, caí no sono por duas deliciosas horas, o único desconforto foi uma fortuita formiga do Colorado. "E aqui estou eu no Colorado!" me rejubilava o tempo inteiro. "Maravilha! maravilha! maravilha! Estou conseguindo!" E depois de um sono reconfortante repleto de sonhos recobertos por teias de aranha sobre minha vida passada no Leste me levantei, me lavei no banheiro dos homens do posto de gasolina, e me arranquei em largas passadas renovado e em plena forma para comprar um milk-shake espesso e saboroso num bar de beira de estrada pra jogar algo gelado no meu estômago quente e atormentado. Por acaso, uma lindíssima garota do Colorado bateu aquele shake pra mim, ela era toda sorrisos também; me senti gratificado, aquilo me compensou pela noite anterior. Disse a mim mesmo, "Uau! Como será em *Denver*!" Retornei àquela estrada calorenta e zarpei para Denver num carro novo em folha dirigido por um jovem executivo de Denver de uns trinta e cinco anos. Ele ia a cento e vinte. Eu formigava inteiro; contava os minutos e subtraía os quilômetros. Em breve logo além dos esvoaçantes trigais dourados sob as neves distantes do Estes eu enfim veria Denver. Eu me imaginei num bar de Denver naquela noite, com a turma inteira, e aos olhos deles eu pareceria misterioso e maltrapilho como o Profeta que havia cruzado a terra para trazer a Palavra enigmática, e a única Palavra que eu teria a dizer era Uau. O cara e eu mantivemos uma longa e ardente conversação a respeito dos nossos respectivos projetos de vida e antes que pudesse perceber já estávamos passando pelo mercado de frutas Denargo nos arredores de Denver, havia chaminés, fumaça, vias férreas, prédios de tijolos vermelhos e os distantes edifícios de concreto do centro da cidade e aqui estava eu em Denver. Ele me deixou na rua Larimer. Eu me arrastei por ali com o maior e o mais malicioso sorriso de satisfação do mundo entre os velhos vagabundos e surrados caubóis da rua Larimer. Também era a maior cidade que eu via desde Chicago e o burburinho de cidade grande me sobressaltou. Como disse, naquele tempo eu não conhecia Neal tão bem quanto agora, e a primeira coisa que quis fazer foi procurar Hal Chase imediatamente, o que fiz. Telefonei para a casa dele, falei com sua mãe --- ela disse, "Alô, Jack, o que você está fazendo em Denver? Sabia que Ginger está aqui?"--- e claro que eu sabia que Ginger estava lá, mas não era o motivo de minha vinda. Ginger era a garota de Hal; andei com ela em Nova York quando ele não estava por perto. Eu lamentava real e sinceramente por isso e esperava que Hal ainda sentisse o mesmo por mim. Não creio que ele sentisse, mas ele jamais demonstrou, e a coisa é que Hal sempre foi sagaz como uma mulher. Hal é um garoto magro e loiro com uma cara esquisita de bruxo-cientista que combina bem com seu interesse em antropologia e índios pré-históricos. Seu nariz se projeta suave e quase docemente sob a chama dourada de seus cabelos; ele possui a graça de um figurão do oeste que sabe tudo sobre botequins de beira de estrada e joga um pouco de futebol americano. Quando ele fala um trêmulo som metálico ecoa --- "O lance que eu sempre gostei nos índios das planícies, Jack, é a maneira como eles ficavam terrivelmente envergonhados depois de ostentarem seus inúmeros escalpos... Na Vida no Oeste Selvagem de Ruxton há um índio que fica completamente vermelho de vergonha por possuir tantos escalpos e corre como um louco pelas planícies vangloriando-se escondido de suas proezas. Porra, isso me encanta!" A mãe de Hal localizou-o, na tarde sonolenta de Denver, trabalhando em cestas feitas pelos índios no museu local. Liguei; ele veio e me apanhou no seu velho Ford cupê que usava para viajar pelas montanhas onde "escavava" à procura de objetos indígenas. Ele entrou na rodoviária vestindo jeans e com um sorriso de orelha a orelha. Eu estava sentado sobre meu saco de viagem no chão conversando justamente com o mesmo marinheiro que tinha estado comigo na rodoviária de Cheyenne, perguntando para ele o que havia acontecido com a loira. Ele estava de saco tão cheio que nem me respondeu. Hal e eu entramos em seu pequeno cupê e a primeira coisa que ele tinha a fazer era arranjar uns mapas na Prefeitura. Depois queria rever um velho professor, e por aí afora, enquanto tudo o que eu desejava era beber umas cervejas. E no fundo de minha mente tinha um pensamento ardoroso --- "Onde anda Neal e o que ele está fazendo?" Por alguma razão indefinida, Hal tinha decidido não ser mais amigo de Neal desde o inverno, e nem sequer sabia onde ele morava. "Allen Ginsberg tá na cidade?" "Sim ---" mas Hal também já não falava mais com ele. Este era o começo do afastamento de Hal Chase da nossa turma --- e ele pararia de falar comigo também muito em breve. Mas eu não sabia disso, e o plano era eu tirar uma soneca na casa dele aquela tarde. Havia notícias de que Ed White tinha um apartamento esperando por mim na avenida Colfax, que Allan Temko já estava morando lá e aguardando que me juntasse a ele. Senti uma espécie de conspiração no ar e esta conspiração confrontava dois grupos da gangue: Hal Chase, Ed White e Allan Temko, junto com os Burfords, basicamente dispostos a ignorar Neal Cassady e Allen Ginsberg. Eu estava bem no meio deste curioso confronto. Também havia conotações sociais que vou explicar. Primeiro tenho que dar a ficha de Neal: ele era filho de um bêbado, um dos mais trôpegos vagabundos da rua Larimer e na verdade tinha crescido na rua Larimer e imediações. Neal estava habituado a defender seu pai nos tribunais aos seis anos de idade para vê-lo em liberdade. Costumava esmolar em frente aos becos da Larimer e entregar sorrateiramente o dinheiro ao pai que o aguardava entre garrafas quebradas ao lado de um velho companheiro. Então quando cresceu Neal começou a frequentar os salões de bilhar de Welton e bateu o recorde de carros roubados em Denver e foi parar num reformatório. Dos onze aos dezessete anos ele esteve geralmente no reformatório. Sua especialidade era roubar carros, dar umas paqueradas nas garotas que saíam do colégio no fim da tarde, levá-las para as montanhas, faturá-las, e voltar para dormir em alguma banheira disponível de um hotel qualquer da cidade. Enquanto isso seu pai, que fora um barbeiro muito respeitado e trabalhador, tinha se transformado num completo alcoólatra de vinho --- o que é ainda pior do que um alcoólatra de uísque --- e limitava-se a viajar nos trens de carga para o Sul no inverno, para o Texas, e retornar a Denver no verão. Neal tinha irmãos pelo lado de sua mãe já falecida --- ela morrera quando ele era pequeno --- mas eles não gosta vam dele. Os únicos amigos de Neal eram os caras do bilhar --- um bando que vim a conhecer poucos dias depois. Então Justin W. Brierly, uma tremenda figura local que durante toda a vida se especializou em desenvolver o potencial de jovens, tendo sido de fato o tutor de Shirley Temple na MGM nos anos trinta, e que agora era advogado, corretor de imóveis, diretor do Festival de Ópera de Central City e também professor de inglês em uma escola secundária de Denver, descobriu Neal. Brierly bateu na porta de um cliente; esse cliente estava sempre bêbado e dando festas muito loucas. Quando Brierly bateu na porta o cliente estava bêbado no andar de cima. Havia um índio de porre na sala de visita, e Neal --- maltrapilho e encardido em função de um trabalho recente num campo de adubo no Nebraska --- estava comendo a empregada no quarto. Neal desceu ligeiro para atender a porta com uma ereção. Brierly disse "Ora, ora, o que é isso?" Neal conduziu-o para dentro. "Qual é seu nome? Neal Cassady? Neal é melhor você aprender a lavar um pouco melhor suas orelhas ou jamais vai se dar bem nesse mundo." "Sim senhor", disse Neal sorrindo. "Quem é seu amigo índio? O que está se passando aqui? Devo dizer que são comportamentos deveras estranhos." Justin W. Brierly era um empresário baixinho de óculos e aparência comum do meio-oste; não dava para distingui-lo de nenhum outro advogado, corretor de imóveis, diretor da sede da 17 com Araphoe perto do distrito financeiro; exceto que ele possuía um rasgo de imaginação que teria estarrecido seus colegas caso soubessem. Brierly estava pura e simplesmente interessado em jovens, especialmente garotos. Ele os descobria na aula de inglês; ensinava-lhes o máximo que sabia de literatura; treinava-os; fazia com que estudassem até obterem notas espantosas; então conseguia bolsas de estudos para eles na Universidade de Colúmbia e eles voltavam para Denver anos depois como produto de sua imaginação -- sempre com uma falha, que era o abandono de seu velho mentor por novos interesses. Eles iam em frente e o deixavam para trás; tudo que ele sabia sobre qualquer coisa era coletado a partir do que ele havia feito com que aprendessem; ele desenvolvia cientistas e escritores e jovens políticos municipais, advogados e poetas, e conversava com eles; então mergulhava de novo em seu reservatório de meninos na aula da escola e treinava-os para uma grandeza duvidosa. Ele viu em Neal a grande energia que um dia faria dele não um advogado ou político, mas um santo americano. Ensinou-o a escovar os dentes, lavar as orelhas; a se vestir; ajudou-o a descolar biscates; e colocou-o na escola secundária. Mas Neal na mesma hora roubou o carro do diretor e o destruiu. Foi para o reformatório. Justin W. ficou ao lado dele. Escreveu longas cartas de encorajamento; bateu papo com o diretor; levou livros para ele; e quando Neal saiu Justin deu-lhe mais uma chance. Mas Neal ferrou com tudo de novo. Sempre que qualquer um de seus companheiros de bilhar arrumava inimizade com um tira da radiopatrulha local ia atrás de Neal para se vingar; ele roubava a radiopatrulha e a arruinava, ou então a estragava. Logo ele estava de volta ao reformatório e Brierly lavou suas mãos do caso. Tornaram-se de fato tremendos inimigos irônicos. No inverno passado em N.Y. Neal havia tentado uma última chance junto à influência de Brierly; Allen Ginsberg escreveu diversos poemas, Neal assinou-os com seu nome e mandou para Brierly. Ao fazer sua viagem anual para N.Y. Brierly encarou todos nós certa noite no saguão Livingston do campus de Colúmbia. Estávamos Neal, Allen, eu e Ed White e Hal Chase. Brierly disse "Os poemas que você me mandou são muito interessantes, Neal. Posso dizer que fiquei surpreso". "Ah bem", disse Neal, "andei estudando sabe." "E quem é esse jovem cavalheiro de óculos aqui?" indagou Brierly. Allen Ginsberg adiantou-se e se apresentou. "Ah", disse Brierly, "isso é interessantíssimo. Creio que você seja um excelente poeta." "Por que, já leu alguma coisa minha?" "Oh", disse Brierly, "provavelmente, provavelmente" --- e Ed White, cujo amor pela sutileza mais tarde o levou à loucura com Old Sam Johnson de Boswell, pestanejou feito louco. Agarrou meu braço e sussurrou "Você acha que ele não sabe?" Achei que soubesse. Esse foi o último confronto entre Neal e Brierly. Agora Neal estava de volta a Denver com seu poeta demoníaco. Brierly franziu a sobrancelha ironicamente e evitou-os. Hal Chase evitou-os com base em princípios secretos pessoais. Ed White acreditava que eles não estavam a fim de nada de bom. Eles eram os monstros do underground daquela temporada em Denver, junto com a turma do bilhar, e simbolizando isso magnificamente bem, Allen tinha um apartamento de subsolo na rua Grant onde nós nos encontramos e varamos muitas noites até o amanhecer --- Allen, Neal, eu, Jim Holmes, Al Hinkle e Bill Thomson. Mais tarde novas informações a respeito desses outros aí. Em minha primeira tarde em Denver dormi no quarto de Hal Chase enquanto sua mãe prosseguia com as tarefas domésticas lá embaixo e Hal trabalhava no museu. Era uma tarde abafada das altas planícies em julho. Eu não teria conseguido dormir se não fosse por uma invenção do pai de Hal Chase. O pai de Hal Chase era um suposto inventor. Era idoso, já com seus setenta anos, e aparentemente frágil, magro e enrugado e contando histórias com lenta e pausada satisfação; boas histórias também, a respeito de sua infância nas Planícies do Kansas no século passado quando montava pôneis em pelo e perseguia coiotes com um porrete como passatempo e mais tarde tornou-se professor nas escolas rurais do oeste do Kansas e finalmente um homem de negócios com muitas propriedades em Denver. Ainda possuía seu velho escritório em cima da garagem em um galpão ali pela redondeza --- a escrivaninha de tampo móvel ainda estava lá, junto com incontáveis papéis empoeirados que registravam seu antigo entusiasmo e seu enriquecimento. Ele tinha inventado um tipo especial de ar-condicionado. Instalara um ventilador comum no batente de uma janela e de alguma forma conduzia água fria através de uma serpentina bem em frente às lâminas giratórias. O resultado era perfeito --- numa área de um metro ao redor do ventilador, e então aparentemente a água transformava-se em vapor quente no dia pachorrento e na parte térrea a casa continuava tão quente quanto sempre. Mas eu estava dormindo na cama de Hal bem embaixo do ventilador com um grande busto de Goethe me observando, e caí no sono confortavelmente, apenas para acordar cinco minutos depois morrendo de frio; puxei um cobertor e ainda assim sentia frio. Até que ficou tão gelado que não pude mais dormir e desci. O velho perguntou-me se sua invenção funcionava. Respondi que sem dúvida funcionava bem até demais. Gostei do velho. Ele estava cheio de recordações. "Certa vez inventei um removedor de manchas que foi plagiado pelas grandes companhias do Leste. Há alguns anos que tento reaver a patente. Se ao menos eu tivesse dinheiro para contratar um advogado decente..." Mas era tarde demais para contratar um advogado decente; e ele permanecia ali sentado com o seu desalento. Esse era o lar de Hal Chase. À noite houve um jantar extraordinário, a mãe de Hal preparou carne de veado que o irmão dele tinha caçado nas montanhas. Ginger estava vivendo na casa de Hal. Ela parecia encantadora, mas outras coisas me perturbavam ao cair do sol. Onde estava Neal? Quando veio a escuridão Hal me levou de carro para a misteriosa noite de Denver. E então tudo teve início. Os dez dias seguintes foram como disse W.C. Fields "Repletos de perigo iminente"... e loucos. Fui morar com Allan Temko no apartamento realmente luxuoso que pertencia aos pais de EdW. Cada um tinha seu próprio quarto, com comida na geladeira, uma quitinete e uma imensa sala de estar onde Temko sentava com seu chambre de seda criando seu mais recente conto hemingwayano --- um colérico, corado, robusto inimigo de tudo que podia abrir o sorriso mais charmoso e sincero do mundo quando a vida real se encontrava com ele suavemente durante a noite. E assim ele sentava-se à sua escrivaninha, e eu saltitava ao redor somente com minhas calças de algodão sobre o tapete grosso e fofo. Ele tinha acabado de escrever uma história sobre um cara que chega a Denver pela primeira vez. Seu nome é Phil. Seu companheiro de viagem é um sujeito calado e misterioso chamado Sam. Phil sai para curtir Denver e dá de cara com um bando de caras metidos a artistas. Retorna ao quarto de hotel. Diz lugubremente "Sam, eles estão por aqui também". E Sam está apenas olhando pela janela com melancolia. "Sim", diz Sam, "eu sei". A questão era que Sam não precisava sair à rua e olhar para saber disso. Caras metidos a artistas estavam espalhados por toda a América sugando seu sangue. Temko e eu éramos grandes amigos; ele me julgava a coisa mais distante possível de um cara metido a artista. Temko adorava bons vinhos, exatamente como Hemingway. Ele relembrou sua recente viagem à França. "Ah Jack, se você pudesse sentar comigo diante de uma garrafa gelada de Poignon dix-neuf em pleno país basco, então você descobriria que existem outras coisas além de trens de carga". "Eu sei disso, mas o negócio é que eu amo trens de carga e adoro ler seus nomes como Missouri Pacific, Great Northern, Rock Island Line.. Por Deus, Temko, se eu pudesse lhe contar tudo que aconteceu comigo vindo de carona até aqui." Os Burfords moravam uns quarteirões mais adiante. Era uma família encantadora --- a mãe relativamente jovem, proprietária de parte de uma mina de ouro inútil, com dois filhos e quatro filhas. O filho rebelde era Bob Burford, amigo de infância de Ed White. Bob veio me buscar estrepitosamente e a simpatia foi mútua já ao primeiro olhar. Caímos fora e bebemos pelos bares de Colfax. A irmã mais velha de Bob era uma loira linda chamada Beverly --- tenista, gatinha surfista do Oeste. Era a garota de Ed White. E Temko, que estava apenas passando por Denver e o fazendo em alto estilo naquele apartamento, estava saindo naquele verão com Jeanne a irmã de Ed White. Eu era o único cara sem uma garota. Perguntava a todo mundo "Por onde anda Neal?" Eles me davam sorridentes respostas negativas. Então finalmente aconteceu. O telefone tocou, e quem poderia ser se não Allen Ginsberg. Deu o endereço de seu apartamento subterrâneo. Eu perguntei "O que você está fazendo em Denver? Quer dizer, o que você está <u>fazendo</u>? O que está acontecendo?" "Oh espera só até eu te contar." Voei ao encontro dele. Estava trabalhando à noite nas lojas de departamentos May; o doido do Bob Burford tinha ligado pra lá de um bar qualquer fazendo os porteiros correrem atrás de Allen com a notícia de que alguém havia morrido. Allen imediatamente pensou que quem tinha morrido era eu. E Burford disse pelo telefone "Jack está em Denver" e deu meu endereço e o número do meu telefone. "Depois de você, pensei que Burroughs tivesse morrido" disse Allen quando nos encontramos e apertamos aos mãos. "E Neal onde é que está?" "Neal está em Denver. Deixa eu contar." E ele me contou que Neal estava transando com duas garotas em separado ao mesmo tempo, eram elas Louanne, sua primeira esposa, que o aguardava num quarto de hotel, e Carolyn, uma nova garota que ficava esperando por ele num outro quarto de hotel. "Entre uma e outra ele corre ao meu encontro para tratarmos de nossos negócios inacabados." "E que negócios são esses?" perguntei todo ouvidos. "Neal e eu embarcamos juntos numa viagem tremenda. Estamos tentando nos comunicar com absoluta honestidade transmitindo com absoluta exatidão tudo que passa pelas nossas cabeças. Às vezes ficamos acordados dois dias indo ao fundo de nossas mentes. Tivemos que tomar benzedrina. Sentamos na cama, com as pernas cruzadas, frente a frente. Finalmente expliquei a Neal que ele é capaz de fazer tudo o que quiser, tornar-se o prefeito de Denver, casar com uma milionária ou se transformar no maior poeta desde Rimbaud. Mas ele continua correndo pelas ruas pra curtir aquelas corridas de carro midget. Eu vou junto. Ele grita e pula excitado. Você sabe Jack, Neal é mesmo ligado nessas coisas.." Ginsberg então disse "Humm" para si mesmo e refletiu sobre aquilo. Ficamos em silêncio como sempre fazemos depois de ter falado tudo. "E qual é o programa?" perguntei. Sempre havia um programa, que se tornava mais complicado a cada ano, na vida de Neal. "O programa é o seguinte: eu saí do trabalho faz meia hora. Neste exato instante Neal tá comendo Louanne no hotel o que me dá tempo pra me vestir e me arrumar. À uma em ponto ele corre de Louanne para Carolyn --- claro que nenhuma das duas nem imagina o que está acontecendo --- dá uma trepada rápida com ela, o que me dá tempo pra chegar à uma e meia no nosso encontro. Então ele sai comigo --- não sem antes ter que implorar para Carolyn que já está começando a me odiar --- e a gente vem pra cá pra conversar até as seis da manhã. Geralmente ficamos até mais tarde mas a coisa está se tornando terrivelmente complicada e ele está pressionado pelo tempo. Daí às seis ele volta para Louanne --- e amanhã ele vai passar o dia inteiro correndo em função dos papéis necessários pro divórcio deles. É só o que Louanne quer, mas enquanto a coisa não se concretiza ela insiste em trepar. Ela diz que ama o pau grande dele --- Carolyn diz o mesmo --- e eu também." Eu concordei como sempre faço. Então ele me contou como Neal tinha conhecido Carolyn. Bill Tomson, o cara do bilhar, encontrou-a num bar e a levou para um hotel; com o orgulho prevalecendo sobre o bom-senso convidou a turma toda para aparecer e conhecê-la. Sentaram-se todos ao redor conversando com Carolyn. Neal não fez nada além de olhar pela janela. Então quando todos estavam indo embora Neal simplesmente olhou para Carolyn, apontou para o próprio pulso, fez "quatro" com os dedos (querendo dizer que estaria de volta às quatro) e se mandou. Às três a porta estava trancada para Bill Tomson. Às quatro foi aberta para Neal. Eu queria sair correndo para ver como o maluco estava se virando com tudo isso. Além do mais ele tinha prometido me deixar bem encaminhado; conhecia todas as garotas de Denver. "Se você quer garotas venha comigo, que Neal é apenas um gigolô de bilhar" disse Bob Burford. "Sim, mas é um sujeito incrível." "Incrível? Ele não é de nada. Posso mostrar uns caras realmente doidos pra você. Já ouviu falar de Cavanaugh? Ele pode meter a porrada em qualquer sujeito de Denver..." Mas não era essa a questão. Corri com Allen para achar a questão. Percorremos as ruelas ao redor da Welton & 17 na noite cheirosa de Denver. O ar estava tão agradável, as estrelas tão lindas, e as promessas de cada beco pavimentado tão grandiosas, que eu pensava tratar-se de um sonho. Chegamos à pensão onde Neal estava dando uns amassos em Carolyn. Era um velho prédio de tijolos à vista circundado por garagens de madeira e velhas árvores fincadas atrás das cercas. Subimos escadas acarpetadas. Allen bateu na porta; então voou para se esconder, não queria que Carolyn visse que era ele quem havia batido. Parei em frente à porta. Neal atendeu nu em pelo. Vi Carolyn na cama, uma linda coxa lustrosa recoberta por uma lingerie de renda preta, uma loira, olhar com serena perplexidade. "Uau Ja-a-ack!" disse Neal. "Bem agora.... ah... heim.. sim, claro... você chegou.. seu velho filho da puta você finalmente decidiu cair nesta velha estrada... bem agora olha só.... a gente tem que.... sim, sim imediatamente.... nós devemos, nós realmente devemos! Agora Carolyn", e ele se enroscou nela, "aqui está Jack, meu velho companheiro de Nova Yor-r-k, esta é a primeira noite dele em Denver e é absolutamente necessário que eu dê uma saída com ele e lhe arranje uma garota.." "Mas a que horas você vai voltar." "Agora é (olhando pro seu relógio) exatamente uma e quatorze ---- devo estar de volta exatamente às TRÊS e quatorze, para nossa hora de delírio conjunto, delírio verdadeiramente encantador querida, e aí como você sabe, como já te contei e a gente concordou, tenho que ver Brierly a respeito daqueles papéis --- no meio da noite por mais estranho que possa parecer e conforme já expliquei minuciosamente" -- (isso era uma desculpa para seu encontro com Allen que permanecia escondido) --- "portanto neste exato minuto devo me vestir, enfiar as calças, cair na vida, quer dizer na vida do mundo exterior, pelas ruas e o que mais acontecer, como já estamos combinados, agora já é uma e QUINZE e o tempo está correndo, correndo.." "Tá legal, tudo bem Neal, mas por favor volte às três." "Exatamente como garanti, querida, mas lembre-se que não é às três mas três e quatorze --- estamos combinados na mais maravilhosa profundeza de nossas almas querida?" e se jogou sobre ela cobrindo-a de beijos. Pendurado na parede havia um nu de Neal, com seu pau enorme e tudo, feito por Carolyn. Eu estava atônito. Tudo era tão louco, e eu ainda tinha San Francisco pela frente. Mergulhamos na noite; Allen juntou-se a nós num beco. Penetramos na mais estranha estreita e tortuosa ruela urbana que jamais vi profundamente encravada no coração do bairro mexicano de Denver. Falávamos aos berros na quietude adormecida. "Jack", disse Neal, "tenho a garota perfeita esperando por você neste exato instante --- se é que ela já saiu do trabalho" (olhando pro seu relógio) "uma enfermeira Helen Gullion, boa menina, meio encucada por conta de algumas dificuldades sexuais que tentei consertar mas acho que você saberá dar um jeito seu grande safado.. Portanto vamos logo pra lá, jogamos uma pedra, não, vamos tocar na campainha, sei como entrar... temos que levar umas cervejas, não, elas têm algumas lá, e Porra!" disse ele socando a palma da mão "Tenho que comer Ruth, a irmã dela, hoje à noite." "O quê?" disse Allen, "pensei que a gente ia conversar". "Sim sim mais tarde." "Oh essa depressão de Denver!" bradou Allen aos céus. "Ele não é o cara mais legal e singelo do mundo" disse Neal me esmurrando nas costelas. "Olha pra ele. OLHA SÓ pra ele!" E Allen iniciou sua dança desengonçada pelas ruas da vida como eu já o tinha visto fazer tantas vezes por todos os cantos de Nova York. E tudo o que pude dizer foi "Afinal de contas o que é que a gente tá fazendo em Denver?" "Amanhã Jack sei exatamente onde conseguir trabalho pra você" disse Neal mudando para um tom mais responsável "por isso vou te ligar, assim que Louanne me der uma folga e cruzar por aquele apartamento de vocês, dar um alô pro Temko e te levar num trólebus (merda, não tenho carro!) até os mercados Denargo onde você pode começar a trabalhar direto e na sexta-feira receber o cheque de pagamento. Nós todos estamos totalmente duros. Faz semanas que não tenho tempo para trabalhar. Na noite de sexta-feira sem dúvida alguma nós três... o velho trio de Allen Neal e Jack deve curtir as corridas de carro midget e para isso posso conseguir carona com um cara que conheço e que mora no centro..." E mais e mais noite adentro. Chegamos ao dormitório do hospital onde as irmãs enfermeiras moravam. A que me cabia ainda estava trabalhando, a irmã que Neal queria estava lá. Sentamos no sofá dela. Eu tinha ficado de telefonar para Bob Burford por volta daquela hora: liguei: ele veio num instante. Chegando à porta tirou a camisa e a camiseta e começou a abraçar Ruth Gullion que nunca tinha visto antes. Garrafas rolavam pelo chão. De repente eram três horas. Neal saiu voando pros seus momentos de delírio junto a Carolyn. Voltou a tempo. A outra irmã apareceu. Agora precisávamos de um carro, estávamos fazendo barulho demais. Bob Burford telefonou pra um amigo que tinha carro. Ele veio. Nós nos amontoamos; Allen tentava conduzir sua conversação programada com Neal no banco de trás mas tudo era confuso demais. "Vamos todos pro meu apartamento!" gritei. E fomos; no instante em que o carro estacionou ali na frente saltei fora e plantei uma bananeira. Todas as minhas chaves caíram, jamais voltei a encontrá-las. Corremos aos gritos para o apartamento. Vestido em seu robe de seda, Allan Temko estava parado na porta barrando nossa entrada. "Não vou permitir festinhas desse tipo no apartamento de Ed White!" "O quê?" gritamos todos. Houve confusão. Burford rolava pela grama com uma das enfermeiras. Temko não iria nos deixar entrar. Prometemos telefonar para Ed White para confirmar a festa e convidá-lo também. Mas em vez disso corremos de volta pros botecos do centro de Denver e não rolou nada. De repente me vi sozinho na rua sem dinheiro nenhum. Meu último dólar se fora. Caminhei oito quilômetros pela Colfax até minha confortável cama no apartamento. Temko teve de me deixar entrar. Eu me perguntava se Allen e Neal estariam dialogando de coração a coração. Descobriria mais tarde. As noites de Denver são amenas e dormi feito uma pedra. E aí todo mundo começou a planejar uma fantástica caminhada pelas montanhas em bando. A novidade chegou de manhã junto com um telefonema que confundiu tudo --- meu velho companheiro da estrada Eddie deu um tiro no escuro e resolveu me telefonar. Finalmente teria oportunidade de recuperar minha camisa. Eddie estava com sua garota numa casa longe da Colfax. Ele queria saber se eu sabia onde ele podia arranjar trabalho e eu lhe disse para aparecer, deduzindo que Neal saberia. Neal chegou afobado. Temko e eu tomávamos um desjejum rápido que era sempre preparado por mim. Neal não quis nem sentar. "Tenho mil coisas para fazer, na verdade mal tenho tempo de te levar para a Denargo mas vamos lá homem." "Vamos esperar Eddie meu amigo da estrada." Temko se divertia com a nossa apressada atribulação. Ele tinha vindo a Denver para escrever descansadamente. Tratava Neal com total indiferença. Neal nem ligava. Temko jamais sonhou que em poucos anos Neal se tornaria um grande escritor ou que alguém um dia escreveria sua história como eu. Ele falou assim com Neal -- "Cassady que história é essa que escutei sobre você andar comendo três garotas ao mesmo tempo." E Neal se remexeu no tapete e disse "Oh sim, oh sim, é isso mesmo" e consultou seu relógio, enquanto Temko fungava. Eu me sentia envergonhado por sair com Neal às pressas --- Temko insistia em julgá-lo um estúpido mentecapto. Evidentemente ele não era e eu queria dar um jeito de provar isso a todo mundo. Encontramos Eddie. Neal também não prestou atenção nele e lá fomos nós de trólebus em pleno meio-dia calorento de Denver à procura de trabalho. Eu estava odiando a ideia. Eddie falava e falava como sempre. Encontramos um sujeito no mercado que concordou em contratar nós dois; o trabalho começava às quatro da manhã e se prolongava até as seis. O homem disse "Gosto de rapazes que gostam de trabalhar". "Você acaba de encontrar o homem certo" garantiu Eddie, mas eu não estava tão seguro quanto a mim. "Simplesmente não dormirei" decidi. Havia tantas outras coisas interessantes para fazer. Eddie apareceu na manhã seguinte, eu não. Eu tinha uma cama e Temko recheara a geladeira de comida e em troca dela eu cozinhava e lavava os pratos. A estas alturas já estava envolvido em tudo. Uma noite aconteceu uma festança na casa dos Burfords. A mãe deles estava viajando. Bob Burford simplesmente convidou todo mundo que conhecia e disse que trouxessem uísque; em seguida correu sua agenda atrás dos números das garotas. Me obrigou a fazer a maior parte das chamadas. Um bando inteiro de garotas apareceu. Usei o telefone para ligar para Allen e saber o que Neal estava fazendo. Neal iria para lá às três da manhã. Depois da festa fui lá. O apartamento subterrâneo de Allen ficava na rua Grand numa velha pensão com tijolos à vista próxima a uma igreja. Você se metia num beco, descia uns degraus de pedra, abria uma tosca porta de madeira e penetrava numa espécie de porão até chegar à porta de madeira compensada dele. Parecia o quarto de um santo russo. Uma cama, uma vela ardendo, paredes de pedras úmidas, e uma espécie de ícone maluco que ele próprio havia feito para a ocasião. Ele recitou um de seus poemas para mim. Chamava-se "A Depressão de Denver". Certa manhã Allen acordou e escutou "pombos vulgares" grasnando do lado de fora de seu cubículo; viu "tristes rouxinóis" encurvando os galhos que lhe fizeram lembrar a mãe. Um manto cinzento caiu sobre a cidade. As montanhas --- as magníficas Rochosas que podiam ser vistas a Oeste de qualquer lugar da cidade --- eram de "papier maché". O universo inteiro era demente e absurdo e extremamente estranho. Ele descrevia Neal como "o menino do arco-íris" que levava seu tormento em seu pau aflito. Referia-se a ele como o "Eddie Édipo" que tinha que "raspar chicletes das vidraças". Referia-se a Brierly como "professor de dança da morte". Ele matutava em seu porão debruçado sobre o enorme diário no qual registrava tudo o que acontecia --- tudo o que Neal fazia e dizia. Allen me contou de sua viagem de ônibus. "Ao passar pelo Missouri ocorreu uma tempestade de raios milagrosa que transformou o firmamento em um enorme frenesi elétrico maligno. Todo mundo no ônibus ficou assustado. Eu disse 'Não se assustem, é só um Sinal'. Imagine o Missouri --- de onde vêm Burroughs e Lucien." "Também é de onde vieram os pais de Neal." "Não sei", disse Allen ficando triste, "O que devo fazer?" "Por que não vai para o Texas e vê Burroughs e Joan?" "Quero que Neal vá comigo." "Como ele poderia com todas suas mulheres?" "Oh, não sei." Neal chegou às três da manhã. "Tudo certo", anunciou. "Vou me divorciar de Louanne e casar com Carolyn e viver com ela em San Francisco. Mas apenas depois que você e eu, querido Allen, formos ao Texas dar uma sacada no gatuno Bill, que jamais encontrei mas de quem vocês dois já me falaram tanto, e então irei pra San Fran." Aí eles iniciaram a coisa deles. Sentaram sobre a cama com as pernas cruzadas e olharam firme um para o outro. Eu me joguei numa cadeira próxima e observei a cena inteira. Começaram com um pensamento abstrato, discutiram sobre ele; recordaram-se de alguma outra ideia abstrata que havia sido esquecida no decorrer dos acontecimentos; Neal se desculpou mas prometeu que poderia relembrar bem; trazendo ilustrações. "E justamente quando passávamos por Wazee eu queria dizer o que tinha achado a respeito do seu acesso de loucura por causa dos carros midget e nesse exato instante, lembra, você apontou para aquele velho vagabundo de pau duro dentro das calças frouxas e disse que ele era igual a seu pai?" "Sim, sim, claro que me lembro; e não só isso, mas aquilo foi o começo de uma viagem minha, algo realmente muito louco, que eu precisava lhe contar. Havia esquecido, mas agora você acaba de me relembrar ---" e duas novas questões haviam nascido. Eles as analisaram com atenção. Então Allen perguntou se Neal estava sendo honesto e mais especificamente se ele estava sendo honesto <u>consigo</u> mesmo no fundo de sua alma. "Por que você levantou essa questão outra vez?" "Tem um último detalhe que quero saber..." "Mas, você está escutando, caro Jack, você está sentado aí, vamos perguntar a Jack, o que será que ele tem a dizer." E eu disse, "Esse último detalhe é inatingível, Allen. Ninguém consegue atingir esse último detalhe. Mas continuamos vivendo na esperança de alcançá-lo de uma vez por todas..." "Não não não, você está dizendo uma bobagem completa, ideias românticas e refinadas de Wolfe!" contestou Allen, e Neal acrescentou: "De forma alguma foi isso que eu quis dizer, mas vamos deixar Jack ter suas próprias ideias, e na verdade, você não acha Allen que há uma certa dignidade na maneira com que ele está sentado ali apenas nos curtindo, esse maluco cruzou o país inteiro.. o velho Jack não vai falar, o velho Jack não vai falar". "Não é que eu não vá falar", protestei, "simplesmente não sei o que vocês estão pretendendo ou aonde estão tentando chegar... só sei que isso é demais pra qualquer um." "Você só diz coisas pessimistas." "Então o que vocês estão querendo fazer?" "Diga pra ele." "Não, diga você." "Não há nada a ser dito", eu disse e ri. Estava com o chapéu de Allen, puxei-o sobre meus olhos. "Quero dormir" falei. "Pobre Jack sempre quer dormir." Me mantive calado. Eles recomeçaram. "Quando você me pediu emprestado aquele troco pra completar a conta daquela galinha assada.." "Não, cara, foi pro chili! O Texas Star, lembra?" "Eu estava confundindo com a terça-feira. Quando você me pediu emprestado aquele dinheiro você disse, escute bem, VOCÊ disse 'Allen, esta é a última vez que me aproveitarei de você', como se realmente quisesse dizer que eu tinha concordado que já era hora de parar com esse abuso." "Não, não, não, não quis dizer nada disso --- agora meu caro amigo vamos rememorar tudo se é que você consegue voltando até aquela noite em que Louanne estava chorando no quarto e quando, ao me virar pra você revelando meu ar de sinceridade postiça que sabíamos ser fingido mas que tinha suas razões, quer dizer, através desta representação eu demonstrei que... mas peraí, não é nada disso...” “Claro que não é nada disso! Acontece que você esqueceu... mas vou parar de te acusar. Sim é o que eu tenho a dizer...” E mais e mais noite afora prosseguiram falando desse jeito. Na aurora eu os espiei. Estavam elucidando o último assunto da manhã. “Quando eu disse que tinha que dormir por causa de Louanne, quer dizer, porque precisava estar com ela às dez da manhã não usei nenhum tom de voz ditatorial pra contestar seus argumentos a respeito da inutilidade de dormir mas apenas, APENAS veja bem pelo mero fato de que absolutamente, simplesmente, puramente e sem quaisquer senões tenho que dormir agora, e é o seguinte, cara, meus olhos estão se fechando, estão vermelhos e ardendo, doídos, cansados, gastos...” “Oh menino”, suspirou Allen. “Temos mais é que ir dormir agora mesmo. Vamos desligar a máquina.” “É impossível desligar a máquina!” gritou Allen com o tom de voz mais alto possível. Os primeiros pássaros cantarolavam. “Agora, quando eu levantar minha mão” disse Neal, “nós vamos parar de falar, já que apenas e sem dúvida alguma compreendemos que estamos simplesmente parando de falar, e vamos dormir”. “Você não pode parar a máquina assim.” “Parem as máquinas” eu disse. Eles olharam para mim. “Ele estava acordado o tempo inteiro escutando tudo. Que é que você estava pensando Jack?” Respondi que estava pensando que eles eram maníacos extraordinários e que tinha passado a noite inteira os escutando como um sujeito que observa o mecanismo de um relógio que alcança o topo do Berthoud Pass e não obstante é constituído de peças tão minúsculas quanto as do relógio mais delicado do mundo. Eles sorriram. Apontei meu dedo para eles e alertei “Se vocês continuarem assim vão acabar pirando mas enquanto continuarem me mantenham a par de tudo” Também falamos sobre a possibilidade de eles irem para Frisco comigo. Caí fora e peguei um trólebus até meu apartamento e as monts. de papier-maché de Allen tornavam-se cada vez mais rubras à medida que o sol nascia enorme nas planícies do Leste. À tarde fui envolvido naquela caminhada pelas montanhas e por cinco dias não vi Allen ou Neal. Beverly Burford podia usar o carro do seu patrão no fim de semana. Levamos paletós que penduramos nas janelas e nos largamos para Central City, Bob Burford dirigindo, Ed White estirado lá atrás, e Beverly na frente. Foi a minha primeira visão do interior das Rochosas. Central City é uma velha cidade mineira que já fora chamada de a Mais Rica Milha Quadrada do Mundo, onde uma verdadeira montanha de prata havia sido descoberta pelos velhos e ávidos garimpeiros que percorriam as colinas. Eles enriqueceram da noite para o dia e construíram um lindo teatro lírico entre os barracos erguidos num declive escarpado. Lillian Russell tinha ido lá; estrelas da ópera europeia. Depois Central City tornou-se uma cidade-fantasma até que os caras da Câmara de Comércio, esses sujeitos enérgicos do novo Oeste, decidiram reviver o lugar. Reformaram o teatro e todo verão as estrelas do Metropolitan Opera iam se apresentar ali. Eram férias inesquecíveis para todo mundo. Vinham turistas de todos os lugares, até mesmo estrelas de Hollywood. Rodamos montanha acima e encontramos as ruas estreitas repletas de turistas pedantes. Lembrei do Sam de Temko e Temko tinha razão. O próprio Temko estava lá lançando seu vasto sorriso social para todos e murmurando sinceros ohs e ahs para tudo. "Jack", gritou ele me agarrando pelo braço "olha só esta velha cidade. Imagina como ela era há uns cem, que nada, apenas há uns oitenta, sessenta anos; havia uma ópera!" "Yeah", disse eu imitando um de seus personagens, "mas eles estavam aqui." "Os calhordas" blasfemou. Mas ele caiu fora em busca de alguma curtição, com Jean White a tiracolo. Beverly Burford era uma loira arrojada. Conhecia um velho barraco de mineiro nos arredores da cidade onde nós rapazes poderíamos dormir durante o fim de semana; tudo o que tínhamos de fazer era limpá-lo. Poderíamos também promover festanças enormes lá. Era uma espécie de velha cabana recoberta por uns três centímetros de poeira por dentro; tinha até varanda e um poço nos fundos. Ed White e Bob Burford arregaçaram as mangas e puseram mãos à obra, um trabalho de peso que lhes tomou a tarde inteira e parte da noite. Mas eles tinham um engradado de cerveja e estava tudo bem. Quanto a mim, estava convidado para ir à ópera aquela tarde de braço dado com Bev, Justin W. Brierley tinha conseguido. Vesti um terno de Ed. Apenas alguns dias atrás eu chegara a Denver como um vagabundo; naquela tarde estava impecavelmente trajado, levando uma loira linda e elegante pelo braço, cumprimentando autoridades e conversando sob candelabros no saguão. Imaginei o que Mississippi Gene diria se pudesse me ver. A ópera era Fidélio, poderosa obra de Beethoven. "Que desânimo!" bradou o barítono erguendo-se de uma masmorra sob os gemidos de uma pedra... Vibrei com aquilo. Era justamente assim que eu via a vida. Estava tão interessado na ópera que por instantes esqueci as circunstâncias de minha doida vida, me perdendo na lúgubre e fantástica sonoridade de Beethoven e na preciosa coloração de Rembrandt do enredo. "Bem Jack, o que você achou da nossa montagem desse ano?" Brierly me perguntou na rua orgulhosamente. "Que desânimo, que desânimo", disse eu, "verdadeiramente extraordinário." "Agora o próximo passo é você conhecer os integrantes do elenco" prosseguiu ele com sua entonação oficial mas no decorrer dos acontecimentos felizmente se esqueceu disso e sumiu. A apresentação que vi foi uma matinê; havia outra programada para a noite. Vou contar como no fim tive o prazer, se não de conhecer os membros de elenco, de usar sua banheira e melhores toalhas. A propósito devo explicar por que Brierly me tinha em conta o suficiente para fazer arranjos de todo tipo a meu favor. Hal Chase e Ed White eram seus pupilos da mais alta consideração; tinham ido pra faculdade comigo; tínhamos andado juntos por Nova York e conversado. A primeira impressão de Brierly a meu respeito não foi muito favorável... Eu estava dormindo no chão, bêbado, quando ele foi visitar Hal numa manhã de domingo em Nova York. "Quem é esse?" "Jack." "Então esse é o famoso Jack. O que faz ele dormindo no chão?" "Ele faz isso o tempo todo." "Pensei que você havia dito que ele era algum tipo de gênio." "Oh com certeza é, você não vê?" "Confesso que estou com uma certa dificuldade. Pensei que ele fosse casado, onde está a esposa?" Eu era casado na época. "Oh ela foi adiante; Jack largou de mão, ela está num bar de West End com um negociante que descolou umas centenas de dólares e paga bebida pra todo mundo." Depois disso levantei do piso e apertei a mão do sr. Brierly. Ele se indagava o que Hal via em mim; e ainda se indagava naquele verão em Denver e nunca pensou realmente que eu fosse grande coisa. Era exatamente o que eu queria que ele e o mundo inteiro pensassem; então eu poderia entrar de mansinho, se eles quisessem, e sair de fininho outra vez, e foi o que fiz. Bev e eu retornamos ao barraco, tirei aqueles panos e fui me juntar aos rapazes na limpeza. Era um trabalho enorme. Allan Temko sentou no centro da sala da frente que já estava limpa recusando-se a nos ajudar. Na mesinha à sua frente estava sua garrafa de cerveja e seu copo. Enquanto dávamos duro com baldes d'água e vassouras, ele rememorava, "Ah se ao menos algum dia vocês pudessem me acompanhar e beber um Cinzano ouvindo os músicos de Bandol então realmente iriam viver." Temko era oficial da Marinha; ficava bêbado e começava a dar ordens. Burford tinha um costume no que se referia à presunção irritante de Temko; apontava para ele com um dedo frouxo, virava-se para você com ar de espanto e dizia "Fresco? Você acha que ele é fresco?" Temko não ligava. "Ah", disse ele, "e há ainda os verões da Normandia, os tamancos, o delicioso vinho do Reno. Vamos lá Sam", sussurrou a um companheiro invisível "tire o vinho da água e veja se ficou fresco o suficiente enquanto pescávamos". - - direto de Hemingway, é o que era. Chamávamos as garotas que cruzavam pela rua. "Venham nos ajudar a limpar este troço. Estão todas convidadas pra nossa festa hoje à noite." Elas aderiam à causa. Havia uma multidão trabalhando para nós. Por fim os cantores do coro da ópera, garotos na maioria, apareceram e puseram mãos à obra. O sol se pôs. Findo nosso dia de trabalho, Ed, Burford e eu decidimos nos arrumar para a grande noite. Cruzamos a cidade até a pensão onde as estrelas da ópera estavam hospedadas, Brierly também. Podíamos ouvir o início da performance noturna. "Beleza", disse Burford. "Agarrem umas escovas de dente e toalhas e vamos nos arrumar um pouco." Pegamos também escovas de cabelo, perfumes, loções de barba e entramos carregados no banheiro. Tomamos banho cantarolando como estrelas de ópera. Burford queria usar a gravata do tenor principal mas Ed White impôs-se com seu bom-senso ocasional. "Não é incrível?" seguia dizendo Ed White. "Usar o banheiro, as toalhas e as loções de barba das estrelas da ópera." E as navalhas. Era uma noite magnífica. Central City fica a três mil metros de altura; primeiro você fica embriagado pela altitude, depois cansa, e então a agitação toma conta de sua alma. Nos aproximamos das luzes ao redor do teatro por uma rua escura e estreita; então demos uma brusca guinada à esquerda e chegamos aos velhos saloons com suas portas balançantes. A maior parte dos turistas estava na ópera. Demos a largada com algumas cervejas jumbo extragrandes. Havia uma pianola. Da porta de serviço descortinava-se uma vista das escarpas montanhosas ao luar. Soltei um urro. A noite tinha começado. Corremos de volta para o nosso barraco de mineiro. Tudo estava sendo preparado para a grande festa. As garotas Bev e Jean prepararam um aperitivo de feijão e salsichas frankfurt e aí dançamos ao som de nossa própria música e mergulhamos na cerveja com fervor. Finda a ópera, multidões de garotas amontoaram-se no nosso ponto. Burford e Ed e eu lambemos os beiços. Nós as abraçávamos e dançávamos. Não havia música, apenas dança. O lugar lotou inteiramente. As pessoas começaram a trazer garrafas. Caíamos fora para curtir os bares e voltávamos voando. A noite estava se tornando mais e mais desvairada. Desejei que Neal e Allen estivessem ali - - aí percebi que estariam deslocados e infelizes. Eles eram como o homem melancólico com a pedra da masmorra, erguendo-se dos subterrâneos, os sórdidos hipsters da América, uma inovadora geração beat à qual eu estava me ligando lentamente. Os garotos do coro apareceram. Começaram a cantar "Sweet Adeline". Cantavam também frases como "Me passe a cerveja" e "O que você está fazendo com essa cara amarrada" e estupendos e longos e graves uivos de "Fi-dé-lio!" "Ai de mim, que desânimo!" cantarolei. As garotas eram demais. Elas saíam para o pátio e se roçavam com a gente. Havia camas nos demais quartos, os que permaneciam sujos e empoeirados, e eu estava sentado num deles com uma garota e conversava com ela quando subitamente houve uma grande invasão dos jovens que trabalhavam de lanterninhas no teatro, metade deles contratados por Brierly, que se agarravam nas garotas e as beijavam sem as preliminares adequadas. Adolescentes, bêbados, cabelos revoltos, excitados.... arruinaram nossa festa. Em cinco minutos toda e qualquer garota se fora e rolou uma festança no estilo de fraternidade com garrafas de cerveja colidindo com estrondo e berros. Bob e Ed e eu decidimos correr os bares. Temko tinha se mandado, Bev e Jean haviam caído fora. Cambaleamos pela noite. A multidão da ópera estava na rua, entupindo os bares até o teto. Temko gritava acima das cabeças. Justin W. Brierly apertava a mão de todo mundo dizendo "Boa tarde, como vai você?" e quando a meia-noite chegou ele ainda dizia "Boa tarde, como vai <u>você</u>?" Em determinado momento o vi saindo com o prefeito de Denver. Em seguida retornou em companhia de uma mulher de meia-idade; no minuto seguinte estava conversando com uma dupla de jovens lanterninhas na rua. Um minuto depois estava apertando minha mão sem me reconhecer e dizendo "Feliz Ano-Novo, meu garoto". Ele não estava bêbado de álcool, apenas embriagado daquilo que gostava --- milhares de pessoas reunidas, e ele como diretor da coisa. De fato, o Professor de Dança da Morte. Mas eu gostava dele, sempre gostei de Justin W. Brierly. Ele era triste. Eu o vi ziguezaguear solitário pela multidão. Todos o conheciam. "Feliz Ano-Novo", anunciava, e às vezes "Feliz Natal". Disse isso a noite inteira. No Natal ele desejava Feliz Dia das Bruxas. No bar havia um artista respeitadíssimo por todos; Justin tinha insistido para que eu o conhecesse e eu estava tentando evitar; seu nome era Bellaconda ou coisa parecida. A esposa estava com ele. Sentaram à mesa carrancudos. No bar havia também uma espécie de turista argentino. Burford deu um encontrão nele para pegar lugar; ele se virou e rosnou. Burford me alcançou seu copo e derrubou o homem sobre o corrimão de bronze com um único soco. O homem apagou por uns instantes. Houve gritos; Ed e eu escoltamos Burford para a rua. A confusão era tamanha que o xerife não pôde nem mesmo abrir caminho através da multidão para encontrar a vítima. Ninguém podia identificar Burford. Fomos para outros bares. Temko cambaleava por uma rua escura. "Qual é a porra do problema? Alguma briga? É só me chamar." Gargalhadas retumbavam vindas de todos os lados. Eu me perguntava o que o Espírito das Montanhas estaria pensando; e olhei para cima, e vi pinheiros ao luar, e vi fantasmas de velhos mineiros, e fiquei assombrado. Em todo o sombrio lado leste da Cordilheira reinava o silêncio e o sussurro do vento naquela noite, exceto na ravina onde berrávamos; do outro lado da Cordilheira estava o grande talude ocidental, e o imenso platô que se prolongava até Steamboat Springs, baixando em direção ao deserto do leste do Colorado e para o deserto de Utah; tudo agora envolto pela escuridão enquanto gritávamos e enlouquecíamos em nosso retiro montanhoso, americanos loucos e bêbados na terra majestosa. E além, bem além, depois das Sierras do outro lado da bacia de Carson estava a velha Frisco noturna de meus sonhos adornada de joias e circundada pela baía. Estávamos no teto da América e tudo o que podíamos fazer era gritar, acho eu --- através da noite, em direção ao leste sobre as planícies onde provavelmente em algum lugar um velho de cabelos brancos estava caminhando com o Verbo em nossa direção e chegaria a qualquer momento e nos faria calar. Burford passou de todos os limites; insistiu em retornar ao bar onde havia brigado. Ed e eu não gostamos da ideia mas nos grudamos nele. Ele se dirigiu a Bellaconda o artista e jogou um copo de uísque com gelo na cara dele; sua irmã Bev gritou "Não Bob, isso não!" Nós o arrastamos para fora. Ele estava fora de si. Um barítono do coro juntou-se a nós e fomos para um botequim de Central City. Ali ele chamou a garçonete de piranha. Um grupo de homens mal-encarados circulava pelo bar; eles odiavam turistas. Um deles disse "É melhor vocês darem o fora daqui garotos antes que eu conte até dez". A gente deu. Cambaleamos de volta para o barraco e fomos dormir. Pela manhã acordei e me virei; uma enorme nuvem de poeira desprendeu-se do colchão. Me espreguicei na janela; estava trancada. Ed White também estava na cama. Espirramos e tossimos. Nosso café da manhã consistiu em cerveja choca. Beverly voltou de seu hotel e arrumamos nossas coisas para partir. Mas tivemos que ir ver o artista Bellaconda, por ordem de Brierly, misturando coisas em seu forno; consistiria no pedido de desculpas de Burford. Ficamos todos de pé ao redor do forno enquanto o artista dava um sermão. Burford sorria e concordava com a cabeça e tentava parecer interessado e parecia envergonhadíssimo. Brierly ficou por ali orgulhoso. Beverly se escorava em mim exausta. Dei o fora e fui até o dormitório dos lanterninhas e achei um banheiro; enquanto estava lá sentado vi um olho no buraco da fechadura. "Quem está aí?" disse uma voz. "Jack" respondi. Era Brierly; estava dando uma volta e tinha cansado do forno. Tudo parecia estar em colapso. Quando descíamos os degraus da casa de mineiros, Beverly escorregou e caiu de cara no chão. A pobre garota estava fatigada. Seu irmão e Ed e eu a ajudamos. Entramos no carro; Temko e Jean juntaram-se a nós. Começou a triste viagem de volta a Denver. Subitamente, baixamos da montanha e vislumbramos o extenso mar das planícies de Denver; quente como um forno. Começamos a cantar. Eu estava inquieto para me mandar para San Francisco. Naquela noite encontrei Allen e para meu espanto ele contou que tinha estado em Central City com Neal. "O que vocês fizeram?" "Oh a gente curtiu os bares e aí Neal roubou um carro e a gente despencou serra abaixo fazendo as curvas a cento e cinquenta quilômetros por hora." "Não vi vocês." "A gente não sabia que você estava lá." "Bem cara, estou indo pra San Francisco." "Neal arranjou Ruth pra você esta noite." "Bom se é assim abro mão de tudo." Eu não tinha nem um tostão; mandei uma carta via aérea para minha mãe pedindo cinquenta dólares e garantindo que seria a última grana que iria pedir; depois disso ela começaria a receber dinheiro meu, tão logo eu pegasse aquele barco. Então fui encontrar com Ruth Gullion e a levei de volta ao apartamento. Depois de uma longa conversa na escuridão da sala de estar consegui levá-la pro meu quarto. Era uma garotinha legal, simples e sincera, e terrivelmente grilada com sexo; disse que era porque via coisas muito medonhas no hospital. Eu disse a ela que era bonito. E queria lhe provar isso. Ela me deixou provar, mas fui impaciente demais e acabei não provando nada. Ela suspirava no escuro. "O que você quer da vida?" perguntei e eu vivia perguntando isso às garotas. "Não sei" respondeu. "Apenas trabalhar e tentar me dar bem." Ela bocejou. Pus minha mão em sua boca e lhe disse que não bocejasse. Tentei explicar a ela o quão excitado eu estava pela vida e as coisas que poderíamos fazer juntos; dizendo isso, e planejando deixar Denver dentro de dois dias. Ela se virou entediada. Ficamos deitados de costas olhando para o forro e refletindo sobre o que Deus deveria estar pensando quando fez a vida ser tão triste e desanimadora. Planejamos vagamente um encontro em Frisco. Meus momentos em Denver estavam chegando ao fim. Pude sentir isso quando a acompanhei a pé até a sua casa na noite sagrada de Denver e na volta estiquei-me na grama em frente a uma velha igreja junto a um bando de vagabundos e a conversa deles me fez desejar voltar à estrada. De vez em quando um deles se levantava e abordava um transeunte para pedir um troco. Falavam a respeito das colheitas que estavam se deslocando para o Norte. Estava quente e agradável. Fiquei com vontade de ver Ruth novamente e lhe dizer uma porção de coisas, e realmente fazer amor dessa vez, e tranquilizar seus temores em relação aos homens. Garotas e rapazes da América têm tido momentos realmente tristes juntos; a artificialidade os força a se submeterem imediatamente ao sexo sem os devidos diálogos preliminares. Não me refiro a galanteios --- mas sim um diálogo direto de almas, porque a vida é sagrada e cada momento é precioso. Ouvi os sons da locomotiva de Denver & Rio Grande uivando no rumo das montanhas. Quis seguir ainda mais longe atrás de minha estrela. Temko e eu sentamos melancólicos conversando madrugada adentro. "Você já leu As Verdes Colinas da África? É o melhor de Hemingway." Desejamos sorte um ao outro. Nos encontraríamos em Frisco. Vi Burford sob uma árvore sombria na calçada: "Tchau Bob, quando é que a gente se vê de novo?" Fui procurar Allen e Neal - - não consegui encontrá-los em lugar nenhum. Ed White jogou as mãos para o céu e disse "Quer dizer que você tá caindo fora Yo". A gente se chamava de Yo. "É", disse eu. Vadiei por Denver. Para mim era como se cada vagabundo da R. Larimer pudesse ser o pai de Neal Cassady, chamavam-no de Velho Neal Cassady, o Barbeiro. Fui ao hotel Windsor onde pai e filho tinham morado e onde certa noite Neal fora terrivelmente despertado pelo homem sem pernas do carrinho que dividia o quarto com eles e veio deslizando flamante sobre o chão em cima de suas rodas horrorosas para tocar o garoto. Vi a anãzinha que vendia jornal na esquina da Curtis com a 15. "Cara", disse Neal, "imagina erguê-la no ar e trepar com ela!" Perambulei pelos cabarés deprimentes da rua Curtis: garotos em jeans e camisas vermelhas, cascas de amendoim, marquises de cinema, estandes de tiro ao alvo. Além das cintilâncias da rua estava a escuridão, e para além da escuridão, o Oeste. Eu tinha de ir. Ao amanhecer encontrei Allen. Li partes de seu vasto diário, dormi lá, e na manhã cinzenta e chuvosa, o alto Al Hinkle de quase dois metros apareceu com Bill Tomson - - um garoto bonitão --- e Jim Holmes o craque corcunda do bilhar. Jim Holmes tinha olhos azuis de santo mas era um chato resmungão. Usava barba; morava com a avó. Big Al era filho e irmão em uma família de tiras. Bill Tomson afirmou que podia correr mais que Neal. Eles se sentaram por ali e com sorrisos desconcertados escutaram Allen Ginsberg ler sua louca poesia apocalíptica. Eu me afundei na cadeira, acabado. "Oh sim os pássaros de Denver!" bradou Allen. Saímos em fila e fomos até um daqueles típicos becos sem saída de Denver entre incineradores fumegando lentamente. "Eu brincava de rolar argola bem aqui nesse beco" me dissera Hal Chase. Queria tê-lo visto fazer isso; queria ter conhecido Denver dez anos antes quando todos eles eram crianças cheias de promessas e rolavam suas argolas em becos ruidosos numa ensolarada manhã Primaveril com as cerejeiras das Rochosas em flor... a turma inteira. E Neal, sujo e esfarrapado, vagando solitário num transe absorto. Bill Tomson e eu caminhamos na garoa; fui à casa da namorada de Eddie recuperar minha camisa de flanela xadrez --- aquela de Preston Nebraska. Ela estava lá, toda abotoada, toda a imensa tristeza de uma camisa. Bill Tomson disse que iria me encontrar em Frisco. Todos estavam indo para Frisco. Descobri que meu dinheiro tinha chegado. O sol apareceu, e Ed White pegou um trólebus comigo até a rodoviária. Comprei minha passagem para San Fran, gastando metade dos cinquenta, e embarquei às duas da tarde. Ed White acenou adeus. O ônibus rodou deixando para trás as lendárias e animadas ruas de Denver. "Meu Deus terei de voltar um dia para ver o que ainda tem pra acontecer!" prometi. Num telefonema de último instante Neal me disse que ele e Allen talvez se juntassem a mim na Costa; pensei a respeito e concluí também que não tinha conversado com Neal mais que cinco minutos em todo aquele tempo. De todo modo eu me fui, e foi o que Neal e Allen fizeram. Neal concluiu seus negócios com suas garotas e os dois rapazes, sorrindo felizes, pegaram a estrada e partiram pro Texas. Alguém em Denver os viu descendo a South Broadway; Neal corria e pulava para pegar folhas no alto, Allen, de acordo com o informante, "tomava notas a respeito". Essa foi a história contada por Dan Burmeister, sobre quem falarei mais na sequência. Eles viajaram por dias e noites até o Texas; em todo aquele tempo não dormiram e falaram continuamente. Não ficou nada por decidir ou discutir. Na rodovia, pelas rochas de Raton, pelos enclaves relvados de Amarillo, no coração agreste do Texas, eles falaram e falaram, até chegar perto de Waverly Texas bem perto de Houston onde Bill Burroughs morava tanta coisa havia sido decidida que se ajoelharam na escuridão da estrada, cara a cara, e fizeram votos de amizade & amor eternos. Allen o abençoou; Neal agradeceu. Ajoelharam-se e cantaram até os joelhos ficarem feridos. E enquanto vagavam pelos bosques à procura da casa de Bill subitamente viram o próprio Bill Burroughs andando a passos largos ao longo de uma cerca com um caniço. Ele estivera pescando num braço de rio. "Bem", disse ele, "vejo que vocês dois finalmente conseguiram. Joan e Hunkey vinham indagando por onde andariam vocês". "Hunkey está aqui?" gritaram eles alegremente. "Tem estado aqui muito notoriamente..." "Uau! Nossa! Iupii!" gritou Neal. "Agora vou curtir Hunkey também! Vamos, vamos!" Ali começou uma série de eventos que terminou em Nova York bem na hora em que cheguei lá. Mas enquanto isso eu estava rolando por San Francisco e iria encontrá-los mais tarde. Eu estava duas semanas atrasado para o encontro com Henri Cru. A viagem de ônibus de Denver a Frisco foi monótona a não ser por minha alma cada vez mais irrequieta à medida que nos aproximávamos de Frisco. Cheyenne de novo... desta vez à tarde... e aí para cima da serra; cruzando a Cordilheira à meia-noite em Creston, chegando a Salt Lake City na aurora, uma cidade cheia de borrifadores de jardim, o lugar menos provável para Neal ter nascido; daí para Nevada sob o sol escaldante, Reno ao cair da noite, suas reluzentes ruas chinesas; e então Sierra Nevada acima, pinheiros, estrelas, albergues nas montanhas sugerindo romances em Frisco --- um garotinho no banco de trás perguntando para a mãe com a voz chorosa "Mamãe, quando chegaremos em casa lá em Truckee?" E então Truckee mesmo, a familiar Truckee e aí montanha abaixo em direção às planícies de Sacramento. De repente percebi que estava na Califórnia. Ar cálido e próspero --- ar que se pode beijar --- e as palmeiras. Ao longo do célebre rio Sacramento por uma superfreeway; até as montanhas outra vez; para cima, para baixo; e subitamente a vasta amplitude da baía --- era justamente antes do amanhecer --- com a guirlanda das luzes sonolentas de Frisco do outro lado. Ao cruzar a ponte da Baía de Oakland dormi profundamente pela primeira vez desde Denver; de modo que sacudido rudemente na estação rodoviária da esquina da Market com a Terceira, fui jogado na lembrança de estar em San Francisco a cinco mil e duzentos quilômetros da casa de minha mãe em Ozone Park, Long Island. Vaguei como um fantasma desbotado e ali estava ela, Frisco, longas e desoladas ruas com os fios do trólebus envoltos por completo na névoa pálida. Perambulei alguns quarteirões. Vagabundos esquisitos (era a r. Mission) me pediram moedas ao amanhecer. Ouvi música vindo de algum lugar. "Rapaz vou curtir tudo isso mais tarde! Mas agora preciso encontrar Henri Cru." E seguindo as instruções dele peguei um ônibus e saí pela Golden Gate rumo a Marin City. O sol fazia uma névoa aterrorizante sobre o Pacífico ao cruzarmos a Golden Gate, uma névoa que eu não conseguia penetrar com o olhar, de modo que era o escudo cintilante do mundo oceânico que leva à China e revestia-se de um aspecto terrível especialmente por eu estar programado para sair a navegar por ele. Marin City onde Henri Cru vivia era um conjunto de barracos num vale, barracos que faziam parte de um projeto de habitação para trabalhadores de um estaleiro naval construído durante a guerra; era um cânion na verdade, e um cânion profundo, abundantemente arborizado por todas as encostas. Havia lojas e barbearias e alfaiatarias especiais para os moradores do Conjunto. Era, pelo que diziam, a única comunidade na América onde brancos e negros viviam juntos voluntariamente; e era assim mesmo, lugar tão louco e festivo como aquele jamais voltei a ver. Na porta da cabana de Henri estava a nota que ele havia pendurado ali fazia três semanas: "Jack Falastrão! (em letras enormes, impressas) Se não houver ninguém em casa entre pela janela." E dizia "Assinado Henri Cru". A esta altura a nota estava cinzenta e desgastada pelo tempo --- mas Henri não havia desistido. Pulei a janela e ali estava ele, dormindo com sua garota Diane - - numa cama que roubara de um navio mercante conforme me contou mais tarde; imagine o eletricista de um navio mercante saindo sorrateiramente pela amurada com uma cama no meio da noite, sobrecarregado e se esforçando nos remos até atingir a praia. Isso é pouco para definir Henri Cru. A razão pela qual vou contar tudo o que se passou em Sanfran é porque essas coisas se relacionam com todo o resto que aconteceu até o fim da linha. Henri Cru e eu nos conhecemos na escola preparatória há muitos anos; mas a coisa que realmente nos ligou foi minha ex-mulher. Henri a encontrou antes. Ele foi ao meu quarto no dormitório certa noite e disse "Kerouac levante, o velho maestro veio vê-lo". Eu me levantei e deixei cair umas moedas no chão enquanto vestia minha calça. Eram quatro da tarde; eu dormia o tempo todo na escola. "Tá legal, tá legal, não espalhe todo seu ouro por aí. Encontrei a garota mais encantadora do mundo e vou ao Lion's Den com ela hoje à noite." E ele me arrastou para conhecê-la. Uma semana mais tarde ela estava comigo. Ela me disse que desprezava Henri. Henri era um francês elegante alto e moreno -- parecia uma espécie de comerciante do mercado negro de Marselha dos anos vinte --- como era francês falava com sotaque de jazz americano --- seu inglês era perfeito, seu francês era perfeito

--- gostava de se vestir elegantemente, com tendências ao estilo universitário, e sair com loiras extravagantes e gastar um monte de grana. Não que ele nunca tenha me perdoado por ter pego sua Edie --- foi apenas um fato que sempre nos uniu, e desde o primeiro instante esse cara sempre foi leal a mim e sempre me demonstrou carinho verdadeiro, e só Deus sabe por quê. Quando o encontrei em Marin City naquela manhã ele tinha entrado naquela fase ruim e desgastante que sempre rola para a rapaziada na metade dos vinte anos. Ele estava reduzido a matar tempo à espera de um navio e, para levantar uma grana, tinha um emprego como guarda especial dos barracos espalhados pelo cânion. Sua garota Diane era desbocada e o repreendia diariamente. Eles passavam a semana inteira economizando cada tostão e aos sábados saíam para gastar cinquenta dólares em três horas. Henri andava de cuecas pelo barraco, com um louco boné do Exército na cabeça; Diane usava rolos no cabelo. Trajados assim eles gritavam um com o outro a semana inteira. Nunca vi tanta discussão desde que nasci. Mas no sábado à noite, sorrindo delicadamente um para o outro, caíam fora como se fossem um casal bem-sucedido de personagens hollywoodianos e iam para a cidade. Henri queria colocar Diane no cinema; queria fazer de mim um escritor de Hollywood; ele era só planos. Ele acordou e me viu entrando pela janela. Sua enorme gargalhada, uma das maiores gargalhadas do mundo, ressoou nos meus ouvidos. "Aaaaah Kerouac, entrando pela janela, está seguindo as instruções ao pé da letra. Por onde você andou, está duas semanas atrasado!" Ele me deu um tapa nas costas, um soco nas costelas de Diane, se encostou na parede chorando de tanto rir, dando porradas tão fortes na mesa que toda a Marin city podia escutar e aquele magnífico e longo riso "Aaaaah" ecoava em torno de Marin city. "Kerouac!" gritou. "O primeiro, único e indispensável Kerouac." Eu tinha acabado de passar pela pequena vila de pescadores de Sausalito e a primeira coisa que eu disse foi "Deve haver um monte de italianos em Sausalito". "Deve haver um monte de italianos em Sausalito!" gritou ele a plenos pulmões... "Aaaaah!" esmurrou a si mesmo, caiu sobre a cama, quase rolou no chão. "Você ouviu o que Kerouac disse? Deve haver um monte de italianos em Sausalito? Aaaaah-haaa! Hoo! Uau! Fiuu!" Ficou vermelho como uma beterraba gargalhando. "Oh você me mata, Kerouac, você é o cara mais engraçado do mundo, e agora você está aqui, finalmente chegou aqui, ele entrou pela janela, você viu Diane, ele seguiu as instruções e entrou pela janela... Aaah! Hooo!" O estranho era que ao lado de Henri morava um negro chamado Sr. Snow cuja risada, juro por Deus, era positiva e definitivamente a maior risada desse mundo. Não posso descrevê-la agora... Eu o farei em seguida quando chegar o momento. Mas esse Sr. Snow começava a rir na mesa do jantar quando sua velha esposa dizia algo corriqueiro; ele se levantava aparentemente sufocando, se escorava na parede, olhava para cima para tomar fôlego, e começava; acabava cambaleando porta afora, apoiando-se na parede dos vizinhos, bêbado de tanto rir, avançava trôpego entre as sombras de marin city erguendo seu ruidoso chamado triunfante ao deus diabólico que devia tê-lo incitado a agir assim... Não sei se jamais chegou a terminar seu jantar. Existe a possibilidade de que sem saber Henri estivesse assimilando o jeito de ser desse homem surpreendente o Sr. Snow.. E digo que mesmo que Henri estivesse tendo problemas no trabalho e uma terrível vida sentimental ao lado de uma mulher com a língua afiada pelo menos tinha aprendido a rir melhor do que quase qualquer pessoa no mundo e eu percebi o quanto nos divertiríamos em Frisco. O lance era o seguinte: Henri dormia com Diane na cama do lado de lá do quarto, e eu dormia na cama de lona perto da janela. Eu não deveria tocar em Diane. Henri saiu logo fazendo um discurso a este respeito. "Não quero encontrar vocês dois se apertando quando pensarem que não estou vendo. Vocês não podem ensinar uma nova melodia ao velho maestro. Esse é um ditado criado por mim". Olhei para Diane. Era um pedaço de mulher - - um ser da cor do mel, mas em seus olhos havia ódio por nós dois. Sua ambição era se casar com um homem rico. Ela tinha vindo de um vilarejo do Kansas. Lamentava o dia em que havia se metido com Henri. Num de seus fins de semana de ostentação monumental ele gastou cem dólares com ela fazendo-a pensar que havia encontrado um herdeiro. Em vez disso ela estava encalhada naquele barraco e pela falta de qualquer outra possibilidade tinha de permanecer ali. Ela tinha um emprego em Frisco, era obrigada a pegar o ônibus Greyhound no entroncamento todos os dias e ir para a cidade. Jamais perdoou Henri por causa disso. Ele tirava o melhor proveito das coisas. Eu deveria ficar no barraco e escrever um roteiro original brilhante para um estúdio de Hollywood. Henri voaria para Hollywood num avião estratosférico com sua harpa debaixo do braço e tornaria todos nós ricos; Diane iria junto; ele iria apresentá-la ao pai de um amigo seu que era um diretor famoso e amigo íntimo de WC Fields. Assim passei a primeira semana no barraco de Marin City escrevendo furiosamente algum conto sombrio a respeito de Nova York que eu imaginava iria satisfazer algum diretor de Hollywood, mas o problema daquele conto é que estava saindo triste demais. Henri mal conseguiu lê-lo, mas mesmo assim o levou para Hollywood algumas semanas mais tarde. Diane estava entediada demais e nos odiava demais para se dar ao trabalho de ler. Passei incontáveis horas chuvosas tomando café e rabiscando. Finalmente disse a Henri que não ia dar pé; eu queria um emprego; dependia deles até para o cigarro. Uma sombra de decepção transpassou o semblante de Henri --- ele sempre ficava desapontado com as coisas mais corriqueiras. Tinha um coração de ouro. Ele me arranjou o mesmo emprego que tinha, o de guarda dos alojamentos. Passei pela rotina de praxe e para minha surpresa os canalhas me admitiram. Prestei o juramento diante do Chefe de polícia local, recebi uma insígnia, um porrete, e agora era um vigilante especial. Imaginei o que Neal e Allen e Burroughs diriam a respeito. Tinha de ter calças azul-marinho para usar com minha jaqueta preta e boné de tira; durante as duas primeiras semanas precisei vestir as calças de Henri; como ele era muito alto e estava com a barriga enorme por comer vorazmente de tanto tédio, fiquei nadando dentro das roupas como Charley Chaplin e saí para minha primeira noite de trabalho. Henri me emprestou sua lanterna e sua 32 automática. "Onde você arranjou essa pistola?" "Quando eu estava indo para a Costa no último verão saltei do trem em North Platte Nebraska para esticar as pernas e o que vi na vitrine senão esta maravilhosa pistolinha que tratei de comprar imediatamente mal tendo tempo de voltar a pegar o trem." E eu tentei lhe contar o que North Platte significava para mim --- comprando o uísque com os rapazes --- e ele me deu tapas nas costas e disse que eu era o sujeito mais engraçado do mundo. Com a lanterna para iluminar meu caminho escalei as paredes íngremes do cânion que ficava ao sul, saí lá em cima na estrada com um fluxo de carros deslizando para Frisco durante a noite, despenquei para o outro lado quase caindo, e fui dar no fundo de uma ravina onde havia uma pequena casa de fazenda à beira de um riacho e onde a cada santa noite o mesmo cachorro latiu para mim durante meses. Então era uma rápida caminhada por uma empoeirada estrada prateada sob as árvores sombrias da Califórnia --- uma estrada como a que aparece na Marca do Zorro e uma estrada como todas as que se pode ver nos westerns classe B --- eu costumava sacar a pistola e brincar de caubói na escuridão. Daí escalava outro morro e lá estavam os galpões. Esses galpões eram o alojamento temporário para trabalhadores da construção civil que iam para o exterior. Os caras ficavam lá esperando seus respectivos navios. A maioria ia para Okinawa. A maioria estava fugindo de alguma coisa --- geralmente da lei. Havia grupos rudes de irmãos vindos do Alabama, malandros de Nova York, todos os tipos de gente de tudo que era lugar. E sabendo muito bem o quão horrível seria trabalhar um ano inteiro em Okinawa eles se embriagavam. A função dos guardas especiais era fazer com que eles não pusessem os alojamentos abaixo. Nosso quartel-general ficava no prédio principal, que não passava de um casebre de madeira com escritórios separados por divisórias. E ali sentávamos em volta da escrivaninha de tampo móvel tirando as pistolas de nossos traseiros e bocejando, e os velhos policiais contavam suas histórias. Era um bando de homens horríveis, homens de alma policial, todos exceto Henri e eu. Henri estava apenas tentando ganhar a vida, eu também, mas aqueles caras queriam fazer prisões e receber elogios do Chefe de Polícia da cidade. Diziam até que se você não fizesse pelo menos uma prisão por mês seria demitido. Eu engolia em seco ante a possibilidade de ter de prender alguém. E o que aconteceu na verdade foi que acabei ficando tão bêbado quanto qualquer um naqueles alojamentos na noite em que estourou a grande confusão. Foi na noite em que o horário tinha sido arranjado de tal forma que terminei ficando totalmente sozinho durante seis horas... o único tira na área; e não que alguém soubesse, mas todo mundo nos alojamentos pareceu ter escolhido justamente aquela noite para se embebedar. Isso porque o navio deles partiria pela manhã. Beberam como os marinheiros bebem na madrugada antes de a âncora ser içada. Eu estava sentado no escritório, em uma cadeira com encosto arredondado, com os pés sobre a escrivaninha, lendo as aventuras no Oregon e norte do país no Blue Book, quando repentinamente me dei conta de que havia um febril sussurro de atividade na noite usualmente calma. Saí à rua. Luzes cintilavam em praticamente cada uma daquelas malditas cabanas. Homens gritavam, garrafas eram quebradas. Eu tinha que dar um jeito de qualquer maneira. Peguei a lanterna e me dirigi à mais barulhenta de todas as portas e bati. Alguém abriu uma fresta. "O que <u>você</u> quer?" Eu disse "Estou fazendo a ronda nesses alojamentos essa noite e vocês rapazes deveriam ficar o mais quietos possível" ou uma advertência estúpida deste tipo. Bateram a porta na minha cara. Permaneci olhando fixo para a madeira bem na ponta do meu nariz. Era como num filme de caubói; tinha chegado a hora de me afirmar. Bati de novo. Dessa vez eles escancararam a porta. "Escutem" disse "não quero ficar enchendo o saco de vocês rapazes mas vou perder meu emprego se vocês fizerem barulho demais." "Quem é você?" "Sou um guarda daqui." "Nunca vimos você antes." "Bem, aqui está a minha insígnia." "Que você tá fazendo com essa pistola enfiada no rabo?" "Não é minha" me desculpei "pedi emprestada." "Pelo amor de Deus, dá um gole nisso aqui." Não vi nada de mal nisso. Dei dois. Disse "Tudo bem garotos? Vocês vão ficar calados rapazes? Senão vou levar uma mijada vocês já sabem". "Tudo bem moleque", eles disseram, "vá fazer suas rondas, volte pra tomar mais um trago se quiser." E assim fui de porta em porta e logo fiquei tão bêbado quanto qualquer um deles. Ao amanhecer, minha tarefa era hastear a bandeira americana num mastro de dezoito metros e nessa manhã eu a coloquei de cabeça para baixo e fui para casa dormir. Quando retornei à noite os guardas regulares estavam sentados no escritório carrancudos. "E então moleque, o que foi toda aquela barulheira por aqui ontem à noite. Houve reclamações do pessoal que mora naquelas casas fora do cânion." "Não sei" disse "parece bem calmo agora." "Todo o contingente se foi. Você deveria ter mantido a ordem por aqui na noite passada --- o Chefe está furioso com você --- e outra coisa --- você sabe que pode parar na cadeia por hastear a bandeira americana de cabeça para baixo num mastro oficial." "De cabeça para baixo?" Fiquei apavorado; claro que não tinha me dado conta; fazia aquilo mecanicamente todas as manhãs. Sacudia o pó dela no sereno e a içava. "Sim senhor", disse um rato gordo que havia passado trinta anos como guarda na horrível prisão conhecida como San Quentin, "você pode ir para a cadeia por fazer uma coisa dessas." Os outros assentiram taciturnos. Estavam sempre com o rabo sentado em alguma cadeira; tinham orgulho daquele emprego. Manuseavam suas armas e falavam sobre elas, mas jamais as apontavam. Estavam loucos para atirar em alguém. Em Henri e em mim. Deixe-me falar dos dois piores tiras. O gordo que havia sido guarda em San Quentin era barrigudo e tinha uns sessenta anos, já estava aposentado mas não conseguia se manter longe da atmosfera que havia nutrido sua alma ressequida durante toda a sua vida. Todas as noites ele ia para o trabalho dirigindo seu Buick 1937, batia o ponto na hora exata e sentava na escrivaninha. Dizem que tinha uma esposa. Labutava arduamente para completar o simples formulário que tínhamos de preencher todas as noites --- rondas, horário, o que havia acontecido e assim por diante. Então ele se recostava e contava histórias. "Você tinha que estar aqui dois meses atrás quando eu e Tex" (esse era o outro tira horrível, um mais jovem cujo sonho era ser um patrulheiro do Texas mas era obrigado a se contentar com sua sina atual) "eu e Tex prendemos um bêbado no Alojamento G. Menino você devia ter visto o sangue espirrar. Essa noite vou te levar lá e mostrar as manchas na parede. A gente fez ele voar de uma parede contra a outra, primeiro Tex bateu nele com o cacetete, depois eu, daí Tex sacou o revólver e deu uma pancada nele, e eu estava prestes a fazer o mesmo quando ele se acalmou e nos acompanhou calado. Esse cara jurou que iria nos matar assim que saísse da prisão --- ele pegou trinta dias --- já se passaram SESSENTA e ele ainda não apareceu." E esse era o ponto alto da história. Eles o haviam amedrontado tanto que ele amarelou demais para voltar e tentar matá-los. Comecei a temer que ele pudesse tentar e me confundisse com Tex em um beco escuro dos alojamentos. O velho tira prosseguiu, recordando prazerosamente os horrores de San Quentin. "Costumávamos fazê-los marchar para tomar o café da manhã como se fossem um pelotão do Exército. Não havia um só homem fora do passo. Tudo funcionava como um relógio. Você devia ter visto. Fui guarda lá durante trinta anos. Nunca tive nenhum problema. Aqueles garotos sabiam que não estávamos para brincadeiras. Uma porção de caras ficam frouxos quando estão guardando prisioneiros e são geralmente eles que se metem em problemas. Agora veja só o seu caso -- pelo que tenho observado, você me parece um pouco LENIENTE demais com os homens." Ele ergueu seu cachimbo e lançou um olhar penetrante em minha direção. "Eles se aproveitam disso, você sabe." Eu sabia. Disse a ele que não havia nascido para ser tira. "Sim, mas esse é o trabalho para o qual você se CANDIDATOU. Se você não se decidir de uma vez por todas, nunca será nada na vida. Este é o seu dever. Você fez um juramento. Não pode fazer concessões em assuntos assim. A lei & a ordem têm que ser mantidas." Eu não sabia o que dizer: ele tinha razão: só que tudo o que eu pretendia era escapulir à noite e desaparecer nalgum lugar, e descobrir o que todos estavam fazendo espalhados pelo país. O outro tira, Tex, era baixinho, atarracado, musculoso, com cabelo escovinha loiro, e um tique nervoso no pescoço como um boxeador e sempre socando uma das mãos contra a outra. Ele se vestia como um antigo patrulheiro do Texas. Usava o revólver bem abaixo da cintura, com um cinto de munições, e carregava uma espécie de chicote pequeno e pedaços de couro dependurados por todos os lados como se fosse uma câmara de tortura ambulante: sapatos reluzentes, jaqueta comprida, chapéu armado, tudo menos as botas. Estava sempre dando demonstrações de força: me agarrava pelas pernas e me erguia do chão com a maior agilidade. Se fosse uma questão de força eu poderia arremessá-lo direto para o teto com o mesmo golpe e eu sabia bem disso; mas nunca lhe disse nada por medo que ele me desafiasse para um corpo a corpo. Uma luta com um cara daqueles poderia acabar em tiroteio. Tenho certeza de que ele atirava melhor; nunca tive uma pistola na vida. Até carregar uma já me atemorizava. Ele queria desesperadamente prender pessoas. Certa noite estávamos sozinhos na guarda e ele chegou vermelho de raiva. "Disse pruns caras lá nos alojamentos ficarem quietos e eles continuam fazendo barulho. Já avisei duas vezes pra eles. Sempre dou duas chances prum homem. Três jamais. Você vem comigo, e vou voltar lá e prender eles." "Bom deixe que eu lhes dê uma terceira chance", eu disse, "vou falar com eles." "Não senhor, nunca dou mais do que duas chances para um homem." Suspirei. Lá fomos nós. Fomos ao quarto dos infratores e Tex abriu a porta e mandou todo mundo ficar em fila indiana. Foi constrangedor. Todos nós ficamos vermelhos. Essa é a história da América. Todo mundo faz o que pensa que deve fazer. O que há de mal com um grupo de homens falando alto e bebendo à noite. Mas Tex queria provar algo. Fez questão de me levar junto para o caso de eles o atacarem. Eles bem que poderiam. Eram irmãos, todos do Alabama. Caminhamos de volta ao posto. Tex na frente e eu atrás. Um dos garotos disse para mim "Fala pra esse orelhudo olho do cu maneirar com a gente, podemos ser demitidos e nunca chegar em Okinawa." "Vou falar com ele." No posto eu disse a Tex que esquecesse tudo. Ele falou, para que todos escutassem, enrubescendo, "Eu não dou mais que duas chances para ninguém." "Que porra", disse o cara do Alabama, "pra você não faz diferença. A gente pode perder o emprego." Tex não disse nada e preencheu o formulário de prisão. Só prendeu um deles; chamou a radiopatrulha na cidade. Eles vieram e o levaram embora. Os outros irmãos caíram fora carrancudos. "O que a mãe vai dizer disso?" comentaram.

Um deles virou-se para mim. "Diz pra esse texano filho da puta que se o meu irmão não sair da cadeia até amanhã de noite vamos encher ele de porrada." Contei a Tex de uma maneira neutra, e ele não disse nada. O irmão foi solto sem problemas e nada aconteceu. O contingente embarcou; um novo bando de loucos chegou. Não fosse por Henri Cru eu não teria ficado nem duas horas nesse emprego. Mas Henri Cru e eu ficávamos sozinhos na guarda durante muitas noites e então tudo reluzia. Fazíamos nossa primeira ronda da noite sossegadamente, com Henri experimentando todas as portas para ver se estavam trancadas e na expectativa de encontrar uma aberta. Ele dizia "Há anos alimento o plano de transformar um cachorro num superladrão que invadiria os quartos desses caras e arrancaria os dólares dos bolsos deles. Teria que treiná-lo para pegar apenas as verdinhas; faria com que ele cheirasse dinheiro o dia inteiro. Se houvesse alguma maneira humanamente possível, eu o treinaria para pegar só notas de vinte dólares." Henri estava cheio de planos loucos; falou daquele cachorro durante semanas. Somente uma vez uma porta destrancada. Não gostei da ideia por isso continuei perambulando pelo corredor. Henri abriu-a furtivamente. Deu de cara com a coisa que mais desprezava e abominava na vida. A cara do supervisor dos alojamentos. Henri odiava tanto a cara daquele homem que me disse "Como é mesmo o nome daquele escritor russo que você está sempre falando - - aquele que forrava os sapatos com jornais e andava com uma cartola encontrada numa lata de lixo". Isso era um exagero em cima do que havia contado a Henri sobre Dostoiévski o santo e sagrado escritor russo. "Ah, é isso... é ISSO AÍ... DOSTIOFFSKI... Um sujeito com uma cara como a daquele supervisor só pode ter um nome... é Dostioffski." Ele deu de cara com o supervisor Dostioffski, o diretor, a chefia do lugar. A única porta destrancada que ele jamais encontrou pertencia a Dostioffski. Não só isso, como D. estava dormindo quando ouviu alguém furungando na sua maçaneta. Levantou-se de pijama. Veio até a porta parecendo duas vezes mais feio do que normalmente. Quando Henri abriu deparou com uma cara desfigurada e explodindo de ódio e fúria obtusa. "O que significa isso?" "Eu estava só experimentando essa porta... pensei que era o... ah... o quarto de limpeza. Estava procurando um esfregão." "O que você QUER DIZER com estar procurando um esfregão." "Bem... ah." Eu me aproximei e disse "Um dos homens vomitou no corredor lá em cima. A gente tem que limpar". "Esse NÃO é o quarto de limpeza. Esse é o MEU quarto. Outro incidente como esse e vocês serão investigados e expulsos! Entenderam bem?" "Um cara vomitou lá em cima", repeti. "O quarto de limpeza fica no fim do corredor. Lá embaixo" - - e apontou para o local, esperando que fôssemos até lá e pegássemos um pano, o que fizemos, e o levamos como idiotas lá para cima. Eu disse "Porra Henri você tá sempre nos metendo em encrenca. Por que não se controla. Por que tem que ficar roubando o tempo inteiro." "O mundo me deve algumas coisas, só isso. Você não pode ensinar novas melodias a um velho maestro. Continue falando assim que eu vou começar a chamá-lo de Dostioffski." "Certo Hank. Leva o esfregão de volta." "Você leva o esfregão de volta. Ainda não desisti destas portas." Ele afirmava que uma vez encontrou um homem dormindo com uma nota saindo do bolso. "Você pegou?" "Não estou na Califórnia, que é a terra das frutas e das nozes, ou vai de nozes ou vai de frutas, para o bem do que minha mãe costumava chamar de minha saúde. Fique com o velho maestro e faremos uma linda música sobre a caveira deles. Kerouac estou absolutamente convencido além de qualquer sombra de dúvida de que esse Dostioffsky, esse homem, esse verme, não passa de um ladrão devido ao formato de seu crânio maligno." Henri era um ladrão compulsivo. Era como um garotinho. Em algum momento de seu passado, nos seus dias solitários de escola na França, haviam tirado tudo dele; seus pais o enfiavam em escolas e o deixavam lá; ele era intimidado e expulso de um colégio atrás do outro; caminhava pelas estradas francesas à noite inventando blasfêmias com seu inocente suprimento de palavras. Agora estava à solta disposto a recuperar tudo o que perdera; não havia limite para sua perda; essa coisa iria se arrastar ao infinito. O refeitório dos alojamentos era a nossa despensa. Olhávamos ao redor para conferir se ninguém estava observando e especialmente para ver se nenhum dos nossos amigos tiras estava ali à espreita para nos dar um flagra, então eu me agachava e Henri colocava um pé em cada um dos meus ombros e lá se ia para cima. Abria a janela, que nunca estava trancada, já que ao entardecer ele tomava providências para isso, enfiava-se por ela e caía em cima da mesa da padaria. Eu era um pouco mais ágil e apenas saltava e engatinhava lá para dentro. Íamos então para o balcão do bar. Ali, realizando um sonho de infância, eu arrancava a tampa do sorvete de chocolate e enfiava minha mão até o pulso e apanhava um picolé que saía lambendo. Daí pegávamos caixas de sorvete e as enchíamos --- cobríamos com cobertura de chocolate e às vezes morangos também --- pegávamos colheres de madeira --- e então rondávamos pela despensa, pelas cozinhas, abrindo geladeiras para ver o que podíamos carregar nos bolsos. Frequentemente eu cortava um naco de rosbife e o enrolava num guardanapo. "Você sabe o que o presidente Truman disse?", comentava Henri, "devemos reduzir o custo de vida." Uma noite aguardei por um longo tempo enquanto ele enchia uma caixa enorme com um monte de mantimentos. Mas daí não conseguimos passá-la pela janela. Henri teve de desencaixotar tudo e colocar de volta. Mas ele ficou matutando. Mais tarde nessa noite, quando ele saiu da guarda e eu estava sozinho na base, algo estranho aconteceu. Eu estava dando uma volta pela velha trilha do cânion esperando encontrar um veado --- Henri tinha visto veados por ali, a região de Marin ainda era selvagem mesmo em 1947 --- quando ouvi um barulho assustador na escuridão. Algo arfava e bufava. Pensei que fosse um rinoceronte vindo pra cima de mim no escuro. Saquei a pistola, fiquei firme. Uma figura alta apareceu nas trevas do cânion; tinha uma cabeça enorme. De repente me dei conta que era Henri com uma imensa caixa de mantimentos no ombro. Ele arfava e gemia por causa do grande peso da caixa. Em algum lugar ele havia encontrado a chave do refeitório e saiu com seus mantimentos pela porta da frente. Eu disse "Henri pensei que você estivesse em casa. Que porra é essa que você está fazendo?" E ele respondeu "Você sabe o que o presidente Truman falou, devemos reduzir o custo de vida." E eu o ouvi bufar e arfar para dentro da escuridão. Já descrevi aquela terrível trilha até nosso barraco morro acima e vale abaixo; ele escondeu os mantimentos no capim alto e retornou até onde eu estava. "Jack não consigo fazer isso sozinho. Vou dividir tudo em duas caixas e você vai me ajudar." "Mas eu tou de guarda." "Eu vigio enquanto você estiver fora. As coisas estão ficando pretas. A gente tem que fazer isso da melhor maneira possível e isso é tudo o que importa." Ele enxugou-se. "Uauu! Já disse e repito Jack que somos camaradas, e estamos nessa juntos. Simplesmente não há duas maneiras de encarar essa história. Os Dostioffskis, o Chefe Davies, os Texes, as Dianes, todos os maus espíritos desse mundo estão a fim da nossa cabeça. Depende da gente impedir que eles apliquem truques em nós. Eles têm algo mais do que apenas um braço imundo dentro das mangas. Lembre-se disso. Você não pode ensinar uma nova melodia ao velho maestro." "O que a gente vai fazer pra embarcar num navio e cair fora?" finalmente perguntei. Nós andávamos fazendo essas coisas há dez semanas. Eu estava ganhando cinquenta e cinco dólares por semana e enviando uma média de quarenta para minha mãe. Nesse tempo todo só havia passado uma única noite em San Francisco. Minha vida estava enrascada naquela cabana, nas brigas de Henri e Diane, e no meio da noite nos alojamentos. Henri tinha sumido na escuridão para pegar outra caixa. Eu me arrastei com ele por aquela velha estrada do Zorro. Fizemos uma pilha de mantimentos de um quilômetro de altura na mesa da cozinha de Diane. Ela acordou e esfregou os olhos. "Você sabe o que o presidente Truman disse? Ele disse que temos que cortar o custo de vida." Ela ficou encantada. Subitamente comecei a perceber que todo mundo na América é ladrão de nascença. Eu mesmo estava ficando contagiado. Comecei até a testar as portas para ver se estavam trancadas. Os outros tiras estavam ficando desconfiados da gente; eles viam nos nossos olhos; um instinto infalível os fazia pressentir o que se passava por nossas cabeças. Anos de experiência tinham lhes ensinado a desconfiar de tipos como Henri e Eu. Durante o dia Henri e eu saímos com a pistola e tentamos caçar umas codornas nas colinas. Henri esgueirou-se até um metro das aves cacarejantes e disparou com a 32. Errou. Sua tremenda gargalhada ecoou pelas florestas da Califórnia e pela América. "Chegou a hora de você e eu visitarmos o Rei Banana." Era um sábado; nos arrumamos e descemos para a estação de ônibus do entroncamento. Ali passamos uma hora brincando na máquina de fliperama. Sabíamos como mexer nela e deixamos uns cem jogos lá pra qualquer um que quisesse se divertir. A imensa gargalhada de Henri ressoava por todos os lugares onde passávamos. Ele me levou para ver o Rei Banana. "Você precisa escrever uma história sobre o Rei Banana" ele me aconselhou. "Não tente trapacear o velho maestro escrevendo sobre outro assunto qualquer. O Rei Banana é o nosso prato. Lá está o Rei Banana." O Rei Banana era um velho que vendia bananas numa esquina. Eu estava de saco completamente cheio. Mas Henri ficava me dando socos nas costelas e até me puxando pelo colarinho. "Ao escrever sobre o Rei Banana você estará escrevendo sobre algo genuinamente humano." Perambulamos pelas ruas de San Francisco. Henri não via graça em Chinatown. Me levou para ver o Rei Banana de novo. Eu lhe falei que estava cagando para o Rei Banana. "Enquanto você não estiver preparado para perceber a importância do Rei Banana não saberá absolutamente nada sobre as coisas genuinamente humanas deste mundo", disse Henri enfaticamente. Na rodovia nos fundos de nosso barraco, morro acima, Henri havia plantado alpiste na vala na esperança de que brotasse um pé de marijuana. A única vez que fomos olhar o progresso da coisa uma radiopatrulha encostou do nosso lado. "O que os rapazes aí estão fazendo?" "Oh, somos membros da força policial de Sausalito, trabalhamos nos alojamentos lá embaixo. Apenas passando uma tarde de folga." Os tiras foram embora. Na beira-mar em Sausalito Henri sacou o revólver de repente e atirou nas gaivotas. Ninguém reparou, exceto uma velha com um saco de mantimentos que fez a volta. "AAAAhhuu!" uivou Henri. Havia um velho cargueiro enferrujado flutuando na baía usado como baliza. Henri estava a fim de remar até lá, assim certa tarde Diane preparou um lanche e nós alugamos um barco e remamos até lá. Henri levou umas ferramentas. Diane tirou toda a roupa e esticou-se ao sol sobre a ponte de comando. Eu a observava do tombadilho. Henri foi direto para a casa de caldeiras lá embaixo, onde ratos disparavam por todos os cantos, e começou a martelar e a malhar em busca de revestimentos de cobre que não estavam mais lá. Sentei na arruinada cantina dos oficiais. Era um navio muito antigo, um dia havia sido lindamente decorado. Havia arabescos em madeira e baús embutidos. Era um fantasma da San Francisco de Jack London. Fiquei na mesa de refeições ensolarada em devaneios. Ratos corriam pela despensa. Certa vez um capitão de olhos azuis jantara ali. Agora seus ossos estavam entrelaçados com pérolas imemoriais. Juntei-me a Henri nas entranhas lá embaixo. Ele arrancava tudo o que estava meio solto. "Absolutamente nada. Pensei que haveria cobre, pensei que haveria pelo menos uma chave inglesa ou duas. Esse navio foi saqueado por um bando de ladrões." O barco estava encalhado na baía há anos. O cobre tinha sido roubado por mãos que já não eram mais mãos. Disse a Henri "Eu adoraria dormir nesse velho navio uma noite qualquer quando a neblina o cobrisse, seus ferros rangessem e a gente pudesse ouvir o uivo das balizas". Henri ficou perplexo; sua admiração por mim duplicou. "Jack eu te pago cinco dólares se você tiver peito para encarar essa. Você não percebe que essa coisa pode estar assombrada pelos fantasmas de velhos capitães. Eu não só pago cinco dólares como também trago você de barco até aqui e preparo um lanche e dou cobertores e uma vela." "Combinado!" falei. Henri correu para contar a Diane. Ele estava pasmo com minha coragem. Eu queria saltar dum mastro e aterrissar direto dentro da vagina dela, mas mantive minha promessa a Henri. Desviei os olhos dela. Nesse meio-tempo comecei a ir a Frisco mais frequentemente; tentei tudo que está nos manuais para transar com uma garota. Até passei uma noite inteira com uma menina num banco de parque, até amanhecer, e nada. Era uma loira de Minnesota. Havia também um monte de bichas. Fui a Sanfran com minha arma várias vezes e quando um veado se aproximava de mim num mictório de bar eu puxava a arma e dizia "Hein? Hein? O que foi que você falou?" Ele saltava fora. Jamais entendi por que fazia aquilo, eu conhecia bichas pelo país inteiro. Era apenas a solidão de San Francisco e o fato de eu possuir uma arma. Tinha de mostrá-la a alguém. Passei por uma joalheria e tive um impulso repentino de dar um tiro na vitrina, pegar os mais lindos anéis e braceletes e fugir e dar para Diane. Daí a gente poderia fugir para o Nevada. Eram sonhos loucos. Estava chegando a hora de deixar Frisco ou eu acabaria maluco. Escrevi longas cartas para Neal e Allen na cabana de Bill num pântano do Texas. Eles disseram que estariam prontos para me encontrar em Sanfran assim que isso-e-aquilo estivesse acertado. Mais tarde fiquei sabendo da fantástica história sobre o que eles estavam fazendo no Texas. Ao mesmo tempo tudo começou a desmoronar entre Henri e Diane e eu. Chegaram as chuvas de setembro, e com elas o baixo-astral. Henri e ela tinham voado para Hollywood, com meu roteiro original babaca, e nada havia acontecido; o famoso diretor Gregory LaCava estava bêbado e não lhes deu a menor bola; eles ficaram pela casa dele na praia de Malibu; começaram a discutir na frente dos outros convidados; houve recriminações por trás da cerca de arame que os barrava na piscina, e pegaram o avião de volta. A gota d'água foi no hipódromo. Henri juntou todo seu dinheiro, uns cem dólares, me enfiou dentro de algumas de suas roupas, pegou Diane pelo braço e lá fomos nós para o hipódromo de Golden Gate perto de Richmond do outro lado da baía. Para mostrar de que tamanho é o coração desse cara: ele enfiou a metade das nossas comidas roubadas num gigantesco saco marrom de papel e as levou para uma viúva pobre que conhecia em Richmond. Nós fomos junto. Havia tristes crianças esfarrapadas, um conjunto habitacional bastante parecido com o nosso, roupa no varal balançando sob o sol da Califórnia. A mulher agradeceu a Henri. Era irmã de algum marinheiro que ele conhecera vagamente. "Não há de quê, Sra. Carter", disse Henri no seu mais elegante e educado tom de voz, "no lugar de onde isso veio tem muito mais." Seguimos para o hipódromo. Ele fez apostas inacreditáveis de vinte dólares para ganhar e antes da sétima prova estava quebrado. Com nossos dois últimos dólares comestíveis fez mais uma aposta e perdeu. Tivemos de voltar para San Francisco de carona. Lá estava eu na estrada outra vez. Um burguês nos deu carona em seu carro flamejante. Sentei na frente junto a ele. Henri estava tentando contar uma história de que havia perdido sua carteira atrás da tribuna de honra do hipódromo. "A verdade", disse eu, "é que perdemos todo nosso dinheiro nas apostas, e para evitar mais mordidas de hipódromos de agora em diante iremos ao bookmaker, não é Henri?" Henri ficou completamente vermelho. O cara finalmente admitiu que era um cartola do hipódromo de Golden Gate. Nos largou em frente ao finíssimo Palace Hotel; nós o vimos desaparecer por entre os candelabros, com os bolsos cheios de dinheiro, a cabeça erguida. "Argh! Uuuh!" uivou Henri pelas ruas noturnas de Frisco. "Kerouac arranja carona com o cara que manda no hipódromo e JURA que vai mudar para os bookmakers, Diane! Diane!" ele a golpeou e esmurrou - - "Positivamente é o cara mais engraçado do mundo! Deve haver um monte de italianos em Sausalito. Aaaah-rá!" Ele se enroscou num poste para rir. Mas começou a chover naquela noite enquanto Diane nos lançava olhares furiosos. Não havia um só centavo em casa. A chuva tamborilava no telhado. "Vai durar uma semana" disse Henri. Ele havia tirado seu belo terno, estava mais uma vez com suas míseras cuecas e o boné do Exército e a camiseta. Seus enormes e melancólicos olhos castanhos encaravam as tábuas do assoalho. A pistola repousava sobre a mesa. Podíamos ouvir o Sr. Snow morrendo de rir em algum lugar dentro da noite chuvosa. "Fico de saco tão cheio e tão puta da vida por causa desse filho da puta", blasfemou Diane. Ela estava pronta para criar problemas. Começou a alfinetar Henri. Ele estava ocupado examinando seu pequeno livro preto no qual havia os nomes das pessoas, a maioria marinheiros, que deviam grana para ele. Ao lado dos nomes ele escrevia palavrões em letra vermelha. Temia o dia em que eu acabasse entrando para aquele livro. Ultimamente estava enviando tanto dinheiro para minha mãe que só comprava quatro ou cinco dólares de mantimentos para a casa por semana. E seguindo o que dissera o presidente Truman acrescentei mais uns dólares. Mas Henri achava que a divisão não estava sendo justa; por isso começou a pendurar as contas da mercearia, longas tiras de notas com os preços e os produtos especificados, na parede da cozinha para que eu visse e me tocasse. Diane estava convencida de que Henri escondia dinheiro dela, e que eu também naturalmente. Ela ameaçou abandoná-lo. Henri franziu os beiços "Onde você pensa que vai?" "Charlie." "CHARLIE? O cavalariço do hipódromo? Você escutou isso Jack, Diane quer se mandar daqui e pôr a coleira num cavalariço de hipódromo. Não se esqueça de levar sua vassoura querida, os cavalos vão comer um monte de aveia essa semana com os meus cem dólares." As coisas evoluíram a proporções ainda piores; a chuva desabava. Originalmente quem morava primeiro naquele lugar era Diane, então ela mandou Henri fazer as malas e cair fora. Ele começou a fazer. Me imaginei sozinho naquele barraco chuvoso com aquela megera. Tentei intervir. Henri empurrou Diane. Ela deu um salto em direção à pistola. Henri me passou a pistola e mandou que eu a escondesse; havia um tambor com oito balas nela. Diane começou a gritar, e finalmente pôs sua capa de chuva e saiu para a lama em busca de um tira, e que tira! --- se não o nosso velho amigo de San Quentin. Por sorte ele não estava em casa. Ela voltou encharcada. Escondi-me no meu canto com a cabeça entre os joelhos. Meu Deus o que é que eu estava fazendo a cinco mil quilômetros de casa? Por que eu tinha vindo até aqui? Onde estava meu vagaroso navio para a China? "E tem mais seu chupador de buceta imundo" gritou Diane "esta noite será a última em que eu farei seus imundos miolos de galinha com ovo e seu nojento carneiro com curry, pra você poder encher essa pança suja e ficar gordo e escroto bem na frente dos meus olhos." "Tudo bem", foi só o que disse Henri mansamente, "tá muito bem. Quando juntei meus trapos com você não esperava um mar de rosas e não estou surpreso hoje. Tentei fazer alguma coisa por você --- tentei o máximo por vocês dois --- vocês me desiludiram. Estou terrivelmente, terrivelmente desapontado com vocês" prosseguiu ele com absoluta sinceridade "pensei que algo brotaria do nosso relacionamento, algo bonito e duradouro, tentei, voei até Hollywood, arranjei um emprego pro Jack, comprei vestidos maravilhosos para você, tentei lhe apresentar às pessoas mais finas de San Francisco. Vocês se recusaram, vocês dois se recusaram a realizar meus mais ínfimos desejos. Não pedi nada em troca. Mas agora peço um último favor e então jamais pedirei outro. No próximo sábado à noite meu pai vem a San Francisco. E tudo o que peço é que vocês venham comigo e tentem representar que tudo é exatamente do jeito que eu descrevi pra ele... em outras palavras, você, Diane, é minha mulher; e você Jack, é meu amigo. Consegui cem dólares emprestados para o sábado à noite. Farei tudo para que meu pai se divirta e possa partir sem o menor motivo com que se preocupar comigo." Aquilo me surpreendeu. O pai de Henri era um renomado professor de francês na Universidade de Colúmbia e membro da Legião de Honra na França. Eu disse "Você tá querendo dizer que vai gastar cem dólares com seu pai --- ele tem mais dinheiro do que você jamais terá! --- você vai ficar endividado cara!" "Tudo bem", disse Henri tranquilamente e com um tom derrotado "Só peço essa última coisa para vocês --- que pelo menos TENTEM fazer as coisas parecerem bem. Amo e respeito meu pai. Ele vem com sua jovem esposa, direto de um verão lecionando em Banff no Canadá. A gente deve demonstrar toda a educação possível." Havia ocasiões em que Henri era realmente a pessoa mais gentil do mundo. Diane ficou impressionada e esperava ansiosamente para conhecer o pai dele; achou que poderia ser uma boa presa já que o filho não era. A noite de sábado chegou. Eu já tinha largado meu emprego com os tiras, exatamente antes de ser demitido por não fazer prisões suficientes, e seria minha última noite de sábado. Henri e Diane foram encontrar o pai antes em seu quarto de hotel; eu tinha dinheiro para a viagem e me embebedei no bar do térreo. Daí subi para encontrá-los, atrasado pra cacete. O pai abriu a porta, um homenzinho distinto com óculos pince nez. "Ah" disse eu ao vê-lo. "Monsieur Cru, como vai o senhor? Je suis haut!" gritei, o que na minha cabeça deveria significar "Estou alto, andei bebendo" mas que não fazia nenhum sentido em francês. O homem ficou perplexo. Eu já tinha ferrado Henri. Ele enrubesceu olhando pra mim. Fomos todos jantar num restaurante fino, o Alfred's em North Beach, onde o pobre

Henri gastou uns bons cinquenta dólares com nós cinco e drinques e tudo. E agora vem a pior parte. Quem estava no bar do Alfred's senão meu velho amigo Allan Temko! --- ele acabara de chegar de Denver e tinha arranjado emprego no Sanfran Chronicle. Estava bêbado. Nem sequer havia feito a barba. Correu para mim e me bateu com força nas costas enquanto eu levava um copo de uísque com soda aos lábios. Jogou-se na cadeira ao lado do Sr. Cru e inclinou-se sobre a sopa do homem para falar comigo. Henri estava todo vermelho como uma beterraba. "Você não vai apresentar seu amigo Jack?" disse ele com um sorriso amarelo. "Allan Temko do San Francisco Chronicle" tentei dizer com a cara séria. Diane estava furiosa comigo. Temko começou a tagarelar no ouvido do monsieur. "Você gosta de lecionar francês de escola secundária?" ele berrou. "Perdão, mas não leciono francês de escola secundária." "Oh, pensei que você lecionava francês de escola secundária." Ele estava sendo deliberadamente grosseiro. Lembrei a noite em que ele nos impediu de fazer aquela festa em Denver; mas o perdoei. Perdoei todo mundo, desisti, me embebedei. Comecei a lançar uma conversa mole romântica para cima da jovem mulher do Monsieur. Ela era uma verdadeira parisiense, cerca de trinta e cinco anos, sexy e altiva mas terna e feminina. Meus insultos foram às nuvens. Bebi tanto que precisava sair pra mijar de dois em dois minutos, e para fazer isso tinha de pular por cima do colo do Monsieur. Tudo estava indo por água abaixo. Minha temporada em San Francisco estava chegando ao fim. Henri jamais voltaria a falar comigo. Era horrível porque eu realmente amava Henri e eu era uma das poucas pessoas no mundo que sabia que sujeito maravilhoso e sincero ele era. Ele levaria anos para se recuperar daquilo. Que desastroso tinha sido tudo isso comparado às noites em que eu lhe escrevera de Ozone Park planejando minha longa jornada através da América por aquela comprida linha vermelha que era a Rota Seis. Aqui estava eu no limite da América... não havia mais terra alguma... e agora já não restava aonde ir senão voltar. Pelo menos resolvi que faria uma viagem em círculo: decidi ali mesmo ir para Hollywood e voltar pelo Texas para visitar minha turma no pântano, e o resto que se fosse para o inferno. Temko foi expulso do Alfred's. De qualquer maneira o jantar estava encerrado e então me juntei a ele, quer dizer, Henri sugeriu, e eu caí fora com Temko para beber. Sentamos numa das mesas do Iron Pot e Temko disse "Sam, não gosto daquela bicha ali no bar" em voz alta. "Sim Jake?" respondi. "Sam", falou ele, "acho que vou me levantar e dar uma porrada nele". "Não Jake", disse eu, continuando a imitação de Hemingway, "apenas mire daqui e veja o que acontece." Acabamos a noite cambaleando numa esquina. Jamais imaginei que voltaria àquela esquina dois anos depois --- e de novo três anos mais tarde. Dei adeus a Temko. Pela manhã, enquanto Henri e Diane dormiam, e eu olhava com alguma tristeza para a enorme pilha de roupas sujas que Henri e eu deveríamos lavar na máquina Bendix que ficava no barraco dos fundos (o que era sempre uma tarefa alegre sob o sol entre as mulheres negras e com o Sr. Snow se matando de rir) decidi partir. Saí em direção à varanda. "Porra não" disse a mim mesmo. "Prometi que não iria embora antes de escalar aquela montanha." Era a enorme parede do cânion que apontava misteriosamente em direção ao oceano Pacífico. Então fiquei mais um dia. Era domingo. Baixou uma grande onda de calor; era um dia lindo, o sol avermelhou às três. Comecei a escalada às três e atingi o topo às quatro. Todos aqueles lindos choupos da Califórnia brotavam por todos os lados. Fiquei a fim de brincar de caubói. Nas proximidades do cume não havia mais árvores, só rochas e grama. Gado pastava no topo da Costa. Lá estava o Pacífico, apenas umas colinas mais adiante, azulado e vasto e com uma imensa muralha branca avançando desde o lendário Potato Patch onde nascem as neblinas de Frisco. Uma hora mais e a neblina fluiria através de Golden Gate para recobrir de branco a romântica cidade, e um rapagão seguraria sua garota pela mão e subiria lentamente por uma calçada alva com uma garrafa de Tokay no bolso. Isso era Frisco; e lindas mulheres paradas nos halls de entrada brancos, aguardando por seus homens; e a Coit Tower, e a Embarcadero, Market, e as onze colinas férteis. Uma Frisco solitária para mim nessa ocasião --- que uns anos mais tarde fervilharia quando minha alma fosse forasteira. Agora eu era apenas um jovem em cima de uma montanha. Me inclinei, olhei por entre as pernas e observei o mundo de cabeça pra baixo. Os morros castanhos dirigiam-se para o Nevada; ao Sul estava minha legendária Hollywood; ao Norte a misteriosa região de Shasta. Lá embaixo estava tudo: os alojamentos de onde roubamos nossa caixinha de condimentos, onde a carinha de Dostioffski havia dardejado para nós, onde Henri me fez esconder a arma de brinquedo e onde emitimos nossos berros esganiçados. Rodopiei até ficar tonto; pensei que cairia direto no precipício, como num sonho. "Oh onde está a garota que eu amo?" pensei, olhando para todos os lados, como vivia olhando naquele pequeno mundo lá de baixo. E à minha frente se derramava a rústica vastidão e o amplo corpanzil do meu continente americano; em algum lugar muito ao longe a louca e deprimida Nova York erguia aos céus sua nuvem de pó e seus vapores marrons. Há algo de castanho e sagrado no Leste; enquanto a Califórnia é branca como roupa no varal e tem a alma vazia --- pelo menos era assim que eu pensava naquela época. Eu saberia melhor depois. Agora era hora de ir em busca de minha lua. Pela manhã Henri e Diane dormiam enquanto eu arrumava silenciosamente o que era meu e escapulia pela janela da mesma forma como havia entrado, partindo de Marin City com meu saco de lona. E nunca dormi naquele velho navio fantasma, Admiral Freebee era seu nome, e Henri e eu nos perdemos. Em Oakland tomei uma cerveja entre os vagabundos de um saloon que tinha uma roda de vagão na frente, e estava outra vez na estrada. Caminhei decididamente por Oakland para chegar à estrada de Fresno. Estava prestes a entrar naquele grande vale alvoroçado do mundo, o San Joaquin, onde estava destinado a conhecer e amar uma mulher maravilhosa e passar pelas aventuras mais doidas de todas antes de voltar para casa. Duas caronas me conduziram até Bakersfield seiscentos e cinquenta quilômetros ao sul. A primeira foi a maluca: um garoto loiro e encorpado numa máquina envenenada. "Tá vendo este dedo?" disse ele acelerando a cento e vinte por hora e ultrapassando todo mundo na estrada. "Olhe pra ele." Estava envolto em ataduras. "Foi amputado hoje de manhã. Os filhos da puta queriam que eu ficasse no hospital. Arrumei minha sacola e me mandei. Grande coisa um dedo." Sim claro, cuidado, disse a mim mesmo, e me segurei firme. Nunca se viu um motorista doido como esse. Ele chegou a Tracy num instante. Tracy é uma cidade ferroviária; os guarda-freios engolem uns pratos intragáveis nos restaurantes ao lado da linha férrea. Trens uivam cruzando o vale. O sol rubro se põe lentamente. Os nomes mágicos do Vale se sucediam --- Manteca, Madera, todo o resto. Logo veio o crepúsculo, um crepúsculo cor de vinho, uma penumbra púrpura sobre arvoredos de tangerina e extensas plantações de melão; o sol da cor de uvas esmagadas, raiado de vermelho borgonha, os campos na tonalidade do amor e dos mistérios espanhóis. Botei a cabeça pra fora da janela e aspirei profundamente o ar perfumado. Foi o mais sublime de todos os momentos. O motorista maluco era guarda-freios da SP e morava em Fresno; seu pai também era guarda-freios. Perdera o dedo mudando a chave da estrada no pátio de manobras de Frisco. Não cheguei a entender bem como. Ele me conduziu em direção ao alvoroço de Fresno e me deixou na parte sul da cidade. Tomei uma coca rápida num pequeno armazém à beira dos trilhos e um jovem armênio melancólico caminhava entre os vagões vermelhos, e nesse exato instante uma locomotiva apitou, e eu disse a mim mesmo, "Sim, sim, a cidade de Saroyan." Para onde foi aquele Mourad? --- para quais paragens ermas? Para quais sonhos de Fresno? Eu tinha de seguir para o Sul; peguei a estrada. Um cara numa picape novíssima me apanhou. Era de Lubbock Texas e negociava trailers. "Quer comprar um trailer?" perguntou. "Quando quiser, me procure." Ele contou histórias a respeito de seu pai em Lubbock. "Certa noite meu velho deixou a féria do dia em cima do cofre, puro esquecimento. O que aconteceu... à noite um ladrão entrou, com maçarico de acetileno e tudo, arrombou o cofre, revirou os papéis, chutou algumas cadeiras e se mandou. E aqueles mil dólares estavam bem ali em cima do cofre, o que você acha disso?" Era uma história espantosa. O tempo que eu estava fazendo também, seiscentos e cinquenta quilômetros em sete horas! À minha frente ardia a visão da Hollywood Dourada. Nada atrás de mim, tudo à minha frente, como sempre acontece na estrada. Ele me largou no lado sul de Bakersfield e aí começaram minhas aventuras. Esfriou. Botei um inconsistente impermeável do Exército que tinha comprado em Oakland por $3 e fui tiritando estrada afora. Estava parado diante de um refinado motel em estilo espanhol que parecia uma pedra preciosa. Os carros cruzavam voando em direção a L.A. Eu acenava freneticamente. Estava frio demais. Fiquei lá até a meia-noite, duas horas inteiras, e blasfemei e blasfemei. Era como em Stuart Iowa outra vez. Não havia nada a fazer a não ser gastar pouco mais que dois dólares pelos quilômetros restantes até Los Angeles. Caminhei pela estrada de volta até Bakersfield e entrei na rodoviária, e sentei num banco. Na loucura da noite você nunca consegue sonhar com o que vai acontecer --- e jamais sonhei sentar outra vez naquele banco uma semana depois, indo para o Norte, e nas mais loucas e adoráveis circunstâncias. Tinha comprado minha passagem e estava esperando pelo ônibus para L.A. quando subitamente vi a mais linda garota mexicana passar bem à vista de calças compridas. Estava num dos ônibus que acabara de chegar. Os seios dela apontavam em frente empinados; seus quadris estreitos pareciam deliciosos; seu cabelo era longo e negro; e seus olhos eram duas coisas azuis imensas com uma alma lá dentro. Desejei estar no ônibus dela. Uma dor apunhalou meu coração, como acontecia sempre que via uma garota que eu amava indo na direção oposta nesse nosso mundo grande demais. Os alto-falantes chamaram os passageiros para L.A. Apanhei minha sacola e embarquei; e quem estava sentada lá sozinha, senão a garota mexicana. Sentei do lado oposto do corredor e já comecei a maquinar um plano. Eu estava tão solitário, tão triste, tão cansado, tão sobressaltado, tão alquebrado, tão arrasado --- aquilo tudo havia sido demais para mim --- que reuni coragem, a coragem necessária para abordar uma garota desconhecida, e agi. Ainda assim passei cinco minutos tamborilando nas coxas na escuridão enquanto o ônibus rodava pela estrada. "Você tem que, você tem que ou você morrerá! Seu estúpido idiota fale com ela! O que há de errado com você? Já não está cansado de si próprio a essa altura?" E antes que pudesse perceber o que fazia debrucei-me sobre o corredor na direção dela --- ela estava tentando dormir na poltrona --- e disse, "Moça, gostaria de usar minha capa de chuva como travesseiro?" Ela me olhou sorrindo e disse "Não, muito obrigada". Me recostei trêmulo; acendi uma bagana. Aguardei até que ela olhasse para mim, com uma pequena e entristecida olhadela amorosa, levantei-me num sobressalto e me inclinei sobre ela. "Posso sentar a seu lado, moça?" "Se você quer." E assim o fiz. "Indo pra onde?" "L.A." Adorei o jeito como ela disse L.A.; adoro o jeito como todos dizem L.A. na Costa, é sua primeira e única cidade prometida onde tudo é dito e feito. "É pra onde estou indo também!" gritei. "Estou muito feliz por você ter me deixado sentar a seu lado, eu estava solitário demais e tenho viajado sem parar." Nos acomodamos para contar nossas histórias. A história dela era a seguinte: tinha marido e filho. O marido bateu nela e então ela o deixou, lá em Selma ao sul de Fresno, e estava indo para L.A. morar com a irmã por um tempo. Deixara o filho pequeno com sua família, que trabalhava nas colheitas de uva e morava num barraco nos vinhedos. Ela não tinha nada a fazer senão matutar. Senti vontade de abraçá-la logo de uma vez. Falávamos e falávamos. Ela disse que estava adorando conversar comigo. Em breve já estava dizendo que gostaria de poder ir para Nova York também. "Talvez a gente possa!" sorri. O ônibus venceu trôpego o Grapevine Pass e então já estávamos descendo em direção à imensidão luminosa. Ficamos de mãos dadas sem nenhum acordo específico, e dessa mesma forma foi pura, linda e silenciosamente decidido que quando eu arranjasse um quarto de hotel em L.A. ela estaria ao meu lado. Eu a desejava sofregamente; recostei minha cabeça em seu belo cabelo. Seus ombros delicados me enlouqueciam, eu a acariciava cada vez mais. E ela adorava. "Amo o amor" sussurrou fechando os olhos. Eu lhe prometi um amor maravilhoso. Regozijava-me com ela. Com nossas histórias contadas, ingressamos no silêncio e em suaves pensamentos auspiciosos. Era simples assim. Você pode possuir todas as suas Gingers e Beverlies e Ruth Gullions e Louannes e Carolyns e

Dianes deste mundo, esta era minha garota e meu tipo predileto de garota, e eu disse isso a ela. Ela confessou que havia me visto olhar para ela na rodoviária. "Pensei que você fosse um universitário bem comportado." "Oh eu sou um universitário!" disse. O ônibus chegou a Hollywood. No amanhecer sombrio e cinzento, como o amanhecer em que Joel McRea encontra Veronica Lake no vagão-restaurante no filme Viagens de Sullivan, ela adormeceu no meu colo. Eu observava pela janela avidamente: casas rebocadas e palmeiras e drive-ins, toda aquela coisa louca, a terra prometida esfarrapada, o limite fantástico da América. Saltamos do ônibus na Main street que não diferia em nada daquelas em que você desembarca em Kansas City ou Chicago ou Boston, tijolos à vista, sujeira, estranhos à deriva, trólebus rangendo ao amanhecer, o odor devasso de uma grande cidade. E nesta altura minha cabeça se desconcertou, não sei por quê. Comecei a ter a absurda ideia paranoica de que Beatrice --- seu nome --- era uma prostitutazinha comum que trabalhava nos ônibus para tirar uma grana dos caras, e que tinha encontros regulares como o nosso em L.A. nos quais primeiro conduzia o trouxa para uma cafeteria, onde seu gigolô aguardava, e então para determinado hotel, ao qual ele tinha acesso com sua pistola ou o que quer que fosse. Jamais confessei isso a ela. Tomamos nosso café da manhã e um gigolô ficou nos observando; imaginei Bea lançando olhares sorrateiros para ele. Estava cansado. Um terror babaca tomou conta de minha alma e me tornou vulgar e mesquinho. "Você conhece aquele sujeito?" perguntei. "Que sujeito?" Deixei para lá. Ela era lenta e demorada em tudo o que fazia; demorou um bom tempo para comer, e para fumar um cigarro, e falava demais; eu continuava pensando que ela estava querendo fazer tempo. Mas era tudo a mais completa bobagem. No primeiro hotel em que chegamos havia um quarto e antes que eu pudesse perceber estava trancando a porta atrás de mim enquanto ela tirava os sapatos sentada na cama. Beijei-a carinhosamente. Melhor que ela jamais soubesse. Para relaxar nossos nervos eu sabia que precisaríamos de uísque, especialmente eu. Saí correndo e voei por nada menos do que doze quarteirões até encontrar uma garrafa de um quarto de litro de uísque à venda numa banca de jornais, quem diria. Voltei voando cheio de energia. Bea estava no banheiro se maquiando. Servi uma dose enorme num copo d'água e bebemos uns goles. Oh era delicioso e suave e minha funesta viagem tinha valido a pena. Parei atrás dela em frente ao espelho e dançamos assim pelo banheiro. Comecei a falar sobre meus amigos lá do leste. Disse: "Você tem que conhecer uma garota chamada Vicki. Uma ruiva de metro e oitenta. Se você for a Nova York ela lhe mostrará como conseguir um emprego." "Quem é essa ruiva de um metro e oitenta?" perguntou desconfiada. "A troco de que você está me falando sobre ela?" Seu espírito simplório não podia compreender meu jeito nervoso e descompromissado de conversar. Deixei para lá. Ela começou a se embebedar no banheiro. "Vem pra cama!" eu seguia dizendo. "Ruiva de um metro e oitenta, hein? E eu que pensava que você era um universitário bem comportado, vi você com seu lindo suéter e pensei 'Humm que legal.' Não! E não! E não! Você deve ser um maldito gigolô como todos eles!" "Que loucura é essa que você tá dizendo?" "Não fique aí parado tentando me convencer que essa ruiva de um metro e oitenta não é uma cafetina porque eu saco muito bem uma cafetina quando ouço falar de uma, e você, você simplesmente é um gigolô como todos os outros que encontrei, todos gigolôs." "Ouça Bea, não sou nenhum gigolô. Juro por Deus que não sou gigolô. Por que haveria de ser gigolô. Tudo o que me interessa é você." "Todo o tempo eu pensava ter encontrado um cara legal. Estava tão feliz, me vangloriava e dizia 'Humm um cara realmente legal em vez de um gigolô.'" "Bea", implorei do fundo da alma, "por favor me escuta e vê se entende. Eu não sou gigolô." Há uma hora eu havia pensado que <u>ela</u> fosse uma prostituta. Que triste. Nossas cabeças, com seu repertório de loucuras, tinham divergido. Oh vida terrível como lamentei e implorei, e aí fiquei furioso porque percebi que estava implorando junto a uma camponesa mexicana burrinha e disse isso a dela; e antes que pudesse perceber peguei suas sapatilhas vermelhas e joguei contra a porta do banheiro e lhe disse para sair. "Vamos lá, dê o fora!" Eu iria dormir e esquecer; tinha minha própria vida; minha própria e melancólica e esfarrapada vida para sempre. Houve um silêncio mortal no banheiro. Tirei as roupas e fui para a cama. Bea saiu do banheiro com lágrimas de arrependimento nos olhos. Em sua ingênua e engraçada cabecinha ela havia concluído que um gigolô não joga os sapatos de uma mulher contra a porta e não a manda ir embora. Num suave e reverente silêncio ela se despiu inteiramente e deslizou seu corpo diminuto para dentro dos lençóis comigo. Era morena como uma uva. Mordi sua pobre barriga onde uma cicatriz de cesariana ia até as ancas. Seus quadris eram tão estreitos que ela não poderia dar à luz uma criança sem ser toda retalhada. Suas pernas eram uns palitinhos. Ela tinha apenas um metro e cinquenta. Ela abriu suas perninhas mirradas e fizemos amor na suavidade de uma manhã tediosa. Então, como dois anjos fatigados, tragicamente abraçados num recanto solitário de L.A., tendo descoberto o que há de mais íntimo e delicioso na vida a dois, adormecemos e dormimos até o fim da tarde. Durante os quinze dias seguintes ficamos juntos para o que desse e viesse. Ao acordar decidimos ir de carona juntos para Nova York; ela seria minha garota na cidade. Previ incríveis complexidades com Neal e Louanne e todo mundo, uma temporada, uma nova temporada. Mas primeiro teríamos de trabalhar para juntar grana suficiente para a viagem. Bea estava totalmente a fim de cair fora imediatamente com os vinte dólares que me restavam. Não gostei da ideia. E como um estúpido fiquei pensando no caso durante dois dias, enquanto líamos os classificados nos loucos jornais de L.A. que eu jamais havia visto em toda minha vida, em bares e lanchonetes, até que esses vinte se reduziram a pouco mais que dez. Estávamos muito felizes no nosso quartinho de hotel. No meio da noite me levantei porque não conseguia dormir, puxei o cobertor sobre o ombro moreno da gatinha, e examinei a noite de L.A. Que noites essas, brutais, quentes e entrecortadas pelo lamento das sirenes! Do outro lado da rua havia confusão. Uma velha e desmantelada casa de cômodos caindo aos pedaços era palco de alguma espécie de tragédia. O camburão estava estacionado lá embaixo e os tiras interrogavam um velho de cabelos grisalhos. Soluços vinham lá de dentro. Eu podia ouvir tudo, os sons da rua se misturavam ao zumbido do néon do meu hotel. Nunca me senti tão triste em toda a minha vida. L.A. é a mais solitária e brutal de todas as cidades americanas; em Nova York fica frio pra cacete durante o inverno mas existe um doido sentimento de camaradagem em algum lugar em algumas ruas. L.A. é uma selva. A rua South Main, por onde Bea e eu perambulávamos comendo cachorros-quentes, era um fantástico carnaval de luzes e loucura. Policiais de coturno revistavam pessoas em praticamente cada esquina. As calçadas fervilhavam com os personagens mais maltrapilhos da nação --- tudo isso sob aquelas suaves estrelas do sul da Califórnia que estão perdidas na aura escura desse enorme acampamento no deserto que L.A. de fato é. Você podia sentir o cheiro de erva, de baseado, quer dizer maconha flutuando no ar, junto com o de chili e cerveja. Aquele grandioso e selvagem som de bop flutuava das cervejarias; mesclava-se em misturas com todas as espécies de caubói e boogiewoogie dentro da noite americana. Todos se pareciam com Hunkey. Negros muito loucos com bonés bop e cavanhaques passavam às gargalhadas; depois hipsters cabeludos e deprimidos recém-saídos da rota 66 de Nova York, e então velhos ratos do deserto com suas mochilas indo em direção a um banco de parque na Plaza, logo a seguir pastores metodistas com as mangas arregaçadas, e um eventual garoto santo e naturalista de barba e sandália. Eu queria conhecer todos eles, conversar com todo mundo, mas Bea e eu estávamos ocupados demais tentando arranjar uma grana juntos. Fomos a Hollywood tentar trabalhar numa farmácia na Sunset com a Vine. Aquilo sim era uma esquina! Famílias enormes vindas do interior saltavam de seus calhambeques e ficavam paradas na calçada implorando para vislumbrar alguma estrela do cinema e a estrela do cinema jamais aparecia. Quando passava uma limusine eles corriam ansiosamente até o meio-fio e se inclinavam para espiar: algum figurão de óculos escuros estava sentado lá dentro ao lado de uma loira coberta de joias. "Don Ameche! Don Ameche!" "Não George Murphy! George Murphy!" Andavam em círculos olhando uns para os outros. Veados bonitões que tinham ido a Hollywood para serem caubóis do cinema caminhavam por ali alisando as sobrancelhas com a ponta molhada de seus minguinhos esnobes. As menininhas mais apetitosas e mais maneiras deste mundo cruzavam vestindo slacks; tinham vindo para ser estrelas; acabavam nos Drive Ins. Bea e eu tentamos arranjar emprego nos Drive Ins. Não havia moleza em lugar nenhum. Hollywood Boulevard era um imenso e ruidoso frenesi de automóveis; pequenos acidentes ocorriam pelo menos uma vez por minuto; todos iam apressados em direção à palmeira mais distante... e além dela só havia o deserto e o vazio. Os Sams de Hollywood paravam em frente a restaurantes pretensiosos discutindo exatamente como os Sams da Broadway discutem na praia de Jacob Nova York, com a diferença que vestiam ternos Palm Beach e usavam uma linguagem mais vulgar. Religiosos altos e cadavéricos tinham calafrios ao passar por ali. Mulheres gordas corriam pelo bulevar para entrar na fila dos programas de auditório. Vi Jerry Colonna comprando um carro na Buick Motors: ele estava por trás de uma enorme vitrina espelhada alisando o bigode. Bea e eu comemos numa lanchonete do centro da cidade que era decorada para imitar uma caverna. Todos os policiais de L.A. pareciam gigolôs bonitões; obviamente, tinham vindo a L.A. tentar a sorte no cinema. Todo mundo tinha vindo tentar a sorte no cinema, até mesmo eu. Bea e eu finalmente fomos reduzidos a tentar conseguir um emprego na rua South Main entre gente vulgar que nem ligava para sua própria vulgaridade mas nem ali havia jogo. Ainda tínhamos oito dólares. "Cara vou pegar minhas roupas na mana e vamos de carona pra Nova York" disse Bea. "Vamos lá homem. Vamos nessa. Se você não tem ginga eu te ensino a rebolar." Essa última frase fazia parte de uma canção dela. Corremos até a casa da irmã dela nas cabanas mexicanas caindo aos pedaços em algum lugar além da Avenida Alameda. Esperei num beco escuro atrás de cozinhas mexicanas porque não se esperava que sua irmã me visse e gostasse disso. Cães corriam ao redor. Lâmpadas pequenas iluminavam minúsculos becos de ratazanas. Podia ouvir Bea e a irmã discutindo sob a suave noite cálida. Estava preparado para o que desse e viesse. Bea saiu e me conduziu pela mão para a Avenida

Central, que é a principal rua de cor de L.A. E que loucura de lugar, com pardieiros nos quais mal cabia uma jukebox e a jukebox tocando apenas blues, bop e jump. Subimos as escadas imundas de um cortiço e chegamos ao quarto de Margarina, amiga de Bea, uma garota de cor, que tinha uma saia e um par de sapatos de Bea. Margarina era uma mulata adorável; seu marido era negro como piche e gentil. Ele saiu na mesma hora para comprar um pouco de uísque para me receber adequadamente. Tentei pagar uma parte mas ele recusou. Eles tinham dois filhos pequenos. As crianças pulavam em cima da cama, era o playground delas. Me abraçavam e me olhavam maravilhadas. A louca noite barulhenta da Avenida Central --- as noites da Central Avenue Breakdown de Hamp --- uivava e retumbava lá fora. Achei maravilhoso, cada pedacinho daquilo. Cantava-se pelos corredores, cantava-se nas janelas, mande tudo pro inferno e olho vivo. Bea pegou suas roupas e nos despedimos. Fomos para um boteco e botamos discos na vitrola. Uma dupla de negros sussurrou ao meu ouvido algo sobre maconha. Um dólar. Eu disse ok. O traficante entrou e me arrastou até o mictório no porão, onde fiquei parado feito um babaca enquanto ele dizia "Pega, homem, pega". "Pega o quê?" perguntei. Ele já estava com o meu dólar. Tinha medo de apontar para o chão. Olhei em volta; ele indicou o chão com um movimento de cabeça. Não havia assoalho; só o solo. Ali estava algo que parecia um pequeno monte de bosta marrom. Ele estava agindo com uma cautela absurda. "Tenho que me cuidar, a barra pesou na semana passada." Apanhei a bosta, que era um cigarro marrom, e voltei para Bea e caímos fora rumo ao quarto do hotel pra fazer a cabeça. Não aconteceu nada. Era tabaco Bull Durham. Gostaria de ser mais esperto com o meu dinheiro. Bea e eu absolutamente tínhamos de decidir de uma vez por todas o que fazer: decidimos pegar carona até Nova York com o restante da nossa grana. Naquela noite ela pegou cinco dólares de sua irmã. A gente tinha uns treze ou menos. E então antes que outra diária fosse cobrada fizemos as malas e zarpamos num ônibus vermelho até Arcadia, Califórnia, onde se localiza Santa Anita sob montanhas cobertas de neve. Era noite. Apontávamos em direção à enormidade que é o continente americano. De mãos dadas caminhamos vários quilômetros estrada afora para sair da zona urbana. Era um sábado à noite. Aconteceu uma coisa que me deixou mais furioso do que jamais havia estado desde que parti de Ozone Park: estávamos parados debaixo de um poste de luz pedindo carona quando repentinamente carros repletos de garotos rugiram com enfeites esvoaçantes: "Haa! Haa! Ganhamos! Ganhamos!" gritavam todos eles. E então nos vaiaram e zumbiram zombando ao verem uma garota e um cara na estrada. Dúzias de carros assim passaram cheios de rostos jovens e "jovens vozes arrogantes" como diz o ditado. Eu odiava cada um deles. Quem eles pensavam que eram vaiando alguém na estrada só porque eram jovens desordeiros secundaristas e seus pais assavam rosbifes nas tardes de domingo. Quem eles pensavam que eram zombando de uma menina numa situação difícil com um homem com quem ela queria ficar. Nossa vida era da nossa própria conta. E não conseguimos uma maldita carona. Tivemos de caminhar de volta à cidade e o pior de tudo é que precisando de um café tivemos a má sorte de ir ao único lugar aberto, que era o bar dos colegiais, e todos os garotos estavam lá e se lembraram da gente. Então viram o fato adicional de que Bea era mexicana. Me recusei a ficar sequer mais um minuto. Bea e eu perambulamos no escuro. Finalmente decidi me esconder do mundo uma noite mais junto com ela e o amanhã que se danasse. Chegamos à portaria de um motel e alugamos uma confortável suíte por uns quatro dólares --- chuveiro, toalhas de banho, rádio embutido e tudo mais. Nos abraçamos com força e conversamos. Amei aquela garota na temporada que passamos juntos, e ainda estava longe do fim. Pela manhã corajosamente demos início ao nosso novo plano. Iríamos pegar um ônibus até Bakersfield e trabalhar colhendo uvas. Depois de algumas semanas fazendo isso nos dirigiríamos a Nova York da maneira apropriada, de ônibus. Foi uma tarde maravilhosa rodando para Bakersfield com Bea: nos recostamos, relaxamos, conversamos, vimos os campos rolarem e não nos preocupamos com nada. Chegamos a Bakersfield no fim da tarde. O plano era abordar cada atacadista de fruta da cidade. Bea disse que poderíamos morar em barracas no próprio emprego. A ideia de morar numa barraca e colher uvas nas frias manhãs da Califórnia me excitava. Mas não havia emprego e tinha muita confusão com todo mundo nos dando inúmeras dicas e lugares para ir que não se concretizaram em emprego. Apesar disso comemos um jantar chinês e saímos com os corpos recuperados. Cruzamos a linha férrea da SP para o bairro mexicano. Bea tagarelou com seus conterrâneos pedindo emprego. A noite caíra, e agora a estreita rua mexicana era uma válvula reluzente de luzes: marquises de cinemas, bancas de frutas, fliperamas, lojinhas de artigos baratos. Centenas de caminhões frouxos e calhambeques enlameados estavam estacionados. Famílias inteiras de mexicanos colhedores de frutas perambulavam comendo pipoca. Bea falou com inúmeros mexicanos e obteve todos os tipos de informação confusa. Eu estava começando a me desesperar. O que eu precisava, o que Bea precisava também era de um bom trago, então compramos meia garrafa de vinho do porto da Califórnia por 35c e fomos para os vagões beber. Encontramos um lugar onde os vagabundos haviam juntado caixotes para sentar ao redor do fogo. Sentamos lá e bebemos o vinho. À nossa esquerda estavam os tristes vagões de carga, vermelhos de fuligem sob o luar; à frente ficavam as luzes do aeroporto de Bakersfield; à nossa direita, um gigantesco armazém de alumínio da Quonset. Menciono isso porque exatamente um ano e meio depois passei por ali de novo com Neal e comentei com ele. Ah, foi uma noite ótima, uma noite quente, uma noite para tomar vinho, uma noite enluarada, e uma noite para abraçar sua garota e conversar e cuspir e viajar no cosmos. Foi o que fizemos. Ela era uma tolinha bêbada e me acompanhava, e me passava a garrafa e continuou falando até a meia-noite. Não arredamos o pé daqueles caixotes. Ocasionalmente uns vagabundos cruzavam por ali, mães mexicanas passavam com suas crianças, a radiopatrulha veio e o tira desceu para mijar mas a maior parte do tempo ficamos sozinhos misturando nossas almas cada vez mais e mais até que seria terrivelmente difícil dizer adeus. À meia-noite nos levantamos e nos mandamos para a estrada. Bea teve uma nova ideia. Devíamos pegar carona até Selma sua cidade natal e morar na garagem de seu irmão. Qualquer coisa estava bem para mim. Na estrada, não muito longe daquele maldito e malfadado motel em estilo espanhol - - aquele motel grande e bonito que me retardou e me fez conhecer Bea --- fiz Bea sentar sobre a sacola para parecer uma mulher em apuros. Em seguida um caminhão parou e nós corremos até ele felicíssimos. O cara era legal, seu caminhão era ruim. Ele rangia e galgava trôpego Vale acima. Chegamos a Selma poucas horas antes de amanhecer. Eu tinha acabado com o vinho enquanto Bea dormia e estava devidamente chapado. Desembarcamos e vagabundeamos pela sonolenta praça recoberta de folhas da pequena cidade da Califórnia --- uma breve parada da S.P. Fomos procurar um amigo do seu irmão que nos diria onde ele estava; não havia ninguém em casa. Tudo seguia em frente nos becos tortuosos do pequeno bairro mexicano. Quando o alvorecer rasgou os céus me estiquei com as costas na grama da praça central da cidade e comecei a falar repetidamente, "Você não vai contar o que ele fez lá em Weed vai? O que ele faz lá em Weed? Você não vai contar vai? O que ele fez lá em Weed?" Era uma cena do filme Ratos e Homens com Burgess Meredith falando com (Geo. Brancroft). Bea deu uma risadinha. Fosse o que fosse o que eu fizesse estava tudo bem para ela. Eu poderia ficar lá deitado dizendo a mesma coisa até que as velhas senhoras saíssem para ir à igreja e ela não se importaria. Mas finalmente decidi que deveríamos nos instalar logo porque seu irmão estava por ali e a levei a um velho hotel à beira dos trilhos e confortavelmente fomos para a cama. Sobraram cinco dólares. De manhã Bea acordou cedo e foi procurar o irmão. Dormi até o meio-dia; quando olhei pela janela vi de relance um trem de carga da S.P. passando com centenas e centenas de vagabundos recostados nos vagões-plataforma e rodando despreocupadamente com pasquins baratos em frente a seus narizes e mochilas como travesseiro e alguns mascando deliciosas uvas da Califórnia colhidas ao longo da linha. "Porra!" gritei. "Eeeeta! Isso aqui é mesmo a terra prometida." Todos estavam vindo de Frisco; em uma semana estariam retornando no mesmo grande estilo. Bea chegou com seu irmão, o amigo do irmão e o filho dela. Seu irmão era um índio mexicano muito louco sempre a fim de um trago, um sujeito bem legal. Seu amigo era um mexicano grande e balofo que falava inglês sem muito sotaque, barulhento e sempre pronto a ajudar. Percebi que ele era gamado em Bea. Seu garotinho era Raymond, de sete anos, olhos negros e ar singelo. Então ali estávamos nós, e outro dia louco começava. O nome do irmão dela era Freddy. Tinha um Chevvy 38. Amontoamo-nos dentro dele e partimos para lugares desconhecidos. "Para onde vamos?" perguntei. O amigo deu as explicações --- o nome dele era Ponzo, todo mundo o chamava assim. Ele fedia. Logo descobri por quê. Seu negócio era vender esterco pros fazendeiros, ele tinha um caminhão. Freddy tinha sempre uns três ou quatro dólares no bolso e não encanava com nada. Repetia o tempo inteiro "Certo amigo, vai nessa --- vai nessa, vai nessa!" E ele ia. Dirigia aquela velha tralha a uns cento e vinte por hora e fomos até Madera depois de Fresno para ver alguns fazendeiros. Freddy tinha uma garrafa "Hoje bebemos, amanhã trabalhamos. Vai nessa cara --- toma um trago." Bea ia sentada no banco de trás com o garoto; virei para trás e vi o rubor de alegria em seu rosto. A linda e esverdeada zona rural de outubro na Califórnia esvoaçava loucamente. Eu estava com o pé que era um leque e pronto para agitar. "Pra onde a gente vai agora cara?" "Vamos procurar algum fazendeiro que tenha esterco - - amanhã a gente volta com o caminhão e junta tudo. Vamos ganhar muito dinheiro homem. Não se preocupe com nada." "Estamos todos no mesmo barco!" berrou Ponzo. E vi que era assim - - em todo lugar onde eu ia todos estavam no mesmo barco. Voamos pelas doidas ruas de Fresno e Vale acima em direção a algumas fazendas à beira das estradas secundárias. Ponzo saltou do carro e manteve umas conversações confusas com velhos fazendeiros mexicanos; claro que nada resultou disso tudo. "A gente precisa é tomar um trago!" gritou Freddy e lá fomos nós para um bar de beira de estrada. Os americanos estão sempre bebendo em bares à beira das estradas nos domingos à tarde; eles trazem seus garotos; tem montes de esterco do lado de fora; tagarelam e discutem entre cervejas; tudo está bem. Chega a noitinha e as crianças começam a chorar e os pais estão bêbados. Retornam trôpegos para casa. Por toda a América estive em bares de beira de estrada bebendo em companhia de famílias inteiras. As crianças comem pipoca e batatas fritas e brincam lá nos fundos. Foi isso o que fizemos. Freddy e eu e Ponzo e Bea sentamos bebendo e gritando com a música; o pequeno Raymond foi brincar com as outras crianças junto da jukebox. O sol foi se avermelhando. Nada foi concluído. O que havia para se concluir? "Manana", disse Freddy, "manana homem nós faremos; toma outra cerveja, cara, vai nessa, VAI NESSA!" Cambaleamos para fora e entramos no carro; lá fomos nós pra um bar da highway. Ponzo era um sujeito grande gritalhão e vociferador que aparentemente conhecia todo mundo no vale de San Joaquin. Do bar da highway fui sozinho com ele no carro para encontrar um fazendeiro; em vez disso acabamos no bairro mexicano de Madera curtindo as garotas e procurando arranjar algumas para ele e para Freddy; e então, quando um crepúsculo purpúreo baixava sobre a terra da uva, me encontrei sentado bobamente no carro enquanto ele discutia com um velho mexicano na porta de sua cozinha a respeito do preço de uma melancia que o velho cultivava no quintal. Pegamos a melancia; comemos ali mesmo e atiramos as cascas na calçada imunda do velho. Meninas bonitas de todos os tipos cruzavam pela rua cada vez mais escura. Falei "Onde é que a gente se meteu?" "Não se preocupe cara" disse o grande Ponzo "amanhã vamos fazer muita grana, hoje à noite a gente não se preocupa". Voltamos e apanhamos Bea e seu irmão e o moleque e nos dirigimos a Fresno. Estávamos todos morrendo de fome. Sacolejamos por cima dos trilhos do trem em Fresno e chegamos às ruas endoidecidas do bairro mexicano de Fresno. Uns chineses estranhos dependurados em suas janelas curtiam as ruas do domingo à noite; grupos de garotas mexicanas se pavoneavam metidas em slacks; mambo estourando nas jukeboxes; as luzes ornamentadas como Dia das Bruxas. Fomos a um restaurante mexicano e comemos tacos e feijão amassado enrolado em tortillas; uma delícia. Saquei minha última e reluzente nota de cinco dólares que se entrepunha entre mim e a praia de Long Island e paguei para todos. Agora eu tinha dois dólares. Bea e eu nos entreolhamos. "Onde vamos dormir hoje baby?" "Sei lá." Freddy estava bêbado; agora tudo o que dizia era "Vai nessa cara --- vai nessa cara" numa voz suave e fatigada. Tinha sido um longo dia. Nenhum de nós sabia o que estava se passando, nem o que o bom Deus nos reservava. O pobre Raymond adormeceu nos meus braços. Retornamos a Selma. No caminho de repente entramos num bar na highway --- highway 99. Freddy queria uma última cerveja. Nos fundos do bar havia trailers e barracas e minúsculos quartos numa espécie de motel. Sondei o preço e era dois dólares. Perguntei a Bea o que ela achava e ela disse ótimo, porque estávamos com o moleque e deveríamos instalá-lo confortavelmente. Assim depois de algumas cervejas no bar, onde soturnos caipiras oscilavam ao som de uma banda de caubóis. Bea e eu e Raymond fomos para um quarto do motel e nos preparamos para cair duros na cama. Ponzo continuou circulando por ali; ele não tinha onde dormir. Freddy dormia na casa do pai no barracão entre as videiras. "Onde você mora Ponzo?" perguntei. "Em lugar nenhum homem. Deveria estar morando com Big Rosey mas ela me enxotou ontem à noite. Vou pegar meu caminhão e dormir dentro dele hoje." Violões tiniam. Bea e eu contemplamos as estrelas juntos e nos beijamos. "Manana", disse ela, "amanhã tudo vai ficar bem, não acha Jackie querido?" "Claro baby, manana." Era sempre manana. Foi tudo o que eu ouvi durante toda a semana seguinte, Manana, uma palavra adorável que provavelmente quer dizer paraíso. O pequeno Raymond pulou na cama de roupa e tudo e caiu no sono; seus sapatos derramaram areia, areia de Madera. Bea e eu levantamos no meio da noite e sacudimos a areia dos lençóis. Pela manhã me levantei, me lavei e dei uma caminhada pelas redondezas. Estávamos a oito quilômetros de Selma entre os campos de algodão e os vinhedos. Perguntei para a gordona dona do camping se havia alguma barraca vazia. A mais barata, um dólar por dia, estava desocupada. Bea e eu catamos um dólar e nos mudamos para lá. Havia uma cama, um fogão e um espelho rachado dependurado numa vara; era encantador. Eu tinha de me abaixar para entrar, e quando o fazia ali estavam minha garota e meu garotinho. Esperamos Freddy e Ponzo chegar com o caminhão. Eles chegaram com garrafas de cerveja e começaram a se embebedar na barraca. "E o esterco?" "Hoje já está muito tarde ---- amanhã cara a gente vai ganhar um monte de grana, hoje vamos tomar umas cervejas. O que você diz de uma cerveja?" Não foi preciso insistir muito. "Vai nessa --- VAI NESSA!" berrou Freddy. Comecei a perceber que nossos planos de arranjar dinheiro com o caminhão de esterco jamais se concretizariam. O caminhão estava estacionado junto à barraca. Cheirava como Ponzo. Aquela noite Bea e eu fomos para a cama com o sublime ar noturno sob nossa barraca úmida e fizemos amor docemente. Eu já estava me preparando para dormir quando ela disse "Quer fazer amor comigo agora?". Eu disse "E o Raymond". "Ele não liga. Tá dormindo." Mas Raymond não estava dormindo e ficou calado. Os rapazes voltaram no dia seguinte com o caminhão de esterco e logo se mandaram para comprar uísque; retornaram e se divertiram a valer na barraca. Ponzo disse que aquela noite estava fria demais e dormiu no chão da nossa barraca enrolado num enorme encerado cheirando a bosta de vaca. Bea odiava ele; disse que ele andava com seu irmão só para ficar perto dela. Nada iria acontecer a não ser inanição para Bea e para mim, então pela manhã andei pelos campos das redondezas pedindo emprego na colheita de algodão. Todos me disseram para ir à fazenda que ficava do outro lado da estrada em frente ao camping. Fui, e o fazendeiro estava na cozinha com suas mulheres. Ele saiu, ouviu minha história, e me alertou que estava pagando apenas três dólares por quarenta e cinco quilos de algodão colhido. Eu me imaginei colhendo pelo menos cento e trinta quilos por dia e peguei o emprego. Ele catou umas sacolas de lona compridas no galpão e me disse que a colheita começava ao amanhecer. Corri de volta para Bea felicíssimo. No caminho um caminhão carregado de uvas passou por um calombo da estrada e grandes cachos caíram no asfalto quente. Eu os apanhei e levei-os para casa. Bea ficou feliz. "Raymond e eu vamos junto para ajudar." "Shhhh!" eu disse. "Nada disso!" "Você vai ver, você vai ver, é muito difícil colher algodão. Vou lhe ensinar." Comemos as uvas e ao entardecer Freddy apareceu com um pedaço de pão e meio quilo de hambúrguer e fizemos um piquenique. Numa barraca maior próxima à nossa morava uma família inteira de caipiras colhedores de algodão; o avô passava o dia inteiro sentado numa cadeira, era velho demais para trabalhar; a cada amanhecer seu filho e sua filha, com os netos, enfileiravam-se na estrada em direção ao campo da minha fazenda e iam trabalhar. Na aurora do dia seguinte fui com eles. Eles disseram que o algodão era mais pesado ao amanhecer por causa do orvalho e que se podia fazer mais dinheiro do que à tarde. Mesmo assim trabalhavam o dia inteiro do nascer ao pôr do sol. O avô tinha vindo do Nebraska durante a grande praga dos anos trinta --- aquela mesma grande nuvem de poeira de que meu caubói de Montana havia falado --- com a família inteira num caminhão caindo aos pedaços. Desde então eles estavam na Califórnia. Adoravam trabalhar. Nesses dez anos o filho do velho havia acrescentado quatro filhos à família, alguns deles já grandes o suficiente para colher algodão. E por esses dias eles haviam progredido da pobreza esfarrapada nos campos de Simon Legree para uma espécie de respeitabilidade sorridente em barracas melhores, e isso era tudo. Eles eram extremamente orgulhosos de sua barraca. "Tão pensando em voltar pro Nebraska?" "Shhhh! Não há nada por lá. O que queremos é comprar um trailer." Nos inclinamos e começamos a colher o algodão. Era lindo. Do lado de lá do campo ficavam as barracas, e além delas os áridos campos terrosos de algodão se estendendo a perder de vista, e mais adiante as Sierras com seus cumes nevados sob o ar azulado da manhã. Era muito melhor do que lavar pratos na rua South Main. Mas eu não sabia nada sobre colheita de algodão. Levava muito tempo despregando a fofa bola branca do talo quebradiço; os outros faziam isso num instante. Além do mais as pontas dos meus dedos começaram a sangrar; eu precisava de luvas, ou de mais experiência. Nos campos havia um velho casal de negros junto com a gente. Eles colhiam algodão com a mesma santa paciência que seus avós no Alabama pré-guerra: curvados e melancólicos, seguiam reto em suas fileiras, e seus sacos iam engordando. Minhas costas começaram a doer. Mas era lindo se ajoelhar e se esfolar naquela terra: quando sentia vontade de descansar, eu o fazia, com o rosto num travesseiro de terra úmida e escura. Pássaros cantarolavam marcando o compasso. Pensei ter encontrado o emprego da minha vida. Bea e Raymond vieram pelo campo acenando no silêncio abafado do meio-dia e se juntaram a mim no trabalho. Uma ova se o pequeno Raymond não era mais rápido do que eu! --- e Bea claro era duas vezes mais veloz. Eles trabalhavam à minha frente e deixavam montes de algodão limpo para que eu guardasse em meu saco, Bea deixava montes de uma colhedora experimentada, Raymond montinhos infantis. Eu os enfiava no meu saco pesaroso. Que tipo de velhote era eu que não conseguia sustentar o próprio rabo e ainda deixando o deles desamparado. Eles passaram a tarde inteira comigo. Quando o sol se pôs nos arrastamos embora juntos e doloridos. No limite da lavoura esvaziei minha carga numa balança, pesava vinte e dois quilos e eu ganhei um dólar e meio. Então pedi emprestada a bicicleta de um dos garotos caipiras e me dirigi pela 99 até o armazém num entroncamento da estrada onde comprei latas de espaguete cozido e almôndegas, pão, manteiga, café e bolo, e voltei com a sacola pendurada no guidão. O tráfego para LA passava zunindo; o tráfego em direção a Frisco me acossava por trás. Praguejei e praguejei. Olhei para o céu escuro e pedi a Deus por uma vida menos árdua e uma chance melhor para fazer algo por aquela gente que eu amava. Mas ninguém estava prestando atenção em mim lá em cima. Eu já deveria saber disso. Foi Bea quem me trouxe de volta a este mundo: ela aqueceu a comida no fogão da barraca e aquela foi uma das melhores refeições da minha vida. Suspirando como um velho negro colhedor de algodão, estendi-me na cama e fumei um cigarro. Cães uivavam na noite gelada. Freddy e Ponzo haviam desistido de aparecer durante a noite. Fiquei satisfeito com isso. Bea enroscou-se no meu corpo, Raymond sentou sobre meu peito, e eles desenharam bichos no meu caderno. A luz da nossa barraca reluzia na planície horripilante. A música dos caubóis ressoava no bar e percorria os campos repleta de melancolia. Para mim estava tudo bem. Beijei minha pequena e apagamos a luz. Pela manhã o orvalho fez a barraca ceder; eu me levantei com minha toalha e escova de dentes e fui ao banheiro comunitário do motel para me lavar; então voltei, vesti minha calça que estava toda rasgada de tanto me ajoelhar na terra e que havia sido costurada por Bea de noite; enfiei meu chapéu de palha esfarrapado que originalmente havia sido o chapéu de brinquedo de Raymond; e cruzei a estrada com o saco de lona. Todos os dias eu ganhava aproximadamente um dólar e meio. Era o suficiente apenas para ir comprar comida à noite com a bicicleta. Os dias se passavam. Esqueci tudo a respeito do Leste e tudo sobre Neal e Allen e a maldita estrada. Raymond e eu brincávamos o tempo inteiro: ele gostava que eu o atirasse para cima e o deixasse cair na cama. Bea sentava remendando as roupas. Eu era um camponês exatamente como havia sonhado que seria em Ozone Park. Houve rumores de que o marido de Bea estava de volta a Selma e andava atrás de mim; eu estava preparado para ele. Uma noite os caipiras ficaram furiosos no bar e amarraram um homem numa árvore e bateram nele com paus até desmanchá-lo. Eu estava dormindo e apenas ouvi falar sobre isso. Daí em diante passei a carregar um porrete comigo quando estava na barraca para o caso de eles pensarem que nós mexicanos estávamos emporcalhando o acampamento deles. Claro que eles achavam que eu era mexicano; e eu sou. Mas agora estava entrando outubro e as noites estavam ficando muito mais frias. A família de caipiras tinha um fogão a lenha e planejava ficar ali no inverno. Nós não tínhamos nada, e além disso o aluguel da barraca estava vencido. Bea e eu concluímos amargamente que tínhamos que partir. "Volte pra sua família" eu disse "Pelo amor de Deus, você não pode ficar rolando por aí em barracas com um bebê como Raymond; o pobrezinho tem frio." Bea chorou porque eu estava criticando seus instintos maternos; não foi isso que eu quis dizer. Quando Ponzo chegou com o caminhão numa tarde cinzenta decidimos falar com a família dela sobre nossa situação. Mas eu não poderia ser visto e deveria me esconder nos vinhedos. Partimos para Selma; o caminhão quebrou e no mesmo instante começou a chover loucamente.

Ficamos sentados no caminhão blasfemando. Ponzo saiu e deu duro na chuva. No fim das contas ele era um sujeito legal. Nos comprometemos a tomar mais um grande pileque. Fomos até um boteco no bairro mexicano de Selma e passamos uma hora enchendo a cara de cerveja. Estava de saco cheio da minha labuta diária nas lavouras de algodão. Podia sentir o impulso da minha própria vida me chamando de volta. Enviei um postal barato para minha mãe e pedi cinquenta dólares outra vez. Fomos para o barraco da família de Bea. Ficava na velha estrada que cruzava os vinhedos. Estava escuro quando chegamos lá. Eles me largaram uns quinhentos metros antes e se dirigiram até a porta. A luz jorrou por ela; os outros seis irmãos de Bea estavam tocando violão e cantavam. O velho estava bebendo vinho. Ouvi gritos e discussões. Eles a chamavam de piranha por ter abandonado o marido que não prestava e ido para L.A. deixando Raymond com eles. Mas a opinião da mãe morena gorda e melancólica prevaleceu, como sempre acontece entre os grandes povos camponeses do mundo, e Bea pôde voltar para casa. Os irmãos começaram a tocar músicas alegres. Eu tiritava no vento frio e chuvoso e observava tudo através dos tristes vinhedos de outubro do Vale. Eu estava com a cabeça nessa grande canção que é "Lover Man" cantada por Billie Holliday. "Someday we'll meet, and you'll dry all my tears, and whisper sweet, little words in my ear, hugging and a-kissing, Oh what we've been missing, Lover Gal Oh where can you be..." Não é tanto a letra mas a incrível melodia harmônica e o jeito como Billie canta, como uma mulher acariciando o cabelo de seu homem sob a luz suave do abajur. Os ventos uivavam. Fiquei com frio. Bea e Ponzo retornaram e juntos zarpamos no velho caminhão para encontrar Freddy. Freddy agora estava morando com a mulher de Ponzo Big Rosey; tocamos a buzina para ele nos becos minúsculos. Big Rosey o expulsou de casa. Tudo estava ruindo. Naquela noite Bea me abraçou com força, é claro, e me disse para não partir. Ela falou que trabalharia colhendo uvas e que ganharia dinheiro suficiente para nós dois; enquanto isso eu poderia morar no celeiro da fazenda Heffelfinger um pouco mais adiante na mesma estrada em que morava a família dela. Eu não teria nada a fazer senão sentar na grama o dia inteiro comendo uvas. Pela manhã seus primos vieram nos buscar noutro caminhão. De repente me dei conta de que milhares de mexicanos em todo o território estavam sabendo a respeito de Bea e de mim e que esse devia ter sido um assunto saboroso e romântico para eles. Os primos eram educadíssimos e na verdade agradáveis.. Permaneci na plataforma do caminhão com eles enquanto adentrávamos estrepitosamente na cidade, segurando-me na grade e sorrindo amavelmente, falando sobre onde estávamos durante a guerra e qual era o lance. Ao todo eram cinco primos e todos eles eram legais. Pareciam pertencer ao lado da família de Bea que não fazia algazarra como o irmão dela. Mas eu amava o irmão dela. Eu amava aquele Freddy maluco. Ele jurou que iria até Nova York para se encontrar comigo. Eu o imaginava em Nova York deixando tudo para manana. Naquele dia ele estava bêbado em algum outro lugar pelo campo. Saltei do caminhão na encruzilhada e os primos levaram Bea para casa. Eles fizeram um sinal lá da porta: o pai e a mãe não estavam, tinham saído para colher uvas. Fiquei de dono da casa durante toda a tarde. Era um barraco de quatro peças; eu não podia imaginar como toda a família se ajeitava para viver ali. Moscas voavam sobre a pia. Não havia persianas, exatamente como na canção. "A janela está quebrada e a chuva pode entrar." Bea estava em casa agora e fuçando nas panelas. Suas duas irmãs sorriram para mim. As crianças gritavam na estrada. Quando o sol rompeu rubro através das nuvens no meu último entardecer no Vale Bea me conduziu ao celeiro da fazenda Heffelfinger. O fazendeiro Heffelfinger tinha uma próspera propriedade mais adiante naquela mesma estrada. Juntamos uns caixotes, ela trouxe uns cobertores da sua casa e tudo estava arrumado exceto pela grande tarântula peluda que se escondia no ponto mais alto do teto do celeiro. Bea disse que ela não me faria mal se eu não a perturbasse. Eu me deitei de costas olhando fixamente para ela. Fui ao cemitério e trepei numa árvore. Cantei "Blue Skies" lá em cima. Bea e Raymond sentaram na grama; comemos uvas. Na Califórnia chupa-se o suco das uvas e cospe-se a casca fora, realmente um luxo. Caiu a noite. Bea foi jantar em casa e retornou ao celeiro às nove horas com tortillas deliciosas e feijão mexido. Para iluminar o celeiro fiz uma fogueira no chão de cimento. Transamos em cima dos caixotes. Bea levantou-se e foi direto de volta para o barraco. Seu velho estava gritando com ela, eu podia ouvi-lo lá do celeiro. Ela deixou um manto para me aquecer; eu o joguei sobre os ombros e deslizei pelos vinhedos enluarados para ver o que estava acontecendo. Furtivamente fui até o fim da trilha e me ajoelhei no barro morno. Seus cinco irmãos cantavam canções melodiosas em espanhol. As estrelas inclinavam-se sobre o pequeno telhado; fumaça serpenteava da chaminé do fogão a lenha. Senti o cheiro de feijão mexido e chili. O velho resmungava. Os irmãos prosseguiam a cantoria. A mãe estava calada. Raymond e os meninos faziam farra no quarto. Um lar da Califórnia! Escondido nos vinhedos eu sacava tudo. Me senti um milionário; estava me aventurando na louca noite americana. Bea caiu fora batendo a porta atrás de si. Abordei-a na estrada escura. "O que é que há?" "Ah a gente briga o tempo inteiro. Ele quer que eu vá trabalhar amanhã. Diz que não quer me ver vadiando por aí. Jackie quero ir com você pra Nova York." "Mas como?" "Não sei meu amor. Sentirei sua falta eu te amo." "Mas eu tenho que partir." "Sim, sim. A gente transa mais uma vez e aí você vai." Retornamos ao celeiro; fiz amor com ela sob a tarântula. O que aquela tarântula estava fazendo? Dormimos por uns instantes sobre os caixotes. Ela voltou para casa à meia-noite; seu pai estava embriagado; pude ouvi-lo rugir; então houve silêncio quando ele caiu no sono. As estrelas envolviam campos adormecidos. Pela manhã o fazendeiro Heffelfinger enfiou a cabeça pelo buraco feito para o cavalo e disse "Como está você meu jovem camarada?" "Bem. Espero que também esteja tudo bem com minha estada aqui." "Claro. Você anda saindo com aquela sirigaita mexicana?" "Ela é uma garota muito legal." "E muito bonita também. Acho que o touro pulou a cerca. Ela tem os olhos azuis." Falamos a respeito de sua fazenda. Bea me trouxe o desjejum. Eu estava com meu saco de lona arrumado e pronto para ir para Nova York, tão logo apanhasse meu dinheiro em Selma. Sabia que a essa altura ele estava lá esperando por mim. Disse a Bea que estava partindo. Ela estivera pensando sobre isso a noite inteira e estava conformada. Me beijou sem sentimentalismos entre os vinhedos e se mandou trilha abaixo. Nos viramos depois de uns dez passos, pois o amor é um duelo, e nos olhamos pela última vez. "Te vejo em Nova York Bea" disse. Estava combinado que dentro de um mês ela iria para Nova York com o irmão. Mas ambos sabíamos que ela não o faria. A trinta metros me voltei para vê-la. Ela seguia caminhando de volta para o barraco, carregando numa das mãos o prato do meu café da manhã. Arqueei a cabeça e a observei. Oh ai de mim, eu estava na estrada outra vez. Caminhei pela rodovia rumo a Selma comendo nozes de uma nogueira negra, fui para a linha da SP me equilibrando sobre os trilhos, passei por uma caixa d'água e por uma fábrica. Alguma coisa terminava ali. Fui até o telégrafo da estação ferroviária atrás da minha ordem de pagamento vinda de Nova York. Estava fechado. Blasfemei e sentei nos degraus para esperar. O bilheteiro voltou e me convidou para entrar. Lá estava o dinheiro, minha mãe tinha salvo mais uma vez o meu traseiro preguiçoso. "Quem vencerá o campeonato do ano que vem?" perguntou o velho e macilento bilheteiro. De repente percebi que era Outono e que eu estava retornando para Nova York. Uma grande alegria tomou conta de mim. Disse que seriam Braves e Red Sox; acabaram sendo Braves e Indians, Série Mundial de 1948. Mas agora era o ano da graça de 1947. No longo e ressequido outubro eu estava deixando o vale de San Joaquin; e naquele momento estavam acontecendo coisas no Texas que devo contar agora, para dar riqueza às circunstâncias que fizeram Neal e eu ziguezaguearmos e nos desencontrarmos pela terra naquele Outono. Neal e Allen moraram no barraco de Bill Burroughs no pântano durante um mês. Dormiam numa cama de lona, assim como Hunkey; Bill e Joan tinham um quarto com sua filhinha Julie. Os dias eram sempre iguais: Bill levantava primeiro, ia furungar no quintal onde estava cultivando um jardim de marijuana e construindo um acumulador de orgônio reichiano. Trata-se de uma caixa comum grande o bastante para um homem sentar-se em uma cadeira em seu interior: uma camada de madeira uma camada de metal e outra camada de madeira recolhem orgônios da atmosfera e prendem-nos por tempo suficiente para que o corpo humano absorva-os acima da quantidade normal. De acordo com Reich orgônios são átomos vibratórios atmosféricos do princípio vital. As pessoas têm câncer porque ficam sem orgônio. Bill achava que seu acumulador de orgônio seria aprimorado se a madeira usada fosse o mais orgânica possível: assim ele amarrava folhas e galhos dos arbustos do pântano em sua casinha mística. Ela ficava lá no pátio quente e plano, uma máquina desfolhada crivada e adornada com dispositivos maníacos. Bill tirava as roupas e entrava nela e sentava-se em devaneios. Saía bradando pelo café da manhã e por sexo. Seu corpo comprido e macilento voltava para o barraco aos trancos, o pescoço enrugado de urubu mal sustentava a cabeça ossuda na qual era armazenado todo o conhecimento acumulado em trinta e cinco anos de vida louca. Contarei mais sobre ele a seguir. "Joan" dizia ele "você já aprontou o café da manhã? Se não vou pegar um bagre. Neal! Allen! Vocês passam a vida a dormir --- jovens como vocês. Levantem-se, temos que ir até McAllen pegar uns mantimentos." Por uns quinze minutos ele andava pela casa animado e afobado esfregando as mãos ansiosamente. Quando todos haviam se levantado e se arrumado o dia de Bill estava encerrado, toda sua energia havia se esgotado, os orgônios haviam escapulido pelos milhões de orifícios de seus flancos esguios e braços murchos onde ele espetava a agulha de morfina. Joan tentava encontrá-lo. Ele estava escondido no quarto tomando a primeira dose da manhã. Saía de lá com o olhar vidrado e calmo. Neal dirigia sempre; ele foi o chofer de Bill a partir do momento em que o conheceu. Eles tinham um jipe. Iam até as lojas nos entroncamentos da estrada e compravam mantimentos e inaladores de Benzedrina. Hunkey ia junto na esperança de que fossem até Houston de modo que ele pudesse deslizar pelas ruas e misturar-se ao pessoal. Ele estava cansado de usar um chapéu de palha e carregar baldes de água para Joan. Há uma foto dele revolvendo o canteiro de marijuana com seu imenso chapéu de palha; ele parece um cule; o barraco está ao fundo com baldes de limpeza na varanda e a pequena Julie protegendo os olhos para observar. Há outra foto de Joan sorrindo tímida junto a uma panela; o cabelo comprido e despenteado; ela está doida de benzedrina e sabe Deus o que estava dizendo quando a câmera foi disparada... "Não aponte esse cacareco detestável para mim." Neal me escreveu longas cartas em cima de um caixote contando tudo. Ele sentava-se aos pés de Bill na sala de estar. Bill fungava e contava histórias compridas. Quando o sol se punha Bill sempre arrancava um galho da erva plantada ali para abrir o apetite. Todo mundo praguejava enquanto corria pra lá e pra cá no barraco às voltas com as várias tarefas. Então Joan preparava um jantar adorável. Sentavam-se junto às sobras --- Allen de olhos redondos ruminando e dizendo "Humm" na grande noite texana; Neal ávido berrando "Sim! Sim!" pra tudo o que todo mundo dizia; Hunkey rabugento com suas calças roxas remexendo em velhas gavetas atrás de uma ponta de baseado; Joan fatigada desviando o olhar, e Bill --- Tio Bill eles o chamavam --- sentado com as pernas compridas cruzadas e manuseando sua espingarda. De repente ele deu um pulo e disparou a arma de cano duplo pela janela aberta. Um velho cavalo manco e desembestado correu pela linha do tiro. O chumbo grosso varou o tronco podre de uma árvore do Pântano. "Meu Deus!" gritou Bill "atirei num cavalo!" Todos foram para fora correndo; o cavalo galopava pelos charcos. "Você quer dizer aquela coisa velha bichada e asquerosa" zombou Joan. "Aquilo não é um cavalo." "Se não é um cavalo é o quê." "Alistair diz que é uma bruxa." Alistair era um fazendeiro vizinho soturno que passava o dia inteiro sentado em sua cerca. "O problema do mundo é", dizia ele, "que existem ju-de-e-e-e-us demais" com o nariz comprido e pontudo farejando o ar. Ele tinha uma varinha rabdomântica e andava por lá com ela. Quando ela se inclinava, ele afirmava que havia água ali embaixo. "Como essa varinha funciona?" perguntou Bill. "Não é tanto ELA mas eu" disse Alistair. Um dia ele foi lá; mal chegou começou a trovejar. "Bem acho que trouxe a chuva comigo" falou ele com ar soturno. A turma ficava por lá tocando discos de Billy Holliday na noite do pântano texano. Hunkey previu que o fim do mundo teria início no Texas. "Simplesmente há indústrias químicas e presidiários demais por aqui, posso sentir no ar, é tudo muito sinistro." Joan concordou. "A reação em cadeia vai começar aqui." Falaram sobre a explosão em Texas City que todos ouviram certa tarde. Todas as cabeças concordaram na confirmação desse evento apocalíptico. "Não vai demorar muito" disse Joan. Bill fungou e guardou seus segredos para si. Hunkey --- o pequeno Hunkey moreno de rosto oriental --- saía à noite e pegava varetas podres no pântano. Havia fascinantes variedades de desintegração a serem encontradas. Ele descobriu novos tipos de vermes. Finalmente disse que começou a encontrá-los em sua pele. Passava horas no espelho arrancando-os. Então chegou a hora de todos mudarem-se para Nova York. Bill encheu-se do pântano de repente. Ele tinha uma renda semanal de cinquenta dólares enviada por sua família, sempre tinha um grande maço de notas no bolso. Mandou Joan e a filhinha de trem e ele e Hunkey e Neal iriam de jipe. Allen entrou em um período soturno que chamou de "Depressão dos Pântanos". Neal estava cansado do esforço terrível de falar e falar com Allen o tempo todo; eles começaram a discutir. Allen foi ao cais de Houston e de repente viu-se na sede do sindicato alistando-se em um navio para Dakar, África Ocidental. Dois dias depois ele zarpou. Voltou para Nova York dois meses depois com uma barba hirsuta e a "Depressão de Dakar" debaixo do braço. Neal levou Bill e Hunkey e alguns apetrechos domésticos no jipe até Nova York. Ele não parou nenhuma vez --- Texas, Louisiana, Alabama, Carolina do S., Carolina do N., Virgínia e adiante. Chegaram em Manhattan ao amanhecer e foram direto para Vicki com meio quilo de maconha que ela comprou na mesma hora. Eles estavam quebrados. Neal andou com Bill por toda a zona metropolitana de Nova York à procura de um apartamento. Hunkey desapareceu na Times Square e finalmente foi preso por porte de erva e condenado a cumprir pena em Riker's Island. O entardecer em que Bill Burroughs finalmente encontrou um apartamento foi a tarde em que deixei Selma. Estava ansioso para encontrá-los e me juntar a eles. Caminhei pelos trilhos na longa e melancólica luz de outubro do vale na esperança de que um trem de carga da SP aparecesse e então eu pudesse me juntar aos vagabundos comedores de uva e ler os pasquins com eles. O trem não apareceu. Fui para a estrada e ganhei carona num instante. Foi a carona mais extraordinária e rápida da minha vida. O motorista tocava rabeca numa famosa banda de caubóis da Califórnia. Tinha um carro novo em folha e o dirigia a cento e vinte por hora. "Não bebo quando dirijo" disse me oferecendo um trago. Tomei um gole e lhe passei a garrafa. "Com os diabos" disse e bebeu. Fomos de Selma a Los Angeles no impressionante tempo de quatro horas --- cerca de 400 quilômetros. O vale desenrolou-se outra vez diante de meus olhos. Eu havia vibrado pra cima e pra baixo no Vale do Hudson e agora vibrava pra cima e pra baixo no Vale de San Joaquin do outro lado do mundo. Era estranho. "Iuupii!" berrou o rabequista. "Vê só isso, o líder da minha banda teve que voar para o funeral do pai dele em Oklahoma hoje de manhã e tenho que liderar a banda hoje à noite e ficaremos no ar durante meia hora. Será que você sabe onde posso descolar benzedrina por aí. Nunca disse nenhuma palavra no ar." Disse a ele para comprar um inalador em qualquer farmácia. Ele ficou bêbado. "Sabe que você podia fazer a apresentação por mim. Eu empresto um terno. Você parece falar um inglês bem bonzinho. O que me diz?" Fiquei totalmente a fim --- de caminhões mexicanos desengonçados a apresentador de programa de rádio em 24 horas. Pra que mais eu viveria? Mas ele esqueceu e tudo bem pra mim também. Perguntei se ele já tinha ouvido Dizzy Gillespie tocar trompete. Ele deu um tapa na coxa. "Aquele cara é um COMPLETO desvairado!" Saímos por Grapevine Pass. "Sunset Boulevard, ha-haaa!" ele uivou. Ele me largou bem em frente ao estúdio da Columbia Pictures em Hollywood; no tempo justo para eu correr e apanhar meu original rejeitado. Então comprei minha passagem de ônibus para Nova York. Com o ônibus partindo às dez eu tinha quatro horas para curtir Hollywood sozinho. Primeiro comprei pão e salame e fiz dez sanduíches para cruzar o país. Sobrava-me um dólar. Sentei numa murada de cimento nos fundos de um estacionamento de Hollywood e preparei os sanduíches usando um pedaço de madeira chata que encontrei no chão e que limpei para espalhar a mostarda. Enquanto labutava nessa tarefa absurda enormes refletores de alguma estreia hollywoodiana apunhalavam o céu, aquele céu agitado da Costa Oeste. Fui cercado pelos rumores da louca cidade dourada da costa. E foi essa minha carreira em Hollywood - - minha última noite na cidade e eu passando mostarda no meu colo nos fundos de um mictório de estacionamento. Esqueci de mencionar que eu não tinha dinheiro suficiente para uma passagem de ônibus até Nova York, apenas Pittsburgh. Pensei em me preocupar a respeito quando chegasse em Pittsburgh. Com meus sanduíches debaixo de um braço e a mochila de lona no outro passeei algumas horas por Hollywood. Famílias inteiras vindas do interior em velhos calhambeques passeavam pela esquina da Sunset com Vine bufando com os rostos ávidos à procura de estrelas do cinema em todos os lugares. Tudo o que viam eram outras famílias em outros calhambeques fazendo a mesma coisa. Vinham das planícies caipiras dos arredores de Bakersfield, San Diego, Fresno e San Berdoo; liam revistas de cinema; os garotinhos queriam ver Hopalong Cassidy conduzindo seu grande cavalo branco em meio ao trânsito; as menininhas queriam ver Lana Turner bem abraçada a Robt. Taylor diante do Whelan's; as mães queriam ver Walter Pidgeon de fraque e cartola saudando-os do meio-fio; os pais --- americanos macilentos malucos e decrépitos --- sentiam cheiro de dinheiro no ar. Estavam dispostos a vender as filhas a quem desse o lance mais alto. As calçadas fervilhavam de personagens. Todo mundo se olhando. Era o fim do continente, nada mais de terra. Alguém havia inclinado o continente americano como uma máquina de fliperama e todos os bobalhões vinham rolando para LA no canto sudoeste. Chorei por todos nós. Não há fim para a tristeza americana e para a loucura americana. Um dia todos nós vamos começar a rolar pelo chão rindo quando percebermos o quanto tem sido engraçado. Até lá vai existir em tudo uma seriedade lúgubre que eu adoro. Ao amanhecer meu ônibus estava zunindo através do deserto do Arizona --- Índio, Blythe, Salomé (onde ela dançou); as amplas extensões áridas rumo às montanhas mexicanas no sul. Então dobramos para o norte em direção às montanhas do Arizona, Flagstaff, Clifftown. Tinha comigo um livro que havia roubado num quiosque em Hollywood, "Le Grand Meaulnes" de Alain-Fournier, mas preferia ler a paisagem americana enquanto seguíamos em frente. Cada saliência, colina e planície mistificava meus anseios. Cruzamos o Novo México imersos na escuridão da noite; na aurora cinzenta estávamos em Dalhart Texas; na desamparada tarde de domingo rodamos pela monotonia de uma cidade atrás da outra em Oklahoma; ao entardecer foi o Kansas. O ônibus rodava solto. Eu estava indo para casa em outubro. Todo mundo vai para casa em outubro. Em Wichita desci do ônibus para ir ao banheiro. Havia um rapaz com um espalhafatoso terno espinha de peixe do Kansas despedindo-se do pai que era pastor. Um minuto depois vi um olho me espiando por um buraco no banheiro onde eu estava sentado. Enfiaram um bilhete por ali. "Faço qualquer coisa do lado de cá se você colocá-lo por aqui." Tive um vislumbre do terno espinha de peixe espalhafatoso do Kansas. "Não obrigado" eu disse pelo buraco. Que triste noite de domingo para o filho do pastor do Kansas; depressão de Wichita. Em uma cidadezinha do Kansas um balconista disse para mim "Não há nada para fazer por aqui". Olhei o fim da rua e os infinitos espaços além do último barraco arruinado. Chegamos a St. Louis ao meio-dia. Dei uma caminhada ao longo do rio Mississippi e observei as toras de madeira que vinham flutuando desde Montana no Norte --- magníficas toras da odisseia de nosso sonho continental. Velhos barcos a vapor com seus ornamentos ainda mais rebuscados e murchos pelas intempéries assentados na lama e habitados por ratos. Grandes nuvens vespertinas pairavam sobre o Vale do Mexesses. Naquela noite o ônibus rodou através do milharal de Indiana; a lua iluminava os montes fantasmagóricos de palha do milho colhido; estávamos quase no Dia das Bruxas. Puxei conversa com uma garota e a gente se grudou todo o percurso até Indianápolis. Ela era míope. Quando saltamos do ônibus para comer tive de conduzi-la pela mão até o balcão da lanchonete. Ela pagou minha refeição, todos os meus sanduíches já se tinham ido; em troca contei-lhe longas histórias. Ela estava vindo do estado de Washington onde havia passado o verão colhendo maçãs. Morava numa fazenda no norte do estado de Nova York. Ela me convidou para ir até lá. Em todo caso a gente marcou um encontro num hotel de Nova York. Ela saltou em Columbus Ohio e eu dormi o tempo inteiro até Pittsburgh. Estava mais fatigado do que jamais estivera em muitos anos. E ainda tinha seiscentos quilômetros de carona pela frente até Nova York e uma moeda no bolso. Caminhei oito quilômetros para sair de Pittsburgh e duas caronas, um caminhão carregado de maçãs e um enorme caminhão trailer, me conduziram a Harrisburg na noite amena e chuvosa do veranico de outono. Cruzei direto por lá. Queria chegar em casa. Foi a noite do Fantasma do Susquehanna. Jamais sonhei ficar tão enrolado. Em primeiro lugar eu não sabia mas estava voltando para Pittsburgh por uma estrada antiga. O Fantasma tampouco sabia. O Fantasma era um velhinho enrugado com uma sacola de papel que afirmava estar se dirigindo ao "Canady". Ele caminhava muito rápido, ordenando que eu o seguisse, e disse que havia uma ponte à nossa frente que poderíamos cruzar. Tinha uns sessenta anos; falava incessantemente sobre as refeições que tinha feito, quanta manteiga lhe haviam dado para as panquecas, quantas fatias extras de pão, como os velhos de uma instituição de caridade de Maryland o tinham chamado da varanda e convidado para ficar durante o fim de semana, como tinha tomado um delicioso banho quente antes de cair fora; como encontrara um chapéu novinho no acostamento da estrada na Virgínia e era aquele que estava em sua cabeça; como costumava abordar a Cruz Vermelha em todas as cidades mostrando suas credenciais de veterano da 1ª Guerra Mundial; como o tratavam; como a Cruz Vermelha de Harrisburg não era digna do nome; como ele se virava neste mundo difícil e às vezes vendia gravatas. Mas pelo que pude perceber ele era apenas um vagabundo andarilho semirrespeitável que cobria a pé toda a Vastidão Selvagem do Leste abordando os escritórios da Cruz Vermelha e às vezes esmolando uns centavos nas esquinas da Rua Principal. Vagabundeamos juntos. Caminhamos onze quilômetros ao longo do fúnebre Susquehanna. É um rio aterrador. Nas duas margens seus penhascos são repletos de arbustos dependurados como fantasmas felpudos sobre águas desconhecidas. Trevas da noite recobrem tudo. Às vezes surge o grande clarão avermelhado das locomotivas sobre os trilhos do outro lado do rio iluminando os penhascos horrendos. Também estava chuviscando. O homenzinho disse que tinha um belo cinto em sua sacola e nós paramos para que ele o pescasse ali dentro. "Tenho um cinto ótimo aqui em algum lugar --- arranjei em Frederick Maryland. Porra, será que deixei em cima do balcão em Fredericksburg?" "Você quer dizer Frederick." "Não, não, Fredericksburg Virgínia!" Ele estava sempre falando de Frederick Maryland e Fredericksburg Virgínia. Caminhava direto pela estrada no sentido contrário ao tráfego e quase foi atropelado várias vezes. Eu me arrastava pela sarjeta. A cada instante esperava ver o pobre homenzinho louco voar pelos ares morto no meio da noite. Nunca encontramos a tal ponte. Deixei-o na escuridão sob uma passarela da ferrovia e estava tão suado da caminhada que troquei de camisa e coloquei dois suéteres; um bar de beira de estrada iluminou meus tristes esforços. Uma família inteira veio caminhando pela estrada escura perguntando-se o que eu estaria fazendo. O mais incrível de tudo era que um tenor tocava um blues esplêndido naquele bar caipira da Pensilvânia; ouvi e lamentei. Começou a chover mais forte. Um homem me deu uma carona de volta para Harrisburg e disse que eu estava na estrada errada. Subitamente vi o homenzinho sob uma lâmpada da rua com o dedão a postos --- pobre miserável, pobre outrora menino perdido agora um fantasma alquebrado de selvas falidas. Contei a história para o motorista e ele parou para falar com o velho. "Escute aqui amigo, você está na direção do Oeste e não do Leste." "Hein?" disse o minúsculo fantasma. "Não venha me dizer que não conheço os caminhos daqui. Tenho andado por este país faz anos. Estou na direção do Canady." "Mas esta não é a estrada para o Canadá, esta estrada vai para Pittsburgh e Chicago." O homenzinho ficou desgostoso conosco e se pôs em marcha. O último vestígio que vi dele foi o balanço da pequena sacola branca dissolvendo-se na escuridão das lúgubres Alleghenies. "Ei" gritei. Ele murmurava consigo mesmo. Ele não via valor em frouxos como eu. "Vou direto... reto... para dentro... delas!" ele dizia sobre as terras do Canadá; disse que conhecia um lugar na fronteira por onde poderíamos entrar de mansinho sem sermos vistos, disse que iria até lá num trem de carga. "Vale do Lehigh, Lackawanna, Erie, vou por tudo." Eu julgava que toda a vastidão selvagem da América se concentrava no Oeste até o Fantasma do Susquehanna me provar o contrário. Não, também havia amplitudes selvagens no Leste, era a mesma Imensidão na qual Ben Franklin se arrastara no tempo dos carros de boi quando era agente do correio, quando George Washington era um recruta destemido que combatia os índios, quando Daniel Boone contava histórias sob lampiões na Pensilvânia e prometia encontrar o Desfiladeiro; quando Bradford abriu sua estrada e os homens saudaram-na ruidosamente construindo suas cabanas de toras. Para aquele homenzinho não existiam os amplos espaços do Arizona, só a vastidão repleta de arbustos do leste da Pensilvânia, Maryland e Virgínia, as estradas secundárias, escuras estradas serpenteando entre rios sombrios como o Susquehanna, Monongahela, o velho Potomac e Monocacy. A experiência me despedaçou completamente; aquela noite em Harrisburg trouxe-me a punição dos malditos, desde então. Tive de dormir num banco da estação ferroviária; ao amanhecer os bilheteiros me enxotaram. Não é verdade que você começa a vida como uma criancinha crédula sob a proteção paterna, então chega o dia da indiferença, em que o cara descobre que é um desgraçado, e miserável, e fraco, e cego, e nu, e com a aparência de um fantasma fatigado e fatídico avança trêmulo por uma vida de pesadelo. Me arrastei para fora da estação desfigurado; estava descontrolado. Daquela manhã tudo o que eu podia perceber era a palidez como a palidez de um túmulo. Eu estava morto de fome. Tudo que me restava em termos calóricos eram as últimas pastilhas para a garganta que eu tinha comprado meses atrás em Preston Nebraska; chupei-as por causa do açúcar. Eu não sabia esmolar. Arrastei-me para fora da cidade com uma força que mal me permitiu chegar aos seus limites. Sabia que seria preso se passasse mais uma noite em Harrisburg. Maldita cidade! Manhã horrível! Onde estavam as manhãs de minha visão de menino? O que um homem há de fazer? A vida é uma ironia depois da outra, pois a carona que consegui pegar foi com um sujeito magricela e desfigurado que acreditava no jejum para o bem da saúde. Quando lhe contei que estava morrendo de fome enquanto rodávamos para o leste ele disse: "Muito bom, muito bom, não há nada melhor para você. Eu mesmo não como há três dias. Vou viver até os cento e cinquenta anos". Ele era um fantasma --- um saco de ossos --- um boneco desengonçado --- um palito quebrado --- um maníaco. Eu poderia ter pego carona com um gordo endinheirado que diria "Vamos parar neste restaurante e comer umas costeletas de porco com feijão". Mas não, naquela manhã eu tinha que ter pego carona com um louco que acreditava no jejum para o bem da saúde. Em algum ponto de Nova Jersey ele ficou indulgente e pegou sanduíches de pão com manteiga no banco traseiro. Estavam escondidos entre suas amostras de vendedor. Ele rodava a Pensilvânia vendendo acessórios para encanadores. Devorei o pão com manteiga. De repente comecei a rir. Estava completamente só no carro esperando enquanto ele dava uns telefonemas de negócios em Allentown, N.J., e eu ria e ria. Deus, eu estava farto e de saco cheio da vida. Mas o louco me conduziu de volta para casa em Nova York. De repente lá estava eu na Times Square. Tinha viajado doze mil quilômetros pelo continente americano e estava de volta à Times Square; e ainda por cima bem na hora do rush, observando com os meus inocentes olhos de estradeiro a loucura completa e o zunido fantástico de Nova York com seus milhões e milhões de habitantes atropelando uns aos outros sem cessar em troca de uns tostões... pegando, agarrando, entregando, suspirando, morrendo, e assim poderiam ser enterrados naquelas horrendas cidades-cemitério que ficam além de Long Island. As elevadas torres da nação... o outro limite do país... o lugar onde nasceu a América das Notas Promissórias. Fiquei parado numa entrada de metrô tentando criar coragem suficiente para catar uma longa e linda bagana e toda vez que me preparava enormes multidões passavam céleres e a tiravam de vista até que finalmente foi esmagada. Eu não tinha dinheiro para pegar o metrô para casa. Ozone Park fica a vinte e quatro quilômetros da Times Square. Dá pra me imaginar caminhando aqueles últimos vinte e quatro quilômetros através de Manhattan e do Brooklyn? Era um fim de tarde. Por onde andava Hunkey? Vasculhei a Square atrás de Hunkey; ele não estava lá, estava atrás das grades em Riker's Island. Onde estava Neal? -- e Bill? onde estava todo mundo? Onde é que estava a vida? Eu tinha minha casa para ir, meu lugar para descansar a cabeça e calcular as perdas que havia sofrido e contabilizar o ganho que sabia estar também em algum lugar. Tive de mendigar um troco para o metrô. Abordei finalmente um pastor grego que estava parado na esquina. Ele me deu uma moeda com o olhar distante e temeroso. Corri direto para o metrô. Ao chegar em casa comi tudo que havia na geladeira. Minha mãe se levantou e olhou para mim. "Meu pobre John" disse ela em francês "como você está magro, como você está magro. Por onde andou esse tempo todo?" Eu vestia duas camisas e dois suéteres; dentro do meu saco de lona estavam minhas arruinadas calças da plantação de algodão e os restos esfarrapados das minhas alpargatas. Com o dinheiro que enviei da Califórnia minha mãe e eu decidimos comprar um novo refrigerador; seria o primeiro da família. Ela foi se deitar e tarde da noite eu não conseguia adormecer e fiquei fumando na cama. Meu manuscrito pela metade estava sobre a escrivaninha. Era outubro, em casa, trabalho outra vez. As primeiras rajadas do vento gelado estremeciam as janelas e eu tinha conseguido chegar bem a tempo. Neal estivera na minha casa, dormira várias noites ali esperando por mim; passara algumas tardes conversando com minha mãe enquanto ela trabalhava num grande tapete tecido com retalhos de todas as roupas que minha família havia usado durante anos, e agora o tapete estava concluído e estendido no chão do meu quarto tão complexo e tão rico quanto o próprio passar do tempo; e então Neal se mandou, dois dias antes da minha chegada, cruzando minha rota provavelmente na Pensilvânia ou em Ohio, para chegar a San Francisco --- entre todos os lugares deste mundo --- e rastrear minhas pegadas perdidas por lá. Tinha sua própria vida lá; Carolyn tinha acabado de arranjar um apartamento. Nunca me ocorreu procurá-la enquanto estive em Marin City. Agora era tarde demais e além disso eu havia me desencontrado de Neal. Naquela primeira noite em casa jamais me ocorreu que veria Neal outra vez e que começaria tudo de novo, a estrada, o turbilhão da estrada, mais do que jamais antevi nas minhas mais loucas fantasias. PARTE DOIS: Um ano e meio se passou antes que eu visse Neal outra vez. Fiquei em casa todo esse tempo, terminei meu livro e comecei a frequentar a faculdade com base na Lei dos Veteranos da Segunda Guerra. No Natal de 1948 minha mãe e eu descemos para visitar minha irmã no Sul carregados de presentes. Eu havia escrito para Neal e ele falou que estava vindo para o Leste outra vez; e eu lhe disse que se realmente viesse poderia me encontrar em Rocky Mount, Carolina do Norte, entre o Natal e o Ano-Novo. Certo dia todos os nossos parentes sulistas estavam sentados na sala de estar em Rocky Mount, homens e mulheres enfadonhos com a velha poeira sulista recobrindo seus olhos conversando em voz grave e aborrecida sobre o tempo, as colheitas e aquela usual e tediosa recapitulação sobre quem tinha tido bebês, quem comprara uma nova casa e assim por diante, quando um Hudson 1949 todo enlameado estacionou na estradinha de terra em frente à casa. Eu não tinha a menor ideia de quem poderia ser. Um cara jovem e exausto, musculoso e metido numa camiseta esfarrapada, com a barba por fazer, os olhos vermelhos chegou até a varanda e tocou a campainha. Abri a porta e subitamente me dei conta de que era Neal. Ele viera de San Francisco até a porta da casa de minha irmã na Carolina do Norte, e num tempo surpreendentemente curto porque eu praticamente acabara de lhe escrever minha última carta dizendo onde estava. Pude ver duas figuras dormindo no carro. "Puta que pariu! Neal! Quem é que tá nesse carro?" "O-lá, o-lá cara, é Louanne. E Al Hinkle. Precisamos de um banho neste exato instante, estamos cansados pra cacete." "Mas como você chegou tão rápido até aqui." "Ah cara, esse Hudson voa!" "Onde você arranjou ele?" "Comprei com minhas economias. Dei uma trabalhada como guarda-freios na ferrovia

Southern Pacific levantando uns quatrocentos dólares por mês." Na hora seguinte houve uma confusão completa. Para começar, meus parentes sulistas não tinham a menor ideia do que estava acontecendo, nem de quem ou o que eram Neal, Louanne e Al Hinkle; olhavam apalermados. Minha mãe e minha irmã foram para a cozinha confabular. Ao todo, eram onze pessoas numa minúscula casa sulista. Não apenas isso mas minha irmã tinha decidido se mudar daquela casa e metade da sua mobília já tinha ido; ela e o marido e o bebê estavam indo para Ozone Park para morar conosco no pequeno apartamento. Ao ouvir isso Neal imediatamente ofereceu seus serviços com o Hudson. Ele e eu transportaríamos a mobília para Nova York em duas rápidas viagens e na última delas levaríamos minha mãe de volta. Isso faria com que economizássemos um monte de dinheiro. Tudo ficou decidido. Minha irmã preparou um banquete e três viajantes esgotados sentaram-se para comer. Louanne não dormia desde Denver; achei que ela parecia mais madura e mais bonita agora. Deixe-me descrever tudo que aconteceu e por que Louanne estava com Neal. Ele havia vivido feliz com Carolyn em San Francisco desde aquele Outono de 1947; arranjou um emprego na ferrovia e ganhou um monte de dinheiro. Tornou-se pai de uma linda garotinha, Cathy Jo Ann Cassady. Certo dia ele pirou de repente quando caminhava pela rua e viu um Hudson 1949 à venda e correu ao banco e sacou toda a grana. Comprou o carro no ato. Al Hinkle estava com ele. Agora estavam completamente duros. Neal tranquilizou as aflições de Carolyn e garantiu a ela que estaria de volta em um mês. "Tô indo a Nova York para trazer Jack de volta." Ela não ficou muito entusiasmada com a ideia. "Mas qual é o sentido disso tudo? Por que você está fazendo isso comigo?" "Não é nada, não é nada querida --- ah --- hum --- Jack pediu e implorou que eu fosse apanhá-lo, é absolutamente necessário que eu o faça --- mas não vamos entrar nessa de tantas explicações --- vou dizer por quê... não, é o seguinte, vou dizer por quê." E ele lhe disse por quê, e é claro que não fazia o menor sentido. O grandalhão Al Hinkle também trabalhara na ferrovia com Neal. Eles tinham sido dispensados durante uma greve. Al havia conhecido uma garota chamada Helen que estava morando em San Francisco com suas economias. Esses dois cafajestes desmiolados decidiram trazer a garota para o Leste e fazê-la pagar todas as despesas. Al adulou-a e suplicou; ela não iria a não ser que eles se casassem. Em poucos e turbulentos dias Al Hinkle casou com Helen, com Neal correndo de um lado para outro para providenciar os papéis, e poucos dias antes do Natal eles se mandaram de San Francisco a cento e vinte por hora, rumo a LA e às estradas sem neve do sul. Em LA apanharam um marinheiro numa agência de viagens e levaram-no junto em troca do equivalente a quinze dólares em gasolina. Ele ia para Indiana. Também deram carona a uma mulher e sua filha retardada, cobrando uma taxa de quatro dólares de gasolina até o Arizona, e foram embora zunindo. Neal colocou a menina retardada sentada na frente com ele curtindo-a, como ele mesmo disse "Durante toda a <u>viagem</u> cara! uma singela e pequena alma perdida. Oh falamos, falamos, falamos sobre emoções intensas e o deserto se transformando num paraíso e seu papagaio praguejando em espanhol." Largando esses passageiros eles prosseguiram em direção a Tucson. Durante todo o trajeto Helen Hinkle, a nova mulher de Al, ficou reclamando que estava cansada e que queria dormir num motel. Se aquilo continuasse assim, eles teriam gasto todo o dinheiro dela bem antes de chegarem à Carolina do Norte. Em duas noites ela exigiu paradas e esbanjou notas de dez dólares em motéis de beira de estrada! No momento em que chegaram a Tucson ela estava lisa. Neal e Al livraram-se dela num saguão de hotel e reiniciaram a viagem a sós, com o marinheiro, e sem o menor sinal de remorso. Al Hinkle era um cara alto tranquilo e desleixado absolutamente pronto para fazer o que quer que Neal lhe pedisse; e nessa época Neal estava atarefado demais para ter escrúpulos. Ele estava rodando por Las Cruces Novo México quando de repente sentiu uma vontade incontrolável de rever sua querida primeira mulher Louanne. Ela estava lá em Denver. Ele deu uma guinada com o carro em direção ao Norte, apesar dos protestos ineficazes do marinheiro, e zuniu Denver adentro no anoitecer. Voou e encontrou Louanne num hotel. Amaram-se com selvageria durante dez horas. Ficou tudo combinado de novo; eles ficariam juntos. Louanne era a única garota a quem Neal realmente amava. Ele ficou nauseado de remorso ao ver outra vez o rosto dela e, como outrora, implorou e suplicou a seus pés para alegria dela. Ela compreendia Neal; afagou seu cabelo; sabia que ele era um doido. Para acalmar o marinheiro Neal acomodou-o com uma garota num quarto de hotel em cima do bar onde a velha turma do bilhar sempre bebia, na Glenarm com a 14. Mas o marinheiro rejeitou a garota e caiu fora durante a noite e eles jamais voltaram a vê-lo; evidentemente ele pegou um ônibus para Indiana. Neal, Louanne e Al Hinkle rodaram por Colfax em direção ao leste e às planícies do Kansas. Foram surpreendidos por grandes tempestades de neve. No Missouri, à noite, Neal teve de dirigir com a cabeça para fora da janela enrolada em uma manta e com óculos para neve que o faziam ficar parecido com um monge examinando manuscritos nevados porque o para-brisa estava recoberto por três centímetros de gelo. Ele cruzou pelo município natal de seus antepassados sem pestanejar. Pela manhã o carro derrapou num monte de gelo e voou para dentro de uma vala. Um fazendeiro se ofereceu para ajudá-los. Eles se deram mal ao apanhar um caroneiro que prometeu um dólar caso lhe dessem carona até Memphis. Em Memphis o cara entrou em casa, procurou indolentemente pelo dólar, se embebedou, e disse que não havia conseguido encontrá-lo. Eles prosseguiram através do Tennessee: as bielas tinham estragado por causa do acidente. Neal vinha dirigindo a cento e quarenta, agora não podia ultrapassar os cento e dez sob pena de o motor inteiro voar pelos ares zumbindo barranco abaixo. Eles cruzaram as Smoky Mountains em pleno inverno. Quando chegaram à porta da minha irmã não comiam fazia trinta horas --- a não ser balas e biscoitos de queijo. Comeram vorazmente enquanto Neal, com um sanduíche na mão, parava curvado e pulava em frente a uma grande vitrola escutando um disco de bop muito louco que eu havia comprado naqueles dias chamado "The Hunt", com Dexter Gordon e Wardell Gray soprando seus trompetes para uma plateia delirante que concedia ao disco um tom fantástico e frenético. A parentada sulista se entreolhou surpresa balançando a cabeça. "Afinal que tipo de amigos são os de Jack?" perguntavam para minha irmã. Ela foi desafiada a lhes dar uma resposta. Os sulistas não gostam nem um pouco de loucura, não a do tipo de Neal. Ele não dava a menor bola para eles. A loucura de Neal desabrochara como uma flor exótica. Eu não tinha percebido isso até que ele e eu e Louanne e Hinkle saímos para um breve giro no Hudson, quando ficamos sozinhos pela primeira vez e pudemos falar o que bem entendíamos. Neal se grudou no volante, engatou uma segunda, refletiu por um minuto enquanto rodava, de repente pareceu ter decidido alguma coisa e fez o carro despencar estrada abaixo a toda a velocidade num ímpeto de fúria. "Tudo certo Crianças", disse ele esfregando o nariz e se abaixando para testar o freio de mão e catando uns cigarros no porta-luvas e se inclinando pra lá e pra cá enquanto fazia tudo isso e dirigia "chegou a hora de decidir o que faremos na próxima semana. É crucial, crucial. Aham!" Ele desviou de uma carroça; nela estava sentado um velho negro se arrastando adiante. "Sim!" gritou Neal. "Sim! Saquem só ele! Agora imaginem só a alma dele --- deem um tempo e meditem", e diminuiu a velocidade do carro para que todos virássemos e olhássemos para o velho maltrapilho que seguia em frente entre lamúrias. "Oh sim, saquem ele na boa, daria o braço para saber que pensamentos estão cruzando aquela mente neste instante; queria penetrar profundamente nela e descobrir o que o pobre infeliz está pensando sobre os nabos com pernil de porco desse ano. Jack você não sabe mas morei durante um ano inteiro com um fazendeiro do Arkansas, quando tinha onze anos, tinha tarefas terríveis, certa vez tive que tirar o couro de um cavalo morto, nunca mais voltei ao Arkansas, desde o Natal de 1943, há exatamente 6 anos, quando Ben Gowen e eu fomos perseguidos por um homem armado que era o dono da arma que estávamos tentando roubar; estou contando tudo isso pra lhe mostrar o que posso falar sobre o Sul... eu conheço... quer dizer cara eu saco o sul, conheço tudo por aqui ---- realmente curti suas cartas sobre a região. Oh sim, oh sim", disse ele diminuindo e parando por completo, e de repente fazendo o carro saltar para cento e dez outra vez e debruçando-se sobre o volante. Ele olhava decididamente em frente. Louanne sorria serena. Aqui estava o novo e completo Neal, em plena maturidade. Pude perceber que Louanne e Hinkle vinham sacando isso nos últimos dias com amor e assombro. Eu disse a mim mesmo "Meu Deus ele está mudado." Seus olhos desprendiam raios furiosos quando ele falava sobre coisas que odiava; uma grande e cintilante satisfação os substituía quando ele ficava repentinamente feliz; cada músculo se contraía para viver e partir. "Oh cara as coisas que eu poderia te contar" dizia me cutucando "Oh cara, a gente simplesmente tem que conseguir tempo.. O que aconteceu com Allen. Todos nós temos que ver Allen meninos, primeira coisa amanhã. E agora Louanne vamos arranjar carne e pão para fazer um lanche para Nova York. Quanta grana você tem Jack? A gente joga tudo no banco de trás, a mobília da sra. K, e nós todos nos aconchegaremos na frente bem próximos um do outro contando histórias enquanto zunimos em direção a Nova York. Louanne da buceta de mel senta do meu lado, Jack é o próximo, Al na janela, o Big Al interceptando as correntes de ar motivo pelo qual ele vai viajar usando uma manta dessa vez... E aí a gente vai cair na vida mansa porque já está na hora e NÓS SABEMOS A HORA!" Coçou furiosamente o queixo, deu uma guinada no carro ultrapassando três caminhões, entrou rugindo no centro de Rocky Mountain olhando em todas as direções e vendo tudo num ângulo de 180 graus em torno de seus olhos sem mover a cabeça. Bum, encontrou uma vaga para estacionar num segundo e ali estávamos nós estacionados. Saltou do carro. Entrou impetuosamente na estação rodoviária; nós o seguimos como ovelhinhas. Ele comprou cigarros. Seus movimentos tornaram-se absolutamente doidos: parecia que estava fazendo tudo ao mesmo tempo. Era um movimento de cabeça, para cima e para baixo, para os lados, mãos vigorosas e convulsivas, passos rápidos, sentando, cruzando as pernas, descruzando, levantando, esfregando as mãos, coçando o saco, puxando as calças, olhando para cima e dizendo "Hum" e estreitando os olhos de súbito para ver tudo; e o tempo todo ele me agarrava pela cintura e falava, falava. Estava muito frio em Rocky Mt.; tinha nevado fora de época. Ele permanecia na longa e gélida Rua Principal paralela à Seaboard Railroad vestindo apenas uma camiseta e calças frouxas com o cinto aberto, como se estivesse a ponto de baixá-las. Aproximou-se enfiando a mão para falar com Louanne; recuou sacudindo as mãos na frente dela. "Oh sim, eu sei! Eu conheço VOCÊ, conheço VOCÊ Querida!" Sua risada era demente; começava baixa e terminava alta, igual à risada radiofônica de um maníaco, só que mais rápida e mais abafada. Um maníaco abafado. Em seguida ele mudava para um tom mais sério. Não havia motivo algum em nossa ida até o centro mas ele achou motivos. Fez com que todos nós saíssemos batalhando, Louanne para comprar o farnel, eu atrás do jornal para ver a previsão do tempo, Al procurando uns charutos. Neal adorava fumar charutos. Fumou um analisando o jornal e comentou. "Ah, nossos sacros picaretas de Washington estão planejando alguns inconvenientes adicionais --- ah --- hum! --- hã --- opa! opa!" e saltou correndo para olhar uma garota negra que passava naquele exato instante pela estação. "Saca só ela" disse com o dedo flácido apontando-a, acariciando a genitália com um sorriso apatetado "essa negrinha gostosa. Ah! Humm!" Entramos no carro e voamos de volta à casa de minha irmã. Eu estava passando um Natal tranquilo no interior, como pude perceber quando entrei novamente na casa e vi a árvore de Natal, os presentes e senti o cheiro do peru assado, e escutei a conversa dos parentes, mas agora a excitação havia tomado conta de mim outra vez, e esse formigamento se chamava Neal Cassady e lá estava eu saltando para outra intrépida cavalgada pela estrada. Amontoamos as caixas de roupas e pratos e algumas cadeiras de minha irmã na parte de trás do carro e zarpamos em meio à escuridão, prometendo estar de volta em trinta horas. Trinta horas para fazer mil e seiscentos quilômetros de Norte a Sul. Mas era assim que Neal queria que fosse. Foi uma viagem penosa mas nenhum de nós se deu conta; a calefação não estava funcionando e consequentemente o para-brisa ficava embaçado e coberto de gelo. A todo instante Neal metia a mão para fora dirigindo a cento e dez para esfregar o vidro com um trapo e fazer uma brecha para ver a estrada. No amplo

Hudson tínhamos espaço de sobra para nós quatro sentarmos na frente. Um cobertor tapava nossas pernas. O rádio não estava funcionando. Era um carro zero-quilômetro comprado há cinco dias e já estava estragado. Além disso apenas uma prestação fora paga. Lá fomos nós, para o norte rumo a Virgínia, pela 101, uma estrada reta com mão dupla e sem muito tráfego. E Neal falava, ninguém mais falava. Ele gesticulava furiosamente, de vez em quando se debruçava até mim para enfatizar alguma coisa, às vezes tirava as mãos do volante e mesmo assim o carro seguia reto como uma flecha, sem se desviar nadinha da enorme linha branca no meio da estrada que se desenrolava beijando nosso pneu dianteiro esquerdo. Não percebi que seria assim até a Califórnia antes que essa nova temporada chegasse ao fim. Uma série de circunstâncias absolutamente sem sentido fizeram com que Neal viesse a meu encontro e da mesma forma me mandei com ele sem o menor motivo. Em Nova York eu estava indo à faculdade e curtindo um romance com uma garota chamada Pauline, linda gata italiana com cabelos cor de mel e com quem eu estava realmente querendo casar. Durante todos esses anos eu havia procurado pela mulher com a qual quisesse me casar. Não conseguia conhecer uma garota sem me fazer a pergunta, "Que tipo de esposa ela daria?" Falei para Neal e Louanne sobre Pauline. Louanne subitamente foi fundo no caso. Ela quis saber tudo sobre Pauline, queria conhecê-la. Zunimos por Richmond, Washington, Baltimore, subindo até a Filadélfia por uma sinuosa estrada do interior falando sem parar. "Quero me casar" disse a eles "e assim poderei descansar meu espírito ao lado de uma garota até que nós dois fiquemos velhos. As coisas não podem continuar assim indefinidamente... todo esse frenesi e essa agitação toda. Temos que chegar a algum lugar, encontrar alguma coisa." "Ah agora essa homem" disse Neal "há anos que desconfio dessa sua vontade de ter um LAR e um casamento e todas essas coisas maravilhosas da sua alma". À minha direita sentava-se Al Hinkle que havia casado com uma garota pela grana para a gasolina. Senti que estava defendendo minha posição. Foi uma noite triste; mas também foi uma noite divertida. Na Filadélfia entramos numa lanchonete e comemos hambúrgueres com nosso último dólar. O balconista - - eram três da manhã - - nos escutou falando sobre dinheiro e ofereceu os hambúrgueres grátis, e também café, se puséssemos mãos à obra e lavássemos os pratos lá nos fundos porque o empregado não tinha aparecido. Topamos no ato. Al Hinkle disse que era um velho pescador de pérolas e mergulhou seus longos braços entre os pratos. Neal ficou por ali com um pano de prato nas mãos, bem como Louanne; finalmente começaram a se roçar entre potes e panelas; retiraram-se pra um canto escuro da copa. O balconista ficaria satisfeito contanto que Al e eu lavássemos os pratos. Em quinze minutos terminamos a tarefa. Quando o dia nasceu estávamos zunindo por Nova Jersey com a imensa nuvem metropolitana de NY surgindo à nossa frente na distância nevada. Para se conservar aquecido Neal usava um suéter enrolado nas orelhas. Disse que éramos um bando de árabes chegando para explodir Nova York. Descemos pelo túnel Lincoln e cortamos caminho direto à Times Square. "Oh porra gostaria de poder encontrar Hunkey. Olhem com atenção, vejam se conseguem encontrá-lo." Perscrutamos as calçadas. "O velho e sumido Hunkey... Oh vocês tinham que tê-lo VISTO no Texas." Portanto agora Neal havia rodado seis mil e quinhentos quilômetros desde Frisco, via Arizona e até Denver, em quatro dias recheados por incontáveis aventuras e isso era apenas o começo. Fomos até minha casa em Ozone Park e dormimos. Fui o primeiro a acordar, no fim da tarde. Neal e Louanne estavam dormindo na minha cama, Al e eu na cama de minha mãe. O gasto e desengonçado baú de Neal jazia estatelado no chão com as meias saindo para fora. Houve uma chamada telefônica para mim na farmácia do térreo. Desci correndo; a ligação era de Nova Orleans. Bill Burroughs com sua voz chorosa e estridente fazia uma queixa. Parece que uma garota chamada Helen Hinkle acabara de chegar em sua casa procurando por um tal de Al Hinkle. Bill não tinha a menor ideia de quem era essa gente. Helen Hinkle era uma perdedora persistente. Falei para Bill garantir a ela que Hinkle estava com Neal e comigo e que o mais provável era que a apanhássemos em Nova Orleans quando estivéssemos a caminho da Costa. Então a própria garota falou ao telefone. Queria saber como estava Al. Estava toda preocupada com o bem-estar dele. "Como é que você foi de Tucson até Nova Orleans?" perguntei. Ela disse que havia telegrafado para casa pedindo dinheiro e pego um ônibus. Estava decidida a recapturar Al porque o amava. Subi e contei a Big Al. Ele sentou-se numa cadeira com o olhar preocupado. "Tá legal", disse Neal acordando de repente e saltando da cama "o que devemos fazer é comer, já, Louanne dá uma geral na cozinha e vê o que tem, Jack você e eu vamos lá embaixo telefonar para Allen, Al você dá um jeito de arrumar a casa". Segui Neal descendo ruidosamente as escadas. O cara que atendia na farmácia disse "Você acaba de receber mais uma chamada... dessa vez de San Francisco... para um cara chamado Neal Cassady. Disse que não tinha ninguém com esse nome aqui". Era Carolyn chamando Neal. O balconista da farmácia, Sam, um sujeito comprido e sossegado que era meu amigo, olhou para mim e coçou a cabeça. "Nossa, o que é isso que você está gerenciando, um bordel internacional?" Neal ria como um maníaco. "Eu gosto de você cara!" Jogou-se pra dentro da cabina telefônica e fez uma ligação a cobrar para Frisco. Depois telefonamos para Allen em sua casa em Nova Jersey e dissemos para ele aparecer. Allen chegou duas horas depois. Nesse meio tempo Neal e eu nos aprontamos para nossa viagem de retorno a dois à Carolina do Norte para pegar o resto da mobília e trazer minha mãe de volta. Allen Ginsberg chegou, poemas debaixo do braço, e sentou-se numa cadeira preguiçosa nos observando com os olhos redondos. Durante a primeira meia hora recusou-se a falar qualquer coisa, ou seja, recusou-se a participar. Tinha se acalmado desde aqueles dias da Depressão em Denver; era a Depressão de Dakar que havia provocado isso. Em Dakar ele tinha perambulado, barbudo, por ruelas afastadas e fora conduzido por criancinhas até o barraco de um vidente que lhe previu o futuro. Tinha fotos das doidas ruas com choças de palha, os sórdidos arredores de Dakar. Ele disse que na viagem de volta quase saltou do navio como Hart Crane. Era a primeira vez que ele via Neal desde que se separaram em Houston. Neal sentou-se no chão com uma caixinha de música e ouviu com enorme surpresa a pequena canção que ela reproduzia... "A Fine Romance" - - "Sininhos tilintantes. Ah! Ouçam! Vamos todos ajoelhar e olhar no centro da caixinha de música até aprendermos o seu segredo... sininhos tilintantes, oooh." Al Hinkle também estava sentado no chão; estava com as minhas baquetas de bateria; subitamente começou a acompanhar a música que saía da caixinha com uma batidinha que mal conseguíamos ouvir. Todos prenderam a respiração para escutar. "Tic.... tac....tic-tic.... tac-tac." Neal botou a mão em concha no ouvido, boquiaberto, ele disse "Ah! Uau!" Allen observava essa maluquice tola com olhos incisivos. Finalmente deu um tapa no joelho e disse "Tenho algo a declarar". "Sim? Sim?" "O que significa essa viagem a Nova York? Em que espécie de negócio sujo está metido agora? Quer dizer, cara, onde pensais que ides?" "Onde pensais que ides?" repetiu Neal de boca aberta. Sentamos sem saber o que dizer; já não havia mais nada a ser dito. A única coisa a fazer era se mandar. Neal deu um salto e disse que estávamos prontos para retornar à Carolina do Norte. Ele tomou uma ducha, eu fui cozinhar um grande prato de arroz com todas as sobras que havia em casa, Louanne costurou as meias dele e estávamos prontos para partir. Neal e Allen e eu zunimos por Nova York. Prometemos revê-lo em trinta horas, ainda na noite de Ano-Novo. Era noite. Largamos Allen na Times Square e retornamos através do túnel para Nova Jersey. Revezando na direção, Neal e eu chegamos à Carolina do Norte em dez horas. "Bem é a primeira vez em anos que estamos sozinhos e em condições de conversar" disse Neal. E ele falou a noite inteira. Como num sonho zunimos outra vez através de Washington adormecida e de volta às florestas da Virgínia, cruzando a fronteira da Carolina do Norte ao nascer do sol, estacionando na porta da casa de minha irmã às nove da manhã. E durante todo esse tempo Neal estava excitadíssimo com tudo que via, com tudo que falava, com cada detalhe de cada instante que havia se passado. Estava fora de si com uma fé autêntica. "E claro que agora ninguém pode nos dizer que Deus não existe. Passamos por todo tipo de coisa. Você lembra Jack quando apareci em Nova York pela primeira vez e queria que Hal Chase me ensinasse sobre Nietzsche. Vê quanto tempo já se passou? Tudo está numa ótima, Deus existe, nós entendemos o tempo. Desde os gregos tudo tem se firmado sobre bases falsas. Você não consegue acertar com essa geometria e esses sistemas geométricos de pensar. É ISSO aí!" Ele envolveu o pulso com os dedos; o carro se manteve na faixa preciso e no prumo. "E não apenas isso mas nós dois concordamos que eu não teria tempo para explicar por que sei e você sabe que Deus existe." Em determinado momento resmunguei sobre os problemas da vida, o quão pobre minha família era, como eu gostaria de poder ajudar Pauline que também era pobre e tinha uma filha. "Veja bem, problema é a palavra-chave pela qual Deus existe. O negócio é não esquentar a cabeça. Minha cuca tá zumbindo!" gritou ele segurando a cabeça. Saltou do carro como Groucho Marx para comprar cigarros --- com aquele passo furioso e rente ao chão e as abas esvoaçantes da casaca, com a diferença que ele não usava casaca. "Desde Denver, Jack, um monte de coisas... Oh, as coisas... tenho pensado e pensado. Passei o tempo todo nos reformatórios, era um delinquente juvenil me afirmando --- roubar carros era uma expressão psicológica da minha situação, tá na cara. Agora todas as minhas broncas com a prisão já estão superadas. Tanto quanto eu consiga imaginar jamais serei preso outra vez. O resto não é culpa minha." Passamos por um menininho que estava jogando pedras nos carros que cruzavam na estrada. "Pense nisso" disse Neal. "Um dia ele vai meter uma pedra no para-brisa de alguém e o cara vai bater e morrer... tudo por causa deste garotinho. Tá percebendo o que eu quero dizer? Deus existe e não tem remorso. Enquanto a gente roda nessa estrada não tenho a menor dúvida de que algo esteja tomando conta de nós... mesmo com você temeroso ao volante" (eu odiava dirigir e dirigia cautelosamente) "as coisas vão se desenrolar naturalmente e você não vai sair da estrada e eu posso dormir. Além do mais a gente conhece a América, estamos em casa; eu posso ir a qualquer lugar da América e conseguir o que preciso porque em qualquer canto é a mesma coisa, conheço as pessoas, sei como elas agem. Nós damos e pegamos e partimos ziguezagueando por todos os lados dessa complicação incrivelmente meiga." Não havia nenhuma clareza nas coisas que ele dizia, mas o que ele pretendia dizer era de alguma forma puro e claro. Ele usava a palavra "puro" um monte de vezes. Jamais imaginei que Neal viraria um místico. Aqueles eram os primeiros dias de seu misticismo que conduziriam à estranha e esfarrapada santidade W.C. Fieldiana de seus dias subsequentes. Até mesmo minha mãe o escutava com uma metade curiosa do ouvido enquanto zuníamos de volta ao norte naquela mesma noite em direção a Nova York com a mobília no porta-malas. Agora que minha mãe estava no carro Neal se acalmara e falava de sua rotina de trabalho em San Francisco. Ele repassou cuidadosamente cada mínimo detalhe do que um guarda-freios deve fazer, com demonstrações cada vez que passávamos pelos trilhos de trem e em determinado momento chegou a saltar do carro para me mostrar como é que um guarda-freios dá o sinal de linha livre para um trem passar direto. Minha mãe se recolheu ao banco de trás e foi dormir. Às quatro da manhã em Washington Neal ligou outra vez a cobrar para Carolyn em Frisco. Logo depois quando saíamos de Washington uma viatura nos alcançou com a sirene ligada e fomos multados por excesso de velocidade apesar de estarmos rodando a apenas uns cinquenta por hora. O que provocou isso foi a placa da Califórnia. "Vocês pensam que podem passar por aqui voando tão rápido quanto querem só porque são da Califórnia garotos?" disse o guarda. Fui com Neal até a mesa do sargento e tentamos explicar aos policiais que não tínhamos dinheiro. Eles disseram que Neal teria de passar a noite na cadeia se não juntássemos a grana. Claro que minha mãe tinha, quinze dólares, ela tinha vinte ao todo e isso daria justo na medida. E de fato enquanto discutíamos com os guardas um deles saiu e foi dar uma espiada em minha mãe que estava no banco de trás toda agasalhada. Ela o notou. "Não se preocupe, não sou amante de pistoleiro... se você quiser entrar e revistar o carro vá em frente... estou indo para casa com meu filho e essa mobília não é roubada, é da minha filha, que acaba de ter um filho e está indo morar comigo." Isso deixou o Sherlock perplexo e ele retornou ao posto policial.

Minha mãe teve de pagar a multa para Neal ou ficaríamos retidos em Washington; eu não tinha carteira de motorista. Ele prometeu que a reembolsaria; e realmente o fez, exatamente um ano e meio depois e para a agradável surpresa de minha mãe. Minha mãe --- uma mulher respeitável às voltas com esse mundo melancólico, e ela conhecia bem esse mundo. Ela nos contou sobre o guarda. "Estava escondido atrás da árvore querendo ver qual era a minha aparência. Disse a ele... disse a ele para revistar o carro se quisesse. Não tenho do que me envergonhar." Ela sabia que Neal tinha do que se envergonhar, e eu também, em virtude de minha relação com Neal, e Neal e eu aceitamos tristemente essa situação. Certa vez minha mãe disse que o mundo jamais encontraria a paz até que os homens se jogassem aos pés de suas mulheres e lhes pedissem perdão. Isso é verdade. No mundo inteiro, nas selvas do México, nas ruelas de Shanghai, nas boates de Nova York, maridos enchem a cara enquanto suas mulheres ficam em casa com os bebês de um futuro cada vez mais negro. Se esses homens parassem a máquina e voltassem para casa --- e ficassem de joelhos --- e pedissem perdão --- e as mulheres os abençoassem --- a paz desceria subitamente à terra com um grande silêncio como o silêncio inerente do Apocalipse. Mas Neal sabia disso, ele o havia mencionado muitas vezes. "Tenho implorado e implorado a Louanne por um doce e pacífico entendimento de puro amor entre nós com o fim de todas as discórdias para sempre --- ela compreende --- sua mente está concentrada noutra coisa --- ela me persegue --- não compreende o quanto a amo --- ela está traçando minha sina." "A verdade disso tudo é que não compreendemos nossas mulheres, nós as culpamos mas a culpa é toda nossa" disse eu. "Mas não é tão simples assim" alertou Neal. "A paz virá de repente, a gente não vai nem compreender quando acontecer, percebe cara?" Desoladamente, obstinadamente, ele conduziu o carro através de Nova Jersey; ao raiar do dia eu dirigia por Pulaski Skyway enquanto ele dormia no banco de trás. Chegamos a Ozone Park às nove da manhã e encontramos Louanne e Al Hinkle sentados ali fumando baganas dos cinzeiros; eles não tinham comido nada desde que Neal e eu partíramos. Minha mãe comprou uns quitutes e preparou um fantástico desjejum. Agora já era tempo do trio do oeste descobrir um novo lugar apropriado para morar em Manhattan. Allen tinha um apê na Avenida York; eles estavam se mudando para lá naquela noite. Dormimos o dia inteiro, Neal e eu, e acordamos quando uma grande tempestade de neve anunciava a noite de Ano-Novo de 1948. Al Hinkle estava sentado na minha cadeira-preguiçosa rememorando a noite de Ano-Novo anterior. "Eu estava em Chicago. Completamente duro. Estava sentado na janela do meu quarto de hotel na rua North Clark quando um cheiro delicioso chegou às minhas narinas vindo da padaria lá embaixo. Não tinha um tostão mas desci e falei com a garota. Ela me deu pão e bolo de café de graça. Voltei para o quarto e comi. Fiquei a noite toda no quarto. Certa vez lá em Farmington Utah, onde tinha ido trabalhar com Ed Uhl, você conhece Ed Uhl o filho do rancheiro de Denver, estava na minha cama e de repente vi minha mãe já falecida parada ali num canto envolta por uma aura luminosa. Gritei 'Mãe!' Ela desapareceu. Tenho visões o tempo inteiro", disse Al Hinkle meneando a cabeça. "O que você vai fazer com Helen?" "Oh veremos. Quando a gente chegar a Nova Orleans. Que é que você acha, hein?" Estava começando a se aconselhar comigo também; um só Neal não era o bastante para ele. "O que você vai fazer da vida Al?" perguntei. "Não sei" respondeu. "Vou tocando em frente. Curto a vida." Repetia isso, ao estilo de Neal. Ele não tinha rumo. Permanecia sentado rememorando aquela noite em Chicago e o bolo de café quente no quarto solitário. Havia um turbilhão de neve lá fora. Uma grande festa estava acontecendo em Nova York, todos nós estávamos indo. Neal arrumou seu baú quebrado, enfiou-o no carro e nos arrancamos para a grande noite. Minha mãe estava feliz porque minha irmã estava se mudando na semana seguinte; ela sentou com seu jornal aguardando o programa de fim de ano que seria transmitido ao vivo da Times Square à meia-noite. Zunimos por Nova York deslizando sobre o gelo. Eu nunca me apavorava quando Neal dirigia, ele podia manobrar um carro sob qualquer circunstância. O rádio tinha sido consertado e agora tocava um bop selvagem impulsionando-nos noite adentro. Eu não sabia aonde tudo isso conduziria. Nem me importava. Justamente nessa época algo estranho começava a me obcecar. Era o seguinte: eu tinha me esquecido de alguma coisa. Havia uma decisão que estivera prestes a tomar pouco antes da aparição de Neal e agora ela estava se dirigindo claramente para fora da minha cabeça ainda que suspensa na ponta da língua da minha mente. Eu estalava dedos tentando relembrar do que se tratava. Até mencionei o caso. E não sabia sequer dizer se era uma decisão real ou só um pensamento que havia decidido fazer e esqueci... me amedrontava, espantava, entristecia. Tinha algo a ver com o Viajante Encapuçado. Certa vez Allen Ginsberg e eu nos sentamos frente a frente em duas cadeiras, joelho contra joelho, e eu lhe contei um sonho que tivera com uma estranha figura árabe que me perseguia através do deserto; uma figura da qual eu tentava escapar; que finalmente me alcançava pouco antes de chegar à Cidade Protetora. "Quem era?" perguntou Allen. Refletimos. Sugeri que talvez fosse eu mesmo vestindo um manto. Não era isso. Algo, alguém, algum espírito perseguia a todos nós através do deserto da vida e estava determinado a nos apanhar antes que alcançássemos o paraíso. Naturalmente, agora que reflito sobre isso, trata-se apenas da morte: a morte vai nos surpreender antes do paraíso. A única coisa pela qual ansiamos em nossos dias de vida, que nos faz gemer e suspirar e nos submetermos a todos os tipos de náuseas singelas, é a lembrança de uma alegria perdida que provavelmente foi experimentada no útero e que somente poderá ser reproduzida - - apesar de odiarmos admitir isso - - na morte. Mas quem quer morrer? Falarei sobre isso mais adiante. No desenrolar dos acontecimentos eu continuava pensando naquilo no fundo da minha mente. Contei a Neal e ele instantaneamente reconheceu nisso um puro e simples desejo de morte; e já que a vida é uma só, ele, muito acertadamente, não queria se deter nesse tema, e hoje concordo com ele. Fomos procurar minha turma de amigos de Nova York. Tenho uma tremenda turma de amigos interessantes em Nova York. Nova York é uma cidade muito maluca, as flores loucas desabrocham por lá também. Primeiro fomos à casa de Ed Stringham... Ed Stringham é um sujeito melancólico e bonitão, meigo, generoso e amável; só que de vez em quando tem crises súbitas de depressão e se manda sem dizer uma palavra a ninguém. Nessa noite estava excitadíssimo. "Jack onde você encontrou estas pessoas absolutamente maravilhosas? Nunca conheci ninguém como eles." "Encontrei-os no Oeste." Neal estava tendo um de seus ataques: pôs um disco de jazz, agarrou Louanne, abraçou-a com força, e rebolou contra ela ao balanço da música. Ela rebolou de volta. Era bem isso, uma genuína dança de amor. John Holmes chegou acompanhado por um bando enorme. O fim de semana do Ano-Novo começou e se prolongou por três dias e três noites. Grandes bandos embarcavam no Hudson e deslizavam pelas ruas nevadas de Nova York de festa em festa. Arrastei Pauline e sua irmã para a maior de todas as festas. Quando Pauline me viu com Neal e Louanne seu rosto ficou enuviado... ela percebeu a loucura que eles injetavam em mim. "Não gosto do jeito que você fica quando está com eles." "Ah tudo bem, é só curtição. A gente só vive uma vez. Estamos nos divertindo." "Não, é triste e eu não gosto." Aí Louanne começou a dar em cima de mim; ela disse que Neal ia se juntar com Carolyn e queria que eu fosse com ela. "Volte pra San Francisco com a gente. Vamos morar juntos. Vou ser uma garota legal pra você." Mas eu sabia que Neal amava Louanne, sabia também que Louanne estava fazendo isso só para deixar Pauline com ciúmes, e eu não estava a fim de nada disso. Ainda assim lambi os beiços por causa da loira gostosa. Louanne e Pauline eram uma dupla de beldades de primeira classe. Quando Pauline viu Louanne me prensar nos cantos dando letra e forçando beijos aceitou o convite de Neal para dar uma volta de carro; mas eles apenas conversaram e beberam um pouco do uísque que eu tinha deixado no porta-luvas. Tudo estava se confundindo e tudo desmoronava. Sabia que meu caso com Pauline não iria durar muito mais. Ela queria que eu fosse do jeito dela. Ela fora casada com um mecânico que a tratava mal. Eu estava disposto a me casar com ela e trazer sua filhinha e tudo mais caso ela se divorciasse do mecânico; mas nem sequer havia dinheiro suficiente para o divórcio e a transa toda era irremediável, além do mais Pauline jamais me compreenderia porque gosto de muitas coisas e me confundo inteiro e fico todo enrolado correndo de uma coisa pra outra até desistir. Assim é a noite, é isso o que ela faz com você. Eu não tinha nada a oferecer a ninguém a não ser minha própria confusão. As festas eram gigantescas; havia no mínimo umas cem pessoas no apartamento de subsolo de Herb Benjamin na zona oeste da cidade. Transbordava gente pelos porões próximos às caldeiras. Em qualquer canto estava acontecendo alguma coisa, em cada cama e sofá, não era uma orgia, apenas uma festa de fim de ano com uma gritaria frenética e a louca música no rádio. Havia até uma garota chinesa. Neal circulava como Groucho Marx de grupo em grupo curtindo todo mundo. De vez em quando corríamos até o carro e saíamos para apanhar mais gente. Lucien chegou. Lucien é o herói da minha turma de Nova York, assim como Neal é o heroico líder do grupo do Oeste. Eles antipatizaram um com o outro de imediato. De repente a garota de Lucien lhe mandou um sopapo direto no queixo. Ele ficou grogue. Ela o carregou para casa. Alguns jornalistas malucos amigos nossos chegaram da redação trazendo garrafas. Havia uma tremenda e maravilhosa tempestade de neve lá fora. Al Hinkle pegou a irmã de Pauline e desapareceu com ela; esqueci de dizer que Al Hinkle é um cara muito insinuante com as mulheres. Ele tem um e noventa de altura, é moderado, afável, agradável, bobo e encantador. Ajuda as mulheres a vestirem seus casacos. Esse é o jeito certo de fazer as coisas. Às cinco da manhã todos nós estávamos correndo pelo quintal de um prédio e entrando pela janela de um apartamento onde acontecia uma grande festa. Ao raiar do dia estávamos de volta à casa de Ed Stringham. As pessoas estavam desenhando e bebiam cerveja choca. Dormi com uma garota chamada Rhoda --- pobre Rhoda --- completamente vestidos, sem motivo nenhum, apenas dormimos no mesmo sofá. Grupos enormes entravam em fila vindos do bar do campus da Colúmbia. Tudo nesse mundo, todas as caras do mundo, amontoavam-se dentro de um mesmo quarto úmido. Na casa de John Holmes a festa prosseguiu. John Holmes é um cara maravilhoso e gentil que usa óculos e espia por cima deles encantado. Começou a aprender a dizer "Sim!" para tudo exatamente como Neal nessa época, e não parou desde então. Sob o furioso som de Dexter Gordon e Wardell Gray soprando "The Hunt" Neal e eu brincamos de pega-pega com Louanne por cima do sofá; ela não era nenhuma boneca indefesa. Neal circulava sem camiseta, apenas de calças, pés descalços, até a hora de pegar o carro e ir buscar mais gente. Aconteceu de tudo. Encontramos o louco e extasiante Allen Anson e passamos uma noite em sua casa em Long Island. Allen Anson mora numa bela casa com sua tia; quando ela morrer a casa será inteiramente dele. Mas enquanto isso ela recusa-se a concordar com qualquer um dos desejos dele e odeia seus amigos. Ele arrastou essa gangue esfarrapada que Neal, Louanne, Ed e eu formávamos e deu início a uma festa ensurdecedora. A mulher espreitava lá de cima; ameaçou chamar a polícia. "Oh cala a boca seu trapo velho!" berrou Anson. Fiquei imaginando como ele conseguia morar com ela daquele jeito. Ele tinha mais livros do que eu jamais havia visto em toda a minha vida... duas bibliotecas, dois quartos repletos de livros do rodapé ao forro em todas as quatro paredes, e livros como "A Explicação do Apocalipse" em dez volumes. Ele colocou óperas de Verdi e fez pantomimas delas metido em seu pijama com um grande rasgão na bunda. Estava cagando para tudo. Ele é um erudito incrível que perambula aos gritos pelo cais de NY com os originais de partituras musicais do século 14. Arrasta-se pelas ruas como uma aranha enorme. Sua excitação explode de seus olhos como grandes e diabólicas punhaladas luminosas. Ele girava o pescoço num êxtase espasmódico. Balbuciava, se contorcia, sacudia, gemia, uivava, arrefecia desesperançado. Mal podia articular uma palavra de tanto que a vida o excitava. Neal parou na frente dele balançando a cabeça e repetindo sem parar "Sim... sim... sim..." Arrastou-me pra um canto. "Este Allen Anson é o maior e o mais incrível de todos. É isso que estou tentando te falar... é assim que eu quero ser... quero ser como ele. Ele nunca se atrapalha, entra em qualquer uma, põe tudo pra fora, conhece o tempo, não tem nada a fazer senão balançar pra frente e pra trás, Cara ele é o máximo! Saca só, se você agir como ele o tempo todo finalmente vai conseguir." "Conseguir o quê? "ISSO! ISSO! Vou te dizer --- agora não, agora não temos tempo." Neal correu de volta para curtir Allen Anson um pouco mais. George Shearing o grande pianista de jazz, Neal falou, era exatamente como Allen Anson. Neal e eu fomos assistir a Shearing no Birdland no meio desse fim de semana longo e louco. O lugar estava às moscas, éramos os primeiros fregueses, às dez da noite. Shearing apareceu, cego, com alguém o conduzindo pela mão até o piano. Era um inglês distinto, com o colarinho branco duro, levemente rechonchudo, loiro, envolto por uma delicada brisa noturna de verão inglês que se tornou evidente no primeiro número suave e murmurante que ele executou enquanto o baixista se curvava reverencialmente para ele marcando o ritmo. Denzel Best, o baterista, permanecia sentado e imóvel exceto pelos pulsos batendo as vassouras. E Shearing deu início ao embalo; um sorriso aflorou em seu rosto extasiado; ele começou a suingar no banquinho do piano, pra frente e pra trás, a princípio lentamente, até que o ritmo esquentou, ele começou a balançar mais rápido, seu pé esquerdo pulava a cada batida, seu pescoço começou a acompanhar tortuosamente, ele baixou o rosto até as teclas, jogou o cabelo para trás, seu penteado se desmanchou, ele começou a suar. A música esquentou. O baixista se curvava surrando as cordas, mais e mais rápido. Parecia cada vez mais rápido, só isso. Shearing começou a tocar seus acordes; eles ressoavam a cântaros para fora do piano em tons incrivelmente suntuosos, você chegava a pensar que o homem não conseguiria alinhá-los. Rolavam e rolavam como ondas do mar. A rapaziada gritava "Vai!" para ele. Neal estava todo suado; o suor escorria pela sua gola. "Aí está ele! É esse aí! O Velho Deus! O Velho Deus Shearing! Sim! Sim! Sim!" E Shearing percebera o louco às suas costas, podia ouvir cada uma das exclamações e sussurros de Neal, não podia vê-lo mas podia senti-lo. "É isso aí!" disse Neal. "Sim!" Shearing sorriu; ele balançava. Shearing levantou-se do piano suando em bicas; esses eram seus grandes dias antes de ficar frio e comercial. Quando ele se foi Neal apontou para o banco desocupado do piano. "O trono vazio de Deus" disse. Sobre o piano repousava um trompete; sua sombra dourada provocava um estranho reflexo na caravana do deserto pintada na parede atrás da bateria. Deus se fora; restava o silêncio de sua retirada. Era uma noite chuvosa. Era o mito da noite chuvosa. Neal estava abobalhado e reverente. Essa loucura não levaria a lugar algum. Eu não sabia o que estava acontecendo comigo, e de repente percebi que era apenas a M que estávamos fumando, Neal tinha comprado um pouco em Nova York. Ela me fazia pensar que tudo estava prestes a acontecer --- aquele momento em que você sabe tudo e tudo fica decidido para sempre. Deixei todos eles e fui para casa descansar. Minha mãe dizia que eu estava perdendo tempo vagabundeando com Neal e a turma dele. Eu também sabia que era uma besteira. Vida é vida, estilo é estilo. O que eu realmente queria era fazer mais uma magnífica viagem para a costa oeste e retornar a tempo para o semestre de primavera na faculdade. E que viagem seria essa! Só embarquei por causa da carona, e para ver o que mais Neal iria aprontar, e finalmente, também porque, sabendo que Neal ia voltar para Carolyn em Frisco, eu queria ter um caso com Louanne, e tive. Preparamo-nos para cruzar outra vez o sofrido continente. Preenchi meu cheque de veterano e dei $18 para Neal enviar para a mulher dele; ela esperava pela sua chegada e estava dura. O que se passava pela mente de Louanne não sei. Al Hinkle como sempre só acompanhava. Passamos longos e divertidos dias no apartamento de Allen antes de partirmos. Ele circulava de roupão fazendo discursos semi-irônicos do tipo: "Não estou tentando roubar o doce da boca de vocês mas me parece que já é hora de decidirem quem são e o que farão". Allen estava trabalhando como copidesque na AP. "Quero saber o que significa essa vagabundagem dentro de casa o dia inteiro. O que quer dizer toda essa conversa e o que vocês pretendem fazer. Neal, por que você abandonou Carolyn e pegou Louanne." Nenhuma resposta --- risadinhas. "Louanne, por que você está viajando pelo país desse jeito e quais suas intenções femininas quanto ao véu." A mesma resposta. "Al Hinkle, por que você abandonou sua nova esposa em Tucson e o que está fazendo aqui sentado sobre essa sua enorme bunda gorda. Onde fica sua casa? qual é a sua ocupação?" Al Hinkle balançou a cabeça em genuína embriaguez. "Jack --- como você pode ter mergulhado em dias tão lamacentos quanto esses e o que você fez com Pauline?" Ele ajustou seu roupão e se sentou nos encarando. "Os dias de cólera ainda estão por vir. O balão não sustentará vocês por muito tempo. E não só isso mas o balão é abstrato. Vocês irão voando para a costa oeste e voltarão cambaleantes em busca do próprio jazigo." Naquele tempo Allen havia desenvolvido um tom de voz que ele esperava que soasse como o que chamava de A Voz da Rocha; a ideia toda era deslumbrar as pessoas com as realizações da rocha. "Vocês estão espetando um dragão nos seus chapéus", nos advertia, "estão no sótão com os morcegos." Seus olhos loucos resplandeciam fixos em nós. Depois da Depressão de Dakar ele enfim passou por uma fase terrível que chamou de Depressão Sagrada, ou Depressão do Harlem, quando morou no Harlem em pleno verão e à noite acordava solitário em seu quarto ouvindo "a grande máquina" descendo dos céus; e quando caminhava pela rua 125 "sob as águas" junto com todos os demais peixes. Foi uma profusão de ideias malucas que ocuparam seu cérebro. Ele fez Louanne sentar no seu colo ordenando-lhe que calasse o bico. Disse a Neal "Por que você não se senta e relaxa. Por que pula tanto por aí o tempo todo?" Neal circulava por ali pondo açúcar no café e dizendo "Sim! sim! sim!" À noite Al Hinkle dormia no chão em cima das almofadas, Neal e Louanne expulsaram Allen da cama e foram para ela, e Allen ficava sentado na cozinha debruçado sobre seu cozido de rim murmurando as terríveis profecias da rocha. Eu aparecia durante o dia e observava tudo. Al Hinkle me disse "Na noite passada caminhei direto até a Times Square e assim que cheguei lá percebi de repente que eu era um fantasma --- era o meu fantasma andando pela calçada". Ele dizia coisas deste tipo para mim sem maiores comentários, assentindo enfaticamente com a cabeça. Dez horas mais tarde em meio à conversa de alguém Al diria subitamente "É, era meu fantasma caminhando pela calçada". De repente Neal dirigiu-se a mim com a maior sinceridade e disse "Jack tenho algo pra te pedir --- é muito importante pra mim – eu não imagino como você vai segurar essa --- somos amigos não somos?" "Claro que sim, Neal." Ele quase corou. Finalmente pôs tudo para fora: ele queria que eu comesse Louanne. Não perguntei o porquê pois sabia. Ele queria testar algo em si mesmo e queria ver como Louanne se comportava com outro homem. Estávamos sentados no Ross Bar na Oitava Avenida quando ele propôs a ideia; tínhamos caminhado durante uma hora pela Times Square à procura de Hunkey. O Ross Bar é o bar dos arruaceiros da Times Square; muda de nome todos os anos. Você entra e não enxerga uma única garota, nem mesmo nos reservados, só uma enorme corja de garotos vestidos em todas as variedades de roupas típicas de arruaceiros; das camisas vermelhas ao zoot suit: também é o bar dos michês, garotos que fazem a vida entre os velhos e melancólicos homos da noite na Oitava Avenida. Neal circulava por ali com os olhos atentos a toda e qualquer fisionomia. Havia bichas loucas e negras, caras mal-encarados com pistolas, marinheiros navalhados, drogados esqueléticos e sem atendimento médico, e um fortuito detetive de meia-idade bem vestido posando de bookmaker e perambulando por ali meio por interesse e meio por obrigação. Era o lugar típico para Neal declinar seu pedido. Todas as espécies de planos diabólicos saem da casca no Ross Bar --- você pode sentir isso no ar --- e todos os tipos de rotinas sexuais insanas principiam ali para acompanhá-los. O arrombador propõe aos baderneiros não só o assalto a um determinado sótão na Rua 14 como também que durmam juntos. Kinsey passou um bom tempo no Ross Bar entrevistando alguns dos rapazes; eu estava lá na noite em que um ajudante dele deu as caras, em 1945. Hunkey e Allen foram entrevistados. Neal e eu dirigimos de volta ao apartamento na Avenida York e encontramos Louanne na cama. Hinkle estava arrastando seu fantasma por Nova York. Neal contou a ela o que havíamos decidido. Ela disse que estava satisfeita. Eu próprio não estava tão certo assim. Teria de provar que era capaz de passar por essa. A cama era aquela em que meu pai havia morrido --- eu a tinha dado para Allen uma semana antes, Neal e eu a trouxemos de carro de Island. Meu pai era um homem gordo e a cama havia cedido no meio. Louanne deitou-se ali, com Neal e comigo, um de cada lado, suspensos nas pontas protuberantes do colchão, sem saber o que dizer. Eu falei "Ah que inferno não consigo fazer isso". "Vai firme cara, você prometeu!" disse Neal. "E Louanne?" disse eu. "E você Louanne, o que é que você acha?" "Vai em frente" disse ela. Ela me abraçou e eu tentei esquecer que Neal estava lá. Toda vez que eu me dava conta de que ali estava ele, duro como uma tábua e ouvindo cada som no escuro eu não conseguia fazer. Ficava fraquejando. Foi horrível. "Todos nós temos que relaxar" falou Neal. "Creio que não consigo. Por que você não dá uma chegadinha ali na cozinha?" Neal foi. Mesmo assim eu não estava com cabeça pra fazer aquilo. Louanne era uma mulher adorável de se ter enroscada em você; era fogosa e estava preparada; e extremamente lânguida. Murmurei que tentaríamos de novo em San Francisco quando o clima estivesse mais propício. Eram 3 crianças desse planeta tentando decidir algo dentro da noite e tendo todo o peso dos séculos passados avolumando-se na escuridão à sua frente. Havia uma quietude estranha no apartamento. Cheguei em Neal e dei um tapinha e disse que fosse para Louanne; e me retirei para o sofá. Pude ouvi-los balançar a cama pra frente e pra trás freneticamente: para meu espanto percebi que Neal estava, por assim dizer, devorando-a, e aquela era a rotina habitual deles. Só mesmo um cara que passou cinco anos na prisão podia chegar a tais extremos de desamparo e demência; suplicando avidamente nos portais do ventre com uma realização completamente física das fontes da felicidade na vida; tentando voltar lá pra dentro de uma vez por todas, enquanto vive, e acrescentando a isso o vívido frenesi e ritmo sexual. Esse é o resultado de anos olhando fotos pornográficas atrás das grades; olhando para as pernas das mulheres nas revistas; avaliando a dureza das paredes de aço e a suavidade da mulher que não está ali. A cadeia é o lugar onde você promete a si mesmo o direito de viver. Neal jamais viu o rosto de sua mãe. Cada nova garota, cada esposa nova, toda nova criança era um acréscimo ao seu desamparado empobrecimento. Onde estava seu pai --- o velho vagabundo Neal Cassady o Barbeiro, viajando em vagões de carga, trabalhando como lavador de pratos nos restaurantes da linha férrea, tropeçando, se esborrachando em noites de bebedeira pelos becos, esvaindo-se em montes de carvão, perdendo seus dentes amarelados um a um nas sarjetas do Oeste. Neal tinha todo o direito de morrer as doces mortes do amor pleno de sua Louanne. O pai dela era um tira em L.A. que tinha feito várias insinuações incestuosas. Ela me mostrou uma foto; um bigodinho, cabelo com brilhantina, olhos cruéis, cinto e arma lustrosos. Eu não queria interferir, só queria acompanhar. Allen retornou ao amanhecer e vestiu seu roupão. Ele não estava mais dormindo naqueles dias. "Argh!" gritou. Estava enlouquecendo por causa da confusa mistura pelo chão, calças, vestidos jogados por todos os lados, baganas de cigarro, pratos sujos, livros abertos --- era o grande fórum que estávamos conduzindo. Todos os dias o mundo padece para girar e nós estávamos fazendo nossos estudos aterrorizantes sobre a noite. Louanne estava roxa e azulada por conta de uma briga com Neal sabe-se lá por que: a cara dele estava arranhada. Era hora de cair fora. Dirigimos até minha casa, uma gangue inteira de dez pessoas, para pegar minha sacola e ligar para Bill Burroughs em Nova Orleans do telefone do bar onde Neal e eu travamos nossa primeira conversa anos atrás quando ele apareceu na minha porta para aprender a escrever. Ouvimos a voz queixosa de Bill a dois mil e oitocentos quilômetros de distância. "Digam o que os rapazes aí estão esperando que eu faça com essa tal de Helen Hinkle? Ela está aqui já faz duas semanas escondida no quarto e recusando-se a falar comigo ou com Joan. Esse tal de Al Hinkle está aí com vocês? Pelamordedeus tragam ele pra cá e me livrem dela. Ela está ocupando nosso melhor quarto e obviamente está ficando sem grana. Isso aqui não é um hotel." Garantimos a Bill entre gritos e uivos ao telefone --- lá estavam Neal, Louanne, Allen, Hinkle, eu, John Holmes, sua esposa Marian, Ed Stringham, Deus sabe mais quem, todos berrando e bebendo cerveja ao telefone, estonteando Burroughs que acima de tudo odiava confusão. "Bem" disse ele "talvez vocês raciocinem melhor quando baixarem aqui." Dei adeus para minha mãe e prometi estar de volta em duas semanas e me arranquei outra vez para a

Califórnia. Você sempre espera algum tipo de magia no final da estrada. Por incrível que pareça Neal e eu iríamos encontrá-la, sozinhos, antes de ter terminado. Os garotos de Nova York ficaram ao redor do carro na Avenida York e acenaram em despedida. Rhoda estava lá; Geo. Wickstrom e Les Connors e mais um outro também, remanescentes do longo fim de semana de Ano-Novo que jamais seria superado. "Está certo, está certo" Neal ficou dizendo e o tempo todo preocupou-se apenas em trancar o porta-malas e colocar as coisas certas no porta-luvas e limpar o piso e deixar tudo pronto para a pureza da estrada outra vez... a pureza de se movimentar e chegar a algum lugar, não importa onde, e tão rápido quanto possível e com tanta excitação e curtição de tudo quanto possível. Partimos rugindo --- no último minuto Rhoda decidiu ir até Washington conosco e voltar de ônibus. Ela estava apaixonada por Big Al e os dois sentaram-se no banco de trás agarrando-se enquanto Neal impelia o Hudson outra vez pelo Túnel Lincoln e íamos para Nova Jersey. Havia chuvisco e mistério no início da nossa viagem. Pude perceber que tudo aquilo seria uma grande saga nebulosa. "Iuupii!" gritou Neal. "Lá vamos nós!" Inclinou-se sobre o volante e deu a partida; estava de volta a seu elemento natural, qualquer um podia perceber. Ficamos maravilhados, percebemos que estávamos deixando a confusão e o absurdo para trás e desempenhando nossa única função nobre da época, <u>andar</u>. E andávamos! Passamos como um raio pelas misteriosas placas brancas que em algum lugar na noite de Nova Jersey dizem SUL (com uma flecha) e OESTE (com outra flecha) e pegamos o caminho que apontava para o sul. Nova Orleans! Era o que reluzia em nossas mentes. Da neve suja da "frígida e afrescalhada cidade de Nova York" como Neal a chamava, para o verdor e os aromas fluviais da velha Nova Orleans nos confins rejeitados da América; e daí para o oeste, e <u>então</u> para algum lugar. Louanne e Neal e eu sentamos na frente e mantivemos uma conversação calorosa sobre a graça e a alegria de viver. Neal enterneceu-se de repente. "Todos vocês escutem aqui, raios, temos que admitir que tudo está ótimo e que não há nada no mundo com que nos preocuparmos, e de fato devemos perceber o que significaria para nós COMPREENDER que na verdade REALMENTe não estamos preocupados com NADA. Estou certo?" Todos concordamos. "Aqui vamos nós, estamos todos juntos... o que fizemos em Nova York... vamos perdoar." Todos tínhamos algumas questiúnculas lá. "Ficou tudo pra trás, simplesmente por causa dos declives e dos quilômetros. Agora vamos para Nova Orleans para curtir o velho Bill Burroughs e vai ser um barato e agora escutem só esse sax-tenor soprar a pleno" ---- aumentou o volume do rádio até o carro trepidar --- "e ouçam ele contar a história com total relaxamento e sabedoria". Nos ligamos todos na música e concordamos. A pureza da estrada. A linha branca no meio da pista desenrolava-se e grudava-se na nossa roda dianteira esquerda como se estivesse colada ao nosso embalo. Neal arqueou o pescoço musculoso, de camiseta na noite invernal, e meteu o pé na tábua. Num instante estávamos nos arredores da Filadélfia. Ironicamente seguíamos pela mesma estrada para a Carolina do Norte pela terceira vez; era nossa rota. Eu continuava me perguntando o que havia esquecido de fazer lá em Nova York; aquilo desenrolou-se mais e mais para trás de mim e esqueci mais e mais do que se tratava. Trouxe o assunto à baila. Todo mundo tentou adivinhar o que eu havia esquecido. Não adiantou. Tínhamos quarenta dólares para fazer todo o trajeto. Tudo o que tínhamos que fazer era pegar caroneiros e filar uns trocos deles para a gasolina, assim que nos livrássemos de Rhoda. Rhoda começou a dizer que queria ir para Nova Orleans; com a esposa de Al Hinkle já à espera dele era uma bela ideia aquela. Neal não disse nada; em sua cabeça ele sabia que a despacharia em Washington. Na Filadélfia perdemos a rota Um e de repente nos vimos metidos em uma estradinha estreita de asfalto no mato. "Chegamos de repente à rota-um encantada no bosque da mãe hubbard. Curtam isso... casas de pão de mel à frente..." Não fazíamos ideia de onde estávamos. Neal gostou de prosseguir com o conto de fadas por um tempo; finalmente a estrada acabou em um pântano. "O fim da estrada?" eu disse, brincando. Ele fez a volta com o carro e rugimos de volta pra Filadélfia, pegamos a rota um e chegamos a Baltimore em uma hora e meia.

Neal insistiu que eu dirigisse no tráfego de Baltimore para treinar; correu tudo bem só que ele e Louanne insistiam em esbarrar no volante enquanto se beijavam e brincavam. Era uma loucura; o rádio estava no máximo. Neal tocou bateria no painel até afundá-lo. O pobre Hudson --- o cargueiro para a China --- estava sendo bem maltratado. "Oh cara é demais!" berrou Neal. "Agora Louanne, escuta só meu bem, você sabe que sou capaz de fazer tudo ao mesmo tempo e que tenho uma energia ilimitada... por isso em San Francisco nós temos que continuar vivendo juntos... conheço o lugar ideal pra você.... no fim da linha principal da SP, San Luis Obispo, estarei em casa todas a noites.... voltarei para Carolyn todas as manhãs.... Podemos ajeitar isso, já fizemos antes." Para Louanne estava tudo bem, ela estava mesmo a fim da cabeça de Carolyn. O combinado era que Louanne ficaria comigo em Frisco, mas então comecei a pressentir que eles iam ficar grudados e eu seria deixado sozinho no olho da rua na outra extremidade do continente. Mas pra que pensar nisso quando se tem pela frente toda a vastidão dourada da terra e acontecimentos imprevisíveis de todos os tipos estão à espera de tocaia para surpreendê-lo e fazê-lo ficar satisfeito simplesmente por estar vivo para presenciá-los. Chegamos a Washington de madrugada. Era o dia da posse de Harry Truman em seu segundo mandato. Uma grande exposição do poderio militar estava alinhada ao longo da Avenida Pennsylvania quando rodamos por ali com nossa barcaça maltratada. Havia B-29s, lanchas torpedeiras, artilharia, todos os tipos de aparato bélico enfileirados na grama nevada; o último da fila era um pequenino bote salva-vidas comum e ordinário com um aspecto estúpido e digno de piedade. Neal diminuiu a velocidade para observá-lo. Ficou sacudindo a cabeça com surpresa. "O que é que esses caras querem? Nossos sagrados falastrões americanos... Harry está dormindo na cidade em algum lugar... O bom e velho Harry... Do Missouri, como eu... Aquele deve ser o barco dele." De repente nos vimos presos em uma pista circular de onde não havia como sair. Tivemos que ir até o final dela. Demos vivas; havia um restaurante e estávamos famintos. Mas o restaurante estava fechado. Tivemos que voltar pela mesma pista circular sem saída até encontrarmos a estrada humana outra vez. Nunca mais vi aquela coisa estranha desde então; é na Virgínia, bem na saída de uma ponte de Washington; não existe saída a não ser frequentar o restaurante e se o restaurante está fechado você está ferrado. Tudo bem; encontramos um carrinho de lanches. Hinkle imediatamente meteu bolos de café dentro do casaco; ele era um ladrão compulsivo. Pude ver que seria uma viagem daquelas. Comemos e pagamos a metade do que consumimos. No amanhecer descorado da Virgínia a pobre Rhoda, cabisbaixa, enrolada em seu casaco, indesejada na Cal, retornou a pé para uma parada de ônibus num entroncamento. Ali foi o fim de Rhoda. Neal foi dormir no banco de trás e Hinkle pegou o volante. Demos instruções específicas para que ele pegasse leve. Mal estávamos roncando, ele acelerou o carro para cento e vinte, com bielas estragadas e tudo, e não apenas isso mas também fez uma ultrapassagem tripla num ponto onde um guarda discutia com um motorista --- ele estava na quarta faixa de uma freeway de quatro pistas, na contramão. Logicamente o policial veio atrás da gente com a sirene uivando. Fomos parados. Ele ordenou que o seguíssemos até o posto policial. Lá havia um tira malvado que antipatizou imediatamente com Neal; podia sentir o cheiro de prisão nele. Mandou seus colegas para a rua para que interrogassem Louanne e a mim em particular. Queriam saber quantos anos Louanne tinha, tentavam armar uma com a Lei Mann. Mas ela tinha sua certidão de casamento. Depois me chamaram num canto querendo saber com quem Louanne estava dormindo. "Com o marido dela" disse eu com a maior simplicidade. Eles estavam curiosos. Algo lhes despertava suspeita. Tentaram dar uma de Sherlock amador perguntando duas vezes as mesmas questões na esperança de algum deslize de nossa parte. Falei "Esses dois caras estão voltando para trabalhar na rede ferroviária da Califórnia, essa é a esposa do mais baixo, e eu sou um amigo em férias de duas semanas da faculdade". O guarda sorriu e disse "É mesmo? E essa é sua própria carteira?" Finalmente o malvado lá dentro multou Neal em vinte e cinco dólares. Dissemos a eles que só tínhamos quarenta para fazer todo o percurso até a Costa; eles disseram que não fazia a menor diferença para eles. Quando Neal protestou o tira malvado ameaçou levá-lo de volta para a Pensilvânia e arranjar uma acusação especial para ele. "Que acusação." "Não imagina que acusação? Não se preocupe com isso espertalhão." Tivemos de dar quarenta para eles. Al Hinkle, que era o culpado, ofereceu-se para ir para a prisão de modo que pudéssemos prosseguir a viagem. Neal considerou a proposta. O policial ficou furioso; ele disse "Se você deixar seu companheiro ir para a prisão, te levo agora mesmo para a Pensilvânia. Tá entendendo?" Foi tudo uma confusão. Tivemos que dar o dinheiro para eles; a maior parte estava no meu bolso. Quando viram de onde vinha a grana lançaram-me olhares irados. Tudo o que queríamos era ir embora. "Outra multa por excesso de velocidade na Virgínia e você perde o carro" disse o tira malvado como salva de despedida. Neal estava vermelho de raiva. Arrancamos silenciosamente. Era como um convite ao roubo tirarem nosso dinheiro para a viagem. Eles sabiam que estávamos duros e que não tínhamos parentes na estrada nem parentes para quem telegrafar pedindo dinheiro ou qualquer coisa. A polícia americana está envolvida numa guerra psicológica contra aqueles americanos que não se intimidam com papéis imponentes e ameaças. Não existe defesa. Gente pobre tem que viver na expectativa de ter esses intrometidos interferindo em sua vida. É uma força policial vitoriana; espreita através de janelas mofadas e quer inquirir sobre tudo, e pode fabricar crimes se não existirem crimes que a satisfaçam. Neal estava tão furioso que queria voltar à Virgínia e dar um tiro naquele rato assim que tivesse uma pistola. "Pensilvânia!" rosnou. "Queria saber só qual era a acusação! Vagabundagem, provavelmente; tiram toda minha grana e me acusam de vagabundagem. Esses caras fazem o que querem na maior. E se você reclama lhe dão um tiro, ainda por cima." Não havia nada a fazer senão ficarmos contentes com nós mesmos outra vez e esquecer. Quando cruzamos Richmond estávamos começando a esquecer e em breve tudo estava bem. OK. Nos ermos de Virgínia subitamente vimos um homem caminhando pela beira da estrada. Neal freou de supetão. Olhei para trás e disse que era um vagabundo que provavelmente não teria um só tostão. "Vamos dar uma carona para ele só pela curtição!" riu Neal. O homem era um tipo esfarrapado e louco de óculos que caminhava lendo um livro enlameado que achara num bueiro da estrada. Entrou no carro e continuou a ler; estava incrivelmente imundo e recoberto de cascas de feridas. Disse que seu nome era Herbert Diamond e que percorria todos os EUA a pé batendo e às vezes chutando portas de casas de judeus e exigindo dinheiro. "Me dê dinheiro para comer. Sou judeu". Disse que isso funcionava muito bem e que lhe agradava bastante. Perguntamos o que ele estava lendo. Ele não sabia. Não se dera ao trabalho de olhar o título da capa. Estava apenas olhando pras palavras, como se tivesse encontrado a verdadeira Torá em seu lugar de origem, a Amplitude Selvagem. "Viu? viu? viu?" gargalhou Neal socando minhas costelas. "Eu disse que seria uma curtição. Todo mundo é um barato, cara!" Conduzimos Diamond todo o trajeto até Rocky Mt Carolina do Norte. Minha irmã não estava mais lá, tinha se mudado para Ozone Park com minha mãe logo antes de partirmos. Lá estávamos nós de volta àquela rua comprida e desolada com os trilhos do trem correndo no meio e as caras carrancudas e tristes dos sulistas espreitando por detrás das portas das lojas de ferragens e dos bazares. Diamond disse "Tô vendo que vocês tão precisando de um dinheirinho para continuar a viagem. Esperem por mim que vou achacar uns dólares na casa de algum judeu e sigo com vocês até o Alabama". Neal achou o máximo. De repente lembrei que Alan Temko tinha parentes em Rocky Mt., parentes judeus, os joalheiros da cidade. Disse a Diamond para encontrar a joalheria Temko e abordá-los. Seus olhos reluziram. Saiu às pressas. Neal não cabia em si de satisfação; ele e eu fomos comprar pão e queijo para um lanche no carro. Louanne e Al aguardaram no carro. Passamos duas horas em Rocky Mt. esperando que Herbert Diamond voltasse; ele estava batalhando seu pão em algum lugar da cidade mas não conseguimos avistá-lo. O sol começou a ficar vermelho e era tarde. Percebemos que Diamond jamais apareceria. "O que aconteceu com ele? Talvez os parentes de Temko tenham-no acolhido; talvez neste instante ele esteja sentado na frente da lareira contando sobre suas aventuras com gente maluca em Hudsons." Lembramos da vez em que Temko nos mandou embora da festa em Denver, a noite das enfermeiras e a noite em que perdi minha chave. Rodamos de carro por tudo rindo. Diamond jamais apareceu e então nos mandamos de Rocky Mt --- "Agora veja só Jack, Deus existe mesmo, porque continuamos ligados a essa cidade, não importa o que a gente tente fazer, e você já deve ter notado o estranho nome bíblico dela, e o estranho personagem bíblico que nos fez parar aqui mais uma vez, e todas as coisas atadas umas às outras como se a chuva unisse o mundo inteiro numa única corrente..." Neal prosseguia desse jeito; estava excitado e exultante. Ele e eu de repente vimos que todo o país era como uma ostra a ser aberta por nós; e lá estava a pérola, a pérola estava lá. Seguimos para o Sul. Apanhamos mais um caroneiro. Esse era um jovem sombrio que disse ter uma tia que era dona de uma mercearia em Dunn, Carolina do N., bem na saída de Fayetteville. "Quando chegarmos lá conseguirei filar um dólar dela." "Tá certo! Ótimo! Então vamos!" Em uma hora estávamos em Dunn, ao crepúsculo. Fomos até o lugar onde o garoto disse que a mercearia da tia ficava. Era uma tristonha ruela sem saída que terminava num muro de fábrica. Havia uma mercearia mas não havia tia nenhuma. Ficamos sem entender o que o garoto estava querendo dizer. Perguntamos onde ele queria chegar; ele não sabia. Era tudo um grande embuste; certa vez, em alguma aventura de beco já esquecida, ele havia visto a mercearia em Dunn, C. do N., e essa foi a primeira ideia que lhe veio à cabeça febril e desordenada. Compramos um cachorro-quente para ele mas Neal disse que não poderíamos levá-lo junto porque precisávamos de lugar para dormir e para caroneiros que pudessem pagar um pouco de gasolina. Era triste mas era verdade. Nós o deixamos em Dunn ao cair da noite. Esse não seria o único garoto com uma tia dona de mercearia que encontraríamos na viagem; haveria outro em nosso rastro dois mil quilômetros adiante. Dirigi pela Carolina do Sul e todo trajeto além de Macon na Geórgia enquanto Neal, Louanne e Al dormiam. Totalmente sozinho na noite entreguei-me a meus próprios pensamentos e mantive o carro junto à linha branca da estrada sagrada. O que eu estava fazendo? para onde estava indo? Não tardaria a descobrir. Depois de Macon eu estava cansado pra cachorro e acordei Neal para que reassumisse o volante. Saímos do carro para dar uma respirada e de repente estávamos os dois chapados de alegria por percebermos que a escuridão ao nosso redor tinha uma fragrância de relva esverdeada e perfume de estrume fresco e águas cálidas. "Estamos no Sul. Nos livramos do inverno!" A tênue luz matinal iluminava brotos esverdeados ao lado da estrada. Respirei fundo; uma locomotiva uivou na escuridão a caminho de Mobile. Também íamos para lá. Tirei a camisa e exultei. Quinze quilômetros adiante Neal entrou num posto de gasolina com o motor desligado, verificou que o funcionário estava adormecido na escrivaninha, saltou fora, encheu o tanque silenciosamente, tomando cuidado para não tocar o alarme, e se mandou como um árabe com cinco dólares de gasolina no tanque cheio para a nossa peregrinação. Do contrário jamais teríamos chegado a Nova Orleans e ao casebre de Bill Burroughs nos pântanos de Algiers. Adormeci e acordei com os doidos sons exultantes de música e Neal e Louanne conversando e a amplitude esverdeada desfilando pela janela. "Onde estamos?" "Acabamos de passar a ponta da Flórida, homem, o lugar se chama Flomaton." Flórida! Estávamos descendo a planície costeira em direção a Mobile; à nossa frente as grandes nuvens do Golfo do México pairavam nos céus. Fazia apenas quinze horas desde que havíamos dado adeus para todo mundo nas imundas neves do Norte. Paramos num posto de gasolina e lá Neal carregou Louanne nos ombros e Hinkle entrou e roubou três maços de cigarros sem o menor esforço. Estávamos renovados. Rodando para dentro de Mobile pela grande estrada marítima tiramos nossas roupas pesadas de inverno e desfrutamos da temperatura sulista. Foi então que Neal começou a contar a história de sua vida e que, depois de Mobile, deparou com um ruidoso engarrafamento de carros num cruzamento e em vez de diminuir a marcha desviou-se por um posto de gasolina com a mesma constante velocidade de cento e dez por hora. Deixamos olhares estarrecidos atrás de nós. Ele prosseguiu sua fábula: "Garanto que é verdade, iniciei-me aos nove anos, com uma menina chamada Milly Mayfair atrás da garagem de Rod, na rua Grant - - mesma rua onde Allen morou em Denver. Isso foi quando meu pai ainda trabalhava um pouquinho como barbeiro. Lembro da minha tia gritando na janela 'O que você está fazendo aí atrás da garagem?' Oh querida Louanne se eu te conhecesse naquela época! Uau! Que delícia você deve ter sido aos nove anos!" Movia-se como um maníaco; enfiou o dedo na boca de Louanne e o lambeu; pegou a mão dela e a esfregou por todo seu corpo. E ela permaneceu sentada ali sorrindo serenamente. O enorme Al Hinkle estava olhando pela janela e falando sozinho: "Sim senhor, pensei que eu era um fantasma naquela noite na Times Square". Ele também se perguntava o que Helen Hinkle lhe diria em Nova Orleans. Neal prosseguiu: "Certa vez peguei um trem de carga do Novo México direto até LA --- eu tinha onze anos, me perdi do meu pai num vagão, estávamos numa selva de vagabundos, fiquei com um homem chamado Big Red, meu pai estava mais do que bêbado num vagão --- o trem começou a rodar - - Big Red e eu o perdemos --- não vi meu pai durante meses. Pulei no trem errado para a Califórnia. Durante todo o trajeto, trinta e cinco horas, me segurei na amurada com uma mão e embaixo do outro braço prendi um pedaço de pão. Isso não é história --- é verdade. Quando chegamos a LA eu estava tão louco por leite e nata que arranjei um emprego numa leiteria e a primeira coisa que fiz foi comer dois quilos de nata batida que vomitei". "Pobre Neal" disse Louanne e beijou-o. Ele olhou em frente orgulhoso. Ele a amava. De repente estávamos rodando totalmente ao longo das águas azuis do Golfo e no mesmo instante uma coisa de louco monumental começou a tocar no rádio: era o programa do disc jockey Chicken Jazz n'Gumbo de Nova Orleans, só discos louquíssimos de jazz, discos negros, com o disc jockey dizendo "Não se preocupem com NADA!" Foi com alegria que vimos Nova Orleans na nossa frente à noite. Neal esfregou as mãos sobre o volante. "Agora vamos meter o pé na jaca!" Ao crepúsculo estávamos entrando nas ruas agitadas de Nova Orleans. "Oh sintam o cheiro das pessoas!" gritou Neal com o rosto para fora da janela farejando. "Ah! Deus! Vida!" Ultrapassou um trólebus. "Sim!" Arremessou o carro no trânsito da Rua do Canal. "Iupiii!" Ziguezagueou o carro e olhou em todas as direções à procura de garotas. "Olha só para ela!" O ar era tão perfumado em Nova Orleans que parecia vir em echarpes macias; e podia-se sentir o cheiro do rio, e sentir mesmo o cheiro das pessoas, e da lama, e do melado e todos os tipos de exalações tropicais com o nariz subitamente retirado dos gelos do inverno setentrional. Saltitávamos no banco do carro. "E saca aquela!" gritou Neal apontando para outra mulher. "Oh eu amo, amo, amo as mulheres! Acho que elas são maravilhosas! Adoro mulheres!" Cuspia pela janela; gemia; agarrava a própria cabeça. Grandes gotas de suor lhe escorriam pela testa de pura exaustão e excitação. Enfiamos o carro na balsa de Algiers e lá estávamos nós cruzando o rio Mississippi de barco. "Agora vamos sair e curtir o rio e as pessoas e cheirar o mundo" disse Neal afobando-se com seus óculos escuros e cigarros e saltando do carro como um boneco de mola. Nós o seguimos. Nos inclinamos na balaustrada e olhamos para o grande pai moreno das águas escoando desde o meio da América como uma torrente de almas penadas --- transportando toras de madeira de Montana e lodo de Dakota e adeus-Iowa e camisinhas direto desde Three Forks onde os segredos começaram no gelo. A enfumaçada Nova Orleans retrocedia de um lado; a velha e sonolenta Algiers com seus arborizados arredores aluvionais vinha ao nosso encontro do outro lado. Negros estavam trabalhando na tarde calorenta carregando as fornalhas da balsa que já estavam rubras e quase faziam nossos pneus derreterem. Neal se ligou neles vendo-os forcejar sob alta temperatura. Percorreu o tombadilho descendo e subindo escadas com suas calças largas meio caídas abaixo da cintura. De repente o vi ligadíssimo na ponte de comando. Pensei que iria bater asas dali. Ouvi sua risada louca ecoar pelo barco inteiro --- "Hii hii hii hii hi!" Louanne o acompanhava. Ele inspecionou tudo num piscar de olhos, voltou com uma história completa, saltou para dentro do carro quando todos já estavam buzinando para andar e zarpamos ultrapassando dois ou três carros num espaço estreito e nos vimos zunindo por Algiers. "Onde? onde?" gritava Neal. Primeiro decidimos nos lavar num posto de gasolina e depois perguntar onde morava Bill. Crianças brincavam na tarde sonolenta do rio; garotas passavam com bandanas e blusas de algodão e pernas nuas. Neal correu para a rua para ver tudo. Olhava ao redor, balançava a cabeça; alisava a barriga. O Big Al permanecia sentado no banco de trás do carro com um chapéu sobre os olhos, sorrindo para Neal. Fomos para a casa de Bill Burroughs fora da cidade perto do dique do rio. Ficava numa estrada que cruzava uma planície pantanosa. A casa era um velho amontoado de madeiras caindo aos pedaços com alpendres bambos em toda a volta e salgueiros no quintal; a grama tinha um metro de altura, as velhas cercas estavam derrubadas; os velhos celeiros demolidos. Não havia ninguém à vista. Entramos no quintal e vimos umas tinas de lavar roupa na varanda. Saí e fui até a porta telada. Joan Adams estava lá com as mãos em concha olhando direto para o sol. "Joan" eu disse. "Sou eu. Somos nós." Ela já sabia. "Sim eu sei. Bill não está em casa. Não há um incêndio ou algo assim lá na frente." Olhamos ambos em direção ao sol. "Você está falando do sol?" "Claro que eu não estou falando do sol ---- ouvi umas sirenes daquele lado. Você não está vendo um clarão esquisito." Era na direção de Nova Orleans; as nuvens estavam estranhas. "Não vejo nada" disse eu. Joan fungou. "O mesmo velho Kerouac." E foi deste jeito que nos cumprimentamos depois de quatro anos; Joan tinha morado uns tempos com minha mulher e comigo em Nova York. "E Helen Hinkle está aqui?" perguntei. Joan continuava procurando seu incêndio; nessa época ela estava engolindo três tubos de benzedrina por dia. Seu rosto, outrora roliço e germânico e bonito, tornara-se macilento e avermelhado e impiedoso. Tinha pego pólio em Nova Orleans e agora mancava um pouco. Como cordeirinhos Neal e a gangue saltaram do carro e puseram-se mais ou menos à vontade. Helen Hinkle abandonou seu retiro altivo nos fundos da casa para encontrar seu torturador. Helen era uma moça grega de Fresno. Estava pálida e parecia recoberta de lágrimas. O Big Al passou a mão no cabelo e disse alô. Ela o encarou resoluta.

"Por onde você andava? Por que fez isso comigo?" E lançou um olhar furioso para Neal; ela já sabia de tudo. Neal simplesmente a ignorou; o que ele queria agora era comida; perguntou a Joan se havia alguma coisa em casa. A confusão começou exatamente aí. O pobre Bill chegou no seu Chevvy do Texas e encontrou sua casa invadida por maníacos; mas me cumprimentou com um entusiasmo que há muito tempo eu não via nele. Tinha comprado essa casa em Nova Orleans com um dinheiro que juntara plantando algodão no vale do Rio Grande com um velho camarada de Harvard cujo pai, um paralítico louco, morrera deixando-lhe uma fortuna. O próprio Bill recebia apenas $50 por semana de sua família, o que não seria de todo mau se ele não gastasse quase isso por semana em drogas... morfina; e sua mulher também custava caro, devorando uns dez dólares semanais em tubos de benzedrina. Em compensação, seus gastos com alimentação eram os menores da região; eles nunca comiam; tampouco seus filhos. Tinham duas crianças maravilhosas: Julie, de oito anos, e o pequeno Willie de um ano. Willie corria pelo quintal completamente nu, um filho dourado do arco-íris que um dia iria tagarelar pelas ruas da Cidade do México com crianças indígenas esfarrapadas e teria as suas. Bill o chamava de "o Pequeno Animal", como W.C. Fields. Ele entrou dirigindo o carro no quintal e se desenrolou lá de dentro osso por osso, e avançou exausto, usando óculos, chapéu de feltro, terno surrado, alto, magro, estranho e lacônico, dizendo "Ei Jack, finalmente você chegou; vamos entrar e tomar um drinque". Seria preciso a noite inteira para contar tudo sobre Bill Burroughs; digamos agora somente que ele era professor, e tinha todo o direito de ensinar porque passava o tempo inteiro aprendendo; e as coisas que ele aprendia eram os fatos da vida, não por necessidade mas porque queria. Arrastara seu comprido corpo magro por todos os EUA e vasta parte da Europa e do norte da África nos seus bons tempos só para ver o que estava acontecendo; casou com uma condessa alemã na Iugoslávia apenas para salvá-la dos nazistas nos anos trinta; havia fotos dele com grandes gangues de cocaína de Berlim inclinados uns sobre os outros com penteados doidos; havia outras fotografias dele com um chapéu Panamá inspecionando as ruas de Algiers no Marrocos. Ele jamais voltou a ver a condessa alemã. Foi dedetizador em Chicago, barman em Nova York, oficial de justiça em Newark. Em Paris sentou-se nos cafés observando uma procissão de caras francesas mal-humoradas. Da janela de seu hotel em Atenas olhou para aquilo que chamava de o povo mais feio do mundo. Em Istambul traçou sua trajetória entre bandos de viciados em ópio e vendedores de tapetes, em busca dos fatos. Leu Spengler e Marquês de Sade em hotéis ingleses. Em Chicago planejou assaltar uma sauna, hesitou dois minutos em frente de um drinque, e terminou com dois dólares e tendo de fugir correndo. Ele fez tudo isso apenas pela experiência. Era um malandro da antiga escola europeia seguindo de algum modo o estilo de Stefan Sweig, o jovem Thomas Mann, e Ivan Karamazov. Agora o estudo final era sobre o uso de drogas. Ele estava em Nova Orleans se esgueirando pelas ruas com sujeitos de reputação duvidosa e rondando bares suspeitos. Há uma história estranha dos seus tempos de Harvard que ilustra algo mais a seu respeito: certa tarde recebeu uns amigos nos seus distintos aposentos para um coquetel quando de repente sua doninha de estimação saiu correndo e mordeu alguém no tornozelo; e enquanto todos se precipitavam porta afora, provavelmente aos gritos, pois ele conhecia muitas bichas naquele tempo, e ainda conhece, Bill deu um salto e pegou sua espingarda de caça, gritou "Ela sentiu o cheiro daquele rato outra vez" e disparou um tiro que fez um rombo na parede grande o suficiente para permitir a passagem de cinquenta ratos. Na parede havia a fotografia de uma casa velha e feia em Cape Cod. Seus amigos perguntavam "Por que você mantém essa coisa horrível pendurada aí?" e Bill dizia "Gosto dela porque é feia". Toda a sua vida era nesse estilo. Uma vez bati em sua porta na favela da 60 em Nova York e ele abriu usando um chapéu coco, um colete sem nada embaixo, e elegantes calças compridas listradas; tinha um pote na mão, havia alpiste nele, ele estava tentando esmagar as sementes para enrolar um baseado com elas. Também experimentou ferver xarope de codeína até transformá-lo numa pasta marrom --- aquilo também não funcionou direito. Passava longas horas com Shakespeare, o "Bardo Imortal" ele o chamava, no colo. Em Nova Orleans começou a passar longas horas com os códices maias no colo e mesmo que ficasse conversando o livro permanecia aberto o tempo todo. Eu era jovem e certa vez perguntei "O que vai acontecer conosco quando morrermos?" e ele respondeu "Quando você morre está morto, só isso". Tinha um jogo de correntes em seu quarto que disse usar com seu psicanalista; eles estavam experimentando a narcoanálise e descobriram que Bill possuía sete diferentes personalidades separadas e cada uma mais terrível que a outra à medida que se aprofundavam até que ele se tornava um idiota furioso precisando ser acorrentado. A personalidade superior era um lorde inglês, a inferior era o idiota. Entre uma e outra ele era um velho negro que ficava parado numa fila junto com todo mundo dizendo "Uns são filhos da puta, outros não, e isso é tudo". Bill possuía um carinho todo especial pelos velhos dias da América, especialmente 1910 quando se podia comprar morfina em qualquer farmácia sem receita e os chineses fumavam ópio em suas janelas ao entardecer e o país era louco e barulhento e livre com abundância e qualquer espécie de liberdade para todo mundo. Seu ódio primordial era a burocracia de Washington; a seguir, os liberais; a polícia também. Passava o tempo inteiro falando e ensinando os outros. Joan sentava aos seus pés, eu também, Neal também; Allen Ginsberg também já o fizera. Todos nós tínhamos aprendido com ele. Era um cara acinzentado com uma aparência impossível de descrever e que passaria despercebido na rua, a não ser que se olhasse de perto e se visse sua louca caveira ossuda e sua estranha juventude e ardor --- um sacerdote do Kansas envolto em mistérios e ardores exóticos e fenomenais. Tinha estudado medicina em Viena, também conhecia Freud; estudara antropologia, tinha lido de tudo; e agora estava instalado para o grande trabalho de sua vida, que era o estudo das coisas em si nas ruas da vida e à noite. Sentava em sua cadeira; Joan trazia as bebidas, martínis. As cortinas próximas a sua cadeira estavam sempre cerradas, dia e noite; aquele era seu canto na casa. Em seu colo jaziam os códices maias e uma pistola de ar comprimido que às vezes usava para disparar os tubos de benzedrina pela sala. Eu estava sempre correndo para pegar novos tubos. Todos nós demos uns tiros. Enquanto isso conversamos. Bill estava curioso para saber qual a razão da nossa viagem. Ele nos encarava assoando o nariz. "Bem Neal, quero que fique quieto um minuto e me conte qual é o sentido de você ficar cruzando o país desse jeito." Neal só conseguia corar e responder "Ah bem, você sabe qual é". "Jack, por que você está indo para a Costa?" "É só por uns dias, estou voltando pra faculdade." "E qual é a desse tal de Al Hinkle, que tipo de pessoa ele é?" Naquele momento Al estava fazendo as pazes com Helen no quarto; não precisou de muito tempo. Não sabíamos o que dizer a Bill a respeito de Al Hinkle. Ao perceber que não sabíamos nada sobre nós mesmos ele sacou três baseados e nos mandou ir em frente, que logo o jantar estaria pronto. "Não existe nada melhor no mundo para despertar o apetite. Uma vez comi um horrível hambúrguer numa carrocinha depois de fumar um e me pareceu a coisa mais deliciosa do mundo. Voltei de Houston na semana passada, fui falar com Kells sobre nossa plantação de algodão. Eu estava dormindo num motel certa manhã quando de repente fui jogado fora da cama. Um sujeito louco tinha dado um tiro na mulher no quarto ao lado do meu. Todos ficaram ao redor confusos e o cara simplesmente pegou seu carro e se mandou, deixando a espingarda no chão para o xerife. Eles finalmente o apanharam em Houma bêbado como um lorde. Cara não é mais seguro andar por aí nesse país sem uma arma." Ele afastou o casaco para nos mostrar seu revólver. Depois abriu a gaveta e nos mostrou o resto de seu arsenal. Em Nova York certa vez ele tivera uma metralhadora debaixo da cama. "Tenho algo melhor do que isso agora... uma pistola de gás alemã sheintoth, olhem só essa beleza, tenho apenas uma cápsula. Poderia exterminar cem homens de uma só vez com essa pistola e ainda ter um bom tempo para planejar a fuga. A única coisa errada é que tenho apenas essa cápsula." "Espero não estar por perto quando você testá-la" disse Joan lá da cozinha. "Como VOCÊ sabe que é uma cápsula de gás." Bill fungou; ele jamais dava a menor atenção às investidas dela mas as escutava. Sua relação com a mulher era das mais estranhas: eles conversavam até altas horas da noite: Bill gostava de ser o dono da bola, falava ininterruptamente com sua voz lúgubre e monótona, ela tentava interrompê-lo, e nunca conseguia; ao amanhecer ele se cansava e então Joan falava e ele ouvia a fungar. Ela amava loucamente esse homem, mas numa espécie qualquer de delírio mental; nunca havia murmúrios e muxoxos naquela casa, apenas conversações e no fim das contas um profundo companheirismo que nenhum de nós jamais estaria apto a compreender. Algo de curiosamente frio e antipático entre eles era na verdade um tipo de humor por meio do qual eles comunicavam suas emoções sutis. O amor é tudo; Joan nunca se afastava mais do que três metros de Bill e nunca deixava de escutar uma só palavra dita por ele, e ele falava bem baixinho. Neal e eu estávamos loucos por uma noitada em Nova Orleans e queríamos que Bill nos levasse. Ele se comportou como um desmancha-prazeres. "Nova Orleans é uma cidade muito tediosa. É contra a lei ir ao bairro negro. Os bares são intoleravelmente chatos." "Deve haver alguns bares ideais na cidade" arrisquei. "O bar ideal não existe na América. Um bar ideal é algo fora do nosso alcance. Em 1910 um bar era um lugar onde os homens iam se encontrar durante ou depois do trabalho e tudo o que havia era um longo balcão, corrimãos de metal, escarradeiras, uma pianola para o fundo musical, uns espelhos e barris de uísque a dez centavos a dose ao lado de barris de cerveja a cinco centavos a caneca. Agora tudo o que há são enfeites cromados, mulheres bêbadas, veados, barmen hostis, proprietários angustiados espreitando nas portas preocupados com seus bancos de couro e com a polícia; gritaria em momentos inoportunos e um silêncio mortal quando entra um estranho." Discutimos a respeito dos bares. "Tá certo", disse ele, "vou levar vocês a Nova Orleans hoje à noite e provar o que estou dizendo". E ele nos levou deliberadamente para os bares mais tediosos. Deixamos Joan com as crianças; o jantar tinha acabado; ela estava lendo os classificados do Times Picayune de Nova Orleans. Perguntei se ela estava procurando emprego; ela respondeu simplesmente que aquela era a parte mais interessante do jornal.

Dava para entender seu ponto de vista --- mulher estranha. Bill foi conosco para a cidade e continuou falando. "Pega leve Neal, a gente chega lá, espero; opa, tem uma balsa, não precisa atravessar o rio com o carro." Ele prosseguia. Neal tinha piorado desde o Texas, ele me confidenciou. "Ele me parece destinado à sua sina ideal, que é uma psicose compulsiva conflitando com uma pitada de irresponsabilidade psicopata e violência". Ele olhava para Neal de canto de olho. "Se você for para a Califórnia com esse louco nunca chegará lá. Por que não fica em Nova Orleans comigo. Vamos apostar nas corridas de cavalo em Graetna e descansar no meu quintal. Tenho uma linda coleção de facas e estou construindo um alvo. Há umas garotas gostosas na cidade também, se é que atualmente você se interessa por isso." Ele fungava. Estávamos na balsa e Neal tinha saltado do carro para se debruçar na amurada. Eu o segui, mas Bill permaneceu no carro fungando. Um espectro místico de nevoeiro pairava sobre as águas castanhas naquela noite, junto com os negros destroços de madeira; e do outro lado Nova Orleans reluzia com um fulgor alaranjado, com alguns navios sombrios no porto, Cerenos nebulosos e fantasmagóricos com sacadas espanholas e popas ornamentadas, até nos aproximarmos e percebermos que não passavam de velhos cargueiros da Suécia e do Panamá. As fornalhas da balsa resplandeciam na noite; os mesmos negros davam duro com as pás e cantarolavam. O velho Big Slim Hubbard trabalhara certa vez na balsa de Algiers limpando o convés; isso me fez lembrar também de Mississippi Gene; e enquanto o rio descia pelo centro da América sob a luz das estrelas eu soube, soube loucamente que tudo que eu jamais conhecera e tudo o quanto haveria de conhecer era Um. O que é estranho, também, é que nessa mesma noite em que cruzávamos o rio na balsa com Bill Burroughs uma garota suicidou-se jogando-se do tombadilho; ou antes ou depois de nós; lemos a notícia nos jornais do dia seguinte. A garota era de Ohio, ela bem que poderia ter vindo para Nova Orleans flutuando sobre uma tora, e ter salvo sua alma. Rondamos todos os bares apáticos do bairro latino com Bill e voltamos para casa à meia-noite. Naquela noite Louanne tomou tudo que está nos manuais:

maconha, excitantes, benzedrina, álcool e chegou a pedir um pico de M a Bill, que não lhe deu é claro. Ela estava tão saturada de substâncias de todos os tipos que travou e ficou parada apatetada no alpendre comigo. Era um alpendre fascinante o de Bill. Rodeava a casa inteira. Ao luar, com os salgueiros, parecia uma velha mansão sulista que tivera melhores dias. Dentro de casa Joan permanecia sentada lendo os classificados na cozinha; Bill estava no banheiro tomando um pico, apertando sua velha gravata preta entre os dentes num torniquete e fincando a agulha em seu braço esquelético com milhares de picadas; Al Hinkle estava esparramado com Helen sobre o leito senhorial que Bill e Joan jamais usavam; Neal enrolava uns baseados; e Louanne e eu imitávamos a aristocracia sulista. "Oh senhorita Lou, você está adorável e deslumbrante esta noite." "Oh obrigada, Crawford, realmente aprecio as belas coisas que você diz." Portas abriam ao redor do alpendre torto e membros de nosso triste drama na noite americana saíam incessantemente para ver onde todos haviam se metido. Finalmente dei uma caminhada solitária até o Dique. Queria sentar na margem enlameada e curtir o rio Mississippi; em vez disso tive de contemplá-lo com o nariz contra uma tela de arame. Quando começam a separar as pessoas de seus rios o que é que temos? "Burocracia!" diz Bill; sentado com Kafka no colo, a lâmpada ardendo acima de sua cabeça, ele fungando. Sua velha casa estala. E as toras de madeira de Montana rolam pelo grande rio escuro da noite. "Nada além da burocracia! E Sindicatos! Principalmente Sindicatos!" Mas sua gargalhada sombria voltaria a ecoar. Ela já estava lá pela manhã quando acordei cedo e radiante e encontrei Bill e Neal no quintal. Neal tinha vestido seu macacão de mecânico e ajudava Bill. Bill tinha encontrado um enorme pedaço de madeira podre e desesperadamente arrancava com um martelo todos os pequenos pregos ali fincados. Olhamos para os pregos, havia milhões deles, pareciam vermes. "Quando terminar de arrancar todos esses pregos vou construir uma prateleira que vai durar MIL ANOS!" disse Bill, com cada osso estremecendo de satisfação senil. "E então Jack, já percebeu que as prateleiras feitas hoje em dia quebram ou em geral desabam sob o peso de um relógio depois de seis meses de uso, o mesmo acontece com as casas, com as roupas. Esses filhos da puta inventaram o plástico e com ele poderiam fazer casas que durassem PARA SEMPRE. E pneus. Os americanos se matam aos milhões todos os anos com pneus de borracha defeituosa que estouram nas estradas. Poderiam fabricar pneus que jamais estourassem. Com a pasta de dentes acontece a mesma coisa. Inventaram uma espécie de goma que não mostram a ninguém e que se fosse mascada quando criança a pessoa não teria uma única cárie até o fim dos seus dias. É a mesma coisa com as roupas. Poderiam fazer roupas que durassem para sempre. Preferem fazer mercadorias ordinárias para que todo mundo continue trabalhando e batendo ponto e se organizando em sindicatos imbecis e se aborrecendo enquanto a grande safadeza prossegue em Washington e Moscou." Ergueu sua grande peça de madeira podre. "Você não acha que dará uma esplêndida prateleira." Era bem cedo de manhã, sua energia estava no máximo. O pobre sujeito mandava tantas drogas para dentro de seu corpo que só podia vegetar naquela cadeira a maior parte do dia com a luz acesa no sol a pino. Mas pela manhã ele era magnífico. Começamos a atirar facas no alvo. Ele contou que tinha visto um árabe em Túnis que era capaz de atingir o olho de um homem a mais de dez metros de distância. Isso o fez lembrar de sua Tia que tinha ido a Casbah nos anos trinta. "Ela estava com um grupo de turistas acompanhados por um guia. Usava um anel de diamante no minguinho. Escorou-se numa parede para descansar alguns instantes e um árabe arrancou-lhe o anel antes que ela conseguisse gritar. De repente ela percebeu que já não tinha mais o minguinho. Hi-hi-hi-hi-hi!" Quando ria ele comprimia os lábios e fazia o riso sair da barriga, lá do fundo, e se dobrava até os joelhos. Riu por um longo tempo. "Ei Joan!" exclamou exultante. "Eu estava contando para Neal e Jack o que aconteceu com minha tia em Casbah!" "Eu ouvi" disse ela da porta da cozinha através da manhã amena do Golfo. Grandes e formosas nuvens pairavam no alto, nuvens do vale que permitem compreender toda a vastidão da velha arruinada e santa América de ponta a ponta e de costa a costa.

Adiante. Bill estava ligadíssimo: "Diga, já te contei sobre o pai de Kell. Ele era o velho mais engraçado do mundo. Sofria de paresia que corrói a parte frontal do cérebro e você já não é mais responsável pelo que se passa por sua cabeça. Ele tinha uma casa no Texas e os carpinteiros trabalhavam 24 horas por dia construindo novas alas. Ele acordava no meio da noite e dizia 'Não quero mais essa maldita ala; construam-na daquele lado'. Os carpinteiros tinham que desmanchar tudo e começar outra vez. Pela manhã lá estavam eles martelando a nova ala. Então o velho ficava de saco cheio daquilo tudo e dizia 'Raios, quero ir para o Maine!' e entrava no carro e arrancava a cento e sessenta por hora --- imensas nuvens de penas de galinha acompanhavam sua trajetória por centenas de quilômetros. Parava o carro no meio da rua numa cidade texana e saía para comprar uísque. O tráfego engarrafado buzinava ao redor dele e ele saía da loja gritando 'Calem a boca cambaza de cilhos da suta!' Ele ciciava; quando tem parestesia, você chichia, quer dizer cicia. Uma noite ele apareceu na minha casa em St. Louis e buzinou e disse 'vem e vamos visitar Kells no Texas'. Estava voltando do Maine. Alegava ter comprado uma casa em Long Island com vista para um cemitério judeu porque gostava de ver tantos judeus mortos. Oh, ele era horrível. Poderia contar histórias dele o dia todo. Diga, o dia não está lindo?" E estava mesmo. A brisa mais suave soprava dos diques; só isso já valia a viagem. Seguimos Bill casa adentro e fomos tirar a medida da parede para a prateleira. Ele nos mostrou a mesa de jantar que tinha construído. A madeira tinha quinze centímetros de espessura. "Essa mesa vai durar mil anos!" disse Bill inclinando seu longo rosto chupado até nós como um maníaco. Deu um murro nela. À noitinha ele sentava-se à mesa ciscando a comida e jogando os ossos para os gatos. Tinha sete gatos. "Adoro gatos. Especialmente os que miam desesperadamente quando os suspendo acima da banheira." Insistiu em fazer uma demonstração, mas havia gente no banheiro. "Bem", disse, "não dá para mostrar agora. Sabem, estou brigado com os vizinhos aí do lado". Ele nos falou a respeito dos vizinhos; era uma multidão com crianças impertinentes que jogavam pedras em Julie e Willie e às vezes em Bill por cima da pequena cerca. Bill ordenou que parassem com aquilo; o homem saiu de casa e gritou alguma coisa em português. Bill entrou em casa e retornou com sua espingarda. Vasculhávamos o quintal procurando o que fazer. Havia uma tremenda cerca que Bill estava construindo para separá-lo dos odientos vizinhos; nunca seria concluída, a tarefa era pesada demais. Ele a sacudia pra frente e pra trás para mostrar como era sólida. Subitamente ficava cansado e calado e entrava na casa e se enfiava no banheiro para tomar seu pico matinal, ou do meio da manhã, pré-almoço. Saía com os olhos vidrados e relaxado, e sentava-se debaixo da lâmpada acesa. A luz tênue do sol entrava debilmente pelas cortinas cerradas. "Escutem, por que não experimentam meu acumulador de orgônio na sala. Ponham mais tutano em seus ossos. Saio sempre voando dali direto para o cabaré mais próximo a cento e cinquenta por hora hor hor hor!" Esse era seu riso "risado" --- quando não estava rindo de verdade. "Escuta Jack, depois do almoço eu e você vamos apostar nas corridas de cavalo lá em Graetna." Era um sujeito esplêndido. Tirou uma soneca em sua cadeira depois do almoço, com a pistola de ar comprimido no colo e o pequeno Willie enroscado em seu pescoço dormindo. Era um belo quadro, pai e filho juntos, um pai que certamente jamais encheria o saco de seu filho quando chegasse a hora de descobrir coisas para fazer e conversar sobre elas. Ele acordou num sobressalto e me encarou. Levou um minuto para me reconhecer. "Por que você está indo para a Costa Jack?" perguntou, voltando a cochilar por um momento. À tarde fomos para Graetna, apenas Bill e eu. Pegamos seu velho Chevvy. O Hudson de Neal era baixo e macio; o Chevvy de Bill era alto e barulhento. Era como se estivéssemos em 1910. O local das apostas ficava próximo da zona portuária num grande bar cheio de couro e metais cromados cujos fundos davam para uma sala imensa com as listas de competidores e números inscritos nas paredes. Sujeitos de Louisiana vadiavam por ali com exemplares da Racing Form. Bill e eu tomamos uma cerveja, e Bill foi até um caça-níqueis e desleixadamente enfiou uma moeda de meio dólar. A máquina trepidou "Valete" -- "Valete" --- "Valete" --- e o último Valete ficou suspenso por um instante e trocou para "Cereja". Ele deixou de ganhar cem dólares ou mais por um pentelho. "Raios!" gritou Bill. "Estas máquinas são viciadas. Tá na cara. O valete veio e a máquina o fez retroceder. Bem, o que é que se pode fazer." Examinamos a Racing Form. Eu não apostava nos cavalos há anos e fiquei estonteado com tantos nomes novos. Havia um cavalo chamado "Big Pop" que me fez entrar num transe temporário relembrando meu pai, que costumava apostar nos cavalos e me levava junto. Eu estava a ponto de mencionar isso para Bill quando ele disse "Bem acho que vou apostar nesse Corsário de Ébano aqui". Então eu disse finalmente: "Big Pop me faz lembrar de meu pai". Ele hesitou um segundo, seus límpidos olhos azuis fixaram-se nos meus hipnoticamente de forma que eu não conseguia imaginar o que ele estava pensando ou onde estava. Então seguiu em frente e apostou no Corsário de Ébano. Big Pop venceu e pagou 50 por 1. "Raios!" exclamou Bill. "Eu já deveria saber, já tinha tido essa experiência antes. Oh quando é que aprenderemos?" "O que você está querendo dizer?" "É com relação ao Big Pop. Você teve uma visão, garoto, uma VISÃO. Só os idiotas não dão atenção às visões. Vai saber se seu pai, que era um velho apostador das corridas, não se comunicou momentaneamente com você para dizer que Big Pop ia vencer o páreo. O nome despertou a sensação em você. Era nisso que eu estava pensando quando você mencionou sua lembrança. Meu primo no Missouri certa vez apostou num cavalo cujo nome lhe fazia lembrar da mãe e ganhou um monte de dinheiro. Aconteceu o mesmo esta tarde." Ele sacudiu a cabeça. "Ah, vamos embora. É a última vez que venho apostar nos cavalos com você por perto, todas essas visões acabam me distraindo." No carro enquanto dirigíamos de volta à sua velha casa ele falou "Algum dia a humanidade compreenderá que na verdade estamos em contato com os mortos e com o outro mundo seja ele qual for; nesse exato instante, se apenas exercitássemos nossa força mental o suficiente, poderíamos prever o que vai acontecer nos próximos cem anos e seríamos capazes de agir para evitar todas as espécies de catástrofes. Quando um homem morre, seu cérebro passa por uma mutação sobre a qual não sabemos nada agora mas que será bastante clara algum dia se os cientistas se ligarem nisso. Só que por enquanto esses filhos da puta estão interessados unicamente em ver se conseguem explodir o planeta." Contamos tudo para Joan. Ela fungou. "Me parece uma bobagem." Ela passava a vassoura pela cozinha. Bill se enfiou no banheiro pro pico da tarde. Lá fora na estrada Neal e Al Hinkle estavam jogando basquete com a bola de Julie e com um balde pendurado num poste. Fui me juntar a eles. Então começamos a realizar proezas atléticas. Neal me impressionou profundamente. Ele fez Al e eu segurarmos uma barra de ferro na altura das nossas cinturas, e sem tomar distância pulou por cima dela agarrando os tornozelos. "Vão em frente, levantem." Fomos levantando a barra até a altura de nossos peitos. Mesmo assim ele continuava saltando sobre ela com facilidade. Depois ele experimentou um salto em distância e marcou pelo menos 6 metros. Depois apostamos uma corrida na estrada. Eu consigo fazer cem em 10:3. Ele passou voando por mim. Enquanto corríamos tive uma louca visão de Neal correndo assim pela vida... seu rosto ossudo arrojando-se para a vida, seus braços como pistões, suor escorrendo de sua fronte, as pernas se contorcendo como as de Groucho Marx, gritando "Sim! Sim cara, claro que você consegue!" Mas ninguém conseguia ser tão rápido quanto ele, essa é a verdade. Então Bill saiu com um par de facas e começou a nos demonstrar como desarmar um pretenso agressor num beco escuro. Eu de minha parte lhe mostrei um truque muito bom, que consiste em jogar-se ao chão na frente do seu adversário e prendê-lo com os tornozelos e fazê-lo cair com as mãos no chão e segurá-lo pelos pulsos numa imobilização completa. Ele achou ótimo. Depois fez umas demonstrações de jiu jitsu. A pequena Julie chamou a mãe até a varanda e disse "Olha esses homens bobos". Ela era uma coisinha tão querida e encantadora que Neal não conseguia despregar os olhos dela. "Uau. Espera só até <u>ela</u> crescer! Já imaginou ela rebolando pela rua do Canal com um olhar insinuante. Ah! Oh!" E assobiou entre os dentes. Passamos um dia louco no centro de Nova Orleans passeando com os Hinkles. Naquele dia Neal estava fora de si. Quando viu os vagões de carga da T&NO no pátio de manobras quis me mostrar tudo de uma só vez. "Você ainda será guarda-freios antes da gente se separar!" Ele e eu e Al Hinkle corremos entre os trilhos e saltamos num trem em movimento; Louanne e Helen esperavam no carro. Seguimos dependurados no trem por um quilômetro até o píer abanando para os guarda-freios e para os sinalizadores. Eles me ensinaram a maneira correta de saltar de um vagão em movimento: o pé de trás primeiro, deixando o outro pé para pular do chão quando se cai. Eles me mostraram os vagões refrigerados, os compartimentos de gelo, ideais para qualquer noite de inverno. "Lembra do que te contei sobre Novo México até LA?" gritou Neal. "Eu ia pendurado desse jeito." Voltamos para as garotas mais tarde e logicamente estavam furiosas. Al e Helen tinham decidido arranjar um quarto em Nova Orleans e ficar por lá trabalhando. Para Bill que começava a ficar de saco cheio dessa corja toda estava ótimo. O convite, inicialmente, fora para mim sozinho. No quarto da frente onde Neal e Louanne dormiam havia manchas de geleia e de café e tubos de benzedrina vazios esparramados pelo chão; e o pior é que era o quarto de trabalho de Bill e ele não podia ficar lidando com suas prateleiras. A pobre Joan era distraída pela agitação e correria contínuas de Neal. Estávamos esperando pelo meu próximo cheque da bolsa do governo, minha mãe o enviaria. Depois cairíamos fora, nós três, Neal, Louanne, eu. Quando o cheque chegou percebi que odiaria deixar a maravilhosa casa de Bull assim tão rápido mas Neal estava cheio de energia e louco para ir. Num melancólico entardecer vermelho finalmente nos instalamos no carro, enquanto Joan, Julie, Willie, Bill, Al e Helen parados no meio da grama alta sorriam. Era o adeus. No último instante Neal e Bill se desentenderam por causa de dinheiro: Neal queria uma grana emprestada: Bill disse que estava fora de questão. Era como se aqueles velhos dias no Texas estivessem de volta. O vigarista Neal se antagonizava com as pessoas afastando-as de si cada vez mais. Ele ria como um maníaco e não dava a menor bola; coçava o saco, enfiava o dedo no vestido de Louanne, alisava o joelho dela, espumava pelo canto da boca e dizia "Querida você sabe e eu sei que tudo está bem entre nós para além das mais profundas definições abstratas em termos metafísicos ou quaisquer outros termos que você queira especificar ou suavemente impor ou retomar" --- e assim por diante, e zumm o carro rodava e lá fomos nós outra vez para a Califórnia. Que sensação é essa quando você está se afastando das pessoas e elas retrocedem na planície até você ver o espectro delas se dissolvendo? --- é o vasto mundo nos engolindo, e é o adeus. Mas nos jogamos em frente rumo à próxima aventura louca sob o céu. Tivemos todos os tipos de problema para chegar a Frisco, e ao chegar lá fiquei empacado e tive que "recuar cambaleante para o Leste" conforme Allen havia previsto, mas e daí, eu não ligava. Rodamos sob a velha luz mormacenta de Algiers, de volta à balsa, outra vez na direção daqueles velhos navios enlameados e arruinados do outro lado do rio, de volta à Canal, e para fora da cidade; numa estrada de duas pistas até Baton Rouge sob a obscuridade púrpura; lá dobramos para o oeste e cruzamos o Mississippi num lugar chamado Port Allen e varamos o estado da Louisiana em questão de horas. Port Allen --- Pobre Allen --- onde o rio é todo chuva e rosas sob uma escuridão nebulosa e insignificante e onde gingamos numa estrada sinuosa sob a luminosidade amarelada da neblina e de repente vislumbramos o grande volume negro sob a ponte e cruzamos outra vez a eternidade. O que é o rio Mississippi? --- um torrão lavado na noite chuvosa, um suave transbordamento das margens gotejantes do Missouri, um dissolver, uma cavalgada da corrente pelo leito eterno das águas, uma contribuição às espumas castanhas, uma jornada através de vales e árvores e diques sem fim, sempre abaixo, sempre abaixo, por Memphis, Greenville, Eudora, Vicksburg, Natchez, Port Allen, e Port Orleans, e Point of the Deltas, por Potash, Venice e o Grande Golfo da Noite, pelo mundo afora. E as estrelas brilhavam cálidas no Golfo do México à noite. Do Caribe suave e trovejante vem a eletricidade, e da Divisão Continental onde chuvas e rios tomam rumo vêm redemoinhos, e a gotinha de chuva que em Dakota caiu e acumulou lama e rosas ascende ressurrecta do mar e voa adiante de volta para florescer outra vez em moinhos ondulantes do leito do Mississippi, e vive novamente. Assim nós americanos dirigimo-nos juntos como a chuva para a Junção de Todos os Rios para o mar, e além, e não sabemos onde. Com o rádio sintonizado num programa de suspense, exatamente quando olhei pela janela e vi um outdoor que dizia USE TINTAS COOPER e disse "Tá bem vou usar" rodamos em meio à noite ludibriante das grandes planícies de Louisiana --- Lawtell, Eunice, Kinder e DeQuincey, cidades decrépitas do oeste cada vez mais pantanosas à medida que nos aproximávamos do Sabine. Na velha Opelousas entrei numa mercearia para comprar pão e queijo enquanto Neal via a gasolina e o óleo. Era um barraco; eu podia escutar a família jantando nos fundos. Esperei um instante; eles continuavam conversando. Peguei pão e queijo e escapuli porta afora. Mal tínhamos dinheiro para chegar a Frisco. Enquanto isso Neal afanou um pacote de cigarros do posto de gasolina e estávamos com um estoque para a viagem --- gasolina, óleo, cigarros e comida. Ele embicou o carro direto para a estrada. Em algum lugar nas redondezas de Starks vimos um grande clarão avermelhado no céu à nossa frente; nos perguntamos o que seria; momentos depois estávamos passando por ali. Era um incêndio atrás das árvores, havia muitos carros parados na pista. Poderia ter sido por causa de um piquenique se bem que também poderia ter sido qualquer coisa. A região se tornou estranha e sombria próxima a Deweyville. De repente estávamos nos pântanos. "Cara imagina só se encontrássemos um bar de jazz no meio destes pântanos, com negrões enormes gemendo um blues em suas guitarras e bebendo um trago forte e acenando pra nós?" "Sim!" Havia mistério no ar. O carro seguia por uma estrada esburacada acima do pântano que se despencava para ambos os lados num emaranhado de trepadeiras. Passamos por uma aparição; era um homem de cor com uma camisa branca caminhando com os braços jogados para cima para o firmamento enegrecido. Devia estar rezando ou rogando alguma praga. Zunimos em frente; olhei para trás pela janela para ver seus olhos alvos. "Uau" disse Neal. "Cuidado. É melhor não pararmos aqui." A certa altura ficamos indecisos num cruzamento e fomos mesmo obrigados a parar. Neal apagou os faróis. Estávamos rodeados por uma imensa floresta de trepadeiras na qual quase podíamos ouvir o deslizar de um milhão de víboras. A única coisa que conseguíamos distinguir era a luz vermelha do amperímetro do painel do Hudson. Louanne choramingou de medo. Começamos a dar gargalhadas maníacas para amedrontá-la. Estávamos assustados também. Queríamos nos mandar daqueles domínios da serpente, da lodosa e desnivelada escuridão e zunir de regresso à familiar paisagem americana e suas cidades rurais. Havia no ar um cheiro forte de petróleo e água parada. Era um manuscrito noturno que não conseguíamos decifrar. Uma coruja piou. Decidimos arriscar uma das estradas e logo estávamos cruzando o velho e funesto rio Sabine que é o formador de todos esses pântanos. Vimos maravilhados grandes estruturas luminosas à nossa frente. "Texas! É o Texas! Beaumont cidade do petróleo!" Enormes tanques e refinarias assomavam como cidades no ar recendendo a óleo. "Estou feliz por termos nos livrado daquele lugar" disse Louanne. "Vamos escutar mais uns programas de suspense agora." Zunimos por Beaumont, cruzamos o rio Trinity em Liberty e seguimos direto para Houston. Então Neal começou a falar de seus dias em Houston em 1947. "Hunkey! aquele Hunkey louco! Onde quer que eu vá procuro por ele e nunca encontro. Ele nos metia em cada encrenca aqui no Texas. Íamos comprar comida com Bill e Hunkey sumia. Tínhamos que procurá-lo em todas as barracas de tiro ao alvo da cidade." Estávamos entrando em Houston. "Na maioria das vezes tínhamos que procurá-lo no bairro negro. Cara, ele caía no agito com qualquer doidão que encontrasse. Certa noite nós o perdemos e pegamos um quarto de hotel. Tínhamos que levar gelo de volta para Joan porque a comida estava apodrecendo. Levamos dois dias para encontrar Hunkey. Eu também me meti em encrenca --- dei uns achaques em mulheres que faziam compras no meio da tarde, aqui mesmo, no centro, nos supermercados" --- rasgávamos a noite vazia --- "e encontrei uma gata doidona e burra que estava fora de si à deriva tentando roubar uma laranja. Ela era do Wyoming. Levei-a para o quarto do hotel. Bill estava bêbado. Allen estava escrevendo um poema. Hunkey não apareceu até a meia-noite, no jipe. Encontramos ele dormindo no banco de trás; ele disse que havia tomado pelo menos umas cinco pílulas para dormir. Cara se a minha memória pudesse apenas funcionar no mesmo ritmo da minha mente eu poderia te contar cada detalhe de tudo que fizemos --- Ah! mas nós conhecemos o tempo. Tudo toma conta de si mesmo. Posso fechar meus olhos e esse velho carro tomaria conta dele mesmo." Nas ruas desertas das quatro da manhã de Houston um garoto numa motocicleta surgiu subitamente rugindo todo reluzente e enfeitado com botões cintilantes, óculos, jaqueta preta brilhosa, um poeta texano da noite, a garota grudada às suas costas como um bebê indígena, cabelos esvoaçantes, indo em frente, cantando "Houston, Austin, Forth Worth, Dallas - - e às vezes Kansas City --- e outras vezes a velha Antone, ah-haaa!" Dissolveram-se na escuridão. "Uau! Saquem só aquela gata agarrada na cintura dele! Sim!" E Neal tentou alcançá-los. "Então não seria ótimo se todos nós nos juntássemos e fizéssemos uma festa de arromba com todo mundo querido e numa boa e agradável sem broncas... Ah! Mas nós conhecemos o tempo." Curvou-se e forçou o carro. Passando Houston as energias dele por maiores que fossem cederam e eu tive de dirigir. Começou a chover assim que peguei a direção. Estávamos agora na grande planície do Texas e como disse Neal "A gente dirige, dirige e amanhã de noite ainda estará no Texas". A chuva açoitava. Dirigi por uma cidadezinha caipira decadente com a rua principal lamacenta e dei de cara com um beco sem saída. "Ei, que é que eu faço?" Os dois estavam dormindo. Dei a volta e me arrastei de novo para a cidade. Não havia viva alma e nem uma luz sequer. Subitamente um sujeito a cavalo com um impermeável surgiu no halo dos meus faróis. Era o xerife. Usava um chapéu descomunal que gotejava sob a chuvarada. "Como é que eu pego a estrada pra Austin?" Ele me orientou polidamente e me mandei. Fora da cidade repentinamente vi dois faróis brilhando na minha direção sob a chuva açoitante. Ooops, pensei que estava do lado errado da estrada; desviei para a direita e quando dei por mim estava rodando na lama; retornei para a estrada. Os faróis ainda vinham na minha direção. No último instante percebi que era o outro motorista quem estava do lado errado da estrada e não sabia disso. Dei uma guinada a cinquenta por hora direto para a lama; era plano, sem valetas, graças a Deus. O carro agressor recuou no aguaceiro. Quatro camponeses mal-encarados fugidos de sua faina para vociferar em botecos, todos de camisa branca e braços morenos sujos, permaneciam sentados olhando estupidamente para mim no meio da noite. O motorista estava tão bêbado quanto o resto do bando. Ele perguntou "Qual o caminho pra Houston". Apontei para trás com o polegar. Fiquei aterrado com a ideia de que tinham feito aquilo de propósito só para pedirem a informação, como um mendigo que avança direto pra cima de você na calçada obstruindo seu caminho. Eles olharam pesarosamente para o piso do carro onde rolavam garrafas vazias e saíram tinindo. Liguei o carro; estava atolado trinta centímetros na lama. Suspirei na chuvosa vastidão do Texas. "Neal" disse "acorda". "O que é?" "Estamos atolados na lama." "O que aconteceu?" Eu contei. Ele praguejou de tudo que foi jeito. Colocamos uns sapatos velhos e suéteres e mergulhamos na chuva torrencial. Encostei-me de costas no para-choque traseiro e fiz força para erguê-lo; Neal colocou umas correntes debaixo das rodas derrapantes. Em um minuto estávamos pintados de lama. Acordamos Louanne para aquele pesadelo e mandamos que acelerasse o carro enquanto empurrávamos. O atormentado Hudson arfava e gemia. Estávamos no meio do nada. Subitamente ele sacolejou e saiu deslizando pela estrada. Não havia carros ao longo de quilômetros. Louanne travou bem na hora e entramos correndo. E foi isso aí --- e o trabalho tinha nos tomado trinta minutos e estávamos encharcados e num estado deplorável. Adormeci coberto de lama; e quando acordei de manhã a lama solidificara-se e na rua havia neve. Estávamos perto de Fredericksburg Texas no planalto. Foi o pior inverno na história do Texas e do Oeste, janeiro de 1949, quando o gado morreu como mosca nas grandes nevascas e nevou em San Francisco e LA. Nos sentíamos uns desgraçados. Desejávamos ter ficado lá em Nova Orleans com Al Hinkle que naquele exato instante estava sentado nos diques do Mississippi conversando com velhos de cabelos brancos em vez de procurar um apartamento e um emprego, coisa típica dele. Louanne dirigia, Neal estava dormindo. Ela dirigia com uma mão na direção, e a outra estendida para mim no banco de trás. Suspirava promessas sobre San Francisco. Eu me sentia tremendamente lisonjeado com aquilo. Às dez peguei a direção --- Neal ficou fora de jogo por horas --- e dirigi muitas centenas de monótonos quilômetros entre moitas nevadas e colinas sisudas e escarpadas. Caubóis passavam com bonés de beisebol e as orelhas cobertas, procurando pelo gado. Casinhas confortáveis com chaminés fumegantes apareciam vez por outra pela estrada. Eu sonhava com um prato de feijão e leite batido na frente de uma lareira. Em Sonora mais uma vez me servi de graça de pão e queijo enquanto o proprietário tagarelava com um rancheiro enorme do outro lado da loja. Neal deu hurras quando ficou sabendo; ele estava faminto. Não podíamos gastar nem um centavo em comida. "Simm, simm", disse Neal observando os rancheiros zanzando pra cima e pra baixo na rua principal de Sonora, "todos eles são uns malditos milionários, milhares de cabeças de gado, peões, imóveis, dinheiro no banco. Se eu morasse aqui seria um idiota na charneca, bateria punheta, devoraria os galhos, procuraria vaqueiras gostosas --- hii hii hii hii! Raios! Bam!" Socou a si mesmo. "Sim! É isso aí! Oh nossa!" Já não sabíamos mais sobre o que ele estava falando. Pegou o volante e dirigiu o resto do caminho através do estado do Texas, uns oitocentos quilômetros, direto até El Paso, chegando ao crepúsculo e sem parar exceto uma vez quando tirou toda a roupa, perto de Ozona, e correu como um chacal entre os arbustos gritando e pulando. Carros passavam zunindo e não o viam. Ele voltou apressadamente para o carro e seguiu em frente. "Agora Jack, agora Louanne, quero que vocês tirem toda a roupa --- qual é o sentido de usar roupas agora --- e tomem sol na barriga comigo. Vamos lá!" Estávamos dirigindo para o oeste rumo ao sol; podíamos senti-lo através do para-brisa. "Libertem suas barrigas enquanto rumamos na direção dele." Louanne tirou a roupa: eu decidi não dar uma de careta e fiz o mesmo. Estávamos no banco da frente. Louanne pegou creme hidratante e aplicou em nós só de gozação. De vez em quando um grande caminhão passava zunindo: do alto da cabina o motorista vislumbrava de relance uma beldade dourada e nua sentada entre dois homens também nus: dava para vê-lo perder o prumo por uns segundos enquanto desaparecia pelo nosso vidro traseiro. Grandes planícies com arbustos, agora sem neve, se estendiam a perder de vista. Logo estávamos entre as rochas alaranjadas da região do cânion Pecos. Distâncias azuladas espraiavam-se no céu. Saímos do carro para visitar uma velha ruína indígena. Neal fez isso completamente nu. Louanne e eu vestimos nossos sobretudos. Perambulamos entre pedras antigas urrando e uivando. Alguns turistas avistaram Neal nu na planície mas não podiam acreditar no que seus olhos viam e seguiram em frente trôpegos. No meio da região de Pecos começamos a conversar sobre como seríamos se fôssemos personagens do Velho Oeste. "Neal, por certo você seria um fora da lei" eu disse "mas um daqueles foragidos-malucos-renegados galopando pelas planícies e mandando bala nos saloons." "Louanne seria a beldade do cabaré. Bill Burroughs viveria nos limites da cidade, um coronel confederado da reserva, em um casarão com todas as venezianas cerradas e que sairia apenas uma vez por ano com sua espingarda para encontrar-se com seu traficante em um Beco chinês. Al Hinkle jogaria cartas o dia inteiro e contaria histórias em uma cadeira. Hunkey viveria com os chineses; seria visto a passar sob um poste com um cachimbo de ópio e de trança." "E eu?" perguntei. "Você seria o filho do dono do jornal local. De vez em quando ficaria maluco e cavalgaria com a gangue de índios selvagens para curtir. Allen Ginsberg --- ele seria um afiador de tesouras que desceria da montanha uma vez por ano com sua carroça e faria previsões de tragédias e sujeitos vindos da fronteira fariam-no dançar atirando em seus pés. Joan Adams... ela moraria na casa cerrada, seria a única dama de verdade do lugar mas ninguém jamais a veria." E assim seguimos em frente, esquadrinhando nossa galeria de patifes. Nos anos finais Allen desceria da montanha barbado e não mais teria tesouras, apenas canções de catástrofe; e Burroughs não mais sairia de sua casa uma vez por ano; e Louanne atiraria no velho Neal quando ele saísse bêbado e cambaleante de seu barraco; e Al Hinkle sobreviveria a todos nós e contaria histórias para os jovens na frente do Silver Dollar. Hunkey seria encontrado morto num beco em uma fria manhã de inverno. Louanne herdaria o cabaré e se tornaria cafetina e uma figura poderosa na cidade. Eu desapareceria em Montana e nunca mais ouviriam falar de mim. No último minuto metemos Lucien Carr --- ele desapareceria de Pecos City e voltaria anos depois escurecido pelo sol africano e tendo uma rainha africana por esposa e dez filhos negros e uma fortuna em ouro. Um dia Bill Burroughs ficaria louco e começaria a atirar contra toda a cidade de sua janela; ateariam fogo na velha casa dele e tudo queimaria e Pecos City se tornaria uma ruína calcinada e uma cidade fantasma nas pedras alaranjadas. Olhamos em volta à procura de um local semelhante. O sol se punha. Adormeci sonhando com a lenda. Neal e Louanne pararam o carro perto de Van Horn e fizeram amor enquanto eu dormia. Acordei exatamente quando rodávamos pelo espantoso Vale do Rio Grande através de Clint e Ysleta até El Paso. Louanne saltou para o banco de trás, eu pulei para o da frente, e rodamos adiante. À nossa esquerda depois dos vastos espaços do rio Grande estavam os avermelhados montes alagadiços da fronteira mexicana; um entardecer ameno brincava nos picos; mais adiante havia casas de adobe, noites azuis, xales e música de violão --- e mistérios, e o futuro de Neal e o meu. Bem em frente as luzes distantes de El Paso disseminadas num vale tão extraordinariamente grande que se podiam avistar várias linhas férreas com trens soprando suas fumaças em todas as direções ao mesmo tempo, como se fosse o vale do mundo. Baixamos na direção dele. "Clint Texas!" exclamou Neal. O rádio estava sintonizado na estação de Clint. A cada quinze minutos rolava uma música; o resto do tempo era preenchido com comerciais sobre um curso universitário por correspondência. "Esse programa é transmitido para todo o Oeste" berrou Neal excitado. "Cara eu costumava ouvir isso aí dia e noite no reformatório e na prisão. Todos nós nos inscrevíamos. Quem passa no teste recebe um diploma pelo correio, ou melhor o fac-símile dele. Todos os jovens vaqueiros do Oeste não importa quem de uma forma ou de outra acabam se inscrevendo nisso aí; é só o que eles escutam, liga-se o rádio em Sterling Colorado, Lusk Wyoming, não importa onde, pega Clint Texas, Clint Texas. E a música é sempre caipira de caubói e mexicana, simplesmente o pior programa do país inteiro e ninguém pode fazer nada. Eles têm uma potência espantosa, mantêm a terra antenada." Vimos a antena enorme atrás dos casebres de Clint. "Oh cara as coisas que eu poderia lhe contar!" gritou Neal quase chorando. Com os olhos voltados para Frisco e para a Costa entramos em El Paso Texas ao cair da noite, totalmente duros. Simplesmente tínhamos de arranjar algum dinheiro para gasolina ou então não chegaríamos. Tentamos de tudo. Zanzamos pela agência de viagens mas ninguém estava indo para o oeste naquela noite. A agência de viagem é o lugar onde se vai à procura de caronas para-rachar-a-gasolina, o que é permitido no Oeste. Sujeitos ardilosos esperavam ali com maletas surradas. Fomos à estação do Greyhound tentar persuadir alguém a nos dar o dinheiro em vez de pegar um ônibus para a costa. Éramos tímidos demais para abordar alguém. Perambulamos por ali abatidos. Lá fora estava frio. Um colegial transpirava à vista da gostosa Louanne e tentava disfarçar. Neal e eu debatemos o assunto mas chegamos à conclusão de que não éramos gigolôs. De repente um garotão doidão meio idiota recém-saído do reformatório se grudou na gente, e ele e Neal caíram fora para tomar uma cerveja. "Vamos lá cara, vamos arrebentar a cabeça de alguém e pegar a grana dele." "Me liguei em ti rapaz!" berrou Neal. Saíram apressados. Por uns instantes fiquei preocupado; mas Neal só queria curtir as ruas de El Paso com o garoto e tirar seu sarro. Eles foram dar uma perambulada. Louanne e eu esperamos no carro. Ela me abraçou e me acariciou. Eu disse: "Porra Louanne espera até chegarmos em Frisco". "Não me importa. Neal vai me abandonar de qualquer maneira." "Quando você vai voltar para Denver?" "Não sei. Não me interessa pra onde vou. Posso voltar com você para o Leste?" "Vamos ter que descolar uma grana em Frisco." "Conheço uma lanchonete onde você pode conseguir um emprego de balconista e eu posso ser garçonete. Sei de um hotel onde podemos ficar a crédito. Ficaremos juntos. Nossa, como tô triste." "Por que você tá triste garota?" "Tô triste por tudo. Oh merda, queria que Neal não estivesse tão doido agora." Neal voltou saltitante e risonho pelas ruas e saltou para dentro do carro. "Que gato maluco era ele, uauu! Curti ele! Conheci milhares de caras como ele, são todos iguais, as cabeças deles funcionam no mesmo ritmo como relógio, não há tempo, não há tempo ---" E ele disparou com o carro, inclinado sobre o volante, e rugimos para fora de El Paso. "Vamos ter que apanhar uns caroneiros. Tenho certeza absoluta de que encontraremos uns. Upa! upa! lá vamos nós. Cuidado!" gritou ele para um motorista, e o ultrapassou, e driblou um caminhão e cruzou os limites da cidade. Do outro lado do rio estavam as luzes cintilantes de Juarez. Louanne estava observando Neal como o vinha observando ao longo de todo o país, ida e volta. Com o canto do olho --- com um ar sombrio e tristonho, como se quisesse cortar a cabeça dele e escondê-la em seu guarda-roupa, um amor irado e invejoso que ela sabia que jamais frutificaria porque ele era doido demais. Neal estava convencido de que Louanne era uma piranha; me confidenciou que ela era uma mentirosa patológica. Mas quando ela o olhava desse jeito havia amor, também; e quando Neal notava isso sempre se voltava para ela com seu grande sorriso falso de conquistador enquanto que no momento anterior estivera sonhando tão somente com sua própria eternidade. Então Louanne e eu ríamos --- e Neal não dava sinais de descontentamento, apenas um sorriso bobo e alegre que queria dizer "DE TODO MODO não estamos nos divertindo?" E estávamos mesmo. Fora de El Paso, na escuridão, vimos um pequeno vulto todo embrulhado com o dedão esticado. Era nosso aguardado caroneiro. Freamos e paramos ao lado dele. "Quanta grana você tem garoto?" O garoto não tinha grana alguma; tinha uns dezessete anos mais ou menos, pálido, estranho, com uma mão atrofiada e paralisada e sem bagagem. "Ele não é meigo" disse Neal virando-se para mim com um ar sério e respeitoso. "Entra aí rapaz, vamos te tirar daqui ---" O garoto viu que estava com sorte. Ele disse que tinha uma tia em Tulare Califórnia e que ela era dona de uma mercearia e assim que chegássemos lá ele teria algum dinheiro para nos dar. Neal rolou no chão de tanto rir, era igual ao garoto da Carolina. "Sim! sim!" ele gritou. "Todos nós temos tias, bem, vamos lá, vamos ver as tias e tios e as mercearias espalhadas ao longo da estrada e curtir." E tínhamos um novo passageiro, um garotão gente fina como viria a se revelar mais tarde. Não dizia uma só palavra, só nos escutava. Depois que Neal falou por um minuto ele provavelmente se convenceu de que tinha embarcado num carro de dementes. Disse que estava indo de carona do Alabama para o Oregon, onde morava. Perguntamos o que ele estava fazendo no Alabama. "Fui visitar meu tio, ele disse que tinha um emprego pra mim numa serraria. O emprego não deu certo e eu estou voltando pra casa." "Indo pra casa", disse Neal, "indo pra casa, sim eu sei, vamos te levar pra casa; de qualquer maneira pelo menos até Frisco." Mas não tínhamos nenhum tostão. De repente me ocorreu que podia pedir cinco dólares emprestados para meu velho amigo Alan Harrington em Tucson Arizona. Imediatamente Neal disse que estava tudo certo e que iríamos para Tucson. E fomos. Cruzamos Las Cruces Novo México durante a noite, a mesma Las Cruces que havia sido o pivô de Neal rumo ao leste, chegamos no Arizona ao alvorecer e despertei de um sono profundo para encontrar todos os outros dormindo como cordeiros no carro estacionado sabe Deus onde porque eu não podia ver nada pelas janelas embaçadas. Saí do carro. Estávamos estacionados nas montanhas: Era um nascer de sol celestial, fresca brisa purpúrea, encostas avermelhadas, pastos de esmeralda nos vales, orvalho, e nuvens douradas transmutantes; no solo tocas de roedores, cáctus, arbustos. Era minha vez de dirigir. Empurrei Neal e o garoto e desci a encosta montanhosa em ponto morto e com o motor desligado para economizar gasolina. Dessa maneira rodei até Benson Arizona. Me ocorreu que ainda possuía um relógio de bolso que alguém me dera de presente de aniversário em Nova York. No posto de gasolina perguntei para o cara se ele sabia onde ficava a loja de penhores de Benson. Ficava justamente ao lado do posto. Bati, alguém saiu da cama, e em um minuto recebi um dólar pelo relógio. Ele foi parar no nosso tanque. Agora tínhamos gasolina suficiente para chegar a Tucson. Mas de súbito um policial enorme com uma pistola na cintura apareceu justamente quando eu estava dando a partida e pediu para ver minha carteira de motorista. "O cara no banco de trás é que tem os documentos", falei. Neal e Louanne estavam dormindo juntos sob um cobertor. O guarda disse para Neal sair do carro. De repente sacou a pistola e gritou "Mãos ao alto!" "Seu guarda", ouvi Neal dizer no tom mais gorduroso e ridículo possível, "seu guarda, estou apenas fechando a braguilha". Até o guarda quase riu. Neal saiu do carro, roto, enlameado, de camiseta, alisando a barriga, blasfemando, procurando em todos os cantos pela carteira de motorista e os documentos do carro. O guarda revistou nosso porta-malas. Os papéis estavam todos em ordem. "Era só para verificar" disse ele com um largo sorriso. "Podem ir agora. Benson não é uma cidade de todo má, poderão até gostar se tomarem o café da manhã aqui." "Sim sim sim" disse Neal sem prestar a menor atenção a ele e arrancando o carro. Suspiramos aliviados. A polícia suspeita quando gangues de garotões aparecem com carros novos sem um tostão em seus bolsos e têm de empenhar relógios. "Oh eles estão sempre se metendo" disse Neal "mas esse era um tira muito melhor do que aquele rato lá da Virgínia. Tentam fazer prisões que ganhem as manchetes, pensam que em cada carro que passa há uma gangue de Chicago. Eles não têm mais o que fazer". Seguimos para Tucson. Tucson está situada numa bela região rural entre arbustos e à margem do rio dominada pela serra nevada de Catalina. A cidade é uma grande empreitada de construção; as pessoas na rua, loucas, ambiciosas, ocupadas, alegres; varais, trailers; ruas fervilhantes e embandeiradas no centro; tudo muito californiano. Fort Lowell Road, onde H. morava fora da cidade, estendia-se entre árvores graciosas do leito do rio na planície desértica. Passamos por inúmeros barracos mexicanos na areia escura até aparecerem algumas casas de adobe e a caixa de correspondência com o nome de Alan Harrington brilhando como a terra prometida. Vimos o próprio Harrington matutando no jardim. O pobre sujeito jamais imaginou o que estava para cair em cima dele. Ele era escritor, viera para o Arizona para trabalhar em paz no seu livro. Era um satirista alto desengonçado tímido que falava murmurando com a cabeça voltada para o outro lado e sempre dizendo coisas engraçadas. Sua mulher e o bebê estavam com ele na casa, uma casinha que seu padrasto índio havia construído. A mãe dele morava do outro lado do jardim em sua própria casa. Era uma americana agitada que gostava de cerâmica, bijuterias e livros. Harrington tinha ouvido falar de Neal por cartas vindas de Nova York. Caímos sobre ele como uma nuvem, todos famintos, até Alfred o caroneiro aleijado. Harrington estava vestindo um velho suéter de Harvard e fumando cachimbo no ar penetrante do deserto. Sua mãe saiu da casa e nos convidou para comer em sua cozinha. Fizemos macarrão numa enorme panela. Eu queria conhecer o padrasto índio de Harrington; ele não estava em lugar algum das redondezas, ele ficava de porre por dias a fio e uivava no deserto como um coiote até os tiras jogarem-no na cadeia. Na ocasião os seis primos índios de Harrington também estavam presos. Neal ficou dizendo "Oh curti ela!" sobre a mãe de H. Ela nos mostrou seus tapetes favoritos e tagarelou conosco como uma criança. Os Harringtons eram de Boston. "Quem é aquele camarada da mão atrofiada?" perguntou H. olhando para o outro lado. "É Al Dinkle?" "Não, não, deixamos ele em Nova Orleans." "Por que vocês todos estão indo para a Costa?" "Não sei." Para aumentar a confusão a mãe de John Holmes apareceu de repente no pátio: ela estava indo para o Leste de carro com amigos e fez uma parada pra ver a senhora H. Neal arrastou-se e curvou-se na areia e conversou com ela. Agora havia sete visitantes indo em ambas as direções e perambulando pelo pátio. Steve o filho de H. voava entre nós em sua bicicleta. Então fomos de carro até uma loja de bebidas num cruzamento onde Harrington trocou um cheque de cinco dólares e me deu o dinheiro. Então ele disse que bem que poderíamos visitar seu amigo que tinha um rancho no cânion, chamado John. Dirigimos até lá e nos amontoamos na casa do cara. John era um gigolô barbudo grandão casado com a garota dona do rancho. Tinham uma janela panorâmica imensa na sala de estar com vista para o vale e seus arbustos. Tinham discos de bop, todo tipo de bebida, uma empregada, dois filhos que voltavam da escola a cavalo e todo conforto imaginável. Rolou uma grande festa. Começou de tarde e acabou à meia-noite. Em dado momento olhei pela janela panorâmica e vi Alan Harrington galopando em um cavalo com uma dose de uísque na mão. Neal fez tremendos lances frenéticos com John o grandão bonitão e barbado: levou-o para dar uma volta no Hudson e aparentemente demonstrou seu espírito dirigindo a cento e sessenta por hora, costurando languidamente no trânsito, tirando fininhos de postes e cactos, de modo que quando voltaram John agarrou meu braço e disse: "Você vai até a Costa com esse carinha maluco? Se fosse você eu não tentaria. O cara é realmente maluco." Ele e Neal estavam suados de excitação. Havia novos amassados no carro. A empregada estava preparando um grande jantar campeiro para nós na cozinha. Neal tentou faturá-la, depois tentou faturar a mulher de John. John tentou faturar Louanne. O pobrezinho do Alfred adormeceu exausto no tapete da sala de estar; ele estava muito longe do Alabama e muito longe do Oregon e de repente fora atirado em uma festa frenética num rancho nas montanhas da noite. Quando Neal sumiu com a esposa gostosa e John foi para o andar de cima com Louanne eu comecei a temer que as coisas explodissem antes de termos tempo de comer, de modo que peguei um pouco de chili com permissão da empregada e comi de pé. Comecei a ouvir discussão e barulho de vidro quebrando no andar de cima. A esposa de John estava jogando coisas nele. Saí e cavalguei uns oitocentos metros pelo vale no velho cavalo e voltei. Harrington veio correndo e pulando pelos arbustos com um copo de bebida para mim em mãos. Estava quase vazio quando ele me alcançou. Ouvimos o rugido do bop e gritos vindos da casa. "O que estamos fazendo aqui?" pensei, olhando as lindas estrelas do Arizona. John veio correndo de casa e pulou no cavalo, atiçou-o com os calcanhares, golpeou-o com a mão e galopou velozmente escuridão adentro. Foi esfriar a cabeça. O cavalo teve que suportar toda a punição por nossa loucura. Era apenas um cavalo velho e mal conseguia correr. Finalmente John apagou e acordamos Alfred e entramos no carro e voltamos para a casa de Harrington.

Houve uma breve despedida. "Sem dúvida foi bastante agradável" disse Harrington com o olhar distante. Atrás de umas árvores do outro lado do areal um grande letreiro de néon vermelho piscava. Era o bar de beira de estrada onde Harrington sempre ia beber cerveja quando estava farto de escrever. Ele sentia-se muito solitário, queria voltar para Nova York. Foi triste ver sua silhueta alta mergulhando na escuridão enquanto nos afastávamos, exatamente como outras silhuetas em Nova York e Nova Orleans: permanecem incertas sob céus imensos e tudo o que lhes diz respeito é tragado. Para onde ir? o que fazer? para quê? - - dormir. Mas essa louca gangue seguia em frente. Nos arredores de Tucson vimos outro caroneiro na estrada escura. Esse era um caipira que vinha de Bakersfield Califórnia e que desembuchou sua história: "Que grande merda, me arranquei de Bakersfield com um carro da agência de viagens e deixei minha vio-la no porta-malas de um outro e ele sumiu de vez.. o vio-lão e meus apetrechos de caubói, vocês já devem ter percebido que sou múú-sico, estava indo pro Arizona pra tocar com Johnny Mackaw e os Sagebrush Boys. Bem que inferno, aqui estou eu duro no Arizona e mo'vio-lão foi roubado. Se os rapazes me levarem de volta para Bakersfield eu arranjo um dinheiro com meu irmão. Quanto vocês querem?" Queríamos apenas gasolina suficiente para cobrir a distância de Bakersfield a Frisco, uns três dólares. Agora éramos cinco no carro. Caímos fora. Comecei a reconhecer cidades do Arizona pelas quais havia passado em 1947 --- Wickenburg, Salomé, Quartzite. No deserto de Mojave dirigi o carro durante uma hora em um vendaval tremendo que lançava nuvens de areia nos faróis e sacudia o carro de um lado para outro. Então começamos a subir. Nosso plano era evitar o trânsito de LA e chegar por San Bernardino e Passo Tehatchapi. No meio da noite sobrevoamos as luzes de Palm Springs rodando por uma estrada nas montanhas. Ao amanhecer, em desfiladeiros nevados, avançamos lentamente rumo à cidade de Mojave que era o pórtico de entrada para o grande passo de Tehatchapi. Mojave fica no vale formado pelo planalto deserto descendo a oeste com as Sierras elevadas direto ao norte; o lugar todo é uma paisagem atordoante de fim de mundo, com trens arrastando-se em todas as direções na vastidão e emitindo sinais de fumaça como que de uma nação para outra. O Caipira acordou e contou histórias engraçadas; o pequeno e singelo Alfred sorria sentado. Caipira nos disse que conheceu um homem que perdoou a esposa que dera um tiro nele e tirou-a da prisão, só para ser baleado uma segunda vez. Estávamos passando pela penitenciária feminina quando ele nos contou isso. Mais à frente vimos o começo do Passo Tehatchapi. Neal pegou a direção e nos conduziu sem problemas ao topo do mundo. Passamos por uma grande fábrica de cimento oculta no cânion. Aí começamos a descer. Neal desligou o motor, deixou o carro em ponto morto e venceu cada curva fechada e ultrapassou carros e fez tudo o que está nos manuais sem o auxílio do acelerador. Eu me agarrava com firmeza. Às vezes a estrada subia por uns instantes: ele simplesmente ultrapassava os carros sem o menor ruído. Ele conhecia todos os truques e todos os segredos de uma ultrapassagem de primeira classe. Quando era para fazer uma curva de 180 graus à esquerda ao redor de uma murada baixa de pedra com vista para o assoalho do mundo ele apenas se inclinava inteiramente à esquerda, mãos no volante, e conduzia naquela direção; e quando a curva serpenteava outra vez para a direita, agora com o penhasco se despencando à nossa esquerda, ele se inclinava todo para a direita fazendo com que Louanne e eu nos inclinássemos juntos e assim transpunha a curva. Dessa maneira flutuamos em direção ao vale de San Joaquin. O vale se esparramava amplamente uns dois quilômetros à nossa frente, virtualmente o assoalho da Califórnia, verde e extraordinário de nossa saliência aérea. Percorremos cinquenta quilômetros sem usar gasolina. Estava muito frio no Vale naquele inverno. De repente estávamos todos excitados. Neal queria me contar tudo o que sabia de Bakersfield quando atingimos os arredores da cidade. Ele me mostrou as pensões onde se hospedara, caixas d'água onde havia saltado dos trens para pegar uvas, restaurantes chineses onde comera, bancos de praça onde conhecera garotas e certos lugares onde não havia feito nada além de sentar e aguardar. "Homem passei horas exatamente naquela cadeira defronte àquela farmácia!" Ele se lembrava de tudo.... cada jogada, cada mulher, cada noite triste. E de repente estávamos passando pelo local da linha férrea onde Bea e eu tínhamos sentado naqueles caixotes dos vagabundos ao luar, bebendo vinho, em outubro de 1947 e tentei contar para Neal. Mas ele estava excitado demais. "Aqui é o lugar onde Hinkle e eu passamos a manhã inteira bebendo cerveja e tentando faturar uma garçonetezinha de Watsonville, não, de Tracy, sim Tracy e o nome dela era Esmeralda Oh cara algo assim." Louanne estava planejando o que faria no momento em que chegasse a Frisco. Alfred disse que a tia lhe daria dinheiro suficiente lá em Tulare. O Caipira nos conduziu em direção à casa de seu irmão nas planícies fora da cidade. Ao meio-dia estacionamos em frente a um pequeno casebre coberto de rosas e o Caipira entrou e conversou com umas mulheres. Esperamos quinze minutos. "Estou começando a achar que esse sujeito não tem mais dinheiro do que eu mesmo" disse Neal. "Vamos nos encrencar ainda mais! Provavelmente ninguém da família dele lhe dará um só centavo." O Caipira saiu envergonhado e nos guiou até a cidade. "Que grande merda, gostaria de poder encontrar meu irmão." Fez um monte de perguntas. Provavelmente estava se sentindo nosso prisioneiro. Finalmente fomos a uma grande padaria e o Caipira saiu lá de dentro com seu irmão que estava usando um macacão e provavelmente era mecânico do caminhão lá dentro. O Caipira conversou com o irmão por alguns minutos. Esperamos no carro. Caipira estava contando a todos os seus parentes suas desventuras e falava sobre a perda do violão. Mas arranjou o dinheiro, e nos deu, e estávamos preparados para Frisco. Agradecemos e caímos fora. A próxima parada era Tulare. Roncamos vale acima. Eu ia deitado no banco de trás, exausto, desistindo completamente de tudo, e em determinado momento daquela tarde enquanto cochilava o Hudson enlameado zuniu pelas barracas nos arredores de Selma onde eu havia morado e amado e trabalhado num passado espectral. Neal estava curvado rigidamente sobre o volante batendo biela até sua cidade natal: um mês antes apenas ele tinha ido por aquela mesma estrada com Al e Helen

Hinkle para a Carolina do Norte. Lá estava eu no banco de trás, missão cumprida. Eu dormia quando finalmente chegamos a Tulare; acordei para ouvir detalhes dementes. "Jack acorda! Alfred encontrou o armazém da tia mas sabe o que aconteceu, a tia dele deu um tiro no marido e foi presa. O armazém está fechado. Não conseguimos nem um tostão. Pensa nisso! As coisas que acontecem, proble-mas em todos os cantos, os eventos maravilhosos... uiaaa!" Alfred estava roendo as unhas. Estávamos deixando a estrada para o Oregon em Madera e ali nos despedimos do pequeno Alfred. Desejamos boa sorte e feliz viagem até o Oregon. Ele disse que havia sido a melhor carona que ele jamais havia pegado. Foi mesmo: comeu regiamente, esteve numa festa em um rancho, andou a cavalo, ouviu histórias, sentiu-se muito bem; mas parecia terrivelmente abandonado quando o largamos onde o havíamos encontrado, na beira da estrada com o dedão esticado, e a escuridão chegando. Tínhamos chegado em Frisco. O almejado destino assomava adiante. Neal Louanne e eu nos inclinamos para a frente no banco dianteiro e saímos zunindo. Pareceu uma questão de minutos até começarmos a rodar pelo sopé das colinas antes de Oakland e repentinamente atingimos o cume de um morro e vimos esparramada à nossa frente a fabulosa cidade de San Francisco sobre suas onze colinas místicas e com o Pacífico azulado e sua muralha elevada com a plantação de batatas ao longe, sob a névoa e fumaça e resplendor no fim de tarde do tempo. "Lá ela arrebenta!" gritou Neal. "Uau! Conseguimos! Nem uma gota a mais de gasolina! Me dá água! Não há mais terra! Não podemos seguir adiante porque não há mais terra! Agora querida Louanne você e Jack irão para um hotel imediatamente e esperarão até que eu entre em contato com vocês pela manhã tão logo eu tenha acertado tudo com Carolyn e telefonado pra Funderbuck pra falar sobre meu turno lá na ferrovia e a primeira coisa que você e Jack farão será comprar um jornal para olhar os classificados e os anúncios de empregos e... e... e.." e ele nos levou pela ponte da Baía de Oakland. Os prédios de escritórios do centro estavam cintilantes; isso fazia o cara pensar em Sam Spade. A névoa avançava, as boias sinalizavam na baía. A

Rua Market era um tumulto de multidões de marinheiros e garotas; aromas de cachorro-quente e comida; bares barulhentos; trânsito ruidoso; bondes --- e tudo isso no delicioso ar ameno que nos embriagou quando cambaleamos do carro para a rua O'Farrell e farejamos e nos espreguiçamos. Foi como desembarcar na praia depois de uma longa viagem por mar; a rua lamacenta girava sob os nossos pés; misteriosos chop sueys da Chinatown de Frisco flutuavam no ar. Tiramos todas as nossas coisas de dentro do carro e as empilhamos na calçada. Subitamente Neal estava dando adeus. Estava doido para ver Carolyn e descobrir o que havia acontecido. Louanne e eu ficamos parados na calçada abobalhados e o observamos zarpar. "Viu que filho da puta que ele é?" disse Louanne. "Neal deixa você na mão toda vez que pinta algo que o interesse mais." "Eu sei" respondi, e olhei para o Leste e suspirei. Não tínhamos nenhum tostão. Neal não havia mencionado nada a respeito de dinheiro. "Onde é que vamos ficar?" Perambulamos pelas imediações carregando nossos fardos esfarrapados pelas ruelas românticas. Todos pareciam alquebrados figurantes de cinema, estrelinhas apagadas, -dublês desiludidos, pilotos de carro midget, comoventes personagens californianos com sua tristeza de fim de linha, Casanovas bonitos de elegância decadente, loiras de motel com olhos inchados, punguistas, gigolôs, putas, massagistas, mensageiros, uma corja completa e como pode um homem sustentar-se no meio de um bando como esse. De qualquer forma Louanne já tinha circulado entre essa gente - - quer dizer O'Farrell e Powell e redondezas --- e um recepcionista de hotel com uma cara macilenta nos cedeu um quarto a crédito. Esse era o primeiro passo. Agora precisávamos comer, e não o fizemos até a meia-noite quando encontramos uma cantora de cabaré em seu quarto de hotel e ela virou um ferro de passar de cabeça para baixo em cima de um cesto de lixo e aqueceu ali uma lata de feijoada & porco. Olhei os néons piscando pela janela; e me perguntei "Onde está Neal e por que ele não se preocupa com o nosso bem-estar?" Naquele ano perdi a fé nele. Tinha sido nosso último encontro, nada mais. Fiquei uma semana em San Francisco e foi a época mais desgastante da minha vida. Louanne e eu perambulávamos quilômetros tentando conseguir dinheiro para comer, até visitamos uns marinheiros bêbados num albergue que ela conhecia na rua Mission; eles nos ofereceram uísque. Moramos juntos no hotel por dois dias. Percebi que agora que Neal estava fora da jogada Louanne na real não estava interessada em mim; estava tentando tentar fisgar Neal através de mim, camarada dele. Discutimos no quarto de hotel. Também passamos noites inteiras na cama e eu contei meus sonhos para ela. Falei sobre a grande serpente do mundo que estava enrolada dentro da terra como uma minhoca numa maçã e que algum dia iria jogar pelos ares o topo de uma colina que mais tarde ficaria conhecida como Colina da Serpente e que se estenderia pela planície, com oitenta quilômetros de comprimento e devorando tudo que encontrasse pela frente. Disse-lhe que essa Serpente era Satã. "E o que vai acontecer?" guinchou ela, enquanto segurava meu pau. "Um santo chamado Dr. Sax vai destruí-la com ervas secretas que está preparando neste exato instante em seu barraco subterrâneo num canto qualquer da América. Mas também é possível que se descubra que a Serpente é apenas um invólucro de pombos; quando a Serpente morrer nuvens enormes de pombos seminais-cinzentos em revoada levarão notícias de paz para o mundo inteiro." Eu estava fora de mim de fome e amargura. Certa noite Louanne desapareceu com a dona de uma boate. Eu a aguardava como combinado num umbral do outro lado da rua, na esquina da Larkin com Geary, faminto, quando de repente ela saiu do vestíbulo de um ap. elegante junto com sua amiga, a dona da boate e um velho seboso com um maço de notas. Teoricamente ela tinha entrado só para visitar a amiga. Vi que espécie de piranha ela era. Ficou com medo de me fazer um sinal apesar de ter me visto parado ali no umbral. Deu uns passinhos de piranha e entrou no Cadillac e eles se mandaram. Agora eu não tinha nada nem ninguém. Perambulei catando baganas nas calçadas. Cruzei por um boteco na Rua Market e a mulher que estava lá dentro me lançou um olhar terrível enquanto eu passava; era a proprietária; aparentemente ela pensou que eu fosse entrar ali armado de pistola e assaltar o botequim.

Caminhei um pouco mais. Subitamente me ocorreu que ela tinha sido minha mãe uns cento e cinquenta anos atrás na Inglaterra e eu era seu filho salteador retornando do cárcere para assombrar seu honesto ganha-pão na taverna. Enregelado pelo êxtase estanquei na calçada. Olhei para a Rua Market. Não conseguia saber se era mesmo ela ou a Rua do Canal em Nova Orleans: afinal ia dar na água, água ambígua e universal, assim como a rua 42 em Nova York leva em direção à água, de modo que você nunca sabe onde está. Pensei no fantasma de Al Hinkle na Times Square. Eu delirava. Quis voltar e dar uma espiada na minha estranha mãe dickensiana no boteco. Eu tremia da cabeça aos pés. Era como se um pelotão inteiro de memórias me conduzisse de volta a 1750 na Inglaterra e eu agora estivesse em San Francisco em outra vida e noutro corpo. "Não", parecia gritar aquela mulher com olhar aterrorizado "não volte para atormentar sua mãe honesta e trabalhadora. Você já não é mais meu filho - - assim como seu pai, meu primeiro marido esse grego generoso se apiedou de mim" (o proprietário era um grego de braços peludos) "você é mau, com tendências à baderna e à bebedeira e ainda por cima ao roubo infame dos frutos do meu humilde trabalho na taverna. Oh filho! você jamais se ajoelhou e rezou pela remissão de todos os seus pecados e más ações? Pobre menino! - - suma daqui! não amedronte meu espírito, eu fiz bem em te esquecer. Não reabra velhas feridas, que seja como se você nunca houvesse voltado e me encarado - - para ver minha humilde labuta, meus parcos centavos penosamente batalhados --- ávido para agarrar, pronto para roubar, desalmado, maldoso e sombrio filho da minha carne. Meu filho! Meu filho!" Isso me fez pensar na visão de Big Pop em Gratna com Bill. E por um instante alcancei o estágio do êxtase que sempre quis atingir e que é a passagem completa através do tempo cronológico para as sombras intemporais, e assombro na desolação do reino mortal, e a sensação de morte mordiscando meus calcanhares e me impelindo para a frente, com um fantasma perseguindo seus próprios calcanhares, e eu mesmo correndo para uma tábua de salvação de onde todos os Anjos alçaram voo rumo ao infinito. Esse era o estado de minha mente. Pensei que fosse morrer no instante seguinte. Mas não morri, e caminhei sete quilômetros e catei dez longas baganas e as levei para meu quarto de hotel e derramei os restos de tabaco no meu velho cachimbo e o acendi. Foi nesse estado que Neal me encontrou quando finalmente decidiu que valia a pena me salvar. Ele me levou para a casa de Carolyn. "Cadê a Louanne cara?" "A piranha deu no pé." Carolyn era um alívio depois de Louanne; uma mulher educada de boa família e que sabia que os dezoito dólares que Neal havia lhe enviado eram meus. Descansei uns dias na casa dela. Da janela da sala do apartamento num edifício de madeira na Rua Liberty podia-se ver San Francisco inteira crepitando suas luzes verdes e vermelhas na noite chuvosa. Nos poucos dias que passei ali Neal abraçou a tarefa mais ridícula de sua carreira. Arranjou um emprego de demonstrador de um novo tipo de panela de pressão nas cozinhas das casas de família. O vendedor lhe entregou pilhas de amostras e panfletos. No primeiro dia Neal foi um furacão de energia. Dirigi por toda a cidade junto com ele enquanto ele fazia as visitas. O plano era ser convidado para jantar socialmente e aí demonstrar a panela de pressão. "Cara" gritava Neal excitadíssimo "isso é ainda mais doido do que na época em que eu trabalhava para Sinex. Sinex vendia enciclopédias em Oakland. Ninguém conseguia se livrar dele. Fazia longos discursos, saltava dum lado pra outro, ria, chorava. Certa vez irrompemos na casa de uns caipiras que estavam se preparando para ir a um funeral. Sinex caiu de joelhos e rezou pela alma do morto. Todos os caipiras começaram a chorar. Ele vendeu um jogo completo de enciclopédias. Era o sujeito mais pirado do mundo. Me pergunto por onde andará ele. Costumávamos nos aproximar das filhas mais jovens e gostosas e boliná-las na cozinha. Tive, nessa tarde, a dona de casa mais gostosa do mundo em minhas mãos na sua pequena cozinha - - meus braços ao redor dela demonstrando. Ah! Humm! Uau!" "Vai firme Neal", disse eu, "talvez algum dia você se torne prefeito de San Francisco". Ele tinha todo o discurso da panela na ponta da língua; todas as noites praticava com Carolyn e comigo. Numa manhã ele parou pelado olhando para toda San Francisco da janela enquanto o sol nascia.

Era como se algum dia ele fosse se transformar no prefeito pagão da cidade. Mas suas energias se esvaíram. Numa tarde chuvosa o vendedor apareceu para ver o que Neal estava fazendo. Neal estava arriado no sofá. "Você está tentando vender essas coisas?" "Não" disse Neal "tô pegando outro emprego". "Bem, o que é que você pretende fazer com todas essas amostras?" "Não sei." Num silêncio mortal o vendedor juntou suas tristes panelas e saiu. Eu estava farto e cansado de tudo e Neal também. Mas certa noite sem mais nem menos piramos outra vez; fomos ver Slim Gaillard numa pequena boate de San Francisco. Slim Gaillard é um negro alto e magro com grandes olhos melancólicos que tá sempre dizendo "Legal-oruuni" e "que tal um bourbon-oruuni." Em Frisco multidões enormes e atentas de garotões semi-intelectuais sentam a seus pés e o escutam ao piano, no violão e nos bongôs. Depois que esquenta ele tira a camisa e a camiseta e vai fundo. Faz e diz tudo que lhe vem à cabeça. Pode cantar "Cement Mixer, Put-ti, Put-ti" (que ele compôs) e de repente diminui o ritmo e fica em transe sobre os bongôs com as pontas dos dedos mal tamborilando o couro enquanto todos se inclinam para a frente sem respirar só para ouvir; você imagina que ele vá fazer aquilo por cerca de um minuto mas ele segue em frente, por uma hora ou mais, fazendo um barulhinho imperceptível com a ponta de suas unhas, como Al Hinkle fez, e cada vez mais baixo até que não se pode ouvir mais nada e os sons do trânsito entram pela porta aberta. Então ele se levanta lentamente e pega o microfone e diz, com muita calma: "Grande-oruuni... belo-oruuni... olá-oruuni... bourbon-oruuni... tudo-oruuni... como estão os garotos da primeira fila fazendo a cabeça com suas garotas-oruuni... oruuni... oruuni... oruuniruuni..." Fica nisso por quinze minutos, sua voz cada vez mais baixa até que não se pode mais ouvir. Seus enormes olhos melancólicos perscrutam a plateia. Neal fica lá atrás dizendo "Deus! Sim!" e entrelaçando as mãos em prece e suando. "Jack, Slim conhece o tempo, ele conhece o tempo." Slim senta ao piano e toca duas notas, dois dós, aí mais dois, e então um, aí dois e de repente o baixista balofo desperta de seus devaneios de erva e se dá conta de que Slim está tocando

"C-Jam Blues" e dedilha a corda com seu enorme dedo indicador, e um big boom rítmico ribomba e todo mundo começa a se sacudir e Slim parece tão melancólico como sempre, e eles rolam jazz durante meia hora, e então Slim pira por completo e agarra os bongôs e toca batuques cubanos tremendamente rápido e grita coisas malucas em espanhol, em árabe, em dialeto peruano, em maia, em cada língua que conhece e ele conhece inúmeras línguas. O show finalmente termina; cada show dura duas horas. Slim Gaillard se encosta numa coluna olhando melancolicamente por cima de todas as cabeças enquanto as pessoas vêm falar com ele. Um bourbon é rapidamente colocado em sua mão. "Bourbon-oruuni --- obrigado oruuni..." Ninguém sabe por onde paira a mente de Slim Gaillard. Certa vez Neal sonhou que estava tendo um filho e sua barriga estava toda inchada e azul enquanto ele jazia na grama de um hospital da Califórnia. Sob uma árvore, junto a um grupo de negros, estava sentado Slim Gaillard. Neal lançou-lhe um olhar desesperado. Slim disse: "Vai firme-oruuni". Agora Neal se aproximava dele, aproximava-se do seu Deus, julgava que Slim fosse Deus, arrastou os pés e se curvou na frente dele e convidou-o para se juntar à gente. "Tá legal-oruuni" disse Slim; ele se juntaria a qualquer um mas não garantia que permanecesse ali em espírito. Neal arranjou uma mesa, trouxe bebidas, e sentou constrangido na frente de Slim. Slim devaneava por cima da cabeça dele. Não foi dita uma palavra. Cada vez que Slim dizia "oruuni" Neal dizia "Sim!" E ali estava eu sentado junto com esses dois loucos. Não aconteceu nada. Para Slim Gaillard o mundo inteiro não passava de um grande Oruuni. Nessa mesma noite curti Lampshade na esquina da Fillmore com a Geary. Lampshade é um negrão maluco que entra cambaleando nos saloons musicais de Frisco com casaco chapéu e cachecol e salta para o palco e começa a cantar: as veias se dilatam em sua testa: ele se retorce e manda um tremendo blues desesperado com cada músculo de sua alma. Ele grita às pessoas enquanto canta. Ele bebe todas. Sua voz ribomba por tudo. Faz caretas, se contorce, faz de tudo. Veio até nossa mesa, se inclinou e disse "Sim!" e depois cambaleou para a rua e foi para outro saloon. E há também Connie Jordan, um maluco que canta e sacode os braços e termina salpicando todo mundo de suor e chutando o microfone e gritando feito mulher; e mais tarde pode-se encontrá-lo, exausto, ouvindo loucas sessões de jazz no Jackson's Hole com olhões redondos e ombros caídos, um olhar meio abobalhado perdido no espaço e um drinque à sua frente. Jamais vi músicos tão loucos. Em Frisco todo mundo arrebenta. Era o fim de linha do continente, ninguém estava ligando pra nada. Naquele verão eu veria muito mais disso até o mundo vir abaixo. Neal e eu vagávamos por San Francisco dessa forma até eu receber meu cheque da bolsa de estudos e preparar minha volta para casa. O que realizei com essa vinda para Frisco não sei. Carolyn queria que eu caísse fora. Para Neal não fazia a menor diferença. Comprei pão e frios e com eles fiz dez sanduíches para cruzar o país outra vez; eles apodreceriam todos comigo quando eu chegasse a Dakota. Neal pirou na última noite e encontrou Louanne em algum lugar no centro da cidade e nos metemos no carro e fizemos todo o percurso até Richmond do outro lado da baía chegando em bares negros de jazz em planícies oleosas. Louanne foi sentar-se e um negro tirou a cadeira dela. As garotas a abordaram com propostas nos banheiros. Também fui abordado. Neal suava. Era o fim, eu queria cair fora. Na madrugada peguei meu ônibus para Nova York e dei tchau para Neal e Louanne. Eles queriam alguns dos meus sanduíches. Eu lhes disse não. Foi um momento sombrio. Estávamos pensando que nunca mais nos veríamos, e não nos importávamos. Era isso aí. Comecei todo o caminho de volta por esse continente sofrido com meus dez sanduíches e uns dólares e voltei pra Nova York bem a tempo de ver Ed White, Bob Burford e Frank Jeffries partirem pra França no Queen Mary, sem jamais sonhar que no ano seguinte eu encontraria Neal e Jeffries na mais louca de todas as viagens. Além do mais você pensaria que uma viagem de ônibus como essa que fiz de Frisco para Nova York seria monótona e eu chegaria em casa inteiro e poderia relaxar. Nem tanto; na Dakota do Norte o ônibus atolou em uma nevasca tremenda que se amontoou com uma altura de três metros sobre a estrada; o motor traseiro explodiu e queimou enquanto eu dormia; o ônibus congelou de modo que os passageiros tiveram que passar a noite em uma cantina ou se enregelar e não obstante eu dormi dentro do ônibus sem notar nada e me senti perfeitamente bem quando acordei, e dormi direto durante os consertos em uma oficina de Fargo. Em Butte Montana me envolvi com índios bêbados; passei a noite toda num enorme saloon selvagem que era a resposta de Bill Burroughs à busca pelo bar ideal; fiz umas apostas, enchi a cara; vi um velho crupiê que era igual a W.C. Fields e me fez chorar por lembrar meu pai. Lá estava ele, gordo e com um nariz batatudo, assoando-se com um lenço de bolso, de viseira verde, ofegando de asma na noite invernal de jogos de Butte, até se retirar às pressas com seu velho cão para dormir mais um dia. Ele era crupiê de vinte e um. Também vi um velho de noventa anos chamado Old John que jogava cartas de olhos semicerrados e que segundo me disseram fazia isso há setenta anos na noite de Butte. Em Big Timber vi um jovem caubói que havia perdido um braço na guerra e na tarde de inverno sentava-se com os velhos numa estalagem e com olhos anelantes fitava os garotos que galopavam na neve de Yellowstone. Em Dakota vi um limpa-neve giratório bater num Ford novo em folha e esparramá-lo em milhões de pedaços pela planície, como uma semeadura de primavera. Em Toledo Ohio desci do ônibus e peguei carona até Detroit Michigan para ver minha primeira mulher. Ela não estava lá e sua mãe não me emprestou dois dólares pra comer. Sentei fulo de raiva no piso do banheiro masculino da estação de ônibus da Greyhound em Detroit. Sentei entre garrafas. Pregadores abordaram-me com histórias do Senhor. Gastei meu último centavo numa refeição barata na zona marginal de Detroit. Liguei para a nova esposa do pai da minha mulher e ela nem quis me ver. Toda minha vida arruinada girou diante de meus olhos fatigados, e percebi que não importa o que você faça está fadado a ser uma perda de tempo no fim das contas e você pode muito bem ficar doido. Tudo que eu queria era afogar minha alma na alma de minha mulher e alcançá-la por meio do emaranhado de mantos que é a carne no leito. No final da estrada americana há um homem e uma mulher fazendo amor num quarto de hotel. Era tudo que eu queria. Os parentes dela estavam conspirando para nos manter separados; não que estivessem errados mas achavam que eu era um vagabundo e apenas reabriria velhas feridas no coração dela. De fato naquela noite ela estava em Lansing Michigan, a cento e sessenta quilômetros, e eu estava perdido. Tudo que eu queria e tudo que Neal queria e tudo que qualquer um queria era alguma espécie de penetração no coração das coisas onde, como em um útero, pudéssemos nos enroscar e dormir o sono extático que Burroughs estava experimentando com uma boa dose de M. injetada na veia e executivos da publicidade experimentavam com uísque doze anos & sodas no Stouffers antes de pegarem o trem dos beberrões para Westchester --- mas sem ressaca. E na época eu tinha muitas fantasias românticas, e suspirei diante de minha sina. A verdade da coisa é, você morre, tudo que você faz é morrer, e contudo você vive, sim você vive, e isso não é uma mentira. Na Pensilvânia tive que descer do ônibus e roubar maçãs em um armazém ou morrer de fome. Cambaleei de volta para o Leste em busca de minha lápide, cheguei em casa e comi tudo que havia na geladeira outra vez, só que agora era um refrigerador, fruto de minha labuta em 1947, e aquilo em certa medida era o progresso de minha vida. Então chegou o grande navio do mundo: fui à escola e encontrei a Sra. Holmes no saguão, a mãe de John Holmes que eu tinha acabado de ver ao passar por Tucson, e ela disse que o filho estava se despedindo de alguns amigos meus no Queen Mary. Eu não tinha um níquel. Caminhei cinco quilômetros até o píer e lá estavam John Holmes, sua mulher e Ed Stringham esperando ser admitidos na rampa de embarque. Subimos a bordo apressados e encontramos Ed White, Bob Burford e Frank Jeffries bebendo uísque em seu camarote com Allen Ginsberg que o trouxera (junto com seus últimos poemas) e outros. Além disso Hal Chase estava no navio, e o navio era tão grande que nem o vimos; e Lucien Carr estava no navio, mas estava se despedindo de outro grupo de pessoas e sequer ficou sabendo que estávamos lá. O doido do Burford desafiou-me a ir para a França com eles como clandestino. Aceitei o desafio, eu estava bêbado. Prendemos o elevador e nos disseram que Somerset Maugham, o famoso escritor, estava fulo por causa disso. Vimos Truman Capote, amparado por duas senhoras de idade, cambaleando de tênis pelo navio. Americanos bêbados corriam em tumulto pelos corredores estreitos. Era o Grande Navio do Mundo, era grande demais, todo mundo estava a bordo e todo mundo estava procurando por alguém e não conseguia achar. Píer 69. A mulher de John Holmes insistiu que eu não deveria ir como clandestino e me arrastou para fora do navio pela orelha. Joguei futebol americano entre os caixotes do armazém. Era o fim de outra era. Era o segundo navio que eu perdia em dois anos, em ambas as costas, o navio coreano e esse navio Queen Mary rumo à França, e a razão disso é que eu estava condenado à estrada e à investigação capenga de meu país com o maluco do Neal. Depois de tudo que aconteceu você não vai acreditar, mas fui eu que fui salvar Neal em sua hora de desalentada necessidade em uma questão de meses. Valeu a pena, pois depois disso Neal ficou maravilhoso. PARTE TRÊS:- Na Primavera de 1949 topei de repente com um cheque maravilhoso de mil dólares de uma companhia de Nova York pela obra que eu produzira. Com isso tentei mudar minha família --- quer dizer, minha mãe, irmã, cunhado e o filho deles --- para uma casa confortável em Denver. Eu mesmo viajei a Denver para conseguir a casa, esforçando-me para não gastar mais de um dólar em comida na viagem toda. Em um dia de maio, zanzando e suando na cidade da montanha, e com a inestimável ajuda de Justin W. Brierly, achei a casa, paguei os dois primeiros meses de aluguel e mandei um telegrama para eles em Nova York dizendo para virem. Paguei a conta da mudança, $350. Mas foi um fracasso total. Não gostaram de Denver e não gostaram de morar no interior. Minha mãe foi a primeira a voltar; depois finalmente minha irmã e seu marido voltaram. Fiz ali uma tentativa de instalar aqueles que eu amo em uma residência rural mais ou menos permanente a partir de onde todas as operações humanas pudessem ser conduzidas a contento de todos os envolvidos. Eu acreditava em uma boa casa, em uma vida sã e sólida, em boa comida, bons tempos, trabalho, fé e esperança. Sempre acreditei nessas coisas. Foi com certo espanto que percebi que eu era uma das poucas pessoas no mundo que realmente acreditava nessas coisas sem sair por aí fazendo disso uma filosofia obtusa de classe média. De repente fiquei sem nada nas mãos além de um punhado de estrelas malucas. Em nome disso havia me abstido de fazer uma há muito prometida viagem à França para me juntar aos rapazes; para isso deixei de lado uma série de desejos secretos, tais como voltar para minha mulher em Detroit, ou casar de repente com uma porto-riquenha maluca em Nova York e me acomodar na vida de família num prédio residencial. Tudo havia acontecido e eu estava mil dólares mais pobre. De qualquer modo nunca sonhei ter mil dólares. Foi-se tudo em questão de semanas. Fiquei suspenso sobre a grande planície do oeste sem saber o que fazer. Disse a mim mesmo "Bem posso muito bem ir à loucura de novo" e fiz os preparativos para ir até Neal em San Francisco e ver o que ele estava fazendo agora. Experimentei meios honestos para juntar o dinheiro para a viagem à Costa. Certo dia levantei às 3 da manhã pra pegar carona de dez quilômetros de minha casa no bulevar Alameda Denver até o centro; só que não consegui nenhuma carona e simplesmente caminhei. Cheguei ao Mercado Atacadista de Frutas Denargo antes do raiar do dia, cansado pra cachorro. Era o lugar onde eu quase havia trabalhado em 1947 com Eddy meu companheiro de estrada. Fui contratado imediatamente. Naquele instante começou um dia de trabalho que jamais esquecerei. Trabalhei das 4 da manhã direto até as seis da tarde, e ao final daquele dia recebi onze dólares e uns trocados. E o trabalho era tão árduo que rapidamente fiquei com cãibras nos braços e quase tinha que gritar para seguir em frente. Claro que eu era um frouxo comparado aos caras japoneses que trabalhavam ao meu lado; os músculos deles estavam em forma para a pesada atividade de arrastar um carrinho de frutas com uma pilha de oito caixas e ter que equilibrá-lo e puxá-lo com os braços estendidos para trás e se você comete um erro arruína uma carga inteira de frutas em cima de sua pobre cabeça. Ralei o dia inteiro junto com aqueles nisseis musculosos e praguejei e praguejei. Em dado momento tivemos que enfiar um treco sob as rodas de um grande vagão e empurrá-lo pelos trilhos à média de um centímetro e meio a cada puxão na alavanca --- por uns trinta metros. Eu mesmo descarreguei um vagão e meio de caixas de frutas no dia todo, interrompido apenas por uma ida aos armazéns atacadistas de Denver onde arrastei caixotes de melancia pelo piso gelado de um vagão até um caminhão com gelo sob o sol escaldante e fiquei espirrando. Tudo bem para mim uma vez que queria chegar a San Francisco de novo, todo mundo quer chegar a San Francisco e para quê? Em nome de Deus e sob as estrelas para quê? Alegria, curtição, algo que arde na noite. Os outros caras descarregaram três vagões cada um e eu a metade, consequentemente o chefe sentiu que eu não era um candidato adequado para aquela rentável função e me despediu sem dizer muita coisa, ao passo que eu expressei meus sentimentos e disse que jamais voltaria. Então rastejei até a rua Larimer com meus onze dólares e enchi a cara no bar e bufê Jiggs' em frente ao Windsor Hotel onde Neal Cassady tinha vivido com seu pai o Velho Neal Cassady na depressão de Trinta. E como outrora procurei o pai de Neal Cassady por tudo que foi lugar. Ou você encontra alguém que parece seu pai em lugares como Montana, ou procura o pai de um amigo onde ele já não está, é isso que você faz. Sem querer, a manhã revelou a perna nua de uma mulher em meias de seda, e naquela meia havia cem dólares, que ela me deu e disse "A noite inteira você falou de uma viagem para Frisco; se é esse o caso pega isso, cai fora e divirta-se". E assim se acabaram meus problemas e na agência de viagens arranjei um carro por uma taxa de onze dólares de gasolina até Frisco e zarpei rumo a Neal. O carro era dirigido por dois sujeitos; disseram que eram gigolôs. Dois outros sujeitos eram passageiros como eu. Sentamos rígidos e com a mente voltada para nosso destino. Quando cruzávamos a fronteira Colorado-Utah vi Deus no céu sob a forma de enormes nuvens douradas sobre o deserto que pareciam dizer para mim "O dia de fúria vai chegar." Ah bem, pobre de mim, estava mais interessado nuns velhos vagões caindo aos pedaços e mesas de bilhar assentadas no deserto de Nevada perto de uma banca de Coca Cola e onde cabanas de madeira com tabuletas carcomidas ainda balançam no vento mal-assombrado do deserto dizendo "Aqui viveu Rattlesnake Bill" ou então "Brokenmouth Annie se enfiou aqui durante anos". Sim, zum! Em Salt Lake City os gigolôs conferiram suas garotas e seguimos em frente. Antes que pudesse perceber, estava avistando de novo a fabulosa cidade de San Francisco esparramada na Baía no meio da noite. Corri direto até Neal. Agora ele tinha uma casa em Russian Hill. Eu estava louco pra saber o que se passava pela cabeça dele e o que iria acontecer agora, porque atrás de mim já não havia mais nada, todas minhas pontes queimadas e eu não me importava com absolutamente nada. Bati na porta dele às duas da manhã. Ele veio abrir a porta nu em pelo e poderia ser o presidente Truman batendo que ele estava pouco se lixando. Recebia todo mundo peladão. "Jack!" exclamou com espanto genuíno. "Nunca imaginei que você realmente faria isso. Finalmente veio a <u>mim</u>." "Sim" eu disse. "Veio tudo abaixo na minha família. E como vão as coisas na sua?" "Não muito bem, não muito bem. Mas temos um milhão de coisas para conversar. FI-NALMENTE chegou a hora de falarmos sério." Concordamos que chegara a hora e demos a largada. Minha chegada de certo modo foi como a chegada de um estranho Anjo muito mau ao reduto das ovelhas imaculadas, afinal mal Neal e eu começamos a conversar excitadamente lá embaixo na cozinha ouvimos soluços no andar de cima. Tudo o que eu dizia a Neal era respondido com um louco "SIM!" sussurrante sobressaltado. Carolyn sabia o que ia acontecer. Aparentemente Neal havia mantido a calma por alguns meses; agora o anjo chegara e ele estava enlouquecendo outra vez. "Qual o problema dela?" sussurrei. Ele respondeu "Ela vai de mal a pior, cara, ela chora e tem chiliques, não quer me deixar sair para ver Slim Gaillard, fica furiosa cada vez que me atraso e então quando fico em casa ela não fala comigo e diz que sou um completo animal". Subiu as escadas correndo para acalmá-la. Ouvi Carolyn gritar "Você é um mentiroso, um mentiroso, um mentiroso!" Aproveitei a chance para examinar a casa realmente maravilhosa que eles possuíam. Era um chalé de madeira de dois andares alquebrado e envelhecido entre os prédios de apartamentos bem no topo de Russian Hill com vista para a Baía; tinha quatro peças, três no andar de cima e no térreo uma cozinha imensa que parecia uma espécie de porão. A porta da cozinha dava para um pátio gramado onde ficavam os varais. Atrás da cozinha ficava a despensa onde os velhos sapatos de Neal jaziam ainda recobertos por uma camada de três centímetros de lama do Texas daquela noite em que o Hudson atolou em Hempstead perto do rio Brazos. Claro que o Hudson já era, Neal não fora capaz de pagar mais prestações. Agora ele simplesmente não tinha carro. Acidentalmente o segundo filho deles estava a caminho. Era uma tragédia horrível ouvir Carolyn soluçando daquele jeito. Não conseguimos suportar e saímos para comprar umas cervejas e voltamos à cozinha. Carolyn finalmente adormeceu ou passou a noite com os olhos escancarados na escuridão. Eu não conseguia imaginar o que havia de tão errado exceto talvez que finalmente Neal tivesse conseguido enlouquecê-la. Depois que parti de Frisco da última vez ele tinha ficado louco por Louanne de novo e passara meses assombrando o apartamento dela na Divisadero onde cada noite ela recebia um marinheiro diferente e ele espreitava pelo buraco da caixa do correio que se abria para a cama. De manhã ele via Louanne esparramada com um garoto. Seguiu-a por toda a cidade. Queria a prova definitiva de que ela era uma puta. Ele a amava, estava doido por ela. Então ele conseguiu por engano uma palha verde, como os traficantes chamam a maconha nova e não tratada, e fumou em excesso. "No primeiro dia" Neal contou "caí duro como uma tábua na cama e não conseguia me mover ou dizer uma só palavra. Apenas olhava para o teto com os olhos esbugalhados. Minha cabeça zumbia e tive todos os tipos de visões deslumbrantes em technicolor e me senti maravilhosamente bem. No segundo dia tudo ficou claro para mim, TUDO que eu tinha feito ou aprendido ou lido ou ouvido ou pensado retornou ao meu cérebro, rearranjando-se com uma lógica nova. Sim, eu disse, sim, sim, sim. Não alto. Apenas sim, bem baixinho e porque eu não conseguia pensar em mais nada para dizer. Essas visões de maconha verde prolongaram-se até o terceiro dia. Nessa altura eu havia compreendido tudo, toda a minha vida estava decidida, soube que amava Louanne, soube que precisava encontrar meu pai onde quer que ele estivesse e salvá-lo, soube que você era meu amigo do peito, soube o quanto Allen é Incrível. Soube milhares de coisas sobre todas as pessoas em todos os lugares. E então no terceiro dia comecei a ter uma terrível série de pesadelos acordado e eram tão horrivelmente medonhos e assustadores e esverdeados que eu só conseguia ficar encolhido em posição fetal com os braços em torno dos joelhos balbuciando Oh, Oh, Ah, Oh... Os vizinhos ouviram e chamaram um médico. Carolyn estava fora com o bebê visitando os pais dela. A vizinhança inteira ficou preocupada. Entraram e me encontraram tombado na cama com os braços abertos como morto. Jack corri para encontrar Louanne com um pouco daquela erva. E sabe que se passou a mesma coisa com aquela putinha burra --- as mesmas visões, a mesma lógica, as mesmas decisões definitivas com relação a tudo, a visão de todas as verdades num trambolho doloroso conduzindo aos sofridos pesadelos. Compreendi então que a amava tanto que queria matá-la. Corri para casa e bati com a cabeça na parede. Voei até a casa de Al Hinkle, ele está de volta a Frisco com Helen, perguntei a ele sobre um guarda-freios que tem uma arma, fui até o guarda-freios, descolei a arma, corri para a casa de Louanne, olhei pelo buraco da caixa do correio, ela estava dormindo com um marinheiro, voltei uma hora depois, invadi a casa, ela estava sozinha --- e dei-lhe a pistola e pedi que me matasse. Ela ficou com a arma na mão um tempo interminável. Propus a ela um singelo pacto de morte. Ela não quis. Eu disse que um de nós tinha que morrer. Ela disse que não. Bati com a cabeça na parede. Ela conseguiu me tirar dessa." "E o que aconteceu depois?" "Tudo isso foi meses atrás --- depois que você partiu. Ela acabou casando com um dos marinheiros, imbecil filho da puta que jurou me matar caso me encontre, se for necessário terei que me defender e matá-lo e irei para San Quentin, porque Jack mais uma condenação de QUALQUER espécie e vou para San Quentin pro resto da vida --- será o meu fim. Com mão doente e tudo." Ele me mostrou sua mão. Na agitação eu não havia notado que ele realmente tinha sofrido um acidente terrível na mão. "Dei um soco na testa de Louanne às seis horas de 26 de fev. na tarde que nos encontramos pela última vez e decidimos tudo de uma vez por todas. Escuta só: meu polegar apenas roçou na testa dela e ela nem sequer ficou roxa e até riu, mas meu dedo, meu polegar infeccionou e um médico chinfrim fez um serviço porco para consertá-lo e finalmente tive um princípio de gangrena e tiveram que amputar um pedacinho da ponta." Desenrolou o curativo e me mostrou. Faltava um centímetro de carne debaixo da unha. "Tudo foi ficando cada vez pior. Eu tinha que sustentar Carolyn e Cathy Ann e tinha que trabalhar o mais rápido possível na companhia de pneus Goodyear erguendo enormes pneus de cem libras do chão até o topo dos carros. Só podia usar a mão boa, mas sempre machucava a ruim. Quebrei-a e recolocaram no lugar e meteram um pino e está tudo infeccionado e inchado outra vez. Todos esses achaques!" ele riu "e nunca me senti melhor e mais feliz com o mundo e por ver criancinhas adoráveis brincando ao sol e estou satisfeitíssimo de te ver meu esplêndido Jack e sei, eu SEI que tudo vai dar certo". Cumprimentou-me pelos mil dólares, que agora não mais existiam. "Nós conhecemos a vida, agora Jack, ambos estamos envelhecendo pouco a pouco e começamos a saber cada vez mais das coisas. O que você fala a respeito da sua família eu compreendo bem, sempre percebo seus sentimentos e agora de fato você já está no ponto para se ligar a uma garota legal caso consiga encontrá-la e cultivá-la e fazê-la captar a sua essência como de todas as formas tenho tentado fazer com essas minhas malditas mulheres. Merda! merda! merda!" Ele gritou. E pela manhã Carolyn nos botou no olho da rua com as malas e tudo. Tudo começou de tarde quando telefonamos para Bill Tomson, o velho Bill de Denver convidando-o para vir tomar uma cerveja, enquanto Neal, que não podia trabalhar por causa da mão, cuidava do bebê e lavava os pratos e as roupas no quintal mas de tão excitado fazia o serviço nas coxas. Tomson concordou em nos levar de carro até Marin City à procura de Henri Cru. (Neal jamais falava bem de ocupações maçantes perfeitamente normais.) Carolyn chegou de seu emprego no consultório do dentista e nos lançou o olhar entristecido e raivoso de uma mulher cuja vida é atarefadíssima. Tentei demonstrar àquela mulher que não tinha más intenções com relação à sua vida familiar dando um olá para ela e falando da maneira mais gentil que podia mas ela sabia que eu era um cafajeste e provavelmente instruído por Neal e me deu apenas um sorriso pálido. Pela manhã houve uma cena terrível: ela se jogou na cama aos prantos e convulsa e no meio disso repentinamente senti vontade de ir ao banheiro e o único jeito de chegar até lá era cruzando pelo quarto dela. "Neal, Neal" chamei "onde fica o bar mais próximo!" "Bar?" disse ele surpreso; estava lavando as mãos na pia da cozinha lá embaixo. Pensou que eu queria me embebedar. Contei-lhe o meu dilema e ele disse "Vai firme, ela faz isso o tempo inteiro". Não, eu não poderia fazer isso. Saí voando à procura de um bar; caminhei colina acima e colina abaixo pela vizinhança percorrendo quatro quarteirões de Russian Hill sem encontrar nada além de lavanderias, tinturarias, banquinhas de refrigerante, cabeleireiros, armarinhos e ferragens. Voltei às pressas para a casinha decrépita decidido a me salvar. Eles gritavam um com o outro quando me esgueirei pelo quarto com um sorriso amarelo e me tranquei no banheiro. Em poucos minutos Carolyn estava atirando as coisas de Neal no chão da sala e mandando que ele fizesse suas malas. Para minha surpresa vi uma pintura a óleo em tamanho natural de Helen Hinkle em cima do sofá. Subitamente percebi que essas mulheres passavam meses de solidão e feminilidade juntas tagarelando sobre a loucura dos homens. Ouvi as risadinhas maníacas de Neal pela casa, junto com o choro do bebê. E a próxima coisa que me lembro é ele deslizando pela casa como Groucho Marx com seu polegar quebrado envolto num enorme curativo branco e ereto como um farol imóvel sob a fúria das ondas. Vi mais uma vez seu mísero baú enorme e maltratado derramando meias e cuecas sujas: inclinado sobre o baú ele ia jogando dentro tudo que podia encontrar. Então pegou sua mala. Essa mala era a mala mais surrada dos EUA. Era feita de papelão imitando couro e tinha um tipo de dobradiças coladas de aspecto duvidoso. Um grande rasgão a atravessava de lado a lado: Neal a amarrava com uma corda. Então agarrou seu saco de marinheiro e enfiou umas coisas. Apanhei minha mala, enchi-a, e enquanto Carolyn jazia na cama gritando "Mentiroso! Mentiroso! Mentiroso!" saltamos fora e nos arrastamos pesadamente pela rua em direção ao bonde mais próximo --- uma massa de homens e malas com aquele enorme polegar enfaixado esticado no ar. Aquele polegar se transformou no símbolo da evolução definitiva de Neal. Agora ele já não se preocupava mais com nada (como antes) mas também se preocupava com tudo por princípio, quer dizer, para ele tudo dava no mesmo e ele pertencia ao mundo e não havia nada que pudesse fazer para mudar isso. Me parou no meio da rua. "Agora homem, sei que você deve ter enlouquecido de vez, mal chegou na cidade e somos postos pra fora no primeiro dia e você deve estar se perguntando o que eu devo ter feito para merecer isso e por aí afora --- e todas as horríveis implicações ---hii hii hii! --- mas olhe para mim. Por favor Jack, olhe pra mim." Olhei para ele. Estava de camiseta, calças rasgadas abaixo da cintura, sapatos rotos; a barba por fazer, cabelos compridos e hirsutos, olhos injetados, e aquele tremendo polegar enfaixado suspenso no ar à altura do peito (ele precisava mantê-lo assim) e em seu rosto o sorriso mais apatetado que jamais vi. Cambaleou em um círculo e olhou para todos os lados. "Que veem meus globos oculares? Ah --- o céu azul. Grande-amigo!" Gingou e pestanejou. Esfregou os olhos. "E as janelas também --- você já parou para curtir as janelas? Vamos falar sobre janelas. Vi algumas verdadeiramente muito loucas que fizeram caretas para mim e algumas estavam com as cortinas cerradas e então piscavam". Do saco de marinheiro pescou um exemplar de "Paris ---" de Eugene Sue e ajustando a camiseta começou a ler na esquina com ar pedante. "Agora de verdade Jack vamos nos divertir com tudo e vamos adiante..." Mas logo se esqueceu disso e olhou para os lados com um olhar vazio. Eu estava feliz por ter vindo, ele precisava de mim agora. "Por que Carolyn te pôs na rua? o que você vai fazer agora?" "Uhn?" fez ele. "Uhn? Uhn?" Fundimos a cuca pensando pra onde ir e o que fazer. Eu tinha uma carreira bastante boa em andamento em NY e percebi que ia sobrar para mim ajudar Neal. Pobre,

pobre Neal --- nem o Demônio tinha caído tão fundo; numa idiotia, com o dedo infeccionado, rodeado pelas malas maltratadas de sua vida febril e desamparada indo e vindo pela América inúmeras vezes, um pássaro perdido, um bosta, dê seu preço e pegue o troco. "Vamos a pé até Nova York" disse ele "e enquanto isso avaliamos tudo ao longo do caminho --- simm." Puxei meu dinheiro e contei; mostrei para ele. 2x "Tenho aqui" disse "a quantia de oitenta e três doláres e uns trocados, e se você vier comigo nos mandaremos para Nova York --- e depois para a Itália." "Itália?" disse ele. Seus olhos brilharam. "Itália simm --- como chegaremos lá, caro Jack?" Meditei. "Arranjarei mais dinheiro, vou ganhar outros mil doláres. Vamos curtir todas as mulheres loucas de Roma, Paris, de todos aqueles lugares; vamos sentar nos cafés ao ar livre; vamos encontrar Burford White e Jeffries e viver nos cabarés. Por que não ir pra Itália?" "Por que simm" disse Neal e então percebeu que eu estava falando sério e pela primeira vez olhou para mim com o rabo do olho, porque eu jamais havia me comprometido assim com sua pesada existência, e aquele era o olhar de um homem que pesava suas chances no último instante antes de fazer sua aposta. Naquele olhar havia júbilo e insolência, era um olhar diabólico, e ele pousou seus olhos em mim por um longo, longo tempo. Encarei-o e enrubesci. Falei "Qual é o problema?" Me senti um traste ao fazer a pergunta. Ele não deu resposta e continuou me encarando com o mesmo canto de olho desconfiado e insolente. Tentei lembrar de tudo que ele tinha feito na vida e ver se não havia nada do passado que o deixasse desconfiado agora. Firme e resolutamente repeti o que havia dito - - "Venha pra NY comigo, eu tenho dinheiro". Olhei para ele; meus olhos estavam se enchendo de lágrimas e constrangimento. Ele continuava me fitando. Seus olhos agora estavam vazios e me atravessavam. Provavelmente foi o ponto crucial da nossa amizade quando ele percebeu que eu realmente tinha gasto algumas horas pensando nele e ele estava tentando catalogar isso em suas categorias mentais tremendamente confusas e complicadas. Algo estalou em nossas almas. Em mim foi a súbita preocupação com um homem anos mais moço que eu, cinco anos,

& cujo destino estivera ligado ao meu no curso de anos nebulosos; nele era algo que só posso calcular pelo que fez depois. Ficou extraordinariamente satisfeito e disse que estava tudo combinado. "Que olhar foi aquele?" perguntei. Ele ficou chateado com a pergunta. Franziu as sobrancelhas. Neal raramente fazia isso. Ficamos perplexos e inseguros com relação a algo. Estávamos no topo de Russian Hill num belo dia ensolarado de San Francisco; nossas sombras caídas na calçada. Do prédio de apartamentos ao lado da casa de Carolyn onze homens e mulheres gregos saíram em fila e instantaneamente se alinharam na calçada ensolarada enquanto outro afastava-se pela ruela e sorria para eles por detrás de uma máquina fotográfica. Encaramos aquelas pessoas antiquadas que estavam festejando o casamento de uma de suas filhas provavelmente a milésima numa ininterrupta geração de pele morena e sorrisos ao sol. Estavam todos arrumados, e eram estranhos. No fim das contas Neal e eu bem poderíamos estar em Chipre. Gaivotas revoavam no céu reluzente. "Bem" disse Neal numa voz muito tímida e singela "vamos embora?" "Sim" respondi "vamos para a Itália". E assim juntamos nossa bagagem, ele pegou o baú com a mão boa e eu agarrei o restante, e nos arrastamos até o ponto de bonde mais próximo; em um segundo descíamos a colina com as pernas dependuradas do estribo trepidante, dois heróis arrasados da noite do oeste e com muito pela frente. De cara fomos para um bar na rua Market e lá decidimos tudo --- ficaríamos juntos e seríamos amigos até a morte. Neal estava muito calado e parecia um pouco abatido e preocupado ao olhar para os velhos vagabundos no saloon que o faziam lembrar seu pai. "Acho que ele está em Denver... dessa vez temos que encontrá-lo de qualquer maneira, pode estar no Presídio Municipal, pode estar perambulando pela rua Larimer outra vez, mas tem que ser encontrado. Combinado?" Sim, combinado; iríamos fazer tudo que nunca havíamos feito e que no passado teria sido babaca demais para se fazer. Depois prometemos a nós mesmos dois dias de curtição em San Francisco antes de partirmos, e claro que o combinado era pegar, nas agências de viagens, caras que quisessem rachar a gasolina gastando o mínimo de dinheiro possível com o que faríamos por aí. Também iríamos a Detroit para eu encontrar Edie e me decidir a respeito dela de uma vez por todas. Neal assegurou que não precisava mais de Louanne embora ainda a amasse. Ambos concordamos que ele se daria bem em Nova York e ele se deu mesmo e acabou se casando de novo: mais sobre isso depois de 5.000 quilômetros e muitos dias e noites. Deixamos nossa bagagem no guarda-volumes da Greyhound por dez centavos, Neal vestiu seu terno listrado e uma camisa esporte, e saímos para encontrar Bill Tomson que seria nosso motorista nesses 2-dias de agito em Frisco. Bill Tomson concordou com isso por telefone. Pouco depois apareceu na esquina da Market com a Terceira para nos apanhar. Bill agora estava vivendo em Frisco, trabalhando num escritório e casado com uma loirinha linda chamada Helena. Neal me confidenciara que o nariz dela era comprido demais --- por algum obscuro motivo esse era seu grande senão com relação a ela --- e o nariz não era de forma alguma comprido. Isso devia remontar aos tempos em que ele roubou Carolyn de Bill no quarto de hotel em Denver. Bill Tomson é um garoto bonito magro e moreno com um rosto afilado e cabelo penteado que ele sempre joga para trás. Tem uma maneira extremamente simpática de abordar as pessoas e um sorriso largo. Mas sua esposa Helena evidentemente havia batido boca por causa da ideia de ele ser o nosso motorista - - e disposto a provar que era o homem da casa (eles moravam num quartinho) mesmo assim manteve a promessa que nos fizera, mas com consequências. Seu dilema mental se autorresolveu em um silêncio amargo. Ele conduziu Neal e eu pelos quatro cantos de Frisco a qualquer hora do dia ou da noite sem jamais dizer uma única palavra; tudo que fazia era avançar sinais vermelhos e deixar o carro em duas rodas em curvas fechadas e isso nos mostrava em que situação o havíamos metido. Ele estava a meio caminho entre as ameaças de sua nova esposa e o desafio do velho líder de sua antiga turma do bilhar em Denver. Neal estava completamente satisfeito e é claro imperturbável quanto às manobras. Não dávamos a menor bola para Bill e íamos no banco de trás tagarelando. O agito seguinte era ir a Marin City para ver se conseguíamos encontrar Henri Cru. Percebi com alguma surpresa que o velho navio Adm. Freebee já não se encontrava na baía; e é claro que Henri já não ocupava o antepenúltimo chalé no cânion. No lugar dele quem abriu a porta foi uma linda garota negra; Neal e eu conversamos um tempão com ela. Bill Tomson esperava no carro lendo "Paris ---" de Eugene Sue. Dei uma última olhadela para Marin City e percebi que não havia sentido em revolver o passado; em vez disso resolvemos visitar Helen Hinkle para arranjar um lugar onde dormir. Al a tinha abandonado mais uma vez, estava em Denver, e raios me partam se ela ainda não planejava recuperá-lo. Nós a encontramos sentada de pernas cruzadas em seu tapete tipo oriental no apartamento de quatro quartos na parte de cima da Mission frente a um baralho para prever o futuro. Vi melancólicos sinais de que Al Hinkle tinha vivido um tempo ali e que partira apenas por indiferença e desafeto. "Ele voltará" disse Helen "esse cara não consegue tomar conta de si mesmo sem mim --- quem fez isso dessa vez foi Jim Holmes." Lançou um olhar raivoso para Neal e Bill Tomson. "Antes de ele chegar Al estava completamente satisfeito e trabalhando e nós saíamos à noite e curtíamos momentos maravilhosos. Você sabe disso Neal. Então eles começaram a sentar-se no banheiro durante horas, Al na banheira e Holmes na privada e falavam e falavam e falavam --- cada bobagem." Neal riu. Durante anos fora o profético chefe daquela gangue e agora eles estavam aprendendo suas técnicas. Jim Holmes tinha deixado crescer a barba e com seus imensos e melancólicos olhos azuis tinha vindo atrás de Al Hinkle em Frisco; o que aconteceu (e é a pura verdade) é que ele teve seu dedo mínimo amputado num acidente em Denver e recebeu uma bela indenização. Sem nenhuma razão aparente decidiram dispensar Helen e se mandaram para o Maine --- isso também é verdade, Portland Maine, onde Holmes aparentemente tinha alguma tia. Portanto agora estavam em Denver de passagem ou já em Portland. "Quando Jim ficar sem dinheiro Al estará de volta" disse Helen olhando as cartas. "Estúpido idiota... não sabe nada e jamais saberá. Tudo que ele tem a fazer é compreender que eu o amo." Helen Hinkle parecia a filha dos gregos da máquina fotográfica ensolarada sentada ali no tapete, seu longo cabelo se derramando até o chão, lendo o futuro nas cartas. Fui obrigado a gostar dela. Decidimos até mesmo sair naquela noite e curtir jazz e Neal levaria uma loira de um metro e oitenta que morava na mesma rua, Julie. "Nesse caso posso partir agora?" perguntou Tomson de modo insolente, e dissemos a ele para ir em frente mas estar preparado para o dia seguinte. E naquela noite Helen, Neal e eu fomos apanhar Julie. A garota tinha um apartamento no subsolo, uma filha pequena e um carro velho que mal andava e que Neal e eu tivemos de empurrar rua abaixo enquanto as garotas tentavam fazê-lo pegar. Eu as ouvi fazendo troça de mim "Jack acaba de chegar de uma longa viagem --- precisa se aliviar". Voltamos para a casa de Helen e todos sentaram-se --- Julie, sua filha, Helen, Bill Tomson, Helena Tomson --- todos taciturnos na sala atravancada pela mobília enquanto eu fiquei num canto neutro com relação aos problemas de Frisco e Neal permaneceu no meio da sala com seu polegar-balão suspenso no ar à altura do peito, dando suas risadinhas. "Que grande merda" disse "estamos todos perdendo nossos dedos... rô rô rô". "Neal por que você age dessa maneira idiota?" perguntou Helen. "Carolyn ligou dizendo que você a abandonou. Não percebe que tem uma filha." "Ele não a abandonou, ela é que o expulsou!" eu disse quebrando minha neutralidade. Todos lançaram olhares rancorosos para mim; Neal lançou um sorriso sórdido. "E com esse dedo o que vocês esperam que esse pobre sujeito faça." Acrescentei. Todos me encararam: especialmente Helena Tomson desferiu um olhar carrancudo sobre mim. Aquilo não passava de uma roda de maledicência e no centro dela estava o culpado, Neal --- responsável quem sabe por tudo que estava errado. Olhei pela janela para a noite urbana e fervilhante da Mission; queria cair fora e botar para quebrar ao som do incrível jazz de Frisco, e lembrei que essa era somente minha segunda noite na cidade, tudo tinha acontecido aos borbotões. "Acho que Louanne teve muito muito juízo ao te abandonar Neal. Há anos que você não demonstra o menor senso de responsabilidade com ninguém. Você já fez tantas coisas horríveis que nem sei o que te dizer." Na verdade era justamente esse o ponto e todos eles continuaram sentados olhando para Neal com olhares carrancudos e enfurecidos e ele permaneceu em pé no centro do tapete e deu uma risadinha --- ele apenas ria. Executou uns passinhos de dança. Seu curativo estava ficando cada vez mais sujo, começou a afrouxar e se desenrolar. De repente percebi que em virtude de seus muitos pecados Neal estava se transformando no Idiota... o Imbecil... o Santo do Grupo. "Você não tem a menor consideração por ninguém a não ser por você mesmo e por suas malditas diversões. Só pensa no que tem pendurado entre as pernas e em quanto dinheiro ou divertimento poderá arrancar das pessoas e depois simplesmente larga-as na mão... Não só isso mas você é um tolo a esse respeito. Nunca passa pela sua cabeça que a vida é séria e que existem pessoas tentando fazer algo decente em vez de apenas bobear o tempo todo." Era isso que Neal era, o BOBALHÃO SAGRADO. "Hoje à noite Carolyn está sofrendo mas nem por um só momento pense que ela quer você de volta, disse que jamais quer ver você outra vez e garantiu que desta vez é o fim. Entretanto você fica parado aí fazendo cara de bobo e não creio que esteja preocupado." Não era verdade, eu o conhecia melhor e poderia ter dito tudo a eles. Mas não vi o menor sentido em tentar. Essas acusações eram a mesmas que haviam sido lançadas contra mim muitas vezes no leste. Estava louco para dar um passo à frente e colocar meu braço em torno de Neal e dizer "Ouçam aqui todos vocês, lembrem-se de uma coisa, esse cara também tem seus problemas só que ele jamais se queixa e propiciou a vocês todos grandes momentos apenas sendo o que ele é e se não foi o suficiente mandem-no para o pelotão de fuzilamento, o que de qualquer maneira parece ser o que vocês estão loucos para fazer.." Contudo Helen Hinkle era a única do grupo que não temia Neal e podia sentar ali calmamente, com o rosto erguido, e destratá-lo na frente de todos. Houve uma época em Denver em que Neal fazia todos sentarem na penumbra com as garotas e apenas falava - - e falava - - e falava --- com a voz que era ao mesmo tempo estranha e hipnótica e que segundo se dizia tinha o dom de fazer com que as garotas lhe caíssem nos braços pela pura força de persuasão e conteúdo daquilo que ele dizia. Isso quando tinha quinze, dezesseis anos. Agora seus discípulos estavam casados e as esposas de seus discípulos o repreendiam por causa da sexualidade e da vida que ele ajudara a criar --- isso pode ser um pouco pesado. Escutei mais. "Agora você está indo para o leste com Jack e o que acha que vai ganhar com isso? Agora que você caiu fora Carolyn terá que ficar em casa cuidando do bebê --- como é que ela poderá manter seu emprego no dentista --- e ela jamais vai querer ver você de novo e não a culpo por isso. Se você encontrar Al pela estrada diga-lhe que volte para mim senão eu o mato." Bem assim. Foi a noite mais melancólica e mais doce. Então um completo silêncio caiu sobre todos e em vez de falar como teria feito antigamente Neal silenciou, mas permaneceu em pé, na frente de todos, bem à vista, esfarrapado e alquebrado e abestalhado, sob a luz das lâmpadas nuas, com o louco rosto ossudo coberto de suor e veias dilatadas, repetindo "Sim, sim, sim" como se revelações terríveis o estivessem apunhalando naquele instante, e estou convencido de que estavam, e os outros suspeitavam disso também e ficaram amedrontados. Do que ele estava tomando conhecimento? Ele estava tentando com todas as suas forças me dizer o que estava sabendo e era isso que eles invejavam em mim, a posição que eu ocupava ao lado dele, defendendo-o e sorvendo-o como outrora eles haviam tentado fazer. Então me encararam. O que estava eu, um estranho, fazendo ali naquela noite amena da Costa Oeste. Era uma ideia que me repugnava. "Nós vamos para a Itália" eu disse; lavei as mãos de toda aquela confusão. Então uma estranha sensação de satisfação maternal pairou no ar, já que as garotas estavam realmente encarando Neal do jeito que uma mãe olha pro filho mais querido e mais errático, e ele sabia bem disso com todas suas percepções e seu triste dedão e só por isso conseguiu, naquele silêncio pesado, levantar da cadeira, ficar em pé por um instante e sair do apartamento sem dizer uma única palavra, para nos esperar lá embaixo até que nos decidíssemos sobre o TEMPO. Foi isso que sentimos em relação àquele fantasma na calçada. Olhei pela janela. Lá estava ele sozinho no limiar da porta curtindo a rua. Amarguras, recriminações, conselhos, moralidade, tristeza, tudo tinha ficado para trás e à sua frente descortinava-se a alegria esfarrapada e extasiante de simplesmente ser. "Vamos lá Helen, Julie, vamos curtir o jazz dos bares e deixar pra lá esse papo. Um dia desses Neal vai morrer. E aí o que vocês dirão dele." "Quanto mais cedo ele morrer melhor" disse Helen, falando oficialmente por quase todos os que estavam naquela sala. "Muito bem então" falei "mas por enquanto ele continua vivo e aposto que vocês gostariam de saber o que ele fará logo em seguida porque ele conhece o segredo de que nós todos estamos atrás e que é o que lhe racha e escancara a cabeça e se ele enlouquecer não liguem a culpa não é de vocês mas de Deus." Eles discordaram; disseram que eu não conhecia Neal de verdade; falaram que ele era o maior patife que jamais existira e que algum dia para meu pesar eu descobriria isso. Foi divertido ouvi-los protestar tanto. Bil Tomson levantou-se e saiu em defesa das senhoras e disse que conhecia Neal melhor do que qualquer um e que ele simplesmente não passava de um vigarista fascinante e até divertido e Ah mas aquilo foi um pouco pesado demais pra mim porque se você vai ser respeitável que seja, e se não vai, não seja, e não venha com meias palavras, e eu buscava dizer isso. Era uma sacação sobre suas rotinas e falcatruas fajutas, do passado e do presente, que eles felizmente não captaram e onde eu estava senão à beira da lua, por que caminhar? Caí fora para encontrar Neal e conversamos ligeiramente sobre o incidente. "Ah, homem não liga não, tudo está perfeito e ótimo." Ele esfregou a barriga e lambeu os beiços. As garotas desceram também e iniciamos a nossa grande noite empurrando o carro mais uma vez rua abaixo até ele rodar tão rápido que se afastou de nós e as garotas não voltaram até atraírem um carro disposto a empurrá-las de volta até nós vagando e rindo na escuridão. "Iuupii! vamos lá!" gritou Neal, e nos atiramos no banco de trás e sacolejamos até a Rua Howard, enquanto isso ficamos escondidos para que os camaradas que estavam empurrando as garotas e tinham dobrado a esquina para encontrá-las de novo nos empurrassem ao longo de todo trajeto até a rua Howard pensando que tinham uma chance de ficar com elas. Ficaram decepcionados quando o motor pegou e Julie fez umas curvas depressa e nos levou para a rua Howard sem os rapazes. Mergulhamos na noite cálida e louca ouvindo um sax-tenor incrível soprando pelo caminho fazendo "II-YAH! II-YAH! II-YAH!" e o bater de palmas na batida e a rapaziada gritando "Vai, vai, vai!" Em vez de acompanhar as garotas para dentro do lugar Neal já estava correndo pela rua com seu dedo no ar aos gritos "Toca, homem, toca!" Um bando de negros em roupa de sábado à noite armou um burburinho na entrada da boate. Era um saloon empoeirado, todo de madeira, com um pequeno tablado perto do banheiro em cima do qual os rapazes se acotovelavam metidos em seus chapéus tocando jazz acima das cabeças da plateia, um lugar louco, não muito distante da rua Market, na sua parte afastada e sórdida, perto da Mission e do acesso à ponte; mulheres malucas e desleixadas circulavam por lá às vezes em roupões de banho, garrafas rolavam chocando-se pelos becos. Nos fundos do bar num corredor escuro além dos lavatórios destroçados homens e mulheres em grupos se escoravam nas paredes e bebiam vinho barato e cuspiam sob as estrelas. O saxofonista enchapelado soprava no ápice de um improviso maravilhosamente satisfatório, um riff em crescendos e minuendos que ia de "II-yah!" até um louco "II-di-lii-yah!" e explodia junto do rolar impetuoso da bateria queimada por baganas que era martelada por um negro brutal com pescoço de touro que estava se lixando pra tudo a não ser castigar seus tambores, parara-timbum porrada. A música rugia e o sax-tenor dominava a situação e todos sabiam que ele a dominava. Neal agarrava a cabeça no meio da multidão e era uma multidão muito louca. Todos imploravam com gritos e olhares desvairados para que o saxofonista mantivesse o mesmo ritmo; e ele se agachava e subia e descia de novo com o sax, ondulando-o em um uivo nítido acima do furor da plateia. Uma negra esquelética de um metro e oitenta sacudiu os ossos na boca do sax, e ele apenas a cutucou, "Ii! ii! ii!" Ele tinha um tom de buzina de nevoeiro; seu sax estava remendado; ele era um operário de estaleiro e não ligava. Todos se balançavam e rugiam. Com cerveja nas mãos Helen e Julie permaneciam sentadas em suas cadeiras se sacudindo e pulando. Bandos de negros entravam no bar aos trambolhões tropeçando uns nos outros para chegar lá. "Segura as pontas rapaz!" berrou um sujeito com voz de alarme de nevoeiro, e soltou um urro que deve ter sido ouvido até em Sacramento, ah-haa! "Uau!" disse Neal. Ele alisava o peito, a barriga, o suor saltava de sua cara. Bum, tica-bum, aquele baterista estava surrando sua bateria no porão e mandando a batida escada acima com suas baquetas assassinas, tica-bum! Um gordão pulava no tablado fazendo-o vergar e ranger. "Iuu!" O pianista apenas triturava o teclado com dedos em garra, acordes, nos intervalos em que o incrível sax-tenor tomava fôlego para outra explosão, acordes chineses, estremecendo o piano em todo madeirame, frestas e cordas, boing! O saxofonista saltou do tablado para a plateia soprando; seu chapéu estava caído sobre os olhos; alguém o arrumou para ele. Ele pulou de volta e bateu o pé soprando uma rajada rouca e ferina, e tomou fôlego, e ergueu o sax e soprou alto e longo e gritando no ar. Neal estava exatamente à frente dele com o rosto voltado para a boca do sax, batendo palmas, pingando suor nas chaves do sax, e o cara percebeu e gargalhou com o sax uma longa louca gargalhada trepidante e todos os demais riram e requebraram e balançaram; e finalmente o saxofonista decidiu explodir com tudo e se agachou e manteve um dó por um longo tempo enquanto todo o resto vinha abaixo e os gritos aumentavam e eu pensava que um bando de tiras viria da delegacia mais próxima. Era apenas uma diversão normal de sábado à noite, nada mais. O relógio na parede tremeu e balançou; ninguém deu bola. Neal estava em transe. Os olhos do saxofonista estavam pregados nele; tinha encontrado um maluco que não apenas entendia como também se interessava e queria entender mais e muito mais do que o que estava acontecendo, e começaram a duelar; jorrou de tudo daquele sax, não eram mais frases, apenas gritos, uivos, "Booh" e para baixo "Biip!!" e para cima "IIIII!" e tilintando para baixo e ecoando sons de sax para os lados. Ele experimentou tudo, para cima, para baixo, para os lados, de ponta-cabeça, na horizontal, trinta graus, quarenta graus e finalmente caiu nos braços de alguém desistindo e todos se acotovelaram ao redor e gritaram “Sim! Sim! Ele conseguiu!” Neal enxugou-se com o lenço. Então Freddy subiu ao palco e pediu um ritmo lento e olhou melancolicamente para a porta aberta acima das cabeças da plateia e começou a cantar “Close Your Eyes”. As coisas se acalmaram por uns instantes. Freddy vestia uma jaqueta de camurça esfarrapada, camisa púrpura, sapatos gastos e uma calça larga e de cintura alta amarrotada: ele não ligava. Parecia um Hunkey negro. Seus enormes olhos castanhos transmitiam tristeza, e ele cantava as canções lentamente e com longas pausas pensativas. Mas no segundo refrão ele ficou excitado e agarrou o microfone e saltou do tablado e se curvou. Para cantar uma nota tinha de tocar na ponta de seus sapatos e puxá-la para então lançá-la, e a lançava com tanta força que ele próprio cambaleava com o efeito, só se recuperando a tempo da próxima longa nota lenta. “Mu-u-u-u-sic pla-a-a-a-a-a-ay!” Reclinava-se para trás de cara para o teto, o microfone abaixado. Tremia, resvalava. Depois inclinava-se para a frente quase caindo de cara no microfone. “Ma-a-a-ake it dream-y for dan-cing” --- e olhava para a rua lá fora com os lábios contorcidos em desprezo --- “while we go ro-man-n-n-cing” cambaleava para os lados --- “Lo-o-o-ove’s holi-da-a-ay” --- sacudia a cabeça farto e saturado do mundo inteiro ---- “Will make it seem” ---- o que pareceria? ---- todos aguardavam, ele gemeu --- “O--- kay”. O piano lançou um acorde. “So baby come on just clo-o-oose your ey-y-y y-y-yes” --- sua boca estremeceu, ele nos encarou, Neal e eu, com uma expressão que parecia dizer “Ei, o que é que estamos fazendo nesse mundo triste e sombrio” ---- e então chegou ao fim da canção, mas para isso foi preciso um final elaborado durante o qual você poderia enviar qualquer mensagem para Garcia umas doze vezes ao redor do mundo mas que diferença isso fazia para qualquer um porque estávamos lidando com o inferno e com a amargura da pobre vida beat nessas horrorosas ruas da humanidade, e foi isso o que ele disse e cantou, “Close--- your----” e lançou seu uivo em direção ao teto e rumo às estrelas e ainda mais longe --- “Ey-y-y-y-y-y-es” e cambaleou para fora do palco e ficou ruminando. Sentou-se num canto junto com uma garotada e não deu a menor bola para eles. Olhou para o chão e chorou. Era o maior. Neal e eu fomos lá falar com ele. Convidamos para ir até o nosso carro. No carro ele gritou de repente "Sim! não há nada que me agrade mais do que grandes curtições! Pra onde vamos?" Neal saltitava no banco rindo como doido. "Calma! calma!" disse Freddy. "Meu garoto vai nos levar ao Jackson's Hole, tenho que cantar lá. Eu vivo pra cantar cara. Venho cantando Close Your Eyes há duas semanas - - não quero cantar outra coisa. Qual é a de vocês rapazes?" Dissemos a ele que iríamos para Nova York dentro de dois dias. "Meu Deus, nunca estive lá e dizem que é uma cidade ligadíssima mas não tenho do que me queixar da vida por aqui. Sou casado entendem." "Ah, é mesmo?" disse Neal bem interessado. "E onde se encontra a querida essa noite." "O que você quer dizer" inquiriu Freddy olhando para ele com o canto do olho. "Disse que sou casado com ela não disse?" "Oh sim, Oh sim" respondeu Neal corando. "Eu estava só perguntando. Talvez ela tenha umas amigas? ou irmãs? Um baile, entende, tudo o que eu quero é um baile." "Sim, um baile é uma boa, mas a vida é triste demais para se ficar bailando o tempo inteiro" disse Freddy baixando os olhos para a rua. "Me-eeerda!" exclamou. "Não tenho nenhum dinheiro e não quero nem saber essa noite." Voltamos ao bar para novas curtições. As garotas estavam tão indignadas com Neal e comigo por termos ido à caça e por não pararmos quietos um segundo que se mandaram a pé para o Jackson's Hole; de qualquer maneira o carro não queria pegar. Vimos uma cena terrível no bar: um hipster branco e veado de camisa havaiana chegou e perguntou ao enorme baterista se podia tocar. Os músicos o olharam desconfiados. "Você toca?" Ele respondeu que sim, se requebrando. Eles se entreolharam e disseram "Yeah, yeah, é isso que ele faz, mee-eeer-daa!" Aí o veado sentou-se na bateria e os caras iniciaram uma música rápida e ele começou a afagar os tambores com escovas macias de bop, gingando o pescoço com aquele êxtase complacente de quem passou por uma análise reichiana o que não significa nada além de muita M e comidas leves e curtições bobocas no lance cool. Mas o cara não estava nem aí. Sorria alegremente para o vazio e mantinha o ritmo, ainda que com suavidade, e com as sutilezas do bop, um sussurro risível de fundo para o grande sólido e grave blues que os rapazes tocavam sem nem sequer dar uma olhada para o cara. O negrão com pescoço de touro da bateria permaneceu sentado aguardando sua vez. "O que esse sujeito tá fazendo?" se perguntava. "Toca a música!" falou. "Que inferno!" blasfemou. "Mee-eer-daa!" e olhou para o lado irritado. O garoto de Freddy apareceu: era um negrinho bem arrumado dirigindo um enorme Cadillac. Saltamos para dentro do carro. Ele se curvou sobre o volante e cruzou Frisco velozmente sem dar uma única brecada, a cento e dez por hora, cortando o tráfego sem que ninguém o percebesse de tão bom que era. Neal entrou em êxtase. "Saca só esse cara, homem! saca o jeito que ele senta ali sem mexer um só músculo e mete o pé na tábua e ele poderia falar a noite inteira enquanto dirige, só que ele não está nem aí pra conversa, deixa que freddy trate disso, e Freddy é seu garoto e lhe fala da vida, escuta eles, Oh homem, as coisas, as coisas que eu poderia --- que eu gostaria --- oh sim... vamos nessa, sem parar, Vamos já! Sim!" E o garoto de Freddy dobrou a esquina e nos largou defronte ao Jackson's Hole e estacionou. Um táxi encostou: dele saltou um enrugado pastor negro magricela e miúdo que atirou um dólar para o taxista e berrou "Sopra!" e correu para dentro do clube enfiando o casaco (recém-saído do trabalho) e lançou-se direto para o bar escada abaixo gritando "Vai, vai, vai!" e tropeçou nos degraus quase caindo de cara e escancarou a porta e mergulhou no ambiente da jazz-session com as mãos estendidas para se apoiar contra qualquer coisa sobre a qual pudesse cair, e caiu em cima de Lampshade que estava reduzido a trabalhar de garçom durante aquela temporada no Jackson's Hole, e a música explodia e ribombava e ele permaneceu petrificado na porta aberta gritando: "Vai homem vai!" E o homem era um negrinho baixinho com um sax-alto que Neal disse que obviamente morava com a avó como Jim Holmes, dormia o dia inteiro e soprava a noite toda e tocava centenas de acordes antes de botar pra quebrar, e era isso que ele estava fazendo. "É Allen Ginsberg!" gritou Neal acima do furor. E era. Esse netinho da vovó com o sax-alto remendado tinha olhos redondos brilhantes, pés pequenos e tortos, pernas curvas e saltitava e pulava com seu sax e chutava o ar e mantinha o olhar fixo na plateia (que não passava de gente às gargalhadas numa dúzia de mesas, a sala tinha dez por dez e um forro baixo) e não parava nunca. Suas ideias eram bastante simples. Ideias não significavam nada para ele. Ele gostava era da surpresa de uma nova e simples variação de um acorde. Ele ia de... "ta-tup-tader-rara... ta-tup-tader-rara".. repetindo e saltitando e sorrindo e beijando o sax --- até chegar a "ta-tup-EE-da-dera-RUP! ta-tup-EE-da-de-dera-RUP!" e eram grandes momentos de alegria e compreensão para ele e para todos os que o escutavam. Sua tonalidade era nítida como a de um sino, alta, pura, e ele soprava direto na nossa cara a meio metro de distância. Neal permaneceu de frente pra ele fora do mundo com a cabeça inclinada, socando as mãos, pulando nos calcanhares e com o suor, sempre o suor gotejando e escorrendo pelo seu colarinho atormentado para formar literalmente uma poça a seus pés. Helen e Julie estavam lá e nós precisamos de cinco minutos para perceber. Uau, as noites de Frisco, o fim do continente e o fim da dúvida, adeus, dúvidas estúpidas e tolas. Lampshade rugia ao redor com bandejas de cerveja: ele fazia tudo no ritmo: gritava para a garçonete na batida: "Alô aí benzinho, abra caminho, abra caminho, aqui vem Lampshade chegando de fininho" e passava por ela feito furacão com as cervejas no ar e entrava como um vendaval pelas portas de vai e vem da cozinha e dançava com os cozinheiros e retornava suando. Connie Jordan permanecia sentado absolutamente imóvel numa mesa no canto do bar com um drinque intocado à frente, um olhar vago fitando o espaço, as mãos caídas ao lado do corpo de modo que quase encostavam no chão, pés esticados para a frente como línguas de fora, seu corpo ressequido pela fadiga absoluta e pelo máximo desgosto e por tudo mais que lhe passava pela cabeça: um homem que se extinguia a cada entardecer e deixava que os outros lhe desferissem o golpe mortal à noite. Tudo girava ao seu redor como nuvens. E aquele netinho do sax, aquele pequeno Allen Ginsberg saltitava e se contorcia com seu instrumento mágico soprando duzentos acordes de blues cada um mais excitante que o outro sem sinais de enfraquecimento de energias ou intenção de encerrar a sessão. A sala se arrepiava inteira. A partir daí se acabou, naturalmente. Uma hora mais tarde na esquina da Quinta com a Howard eu estava com Ed Saucier um sax-alto de San Francisco que aguardava comigo enquanto Neal telefonava de um bar para que Bill Tomson viesse nos buscar. Não era nada de mais, estávamos apenas conversando, mas de repente tivemos uma estranha e insana visão. Era Neal. Ele queria dar o endereço do bar para Bill Tomson por isso pediu para que ele esperasse um pouco na linha e saiu correndo para ver, e para fazer isso teve de cruzar pelo meio da confusão de um bar com bêbados barulhentos de camisas brancas, ir para o meio da rua e olhar as placas. Ele o fez, agachado rente ao chão como Groucho Marx, seus pés transportando-o numa velocidade espantosa e saiu do bar como uma aparição com seu dedão balão fincado dentro da noite e deu uma travada brusca e parou rodopiando no meio da rua olhando para cima em busca de placas. Aparentemente era difícil enxergá-las no escuro e ele rodopiou uma dúzia de vezes na rua, o dedão suspenso, num louco silêncio ansioso. Assim qualquer um vindo pela rua veria o seguinte: uma pessoa descabelada e com um dedão que parecia um balão erguido como um pato selvagem dos céus girando e girando na escuridão, com a outra mão distraidamente metida nas calças. Ed Saucier estava dizendo "Onde quer que eu vá sempre toco músicas suaves e se as pessoas não gostam não posso fazer nada. Ei cara, seu amigo é mesmo doidão, olha lá" --- e nós olhamos. Houve um silêncio profundo em todos os lugares enquanto Neal via as placas e corria de volta ao bar praticamente passando por baixo das pernas de alguém que saía e deslizando tão rapidamente pelo bar pela segunda vez que todos tinham de olhar com dupla atenção para vê-lo. Logo em seguida Bill Tomson apareceu e com a mesma rapidez espantosa Neal flutuou pela rua até a porta do carro sem um ruído. E lá fomos nós mais uma vez. "Bem Bill sei que você está enrascado com sua mulher por causa dessa coisa mas é absolutamente necessário que estejamos na esquina da

Thornton com a Gomez no incrível tempo de três minutos ou tudo estará perdido. Aham! Sim! (coff-coff) Pela manhã Jack e eu estamos nos mandando para NY e esta é definitivamente nossa última noite de farra e tenho certeza de que você não vai se importar." Não, Bill Tomson não se importou: limitou-se a cruzar por todos os sinais vermelhos que conseguiu encontrar e levou-nos às pressas em nossa loucura. Ao amanhecer voltou para a cama. Neal e eu terminamos a noite em companhia de um sujeito negro chamado Walter que nos convidou para ir à casa dele beber uma cerveja. Morava num prédio de apartamentos atrás da Howard. Quando entramos sua esposa estava dormindo. A única luz no apartamento era uma lâmpada em cima da cama dela. Tivemos de trepar numa cadeira e desenroscar a lâmpada enquanto ela continuava deitada sorrindo embaixo de nós. Ela era uns quinze anos mais velha do que Walter e a mulher mais gentil do mundo. Tivemos de ligar a extensão por cima da cama e ela sempre sorrindo. Não perguntou para Walter onde ele estivera, que horas eram, nada. Finalmente nos instalamos na cozinha sob a luz da extensão, sentados ao redor de uma mesa humilde para beber cerveja e conversar. Dissemos a Walter para contar sua história. Ele disse que esteve em um bordel de LA onde havia um macaco na entrada com o qual você tinha que fazer uma aposta e se você perdia o macaco o enrabava. Se você ganhava uma garota era sua de graça. Ele garantiu que a história era verídica. "Aquele macaco" disse ele "nunca vi um macaco assim. Colocam a aposta na gaiola, sabe, e o macaco sacode a gaiola e saem os dados. O cara perde a aposta praquele macaco e é enrabado. Não estou mentindo. Esse é o macaco." Neal e eu ficamos encantados com a história. Era hora de cair fora e levar a extensão novamente para o quarto e enroscar outra vez a lâmpada. A esposa de Walter sorriu e sorriu enquanto nós repetíamos a coisa toda de novo. Ela não disse uma só palavra. Lá fora na rua do amanhecer Neal falou "Viu, cara, existe uma mulher DE VERDADE para você. Nunca uma palavra ríspida, jamais uma queixa, o marido chega em casa a qualquer hora da noite com quem quer que seja e conversa na cozinha e bebe cerveja e cai fora quando bem entende. Esse é um homem, e ali está seu castelo". Apontou para o edifício orgulhoso. Fomos embora nos arrastando. A noitada estava encerrada. Uma radiopatrulha nos seguiu desconfiadamente por uns quarteirões. Compramos pãezinhos doces saídos do forno numa padaria e os comemos pela rua descuidada e cinzenta. Um cara alto de óculos e bem-arrumado subia a rua se arrastando ao lado de um negro com chapéu de caminhoneiro. Formavam uma dupla estranha. Um enorme caminhão cruzou a rua e o negro apontou para ele animadamente e tentou explicar o que sentia. O cara alto olhava furtivamente por cima dos ombros e contava seu dinheiro. "É Bill Burroughs!" gozou Neal. "Contando seu dinheiro e preocupado com tudo, e tudo que aquele outro cara quer é falar de caminhões e das coisas que conhece." Nós os seguimos por um tempo. Tínhamos de dormir: Helen Hinkle estava fora de cogitação. Neal conhecia um guarda-freios chamado Henry Funderburk que morava com o pai num quarto de hotel na Rua Terceira. Originalmente a relação entre eles fora boa mas no momento nem tanto, e a ideia era que eu tentasse convencê-los a nos deixar dormir no chão. Foi horrível. Tive de telefonar de um bar que servia café da manhã. O velho atendeu o telefone desconfiado. Lembrava-se de mim pelo que seu filho falara. Para nossa surpresa ele desceu até a portaria e nos deixou entrar. Era somente um velho hotel triste e escuro de Frisco. Subimos e o velho foi gentil o suficiente para nos oferecer a cama inteira. "Tenho que levantar agora de qualquer maneira" disse ele retirando-se para preparar um café na pequena quitinete. Começou a recordar histórias de sua vida como ferroviário. Ele me fazia lembrar meu pai. Fiquei acordado ouvindo as histórias. Neal, sem escutar, estava escovando os dentes e saltitando ao redor dizendo "Sim é verdade", para tudo que o velho dizia. Finalmente adormecemos; e pela manhã Henry voltou de Bakersfield e tomou a cama enquanto Neal e eu levantávamos. Agora o velho Sr. Funderburk estava se preparando para um encontro com sua namorada de meia-idade. Vestiu um terno verde de tweed, um boné do mesmo tecido, e enfiou uma flor na lapela. "Esses velhos guarda-freios de Frisco românticos e alquebrados vivem vidas tristes mas agitadas" eu disse a Neal no banheiro. "Foi muito gentil da parte dele nos deixar dormir aqui." "Simm, simm" disse Neal sem escutar. Saiu às pressas para conseguir um carro na agência de viagens. Minha missão era voar até a casa de Helen Hinkle e pegar nossa bagagem. Ela estava sentada no chão com suas cartas de tarô. "Bem adeus Helen e espero que tudo dê certo." "Quando Al voltar vou levá-lo ao Jackson's Hole todas as noites e deixar que ele tome sua dose diária de loucura. Você acha que vai funcionar Jack? Não sei mais o que fazer." "O que dizem as cartas?" "O ás de espadas está longe dele. As cartas de copas ficam sempre ao seu redor - - a rainha de copas nunca está longe. Tá vendo esse valete de espadas? - - é Neal, está sempre rondando." "Bem a gente tá se mandando pra Nova York dentro de uma hora." "Algum dia Neal vai partir numa dessas viagens e não voltará mais." Ela deixou que eu tomasse um banho e me barbeasse e então me despedi e desci as escadas com a bagagem e chamei um táxi-lotação de Frisco, que é um táxi comum que tem rota fixa e que você pode apanhar em qualquer esquina e saltar onde bem entende por uns quinze centavos, espremido com outros passageiros como num ônibus mas conversando e contando piadas como num carro particular. Naquele último dia em Frisco a rua Mission fervilhava com as obras da construção civil, crianças brincando, negros ruidosos voltando do trabalho para casa, poeira, excitação, e o grande zumbido e o murmúrio vibrante daquela que de fato é a cidade mais agitada da América --- e sobre as cabeças o límpido céu azul e a alegria da névoa marinha que sempre chega de noite para deixar todos famintos de comida e mais excitação. Odiei ter de ir embora; minha estada tinha durado míseras sessenta horas. Com o frenético Neal eu corria o mundo sem chance de vê-lo. À tarde estávamos zunindo em direção a Sacramento e outra vez rumo ao leste. O carro pertencia a uma bicha alta e magra que estava voltando para casa no Kansas e usava óculos escuros e dirigia com excessivo cuidado; o carro era o que Neal chamou de "Plymouth maricas", não tinha força e carecia de poder real. "Um carro afeminado!" sussurrou Neal ao meu ouvido. Havia outros dois passageiros, um casal, típicos turistas pinga-pinga que queriam parar e dormir em todos os lugares. A primeira parada seria em Sacramento que não era nem sequer o começo da viagem para Denver. Neal e eu sentamos sozinhos no banco de trás conversando e deixamos tudo por conta deles. "Cara o saxofonista de ontem à noite tinha AQUILO --- e depois que conseguiu soube manter --- nunca vi ninguém que conseguisse manter durante tanto tempo." Quis saber o que era "AQUILO". "Ah bem" Neal riu "você está me perguntando im-pon-de-ra-bi-li-da-des - - aham! Ali está um músico e aqui está a plateia, certo? A função dele é deixar rolar o que estão todos esperando. Ele começa com os primeiros acordes, delineia suas ideias, o público yeah, yeah percebe tudo, e então ele tem que tocar à altura daquilo que se espera dele. De repente no meio do refrão ele CONSEGUE AQUILO --- todo mundo olha e sabe; todos escutam; ele segura e vai em frente. O tempo para. Ele preenche o espaço vazio com a substância de nossas vidas. Ele tem que tocar cruzando todas as pontes e voltar e tem que fazê-lo com infinito sentimento porque o que conta não é a melodia daquele momento que todos conhecem mas AQUILO ---" Neal não pôde prosseguir; estava suando por falar disso. Então comecei a falar; nunca falei tanto em toda a minha vida. Contei a Neal que quando era criança e andava de carro costumava imaginar que possuía uma foice gigante e com ela ia cortando todas as árvores e postes e até mesmo as colinas que passavam zunindo pela janela. "Sim! sim!" Gritou Neal. "Eu também só que era uma foice diferente - - e já te digo por quê. Viajando pelas imensidões do oeste a minha foice tinha que ser incomensuravelmente maior e se curvar até as distantes montanhas para decepar-lhes os cumes e atingir outro nível para alcançar montanhas ainda mais afastadas e ao mesmo tempo derrubar todos os postes ao longo da estrada, latejantes postes ordinários. Por essa razão --- Oh homem tenho que lhe contar, AGORA, tenho AQUILO, preciso falar da vez em que meu pai e eu e um vagabundo maltrapilho da rua Larimer viajamos pro Nebraska em plena depressão para vender mata-moscas. E o jeito como nós os fizemos, compramos pedaços velhos de telas comuns de portas e janelas e pedaços de arame que dobramos juntos e uns trapos de fazenda vermelha e azul para costurar em torno das bordas e tudo isso por apenas uns centavos em pequenos bazares e fizemos milhares de mata-moscas e embarcamos no calhambeque do velho vagabundo e fomos direto pro Nebraska em todas as fazendas da região e os vendíamos por um níquel cada - - era mais por caridade que nos pagavam, dois vagabundos e um garoto, tortas de maçã ao ar livre e naqueles dias meu velho pai cantava sempre Aleluia, Sou um Vagabundo, um Vagabundo Outra Vez. E escuta só homem depois de duas semanas de trabalho incrivelmente árduo e intensa movimentação se esforçando no calorão para vender aqueles mata-moscas terrivelmente malfeitos eles começaram a discutir sobre a divisão dos lucros e caíram na pancadaria no acostamento da estrada mas em seguida fizeram as pazes e compraram vinho e começaram a beber vinho sem parar durante cinco dias e cinco noites enquanto eu me encolhia e chorava no bagageiro e quando acabaram haviam gasto até o último centavo e estávamos exatamente onde havíamos começado, na rua Larimer. E meu velho foi preso e tive que apelar ao juiz que o liberasse porque era meu Pai e eu não tinha mãe, Jack fiz discursos fantásticos e maduros aos oito anos de idade diante de advogados atentos e foi quando Justin Brierly ouviu falar de mim pela primeira vez porque na época ele estava começando a se interessar em fundar uma corte juvenil especial com ênfase humana específica nos problemas de crianças espancadas em Denver e arredores e no distrito de Rocky Mountain..." Estávamos com calor; estávamos indo para o leste; estávamos excitados. "Deixa eu contar mais" falei "e apenas como um parêntese dentro do que você está dizendo e para concluir meu último pensamento... Quando menino atirado no banco de trás do carro do meu pai também tive uma visão de mim mesmo montado num cavalo branco galopando ao lado do carro e vencendo todos os obstáculos que surgiam na frente: isso incluía esquivar dos postes, contornar casas, às vezes saltando sobre elas quando as via tarde demais, correr sobre as colinas, cruzar praças repletas de tráfego que tinha que evitar por meio de incrível..." "Sim! sim! sim!" exclamou Neal extasiado "a única diferença comigo é que eu não tinha cavalo, quem corria era eu mesmo, você era um garoto do leste e sonhava com cavalos, claro que não vamos admitir essas coisas pois ambos sabemos que não passam de refugo e imagens literárias, mas simplesmente, que eu na minha esquizofrenia talvez ainda mais maluca na verdade CORRIA a pé ao lado do carro e a velocidades fantásticas às vezes cento e cinquenta saltando por cima de cada arbusto e cerca e casa de fazenda e às vezes fazendo rápidas incursões de ida e volta às colinas sem perder terreno..." Contávamos essas coisas e suávamos. Tínhamos nos esquecido totalmente das pessoas que estavam sentadas na frente e elas começaram a se perguntar o que estava se passando no assento traseiro. A certa altura o motorista falou "Pelo amor de Deus vocês estão fazendo o carro balançar aí atrás". E estávamos mesmo, o carro oscilava de um lado para outro enquanto Neal e eu balançávamos no ritmo e AQUILO era nossa alegria excitada e derradeira por falar e viver no final do transe vazio de todos os pormenores que haviam estado à espreita em nossas almas durante toda a nossa vida. "Oh cara! cara! cara!" balbuciou Neal. "E isso não é nem o começo...e agora finalmente estamos juntos indo para o Leste, nunca tínhamos ido pro Leste juntos Jack, pense nisso, vamos curtir Denver juntos e ver o que todos estão fazendo mesmo que isso não nos interesse muito a questão é que nós sabemos o que AQUILO significa e sacamos a vida e sabemos que tudo está ótimo." Depois me puxando pela manga, suando, ele sussurrou: "Agora saca só esse pessoal aí na frente.. Estão preocupados, contando os quilômetros, pensando onde irão dormir essa noite, no dinheiro pra gasolina, no tempo, como chegarão lá... e vão chegar lá de qualquer maneira percebe. Mas eles têm que se preocupar, suas almas realmente não terão paz a não ser que se agarrem a uma preocupação explícita e comprovada e tendo encontrado uma assumem expressões faciais adequadas e seguem em frente, e tudo isso não passa, você sabe, de infelicidade, uma expressão falsa realmente falsa de preocupação e mesmo de dignidade e o tempo todo tudo passa voando por eles e eles sabem e isso TAMBÉM os preocupa TOTALMENTE. Escuta! escuta! 'Bem, agora' imitou ele 'não sei --- talvez devêssemos parar para pôr gasolina ali naquele posto, li recentemente em uma revista Petroleum que esse tipo de gasolina tem grande quantidade de GOROROBA e alguém me falou que ela até possui BESTICE e não sei, bem não estou a fim de qualquer forma...' Cara você saca tudo isso" --- dava-me cotoveladas furiosas nas costelas pra que eu o entendesse. Tentei meu melhor o mais loucamente. Bing, bang, era tudo Sim Sim Sim no banco de trás e os outros lá na frente enxugando o suor aflitos e desejando não terem jamais nos apanhado naquela agência de viagens. E tudo isso era apenas o começo. Depois de uma noite desperdiçada em Sacramento, a bichona ardilosamente hospedou-se em um hotel e convidou Neal e eu para subir para um drinque, enquanto o casal foi dormir na casa de uns parentes, e no quarto do hotel Neal fez de tudo para conseguir algum dinheiro da bicha, submetendo-se finalmente aos avanços dela enquanto eu escutava escondido no banheiro. Foi uma loucura. A bicha começou dizendo que estava muito feliz por termos vindo junto porque gostava de rapazes como nós e, acreditássemos ou não realmente não gostava de garotas e recentemente tinha terminado um caso com um homem em Frisco onde fizera o papel de macho e o outro de mulher. Neal o espremeu com perguntas de ordem prática assentindo vigorosamente com a cabeça. A bicha disse que adoraria saber o que Neal pensava a respeito disso tudo. Depois de alertar que já havia sido michê na adolescência, Neal começou a tratar a bicha como uma mulher, virando-a de pernas para o ar e tudo e dando uma monstruosa e enorme trepada. Eu fiquei tão pasmo que tudo o que pude fazer foi me sentar e olhar lá do meu canto. E depois de toda aquela incomodação a bicha não nos repassou grana nenhuma, embora tenha feito promessas vagas para Denver, e ainda por cima ficou extremamente mal-humorada e acho eu desconfiada das reais intenções de Neal. Ficou contando sua grana e conferindo a carteira. Neal deixou os braços cair e desistiu. "Veja só cara, é melhor não se incomodar. Dê-lhes o que secretamente mais desejam e é claro eles ficam absolutamente tomados pelo pânico na mesma hora." Mas ele havia conquistado suficientemente o dono do Plymouth para no dia seguinte assumir o volante sem objeções, e daí em diante realmente viajamos. Saímos de Sacramento ao amanhecer e ao meio-dia estávamos cruzando o deserto de Nevada depois de uma vertiginosa passagem pelas Sierras que fez a bichona e os turistas a se agarrarem uns aos outros no banco de trás. Agora íamos na frente, estávamos no comando. Neal estava feliz outra vez. Tudo o que ele precisava era de uma roda na mão e quatro na estrada. Falou de quão mal Bill Burroughs dirigia e fez umas demonstrações --- "Sempre que aparece algum caminhão gigantesco como aquele que vem vindo ali Bill leva um tempo interminável para percebê-lo, porque não consegue ENXERGAR, cara ele não consegue ENXERGAR DIREITO - - 2 ---" esfregou furiosamente os olhos para mostrar ---- "E eu dizia opa, cuidado, Bill um caminhão, e ele respondia 'Uh? O que foi que você disse Neal?' 'Caminhão! caminhão!' e no ÚLTIMO SEGUNDO ele joga pra cima do caminhão assim" --- e Neal jogou o Plymouth de encontro ao caminhão que rugia na nossa direção, bamboleou e hesitou à sua frente por um instante, com o rosto do caminhoneiro ficando lívido diante de nossos olhos, o pessoal no banco de trás se encolhendo e arfando horrorizado, e no último segundo desviou - "assim sabe, exatamente assim, como ele dirigia mal." Não fiquei nem um pouco assustado: eu conhecia Neal. O povo no banco de trás perdeu a voz. Na verdade tinham medo de reclamar: sabe Deus o que o Neal faria, pensaram eles, se reclamassem. Ele meteu o pé na tábua cruzando o deserto dessa maneira, fazendo várias demonstrações de como não dirigir, como seu pai guiava seus calhambeques, como os grandes motoristas fazem curvas, como os maus motoristas vacilam demais no começo e têm que se ajeitar às pressas no fim da curva, e assim por diante. Era uma tarde quente e ensolarada. Reno, Battle Mountain, Elko, todas as cidades ao longo da estrada de Nevada vencidas uma a uma e ao entardecer estávamos na planície de Salt Lake com as luzes de Salt Lake City cintilando ínfimas a uns quase cento e sessenta quilômetros através da miragem da planície, despontando duplamente, acima e abaixo da curvatura da terra, uma imagem nítida, a outra nebulosa. Eu disse a Neal que o que nos mantém unidos nesse mundo é invisível: e para prová-lo apontei para as longas filas de postes telefônicos que se curvavam a perder de vista pelo arco de cento e sessenta quilômetros de sal. O curativo frouxo, todo sujo agora, tremulava no ar; seu rosto resplandecia --- "Oh sim cara, meu Deus, sim, sim!" Subitamente ele saiu do ar. Olhei para o lado e o vi enroscado no canto do banco dormindo. Sua mão boa apoiava a cabeça, enquanto a mão ferida permanecia suspensa, automaticamente obediente. Os passageiros do banco da frente suspiraram aliviados. Ouvi-os combinando um motim aos sussurros. "Não podemos deixá-lo dirigir mais, ele é completamente maluco, deve ter saído do hospício ou coisa assim." Ergui-me em defesa de Neal e me inclinei à frente para falar com eles: "Ele não é maluco, ele vai ficar bem, e não se preocupem com o jeito dele dirigir, ele é o melhor motorista do mundo". "Não aguento isso" disse a mulher num murmúrio abafado e histérico. Recostei-me e curti o cair da noite no deserto e esperei o pobre Anjo Neal acordar de novo. Ele acordou quando estávamos em uma colina com vista para o padrão de luzes de Salt Lake City (os turistas queriam ver um hospital famoso lá em cima) e abriu os olhos para o lugar desse mundo espectral onde ele nascera lambuzado e sem nome anos atrás. "Jack, Jack, olha, foi onde nasci, pense nisso! As pessoas mudam, comem refeições ano após ano e mudam a cada refeição. EI! Olha!" Ficou tão excitado que me fez chorar. Aonde tudo isso conduziria? Os turistas insistiram em dirigir o carro o resto do caminho até Denver. Tudo bem, a gente não se importava. Sentamos no banco de trás e conversamos. De todo modo pela manhã eles estavam esgotados e Neal assumiu o volante no deserto do leste do Colorado em Craig. Passamos praticamente toda a noite nos arrastando cautelosamente pelo Strawberry Pass em Utah e perdemos um tempo imensurável. Eles foram dormir. Neal rumou impetuosamente para o poderoso paredão de Berthoud Pass a uns cento e sessenta quilômetros à frente no topo do mundo, uma tremenda porta gibraltariana envolta em nuvens. Ele tratou Berthoud Pass como brincadeira de criança --- igual a Tehatchapi, com o motor desligado, flutuando, ultrapassando todo mundo sem nunca deter o ritmo ditado pelas próprias montanhas, até que vislumbramos mais uma vez a imensa planície calorenta de Denver --- como eu a tinha visto pela primeira vez com os garotos depois de Central City --- e Neal estava em casa. Foi com uma grande dose de alívio apalermado que aquele pessoal nos largou na esquina da 27 com a Federal. Nossa sofrida bagagem estava amontoada mais uma vez na beira da calçada; tínhamos muito chão pela frente. Mas não importa, a estrada é a vida. Agora tínhamos uma série de circunstâncias para encarar em Denver e eram completamente diversas daquelas de 1947. Podíamos arrumar imediatamente outro carro na AV ou ficar curtindo a cidade por uns dias e procurar pelo pai dele: decidimos isto. Minha ideia era que Neal e eu ficássemos na casa da mulher que havia me dado o dinheiro para ir para Frisco. Mas Justin Brierly sabia que estávamos chegando juntos e já a havia avisado sobre "o amigo de Jack de Frisco" e assim quando liguei (do posto de gasolina onde nos deixaram) ela imediatamente deixou claro que não queria saber de Neal em sua casa. Quando contei para Neal na mesma hora ele percebeu que estava de volta à velha Denver que jamais havia lhe dado qualquer abrigo, pois em Frisco ele ao menos havia encontrado uma cidade para si onde era tratado como todo mundo. Em Denver sua reputação era excessiva. Quebrei a cabeça sobre o que fazer. Finalmente me ocorreu a ideia de que Neal ficasse na casa de uns caipiras que eu conhecia no Alameda Blv. onde eu havia morado brevemente com minha família, e eu ficaria com a mulher. Uma sombra passou pelo rosto de Neal, e daquele momento em diante ele regressou a seus dias de violência e amargura da juventude em Denver. Foi ele contra Denver enquanto ficamos lá. Quando entendi isso plenamente deixei a casa da mulher e fui ficar com Neal na casa da caipira e mesmo então minha vigilância surtiu pouco efeito. Vamos começar do começo: decidimos comer e ter uma última conversa rápida em um restaurante antes de eu ir para a casa da mulher. Estávamos ambos imundos e exaustos. No banheiro eu estava mijando em um mictório e me afastei antes de terminar e continuei em outro, suspendendo o fluxo por instantes e dizendo a Neal "Saca esse truque".

"Sim cara é um truque muito bom, só que péssimo para os rins e já que você está ficando um pouco mais velho agora todas as vezes que o fizer estará acrescentando anos de sofrimento à sua velhice, terríveis dores renais nos dias em que estiver sentado nos bancos dos parques." Aquilo me enlouqueceu. "Quem está velho? Não sou muito mais velho do que você!" "Não foi isso que eu quis dizer, homem!" "Ah merda", eu disse "você está sempre fazendo piadinhas com a minha idade. Não sou uma bicha velha como aquele filho da puta, não precisa dar recomendações sobre os MEUS rins." Voltamos para a mesa e no instante em que a garçonete pousou os sanduíches de rosbife --- e normalmente Neal teria saltado como um lobo sobre a comida na mesma hora --- eu disse para coroar minha fúria "E não quero mais saber desse assunto". --- e de repente os olhos de Neal ficaram cheios d'água e ele se levantou e deixou a comida ali fumegando e saiu do restaurante. Fiquei imaginando se aquela saída seria para sempre. Para mim não fazia diferença de tão indignado que estava --- eu tinha pirado momentaneamente e descarregado em Neal. Mas a visão de seu prato intocado me fez ficar mais triste do que qualquer coisa em anos. "Eu não deveria ter dito aquilo... ele gosta tanto de comer.. jamais deixa a comida assim desse jeito.. Que inferno. De todo modo bem feito pra ele." Neal ficou do lado de fora do restaurante durante exatamente cinco minutos e então voltou e sentou-se. "Bem" falei "O que você estava fazendo lá fora? Cerrando os punhos, me amaldiçoando, inventando novas piadas a respeito dos meus rins." Neal sacudiu a cabeça calado. "Não homem, não homem, você está absolutamente equivocado. Se você quer saber, bem ---" "Vai firme, conta." Falei sem desviar os olhos do meu prato: me sentia como um animal. "Eu estava chorando" disse Neal. "Ah porra nenhuma você nunca chora." "Por que diz isso? Por que acha que eu nunca choro?" "Você não sofre o suficiente para chorar." Cada coisa que eu dizia era como uma punhalada em mim mesmo. Todos os ressentimentos secretos que eu guardara contra Neal estavam vindo à tona: como eu era horrível e quanta sujeira estava descobrindo nas profundezas de minha própria e impura psicologia. Neal balançava a cabeça, "Não cara, eu estava chorando." "Vamos lá, aposto que você estava tão furioso que teve que sair." "Acredite em mim, Jack, realmente acredite se é que alguma vez acreditou em qualquer coisa sobre mim." Eu sabia que ele estava dizendo a verdade e ainda assim não queria me incomodar com a verdade e quando ergui o olhar para ele achei que estava vesgo devido às contorções intestinais em minha alma medonha. Então eu percebi que estava errado. "Ah, caraNealme desculpe, jamais me portei assim com você antes. Bem agora você me conhece. Você sabe que não tenho relacionamentos muito íntimos com ninguém.. não sei o que fazer com essas coisas. Seguro as coisas nas mãos como se fossem bosta e não sei onde depositá-las. Vamos esquecer." O vigarista sagrado começou a comer. "A culpa não é minha! a culpa não é minha!" disse a ele. "Nada nesse mundo repugnante é culpa minha, entende? Não quero que seja e não pode ser e NÃO SERÁ." "Sim cara, sim cara. Mas por favor volte atrás e acredite em mim." "Eu acredito em você, mesmo." Essa foi a história triste daquela tarde. Todos os tipos de tremendas complicações surgiram naquela noite quando Neal foi para a casa da família caipira. Eles tinham sido meus vizinhos. A mãe era uma mulher maravilhosa que vestia jeans e dirigia caminhões para sustentar seus filhos, cinco ao todo, o marido a tinha abandonado anos atrás quando estavam viajando pelo país num trailer. Haviam rodado todo o percurso desde Indiana até LA naquele trailer. Depois de muita farra e um grande porre num domingo à tarde num bar de beira de estrada e serenatas e gargalhadas noite adentro o grande imbecil de repente atravessou o campo escuro e jamais voltou. Os filhos dela eram maravilhosos. O mais velho era um garoto, que não estava por lá naquele verão mas numa colônia de férias para delinquentes juvenis nas montanhas; a seguir vinha uma adorável menina de 14 anos que escrevia poemas e apanhava flores no campo e queria ser atriz em Hollywood quando crescesse, chamava-se Nancy; a seguir vinham os dois menores, o pequeno Billy que sentava ao redor da fogueira à noite e pedia sua "patata" muito antes de ela estar assada, e a pequena Sally que colecionava minhocas, sapos, besouros e tudo que rastejasse dando-lhes nomes e estabelecendo lugares onde deveriam morar. Tinham quatro cães. Viviam suas vidas esfarrapadas e alegres numa pequena rua repleta de construções novas onde eu havia morado e ofendiam o senso de propriedade semirrespeitável da vizinhança só porque a pobre mulher tinha sido abandonada pelo marido e porque enchiam o quintal de lixo como humanos. À noite todas as luzes de Denver se estendiam como uma grande roda na planície lá embaixo, já que a casa ficava na parte oeste onde as montanhas se transformavam em colinas que se suavizavam à medida que chegavam à borda da planície e onde nos primórdios mansas ondas do mar imenso que era o Mississippi vinham quebrar formando cumes e curvas tão perfeitos como eram os daqueles morros-ilhas como Berthoud e as terríveis mont. Pike e Estes. Neal foi lá e é claro que ficou todo suor e sorrisos ao vê-los especialmente Nancy mas o alertei para não tocar nela, e provavelmente não teria sido necessário. A mulher era muito chegada em homem e se amarrou em Neal no primeiro olhar mas ela era tímida e ele ficou tímido. O resultado foram ruidosos porres de cerveja na sala desarrumada e música no fonógrafo. As complicações surgiram como nuvens de borboletas: a mulher, Johnny como todos a chamavam, finalmente estava prestes a comprar um calhambeque o que há anos vinha ameaçando fazer, e recentemente tinha conseguido uma grana. (Enquanto isso, cabe lembrar, eu estava refestelado na casa da mulher bebendo uísque escocês.) Neal imediatamente assumiu a responsabilidade de escolher o carro e estudar o melhor preço, porque logicamente estava pensando em usá-lo para apanhar as garotas saindo da escola no fim de tarde e levá-las pras montanhas como fazia antigamente. A pobre e inocente Johnny Caipira sempre concordava com tudo. Na tarde seguinte Neal ligou lá de fora e disse "Cara não quero incomodar você mas juro por tudo que meus sapatos não têm mais condições de uso, definitivamente preciso de outro par de sapatos, o que vamos fazer?" Por uma maravilhosa coincidência eu tinha um velho par de sapatos largados no closet de Clementine. Eu disse a ela, segurando o telefone, "Escuta Neal precisa de sapatos com urgência - - vou dar o par velho para ele. Que tal ele vir aqui e buscar?" "Não, definitivamente não" disse ela e você pode imaginar o quanto havia sido prevenida mas combinamos que eu podia encontrá-lo na esquina mais abaixo e entregá-los. "Simm, oh simm" disse Neal captando tudo isso, e ele pegou uma carona desde a zona rural e me encontrou meia hora mais tarde na esquina. Era uma bela tarde ensolarada e quente. Também haviam me mandado buscar um pote de sorvete de baunilha para o jantar de Clementine com amigos e fui até Neal, que encontrei jogando beisebol com um bando de garotos enquanto esperava, carregando um par de sapatos velhos em um saco de papel pardo e um pote de sorvete de baunilha. "Cá está você cara --- oh sim, oh sim sorvete de baunilha, deixa eu provar." Coloquei o sorvete no chão e começamos a arremessar bolas difíceis para o garoto apanhador, depois peguei a luva do apanhador e me agachei ao lado do setor de lubrificação do posto de gasolina e Neal arremessou. Estávamos nos divertindo a valer. Mostramos aos garotos como dar efeito de curva e fazer a bola cair de súbito. Depois jogamos rebatidas altas e Neal meteu-se no trânsito da R. 27 com o dedão grudado na altura do peito como um escudo e a luva erguida para a bola que descia por entre galhos e folhas das velhas árvores altas. De repente notei que o sorvete estava derretendo. "Diga o que eu sou Neal, um vigarista? Acho que vou morar com você e Johnny a partir dessa noite." "Ei claro cara, por que você fez isso?" "Achei que devia certa lealdade a Clementine --- ela me deu o dinheiro para ir para Frisco. Não sei." Eu não sabia o que estava fazendo. Neal e eu apertamos as mãos na esquina e marcamos um encontro para as oito horas no bar da Glenarm, o velho ponto de encontro perto do salão de sinuca. Voltei para a casa de Clementine e disse que estava partindo para NY naquela noite. Ela fez um tremendo jantar de galinha frita e para sobremesa torta de morango com baunilha à moda. Eu gostava dessa mulher e dá para ver por que lhe devia certa atenção. Ela também era esperta. "Se você não estiver realmente partindo para NY esta noite volte a qualquer hora dessas para tomarmos um drinque." Saí às pressas e culpado. É difícil resolver as coisas quando você vive dia a dia nesse mundo febril e tolo.

Naquela noite Neal estava excitadíssimo porque seu irmão Jack Daly viria nos encontrar no bar. Vestiu seu melhor terno e estava radiante. "Escuta só Jack, tenho que lhe falar sobre meu irmão Jack --- na realidade ele é meio-irmão, filho de minha mãe antes de ela se casar com o Velho Neal no Missouri." "Falando nisso você procurou seu pai." "Essa tarde homem fui até o buffet do Jiggs' onde ele costumava entornar uns chopes em meiga embriaguez e receber descomposturas do patrão e sair trôpego - - e nada - - e fui até a velha barbearia próxima ao Windsor - - nada, não estava lá --- um Velho camarada me disse que achava que ele estava - - Imagina! - - trabalhando num restaurante de beira de estrada para a BOSTON & MAINE na Nova Inglaterra! Mas não acreditei, eles contam histórias furadas a troco de nada. Mas agora escuta bem. Na minha infância Jack Daly meu meio-irmão era meu herói absoluto. Ele contrabandeava uísque pelas montanhas e certa vez teve uma tremenda briga a socos no quintal com seu outro irmão que durou duas horas e deixou as mulheres aterrorizadas e histéricas - - Costumávamos dormir juntos. O único homem da família que tinha interesse carinhoso por mim. E hoje à noite vou vê-lo outra vez pela primeira vez em sete anos, ele acaba de voltar de Kansas City." "E qual é a mutreta?" "Nada de mutreta cara, só quero saber como vai a família ---- eu tenho uma família, lembra ---- e mais especificamente, Jack, quero que ele me conte coisas da minha infância que já esqueci, quero lembrar, lembrar, eu quero!" Nunca vi Neal tão feliz e excitado. Enquanto esperávamos pelo irmão no bar ele conversou bastante com jovens marginais do centro de Glenarm Denver sobre as novidades e se informou sobre as novas gangues e os agitos. Depois fez umas perguntas sobre Louanne, já que ela estivera em Denver recentemente. Sentei com um copo de cerveja lembrando de Denver em 1947 e matutando. Então chegou Jack Daly --- um sujeito de 35 anos rijo de cabelos crespos e mãos calejadas pelo trabalho. Neal ficou boquiaberto na frente dele. "Não", disse Jack Daly "não bebo mais." "Tá vendo? tá vendo?" sussurrou Neal ao meu ouvido "ele não bebe mais e foi o maior beberrão da cidade; converteu-se à religião, foi o que me disse ao telefone, saca só ele, saca as mudanças de um homem... meu herói ficou tão estranho." Jack Daly estava desconfiado do jovem meio-irmão. Nos levou para dar uma volta em seu cupê velho e barulhento e no carro de saída deixou clara sua posição sobre Neal. "Olha Neal, não acredito mais em você ou em qualquer outra coisa que você tente me dizer --- vim vê-lo essa noite porque há um papel que quero que você assine para a família. Seu pai já não é mencionado entre nós e não queremos ter mais nada a ver com ele, e lamento dizer que com você também não." Olhei para Neal. Seu rosto desabou e ficou sombrio. "Simm, simm" disse ele. O irmão condescendeu em dar umas voltas de carro conosco e até comprou uns sorvetes. Não obstante Neal cobriu-o com uma quantidade infindável de perguntas sobre o passado e o irmão respondeu e por um momento Neal quase começou a suar outra vez de tão excitado. Oh onde andava seu pai maltrapilho naquela noite? O irmão nos largou sob as luzes melancólicas de um parque de diversões na esquina do blv. Alameda com a Federal. Marcou um encontro com Neal para a assinatura do tal papel na tarde seguinte e se mandou. Falei a Neal que me sentia triste por ninguém mais nesse mundo acreditar nele. "Lembre-se de que eu acredito em você. Estou tremendamente chateado por causa daquelas queixas contra você que fiz ontem à tarde." "Tudo bem homem, de acordo" disse Neal. Curtimos juntos o parque de diversões. Carrosséis, rodas-gigantes ordinárias, pipoca, roletas, serragem e centenas de garotos de Denver vagabundeando em suas Levis. A poeira se elevava até as estrelas junto com todas as canções deprimentes dessa terra. Neal vestia uma Levis extremamente justa e uma camiseta e de repente parecia outra vez um verdadeiro personagem de Denver. Havia jovens motoqueiros com visores e bigodes e jaquetas com tachas de metal dando voltas escondidos atrás das tendas com garotas gostosas de Levis e blusinhas cor-de-rosa. E também muitas garotas mexicanas e uma menininha encantadora com um metro de altura, realmente uma anã, com o rosto mais bonito e suave desse mundo que se virou para sua companheira e disse: "Cara vamos telefonar para o Gomez e cair fora". Neal estacou paralisado à vista dela. Uma grande faca o atingiu saída da escuridão da noite. “Cara me apaixonei por ela, estou apaixonado...” Tivemos de segui-la durante um longo tempo. Finalmente ela cruzou a autoestrada para dar um telefonema na cabina de um motel e Neal fingiu que estava consultando a lista telefônica mas na verdade estava vidrado nela. Tentei iniciar uma conversa com as amigas da queridinha mas não nos deram a mínima bola. Gomez chegou num caminhão barulhento - - como Freddy Vai-Nessa em Fresno - - e levou-as embora. Neal ficou paralisado na estrada agarrando o próprio peito. “Oh cara, quase morri..” “Por que você não falou com ela?” “Não pude, não consegui...” Decidimos comprar umas cervejas e ir escutar uns discos na casa de Johnnie Caipira. Pedimos carona na estrada com uma sacola de latas de cerveja. A pequena Nancy a filha de 14 anos de Johnny era a menina mais linda do mundo e já estava quase se tornando uma mulher maravilhosa. O melhor de tudo eram seus dedos longos e pontiagudos e sensíveis com os quais ela costumava falar. Neal sentou-se no canto mais afastado da sala olhando para ela com os olhos semicerrados e balbuciando “Sim, sim, sim”. Nancy estava ciente dele; voltou-se para mim buscando proteção. Nos meses anteriores desse mesmo verão eu havia passado um bom tempo com ela falando sobre livros e pequenas coisas nas quais ela estava interessada e para ser completamente sincero a mãe nutria em sua mente a ideia de que nos casássemos dali a poucos anos. Eu também teria apreciado a ideia, a única coisa errada é que eu me sentia responsável por toda a família e claro que não tinha dinheiro para me encarregar daquele esquema maluco --- o final disso seria andar pelo país de trailer e trabalhar e ter um relacionamento mais maduro com a mãe e um romancezinho com a filha. Eu não estava realmente pronto para o tremendo esforço do verdadeiro mergulho no buraco da noite que aquilo seria. Nada aconteceu naquela noite; fomos dormir. Tudo aconteceu no dia seguinte. Durante a tarde Neal e eu fomos ao centro de Denver para tratar de vários assuntos e ver na agência de viagens se conseguíamos um carro que nos levasse a Nova York. Liguei para Justin W. Brierly e ele marcou um encontro com Neal e eu para uma tarde de conversa. Chegou em seu frenético Oldsmobile com farol poderoso e desceu, de chapéu Panamá e terno Palm-Beach, e disse "Bem bem bem, Feliz Ano-Novo". Com ele estava Dan Burmeister um garoto universitário alto de cabelo crespo que desprezava Neal e o conhecia há anos. Neal e Brierly encontraram-se cara a cara pela primeira vez desde aquela noite em Nova York em que Allen Ginsberg curvou-se a sua poesia. "Bem Neal você parece mais velho" disse Brierly altivo. "O que anda fazendo da sua vida." "Oh o mesmo de sempre, você sabe. Agora fiquei pensando se você poderia me levar ao hospital St. Luke para eu ter esse dedão examinado e você poder ter sua conversa com Jack." "Ei ótimo" disse Brierly. A ideia era todos nós conversarmos --- e a ideia do dedão era nova para mim. Neal não queria incomodar, nem Brierly. Aluno e mestre tinham chegado ao fim da linha. Neal sussurrou no meu ouvido "Reparou que ele agora tem que usar óculos escuros para esconder aqueles círculos horríveis embaixo dos olhos, e como estão pálidos e lacrimosos e meio que avermelhados e doentios?" Mantive minha posição neutra. Quando fiquei a sós com Burmeister e Brierly eles começaram a dissecar Neal e perguntar por que eu me incomodava com ele. "Acho que ele é um grande sujeito - - sei o que vocês vão dizer --- Vocês sabem que tentei endireitar minha família ---" Eu não sabia o que dizer. Tinha vontade de chorar, Maldição cada pessoa desse mundo quer uma explicação para os seus atos e para o seu próprio ser. Trocamos de assunto e falamos sobre outras coisas. Ed White ainda estava em Paris, bem como Bob Burford que mandou sua namorada de Denver ir para lá e casar com ele, assim como Frank Jeffries. "Jeffries está no Sul da França vivendo em um prostíbulo, você sabe, e se divertindo pra valer. Claro que Ed está se distraindo em museus e outros lugares como sempre." Eles me observaram intensamente indagando-se o que eu tinha a ver com Neal. "E como vai Clementine?" perguntaram, com astúcia. "Algum dia Neal vai revelar-se um grande homem ou um grande idiota" eu disse. "Para ser completamente franco meu interesse em Neal é o interesse que poderia ter tido por meu irmão que morreu quando eu tinha cinco anos. Nos divertimos muito juntos e nossas vidas estão ferradas e é nesse pé que estamos. Vocês sabem em quantos estados estivemos juntos?” Fiquei todo alegre e comecei a contar as histórias para eles. Reencontrei Neal no fim da tarde e nos fomos para a casa de Johnny Caipira, Broadway acima, onde Neal entrou de repente numa loja de esportes, apanhou uma bola de beisebol calmamente no balcão e saiu jogando-a para o alto com uma mão. Ninguém notou, ninguém nunca nota uma coisa dessas. Era uma tarde de calor sufocante. Fomos adiante jogando a bola. “Com certeza amanhã arranjaremos um carro na agência de viagens.” Clementine me dera uma garrafa de Bourbon Old Granddad. Começamos a bebê-la na casa de Johnny. Do outro lado da plantação de milho que ficava atrás da casa morava uma linda garota que Neal estava tentando faturar desde a nossa chegada. As complicações estavam a fermentar. Ele jogou tantas pedras na janela dela que a assustou. Enquanto bebíamos o bourbon na sala bagunçada com todos os cães e brinquedos espalhados e conversa melancólica Neal saía correndo pela porta da cozinha e cruzava o milharal para jogar pedras e assobiar. De vez em quando Nancy ia atrás para espiar. De repente Neal voltou pálido. “Problemas, meu rapaz. A mãe da garota vem vindo aí com uma espingarda e com uma turma de colegiais para me dar uma surra.” “Como é que é? Onde é que eles estão?” “Do lado de lá do milharal, meu garoto.” Neal estava bêbado e nem ligava. Saímos juntos e atravessamos a plantação de milho sob o luar. Vi um grupo de pessoas no caminho escuro. “Lá vêm eles!” ouvi. “Esperem um pouco” falei “Por favor o que é que está acontecendo?” A mãe estava de tocaia atrás do grupo empunhando uma espingarda enorme. “Esse seu amigo idiota já nos perturbou o suficiente --- Não sou do tipo que chama a polícia --- se ele voltar aqui mais uma vez vou atirar e atirar pra matar.” Os colegiais permaneciam em grupo com os punhos cerrados. Eu também estava bêbado e tampouco me importava mas serenei os ânimos. Falei “Ele não vai fazer mais, vou ficar de olho nele, é meu irmão e vai me ouvir. Por favor abaixe a espingarda e não se aborreça com nada”. “Mais uma única vez que seja!” disse ela firme e severa na escuridão. “Quando meu marido chegar em casa, vou mandá-lo atrás de vocês." "Não precisa fazer isso, ele não vai incomodar mais, entenda, mantenha a calma que está tudo bem." Atrás de mim Neal blasfemava baixinho. A garota espiava da janela de seu quarto. Eu conhecia essas pessoas da minha estada anterior e eles confiavam em mim o suficiente para se acalmarem um pouco. Peguei Neal pelo braço e voltamos pelo milharal enluarado. "Iuu-pii!" gritou ele. "Vou me embebedar hoje à noite." Voltamos para Johnny e as crianças. De repente Neal ficou louco com um disco que a pequena Nancy estava escutando e quebrou-o no joelho: era um disco de música caipira. Havia um disco antigo de Dizzy Gillespie que ele realmente admirava - - eu o tinha dado de presente para Nancy antes - - e enquanto ela chorava eu disse que pegasse o disco e o quebrasse na cabeça de Neal. Foi exatamente o que ela fez. Neal ficou boquiaberto de espanto. Rimos todos. Estava tudo bem. Então Johnny quis sair para beber cerveja nos bares da estrada. "Vamos nessa!" gritou Neal. "Diabos se você tivesse comprado aquele carro que mostrei na terça-feira não teríamos que caminhar." "Não gostei daquele maldito carro!" berrou Johnny. O pequeno Billy ficou assustado: coloquei-o para dormir no sofá e botei os cães ao seu lado. Johnny de porre chamou um táxi e de repente enquanto esperávamos Clementine me telefonou. Clementine tinha um namorado de meia-idade que me odiava, naturalmente, e no início da tarde eu havia escrito uma carta para Bill Burroughs que agora estava na Cidade do México relatando minhas aventuras com Neal e em que circunstâncias estávamos vivendo em Denver. Escrevi: "Estou morando com uma mulher e aproveitando muito". Estupidamente dei a carta para o namorado de meia-idade colocar no correio, logo depois do jantar de galinha frita. Ele abriu a carta subrepticiamente, leu, e levou-a direto para Clementine para provar que eu era um vigarista. Agora ali estava ela me telefonando em lágrimas dizendo que nunca mais queria me ver. Então o namorado de meia-idade triunfante pegou o telefone e começou a me chamar de filho da puta. Enquanto o táxi buzinava lá fora e as crianças choravam e os cães latiam e Neal dançava com Johnny gritei ao telefone todos os palavrões concebíveis que pude imaginar e inventei uns novos e no meu frenesi borracho mandei-os para o inferno e bati o telefone na cara deles e saí para tomar um porre. Saltamos do táxi tropeçando uns nos outros no boteco --- um bar caipira próximo às montanhas --- e pedimos umas cervejas. Tudo estava ruindo, e para tornar as coisas ainda mais inconcebivelmente frenéticas havia um sujeito espástico e extasiado no bar que jogou os braços em torno de Neal e começou a gemer no rosto dele e Neal pirou de novo com suor e insanidade, e para aumentar a confusão intolerável Neal caiu fora em seguida e roubou um carro no estacionamento ali em frente e foi ligeiro até o centro de Denver e voltou com um carro mais novo e melhor. De repente olhei pela janela do bar e vi policiais e gente reunidos no estacionamento sob as luzes da radiopatrulha falando a respeito do carro roubado. "Tem alguém roubando carros a torto e a direito por aqui!" dizia um dos guardas. Neal estava bem atrás dele escutando e dizendo "Ah simm, ah simm". Os policiais saíram para investigar. Neal retornou ao bar e ficou às voltas com o coitado do garoto espástico que tinha se casado naquele dia e estava tomando um tremendo porre enquanto sua noiva o aguardava sabe-se lá onde. "Oh cara, esse é o sujeito mais fantástico do mundo!" urrou Neal. "Jack, Johnny, vou cair fora agora e arrumar um carro realmente bom dessa vez e sairemos todos com Albert também" (o santo espástico) "e vamos curtir um tremendo giro pelas montanhas". E se mandou. Simultaneamente um guarda entrou dizendo que um carro roubado no centro de Denver estava parado no estacionamento. Todos discutiam desconfiados. Pela janela vi Neal saltar para dentro do carro mais próximo e sair roncando, sem que uma só pessoa notasse. Minutos mais tarde estava de volta num carro completamente diferente, um Plymouth novo em folha. "Esse é uma verdadeira beleza!" sussurrou ao meu ouvido. "O outro tossia demais --- abandonei-o numa encruzilhada... vi essa maravilha estacionada em frente a uma fazenda. Dei uma volta por Denver. Vamos nessa cara vamos TODOS dar um giro por aí." Toda amargura e loucura de sua vida inteira em Denver estavam jorrando para fora de seu corpo como se fossem punhais a sair pelos poros. Seu rosto estava vermelho e suado e maldoso. "Não, não quero saber de carros roubados." "Ah qual é cara? Albert vem comigo, não vem Albert?" E Albert --- um magricela de cabelos negros e olhos santos de alma perdida em baba e lamentos --- escorou-se em Neal porque começou a se sentir mal subitamente e por alguma estranha razão intuitiva ficou aterrorizado com Neal e jogando as mãos para o céu afastou-se com o horror estampado em sua face. Neal baixou a cabeça e seu suor gotejou. Saiu e partiu de carro. Johnny e eu achamos um táxi no estacionamento e decidimos ir para casa. Enquanto o táxi avançava pelo infinitamente escuro bulevar Alameda pelo qual eu havia caminhado em muitas e muitas noites desiludidas nos meses anteriores do verão, cantarolando e gemendo e me deliciando com as estrelas e deixando o sumo de meu coração pingar gota a gota no asfalto quente da noite, Neal surgiu atrás de nós de repente no Plymouth roubado e começou a buzinar e buzinar e nos fechar gritando. O rosto do motorista empalideceu. "É apenas um amigo meu" falei. Neal ficou irritado conosco e de repente disparou à frente a cento e cinquenta por hora e nós observamos sua triste luz vermelha traseira desaparecer na direção das montanhas ocultas lançando uma fumaça espectral pelo escapamento. Então dobrou na estrada de Johnny e quase foi parar dentro da vala lateral e endireitou e estacionou defronte à casa; no instante seguinte saiu de novo, fez a volta rumo à cidade enquanto descíamos do táxi e pagávamos a tarifa. Momentos depois enquanto aguardávamos ansiosamente no quintal escuro ele voltou com outro carro, um cupê maltratado, parou em meio a uma nuvem de poeira na frente da casa e saiu cambaleando direto para o quarto e caiu duro de bêbado na cama. E ali estávamos nós com um carro roubado estacionado bem na frente da nossa porta. Tive de acordá-lo, não consegui fazer o carro pegar para abandoná-lo em algum lugar longe dali. Ele cambaleou para fora da cama apenas de cuecas e entramos juntos no carro --- enquanto a criançada ria baixinho nas janelas --- e lá fomos aos trancos e barrancos direto para o milharal no término da estrada até o carro finalmente não aguentar mais e morrer sob uma velha paineira ao lado do moinho. "Não vai mais" disse Neal simplesmente e desceu e saiu caminhando de volta pelo milharal, mais ou menos um quilômetro, de cuecas. Chegamos em casa e ele foi dormir. Tudo era uma horrível confusão, tudo em Denver, Clementine, os carros, as crianças, a pobre Johnny, a sala salpicada de cerveja e latas e eu simplesmente fui dormir. Um grilo me manteve desperto por algum tempo. À noite nessa parte do Oeste as estrelas, como eu já as tinha visto no Wyoming, são enormes como Fogos de Artifício e tão solitárias quanto o Príncipe que perdeu seu lar ancestral e viaja pelo espaço tentando reencontrá-lo, e sabe que jamais conseguirá. Assim as estrelas giravam lentamente a noite e então muito antes do amanhecer ordinário o grande sol vermelho surgiu ao longe sobre áreas inteiras de terra cinzenta lá para os lados do oeste do Kansas e os pássaros trinaram sobre Denver. Onde estavam os velhos Pássaros de Denver, aqueles que eu entendia? Neal e eu acordamos com náuseas horríveis. A primeira coisa que ele fez foi atravessar o milharal para ver se o carro estava em condições de nos conduzir até o Leste. Eu disse para não ir mas ele foi mesmo assim. Retornou pálido. "Cara, o carro pertence a um detetive da polícia e qualquer delegacia de Denver conhece minhas impressões digitais daquele ano em que roubei quinhentos carros. Você viu o que faço com eles, apenas dou umas voltas cara! Tenho que cair fora! Escuta, vamos acabar enjaulados se não nos mandarmos daqui imediatamente." "Você está certo" falei e começamos a arrumar nossas coisas tão rápido quanto podíamos. De calças nas mãos nos despedimos rapidamente de nossa meiga família e nos arrancamos para a estrada protetora onde ninguém nos reconheceria. A pequena Nancy começou a chorar ao nos ver partir, ou ao me ver, ou sabe-se lá o que --- e Johnny foi delicada, e eu a beijei e pedi desculpas. "Ele é mesmo um sujeito maluco", disse ela "me faz lembrar meu marido fujão. É exatamente como ele. Só espero que meu Mickey não seja assim quando crescer, são todos assim hoje em dia." Mickey era o filho dela, o da escola para delinquentes. "Diga a ele para não roubar engradados de coca cola" eu falei "Ele me contou que é isso que estava fazendo e é desse jeito inocente que ele vai começar até os tiras passarem a dar porrada nele." E dei adeus para a pequena Sally que estava com seu besouro de estimação na mão, e o pequeno Billy dormia. Tudo isso em poucos segundos, num adorável amanhecer de domingo, enquanto saíamos aos trambolhões com nossa mísera bagagem em meio à náusea da noite anterior. Nos apressamos. Temíamos que a qualquer minuto uma radiopatrulha surgisse em uma curva e chegasse sorrateiramente até nós. "Se aquela mulher da espingarda descobrir estamos fritos" disse Neal. "TEMOS que conseguir um táxi" eu disse "aí estaremos salvos." Tentamos acordar uma família de fazendeiros para usar seu telefone mas o cão nos manteve à distância. A cada minuto as coisas ficavam mais perigosas, o cupê seria descoberto arruinado no milharal por qualquer camponês madrugador. Uma velhinha adorável nos deixou usar seu telefone finalmente e chamamos um táxi no centro de Denver mas ele não apareceu. Nos arrastamos estrada abaixo. O trânsito matinal começava e cada carro parecia da polícia. Então de repente vimos mesmo a radiopatrulha chegando e eu percebi que era o fim da minha vida tal como eu a conhecia e o início de um novo e horrível período de prisões e mágoas encarceradas, tal como os reis egípcios devem ter percebido na tarde modorrenta quando a luta acontece entre os juncos dos pântanos. Mas a radiopatrulha era o nosso táxi e daquele momento em diante voamos rumo ao Leste e tínhamos que fazer isso. Na agência de viagens havia uma oferta inacreditável: alguém teria de levar um Cadillac limusine 1947 até Chicago. O dono vinha dirigindo desde o México com sua família e estava exausto e enfiou todos num trem. Tudo o que ele queria era ver os documentos e que o carro chegasse lá inteiro. Mostrei a ele - - um barão italiano atarracado de Chicago --- meus papéis e lhe assegurei que tudo correria bem. Alertei Neal "Não fode com esse carro". Neal saltitava de excitação para vê-lo. Tivemos de esperar uma hora. Deitamos na grama próxima à igreja onde em 1947 eu tinha passado alguns momentos com os vagabundos depois de acompanhar Ruth G. até a casa dela e adormecido de puro horror e exaustão com o rosto voltado para os pássaros da tarde. Mas Neal foi dar uma volta pela cidade.

Conheceu uma garçonete numa lanchonete e como de hábito, quando conseguiu ficar a sós com ela na rua, persuadiu-a com sua conversa e ela inocentemente aceitou e devia ser uma garota muito impulsiva. Em todo caso Neal marcou encontro e ficou de apanhá-la naquela tarde com seu Cadillac e retornou para me acordar com as novidades. Eu já estava me sentindo melhor. Levantei para encarar novas complicações. Quando o Cadillac chegou Neal se enfiou dentro dele imediatamente e arrancou para "botar gasolina" e o cara da agência olhou para mim e disse "Quando ele volta. Os passageiros estão prontos para partir e à espera". Mostrou-me dois garotos irlandeses de um colégio jesuíta do Leste esperando sentados nos bancos com suas malas ao lado. "Ele só foi pôr gasolina. Volta num instante." Fui até a esquina e fiquei observando Neal enquanto ele esperava a garçonete, que estava se trocando no seu quarto de hotel na esquina da 17 com a Grant, na verdade de onde eu estava pude vê-la frente ao espelho se arrumando e ajustando as meias de seda e desejei poder acompanhá-los. Ela saiu correndo do hotel e saltou para dentro do Cadillac. Voltei para tranquilizar o dono da AV e os passageiros. Parado na porta vi de relance o Cadillac cruzar Cleveland Place com Neal, exultante e de camiseta, agitando as mãos e conversando com a garota e curvando-se sobre o volante enquanto ela permanecia sentada melancólica e orgulhosa ao lado dele. Foram a um estacionamento em plena luz do dia, estacionaram junto ao muro nos fundos (um estacionamento onde Neal havia trabalhado) e ali, ele garantiu, transou com ela num piscar de olhos; não apenas isso mas persuadiu-a a nos seguir para o Leste assim que recebesse seu pagamento na sexta-feira, ir de ônibus, e juntar-se a nós no ap. de John Holmes na avenida Lex em Nova York. Ela concordou; chamava-se Beverly. Em meia hora Neal voltou, largou a garota no hotel, entre beijos, promessas, despedidas, e zuniu até a AV para apanhar a tripulação. "Já não era sem tempo!" disse o chefe da AV. "Pensei que você tinha dado no pé com o Cadillac." "Está tudo sob minha responsabilidade" falei "não se preocupe" --- e disse isso porque Neal estava num frenesi tão óbvio que qualquer um poderia perceber sua loucura e completo descuido. Neal adquiriu um ar sóbrio e compenetrado e ajudou os garotos jesuítas com suas bagagens. Eles mal haviam sentado, e eu nem bem havia me despedido de Denver, e ele já havia arrancado ferrozmente, com o poderoso motor funcionando com sua potência descomunal. Nem três quilômetros depois de Denver o velocímetro quebrou porque Neal estava indo a mais de 170 quilômetros por hora. "Bem sem velocímetro não tenho como saber a que velocidade estou indo, vou meter o pé na tábua até Chicago e calcularemos pelo tempo." Não parecia que estávamos nem a cento e dez por hora, mas todos os carros ficavam para trás como moscas mortas na autoestrada sem curvas em direção a Greeley. "A razão pela qual estamos nos dirigindo para o nordeste é porque, Jack, simplesmente temos que visitar o rancho de Ed Uhl em Sterling, você tem que conhecê-lo e ver seu rancho e essa barca aqui é tão veloz que podemos fazer isso sem a menor perda de tempo e ainda chegarmos a Chicago muito antes do trem do homem." Certo, fiquei a fim. Começou a chover mas Neal não aliviava o pé. Era um carrão maravilhoso, a última das limusines no velho estilo, preta, com a grande estrutura esguia e alongada, pneus de banda branca e provavelmente vidros à prova de bala. Os garotos jesuítas --- de St. Bonaventura --- iam no banco de trás sorridentes e alegres por se encontrarem a caminho, e não tinham a menor ideia da velocidade em que estávamos indo. Tentaram puxar assunto mas Neal não respondeu nada e tirou a camiseta e continuou dirigindo o resto do trajeto nu da cintura para cima. "Oh essa Beverly é uma garota e tanto --- vai se encontrar comigo em NY --- vamos casar assim que eu me divorciar de Carolyn --- tudo está dando certo Jack e estamos na estrada. Sim!" Quanto mais rápido nos afastávamos de Denver melhor eu me sentia e estávamos indo <u>rápido</u>. Escurecia quando saímos da autoestrada em Junction e entramos numa estradinha de terra que nos conduziria ao rancho de Ed Uhl através das planícies lúgubres do leste do Colorado em Coyote onde o diabo perdeu as botas. Mas continuava chovendo e a lama estava escorregadia e Neal reduziu para cento e dez, mas eu disse para reduzir mais ou deslizaríamos, ao que ele respondeu "Não se preocupe, homem, você me conhece". "Não dessa vez" falei "Você está indo rápido demais". E bem na hora em que eu dizia isso chegamos a uma curva fechada para a esquerda na estrada e Neal agarrou o volante com firmeza para fazê-la mas o carrão derrapou no lamaçal e bamboleou assustadoramente. "Cuidado!" gritou Neal que não estava nem aí e lutou com seu Anjo por um momento e o pior que aconteceu foi pararmos com a traseira dentro do valo e a frente do lado de fora na estrada. Um enorme silêncio caiu sobre tudo. Podíamos ouvir o uivar do vento. De repente estávamos no meio da pradaria selvagem. Havia uma fazenda a uns quinhentos metros dali. Não conseguia parar de praguejar de tão furioso e enojado que estava com Neal. Sem dizer uma só palavra ele dirigiu-se à fazenda sob a chuva, com um casaco, em busca de ajuda. "É seu irmão?" perguntaram os garotos do banco de trás. "Ele é um demônio ao volante não? --- e pelo que vem contando deve ser também com as mulheres." "Ele é doido" respondi "e é meu irmão, sim". Vi Neal retornando no trator de um fazendeiro. Eles prenderam o carro com umas correntes e o fazendeiro nos tirou do valo. O carro estava coberto de barro e o para-lama estava arruinado. Com o velocímetro já quebrado isso era apenas o começo. O fazendeiro nos cobrou cinco dólares. Suas filhas espiavam sob a chuva. A mais bonita e mais envergonhada escondia-se lá longe no campo para observar e tinha boas razões para isso já que era absoluta e definitivamente a mais linda garota que Neal e eu jamais havíamos visto em toda nossa vida. Tinha uns dezesseis anos, a pele como a de uma rosa silvestre das planícies, e olhos azulíssimos, e um cabelo encantador, e a timidez e a agilidade de um antílope selvagem. A cada olhar nosso ela estremecia. Ficou lá com a ventania que soprava direto de Saskatchewan balançando seus cabelos acima de sua graciosa cabeça como um manto de anéis vivos. Ela não parava de corar. Terminados nossos negócios com o fazendeiro, lançamos um último olhar para a rosa da pradaria, e caímos fora, com mais calma agora, até a escuridão chegar e Neal dizer que o rancho de Ed Uhl era logo em frente. "Oh uma garota como aquela me apavora" falei. "Largaria tudo e ficaria à mercê dela e se ela não me quisesse eu simplesmente me jogaria do abismo à beira do mundo." Os meninos jesuítas riram baixinho. Só falavam gracejos batidos e o papo dos colégios do leste e não tinham nada, absolutamente nada em seus miolos moles exceto um monte de Tomás de Aquino para rechear sua conversa. Neal e eu simplesmente não dávamos a menor pelota para eles. Enquanto cruzávamos as planícies enlameadas ele contou histórias de seus dias de caubói, mostrou o trecho de estrada onde passou uma manhã inteira cavalgando; e onde consertou cercas assim que entramos na propriedade de Uhl, que era imensa; e onde o velho Uhl, pai de Ed, costumava vir sacolejando pela grama do rancho atrás de um bezerro uivando. "Pega ele, pega raios!". Ele parecia tão doido quanto o pai paralítico de Kells Elvins. "A cada seis meses ele precisava de um carro novo" contou Neal "Ele simplesmente não se importava. Quando um desgarrado se afastava de nós ele ia atrás de carro até o poço mais próximo e aí saltava e seguia atrás a pé. Contava cada centavo que lucrava e guardava numa jarra. Um velho rancheiro maluco. Vou mostrar algumas das velhas sucatas perto do dormitório. Foi para cá que vim em liberdade condicional depois de minha última prisão. Era aqui que vivia quando escrevi aquelas cartas para Hal Chase que você leu." Saímos da estrada e serpenteamos por uma trilha entre as pastagens de inverno. Um enorme bando tristonho de vacas de focinho branco amontoou-se de repente diante de nossos faróis. "Cá estão elas! - - as vacas de Uhl! Jamais conseguiremos passar entre elas. Teremos que sair do carro e tocá-las. Hii hii hii!!" Mas não foi preciso fazê-lo e bastou avançar lentamente às vezes batendo gentilmente nelas enquanto mugiam e giravam como um mar em volta das portas do carro. Mais além vimos as luzes solitárias do rancho de Ed Uhl. Em torno dessas luzes solitárias estendiam-se centenas e centenas de quilômetros de planícies sem nada além de umas vinte casas como aquela. O tipo de escuridão total que cai sobre uma pradaria como aquela é inconcebível para um habitante do leste. Não havia estrelas, nem lua, nem luz alguma exceto a luz da cozinha da Sra. Uhl. O que jazia além das sombras do pátio era uma vista infinita do mundo que não se teria como enxergar até o amanhecer. Depois de bater na porta e chamar no escuro por Ed Uhl que estava ordenhando as vacas no curral dei uma pequena e cuidadosa caminhada na escuridão, uns seis metros e nada mais. Pensei ter ouvido coiotes. Uhl disse que provavelmente era um dos cavalos selvagens de seu pai relinchando ao longe. Ed Uhl tinha mais ou menos a nossa idade, era alto, esguio, lacônico, de dentes separados. No carro Neal havia contado uma grande história sobre como costumava transar com a mulher de Ed antes dele casar com ela. Ele e Neal costumavam vadiar pelas esquinas da r. Curtis assobiando pras garotas. Então ele nos conduziu gentilmente para sua sombria sala escura e pouco usada e procurou por ali até encontrar um candeeiro que acendeu dizendo para Neal "Que raio aconteceu com seu dedão?" "Dei um soco em Louanne e infeccionou tanto que tiveram que amputar a ponta." "Por que cargas d'água você foi fazer isso?" Percebi que ele tinha sido um irmão mais velho para Neal. Balançou a cabeça; o jarro de leite continuava a seus pés. "Você sempre foi um filho da puta desmiolado mesmo." Enquanto isso sua jovem esposa nos preparou uma ceia magnífica na ampla cozinha da fazenda. Pediu desculpas pelo sorvete de pêssego. "Não passa de uma mistura de nata e pêssegos congelados." Claro que foi o único sorvete verdadeiro que comi em toda a minha vida. Ela começou com moderação e terminou em abundância; enquanto comíamos coisas novas surgiam na mesa. Era uma loira bem feita de corpo mas como todas as mulheres que vivem em espaços amplos queixava-se um pouco da monotonia. Enumerou os programas de rádio que costumava escutar a essa hora da noite. Ed Uhl permaneceu sentado olhando para as próprias mãos. Neal comeu vorazmente. Ele queria que eu o apoiasse na história de que eu era dono do Cadillac e um homem muito rico, e que Neal era meu amigo e chofer. Não impressionei Ed Uhl. Cada vez que o gado fazia ruídos no estábulo ele levantava a cabeça para ouvir. "Bem espero que vocês cheguem a Nova York." Longe de acreditar na lorota de que eu era dono do Cadillac ele estava convencido de que Neal o havia roubado. Ficamos no rancho aproximadamente uma hora. Ed Uhl tinha perdido a fé em Neal assim como Jack Daly --- olhava-o apenas desconfiado quando olhava. Houve dias tumultuados no passado quando eles cambaleavam de braços dados pelas ruas de Laramie Wyoming após a colheita do feno mas aquilo estava morto e enterrado. Neal pulava convulsivamente na cadeira. "Bem sim, bem sim, e agora acho que é melhor irmos andando porque temos que estar em Chicago amanhã à noite e já perdemos várias horas." Os colegiais agradeceram delicadamente a Uhl e lá fomos nós novamente. Voltei-me para ver a luz da cozinha afundar no mar da noite. Depois me virei para a frente. Num piscar de olhos estávamos de volta à estrada principal e naquela noite vi todo o estado do Nebraska desenrolar-se perceptivelmente diante dos meus olhos. Cento e oitenta quilômetros por hora direto sem escalas, a estrada como uma flecha, cidades adormecidas, tráfego nenhum, e o trem da Union Pacific deixado para trás ao luar. Eu não estava nem um pouco assustado aquela noite; foi no dia seguinte quando vi quão rápido estávamos indo que desisti e fui para o banco de trás pra ficar de olhos fechados. Ali na noite enluarada parecia-me perfeitamente normal voar a 180 conversando e observando todas as cidades do Nebraska --- Ogallala, Gothenburg, Kearney, Grand Island, Columbus --- sucederem-se com uma rapidez onírica enquanto rugíamos em frente e falávamos. Era um carro magnífico, portava-se na estrada como um navio no oceano. Curvas graduais eram seu forte. Mas Neal estava castigando o carro e ao chegarmos a Chicago, não na noite seguinte mas enquanto ainda era dia, as bielas estavam totalmente acabadas. "Ah homem essa barca é um sonho" suspirava Neal. "Pense no que você e eu poderíamos fazer se tivéssemos um carro assim. Você sabia que existe uma estrada que cruza o México inteiro e vai até o Panamá? - - e talvez até o coração da América do Sul onde os índios têm dois metros de altura e mascam coca o tempo inteiro nas encostas das montanhas? Sim! Você e eu, Jack, curtiríamos o mundo inteiro num carro como esse porque homem a estrada finalmente deve conduzir a todos os cantos do mundo. Não pode levar a nenhum outro lugar? Certo? Oh e vamos dar umas voltas pela velha Chi com essa coisa! Pense nisso Jack jamais estive em Chicago em toda minha vida." "Chegaremos lá como gângsteres nesse Cadillac." "Sim! E as garotas! --- podemos pegar garotas, de fato Jack decidi fazer essa viagem num tempo extraespecial de modo que teremos uma noite inteira para dar umas voltas nessa máquina. Portanto relaxe e eu vou pisar fundo o tempo inteiro." "Bem a que velocidade você está indo agora?" "Calculo que mantenho uns cento e oitenta --- nem dá para perceber. Ainda temos o Iowa inteiro pela frente durante o dia e depois passarei voando pelo velho Illinois." Os garotos dormiram e nós conversamos a noite inteira sem parar. Era impressionante como Neal podia ficar maluco e de repente no dia seguinte seguir adiante calma e normalmente como se nada tivesse acontecido --- o que me parece ligado a um carro veloz, uma costa a ser atingida e uma mulher no final da estrada. "Agora fico sempre assim quando passo por Denver --- não suporto mais aquela cidade. Asma e cataplasma, Neal é um fantasma. Zuum!" Passamos por uma espécie de cidade fantasma e seguimos. Contei a ele que já havia passado por essa estrada do Nebraska em 1947. Ele também. "Jack quando eu estava trabalhando na Lavanderia Nova Era em Los Angeles em 1945 fiz uma viagem até Indianápolis Indiana com a expressa determinação de assistir as corridas do Memorial Day pedindo carona de dia e roubando carros à noite para ganhar tempo. Eu estava cruzando por uma dessas cidades por que passamos com um conjunto de placas embaixo da camisa quando um xerife suspeitou de mim e me pegou. Fiz o mais magnífico discurso da minha vida para me livrar daquilo --- dizendo a ele que eu estava dilacerado entre uma visão de Jesus e meus velhos hábitos de roubar carros e que havia pego as placas apenas para ponderar sobre a questão, claro que aquilo não funcionou até eu começar a chorar e bater com a cabeça na mesa e foi pra valer, foi pra valer! esse é o ponto --- fui possuído por sentimentos medonhos verdadeiros e ao mesmo tempo cada instante perdido me deixava mais e mais atrasado para as corridas. Claro que as perdi, maldição, mandaram-me de volta para Denver em condicional e lá tudo foi esclarecido. No outono seguinte, fiz a mesma coisa outra vez para assistir ao jogo entre Notre

Dame-Ohio em South Bend Indiana - - dessa vez sem retardamentos e Jack eu só tinha a grana para a entrada e não comi nada na ida e na volta a não ser o que consegui mendigar de todos os tipos de malucos que encontrei na estrada e no jogo e coisa assim. Como eu era doido naquele tempo! --- provavelmente fui o único sujeito do mundo que passou tanto trabalho para assistir a um jogo de beisebol e tentar caçar bucetas pelo caminho." Perguntei a ele sobre as circunstâncias de sua passagem por LA em 1945. "Fui preso na Califórnia, você sabe. O nome da prisão não vai significar nada pra você mas era ______ _______ absolutamente o pior lugar em que já estive. Tinha que escapar --- perpetrei a mais extraordinária fuga da minha vida falando de fugas de um modo geral entende. Bem saí e tive que andar pelas florestas com medo de que se me pegassem eles realmente me liquidassem --- quer dizer cassetetes de borracha e espancamento e provavelmente morte acidental. Tinha que me livrar das minhas roupas de presidiário e cometi o mais cuidadoso furto de uma calça e uma camisa em um posto de gasolina, chegando em LA vestido de frentista e fui até o primeiro posto que vi e fui contratado e arranjei um quarto e troquei de nome e passei um ano agitado em LA que incluiu toda uma turma de novos amigos e algumas garotas realmente incríveis, com a temporada terminando quando todos nós estávamos dirigindo pelo bulevar Hollywood certa noite e eu disse para meu camarada segurar a direção enquanto eu beijava minha garota - - eu estava no volante, claro --- e ELE NÃO ME OUVIU e nos esborrachamos contra um poste mas apenas a trinta por hora e eu quebrei o nariz. Você viu meu nariz antes... a curvatura grega meio torta aqui em cima. Depois disso fui para Denver e encontrei Louanne numa lanchonete naquela primavera. Oh cara ela tinha apenas quinze anos e vestia Levis e estava só esperando que alguém a pegasse. Três dias e três noites de conversas no Ace Hotel, terceiro andar, quarto do canto sudeste, um quarto de lembranças e cenário sagrado dos meus dias --- ela era tão doce na época, tão jovem, tão devassa, tão minha. Ah homem estou cada vez mais velho. Opa! opa! Olha aqueles velhos vagabundos em volta da fogueira na beira dos trilhos." Ele quase diminuiu a velocidade. "Vê só, nunca consigo saber se meu pai está ali ou não." Havia alguns tipos ao lado dos trilhos cambaleando diante de uma fogueira. "Nunca sei se pergunto. Ele pode estar em qualquer lugar." Seguimos em frente. Em algum lugar atrás de nós ou à nossa frente na noite imensa seu pai sem dúvida alguma jazia bêbado sob uma moita --- baba no queixo, mijo nas calças, cera nos ouvidos, meleca no nariz, talvez sangue nos cabelos e a lua brilhando sobre ele. Agarrei o braço de Neal. "Ah cara, é certo que estamos indo pra casa." Ele iria fixar residência em Nova York pela primeira vez. Ele só ria não conseguia esperar mais. "E pense, Jack, quando chegarmos na Pennsy começaremos a ouvir aquele doido bop do Leste nos programas de rádio. Uau, vamos lá velha barca vamos!" Aquele magnífico carro fazia o vento rugir; fazia as planícies se desenrolarem como um rolo de papel; removia o asfalto derretido de si mesmo com respeito --- uma barca imperial. Muito depois de deixarmos os grandes espaços solenes de Sandhills ele rugiu com sua dianteira imensa transportando a poeira dos mesmos através de vales semelhantes ao do Nilo e o raiar do dia. Abri os olhos para uma claridade incipiente; estávamos nos arremessando na direção dela. O rosto duro e obstinado de Neal estava como sempre curvado sobre as luzes do painel com sua típica e ossuda determinação. "Em que você está pensando Pops?" "Ah-ha, ah-ha, no mesmo de sempre, é claro --- garotas garotas garotas. Junto também com um pensamento fugaz & sonhosvagabundoscorrompidosporpromessasquebradas--opa! aham!" Não havia o que dizer numa bela barca daquelas. Adormeci e acordei na atmosfera quente e seca de uma manhã de domingo de julho no Iowa, e Neal ainda estava dirigindo e não havia baixado a velocidade em nada exceto nas curvas das várzeas de milho do Iowa para um mínimo de 120 e nas retas os 180 habituais a não ser que o tráfego de ambos os lados o forçasse a andar em fila a míseros e rastejantes 100. Quando havia uma chance ele se lançava em frente e ultrapassava meia dúzia de carros de uma só vez deixando-os para trás numa nuvem de poeira. Um sujeito doido com um Buick novíssimo viu tudo isso na estrada e decidiu apostar corrida conosco. Quando Neal estava prestes a ultrapassar um bando ele passou voando sem avisar e buzinou loucamente e piscou as luzes traseiras em desafio. Saímos atrás dele como um pássaro sequioso. "Peraí" riu Neal "vou implicar com esse filho da puta durante vários quilômetros. Olha só." Deixou o Buick distanciar-se um pouco e depois acelerou e o abordou da forma mais indelicada possível. O louco do Buick ficou fora de si: acelerou até 160. Tivemos a chance de ver quem era. Parecia uma espécie de hipster de Chicago viajando com uma mulher velha o suficiente para ser, e provavelmente era de fato sua mãe. Sabe Deus se ela estava reclamando mas ele competia. Seu cabelo era escuro e desgrenhado, um italiano da velha Chi; vestia uma camisa esporte. Provavelmente estava pensando que éramos uma nova gangue de LA invadindo Chicago, talvez homens de Mickey Cohen, pois a limusine levava o maior jeito e as placas eram da Califórnia. Basicamente era apenas curtição da estrada. Ele correu riscos terríveis para manter-se à nossa frente, ultrapassou carros nas curvas e mal teve tempo de retornar ao seu lado da pista quando apareceu um imenso caminhão. Percorremos cento e cinquenta quilômetros do Iowa desse jeito e a corrida estava tão interessante que não tive oportunidade de sentir medo. Então o maluco desistiu, parou num posto de gasolina, provavelmente sob as ordens da velha senhora, e enquanto passávamos rugindo ele nos abanou jovialmente e agradeceu por tudo. Corremos em frente, Neal nu da cintura para cima, eu com os pés no painel, e os colegiais dormindo no banco de trás. Paramos para tomar o café da manhã num boteco atendido por uma senhora de cabelos brancos que nos serviu porções gigantescas de batatas enquanto os sinos da igreja repicavam na cidade vizinha. Depois partimos outra vez. "Neal vê se não dirige tão rápido assim durante o dia." "Não se preocupe homem eu sei o que estou fazendo." Comecei a me sobressaltar. Neal ultrapassava filas de carros como o Anjo do Terror. Quase abalroava os outros veículos enquanto forçava uma brecha. Roçava nos para-choques deles, afrouxava e forçava e esticava o pescoço para ver além da curva e então a um toque seu o Cadillac saltava e ultrapassava sempre por um fio e retornava para o nosso lado da estrada enquanto os carros que vinham em sentido oposto enfileiravam-se e eu sentia um calafrio. Eu já não aguentava mais. No Iowa é muito raro encontrar longas retas como as do Nebraska e quando Neal finalmente encontrou retomou seus habituais 180 e vi várias paisagens que me relembravam 1947 passar de relance pela janela --- uma longa reta na qual Eddy e eu ficamos encalhados duas horas. Toda aquela velha estrada do meu passado desenrolou-se vertiginosamente como se a taça da vida tivesse sido entornada e tudo houvesse enlouquecido. Meus olhos ardiam naquele pesadelo acordado. "Ah porra Neal, não suporto mais, vou pro banco de trás, não posso nem olhar." "Hii hii hii!" riu ele baixinho e ultrapassou um carro numa ponte estreita e deu uma guinada na poeira rugindo em frente. Saltei para o banco de trás e me enrosquei para dormir. Um dos meninos passou para a frente para se divertir. Um grande horror paranoico de que iríamos bater com o carro naquela exata manhã me dominou por completo e me atirei no chão e fechei os olhos e tentei dormir. Quando era marinheiro costumava pensar nos vagalhões a correr sob o casco do navio e as incomensuráveis profundezas lá de baixo --- agora eu podia sentir a estrada a uns cinquenta centímetros abaixo de mim desenrolando-se e voando e sibilando sem parar a velocidades incríveis através do sofrido continente. Quando fechava os olhos tudo que via era a estrada desdobrando-se debaixo de mim. Quando os abria podia ver sombras fugazes das árvores deslizando pelo chão do carro. Não havia escapatória. Resignei-me. E Neal continuava dirigindo, não pretendia dormir até chegarmos a Chicago. À tarde cruzamos mais uma vez pela velha Des Moines. Ali é claro que fomos contidos pelo fluxo do tráfego e tivemos de diminuir a velocidade e eu retornei ao banco da frente. Aconteceu um estranho acidente patético. Um negro gordo estava dirigindo um sedã à nossa frente com a família inteira dentro; no para-choque traseiro ele levava um daqueles sacos de lona com água que costumam vender pros turistas no deserto. Ele travou bruscamente, Neal vinha conversando com os garotos no banco de trás e não percebeu, e batemos nele a 25 por hora rebentando a lona que estourou como um furúnculo e esguichou água pelos ares. Não aconteceu nada exceto um para-choque amassado. Neal e eu saímos do carro para falar com o homem. O resultado foi uma rápida troca de endereços e alguma conversa, Neal não tirou os olhos da mulher do cara cujos maravilhosos seios morenos mal cabiam na blusa soltinha de algodão. "Simm, simm." Demos o endereço do nosso barão de Chicago e saltamos fora. Do outro lado de Des Moines um carro policial nos seguiu com a sirene ligada e ordenou que estacionássemos no acostamento. "E essa agora!" O guarda desceu. "Vocês tiveram um acidente na entrada da cidade?" "Acidente? Estouramos o reservatório de água de um sujeito no entroncamento." "Ele disse que um carro roubado com um bando dentro bateu no dele e fugiu." Foi uma das únicas vezes em que Neal e eu ouvimos falar de um negro agindo como um idiota desconfiado. Aquilo nos surpreendeu tanto que rimos. Tivemos de seguir o patrulheiro até a delegacia e passamos uma hora esperando na grama enquanto eles telefonavam para Chicago para falar com o dono do Cadillac e verificar nossa condição de motoristas contratados. Segundo o guarda, o Sr. Barão falou: "Sim o carro é meu mas não me responsabilizo por mais nada que esses rapazes tenham feito". "Tiveram um pequeno acidente em Des Moines." "Sim, você já me disse isso --- o que quero dizer é que não me responsabilizo por nada que eles possam ter feito no passado." Não era otário. Tudo ficou acertado e rugimos em frente. De tarde passamos outra vez pela velha e sonolenta Davenport e o Mississippi ressequido em seu leito de barro vermelho; e então Rock Island, mais alguns minutos de trânsito, o sol ficando vermelho e visões súbitas de pequenos afluentes encantadores fluindo delicadamente entre as árvores mágicas e o verdor do Illinois no meio da América. Começava a parecer outra vez com o Leste ameno e singelo; o grande e seco Oeste fora conquistado & vencido. O estado do Illinois desfraldou-se ante meus olhos num único e vasto movimento que se prolongou por horas enquanto Neal pisava fundo na mesma velocidade e em sua fadiga arriscava-se mais do que nunca. Numa ponte estreita que atravessava um daqueles lindos riachos ele se lançou precipitadamente em uma situação quase irremediável. Dois carros vagarosos sacolejavam sobre a ponte: do outro lado vinha um imenso caminhão cujo motorista estava calculando aproximadamente quanto tempo os carros lentos levariam para vencer a ponte, e sua estimativa era apenas seguir em frente que quando ele chegasse lá a ponte já estaria livre. Não havia absolutamente espaço na ponte para o caminhão e carros vindo na direção oposta. Atrás do caminhão havia carros que espreitavam uma brecha. Na frente dos carros vagarosos, outros carros mais vagarosos se arrastavam. A estrada estava lotada e todo mundo louco para ultrapassar. No meio dessa confusão estava a ponte estreita de quase uma só pista. Neal caiu sobre tudo isso a 180 por hora e nem hesitou. Ultrapassou os carros lentos, cometeu um pequeno deslize e quase bateu na balaustrada esquerda da ponte, foi direto para cima do caminhão impassível, cortou para a direita abruptamente, quase atingiu o primeiro carro lento, e teve que retornar rapidamente para a fila já que outro carro saiu de trás do caminhão para espreitar a estrada, tocou a buzina, fez o carro recuar, e tudo isso em questão de dois segundos passando como um relâmpago e deixando para trás tão somente uma nuvem de poeira em vez de um acidente terrível envolvendo cinco carros dando guinadas para todos lados e o enorme caminhão capotando para morrer no rubro entardecer fatal do Illinois com seus campos de sonhos. Não conseguia tirar da cabeça também que Stan Hasselgard o famoso clarinetista de bop tinha morrido em um acidente de carro no Illinois, provavelmente num dia como aquele. Voltei para o banco de trás. Os garotos também ficaram lá atrás. Neal estava decidido a chegar em Chicago antes do anoitecer. No cruzamento com os trilhos do trem apanhamos dois vagabundos que juntaram cinquenta centavos entre eles para a gasolina. Momentos antes estavam sentados ao lado dos trilhos de trem junto à caixa d'água bebendo o último gole de vinho, e agora se encontravam numa enlameada mas empertigada e esplendorosa limusine Cadillac dirigindo-se a Chicago com urgente impetuosidade. Na verdade o velho que sentou na frente ao lado de Neal jamais despregou os olhos da estrada e, posso assegurar, rezou suas orações esfarrapadas de vagabundo. "Bem" a única coisa que disseram "jamais imaginamos que chegaríamos a Chicago tão rápido quando deixamos a turma na noite passada". Ao atravessarmos as sonolentas cidades do Illinois onde as pessoas estão cansadas de ver gangues de Chicago passarem todos os dias em suas limusines, oferecíamos um espetáculo realmente estranho: seis homens com a barba por fazer, o motorista sem camisa, eu no banco de trás agarrado no cinto de segurança e com a cabeça apoiada no encosto lançando um olhar imperial para a zona rural --- exatamente como se uma nova gangue da Califórnia chegasse para disputar os despojos de Chicago, ou no mínimo os jovens tenentes, motoristas e pistoleiros de lá. Quando paramos para cocas e gasolina no posto de uma cidade pequena as pessoas saíram para nos olhar sem uma só palavra e creio que estavam anotando mentalmente nossas descrições e alturas para o caso de futura necessidade. Para tratar de negócios com a menina que atendia no posto Neal simplesmente enfiou sua camiseta como um cachecol e foi brusco e abrupto como sempre e retornou ao carro e nos mandamos outra vez. Em breve o vermelhão se tornou púrpura, o último dos rios encantados passou num lampejo, e vimos a fumaça distante de Chicago mais além da estrada. Tínhamos vindo de Denver a Chicago, 1.654 quilômetros conforme o mapa Rand-McNally, em exatamente 23 horas incluindo as duas horas que perdemos no valo do Colorado e comendo no rancho de Ed Uhl, e uma hora com a polícia do Iowa para uma média total de 20 horas a 82 quilômetros por hora com um só motorista, e de 95 quilômetros contando-se os 241 quilômetros extras fora da rota para Sterling. (ou 1.895 quilômetros no total). O que é alguma espécie de recorde maluco na noite. A grande metrópole de Chicago reluzia rubra diante de nossos olhos. De repente lá estávamos nós na rua Madison entre hordas de vagabundos vários deles esparramados pelas calçadas com os pés na sarjeta, enquanto centenas de outros agrupavam-se pelas portas dos saloons e pelos becos. "Opa! opa! olhos abertos à procura do velho Neal Cassady, por acaso ele pode estar em Chicago este ano." Deixamos os vagabundos naquela rua e prosseguimos para o centro de Chicago. Trólebus rangendo, jornaleiros, meninas desfilando, o cheiro de fritura e cerveja no ar, néons piscando - - "Estamos de volta à cidade grande Jack! Iuupii!" A primeira providência era estacionar o Cadillac num lugar bom e discreto e nos lavarmos e vestirmos para a noite. Na rua em frente à ACM encontramos um beco entre prédios de tijolos avermelhados onde enfiamos o Cadillac com o focinho apontado na direção da rua e pronto para partir, a seguir acompanhamos os colegiais até a ACM onde eles arranjaram um quarto e concederam o privilégio de usar as instalações por uma hora. Neal e eu nos barbeamos e tomamos banho, deixei minha carteira cair no Vestíbulo, Neal a encontrou e já ia enfiando-a sorrateiramente na camisa quando viu que era nossa e ficou tremendamente desapontado. Então demos adeus para os garotos que estavam exultantes por terem conseguido chegar inteiros e saímos para comer numa lanchonete. Velha e escurecida Chicago com as névoas que encobrem os trens elevados e piranhas carrancudas a passar e tipos esquisitos semileste, semioeste indo pro trabalho e cuspindo: Neal ficou na frente da lanchonete alisando a barriga e captando tudo aquilo. Ele quis puxar conversa com uma negra estranha de meia-idade que entrou no bar contando uma história de que não tinha dinheiro mas tinha pãezinhos e perguntando se lhe dariam um pouco de manteiga. Ela entrou rebolando as cadeiras, levou um não, e saiu com o rabo entre as pernas. "Uauu!" disse Neal. "Vamos segui-la pela rua, vamos levá-la pro Cadillac lá no beco. Faremos uma festa nós três." Mas deixamos pra lá e fomos direto para a rua Clark N., depois de uma volta no Loop, para curtir as boates e ouvir bop. E que noite foi aquela. "Oh homem" disse Neal enquanto estávamos na frente do bar "veja esses velhos chineses que cruzam por Chicago. Que cidade estranha --- uiaa! E aquela mulher debruçada na janela lá em cima, só olhando pra baixo com os peitões saltando pra fora da camisola. Olhões bem abertos só esperando. Uau! Jack temos que ir e não parar de ir até chegarmos lá." "Onde vamos homem?" "Não sei mas temos que ir." E então surgiu um grupo de jovens músicos de bop desembarcando de carros com seus instrumentos. Socaram-se direto dentro de um saloon e nós fomos atrás. Instalaram-se e começaram a tocar. E lá estávamos nós! O líder era um sax-tenor esbelto e desanimado de cabelos crespos e boca franzida, ombros estreitos, metido numa camisa esporte larga, tranquilo na noite agitada, autoindulgência estampada no olhar, que apanhou seu sax e franziu as sobrancelhas e começou a soprar cool e complexo e batia o pé com elegância para capturar ideias e esquivava-se para deixar outras passar --- dizendo um "Vai" quase inaudível quando os outros rapazes faziam solos. O líder, o encorajador, aquele que fazia escola na grande escola formal da música underground americana que um dia seria estudada em todas as universidades da Europa e do Mundo. A seguir vinha Prez, um loiro rouco e elegante como um boxeador sardento, cuidadosamente envolto num terno de rayon xadrez de talhe longo e colarinho caído para trás e gravata desfeita numa dose exata de sagacidade e casualidade, suando agarrado ao sax e entrelaçado nele, num tom como do próprio Prez Lester Young. "Veja só cara Prez tem as ansiedades técnicas de um músico a fim de grana, é o único que está bem vestido, veja como ele fica preocupado quando desafina, mas o líder aquele gato maneiro diz pra ele não se preocupar e apenas tocar e tocar --- o som em si e a exuberância compenetrada da música é tudo com que ELE se importa. Ele é um artista. Está ensinando o jovem Prez boxeador. Agora olhe só os outros!!" O terceiro era um sax-alto, um colegial negro maneiro e contemplativo de 18 anos de idade estilo Charley Parker --- com uma bocona escancarada --- mais alto do que os outros --- grave --- ergueu seu sax e soprou calma e pensativamente e extraiu frases tipo Bird Parker com a lógica arquitetônica de Miles Davis. Eram os filhos dos grandes inovadores do bop. Outrora fora Louis Armstrong soprando seu lindo trompete nos lamaçais de Nova Orleans; antes dele os músicos malucos que entravam nas paradas nos feriados e desmanchavam as marchas em ragtime. Depois veio o swing, e o vigoroso e viril Roy Eldridge rebentando o trompete em busca de tudo que havia em termos poder e lógica e sutileza --- inclinado de olhos radiantes e sorriso encantador e transmitindo por radiodifusão para fazer o mundo do jazz gingar. Então chegou Charley Parker --- um garoto no casebre de madeira de sua mãe em Kansas City, soprando seu sax-alto remendado entre as tábuas, praticando nos dias de chuva, saindo para assistir à boa e badalada banda de Basie e Benny Moten que tinha Hot Lips Page e todo o resto --- Charley Parker sai de casa e vai para o Harlem, encontra o louco Thelonius Monk e o mais louco Gillespie... Charley Parker na mocidade quando estava pirado e movia-se em círculos enquanto tocava. Um pouco mais jovem do que Lester Young, também de KC, bobalhão santo e sombrio no qual foi envolta toda a história do jazz: porque ao segurar seu sax no alto e na horizontal a partir de sua boca ele soprava o melhor; e à medida que seu cabelo ficou mais comprido e ele ficou mais preguiçoso e ligado em droga o sax caiu à meia altura; até que finalmente caiu tudo e hoje calçando seus sapatos de solado grosso para não sentir as calçadas da vida o sax é sustentado debilmente contra o peito e ele sopra notas neutras maneiras e fáceis e desistiu. Cá estavam os filhos da noite bebop americana. Flores mais exóticas ainda --- pois enquanto o negro do sax-alto divagava com dignidade acima de todas as cabeças, o garoto loiro alto e delgado da rua Curtis em Denver, de Levis e cinto tacheado, mamava no bocal esperando que os outros encerrassem; e quando eles acabaram ele começou, e você tinha que olhar para todos os lados para ver de onde vinha aquele solo, porque ele nascia em sorridentes lábios angelicais pousados no bocal e era um solo de sereno e suave de conto de fadas em um sax-alto. Um sax-alto fresco tinha aparecido na noite. E quanto aos outros e toda sua sonoridade - - havia o contrabaixista, ruivo e hirsuto com olhos dementes requebrando as ancas contra o baixo a cada golpe nas cordas, nos momentos mais intensos ele ficava boquiaberto como que em transe. "Cara taí um gato realmente capaz de comer sua garota." O baterista melancólico e disperso, como aquele nosso hipster branco da r. Howard em Frisco, completamente apalermado, olhos esbugalhados fitando o vazio, mascando chiclete, girando o pescoço num ímpeto reichiano e êxtase complacente. No piano --- um garoto caminhoneiro italiano encorpado de mãos carnudas, uma alegria robusta e solícita. Eles tocaram durante uma hora. Ninguém estava prestando atenção. Velhos vagabundos da Clark N. matavam tempo no bar, prostitutas zangadas gritavam. Chineses misteriosos passavam. O barulho dos cabarés interferia. Eles iam em frente. Lá fora na calçada surgiu uma aparição --- um garoto de 16 anos com cavanhaque e um estojo de trombone. Magro como um espeto, cara de maluco, queria juntar-se ao grupo e tocar. Os rapazes já o conheciam e não estavam dispostos a perder tempo com ele. O garoto esgueirou-se pelo bar e disfarçadamente puxou o trombone do estojo e o levou aos lábios. Não lhe deram a menor chance. Nem olharam para ele. Foram embora. O garoto tinha pego seu instrumento, montado e polido a campânula e ninguém deu bola. Queria ferver, o magro garoto de Chicago. Ele enfia seus óculos escuros, leva o trombone aos lábios sozinho no bar, e solta um "Booooogh!" Logo depois sai correndo atrás dos músicos. Não vão deixá-lo tocar com eles, como os caras do time de futebol do campinho atrás do posto de gasolina. "Todos esses sujeitos moram com suas avós como Jim Holmes e o nosso Allen Ginsberg do sax-alto" disse Neal. Aceleramos o passo atrás da banda. Eles entraram no clube de Anita O'Day e sacaram os instrumentos e tocaram até as nove da manhã. Neal e eu ficamos lá entre cervejas. Nos intervalos corríamos até o Cadillac e tentávamos descolar umas garotas rodando por Chicago para cima e para baixo. Elas tinham medo de nosso carrão profético com cicatrizes. Íamos e voltávamos às pressas. Em seu frenesi descontrolado Neal dava marcha à ré de encontro aos hidrantes e ria como um maníaco. Pelas nove da manhã o carro era uma ruína completa; o freio já não funcionava, os para-choques estavam destroçados; as bielas batiam. Parecia uma velha bota enlameada e não mais uma limusine flamejante. Pagara o preço da noite. "Obaa!" Os rapazes seguiam tocando no Neets'. E de repente Neal encarou fixamente um canto escuro atrás do palco e balbuciou "Jack, Deus acaba de chegar". Olhei. Quem estava sentado no canto com Denzel Best e John Levy e Chuck Wayne o outrora caubói guitarrista? GEORGE SHEARING. E como sempre estava com a cabeça de cego apoiada em sua mão pálida e os ouvidos abertos como orelhas de elefante escutavam os sons americanos e os arranjavam para uso noturno em seu estilo inglês. Exigiram que ele fosse lá e tocasse. Ele tocou. Tocou inumeráveis acordes repletos de notas surpreendentes cada vez mais altas até o suor respingar todo piano e todos escutaram com reverência e temor. Depois de uma hora o conduziram para fora do palco. Ele retornou para seu canto escuro, o velho Deus Shearing, e os rapazes comentaram "Não sobrou nada depois disso". Mas o esbelto líder da banda franziu as sobrancelhas. "Vamos tocar mesmo assim". Ainda sairia algo dali. Sempre há mais, um pouco mais --- nunca acaba. Eles se esforçaram para encontrar novas frases depois das explorações de Shearing; tentaram arduamente. Retorceram-se e se enroscaram e sopraram. De vez em quando um grito preciso e harmonioso sugeria uma nova melodia que algum dia poderia ser a única música do mundo e que encheria de alegria os corações dos homens. Eles a encontravam, perdiam, lutavam por ela, encontravam-na de novo, riam, gemiam ---e Neal suando na mesa dizia a eles vai, vai, vai. Às nove da manhã todo mundo, músicos, garotas de slack, garçons, e o trombonista magrinho e infeliz cambalearam do bar para o imenso rugido diurno de Chicago para dormir até a outra noite selvagem do bop. Neal e eu estremecemos maltrapilhos. Já estava na hora de devolver o Cadillac para seu dono, que morava afastado na travessa Lake Shore num apartamento finíssimo com uma enorme garagem no subsolo cuidada por negros encardidos de óleo que tinham que dormir à noite para garantir seu emprego e não podiam ficar acordados a noite inteira com o bop. Dirigimos até lá e enfiamos o troço enlameado no seu boxe. O mecânico não reconheceu o Cadillac. Apresentamos os papéis. Ele olhou e coçou a cabeça. Tínhamos de cair fora depressa. Caímos. Pegamos um ônibus de volta até o centro de Chicago e foi isso aí. E jamais ouvimos uma palavra do nosso barão de Chicago sobre o estado de seu carro, embora ele tivesse nossos endereços e pudesse ter reclamado. Acontece simplesmente que ele tinha um monte de dinheiro e não ligava para que tipo de diversão tivemos com seu carro que deveria ser apenas um entre muitos no seu estábulo. Era hora de seguir para Detroit e concluir a última coisa em nossa desordenada vida juntos na estrada. "Se Edie quiser ela voltará direto para NY conosco. Vamos pegar um apartamento na cidade e se aquela sua garota Beverly de Denver realmente vier atrás de você vamos nos acomodar com nossas mulheres e arranjar empregos e caso eu ganhe mais algum dinheiro faremos exatamente como dissemos no trólebus, iremos para a Itália." "Sim cara, vamos!" Pegamos um ônibus para Detroit, nosso dinheiro agora estava acabando. Arrastamos nossa bagagem miserável pela estação. A essa altura o curativo de Neal estava quase tão preto como carvão e dependurado. Estávamos ambos com a aparência tão miserável quanto se pode estar depois de tudo que havíamos feito. Exausto Neal caiu no sono no ônibus que rodava pelo estado de Michigan afora. Puxei conversa com uma garota bonita do interior usando uma blusa de algodão com um decote profundo que exibia o lindo bronzeado da parte superior de seus seios. Eu estava indo ver minha doida ex-mulher, queria testar outras garotas e ver o que elas tinham a me oferecer. Ela era bobinha. Ficava falando das noites no interior fazendo pipoca na varanda. Isso teria alegrado meu coração mas já que o coração dela não estava alegre quando ela o contou eu percebi que não havia nada ali além de uma ideia do que se devia fazer. "E o que mais você faz para se divertir?" Tentei falar de namorados e sexo. Seus grandes olhos negros me fitaram vazios e com uma espécie de contrariedade que remontava a gerações e gerações de seu próprio sangue por não ter feito o que clamava para ser feito... o que quer que fosse, e todo mundo sabe o que é. "O que você quer da vida?" Senti vontade de agarrá-la e de arrancar-lhe a resposta à força. Ela não tinha a menor ideia do que queria. Resmungou algo a respeito de empregos, cinema, visitas à avó no verão, desejando poder ir a Nova York e visitar o Roxy, que tipo de roupa ela usaria --- algo parecido com o que usara na última Páscoa, uma touca branca, rosas, sapatilhas rosadas e uma gabardine de couro. "O que você faz no domingo à tarde?" perguntei. Ela sentava na varanda. Os garotos passavam de bicicleta e paravam para conversar. Ela lia revistas em quadrinhos, deitava-se na rede. "O que você faz numa noite quente de verão?" Ela sentava na varanda, olhava os carros a passar na estrada. Ela e a mãe faziam pipoca. "O que seu pai faz nas noites de verão?" Ele trabalha, faz o turno da noite inteira na fábrica de caldeiras. "O que seu irmão faz nas noites de verão." Anda de bicicleta, fica parado na porta da lanchonete. "O que ele está louco para fazer? O que estamos todos loucos para fazer? O que queremos?" Ela não sabia. Bocejou. Estava com sono. Era demais. Ninguém sabia. Ninguém jamais saberia. Estava tudo acabado. Tinha dezoito anos e era encantadora, e estava perdida. E Neal e eu, esfarrapados e sujos como se morássemos debaixo da ponte, descemos trôpegos do ônibus em Detroit e atravessamos a rua e arranjamos um hotel barato com a lâmpada pendurada no teto e erguemos a persiana encardida e rebentada e olhamos para o beco de paredes de tijolo. Logo depois das lixeiras mais distantes havia algo à nossa espera... Duas mulheres bacanas de slack dirigiam o lugar. Pensamos que fosse um puteiro. As regras estavam escritas e pregadas em cada ripa da parede da espelunca. "Tenha consideração pelos demais inquilinos e não pendure roupa para secar aqui." Não faça isso, não faça aquilo. Neal e eu saímos e comemos um bolo de carne numa cafeteria de vagabundos e começamos a caminhada rumo à casa de minha esposa, oito quilômetros Avenida Mack acima no vasto crepúsculo de Detroit. Eu havia telefonado e ela ainda não tinha chegado. "Se necessário vamos esperar por ela a noite inteira no gramado." "Certo cara, agora estou lhe acompanhando, e você manda." Às dez horas daquela noite ainda estávamos absortos conversando quando uma radiopatrulha estacionou e dois tiras desceram com porretes e nos disseram para levantar. Tinha havido uma queixa sobre dois vagabundos espionando uma casa do gramado do outro lado da rua e falando em voz alta. "Você está enganado sobre nós, oficial, aquela é a casa de minha ex-mulher e estamos esperando ela chegar." "Quem é esse sujeito com você?" "Esse é meu amigo. Viemos da Califórnia a caminho de NY e minha mulher irá conosco." "Pensei que você tinha dito que era sua ex-mulher." "O casamento foi anulado mas podemos vir a casar de novo." Os tiras foram embora hesitantes, mas disseram pra darmos o fora da vizinhança. Fomos para um bar e esperamos lá. Os tiras já haviam falado com o cara do bar e contado toda a história pra ele, pra que ficasse de olho em nós. Neal voltou à casa de Edie uma hora depois pra conferir o que estava acontecendo e foi o horror dos horrores, os tiras haviam batido na porta e falado com a mãe dela e contado o que eu estava fazendo. Ela não queria saber de mim. Tinha arranjado um novo marido, um fabricante de tintas de meia-idade, e não queria mais nenhum tipo de problema com gente como eu. Eximiu-se de toda responsabilidade pelo que eu pudesse estar fazendo em Detroit. Além do mais eles a tiraram da cama. Neal e eu decidimos voltar para o centro e ficar na moita. Quando Edie voltou de algum lugar de Detroit tarde da noite ficou pasma ao ouvir as novidades. De manhã ela mesmo atendeu o telefone quando liguei. "Você e seu amigo maluco venham já aqui. Estarei esperando na esquina com os rapazes." Os rapazes revelaram-se jovens estorvos e doidos delinquentes juvenis da sociedade, e ela então estava com uns 27 anos de idade e ainda tão panaca quanto sempre. No momento em que a vi soube que jamais voltaria para ela: estava gorda, o cabelo cortado curto, vestia macacão e mascava balas com uma mão e bebia cerveja com a outra. Ela não deu bola para Neal e eu, seu velho truque, apenas conversou e deu risadinhas com os garotos. Não obstante nos alimentou bem, sua mãe tinha saído, devoramos uma carne assada inteira. Então saímos no barulhento carro envenenado dos garotos sem nenhum motivo especial. Eram rapazes malucos: dezesseis anos de idade e já encrencados com os tiras com multas por excesso de velocidade e outras coisas mais.. "Pra que você voltou para Detroit Kerouac?" "Não sei, queria ver você." "Bem se vamos casar e tudo o mais de novo dessa vez quero uma empregada." Aquilo encerrou o assunto. "Não quero lavar louça suja, vamos botar alguém a fazer isso." "Você não tem uma bela alma?" "Almas não significam nada pra mim Kerouac, corte o papo juvenil e fale dos fatos." "Você pode enfiar seus fatos." "Ah-ha, o mesmo tolo de sempre." Essa era a nossa conversa amorosa. Neal escutava e olhava de modo penetrante. "Sabe qual é o problema dela?" disse ele. "Ela tem uma pedra na barriga, tem um peso lá dentro que faz pressão e vibra contra seu estômago e não a deixa vir e falar. Ela não fará nada o resto da vida a não ser bobear e bobear o tempo todo e você não chegará a lugar nenhum com ela." Era uma estimativa bastante razoável. Contudo eu tinha tamanha consideração por ela em virtude do passado que não quis deixar Detroit de imediato. Queria transar com ela. Naquela noite ela arranjou uma amiga para Neal, mas a amiga não quis dar um chega pra lá no seu namorado e nós cinco saímos no carro de Edie para ouvir jazz na rua Hastings do bairro negro de Detroit. É uma cidade taciturna. Um grupo de negros passou por nós na rua e disse "Sem dúvida tem um monte de brancos por aqui." Com certeza estávamos de volta ao Leste. Neal sacudiu a cabeça triste. "Cara, não é legal por aqui. Essa é uma cidade dos infernos." Detroit de fato é possivelmente uma das piores cidades da América. Não passa de quilômetros e quilômetros de fábricas e a parte do centro não é maior do que Troy N.Y exceto que a população chega a milhões. Todo mundo pensa em dinheiro, dinheiro, dinheiro. Mas lá na r. Hastings os rapazes estavam soprando. Um tremendo sax-barítono que Neal e eu tínhamos visto antes no Jackson's Hole de Frisco naquele inverno estava no palco, mas o palco ficava acima do bar, onde as garotas dançavam, e a ideia era dança não música. Não obstante o velho barítono soprava e embalava seu sax grandão em um blues acelerado. E a pobre Edie, ela sentou-se no bar com as mãozinhas entrelaçadas como uma criança, segurando-as diante do rosto radiante por ouvir aquilo. E de repente disse para mim em meio ao tumulto "Ei! Esse Neal tem uma alma maravilhosa." Eu disse "Como é que você sabe?" Então percebi que Edie era maravilhosa como sempre mas que agora havia algo entre nós e que jamais daríamos certo juntos. Fiquei muito triste. Aquele algo eram os anos de separação --- ela havia mudado, mudado as amizades, o modo de passar as noites, os interesses, e tudo isso havia permitido que ela caísse em completa autoindulgência e desleixo. Mas a velha chama ainda estava ali. Há poucos meses

Hunkey a havia visitado em Detroit e deixado um conjunto completo de camisas finas na casa dela onde ficou uns dias reclamando até a mãe de Edie expulsá-lo. Hunkey agora estava em Sing Sing, trancafiado por anos entre os bongôs de lata que prisioneiros porto-riquenhos fazem para deleitar-se ao crepúsculo nas salas gradeadas. Ela me deu uma das camisas; quem a usa hoje é minha nova esposa; uma linda camisa fina, típica de Hunkey. Eu queria fazer amor com Edie pela última vez mas ela não estava fim. Fomos de carro até o lago, sozinhos, tendo deixado Neal no hotel onde as proprietárias piranhas recusaram-se a deixar Edie entrar para conversar e beber cerveja ("Não dirigimos um lugar desse tipo!") e Edie mandou-as pro inferno. No lago ficamos dentro do carro como amantes comuns. Eu disse "Que tal você e eu tentarmos pela primeira vez ou pela última vez como você achar melhor." "Não seja bobo." Fiquei furioso e saltei do carro e bati a porta e saí para "ruminar" à beira d'água. Isso sempre havia funcionado antes, ela sempre ia atrás para me acalmar. Mas dessa vez ela simplesmente engatou a ré, arrancou e foi embora para casa dormir, deixando-me com onze quilômetros de noite de Detroit para caminhar porque não havia ônibus algum em lugar nenhum. Voltei seis quilômetros e meio a pé até a parada mais próxima de trólebus. Foi como as caminhadas que dei no escuro no bulevar Alameda em Denver quando costumava bater a cabeça no asfalto que tremeluzia à luz das estrelas. Estava tudo acabado, Neal disse que poderíamos muito bem ir para NY. Eu queria tentar uma última vez. Fomos à casa de Edie na tarde seguinte e passamos outras cinco horas de bobeira com os garotos malucos e devorando a comida da geladeira enquanto a mãe dela estava no trabalho. Então Edie nos disse para esperar no bar da Av. Mack o mesmo do garçom inquisitivo, até ela juntar-se a nós lá. Mal dobramos a esquina olhei para trás e a vi acenando para um carro na rua e escapulindo de casa pela porta da frente para dentro dele. O carro deu ré para não vir em nossa direção e sumiu. "Que diabos é isso? Foi Edie que entrou naquele carro? Ela não vinha encontrar-se conosco aqui?" Neal ficou calado. Esperamos por uma hora e então ele passou o braço à minha volta e disse "Jack você não quer acreditar mas você não vê o que aconteceu? Jamais lhe ocorreu que ela tem um cara, um amante em Detroit, ele acaba de vir pegá-la. Você vai esperar aqui a noite inteira." "Ela nunca foi assim!" "Você não consegue conhecer as mulheres nem mesmo depois de um milhão de anos com elas. É como Louanne, homem, são todas piranhas --- e você sabe que por piranha quero dizer algo inteiramente diferente do que a palavra significa. Elas simplesmente mudam de ideia e se afastam de você como se trocassem de casaco de pele e não se importam mais. As mulheres conseguem esquecer o que os homens não conseguem. Ela esqueceu você, cara. Você não quer acreditar." "Não posso." "Você a viu com seus próprios olhos não viu?" "Creio que vi." "Ela escapuliu com ele. Bem cachorra mesmo, ela não dirá nadinha do que tem em mente. Oh cara, eu conheço essas mulheres, eu estive observando-a nesses dois dias e sei, EU SEI." O verão tinha terminado. Ficamos parados na calçada defronte ao bar --- e que diabos estávamos fazendo em Detroit? --- e esfriou. Era o primeiro anoitecer frio desde a Primavera. Nos encolhemos em nossas camisetas. "Ah homem sei como você se sente. E estabelecemos nossas vidas nesse aperto --- terminei com Carolyn, terminei há tempo com Louanne, e agora você terminou com Edie. Vamos pra NY e começaremos tudo de novo. Amei Louanne com cada fibra de meu ser, cara, e recebi o mesmo tratamento que você está recebendo." Contudo voltei à casa dela pra ver se ela estava lá. Agora sua mãe estava em casa, eu a vi na janela da cozinha. Aquela era uma época de minha vida totalmente acabada. Concordei com Neal. "As pessoas mudam, cara, é isso que você tem que saber." "Espero que você e eu jamais venhamos a mudar." "Nós sabemos, nós sabemos." Pegamos um trólebus e fomos para o centro de Detroit, e de repente lembrei que certa vez Louis Ferdinand Celine andou no mesmo trólebus com seu amigo Robinson, fosse quem fosse Robinson se não o próprio Celine provavelmente; e Neal era como eu mesmo, pois eu tinha sonhado com Neal na noite passada no hotel, e Neal era eu. De qualquer modo ele era meu irmão e ficamos juntos. Não podíamos pagar outra noite no quarto do hotel de modo que guardamos nossa bagagem no guarda-volumes da Greyhound e decidimos passar a noite num cinema de sessões contínuas na Boca do Lixo. Estava frio demais para os parques. Hunkey circulara pela boca do lixo de Detroit, tinha curtido todas as barracas de tiro ao alvo e cinemas que jamais fechavam e todos os bares barulhentos com seus olhos negros várias vezes. O fantasma dele nos amedrontava. Nunca mais o encontraríamos na Times Square. Pensamos que por acaso o Velho Neal Cassady talvez também estivesse por ali --- mas não estava. Por 35c por cabeça entramos no velho cinema decadente e sentamos no mezanino, até de manhã quando fomos escorraçados escada abaixo. As pessoas que estavam no cinema eram o fim. Negros surrados que tinham vindo do Alabama para trabalhar nas fábricas de automóveis baseados em boatos; velhos vagabundos brancos; hipsters cabeludos que haviam chegado ao fim da linha e bebiam vinho; prostitutas, casais ordinários e donas de casa que não tinham nada para fazer, nem lugar aonde ir, ninguém em quem acreditar. Passando toda Detroit pela peneira seria difícil reunir amostra mais exata da escória da cidade. O filme principal era estrelado pelo caubói cantor Roy Dean e seu galante Cavalo Bloop branco; o complemento do programa era um filme passado em Istambul com Geo. Raft, Sidney Greenstreet e Peter Lorre. Durante a noite vimos seis vezes cada um. Vimos os atores caminhando, os ouvimos dormindo, sentimos seus sonhos, quando a manhã despontou estávamos completamente impregnados pelo estranho Mito cinzento do Ocidente e pelo esquisito Mito negro do Oriente. Desde então todos os meus atos têm sido automaticamente ditados ao meu subconsciente por essa horrível experiência osmótica. Ouvi o grandalhão Greenstreet lançar umas cem vezes seu riso de escárnio; ouvi a chegada sinistra de Peter Lorre, estive junto com Geo. Raft em seus temores paranoicos; cavalguei e cantei com Roy Dean e atirei inúmeras vezes nos ladrões de gado. As pessoas bebiam no gargalo das garrafas e olhavam ao redor no cinema escuro procurando o que fazer, alguém com quem conversar. Todos carregavam uma culpa silenciosa, ninguém falava nada. No alvorecer cinzento que bufava fantasmagoricamente pelas janelas do cinema e abordava suas marquises eu estava dormindo com a cabeça apoiada no braço de madeira do assento quando seis faxineiros convergiram até mim com a produção total do lixo da noite e formaram uma imensa pilha poeirenta da altura do meu nariz enquanto eu roncava de cabeça pendida --- até que quase me varreram também. Isso me foi contado por Neal que observou a cena dez cadeiras atrás. Todas as baganas de cigarro, as garrafas, caixas de fósforos, o lixo inteiro era varrido até aquele monte. Se tivessem me misturado àquilo Neal jamais voltaria a me ver outra vez. Ele teria de percorrer todos os Estados Unidos vasculhando cada depósito de lixo de costa a costa antes de me encontrar embrionariamente enroscado entre o lixo da minha vida, da vida dele e da vida de todo mundo que tinha e que não tinha nada a ver com isso. O que diria eu para ele desse meu útero de sujeira. "Não me incomoda, cara, estou feliz aqui. Você me perdeu naquela noite em Detroit em agosto de 1949. Que direito tem de chegar e perturbar meus devaneios aqui nessa lata de lixo gosmenta." Em 1942 fui protagonista de um dos mais imundos dramas de todos os tempos. Eu era marinheiro, e fui ao Café Imperial na Scollay Square em Boston para me embebedar. Engoli 60 copos de cerveja e me retirei para o banheiro, onde me enrosquei na privada e adormeci. No decorrer da noite pelo menos uma centena de marinheiros, homens do mar e civis das mais variadas espécies vieram mijar e vomitar em cima de mim até eu ficar irreconhecivelmente coberto. Mas no fundo que diferença faz? --- o anonimato no mundo dos homens é melhor do que a fama no céu, porque o que é o céu? o que é a terra? tudo na mente. Ao raiar o dia Neal e eu saímos grogues daquele antro de horrores e partimos em busca de um carro na agência de viagens. Era chegado o fim. Nada mais restava a não ser desespero. Depois de passarmos boa parte da manhã nos bares negros e caçando garotas e curtindo jazz nas vitrolas automáticas, finalmente arranjamos nosso carro e fomos instruídos a ir até a casa do homem com nossa bagagem e ficarmos prontos para partir. Neal e eu sentamos em um parque descansando na grama. Neal olhava para mim. "Diga homem você acha que terá problemas nos ouvidos dentro de alguns anos?" "Do que você está falando?" "Você está com os ouvidos escuros, isso é mau sinal." Não era culpa minha, nem ia discutir isso. "O que você quer que eu faça?" berrei. "Por acaso criei o mundo? Por acaso cometi isso ou sequer cogitei?" Então enfiei o minguinho dentro da orelha e percebi que Neal estava certo. Era muito triste. Estava tudo caindo aos pedaços gradativamente. Nos reclinamos na grama e olhamos para o céu azul. Trólebus guinchavam por todos os lados. Naquela tarde ficamos sabendo que teríamos que esperar até o dia seguinte, e naquela noite liguei para Edie outra vez e dessa vez ela apareceu com uma caixa de cerveja no banco de trás do carro e fomos ouvir jazz de novo. Ela não tinha mesmo nada a dizer sobre ter dado o cano na noite anterior; ela mal notou que tinha feito aquilo. "Oh ela tem a pedra na barriga!" sussurrou Neal. Ela cruzou um sinal vermelho na Rua Hastings e no mesmo instante um carro da polícia nos pegou e mandou parar. Neal e eu saltamos com as mãos ao alto. Àquela altura já estávamos nesse estado lamentável. Os tiras imediatamente nos revistaram. Não estávamos com nada além de camisetas. Eles nos apalparam e tocaram por tudo e ficaram carrancudos e descontentes. "Que droga" disse Edie "nunca me meto em problema com os tiras quando estou sozinha. Escutem aqui camaradas sabem quem é o meu pai? Não quero saber dessa bosta!" "O que você está fazendo com uma caixa de cerveja no banco de trás do carro?" "Não é da maldita conta do sr." "Acontece que você passou um sinal vermelho mocinha." "E daí?" Nunca se viu ninguém mais insolente com os tiras. Já Neal e eu estávamos completamente acostumados com aquilo. Seguimos os tiras até a delegacia de polícia e nos identificamos para o escrivão. Neal chegou a ficar animado e contou histórias para o Sgt. Edie estava fazendo importantes ligações telefônicas e arregimentando todos os parentes para apoiá-la. Virou-se para mim furiosa. "Keroauc é sempre com você que aparecem os tiras, você e esse seu maldito amigo parecem uma dupla de vagabundos de primeira grandeza. Nunca mais terei porra nenhuma a ver com você." "Tudo bem" eu disse "Sua mãe disse que eu não devia reabrir velhas feridas, disse que eu era um vadio." "E sabe que ela está certa?" Neal e eu ficamos encantados por estar na delegacia de polícia, era como estar em casa, foi maravilhoso. Os tiras meio que se agradaram de nós. Mais um passo e estaríamos levando porrada na sala dos fundos e gritando deliciados --- talvez. Edie assustou por completo a delegacia inteira com seus insultos atrevidos e ameaças de socialite e nós três fomos liberados e saímos para beber a caixa de cerveja. Em um sonho atordoado ela foi embora para casa e nunca mais a vi outra vez. Na tarde seguinte Neal e eu penamos oito quilômetros dentro de um ônibus com nossa bagagem surrada até chegarmos à casa do homem que nos cobraria $4 por cabeça por uma carona até NY. Era um sujeito de meia-idade loiro e de óculos, com esposa e filho e uma boa casa. Esperamos no pátio enquanto ele se aprontava. Sua amável esposa com vestido caseiro de algodão nos ofereceu um café mas estávamos ocupados demais conversando. A essa altura Neal estava tão exausto e fora de si que tudo que via deliciava-o. Estava prestes a atingir mais um êxtase devoto. Suava sem parar. No instante em que embarcamos no Chrysler novinho e partimos para Nova York o pobre homem compreendeu que havia apanhado dois maníacos, mas se esforçou para tirar proveito da situação e até se acostumou com o nosso jeito ao passar pelo Briggs Stadium e falarmos sobre a próxima temporada do Detroit Tigers. Cruzamos Toledo sob a noite enevoada e seguimos através do velho Ohio. Percebi que estava começando a cruzar e a recruzar as cidades da América como se fosse um caixeiro-viajante --- viagens atribuladas, mercadorias de má qualidade, feijão podre no fundo da minha sacola de truques, comprador nenhum. Perto da Pensilvânia o homem cansou e Neal pegou o volante dirigindo direto até Nova York e começamos a ouvir o programa de Symphony Sid no rádio com todas as últimas novidades do bop e estávamos penetrando na imensa e derradeira cidade da América. Chegamos lá de manhãzinha. Times Square fervilhava, uma vez que NY nunca descansa. Ao passarmos por lá procuramos por Hunkey automaticamente. Em uma hora Neal e eu estávamos no novo apartamento de minha mãe em Long Island onde o homem de Detroit quis se lavar, e ela estava tremendamente atarefada discutindo os preços de um serviço com uns pintores que eram amigos da família enquanto subíamos as escadas vindos de San Francisco. "Jack" disse minha mãe "Neal pode ficar uns dias aqui mas depois terá que ir embora, está me entendendo?" A viagem estava encerrada. Naquela noite Neal e eu demos uma caminhada entre os tanques de gasolina e pontes de linha férrea e lâmpadas nebulosas de Long Island. Lembro-me dele parado sob um poste de luz. "Logo depois que passamos aquele outro poste ali atrás, Jack eu ia te contar um lance mas agora decidi parenteticamente enveredar por um novo assunto mas logo que chegarmos ao próximo poste eu retomo o assunto original, concorda?" Claro que eu concordava. Estávamos tão acostumados a viajar que precisamos percorrer toda Long Island mas não havia mais terra, apenas o Oceano Atlântico e não podíamos ir adiante. Apertamos as mãos e combinamos ser amigos para sempre. Menos de cinco noites depois fomos a uma festa em Nova York e vi uma garota chamada Diane e disse a ela que tinha um amigo que ela precisava conhecer. Eu estava bêbado e disse que ele era um caubói. "Oh sempre quis conhecer um caubói". "Neal?" gritei pela festa, que incluía o poeta Jose Garcia Villa, Walter Adams, o poeta venezuelano Victor Tejeira, Jinny Baker uma antiga paixão minha, Allen Ginsberg, Gene Pippin e inúmeros outros --- "chega aqui cara." Neal se aproximou timidamente. Uma hora depois na bebedeira da festa com a qual é claro que ele não tinha nada a ver ele estava ajoelhado no chão com o queixo na barriga dela e falando e lhe prometendo tudo e suando. Ela era uma morenaça sexy, como Villa dizia "Saída de um quadro de Degas" e no geral lembrava uma linda puta parisiense. No dia seguinte Neal estava morando com ela; numa questão de meses eles regateavam por meio de ligações interurbanas para Carolyn em San Francisco os papéis necessários para o divórcio de modo que pudessem se casar. Não apenas isso, mas alguns meses depois Carolyn deu à luz o segundo filho de Neal, resultado de algumas noites de entendimento pouco antes de eu chegar lá. E em questão de mais alguns meses Diane ganhava um bebê. Somando-se um filho ilegítimo em algum lugar do Colorado Neal agora era pai de quatro crianças e não tinha nenhum centavo e estava todo confuso e extasiado e veloz como sempre. Chegou o tempo de eu finalmente ir para o Oeste sozinho com um novo dinheiro com a intenção de descer até o México e gastá-lo lá, e Neal --- jogou tudo pros ares e foi juntar-se a mim. Foi nossa última viagem e terminou entre as bananeiras que nós sempre soubemos que havia no fim da estrada.

LIVRO QUATRO:-

Como disse, peguei um novo dinheiro e --- uma vez que ajeitei minha mãe com o aluguel até o final do ano --- nada para fazer, lugar nenhum para ir. Jamais teria caído fora outra vez exceto por dois motivos. Um: uma mulher que me alimentava com lagostas, canapés de cogumelo e aspargos frescos no meio da noite em seu apartamento em NY mas de resto me proporcionava maus momentos. Dois: toda vez que a Primavera chega a NY não consigo resistir às insinuações da terra sopradas pelo vento desde Nova Jersey do outro lado do rio e tenho de partir. Então parti. Pela primeira vez nas nossas vidas despedi-me de Neal em Nova York e deixei-o lá. Ele trabalhava num estacionamento na Madison com a 40. Como sempre corria de um lado para outro com sapatos rotos e camiseta e calças frouxas organizando sozinho os imensos rushes de carros da hora do almoço. Arremessava-se entre para-lamas, saltava sobre para-choques, disparava atrás do volante e saía rugindo por três metros e estacava o carro com um solavanco; descia, corria direto pelo estacionamento, tirava cinco carros da parede em vinte segundos; voltava a toda velocidade como um maníaco, saltava para dentro do carro ofensivo que trancava o fluxo e rodopiava com ele por entre o zigue-zague de carros desligados até uma bela parada em um canto reservado. Ao entardecer quando normalmente ia visitá-lo não havia nada para fazer. Ele ficava na barraca contando os tíquetes e alisando a barriga. O rádio estava sempre ligado. "Cara você tem que curtir aquele louco do Marty Glickman narrando jogos de basquete --- até-o-meio-da-quadra-quicando-finta-arremesso-na-cesta (pausa) roça no garrafão, dois pontos. Simplesmente o maior narrador que já ouvi." Estava reduzido a prazeres simples como esse. Morava com Diane num quarto e sala sem água quente no lado Leste, na altura da 70. Quando chegava em casa à noite tirava toda a roupa e vestia um robe de seda chinês que ia até os quadris e sentava na poltrona para fumar o narguilé cheio de maconha. Eram esses seus prazeres caseiros: junto com um baralho de cartas pornográficas. "Ultimamente tenho me concentrado nesse dois de ouros. Já percebeu onde está a outra mão dela? Aposto que não. Olha bem e tenta descobrir." Queria me alcançar esse dois de ouros, onde havia um sujeito alto e melancólico na cama com uma triste prostituta lasciva tentando uma nova posição. "Vai firme homem, já me servi dela muitas vezes!" Sua esposa Diane estava na cozinha e olhou para a sala com um sorriso constrangido. Tudo estava bem para ela. "Sacou ela? sacou cara? Essa é Diane. Vê, é só o que ela faz, põe a cabeça na porta e sorri. Oh já falei com ela e estamos combinados da melhor maneira. Esse verão vamos viver em uma fazenda em New Hampshire --- uma caminhonete pra mim pra que eu possa dar umas voltas em NY de vez em quando, um casarão legal e um monte de filhos nos próximos anos. Aham! Harrumf! Egad!" Saltou da cadeira e pôs um disco de Willie Jackson. Era exatamente como ele havia vivido com Carolyn em Frisco. Diane telefonava constantemente para a segunda mulher e elas mantinham longas conversas. Até trocavam cartas sobre as excentricidades de Neal. Claro que ele era obrigado a mandar parte de seu salário mensal para sustentar Carolyn ou acabaria na prisão. Para recuperar o dinheiro perdido dava golpes no estacionamento, um artista de primeira na hora de dar o troco. Certa vez o vi desejando Feliz Natal a um sujeito endinheirado com tamanha lábia que cinco dólares a menos num troco para vinte passaram despercebidos. Saímos e gastamos na Birdland a boate do bop. Em certa noite nevoenta ficamos conversando na esquina da Quinta Avenida com a 49, às três da manhã. "Bem Jack, que merda, realmente preferia que você não estivesse partindo. Será a primeira vez que ficarei em Nova York sem meu velho companheiro." E ele completou "Nova York, estou de passagem, meu lar é em Frisco. Todo esse tempo que estou aqui não transei com nenhuma outra garota a não ser Diane --- só mesmo em Nova York isso poderia me acontecer. Que merda! Mas a simples ideia de cruzar outra vez esse horrível continente... Jack há muito tempo não temos uma conversa séria." Em Nova York estávamos sempre agitando horrores com multidões de amigos em festas ébrias. De alguma maneira aquilo parecia não combinar com Neal. Encolhido sob a névoa e garoa fria na 5ª Av. deserta à noite ele se parecia mais consigo mesmo. "Diane me ama. Ela disse que posso fazer o que quiser que não haverá o menor problema...Veja só cara, a gente envelhece e os problemas se acumulam. Um dia você e eu acabaremos percorrendo os becos juntos ao pôr do sol revirando latas de lixo." "Você quer dizer que acabaremos como velhos vagabundos?" "Por que não cara? Claro que sim se assim quisermos, e tudo mais. Não há problema algum em acabar desse jeito. Você passa toda uma vida de não interferência nos desejos dos outros incluindo políticos e ricos e ninguém lhe incomoda e você segue em frente fazendo as coisas do seu jeito." Concordei. Ele estava atingindo suas decisões maduras de uma maneira simples e direta. "Qual é a sua estrada homem? --- a estrada do garoto místico, a estrada do homem louco, a estrada do arco-íris, a estrada dos peixes, qualquer estrada. Há uma estrada em qualquer lugar para qualquer pessoa em qualquer circunstância. Como, onde, por quê?" Concordamos sob a chuva. Era um senso bondoso. "Merda, e temos que nos cuidar. Se você perde o pique não é mais um homem - - o negócio é fazer o que o médico diz. Falando sério Jack, não importa onde eu more meu baú está sempre despontando de debaixo da cama, estou sempre pronto para partir ou ser posto na rua. Decidi abrir mão de tudo. VOCÊ me viu quebrar a cara tentando de tudo e VOCÊ sabe que isso não importa e que nós conhecemos o tempo... como desacelerar e andar e curtir e verdadeiros agitos à moda antiga, que outros agitos existem? Nós sabemos disso." Suspiramos sob a chuva. Chovia a cântaros em todo o Vale do Hudson naquela noite. Os grandes cais do mundo deste rio largo como o mar estavam encharcados, os velhos desembarcadouros dos navios a vapor de Poughkeepsie estavam encharcados, o velho lago Split Rock das nascentes estava encharcado, o Vanderwhacker Mount estava encharcado, toda terra e solo e rua da cidade estavam encharcados. "E assim" disse Neal "vou seguindo a vida para onde ela me levar. Sabe que recentemente escrevi para o meu velho na prisão de Denver --- outro dia desses recebi a primeira carta dele em muitos anos". "É mesmo?" "Simm, simm.. ele disse que assim que puder ir a Frisco quer conhecer o bebbê e escreveu com dois bês. Encontrei um lugar sem água quente a $13 por mês na 40 Leste, se eu conseguir mandar o dinheiro ele virá morar em Nova York --- se chegar até aqui. Nunca lhe falei muito da minha irmã mas você sabe que eu tenho uma linda irmãzinha. Também gostaria que ela viesse morar comigo." "Onde é que ela está?" "Pois é bem isso, não sei --- ele vai tentar achá-la, o velho, mas você sabe o que ele fará realmente..." "Então ele voltou pra Denver?" "E direto para a prisão." "Por onde ele andava?" "Texas, Texas... portanto você tá vendo homem, minha alma, o estado das coisas, minha posição --- você percebe que estou mais calmo." "Sim é verdade." Neal tinha se acalmado em Nova York. Ele queria conversar. Estávamos morrendo de frio na chuva gelada. Marcamos um encontro na casa da minha mãe antes de eu partir. Ele veio no domingo seguinte à tarde. Eu tinha um aparelho de televisão. Vimos um jogo de beisebol na TV, outro no rádio, e ficávamos trocando para um terceiro para nos antenarmos em tudo ao mesmo tempo. "Lembre Jack, Hodges está em segundo no Brooklyn de modo que enquanto esse arremessador reserva está entrando no Phillies vamos mudar para Giants versus Boston e é bom lembrar ao mesmo tempo que DiMaggio ainda tem três bolas e como esse lançador está remexendo no saco de resina vamos descobrir imediatamente o que aconteceu com Bob Thomson desde que o deixamos há trinta segundos com um homem na terceira. Sim!" Mais tarde saímos e fomos jogar beisebol com uns garotos num campo sujo de fuligem ao lado da linha férrea de Long Island. Também jogamos basquete tão freneticamente que os meninos diziam "Calma, não precisam se matar". Eles batiam bola agilmente à nossa volta e nos venciam com a maior facilidade. Neal e eu suávamos. A certa altura

Neal caiu de cara no chão de cimento da quadra. Ofegávamos e bufávamos para tirar a bola dos meninos: eles davam um giro e saíam jogando. Outros imprimiam uma arrancada veloz e tranquilamente jogavam a bola sobre nossas cabeças. Pulávamos em direção à cesta como loucos e os garotos se limitavam a chegar e tirar a bola de nossas mãos suadas e driblar-nos. Pensaram que éramos loucos. Neal e eu voltamos para casa jogando a bola com cada um numa calçada da rua. Tentamos jogadas extraespeciais saltando sobre arbustos e rente aos postes. Quando um carro passou corri ao lado dele e lancei a bola para Neal tirando um fininho do para-choque que desaparecia. Ele se jogou e apanhou-a e rolou na grama, e a atirou de volta para mim por cima do caminhão do padeiro que estava estacionado. Consegui pegá-la com minha mão carnuda e a joguei de volta e Neal teve de rodopiar jogando-se para trás e caindo de costas no meio de uma cerca viva. E assim fomos. De volta à minha casa Neal pegou sua carteira, pigarreou, e entregou para minha mãe os quinze dólares que lhe devia desde aquela vez em que fomos multados por excesso de velocidade em Washington. Ela ficou completamente surpresa e contente. Fizemos um jantar maravilhoso. "Bem Neal" disse minha mãe "espero que você tome conta do novo bebê que está a caminho e permaneça casado desta vez." "Sim, simm, sim." "Você não pode ficar viajando pelo país fazendo filhos desse jeito. Esses coitadinhos vão crescer desamparados. Você tem que dar a eles uma oportunidade na vida." Ele olhava para os sapatos e balançava a cabeça. Nos despedimos num entardecer úmido e rubro, num viaduto, acima de uma superhiway. "Tomara que você esteja em NY quando eu voltar" falei. "Só espero, Neal, é que algum dia possamos morar na mesma rua com nossas famílias e juntos nos tornarmos dois veteranos." "Pode crer cara --- você sabe que eu rezo pra isso plenamente consciente de todos os problemas que já temos e dos que estão por vir, como sua mãe sabe e fez questão de me lembrar. Eu não queria esse novo bebê, Diane insistiu e não se cuidou e nós brigamos. Tá sabendo que Louanne casou com um marinheiro em Frisco e vai ter um bebê?" "Sim. Estamos todos entrando nessa agora."

Ele me mostrou uma foto de Carolyn em Frisco com a nova menininha. A sombra de um homem obscurecia a menina na calçada ensolarada, duas enormes pernas de calças tristes. "Quem é esse?" "É apenas o Al Hinkle. Ele voltou para Helen, estão em Denver agora. Passaram o dia tirando fotos." Ele me mostrou outras fotos. Percebi que eram essas as fotografias que nossos filhos olhariam algum dia com espanto, pensando que seus pais tinham vivido vidas ordeiras e tranquilas e acordavam de manhã para percorrer orgulhosamente as calçadas da vida, sem jamais sonhar com a loucura esfarrapada e a balbúrdia, de nossas vidas reais, de nossa noite real, o inferno disso, a estrada do pesadelo sem sentido. Escândalos denunciam o mundo, os filhos jamais sabem. "Tchau, tchau." Neal afastou-se sob o longo entardecer rubro. Fumaça das locomotivas rodopiava sobre ele, como em Tracy, como em Nova Orleans. Sua sombra o seguia, distorcendo seu andar e pensamentos e próprio ser. Virou-se e me abanou tímida e recatadamente. Fez o sinal dos ferroviários indicando que a linha estava livre, saltitou pra cima e pra baixo, gritou algo que não ouvi. Correu em círculos. Chegou cada vez mais próximo do parapeito de concreto da ponte da linha férrea. Fez um último sinal. Abanei de volta. De repente curvou-se em direção a sua própria vida e desapareceu de vista rapidamente. Encarei pasmo o vazio de meus próprios dias; também tinha um caminho horrivelmente longo a percorrer. Na meia-noite seguinte peguei o ônibus para Washington; matei um pouco de tempo perambulando por lá; desviei-me do caminho para ver a Blue Ridge; ouvi o pássaro de Shenandoah e visitei a tumba de Stonewall Jackson; ao poente lá estava eu escarrando no Kanawha e caminhando pela noite caipira de Charleston Virgínia Ocidental; à meia-noite Ashland Kentucky e uma garota solitária sob a marquise de um cinema fechado. O sombrio e enigmático Ohio, e Cincinnati ao alvorecer. Então os campos de Indiana outra vez, e St. Louis como sempre em suas grandes nuvens vespertinas do vale. Os pedregulhos enlameados e as Toras de Montana, barcos a vapor estragados, placas antigas, grama e cordas ao longo do rio. Missouri noite adentro, os campos do Kansas, o gado noturno do Kansas em secretas amplitudes, cidades de caixas com um oceano ao final de cada rua; alvorecer em Abilene. As pastagens do Kansas Oriental transformando-se na aridez do Kansas Ocidental e subindo as colinas da noite ocidental. George Glass estava comigo no ônibus. Tinha embarcado em Terre Haute em Indiana e agora dizia para mim "Já falei por que odeio essa roupa que estou vestindo, ela é nojenta --- mas isso não é tudo". Mostrou uns papéis. Acabara de ser libertado da penitenciária Federal de Terre Haute, roubo e venda de carros em Cincinnati. Um jovem de 20 anos e cabelos encaracolados. "Assim que chegar a Denver vou vender esse traje na loja de penhores e arranjar uma Levis. Sabe o que fizeram comigo na prisão? --- solitária com uma bíblia, eu me sentava em cima dela no chão de pedra, quando viram o que eu estava fazendo levaram a bíblia embora e trouxeram uma de bolso minúscula. Não podia me sentar nela então li toda a bíblia e o testamento. Ei ei" me dava cotoveladas, mascando umas balas, estava sempre comendo balas porque seu estômago fora arruinado na prisão e agora não suportava nenhum outro alimento --- "sabe que há umas passagens muito loucas naquela bí-blia". Me explicou o que significava sugerir. "Qualquer sujeito que está prestes a ser libertado e começa a falar sobre a data em que vai sair da prisão está sugerindo para os que ainda têm que ficar mais. Nós o pegamos pelo pescoço e dizemos 'Para de sugerir pra mim!' Péssimo hábito, sugerir - - tá entendendo?" "Não vou sugerir, George." "Alguém sugere pra mim e minhas narinas se dilatam, fico louco o bastante para matar. Sabe por que passei a vida inteira na prisão? Porque perdi a cabeça quando tinha treze anos. Estava no cinema com um garoto e ele soltou uma piadinha sobre minha mãe --- você sabe aquela palavra suja --- e eu puxei meu canivete e cortei o pescoço dele e teria matado se não tivessem me arrancado à força. O juiz perguntou, Você sabia o que estava fazendo quando atacou seu amigo. Sim senhor meritíssimo eu sabia, queria matar aquele filho da puta e ainda quero. E assim não fiquei em condicional, me mandaram direto para o reformatório. Também fiquei com hemorroidas por passar sentado na solitária. Não vá parar numa penitenciária Federal, são as piores. Porra, seria capaz de passar a noite inteira falando de tanto tempo que não converso com ninguém. Você não imagina o quanto me senti BEM saindo de lá. Quando entrei nesse ônibus você estava aí sentado --- cruzando Terre Haute --- em que estava pensando?" "Estava apenas andando aqui sentado." "Eu, eu estava cantando. Vim pra junto de você porque fiquei com medo de sentar perto de alguma garota por temer enfiar as mãos debaixo do vestido dela. Tenho que dar um tempo." "Outra passagem pela cadeia e você fica apodrecendo lá pelo resto da vida --- melhor pegar leve a partir de agora." "É o que pretendo fazer, o único problema é que minhas narinas se dilatam e eu já não sei mais o que estou fazendo." Estava a caminho do Colorado para morar com o irmão e a cunhada; tinham arranjado um emprego para ele. A passagem fora paga pelos Feds, ele estava em liberdade condicional. Ali estava um jovem rebelde como Neal havia sido; seu sangue fervia demais pra que ele pudesse se controlar; suas narinas se dilatavam; mas ele não possuía aquela estranha santidade natural para salvá-lo de seu destino férreo. "Me dê uma força e vê se não deixa minhas narinas se dilatarem em Denver certo Jack? - - talvez assim eu consiga chegar são e salvo no meu irmão." Claro que concordei. Quando desembarcamos em Denver peguei-o pelo braço e percorremos a rua Larimer para empenhar a roupa do presídio. O velho judeu percebeu imediatamente do que se tratava antes que estivesse meio desembrulhada. "Não quero essa porcaria, recebo roupas assim todos os dias dos garotos de Canon City." Toda a rua Larimer estava infestada por ex-presidiários tentando vender as roupas recebidas na porta da prisão. George terminou com a coisa numa sacola de papel debaixo do braço cruzando pelas ruas com uma levis nova em folha e uma camisa esporte. Fomos para o velho bar de Neal em Glenarm --- no caminho George jogou a roupa numa lata de lixo --- e telefonamos para Ed White. Já era noite. "Você?" disse Ed White com uma risadinha. "Tô indo já praí." Em dez minutos ele entrou no bar saltitante junto com Frank Jeffries. Ambos tinham voltado da França e estavam tremendamente desapontados com suas vidas em Denver. Amaram George e pagaram cervejas para ele. Ele começou a gastar a torto e a direito todo o dinheiro que trouxera da penitenciária. Lá estava eu de volta à amena e escura noite de Denver com seus becos sagrados e casas malucas. Começamos a rodar todos os bares da cidade, botecos de West Colfax e bares negros de Five Points, a rotina. Há anos Frank Jeffries esperava me conhecer e agora pela primeira vez ali estávamos em suspense diante de uma aventura. "Jack, desde que voltei da França não tenho a menor ideia do que fazer da vida. É verdade que você está indo para o México? Porra, posso ir com você? Posso conseguir cem dólares agora e assim que chegar lá me inscreverei para uma bolsa de reservista na Faculdade da Cidade do México." Tudo bem, ficou combinado, Frank iria comigo. Era um garoto de Denver esguio e tímido de cabelos rebeldes com um largo sorriso de vigarista e gestos lentos e suaves como Gary Cooper. "Porra!" dizia enfiando os polegares no cinto e trotando pelas calçadas, balançando de um lado para outro sempre na lenta. Seu pai estava em cima dele. Tinha sido contra a viagem à França e agora era contrário à ideia de ir para o México. Por causa da briga com o pai Frank estava perambulando pelas ruas de Denver como um vagabundo. Naquela noite depois de bebermos todas e impedir que as narinas de George se dilatassem no Hot Shoppe em Colfax --- um sujeito chegou com duas garotas e nós o tachamos de "Otário" e ficamos a fim de conhecer as garotas e George saltou pra cima dele --- Frank se arrastou até o quarto de George no hotel do Glenarm para dormir lá. "Não posso nem sequer chegar tarde em casa --- meu pai começa a brigar comigo e depois se volta contra minha mãe. Juro Jack tenho que cair fora de Denver depressa senão vou acabar pirando." Bem, e eu fiquei na casa de Ed White e mais tarde Beverly Burford arranjou um quartinho bacana num subsolo para mim e terminamos todos lá em festanças noturnas durante uma semana. George sumiu rumo à casa do irmão em Climax, Colo. e jamais voltamos a vê-lo e jamais soubemos se alguém tinha sugerido para ele desde então e se ele voltou a ser encarcerado em grades de ferro ou se agita loucamente pela noite livre. Ed White, Frank, Bev e eu passamos as tardes de uma semana inteira nos maravilhosos bares de Denver onde as garçonetes vestem slacks e circulam com olhares tímidos e adoráveis, não aquelas garçonetes carrancudas mas sim garçonetes que se apaixonam pelos clientes e mantêm casos explosivos e se ofendem e suam e sofrem de bar em bar; e durante as noites dessa mesma semana íamos ouvir jazz em Five Points e tomar trago em doidos bares negros tagarelando até as cinco da matina no meu quarto subterrâneo. O sol do meio-dia geralmente nos encontrava estendidos na grama do quintal de Bev entre crianças de Denver que brincavam de mocinhos e índios e se atiravam sobre nós das cerejeiras em flor. Eu estava curtindo uma temporada fantástica e o mundo inteiro abria-se à minha frente porque eu não tinha sonhos. Frank e eu conspirávamos para fazer com que Ed White viesse conosco mas ele estava encalhado na sua vida em Denver. Passei noites batendo papo com Justin W. Brierly em seu estúdio. Lá ele vestia seu penhoar chinês e servia castanhas salgadas e uísque puro. "Sente-se Jack, e me conte tudo sobre Nova York. Como está Neal? Como está Allen? Como está Lucien? Você sabe onde anda Hal Chase? - - em Trinidad Colorado em uma escavação. Você viu o Sr. Hinkle em algum canto do país? Qual a última novidade sobre seu amigo Burroughs? Burford ainda está em Paris. Você manteve longas conversas com Ed? O que acha de Jeffries? Beverly está numa boa esses dias?" Justin adorava falar sobre todos nós. "Tudo isso forma um grande círculo maravilhoso, não é?" disse ele. "Você não acha engraçado?" Ele me levou para dar uma volta no seu Olds com farolete grandão. Estávamos descendo a West Colfax quando ele viu um calhambeque mexicano caindo aos pedaços com os faróis apagados. Ele ligou o farolete e jogou a luz neles, um bando de garotos mexicanos. Eles pararam temerosos, pensaram que fosse a lei. "Os faróis de vocês não estão funcionando? Tem alguma coisa errada?" bradou aquele dignitário de Denver. "Sim senhor, sim senhor." eles disseram. "Bem" bradou Brierly "Feliz ano-novo" e como ele havia trancado o trânsito para essa conversa ridícula estavam buzinando lá atrás. "Oh calem-se!" berrou Brierly e disparou com o carro. Ele apontou o facho do farolete para a casa mais rica de Denver às quatro da manhã e explicou cada cômodo para mim enquanto os raios iluminavam o interior. As pessoas estavam dormindo lá dentro, --- ele não ligava. Em seu estúdio de repente ele sacou um velho retrato de Neal quando tinha dezesseis anos de idade. Nunca se viu rosto mais casto. "Viu como Neal era? É por isso que levei fé nele naquele tempo. Não é de espantar que eu tenha visto as possibilidades dele --- ele simplesmente não aprendeu e lavei minhas mãos." "É muito ruim --- Neal podia ter se tornado um grande homem. Por outro lado gosto mais dele do jeito que é. Grandes homens são infelizes." "Você não diria que Neal é feliz diria?" "Ele é extático --- seja isso mais ou menos do que feliz." "Penso que seja menos. Todo enrolado com três mulheres e filhos por todo o país --- é absurdo." "Vá achar a mãe de Neal pra ele." "De qualquer modo Jack tem sido uma grande diversão." Brierly ficou sério. "Sim tive muita diversão e viveria toda essa vida de novo. Estou cada vez mais envolvido em descobrir e desenvolver esses garotos --- por isso deixei minha prática de advogado praticamente ir pras cucuias, abandonei a corretagem de imóveis por completo e no ano que vem acho que vou me exonerar do secretariado em Central City. Estou de volta onde comecei lecionando inglês no secundário." No quadro-negro de Brierly no colégio vi os nomes de Carl Sandburg e Walt Whitman rabiscados em giz. Um garotinho negro foi a ele com um problema. Ele não tinha tempo de entregar jornais e fazer os deveres de casa ao mesmo tempo. Brierly ligou para os patrões e mudou os horários e ajeitou tudo. Garotos que chegavam de férias das universidades do Leste iam até ele em busca de empregos de verão. Ele apenas pegava o telefone e ligava para o Prefeito. "Por acaso você lembra de Bruce Rockwell da Colúmbia? Ele é assistente do prefeito agora sabe --- está indo muito bem de fato. Ele estava na sua turma, não estava?" Era da turma seguinte à minha. Lembro de Bruce Rockwell sentado em seu quarto numa noite de maio com uma decisão importante a tomar, ou seja, voltar para Denver ou ficar em Nova York na publicidade. Eu estava num beliche com uma crítica em mãos. Atirei-a longe e ela caiu aos pés dele. "É isso que penso dos críticos!" berrei. Bruce Rockwell matutava sobre seu destino. De repente ele se levantou e saiu. Tinha decidido. Havia algo de Gen. MacArthur nele. Agora era assistente do Prefeito e corria zonzo às voltas com encontros, golfe, coquetéis, conferências, martínis apressados no Brown Hotel e tudo isso; para engordar antes do tempo e ter úlceras e ir à loucura em sanidade reconhecida. "Não" eu disse "acho que Neal está certo. Um dia desses ele vai brilhar e algo vai acontecer." Eu estava passando bons momentos com os garotos de Denver e vadiando por lá e me aprontando para ir para o México quando de repente Brierly me telefonou certa noite dizendo "Bem Jack, adivinha só quem está vindo para Denver?" Eu não tinha a menor ideia. "Ele já está a caminho, a notícia chegou através da minha rede de informantes. Neal comprou um carro e está chegando para se encontrar com você." Subitamente tive uma visão de Neal, um Anjo ardente trêmulo e aterrador latejando pela estrada em minha direção, aproximando-se como uma nuvem, em velocidade estonteante, me perseguindo pela planície como o Estranho Encapuzado, jogando-se sobre mim. Vi sua face gigantesca acima da pradaria, com a determinação ossuda e insana e olhos flamejantes; vi suas asas; vi sua velha carruagem-calhambeque com milhares de chamas cintilantes irradiando-se dela; vi a trilha incandescente que ela deixava na estrada; ela até fazia sua própria estrada pelo milharal, através das cidades, destruindo pontes, secando rios. Aproximava-se do Oeste como a própria ira. Sabia que Neal havia pirado outra vez. Não havia nenhuma possibilidade de mandar dinheiro para suas mulheres se ele sacara todas as economias do banco para comprar um carro. Estava tudo acabado, fim de festa. Atrás dele fumegavam ruínas calcinadas. Precipitava-se para o oeste outra vez através do horrível e aflito continente e logo chegaria. Nos preparamos apressadamente para Neal. As notícias diziam que ele iria me levar para o México. "Será que ele vai me deixar ir junto?" perguntou Jeff perplexo. "Vou falar com ele" disse eu sinistramente. Não sabíamos o que esperar. "Onde ele vai dormir? O que vai comer? Há alguma garota para ele?" Era como a iminente chegada de Gargantua; tinha que se fazer preparativos para alargar as sarjetas de Denver e refazer determinadas leis para comportar sua carga sofrida e seus êxtases ardentes. Neal chegou como num filme antigo. Eu estava na casa maluca de Bev numa tarde dourada. Uma palavra sobre a casa. A mãe dela estava na França. A tia dama de companhia era a velha Austice ou coisa assim, tinha 75 anos e era lépida e faceira como uma galinha. Na família Burford que se espalhava até o Iowa ela ia sempre de casa em casa e geralmente acabava se tornando útil. Tivera dúzias de filhos. Todos se foram, todos a abandonaram. Ela era velha mas estava interessada em tudo que dizíamos e fazíamos. Sacudia a cabeça entristecida quando dávamos grandes goles de uísque na sala de estar. "Bem que você poderia ir para o quintal para fazer isso, rapaz." No andar de cima --- nesse verão a casa tinha se transformado numa espécie de pensão --- morava um cara chamado Jim que estava perdidamente apaixonado por Beverly. Era de Connecticut, disseram que vinha de família rica, e tinha uma carreira esperando por ele e tudo mais mas preferia ficar onde Bev estava. O resultado era o seguinte: à noite ele sentava na sala com o rosto vermelho escondido atrás do jornal e cada vez que dizíamos alguma coisa ele escutava mas não dava sinal de vida. Ficava ainda mais vermelho cada vez que Bev dizia alguma coisa. Quando o forçávamos a abaixar o jornal olhava para nós com tédio e sofrimento incalculáveis. "Uh? Oh sim, acho que sim." Em geral era só o que dizia. Austice sentava-se em seu canto tricotando e nos observando com seus olhos de pássaro. Sua tarefa era agir como governanta, ela estava ali para impedir que disséssemos palavrões. Bev sentava no divã sorridente. Ed White, Frank Jeffries e eu ficávamos atirados nas várias poltronas. O pobre Jim passava por uma tortura. Levantava-se, bocejava e dizia "Bem mais um dia mais um dólar, durmam bem" e desaparecia escada acima. Bev não lhe dava a menor bola; estava apaixonada por Ed White. Ele escapulia das investidas dela como uma enguia. Estávamos sentados exatamente assim numa tarde ensolarada à espera do jantar quando Neal estacionou seu carro caindo aos pedaços em frente da casa e saltou vestido num terno de tweed com colete e corrente para o relógio. "Hup! hup!" ouvi na rua. Ele estava com Bill Tomson que acabara de voltar de

Frisco com sua mulher Helena e estava morando em Denver outra vez. Hinkle e Helen Hinkle também, e Jim Holmes. Todo mundo estava em Denver de novo. Fui até o alpendre. "Bem meu garoto" disse Neal esticando sua mão enorme "Vejo que deste lado da corda está tudo bem. Alô alô alô" disse a todos "oh sim, Ed White, Frank Jeffries, como vão!" Nós o apresentamos a Austice. "Oh simm, como vai? Aqui está meu amigo Bill Tomson, que teve a gentileza de me acompanhar, harrumf! egad! koff! koff! Major Hoople senhor" ele disse estendendo a mão para Jim, que o encarava "simm, simm. Bem Jack meu velho qual é a história, quando nos mandamos para o México? Amanhã à tarde? Muito bom, muito bom. Aham! E agora Jack tenho exatamente dezesseis minutos para chegar à casa de Al Hinkle onde vou recuperar meu velho relógio de ferroviário que pretendo empenhar na rua Larimer antes do final do expediente, indo enquanto isso tão rápida e perfeitamente quanto o tempo permitir ver se por acidente meu pai não está no buffet do Jiggs' ou em algum dos outros bares e então tenho um encontro com o barbeiro que Brierly sempre me aconselhou a frequentar e não mudei ao longo de todos esses anos e continuo com a mesma política --- koff! koff! - - às seis EM PONTO! em ponto, ouviu? quero que você esteja exatamente aqui porque vou passar correndo para lhe apanhar para uma rápida passagem pela casa de Bill Tomson, para ouvir Gillespie e discos variados de bop, uma hora de descontração antes de qualquer outro agito noturno que você e Ed e Frank e Bev possam ter planejado para hoje independentemente da minha chegada que foi há exatamente quarenta e cinco minutos no meu velho Ford 37 que vocês podem ver estacionado ali fora aproveitei também para dar uma boa parada em Kansas City para ver meu meio-irmão não Jack Daly mas o mais moço..." E enquanto falava tudo isso estava ocupado trocando o paletó por uma camiseta no vestíbulo fora da vista de todos e transferindo seu relógio para outra calça que tirou do velho e desgastado baú de sempre. "E Diane?" perguntei. "O que aconteceu em Nova York." "Oficialmente Jack essa viagem é para conseguir o divórcio no México mais barato e rápido do que qualquer outro... Afinal consegui a concordância de Carolyn e está tudo bem, tudo está ótimo, tudo está certo e agora sabemos que não há o menor motivo pelo qual se preocupar certo Jack?" Bem, tudo certo, estou sempre pronto para seguir Neal de modo que todos nós nos afobamos conforme os novos planos e organizamos uma grande noite e foi uma noite inesquecível. Havia uma festa na casa da irmã de Al Hinkle. Dois de seus outros irmãos são policiais. Ficaram sentados estupefatos com tudo que aconteceu. Havia uma ceia fantástica sobre a mesa, bolos e drinques. Al Hinkle parecia feliz e próspero. "Bem você se acertou com Helen agora?" "Sim senhor", respondeu Al, "claro que sim. E estou prestes a ingressar na universidade de Denver, eu e Jim e Bill sabe." "Pra estudar o quê?" "Oh ainda não sei. Diga aí, a cada dia que passa Neal fica mais louco não acha?" "Sem dúvida." Helen Hinkle estava lá. Estava tentando conversar com alguém mas Neal era o dono da festa. Parou diante de Jeffries White Bev e eu que estávamos sentados nas cadeiras da cozinha de costas para a parede e desempenhou. Al Hinkle rondava nervosamente atrás dele. Sua pobre irmã fora jogada para segundo plano. "Hup! hup!" dizia Neal, puxando a própria camisa, alisando a barriga, pulando sem parar. "Simm, bem --- estamos todos juntos agora e muitos anos se passaram para cada um de nós e no entanto vocês podem perceber que ninguém mudou profundamente, e para provar isso tenho aqui um baralho com o qual posso prever com bastante exatidão todos os acontecimentos futuros" --- Era o baralho pornográfico. Helena Tomson e Bill Tomson estavam sentados rígidos num canto. Era uma festa sem sentido, um completo fracasso. Então de repente Neal ficou quieto e veio sentar-se numa cadeira da cozinha entre eu e Jeff e ficou olhando fixamente para a frente num assombro canino e sem prestar atenção a ninguém. Simplesmente tirou o time de campo por um instante para recuperar as energias. Se o tocassem ele balançaria como um rochedo suspenso por um cascalho à beira de um precipício. Poderia despencar ou apenas balançar como uma rocha. Então o rochedo explodiu transformado em um girassol e seu rosto se iluminou com um sorriso encantador e ele olhou ao redor como um homem que está acordando e disse "Ah, olha só quanta gente legal aqui comigo. Que legal! Jack, que legal." Levantou-se e atravessou a sala de mão estendida para um dos policiais que estava na festa. "Como vai. Meu nome é Neal Cassady? Sim me lembro bem de você. Está tudo certo? Bem, bem. Olhe só que bolo maravilhoso. Oh, posso comer um pouquinho?" A irmã de Al disse que sim. "Oh, que maravilha. As pessoas são tão legais. Bolos e petiscos deliciosos sobre a mesa e tudo por amor a essas maravilhosas pequenas alegrias e prazeres. Humm, está gostoso, muito gostoso. Nossa. Nossa!" E ele ficou no meio da sala balançando e comendo seu bolo e olhando para todos com espanto. Virou-se e olhou para trás. Tudo o surpreendia, tudo que via. Um quadro na parede capturou sua atenção. Aproximou-se para ver melhor, recuou, abaixou-se, pulou, queria observá-lo de todos os ângulos e alturas possíveis. Não fazia ideia da impressão que estava causando na sala e não dava a mínima. As pessoas começaram a olhar para Neal com sentimentos maternais e paternais estampados em seus rostos. Era finalmente um Anjo, como eu sempre soube que ele se tornaria, mas como qualquer Anjo ainda era acometido de raivas e rancores angelicais e naquela noite depois de termos todos deixado a festa e nos dirigirmos ao bar do Windsor em uma única e vasta e turbulenta gangue Neal acabou frenética e seraficamente bêbado. Lembre-se que o Windsor, outrora o incrível hotel da corrida do ouro de Denver e hoje um cortiço de vagabundos e sob muitos aspectos um local de extremo interesse ainda dava para ver os burracos de bala na parede do grande saloon do andar de baixo, em certa época tinha sido o lar de Neal. Ele tinha vivido ali com o pai e com outros vagabundos nos quartos lá de cima. Não era um turista. Ele bebeu naquele saloon como o fantasma do próprio pai; entornou vinho, cerveja e uísque como se fossem água. Seu rosto ficou vermelho e suarento e ele bramiu e urrou no bar e cambaleou pela pista de dança onde tipos do oeste selvagem dançavam com as prostitutas e tentou tocar piano e abraçou ex-presidiários e conversou aos berros com eles na zoeira. Enquanto isso todos os participantes da nossa festa estavam sentados em duas mesas imensas grudadas uma na outra. Lá estavam Justin W. Brierly, Helena e Bill Tomson, uma garota de Buffalo Wyoming que era amiga de Helena, Frank, Ed White, Beverly, eu, Al Hinkle, Jim Holmes e vários outros, treze ao todo. Brierly estava se divertindo pra valer: apanhou uma máquina de amendoins e colocou-a na mesa à sua frente e enfiava moedas nela e comia amendoins. Sugeriu que todos escrevêssemos alguma coisa num cartão-postal para Allen Ginsberg em Nova York. Fizemos isso. Escrevemos loucuras. O som de rabeca ressoava pela noite da rua Larimer. "Não é um barato?" berrava Brierly. No banheiro dos homens Neal e eu esmurramos a porta e tentamos arrombá-la mas ela tinha três centímetros de espessura. Quebrei meu dedo médio e não percebi até o dia seguinte. Estávamos estupidamente bêbados. Em determinado momento nossa mesa ficou coberta com cinquenta copos de cerveja. Tudo que tínhamos a fazer era circular em torno dela e dar um gole em cada um. Ex-presidiários de Canon City cambaleavam e tagarelavam conosco. No vestíbulo do lado de fora do saloon velhos ex-garimpeiros se sentavam apoiados em suas bengalas com olhar sonhador sob o antigo relógio. Eles haviam experimentado esse frenesi nos bons tempos. Aquele era o bar onde Lucius Beebe vinha uma vez por ano em seu vagão de trem particular de champanhe que estacionava no pátio de manobras do fundo. Era uma loucura. Tudo rodopiava. Havia festas espalhadas por todos os lugares. Havia até mesmo uma festa num castelo para o qual fomos todos nós, menos Neal que se mandara para outro lugar, e nesse castelo sentamos numa enorme távola de Cavaleiros no salão e conversamos aos gritos. Havia uma piscina e grutas no jardim. Finalmente eu encontrara o castelo onde a grande serpente do mundo estava prestes a se levantar. Então tarde da noite lá estávamos Neal e eu e Frank Jeffries e Ed White e Al Hinkle e Jim Holmes num único carro e tudo à nossa frente. Fomos para o bairro mexicano, fomos a Five points, demos nossas voltas. Frank Jeffries estava fora de si de alegria. Ficava gritando "Puta que o pariu! Porra!" numa voz alta e esganiçada e batendo nos joelhos. Neal estava maluco com ele. Repetia tudo que Frank dizia e bufava e enxugava o suor do rosto. "Vamos curtir de montão Jack viajando para o México com esse Frank! Sim!" Era nossa última noite na sagrada Denver, e nós a tornamos grande e doida. Tudo terminou no porão à luz de velas e com vinho e Austice circulando no andar de cima de camisola e com uma lanterna. Havia até um crioulo conosco agora, que dizia chamar-se Gomez. Gravitava por Five Points e não estava preocupado com porra nenhuma. Quando o vimos Bill Tomson o chamou "Ei você se chama Johnny?" Gomez recuou e passou por nós outra vez e disse "Você repetiria a pergunta?" "Eu disse você não é o cara que chamam de Johnny?" Gomez flutuou para trás e tentou outra vez: "Será que assim fica mais parecido com ele porque estou fazendo o máximo para ser Johnny mas não consigo encontrar a fórmula." "Bem homem junte-se a nós" gritou Neal e Gomez saltou para dentro do carro e caímos fora. Sussurrávamos histericamente no porão para não acordar Austice e Jim no andar de cima e não haver complicações com os vizinhos. Às nove da manhã todos já tinham ido embora exceto Neal e Jeffries que ainda tagarelavam e conversavam como maníacos. As pessoas acordavam para tomar café da manhã e ouviam estranhas vozes subterrâneas vindas da porta ao lado dizendo "Sim! sim!" Não acabava nunca. Beverly preparou um enorme desjejum. Estava chegando a hora de zarpar para o México. Neal levou o carro ao posto mais próximo e fez uma revisão completa. Era um Ford sedã 37 com a porta do lado direito sem dobradiça e amarrada à lataria. O banco direito da frente também estava quebrado e quem sentava ali ficava inclinado para trás de cara para o forro esfarrapado. "Iremos até o México como Min e Bill" disse Neal "tossindo e pulando, vamos levar dias e dias!" Olhei o mapa. Um total de três mil quilômetros basicamente Texas até Laredo, e então mais 1.234 quilômetros através do México inteiro até a enorme cidade próxima ao Istmo. Não conseguia imaginar essa viagem. Era a mais fabulosa de todas. Não era mais leste-oeste mas o SUL mágico! Tivemos uma visão do Hemisfério Ocidental inteiro descendo direto até a Terra do Fogo como uma cadeia montanhosa e nós flutuando pela curva do mundo rumo a outros trópicos e outros mundos. "Homem finalmente encontraremos AQUILO!" disse

Neal com fé inabalável. Deu uns tapinhas no meu braço. "Espere e verá. Huu! Hii!" Fui com Jeffries encerrar o último de seus assuntos em Denver, e conheci seu pobre pai que ficou parado, na soleira da porta dizendo "Frank --- Frank --- Frank". "Que é, Pai?" "Não vá." "Oh está decidido, agora tenho que ir; por que você precisa fazer isso Pai?" O velho tinha cabelos grisalhos, grandes olhos amendoados e um pescoço tenso de louco. "Frank" dizia simplesmente "não vá. Não faça seu velho pai chorar. Não me deixe sozinho outra vez." Frank explicou que seu pai estava ficando louco nos últimos anos. Aquilo me partiu o coração. "Neal" disse o velho dirigindo-se a mim "não roube meu Frank de mim. Eu costumava levá-lo ao parque quando ele era menino e mostrava os cisnes para ele. Mais tarde seu irmãozinho se afogou no mesmo lago. Não quero que você leve meu menino." "Pai" disse Frank "estamos indo agora, adeus." Ele se manteve firme. O pai o agarrou pelo braço. "Frank, Frank, Frank, não vá, não vá, não vá." Fugimos de cabeça baixa e o velho permaneceu parado na soleira da porta de sua casa suburbana em Denver com enfeites nas portas e a sala atravancada de mobília. Ele era branco feito um lençol. Continuava chamando por Frank. Havia algo de extremamente paralisado em seus movimentos e por esse motivo ele não esboçou um só gesto para deixar o umbral mas ficou murmurando o nome "Frank" e "não vá" e nos olhando com aflição enquanto dobrávamos a esquina. "Meu Deus Jeff, não sei o que dizer." "Não liga!" gemeu Frank. "Ele sempre foi assim. Gostaria que você não o tivesse visto. Minha mãe vai deixá-lo assim que se arranjar." "Aquele pobre velho vai ficar louco se ela o deixar." "De todo modo ela é jovem demais pra ele" disse Frank. Encontramos a mãe dele no banco onde ela estava sacando dinheiro para ele furtivamente. Era uma mulher encantadora de cabelos brancos e aparência ainda bastante jovem. Ela e o filho ficaram ali parados no chão de mármore do banco cochichando. Frank vestia jeans inclusive a jaqueta e sem dúvida parecia um cara que estava indo para o México. Essa era sua doce existência em Denver e ele estava partindo com o fogoso aprendiz Neal. Neal surgiu dobrando a esquina e nos pegou na hora combinada.

A sra. Jeffries insistiu em nos pagar um café. "Cuidem bem do meu Frank" disse ela "sabe-se lá o que pode acontecer naquele país." "Cuidaremos todos uns dos outros" falei. Frank e a mãe saíram caminhando à frente enquanto eu e o maluco do Neal seguíamos atrás: ele estava me falando das frases escritas nas paredes dos banheiros do leste e do oeste. "São completamente diferentes; no Leste escrevem piadas e anedotas estúpidas de todos os tipos; no Oeste as pessoas só escrevem seus nomes, Red O'Hara, de Bluffton Montana, esteve aqui, a data, e a razão é a enorme solidão que se modifica só um pouquinho ao se avançar cruzando o Mississippi." Bom à nossa frente estava um sujeito solitário, pois a mãe de Jeffries era uma mulher adorável e odiava ver o filho partir no entanto sabia que ele tinha mesmo de ir. Percebi que ele estava fugindo do pai. Ali estávamos os três --- Neal procurando pelo pai, o meu morto, Frank fugindo do dele e partindo juntos noite adentro. Ele beijou a mãe entre a multidão apressada da 17 e ela entrou num táxi e abanou para nós. Adeus, adeus. Entramos em nosso Ford lata-velha e voltamos pra casa de Bev. Ali passamos a planejada uma hora apenas sentados e conversando na varanda com Beverly e Ed sob as imensas árvores farfalhantes da tarde modorrenta de denver. E Brierly veio dar adeus. Ele dobrou a esquina em seu Olds e ouvimos seu "Feliz Natal" através do calor. Chegou até nós alvoroçado em pezinhos de homem de negócios. "Bem bem bem, prontos pra partir e nem aí. Como você se sente a respeito disso Ed, quer ir com os rapazes?" Ed White sacudiu a mão no ar e apenas sorriu. Beverly estava completamente a fim de ir. Tinha insinuado isso vários dias. "Não vou atrapalhar" disse ela. Frank e ela haviam sido companheiros de meninice: ele costumava puxar os rabos de cavalo e saias de armação de Bev nos becos de Denver com Bob o irmão dela; mais tarde eles agitaram nos colégios secundários, os áureos colégios de Denver em que Neal nunca entrou. "Bem esse é de fato um trio estranho" disse Brierly "eu jamais teria previsto isso anos atrás. Neal, o que você pretende fazer com esses dois camaradas, acha que vai levá-los até o Polo Sul?" "Ah ha, ah ha, sim." Neal desviou o olhar. Brierly desviou o olhar. Todos nós apenas ficamos sentados no calor e em silêncio. "Bem" disse Brierly "suponho que tudo tenha um significado. Quero ver todos vocês voltarem inteiros a menos que se percam na selva com uma garota índia e terminem os dias sentados diante de uma tenda fazendo potes. Creio que no caminho deveriam ver Hal em Trinidad. Não consigo pensar em nada mais a dizer exceto Feliz Ano-Novo. Aposto que você quer ir com eles, Beverly? Acho melhor que fique em Denver. Não é, Ed? Humm." Brierly sempre cismava em seu íntimo. O Mestre de Dança da Morte pegou sua pasta e se aprontou para partir. "Vocês já ouviram a história dos anões que queriam subir no gigante? É uma história curtinha. Ou aquela sobre --- bem acho que chega não é? Hein?" Ele olhou para todos nós e abriu um largo sorriso. Ajeitou o chapéu Panamá. "Tenho um encontro no centro, tenho que me despedir agora." Todos apertamos as mãos. Ele ainda estava falando a caminho do carro. Não podíamos mais ouvir mas ele ainda estava dizendo algo. Um garotinho passou num triciclo. "Feliz Natal aí. Você não acha que seria melhor ficar em cima da calçada, alguém pode vir e transformar você numa papa." O menininho voou pela rua com o rosto apontado para o futuro. Brierly entrou no carro, fez a volta, e lançou um gracejo de despedida para o garotinho. "Quando tinha a sua idade eu também era confiante. Meus castelos de lama eram maravilhas da arquitetura. Hein?" Brierly e o menininho desapareceram ao dobrar a esquina lentamente e a seguir ouvimos ele zarpar com o carro para seus assuntos de negócios e ele se foi. Então Neal e eu e Frank entramos na lata-velha que nos esperava junto à calçada e batemos todas as portas frouxas juntos e demos adeus a Beverly. Ed iria de carro conosco até sua casa na periferia da cidade. Beverly estava linda nesse dia: seu cabelo longo e loiro e sueco, suas sardas resplandecendo ao sol. Parecia-se exatamente com a garota que fora na infância. Seus olhos estavam nublados. Talvez se juntasse a nós mais tarde com Ed.... mas ela não apareceu. Adeus, adeus. Zarpamos. Deixamos Ed no seu quintal na pradaria na saída da cidade e levantamos uma nuvem de pó. Olhei para trás para observar Ed White desaparecer na planície. Aquele cara estranho permaneceu lá parado por dois longos minutos observando A GENTE desaparecer na planície e pensando sabe Deus que pensamentos pesarosos. Ele foi ficando cada vez menor, até que tudo que eu conseguia ver era um pontinho --- e ele ainda estava imóvel com uma mão no varal como um capitão com suas enxárcias e nos observava. Neal e Frank sentados na frente conversavam animadamente mas eu me virei para ver Ed White até não haver mais nada de humano além de um crescente vazio no espaço, e que espaço aquele, a paisagem no rumo leste na direção do Kansas que conduzia por todo o caminho de volta até minha casa em Long Island em um mistério de espaços sempre vorazes. "Ed ainda está nos observando" disse a eles na frente. Viramos à esquerda de repente e não vi mais nada de Ed White. Tinha o perdido no barco e o tinha perdido ali. Agora apontávamos nosso focinho ruidoso em direção ao Sul dirigindo-nos a Castle Rock Colorado enquanto o sol ficava vermelho e as rochas das Montanhas voltadas para o Oeste lembravam as paredes de uma cervejaria do Brooklyn num crepúsculo de novembro. Lá em cima nas sombras purpúreas da rocha havia alguém caminhando, caminhando, mas não podíamos ver; talvez fosse aquele velho de cabelos brancos que eu pressentira nos picos anos atrás. Mas ele se aproximava cada vez mais de mim, só que sempre um pouquinho atrás. E Denver ia retrocedendo às nossas costas como a cidade de sal, sua fumaça dissolvendo-se no ar e sumindo de vista. Estávamos em maio: e como podem as familiares tardes do Colorado com suas fazendas e diques de irrigação e pequenos vales sombrios --- lugares onde a molecada vai nadar --- produzir um inseto como o inseto que picou Frank Jeffries. Ele ia com o braço apoiado na porta quebrada e seguíamos em frente conversando animadamente quando de repente um inseto pousou no seu braço e fincou um longo ferrão que o fez soltar um grito. Surgira em plena tarde americana. Ele puxou o braço e deu um tapa e arrancou o ferrão e em poucos minutos seu braço começou a inchar. Ele disse que doía. Neal e eu não conseguíamos compreender como aquilo acontecera. A coisa era esperar para ver se o inchaço diminuía. Ali estávamos nós a caminho das desconhecidas terras do sul e a apenas cinco quilômetros da nossa cidade natal, a velha e pobre cidade da nossa infância, quando um estranho e exótico inseto febril levantou-se de misteriosas corrupções para inocular o temor em nossos corações. "Que é isso?" "Nunca ouvi falar de algum inseto por essas bandas capaz de produzir um inchaço como esse." "Merda!" Aquilo fez com que a viagem parecesse sinistra e amaldiçoada. Era uma festa de despedida de nossa terra natal. Será que conhecíamos nossa terra natal tão bem? Seguimos em frente. O braço de Frank piorou. Paramos no primeiro hospital e lhe aplicaram uma injeção de penicilina. Passamos por Castle Rock e entramos em Colorado Springs à noite. A enorme sombra do Pico Pike agigantava-se à nossa direita. Deslizamos pela estrada de Pueblo. "Pedi carona milhares e milhares de vezes nessa estrada" disse Neal. "Certa noite me escondi exatamente ali atrás daquela cerca de arame quando fiquei subitamente aterrorizado sem nenhuma razão aparente." Decidimos que todos contariam suas histórias, mas um por um, e Frank seria o primeiro. "Temos um longo caminho pela frente" preambulou Neal "portanto você deve se estender e tratar de cada mínimo detalhe que conseguir trazer à mente --- e ainda assim não conseguirá contar tudo. Calma, calma" ele advertia Frank que havia começado a contar sua história "você deve relaxar também". Frank mergulhou na história da sua vida enquanto varávamos a escuridão. Começou com suas experiências na França mas para contornar dificuldades cada vez maiores voltou atrás e recomeçou desde o princípio com a infância em Denver. Ele e Neal compararam as vezes em que se tinham visto zunindo de bicicleta. Frank estava nervoso e febril. Queria contar tudo para Neal. Agora Neal era o árbitro, o ancião, o juiz, o ouvinte que escutava, aprovava, assentia. "Sim, sim, prossiga por favor." Cruzamos Walsenburg; subitamente passamos também por Trinidad onde em algum lugar à beira da estrada em frente a uma fogueira Hal Chase estava com Ginger e talvez um bando de antropólogos e como outrora ele também estaria contando a história da sua vida sem sequer imaginar que naquele exato instante estávamos passando pela estrada a caminho do México contando nossas próprias histórias. Oh triste noite americana! Então já estávamos no Novo México e passamos as rochas arredondadas de Raton e paramos numa cantina desesperadamente famintos por hambúrgueres, um dos quais enrolamos em um guardanapo para comer no outro lado da fronteira. "O estado do Texas inteiro se espalha verticalmente à nossa frente Jack" disse Neal. "Da outra vez nós o cruzamos horizontalmente. O caminho é tão longo quanto. Dentro de poucos minutos estaremos no Texas e amanhã a essa mesma hora ainda não teremos saído dele, mesmo dirigindo sem parar. Pense nisso." Seguimos em frente. Através da imensa planície noturna estava a primeira cidade do Texas, Dalhart, pela qual eu passara em 1947. Estendia-se cintilante acima do chão negro da terra a oitenta quilômetros. Ao luar a terra não passava de ermos e charnecas. A lua estava no horizonte. Ela cresceu, ficou enorme e cor de ferrugem, empalideceu e se deslocou, até a estrela da manhã surgir e o orvalho começar a gotejar em nossas janelas --- e lá íamos nós rodando. Depois de Dalhart --- cidade que parece uma caixa de biscoito vazia --- deslizamos até Amarillo, chegando de manhã entre relvas agitadas ao sabor do vento que não faz muito tempo, (1910) ondulavam entre tendas de pele de búfalo. Agora havia é claro postos de gasolina e jukeboxes novas modelo 1950 com enormes ornamentações na fachada e fendas para moedas de dez centavos e músicas pavorosas. Durante todo o percurso desde Marillo até Childress Texas Neal e eu soterramos Frank com os enredos de livros que havíamos lido, ele pediu isso porque queria aprender. Em Childress sob o sol escaldante dobramos diretamente rumo ao sul por uma estrada sem importância e continuamos por extensões abismais até Paducah, Guthrie e Abilene Texas. Neal precisava dormir agora e Frank e eu sentamos no banco da frente e dirigimos. O velho carro aquecia e arfava e esforçava-se. Imensas rajadas de vento arenoso sopravam para o nosso lado vindas de espaços bruxuleantes. Frank foi em frente direto com histórias de Monte Carlo e Cagnes-sur-Mer e lugares azulados próximos a Menton onde pessoas morenas circulam entre paredes brancas. O Texas é inconfundível: entramos lentamente em Abilene e todos nós despertamos para olhar a cidade. "Imagine só viver nesse lugar a milhares de quilômetros de qualquer cidade grande. Upa, upa, logo ali junto aos trilhos, a velha cidade de Abilene onde embarcavam vacas e chafurdavam as galochas e bebiam sem parar. Olhem lá!" berrou Neal com a cabeça para fora da janela e a boca contorcida. Pouco estava ligando para o Texas ou para qualquer outro lugar. Texanos de rosto avermelhado não deram a menor bola para ele e continuaram a percorrer apressadamente suas calçadas escaldantes. Paramos para comer numa estrada do lado sul da cidade. O cair da noite parecia estar a um milhão de quilômetros de distância quando prosseguimos rumo a Coleman e Brady --- o coração do Texas, apenas um ermo interminável de moitas espinhosas com uma casa aqui outra ali na margem de algum arroio sedento e desvios esburacados e poeirentos de oitenta quilômetros e um calor sem fim. "O velho México e seus adobes estão muito distantes ainda" disse Neal sonolento no banco traseiro "portanto continuem metendo bronca garotos e ao amanhecer estaremos beijando senoritas porque esse velho Ford roda mesmo desde que tratado na manha --- com exceção da parte traseira que está prestes a cair mas não nos preocupemos com isso até chegarmos lá. Eiiia!" e foi dormir. Peguei a direção e dirigi até Fredericksburg, e aqui estava eu outra vez cruzando o velho mapa, no mesmo lugar onde Louanne e eu ficamos de mãos dadas numa manhã nevada de 1949, e onde estava Louanne agora? "Sopra!" gritou Neal num sonho e aposto que ele sonhava com o jazz de Frisco e talvez com o mambo mexicano que estava logo à frente. Frank não parava de falar: Neal lhe dera corda na noite anterior e agora ele jamais iria parar. Nesse momento ele estava na Inglaterra, relatando suas aventuras de caroneiro na estrada inglesa, entre Londres e Liverpool, com os cabelos longos e as calças rasgadas e estranhos caminhoneiros britânicos dando-lhe uma carona. Estávamos todos com os olhos vermelhos por causa do constante vento arenoso do velho Tex-ass. Sentíamos um frio na barriga porque sabíamos que estávamos chegando lá, ainda que lentamente. O carro arrastava-se apenas a sessenta por hora num esforço supremo. A partir de Fredericksburg iniciamos a descida do grande platô do oeste na escuridão rumo à bacia calorenta do Rio Grande. San Antone estava bem à frente. "Só bem depois da meia-noite vamos chegar a Laredo" advertiu Neal. Estávamos todos acordados à espera de San Antonio. A noite exuberante ficava cada vez mais quente à medida que descíamos o platô. Mariposas começaram a se chocar contra nosso para-brisa. "Agora estamos entrando no território do calor, dos ratos do deserto e da tequila rapazes. E é a minha primeira vez tão longe no Sul do Texas" acrescentou Neal encantado. "Puta merda! é aqui que meu velho vem passar o inverno, vagabundo esperto." De repente fomos envolvidos por um calor absolutamente tropical no sopé de uma colina de oito quilômetros de extensão e lá na frente vislumbramos as luzes da velha San Antonio. A sensação era de que tudo aquilo na verdade já havia sido território mexicano. As casas à beira da estrada eram diferentes, os postos de gasolina mais velhos, a iluminação mais escassa. Extasiado Neal pegou o volante para nos conduzir até San Antonio. Penetramos na cidade entre a desolação de barracos mexicanos sulistas sem porão e velhas cadeiras de balanço na varanda. Paramos num posto de gasolina muito maluco para trocar o óleo. Mexicanos circulavam por ali sob a luz calorenta de lâmpadas recobertas pelos insetos de verão do vale, aproximando-se do balcão refrigerado e pegando cervejas e atirando o dinheiro para o empregado. Famílias inteiras levavam horas fazendo aquilo. Por todo lado havia barracões e árvores contorcidas e um aroma selvagem de canela no ar. Adolescentes mexicanas agitadas apareciam por ali com rapazes. "Uau!" berrou Neal. "Si! Manana!" Música vinha de todos os cantos, e todos os tipos de música. Frank e eu bebemos várias garrafas de cerveja e ficamos bebuns. Estávamos quase fora da América e no entanto definitivamente nela e bem no meio de onde ela é mais louca. Carros envenenados passavam rugindo. San Antonio, ah-haa! "Agora caras escutem só --- bem que podemos curtir umas horas em San Antone e então arranjaremos um hospital para tratar do braço de Frank enquanto você e eu Jack daremos umas voltas para sacar essas ruas --- olhem aquelas casas ali do outro lado da rua, dá até pra ver a sala da frente e todas aquelas filhas lindinhas deitadas no sofá com revistas True

Love, iuu! Venham, vamos nessa!" Demos umas voltas a esmo e perguntamos onde ficava o hospital mais próximo. Era perto do centro da cidade, onde tudo parecia mais lustroso e americano, vários semiarranha-céus e muito néon e farmácias das grandes redes mas mesmo assim alguns carros saídos das trevas dos arredores da cidade jogavam-se nas ruas centrais como se não houvesse leis de trânsito. Paramos no estacionamento do hospital e fui junto com Frank procurar um atendente enquanto Neal ficava no carro para trocar de roupa. O saguão do hospital estava repleto de mulheres mexicanas pobres, algumas delas grávidas, algumas doentes ou então acompanhando suas crianças doentes. Era uma tristeza. Pensei na pobre Bea Franco e no que estaria ela fazendo agora. Frank teve de esperar uma hora inteira até aparecer um residente para examinar seu braço inchado. Havia um nome para a infecção que ele tinha mas nenhum de nós dois se deu ao trabalho de pronunciá-lo. Deram-lhe uma injeção de penicilina. Enquanto isso Neal e eu saímos para curtir as ruas mexicanas de San Antonio. Era perfumado e ameno --- o ar mais ameno que jamais respirei --- e escuro, e enigmático, e efervescente. Silhuetas repentinas de garotas com lenços brancos surgiam da escuridão. Neal tinha calafrios e não dizia uma única palavra. "Oh isso é maravilhoso demais para que façamos o que quer que seja!" sussurrou. "Vamos só deslizar por aí e ver tudo. Olhe! olhe! um bilhar muito louco de San Antonio." Entramos depressa. Uma dúzia de garotos jogava em três mesas, todos mexicanos. Neal e eu compramos cocas e botamos umas moedas numa jukebox e tocamos Wynonie Blues Harris e Lionel Hampton e Lucky Millinder e saltitamos. Enquanto isso Neal me chamava a atenção para tudo. "Saca só, de canto de olho e enquanto ouvimos e também enquanto respiramos o ar ameno como você diz --- saca o garoto, o aleijado que está jogando na mesa Nº 1, o bobo da corte, veja, a vida inteira foi o palhaço da turma. Os outros são implacáveis mas o amam." O garoto aleijado era uma espécie de anão deformado com um rosto enorme e lindo grande demais no qual reluziam dois imensos olhos castanhos orvalhados. "Você não vê, Jack? Um Jim Holmes mexicano de sanAntonio, a mesma história pelo mundo inteiro. Viu que enfiam o taco no rabo dele? Ha! ha! ha! escute as risadas deles. Tá vendo, ele quer ganhar o jogo, apostou meio dólar. Olhe! Olhe!" Observamos quando o jovem anão angélico tentou uma carambola. Errou. Os outros gargalharam. "Ah cara" balbuciou Neal "continue olhando." Agarraram o rapazinho pelo pescoço e o giraram para todos os lados, de brincadeira. Ele guinchava. Saiu para a noite não sem antes lançar um envergonhado e meigo olhar para trás. "Ah homem, adoraria conhecer essa criaturinha e saber o que ele pensa e que tipo de garota ele tem --- Oh cara, esse ar me deixa muito louco!" Saímos dali e rodamos por vários quarteirões escuros e misteriosos. Inúmeras casas escondiam-se por trás de jardins verdejantes como florestas; vimos garotas de relance nas salas, garotas nas varandas, garotas nas moitas com garotos. "Eu jamais havia estado nessa doida San Antonio! Imagine como deve ser o México! Vamos logo! vamos logo!" Corremos de volta ao hospital. Frank estava pronto e garantiu que se sentia muito melhor. Nós o abraçamos e contamos tudo o que havíamos feito. E agora estávamos prontos para os últimos 250 quilômetros até a fronteira mágica. Saltamos no carro e pé na estrada. Eu estava tão exausto que dormi o trajeto inteiro até Laredo e só fui acordar quando pararam o carro na frente de uma lanchonete às duas da manhã. "Ah" suspirou Neal "o fim do Texas, o fim da América, aqui termina tudo que conhecemos". Estava incrivelmente quente: suávamos a cântaros todos nós. Não havia orvalho na noite, nem uma brisa, nada, além de bilhões de mariposas rodopiando em torno das lâmpadas e o cheiro vulgar e rançoso de um rio ardente nas proximidades em meio à noite --- o Rio Grande, que nasce nas várzeas gélidas das Montanhas Rochosas e termina esculpindo vales monumentais para misturar suas águas tépidas com a lama do Mississippi no grande Golfo. Laredo naquela manhã era uma cidade sinistra. Todos os tipos de motoristas de táxis e ratos de fronteira perambulavam por ali à espera de alguma oportunidade. Não havia muitas, estava muito tarde. Eram os fundos e a sarjeta da América onde todos os vilões perversos chafurdam, para onde gente desorientada vai para ficar próxima a um lugar específico para o qual possa deslizar sorrateiramente. No ar viscoso como xarope pairava um clima de contrabando. Os policiais de cara vermelha eram suarentos e taciturnos, mas sem arrogância. As garçonetes eram sujas e enfastiadas. Podíamos sentir logo ali a presença do vasto continente do México por inteiro e quase sentir o cheiro de bilhões de tortillas sendo fritas e fumegando sob a noite. Não tínhamos a menor ideia de como seria o México realmente. Estávamos outra vez ao nível do mar e quando tentamos comer uns petiscos mal conseguimos engoli-los. Deixamos a comida nos pratos: mesmo assim enrolei tudo nuns guardanapos e guardei para a viagem. Nos sentíamos péssimos e tristes. Mas tudo mudou quando cruzamos a misteriosa ponte sobre o rio e nossos pneus rodaram oficialmente sobre o solo mexicano mesmo que não passasse de uma trilha até a alfândega. O México começava logo além da rua. Olhávamos estarrecidos. Para nosso espanto tudo se parecia exatamente com o México. Eram três da manhã e tipos com chapéu de palha e calças brancas vadiavam às dúzias escorados nas fachadas desgastadas e esburacadas de lojas. "Olhem... aqueles... caras... ali!" murmurou Neal. "Ooh" suspirou suavemente, "esperem, esperem." Os guardas alfandegários mexicanos se aproximaram sorridentes e solicitaram gentilmente que tirássemos nossa bagagem do carro. Tiramos. Não conseguíamos despregar os olhos da rua do lado de lá. Estávamos loucos para nos atirar direto para lá e nos perder naquelas misteriosas ruas espanholas. Era apenas Nuevo Laredo mas parecia Barcelona. "Cara esses sujeitos passam a noite inteira de pé" sussurrou Neal. Nos apressamos em regularizar nossos papéis. Fomos aconselhados a não beber água da torneira agora que havíamos cruzado a fronteira. Os mexicanos examinaram nossas bagagens indolentemente. Não tinham a menor aparência de guardas fronteiriços. Eram meigos e indolentes. Neal não conseguia parar de encará-los. "Olha só como são os tiras nesse país. Não posso crer!" Ele esfregou os olhos. "Estou sonhando." Então chegou a hora de trocar nosso dinheiro. Vimos grandes pilhas de pesos sobre uma mesa e aprendemos que oito deles davam um dólar americano, mais ou menos. Trocamos quase toda nossa grana e deliciados recheamos nossos bolsos com grandes maços de notas. Então voltamos nossos rostos para o México com timidez e assombro enquanto dúzias daqueles gatos mexicanos nos espiavam sob a aba de seus misteriosos chapéus noturnos. Mais adiante havia música e restaurantes abertos a noite inteira, com fumaça jorrando porta afora. "Eeei" murmurou Neal bem baixinho. "Tá pronto!" sorriu o oficial mexicano. "Tudo certo com vocês rapazes. Vão em frente. Bem-vindos ao México. Divirtam-se. Cuidem do dinheiro. Dirijam com cuidado. É um conselho pessoal, sou Red, todos me chamam de Red. Perguntem por Red. Comam direito. Não se preocupem. Está tudo bem." "Sim-sim-*sim*!" guinchou Neal e lá fomos nós cruzando a rua e penetrando no México de mansinho. Deixamos o carro estacionado e ombro a ombro avançamos os três pela rua espanhola entre luzes opacas sonolentas. Velhos sentavam-se em cadeiras na noite e pareciam junkies orientais e oráculos. Ninguém estava realmente olhando para nós e no entanto todos estavam atentos a tudo que fazíamos. Dobramos direto à esquerda e entramos na lanchonete enfumaçada e fomos direto para o som de violões caipiras de uma jukebox americana dos anos trinta. Motoristas de táxi em mangas de camisa e hipsters mexicanos metidos em chapéus de palha sentavam-se nas banquetas devorando disformes porções de tortillas, feijão, tacos, sei lá o quê. Compramos três cervejas geladas --- informados de imediato que "Cerveza" é como se diz lá --- por cerca de trinta centavos ou dez centavos cada uma. Compramos maços de cigarros mexicanos por seis centavos cada. Contemplávamos sem parar nosso maravilhoso dinheiro mexicano que tanto rendia e brincávamos com ele olhando para os lados e sorrindo para todos. Atrás de nós se derramava o continente da América inteiro e tudo aquilo que Neal e eu anteriormente sabíamos sobre a vida, e sobre a vida na estrada. Finalmente havíamos descoberto a terra mágica no final da estrada e ainda não conseguíamos sequer imaginar as dimensões dessa magia. "*Pensem* nessa rapaziada de pé a noite inteira" sussurrou Neal. "E pensem no imenso continente à nossa frente com aquelas enormes montanhas da

Sierra Madre que vimos nos filmes e selvas por tudo e um vasto platô desértico tão grande quanto o nosso se prolongando até a Guatemala e sabe Deus mais onde, uauu! Que faremos? que faremos? Vamos em frente!" Saímos e voltamos para o carro. Um último vislumbre da América do outro lado das luzes quentes da ponte do Rio Grande. Demos as costas e o para-lama e rugimos embora. Instantaneamente estávamos no deserto e não se viu uma luz ou um carro durante oitenta quilômetros de planícies. E justamente nessa hora a aurora despontava sobre o Golfo do México e começamos a ver as silhuetas fantasmagóricas dos cáctus yucca e dois imensos cáctus solenes como órgãos de igreja por todos os lados. "Que país selvagem!" gritei. Neal e eu estávamos completamente despertos. Em Laredo mais parecíamos moribundos. Frank, que já havia viajado por outros países, dormia calmamente no banco de trás. Neal e eu tínhamos o México inteiro à nossa frente. "Agora Jack estamos deixando tudo para trás e entrando numa nova fase desconhecida. Todos os anos e complicações e agitos --- e agora isso! de modo que seguramente podemos deixar tudo para lá e apenas seguir em frente com a cara para fora da janela assim, vê, e compreendermos esse mundo de uma forma como, para falar com real e genuína franqueza, os outros americanos antes de nós não fizeram --- eles estiveram aqui, não estiveram? A guerra do México. Atravessando por aqui com canhões." "Essa estrada" contei-lhe "também era a rota dos velhos fora da lei americanos que costumavam cruzar a fronteira rumo à velha Monterrey, portanto se você olhar para esse deserto descolorido e imaginar o fantasma de um velho bandoleiro de Tombstone em sua solitária cavalgada rumo ao desconhecido, perceberá que além disso..." "É o mundo" disse Neal. "Meu Deus!" uivou batendo no volante. "É o mundo! Podemos seguir direto até a América do Sul se houver estrada. Pense nisso! Putaquepariu --- Putamerda!" Zunimos em frente. O alvorecer espalhou-se rapidamente e começamos a ver as areias brancas do deserto e algumas cabanas fortuitas muito longe da estrada. Neal diminuiu para observá-las. "Cabanas bem maltratadas, cara, do tipo que você só encontra no Vale da Morte e ainda piores.

Esse povo não está nem aí para as aparências." A primeira cidade à frente digna de constar no mapa era Sabinas Hidalgo. Seguíamos ansiosamente em direção a ela. "E a estrada é igualzinha à estrada americana" exclamou Neal "com uma única e louca diferença se você ainda não percebeu, aqui, a sinalização é em quilômetros e aponta a distância até a Cidade do México. Veja só, é a única cidade dessa terra toda, tudo aponta para lá." A metrópole ficava a apenas 767 milhas dali; em quilômetros eram mais de mil. "Porra! Tenho que continuar indo!" gritou Neal. Por uns instantes fechei os olhos de completa exaustão e fiquei apenas ouvindo Neal bater com o punho cerrado contra o volante e exclamar "Porra" e "Que barato!" e "Oh que terra!" e "Sim!" Chegamos a Sabinas Hidalgo pelas sete da manhã tendo cruzado apenas desertos. Diminuímos a velocidade por completo para apreciar o quadro. Acordamos Frank no banco traseiro. Nos aprumamos para curtir. A rua principal era lamacenta e esburacada. De ambos os lados havia velhas fachadas de adobe caindo aos pedaços. Burros carregados cruzavam pelas ruas. Mulheres descalças nos observavam por trás de umbrais sombrios. Era incrível. A rua estava repleta de pessoas começando um novo dia no interior do México. Velhos com bigodes de pontas viradas nos encaravam. A visão de três jovens americanos rotos e barbados em vez dos turistas bem vestidos de sempre despertava neles um interesse incomum. Sacolejamos pela Rua Principal a uns quinze quilômetros por hora absorvendo tudo. Um grupo de garotas seguia a pé à nossa frente. Quando as ultrapassamos, uma delas disse "Para onde está indo cara?" Me virei para Neal atônito. "Ouviu o que ela disse?" Neal estava tão surpreso que continuou dirigindo lentamente e dizendo "Ouvi sim o que ela disse, certamente ouvi o que ela disse porra, Oh nossa, Oh nossa, nem sei o que fazer de tão excitado e encantado nesse mundo matinal. Finalmente chegamos ao paraíso. Não poderia ser melhor, mais fantástico, nada-mais!" "Bem vamos voltar e apanhá-las!" disse eu. "Sim" disse Neal e dirigiu em frente a dez quilômetros por hora. Estava perplexo porque não precisava agir como teria agido na América. "Há milhões delas ao longo dessa estrada meu deus!"

disse. Mesmo assim fez a volta e passou pelas garotas de novo. Elas iam trabalhar nas plantações; sorriram para nós. Neal as encarava com os olhos empedrados. "Porra" suspirava para tomar fôlego. "OOh! É bom demais pra ser verdade. Garotas, garotas. E particularmente agora nas condições e no estado em que me encontro Jack estou observando o interior dessas casas enquanto passamos por elas --- esses portais bacanas e você olha através deles e vê colchões de palha e criancinhas morenas dormindo e se mexendo para acordar, e as mães preparando o café da manhã em panelões de ferro e saca só as persianas que eles usam nas janelas e os velhos, os velhos são demais e formidáveis e não se aporrinham com nada. Aqui não há suspeitas, nada disso. Todos são maneiros, te olham com olhos castanhos francos e não falam nada, apenas olham e nesse olhar todas as qualidades humanas são meigas e brandas e ainda assim estão ali. Pense em todas as histórias estúpidas que lemos sobre o México e o camponês humilde e todo esse lixo --- e toda aquela porcaria sobre xicanos e tudo mais --- e tudo o que encontramos aqui são essas pessoas sinceras e gentis que não enchem o saco. Estou encantado com isso." Escolado na estrada crua da noite Neal veio ao mundo para observá-lo. Inclinava-se ao volante e olhava para ambos os lados rodando lentamente. Na saída de Sabinas Hidalgo paramos para pôr gasolina. Aqui uma espécie de conselho local de rancheiros com bigodes de pontas retorcidas e chapéus de palha resmungava e bradava junto a bombas de gasolina antiquadas. Nos campos um velho arava a terra com um burro na frente de seu chicote de vara. O sol erguia-se puro sobre atividades puras & ancestrais da vida humana. Então seguimos para Monterrey. Monstruosas montanhas com cumes nevados se elevavam à nossa frente; fomos direto para elas. Uma estrada estreita serpenteava por um desfiladeiro e nós a seguimos. Em questão de minutos ultrapassamos o deserto e começamos a subir em direção ao ar ameno por uma estrada com uma murada de pedra do lado do precipício com nomes de políticos pintados a cal --- "Aleman!" Não cruzamos com ninguém nessa estrada das alturas. Ela serpenteava entre as nuvens e nos conduziu para o grande platô que ficava no topo. Além desse platô a grande cidade industrial de Monterrey lançava fumaça aos céus azuis com as enormes nuvens do Golfo inscritas na abóbada do dia como se fossem novelos de lã. Entrar em Monterrey foi como entrar em Detroit, entre as longas paredes das fábricas, exceto pelos burros pastando ao sol na grama em frente delas, e as garotas descalças que passavam com mantimentos. E o centro de Monterrey foi nossa primeira visão dos bairros de adobe da cidade com milhares de hipsters duvidosos vadiando pelos portais e prostitutas debruçadas nas janelas e lojas esquisitas que podiam vender qualquer coisa e calçadas estreitas apinhadas de gente como Hongkong. "Iau!" uivou Neal. "E tudo isso nesse sol. Já sacou esse sol mexicano Jack? Ele te deixa de cabeça feita. Uauu! Quero seguir em frente --- essa estrada <u>me</u> conduz!" Queríamos parar na efervescência de Monterrey mas Neal queria fazer um tempo extraespecial para chegar e ver Bill Burroughs tão rápido quanto possível e a Cidade do México e além disso ele sabia que a estrada se tornaria ainda mais fascinante, especialmente em frente, sempre em frente. Dirigia como um demônio e jamais descansava. Frank e eu estávamos completamente exaustos e desistimos e fomos dormir. Olhei para o alto e vi duas montanhas gêmeas imensas e estranhas para além de Monterrey com o formato de uma sela doida cortando as nuvens no alto do céu. Agora estávamos além da Velha Monterrey, além de onde iam os fora da lei. À nossa frente ficava Montemorelos, uma nova descida rumo às altitudes mais quentes. Ficou extraordinariamente escaldante e estranho. Neal simplesmente teve de me acordar para que eu visse tudo aquilo. "Olhe Jack, você <u>não pode</u> perder isso." Olhei. Estávamos avançando entre pântanos e do lado da estrada a intervalos regulares surgiam mexicanos estranhos esfarrapados caminhando com machadinhas dependuradas nas cordas que lhes serviam de cinto e alguns deles cortavam moitas. Todos paravam para nos ver passar com um olhar vazio. Entre o emaranhado de moitas víamos de vez em quando cabanas de sapê de aspecto africano com paredes de bambu. Garotas estranhas escuras como a lua nos encaravam de misteriosos umbrais verdejantes. "Oh homem queria parar para curtir um pouco essas coisinhas queridas" choramingou Neal "mas repare como a velha ou o velho estão sempre por perto --- geralmente nos fundos, às vezes a uns cem metros apanhando gravetos e lenha e cuidando dos rebanhos. Elas nunca estão sozinhas. Ninguém jamais está sozinho nesse país. Enquanto você dormia fiquei curtindo essa estrada e essa nação e se apenas pudesse lhe contar todas as coisas que pensei cara!" Ele suava. Seus olhos estavam raiados de vermelho e loucos e também ternos e suaves --- tinha encontrado gente como ele. Deslizamos através da interminável região dos pântanos à velocidade constante de setenta por hora. "Jack acho que a paisagem não vai se modificar tão cedo. Se você dirigir eu agora vou dormir." Peguei o volante e dirigi em meio aos meus devaneios, através de Linares, através da calorenta e plana região pantanosa, através do fumegante rio Soto la Marina próximo a Hidalgo, e adiante. Um enorme vale de selva verdejante com amplos campos cultivados surgiu à minha frente. Grupos de homens nos observaram passar reunidos ao lado de uma antiga ponte estreita. O rio quente fluía. Então subimos de altitude até uma espécie de região desértica começar a ressurgir. A cidade de Victoria estava à frente. Os rapazes dormiam e eu estava ao volante sozinho em minha eternidade e a estrada seguia reta como uma flecha. Não era como dirigir pela Carolina, ou pelo Texas, ou pelo Arizona, ou pelo Illinois; mas sim dirigir através do mundo rumo a lugares onde nós finalmente aprenderíamos algo entre os povos lavradores desse mundo, os índios que se estendem em um cinturão ao redor do mundo da Malásia à Índia à Arábia ao Marrocos ao México e pela Polinésia. Pois essas pessoas eram indubitavelmente índios e não tinham absolutamente nada a ver com os Pedros e Panchos da tola tradição americana --- tinham as maçãs do rosto salientes, e olhos oblíquos, e gestos suaves --- não eram bobos, não eram palhaços --- eram grandes e graves indígenas e a fonte básica da humanidade e os pais dela. E eles sabiam disso enquanto nós passávamos, americanos ostensivamente presunçosos com os bolsos cheios de dinheiro numa excursão ruidosa por suas terras, eles sabiam quem era o pai e quem era o filho da primitiva vida terrestre, e não faziam comentários. Porque quando a destruição chegar ao mundo as pessoas vão continuar olhando da mesma maneira desde suas cavernas no México bem como de suas cavernas em Báli, onde tudo começou e onde Adão foi amamentado e ensinado a compreender. Eram esses meus pensamentos enquanto eu dirigia em direção à quente cidade de Victoria onde estávamos destinados a passar a tarde mais louca de toda nossa vida. Pouco antes, lá em San Antonio, eu havia prometido a Neal, de gozação, arranjar uma trepada para ele. Era uma aposta e um desafio. Logo que estacionei o carro no posto de gasolina perto dos portões da ensolarada Victoria um garoto atravessou a estrada de pés descalços carregando um enorme protetor de para-brisa e querendo saber se eu desejava comprá-lo. "Gosta? Sessenta pesos. Habla mexicano. Sesenta peso. Meu nome Gregor." "Nah" disse eu gracejando "compro senorita." "Claro claro!" gritou ele excitado. "Arranjo garotas, qualquer hora. Vinte pesos, trinta pesos." "Sério? Verdade? Agora?" "Agora homem, qualquer hora. Quente demais agora" acrescentou com repugnância. "Não gostar garotas quando dia quente. Espera noite. Gosta protetor." Eu não queria protetor nenhum mas queria as garotas. Acordei Neal. "Ei Homem no Texas garanti que iria te arranjar uma trepada --- tudo bem, estica os ossos e acorda rapaz, temos umas garotas esperando por nós." "O quê? o quê?" ele gritou levantando-se num salto ávido. "Onde? onde?" "Esse menino Gregor vai nos mostrar onde." "Bom, vamos lá, vamos lá!" Neal saltou fora do carro e apertou a mão de Gregor. Havia um grupo de garotos vadiando em volta do posto e sorrindo, a metade estava de pés descalços, todos com chapéus de palha de abas moles. "Cara" me disse Neal "que maneira deliciosa de passar a tarde. É muito mais <u>maneiro</u> do que nos bilhares de Denver. Gregor, você arranja umas garotas? Onde? A dondei?" perguntou em espanhol. "Saca só Jack, estou falando espanhol." "Pergunte se ele nos arranja uma erva. Ei garoto, você consegue mari-ju-a-na?" O garoto assentiu discretamente. "Claro, homem qualquer hora. Vem comigo." "Iuupii! Uau! Hoo!" exclamou Neal. Ele estava completamente desperto e saltitante naquela sonolenta rua mexicana. "Vamos nessa!" Distribuí

Lucky Strikes entre os outros garotos. Eles estavam nos curtindo bastante e principalmente a Neal. Cochichavam com as mãos em concha ao ouvido uns dos outros falando sobre esse americano muito louco. "Saca eles Jack falando sobre nós e nos curtindo. Oh meu Deus que mundo!" Entramos no carro e caímos fora. Frank Jeffries estivera dormindo e roncando e acordou para essa loucura incrível. Cruzamos a cidade até o outro lado e saímos para o deserto e entramos numa estradinha esburacada que fez o carro sacolejar como nunca. A casa de Gregor ficava logo à frente. Era apenas uma caixa retangular de adobe assentada no início das áridas planícies dos cáctus rodeada por algumas árvores, com uns sujeitos vadiando pelo quintal. "Quem são?" perguntou Neal excitadíssimo. "Aqueles meus irmãos. Minha mãe também aí. Minha irmã também. Aquela minha família. Eu casado, moro na cidade." "Mas e sua mãe?" inquiriu Neal. "O que ela diz da marijuana." "Oh ela colhe pra mim." E enquanto esperávamos no carro Gregor saiu e voou até a casa e falou rapidamente com uma velha senhora, que prontamente se virou e foi até o quintal nos fundos e começou a arrancar pés de marijuana da terra. Enquanto isso os irmãos de Gregor sorriam debaixo de uma árvore. Eles estavam vindo nos conhecer mas ainda levariam algum tempo para se levantar e se arrastar até o carro. Gregor voltou sorrindo singelamente. "Cara" murmurou Neal "esse Gregor é o mais incrível e singelo sujeito que jamais encontrei em toda minha vida. Dá uma olhada nele, olha seu andar maneiro e lento. Não é preciso andar afobado por aqui." Uma brisa do deserto constante e insistente soprava no carro. Estava quente demais. "Vê como é quente?" perguntou Gregor sentando no banco da frente ao lado de Neal e apontando para a capota escaldante do Ford. "Você fuma marijuana, calor acaba. Espera." "Sim" disse Neal ajeitando seus óculos escuros. "Espero. Claro que sim meu caro Gregor." Então o irmão mais alto de Gregor se aproximou com uma folha de jornal recheada de erva. Depositou-a no colo de Gregor e se recostou na porta do carro com naturalidade e sorriu dizendo "olá". Neal assentiu com a cabeça e sorriu para <u>ele</u> satisfeito. Ninguém falava; estava legal assim. Gregor começou a enrolar a maior bomba que alguém já viu. Apertou (usando papel de embrulho marrom) um tremendo baseado equivalente a um charuto Optimo. Era imenso. Neal fitava fixamente com os olhos esbugalhados. Gregor acendeu-o despreocupadamente e colocou na roda. Tragar aquela coisa era o mesmo que se inclinar sobre uma chaminé e aspirar. Irrompia pela garganta como uma enorme rajada de calor. Demos todos uma prensa e exalamos ao mesmo tempo. Instantaneamente ficamos chapados. O suor se enregelou em nossas frontes e subitamente era como se estivéssemos na praia em Acapulco. Olhei pela janela de trás do carro, e outro irmão de Gregor e o mais estranho deles --- um índio peruano alto --- estava escorado num poste sorridente e tímido demais para aproximar-se e trocar um aperto de mãos. Parecia que o carro estava cercado de irmãos já que do lado de Neal surgiu mais um. Então a coisa mais estranha aconteceu. Todos estavam tão chapados que as formalidades usuais foram dispensadas e nos concentramos no assunto de interesse imediato, que naquele momento era a estranheza de americanos e mexicanos fumando juntos no deserto e mais do que isso, a estranheza de se ver uns aos outros de perto. Então os irmãos mexicanos começaram a falar de nós em voz baixa e a comentar, enquanto Neal Frank e eu fazíamos comentários sobre eles. "Dá só uma sa-ca-da naquele irmão esquisito lá atrás." "Sim, e esse aqui, à minha esquerda, é um maldito rei egípcio. Esses caras são mesmo MANEIROS. Jamais vi algo assim. E eles estão falando e matutando sobre nós exatamente como nós estamos fazendo mas com uma diferença típica deles, provavelmente estão se concentrando na maneira como estamos vestidos --- como nós também --- mas na estranheza das coisas que possuímos dentro desse carro e na maneira estranha como NÓS rimos tão diferente da deles, e talvez até mesmo no nosso cheiro comparado ao deles. No entanto daria meu braço direito para saber o que eles estão falando sobre a gente." E Neal tentou descobrir. "Ei Gregor, cara... o que seu irmão acabou de dizer?" Gregor pousou seus tristonhos olhos castanhos chapados em Neal. "Yeah, yeah." "Não você não entendeu minha pergunta. O que os garotos estão dizendo?" "Oh" respondeu Gregor profundamente perturbado "você não gostou mariguana?" "Oh, sim, sim é demais! O que vocês estão FALANDO?" "Falar? Sim, falar. Gosta México." Era difícil se entender sem uma língua comum. Então todos ficaram quietos e calmos e muito loucos outra vez gozando a brisa do deserto e curtindo ideias nacionais separadas. Já era tempo de sair em busca das garotas. Os irmãos retornaram a seus lugares debaixo da árvore, a mãe nos observou de seu portal ensolarado, e regressamos lentamente ao centro da cidade aos solavancos. Mas agora esse sacolejar já não era desagradável, foi a mais aprazível e graciosa jornada trepidante do mundo, como se num mar azul, e o rosto de Neal estava impregnado de um brilho incomum que parecia ouro e ele nos disse para entendermos pela primeira vez o molejo do carro e curtirmos a viagem. Sacolejávamos para cima e para baixo e até Gregor entendeu e gargalhou. Então apontou para a esquerda mostrando que caminho deveríamos pegar para chegarmos até as garotas, e Neal, olhando à esquerda com encantamento indescritível e inclinando-se para aquele lado, girou o volante e nos conduziu com segurança e suavidade ao nosso destino, enquanto escutava as tentativas de Gregor de se comunicar e dizia grande e magniloquentemente "Sim, é claro! Não há a menor sombra de dúvida! Decididamente, cara! Oh é verdade! Uff, pish, posh, você me diz coisas maravilhosas! Claro! Sim! Por favor vá em frente!" A tudo isso Gregor respondia com circunspecta e magnífica eloquência espanhola. Por um doido instante pensei que Neal estava entendendo tudo que ele falava por pura e simples iluminação pessoal e por uma súbita genialidade adivinhatória inspirada por sua felicidade suprema e radiante. E nesse instante, também, ele estava tão parecido com Franklin Delano Roosevelt --- um delírio de meus olhos flamejantes e alma flutuante --- que me retesei no assento e engoli em seco perplexo. Vi torrentes de ouro derramando-se pelo céu e senti Deus na luz do lado de fora do carro nas quentes ruas ensolaradas. Olhei pela janela e vi uma mulher parada numa soleira e pensei que ela estava escutando cada palavra que dizíamos e sacudindo a cabeça --- rotineiras visões paranoicas provocadas pela erva. Mas as torrentes de ouro persistiam. Por um longo tempo perdi a consciência do que estávamos fazendo e só me recobrei mais tarde quando estávamos parados em frente à casa de Gregor e ele já estava na porta do carro com seu filhinho nos braços mostrando-o para nós. "Tão vendo meu bebê? Nome dele Perez, seis meses de idade." "Uau" disse Neal, o rosto ainda transfigurado por uma cascata de prazer supremo e até mesmo bem-aventurança "é a criança mais linda que já vi. Olhem esses olhos. Agora Jack e Frank " disse-nos ele com um ar sério e terno "quero que observem es-pe-ci-al-men-te os olhos desse bebezinho mexicano que é filho do nosso maravilhoso amigo Gregor, e notem como ele amadurecerá com sua alma manifestando-se através das janelas de seus olhos, e olhos tão encantadores seguramente indicam a mais adorável das almas." Foi um belo discurso. E era um belo bebê. Gregor olhava seu anjo melancolicamente. Todos nós desejamos ter um filho assim. Tão forte era a nossa intensidade sobre a alma do bebê que ele sentiu algo e começou uma careta que resultou em lágrimas amargas e alguma mágoa desconhecida que não tínhamos meios de serenar. Tentamos de tudo, Gregor aconchegou-o junto ao pescoço e o embalou; Neal arrulhou; eu estiquei a mão e acariciei os bracinhos do bebê. Os berros aumentaram. "Ah" disse Neal "estou terrivelmente sentido porque o deixamos triste gregor." "Ele não está triste, bebê chora." No portal atrás de Gregor, tímida demais para sair, estava sua pequena esposa descalça aguardando com ternura ansiosa que o bebê fosse recolocado em seus braços tão morenos e macios. Tendo nos mostrado seu rebento, Gregor embarcou novamente no carro e orgulhosamente apontou para a direita. "Sim" disse Neal, e fez o carro deslizar naquela direção conduzindo-o através das estreitas ruas argelinas com rostos por todos os lados nos observando com curiosidade tranquila e fantasias secretas. Chegamos ao bordel. Era um magnífico prédio de estuque no sol dourado. Nele estavam escritas as palavras "Sale de Baile" que significam salão de dança, em orgulhosas letras oficiais que em sua dignidade e simplicidade pareceram-me os letreiros em frisos de pedra em torno das agências dos Correios dos Estados Unidos. Na rua, e recostados nas persianas de madeira das janelas do bordel, estavam dois policiais, calças frouxas, sonolentos, de saco cheio, que nos dirigiram olhares de fugaz interesse enquanto entrávamos e ali permaneceram durante as três horas em que pintamos e bordamos sob seus narizes, até sairmos ao crepúsculo e a conselho de Gregor demos o equivalente a vinte e quatro centavos para cada um deles só para manter as aparências. E lá dentro encontramos as garotas. Algumas recostadas nos sofás do outro lado da pista de dança, outras bebericando no bar comprido que havia à direita. No centro um pequeno arco conduzia aos minúsculos barracos de madeira, cubículos que se pareciam com as cabinas onde se troca de roupa nas praias públicas municipais ou balneários. Esses barracos ficavam no quintal ensolarado. Atrás do bar estava o proprietário, um cara jovem que saiu instantaneamente correndo quando lhe dissemos que gostaríamos de ouvir mambo e retornou com uma pilha de discos, a maioria de Perez Prado, e colocou-os no sistema de alto-falantes. Em um segundo a cidade de Victoria inteira podia escutar a festa que se desenrolava na Sale de Baile. Ali mesmo no hall o estrondo da música --- pois esse é o jeito certo de se tocar uma jukebox e é para isso que elas originalmente foram feitas --- era tão tremendo que chocou Neal e Stan e eu por um instante ao compreendermos que nunca ousáramos ouvir música tão alto quanto queríamos e era alto assim que gostaríamos de ouvir. O mambo ribombava e ressoava direto para cima de nós. Em poucos minutos metade da cidade estava parada nas janelas observando os americanos dançando com as garotas. Permaneciam na calçada de chão batido lado a lado com os policiais, recostados com naturalidade e indiferença. “More Mambo Jambo”, “Chattanooga de Mambo”, “Mambo Numero Ocho”, todas essas tremendas peças ressoavam & ecoavam na tarde dourada e misteriosa como o som que você espera ouvir no último dia desse mundo e na Segunda Vinda. Os trompetes pareciam tão altos que achei que podiam ser perfeitamente ouvidos no deserto, onde de qualquer forma as trombetas surgiram. Os tambores eram uma loucura. As ressonâncias do piano derramavam-se sobre nós vindas do alto-falante. Os gritos do líder da banda eram como arquejos no ar. O refrão final dos trompetes acompanhado pelo clímax dos tambores de conga e dos bongôs, no incrível e piradíssimo disco de Chattanooga, enregelou Neal deixando-o paralisado por um momento até ele tremer e suar, então quando os trompetes rasgaram o ar sonolento com seus ecos palpitantes como numa caverna ou numa cova seus olhos se dilataram e esbugalharam como se ele tivesse visto o Diabo e ele os fechou com força. Eu mesmo fui sacudido como uma marionete; ouvi os trompetes debulhando as luzes que eu havia visto e tremi em minhas botas. No veloz Mambo Jambo dançamos freneticamente com as garotas. Em nosso delírio começamos a discernir suas personalidades variadas. Eram garotas incríveis. Estranhamente a mais desvairada era meio índia, meio branca e vinha da Venezuala, e tinha apenas dezoito anos. Parecia de boa família. O que ela fazia se prostituindo no México com aquela idade e aquele meigo atrevimento e bela aparência só Deus sabe. Algum desgosto terrível a tinha levado a isso. Bebia além de qualquer medida. Entornava drinques quando parecia prestes a vomitar o anterior. Enxugava um copo atrás do outro, a ideia também era fazer-nos gastar o máximo possível de dinheiro. Vestindo um chambre tênue em plena tarde ela dançou freneticamente com Neal grudada no pescoço dele e implorando e implorando de tudo. Neal estava tão chapado que não sabia com o que começar, com as garotas ou com o mambo. Eles desapareceram na direção dos cubículos. Fui atacado por uma garota gorda e desinteressante com um cãozinho e ela ficou chateada comigo quando antipatizei com o cão porque ele ficava tentando me morder. Ela se comprometeu a levá-lo para os fundos, mas quando retornou eu já havia sido fisgado por outra garota, de melhor aspecto mas não a melhor, que se grudou ao meu pescoço como uma sanguessuga. Estava tentando me livrar dela para chegar em uma garota de cor de 16 anos que estava sentada do outro lado da sala olhando melancolicamente para o próprio umbigo através de uma abertura do seu vestido diáfano. Não consegui. Frank tinha arranjado uma menina de 15 anos com pele escura cor de amêndoa e com um vestido abotoado pela metade. Era uma loucura. Pelo menos uns vinte homens assistiam inclinados naquela janela. A certa altura a mãe da garotinha de cor --- de cor não mas morena --- entrou para manter um breve e triste diálogo com a filha. Quando vi aquilo fiquei envergonhado demais para tentar abordar a que eu realmente queria. Deixei a sanguessuga me arrastar para os fundos, onde como num sonho, sob o estrondo e o clamor de mais alto-falantes, fizemos a cama ranger durante meia hora. Era apenas um quarto quadrado com persianas de tabuinhas e sem forro no teto, uma lâmpada pendurada no alto, a imagem de um santo num canto, uma bacia no outro. De todas as partes do corredor escuro as garotas gritavam: "Aqua, aqua caliente!" o que significa água quente. Frank e Neal também tinham sumido de vista. Minha garota cobrou trinta pesos, mais ou menos três dólares e meio, e mendigou dez pesos extras contando uma história comprida sobre alguma coisa. Eu não sabia o valor do dinheiro mexicano, tudo que sabia era que possuía um milhão de pesos, atirei o dinheiro para ela. Voltamos correndo para dançar. Uma multidão ainda maior espremia-se na rua. Os policiais pareciam de saco tão cheio quanto sempre. A venezualana bonita de Neal me arrastou por uma porta para dentro de outro bar estranho que aparentemente pertencia ao bordel. Ali um jovem garçom limpava os copos e falava enquanto um velho com bigode de pontas retorcidas estava sentado discutindo alguma coisa seriamente. E ali também o mambo rugia de outro alto-falante. Parecia que o mundo inteiro estava ligado. Venezuala se pendurou ao meu pescoço e suplicou por drinques. O garçom não queria servi-la. Ela implorou e tornou a implorar, e quando ele a serviu ela emborcou e dessa vez não para se aproveitar de mim já que pude perceber o desgosto em seus pobres olhos encovados e perdidos. "Pega leve baby." Disse pra ela. Tinha de ampará-la em cima do banco, ela estava sempre escorregando. Nunca tinha visto uma mulher beberrona, e com apenas dezoito anos. Paguei-lhe mais um drinque, ela puxava minhas calças suplicando. Entornou-o. Mas eu não tinha ânimo para encará-la. A minha garota tinha uns trinta anos e cuidava melhor de si. Com Venezuala ainda se contorcendo e sofrendo em meus braços tive desejos de levá-la para os fundos e despi-la e apenas conversar com ela --- disse isso a mim mesmo. Delirava de tesão por ela e pela outra menina morena. Pobre Gregor, todo esse tempo ele ficou escorado de costas no balcão cromado do bar balançando-se alegre por ver seus três amigos americanos se esbaldarem. Pagamos drinques para ele. Seus olhos brilharam para uma mulher mas ele não aceitou nenhuma, permanecendo fiel à esposa. Neal jogou dinheiro para ele. Nesse turbilhão de loucura tive a chance de ver o que Neal era capaz de aprontar. Ele estava tão fora de si que não me reconheceu quando examinei seu rosto. "Yeah, yeah!" era tudo o que ele dizia. Parecia que aquilo jamais teria fim. Corri de volta com minha garota para o quarto dela; Neal e Frank trocaram de par; e saímos de cena por alguns instantes e os espectadores tiveram de esperar pela continuação do show. A tarde avançava e refrescava; logo viria a misteriosa noite na velha e arruinada Victoria. Por nem um só instante o mambo cessou. Eu não conseguia despregar os olhos da menininha morena, nem mesmo depois da segunda vez, e do jeito, como uma Rainha, como ela andava por ali e até mesmo de como era rebaixada pelo garçom carrancudo a tarefas desprezíveis como servir-nos drinques. De todas as garotas de lá ela era a que mais precisava de dinheiro; talvez sua mãe tivesse ido buscar dinheiro para os irmãozinhos dela. Jamais, jamais me ocorreu simplesmente me aproximar dela e lhe dar algum dinheiro. Tive a impressão de que ela o apanharia com um ar de desprezo e desprezo de gente como ela me intimidava. Na minha loucura eu fiquei verdadeiramente apaixonado por ela durante as poucas horas que aquilo tudo durou; era a mesma dor inconfundível e a punhalada no peito, os mesmos suspiros, o mesmo sofrimento e acima de tudo a mesma relutância e medo de me aproximar. O estranho é que Neal e Frank também fracassaram em abordá-la; sua irrepreensível dignidade era o que a fazia pobre num louco e velho bordel, veja só. Em determinado momento vi Neal inclinar-se para ela como uma estátua, prestes a voar, e o desapontamento transpassou seu rosto quando ela olhou fria e imperiosamente na direção dele e ele parou de alisar a barriga e engoliu em seco e finalmente baixou a cabeça. Porque ela era a rainha. Então de repente Gregor agarrou-nos pelo braços em meio ao furor fazendo sinais frenéticos. "Qual é o problema?" Ele tentou de tudo para nos explicar. Então correu até o bar e arrancou a conta do garçom que lhe lançou um olhar furioso e a trouxe até nós para que a víssemos. A conta já passava dos 300 pesos, ou trinta e seis dólares americanos, o que é um monte de grana em qualquer cabaré. Mesmo assim não conseguimos nos acalmar e não queríamos ir embora e apesar de exaustos queríamos continuar curtindo com aquelas garotas adoráveis naquele estranho paraíso árabe que finalmente havíamos encontrado no fim da dura, dura estrada. Mas a noite estava caindo e tínhamos de botar um fim naquilo; e Neal pressentiu isso, e começou a franzir as sobrancelhas e a pensar tentando se endireitar, até que eu finalmente lancei a ideia de que tínhamos de cair fora no ato. "Tanta coisa à nossa frente homem que isso aqui não fará a menor diferença." "Certo!" berrou Neal com os olhos vidrados virando-se para sua venezualana. Ela tinha capotado finalmente e jazia num banco de madeira com suas pernas brancas projetando-se da seda. A plateia da janela aproveitou-se da exibição; por trás deles as sombras rubras se insinuavam, e ouvi o choro de um bebê num súbito instante de silêncio, e lembrei que afinal de contas eu estava no México e não em um doce e orgíaco sonho derradeiro. Cambaleamos porta afora; esquecemos Frank; corremos de volta para apanhá-lo, como os garotos correm para pegar o marinheiro Ollie em A Longa Viagem de Volta, e o encontramos cumprimentando charmosamente as novas putas que recém haviam chegado para o turno da noite. Ele queria começar tudo de novo. Quando está bêbado ele se move tão pesadamente quanto um homem de três metros de altura e quando ele está bêbado é impossível separá-lo das mulheres. Além do mais as mulheres enroscam-se nele como trepadeiras. Ele insistia em ficar e experimentar algumas das mais novas, mais estranhas, mais competentes senoritas. Neal e eu o agarramos pelo cangote e o arrastamos para fora. Ele se despediu acenando profusamente para todo mundo, as garotas, os tiras, a multidão, as crianças nas calçadas, jogou beijos em todas as direções de Victoria e cambaleou orgulhosamente entre o povo e tentou falar com eles para transmitir sua alegria e seu amor por tudo naquela bela tarde da vida. Todos riam; alguns lhe davam tapinhas nas costas. Neal correu até os policiais e deu-lhes quatro pesos e trocou um aperto de mãos e sorriu com eles. Então saltou no carro, e as garotas que havíamos conhecido, até Venezuala que havia acordado para a despedida se aglomeraram em torno do carro aconchegando-se em suas vestes transparentes e nos deram adeus e nos beijaram e Venezuala até começou a chorar --- ainda que não por nós, a gente sabia, mas também um pouco por nós, e isso já era o suficiente e bom o suficiente. Meu querido e sombrio amor desaparecera nas sombras no interior do bordel. Estava tudo acabado. Arrancamos e deixamos a alegria e as celebrações para trás recobertas por centenas de pesos e aquilo não parecia ter sido um mau dia de trabalho. O mambo obsessivo nos acompanhou durante uns quarteirões. Estava tudo acabado. "Adeus Victoria!" gritou Neal atirando um beijo. Gregor estava orgulhoso de nós e orgulhoso de si mesmo. "Agora vocês querem banho?" ele perguntou. Sim, todos nós queríamos um bom banho. E ele nos conduziu para o lugar mais estranho do mundo: era um balneário vulgar no estilo americano a uns dois quilômetros da cidade à beira da estrada, cheio de garotos chapinhando numa piscina e chuveiros dentro de um prédio de pedra, o banho custava apenas alguns centavos, com direito a sabão e toalha. Além disso havia também um melancólico parque infantil com balanços e um carrossel arruinado e sob o sol rubro que se ia pareceu muito estranho e muito lindo. Frank e eu pegamos as toalhas e mergulhamos direto numa ducha gelada da qual saímos revigorados e refrescados. Neal não se deu o trabalho de tomar um banho e nós o vimos ao longe naquele triste parque caminhando de braços dados com o bom Gregor e conversando volúvel e prazerosamente e até se inclinando excitadamente na direção dele para enfatizar alguma coisa e socando a palma da própria mão. E então eles voltaram a dar os braços e continuaram o passeio. Estava chegando a hora de nos despedirmos de Gregor por isso Neal estava aproveitando a oportunidade para ficar alguns momentos sozinho com ele e inspecionar o parque e dar uma vista de olhos em tudo e curtir tudo como só Neal sabe fazer e faz. Agora que teríamos de partir Gregor estava muito triste. "Quando voltarem a Victoria, me procuram?" "Claro homem!" disse Neal. Ele chegou a prometer que levaria Gregor para os estados unidos se ele quisesse. Gregor disse que teria de refletir sobre isso. "Tenho mulher e filho --- não tenho dinheiro --- vou ver." Seu sorriso singelo fulgurava ao crepúsculo enquanto abanávamos para ele de dentro do carro. Atrás dele estavam o triste parque e as crianças. De repente ele correu atrás de nós e pediu uma carona para casa. Neal estava tão voltado para a estrada que por um instante ficou irritado com aquilo e disse bruscamente a ele para que entrasse. E voltamos a Victoria e largamos Gregor a uma quadra de sua casa. Ele não entendeu aquela súbita severidade de Neal e ao perceber isso Neal começou a falar e destacar o que faria por ele, e finalmente os dois se acertaram de novo e Gregor desceu para as ruas de sua vida. E nós rodamos para a selva, a selva muito maluca que jamais havíamos imaginado. E depois de tudo aquilo o que mais podíamos assimilar? Imediatamente depois de Victoria a estrada começou a descer, árvores enormes se erguiam de ambos os lados, e entre as árvores à medida que escurecia escutávamos o enorme ruído de bilhões de insetos que soavam como um grito agudo e infindável. "Uff!" disse Neal, e acendeu os faróis mas eles não estavam funcionando. "O quê? o quê? que droga é essa agora?" Blasfemou e esmurrou o painel. "Oh raios, teremos de atravessar essa selva sem faróis, pensem no horror que será, só poderei ver alguma coisa quando passar outro carro e por aqui simplesmente <u>nunca</u> passam carros! E portanto nada de luzes? Oh o que faremos Jack?" "Vamos rodar. Ou será que devemos voltar?" "Não jamais-jamais! Vamos em frente. Consigo ver um pedacinho de estrada. Vamos conseguir." Mergulhamos naquela negra escuridão entre o estrépito dos insetos e baixou um tremendo cheiro rançoso quase podre e lembramos e notamos que o mapa indicava o começo do trópico de Câncer logo depois de Victoria. "Estamos num novo trópico! Não estranhem o cheiro! Cheirem!" Botei a cabeça para fora da janela; insetos se esborracharam contra a minha cara; quando coloquei meus ouvidos no vento ouvi um silvo intenso. De repente os faróis começaram a funcionar novamente e lançaram seu facho à frente iluminando a estrada solitária que seguia entre sólidas muralhas de árvores retorcidas e arqueadas com mais de trinta metros de altura. "Filho da PUTA!" gritou Frank no banco de trás. "Puta-MERDA!" Ele continuava muito louco. De repente percebemos que ele ainda estava tão doidão que a selva e as complicações não faziam diferença para sua alma alegre. Começamos a rir todos nós. "Dane-se - - vamos nos atirar nessa porra dessa selva, vamos dormir nela essa noite, vamos nessa!" urrou Neal. "O Velho Frank está certo, o Velho Frank não está nem aí! Continua tão doidão por causa daquelas mulheres e daquela maconha e daquele mambo-do-outro-mundo impossível-de-absorver tocando tão alto que meus tímpanos continuam zumbindo - - uau! ele está tão doido que só ele sabe o que está fazendo!" Arrancamos nossas camisetas e rodamos pela selva com o peito nu. Não havia povoados, nada, apenas a selva, quilômetros e quilômetros, sempre baixando, cada vez mais quente, úmido e abafado, os insetos zumbindo mais alto, a vegetação tornando-se mais espessa, o cheiro cada vez mais desagradável e mais quente até que começamos a nos acostumar com tudo e a adorar. "Gostaria de ficar nu e rolar nessa selva" disse Neal - - "Diabos, cara, é exatamente o que farei assim que encontrar um lugar apropriado." E de repente Limon apareceu à nossa frente, um povoado na selva, poucas luzes opacas, sombras escuras, céus imensos e inimagináveis acima de nós e um grupo de homens em frente a uma mixórdia de casebres de madeira --- uma encruzilhada tropical. Paramos numa suavidade inimaginável. Estava tão quente quanto no interior do forno de uma padaria de Nova Orleans numa noite de junho. Rua acima e rua abaixo famílias inteiras sentavam-se conversando na escuridão; de vez em quando surgiam algumas garotas, mas moças demais e apenas curiosas para ver que aparência tínhamos. Estavam sujas e de pés descalços. Ficamos escorados no alpendre de madeira de um armazém de secos e molhados entre sacos de farinha e abacaxis frescos apodrecendo no balcão com moscas. Havia um lampião a óleo ali, e lá fora apenas umas poucas luzes pardas, e todo o resto escuro, escuro, escuro. A essa altura é claro que estávamos tão fatigados que teríamos de dormir imediatamente e entramos uns poucos metros de carro numa estradinha nos arredores da cidade e caímos duros. Estava tão estupidamente quente que era impossível dormir. Então Neal pegou uma manta e colocou-a na areia macia e quente da estrada e estendeu-se sobre ela. Frank estava esticado no banco da frente do Ford com as duas portas escancaradas na tentativa de apanhar alguma corrente de ar mas não havia o menor sopro de brisa. No banco de trás eu sofria numa poça de suor. Saí do carro e fiquei cambaleante sob a escuridão. Instantaneamente a cidade inteira fora para a cama, o único ruído era o latido dos cães. Como poderia eu dormir? Milhares de mosquitos já nos haviam picado por tudo no peito, nos braços e nos tornozelos, não havia nada a fazer a não ser desistir e até desfrutar. Logo em seguida tive uma ideia brilhante: saltei na capota de aço do carro e me estiquei de costas sobre ela. Ainda não havia brisa alguma mas o aço tinha um elemento de frescor e secou o suor das minhas costas, formando uma crosta de milhares de insetos mortos sobre a minha pele e eu percebi como a selva engole você e como você se torna parte dela. Deitado sobre a capota do carro olhando para o céu escuro era o mesmo que estar trancado dentro de um baú numa noite de verão. Pela primeira vez na vida o clima não era algo que me envolvia, me acariciava, me enregelava ou fazia suar, mas era parte de mim mesmo. A atmosfera e eu nos tornamos a mesma coisa. Uma nuvem suave de uma infinidade de insetos microscópicos rodopiava no meu rosto enquanto eu dormia e aquilo era extremamente agradável e reconfortante. O céu estava sem estrelas, completamente oculto e pesado. Poderia ficar ali a noite inteira com a face voltada para o firmamento e não seria diferente de estar debaixo de uma cortina de veludo. Insetos mortos se misturavam ao meu sangue, os mosquitos vivos faziam novas transfusões, comecei a sentir coceira pelo corpo todo e a feder da cabeça aos pés como a selva fedorenta, quente e podre. Claro que eu estava descalço. Para diminuir o suor enfiei minha camiseta coberta de insetos e me deitei outra vez. Uma mancha mais escura na escuridão da estrada mostrava onde Neal estava dormindo. Podia ouvi-lo roncar. Frank roncava também. Ocasionalmente uma luz pálida fulgurava na cidade e era o xerife fazendo suas rondas com uma lanterna fraca e falando sozinho na noite selvagem. Então vi seu facho de luz balançando-se em nossa direção e pude ouvir seus passos ressoando suavemente no tapete de areia e relva. Ele parou e iluminou o carro. Sentei e o encarei. Numa voz trêmula quase queixosa e extremamente suave ele perguntou: "Dormiendo?" apontando para Neal na estrada. Eu sabia que aquilo queria dizer dormir. "Si, dormiendo." "Bueno, bueno" disse para si mesmo e com tristeza e relutância virou-se retornando à sua patrulha solitária. Policiais tão adoráveis Deus jamais colocou na América. Nenhuma suspeita, nenhum alvoroço, nenhuma chateação: ele era o guardião da cidade adormecida, e ponto. Voltei à minha cama de aço e me estiquei de braços abertos. Nem sequer sabia se acima de mim havia galhos ou as imensidões do céu, e não fazia diferença. Abri a boca e aspirei profundamente o ar da selva. Aquilo não era ar, nunca seria, era a emanação palpável e vívida das árvores e dos pântanos. Fiquei acordado. Os galos começaram a anunciar a chegada da aurora em algum lugar além dos matagais. Mesmo assim nada de ar, nem brisa, nem orvalho, mas o mesmo peso do Trópico de Câncer que nos mantinha fincados à terra a que pertencíamos e onde nos coçávamos. Nos céus não havia sinal do alvorecer. De repente escutei cães latindo furiosamente na escuridão e ouvi então o débil clip clop dos cascos de um cavalo. Ele se aproximava mais e mais. Que doida espécie de cavaleiro noturno poderia ser esse? Então vislumbrei uma aparição: um cavalo selvagem, branco como um fantasma, surgiu trotando pela estrada direto para Neal. Atrás dele cães uivavam e latiam. Não consegui vê-los, eram velhos e sujos cães da selva, mas o cavalo era alvo como a neve e imenso e quase fosforescente e facilmente visível. Não temi por Neal. O cavalo o viu e trotou bem ao lado de sua cabeça, passou pelo carro como se fosse um barco, relinchou mansamente, e continuou através da cidade perseguido pelos cães e trotou de volta para a floresta do outro lado e tudo o que pude ouvir foi o som cada vez mais distante de seus cascos desaparecendo na mata. Os cães desistiram e sentaram-se lambendo a si mesmos. O que era esse cavalo? Que mito e fantasma, e que espírito? Quando Neal acordou contei-lhe tudo. Ele achou que era apenas um sonho. Então lembrou-se vagamente de que havia sonhado com um cavalo branco e eu lhe assegurei que não fora um sonho. Frank Jeffries despertou lentamente. Ao menor movimento suávamos profusamente. Continuava escuro como breu. "Vamos pôr esse carro a rodar pra ter um pouco de ar!" gritei. "Estou morrendo de calor." "Certo!" Rodamos para fora da cidade e continuamos seguindo a louca estrada. A aurora surgiu rapidamente numa névoa cinzenta revelando pântanos densos afundando-se de ambos os lados com árvores trepadeiras compridas e sombrias inclinando-se retorcidas sobre baixios emaranhados. Por uns instantes seguimos lado a lado com a linha férrea. A estranha antena da estação de rádio de Ciudad Mante surgiu à nossa frente, como se estivéssemos no Nebraska. Encontramos um posto de gasolina e enchemos o tanque enquanto os últimos insetos noturnos da floresta atiravam-se contra as lâmpadas como uma massa escura e caíam batendo asas aos nossos pés contorcendo-se em grupos enormes, algumas baratas d'água com asas de uns bons dez centímetros, libélulas assustadoramente grandes capazes de devorar pássaros, e milhares de mosquitos, imensos e horríveis insetos aracnídeos de todas as espécies. Eu saltava para lá e para cá louco de medo deles; acabei dentro do carro com os pés entre as mãos olhando aterrorizado para o chão onde eles se contorciam entre nossas rodas. "Vamos nessa!" gritei. Neal e Frank não estavam nem aí para os insetos; beberam calmamente um refrigerante de laranja e chutaram as garrafas para longe. As camisas e calças deles estavam ensopadas de sangue e enegrecidas por milhares de insetos mortos como as minhas. Demos uma boa cheirada em nossas roupas. "Sabem que estou começando a gostar desse cheiro" disse Frank "já não consigo sentir meu próprio cheiro." "É um cheiro estranho bom" disse Neal "não vou trocar de camisa até a Cidade do México, quero absorvê-lo todo e lembrar dele." Assim caímos fora outra vez, produzindo ar para os nossos rostos calorentos e incrustados, e fomos para Valles e adiante na direção da grande cidade de Tamazunchale num contraforte. Essa cidade está a uma elevação de 207 metros e ainda no calor na selva. Barracos de barro alinhavam-se marrons de ambos os lados da estrada; grandes grupos de crianças estavam diante do único posto de gasolina. Abastecemos para subir as montanhas que assomavam à frente completamente verdes. Depois dessa subida estaríamos outra vez no grande planalto central e prontos para seguir em frente até a Cidade do México. Num instante ascendemos a uma altitude de 1.500 metros entre desfiladeiros nebulosos com vista para rios amarelos e fumegantes dois quilômetros lá embaixo. Era o grande rio Moctezuma. Os índios ao longo da estrada começaram a ficar extremamente estranhos. "Não está vendo, essa é uma *nação* em si mesma, essa gente são índios das montanhas afastados de tudo!" gritou Neal. Eram baixos e entroncados, e morenos, com os dentes estragados; carregavam fardos enormes às costas. Entre imensas ravinas cobertas de vegetação víamos terras cultivadas em encostas íngremes. "Os desgraçados andam nessas encostas para cima e para baixo trabalhando nas lavouras!" berrou Neal. Ele dirigia o carro a dez quilômetros por hora. "Uaauu, nunca pensei que isso existisse!" Lá em cima no pico mais alto, um pico tão alto quanto qualquer pico das Montanhas Rochosas, vimos uma plantação de bananas. Neal saiu do carro para apontar. Paramos numa saliência onde uma cabaninha com telhado de sapé se debruçava sobre o precipício do mundo. O sol projetava brumas douradas que obscureciam o Moctezuma agora a mais de dois quilômetros lá embaixo. No pátio em frente ao casebre, pois não havia fundos ali, apenas um abismo, uma indiazinha de três anos de idade estava parada com o dedo na boca observando-nos com imensos olhos castanhos. "Provavelmente ela nunca viu ninguém estacionar aqui em toda sua vida!" suspirou Neal. "A-lô menininha... como vai?... você gosta da gente?" A criancinha desviou o olhar timidamente e fez um beicinho. Começamos a falar e ela nos examinou de novo com o dedo da boca. "Poxa gostaria de ter alguma coisa para dar a ela! Pensem nisso de nascer e viver nessa saliência de rocha --- essa saliência representar tudo quanto você conhece da vida --- o pai dela provavelmente está dependurado na ravina por uma corda e colhendo abacaxis numa grota e cortando lenha num ângulo de oitenta graus com todo o abismo lá abaixo. Ela jamais jamais sairá daqui e nunca conhecerá nada do mundo exterior. É uma nação. Provavelmente eles têm um chefe. Quanto mais afastados da estrada, para lá daquele penhasco, quilômetros além, mais selvagens e estranhos devem ser porque a Rodovia Pan-Americana civiliza essa nação ao longo dessa estrada. Observem as gotas de suor na testa dela" Neal apontou "Não é um suor como o nosso, é oleoso e está SEMPRE ALI porque SEMPRE faz calor o ano inteiro e ela nada sabe sobre não suar, nasceu com suor e com suor morrerá." Naquela pequena testa o suor era viscoso, espesso, não corria, simplesmente permanecia ali e cintilava como um fino azeite de oliva. "O que isso deve provocar em suas almas? Como suas avaliações e anseios devem ser diferentes!" Neal dirigia boquiaberto, a vinte quilômetros por hora, ávido por avistar todo e qualquer ser humano na estrada. Continuamos subindo e subindo. A vegetação ficou mais profusa e densa. Uma mulher vendia abacaxis na frente de sua cabana na estrada. Paramos e compramos alguns por uma fração de centavo; ela cortou-os com uma machadinha. Eram deliciosos e suculentos. Neal deu um peso inteiro para a mulher o que deve ter sido sua renda de um mês. Ela não deu sinal de alegria mas apenas aceitou o dinheiro. Percebemos que não havia lojas para se comprar nada. "Diabos, gostaria de poder dar alguma coisa para alguém!" Enquanto subíamos o ar enfim ficou mais fresco e as meninas índias à beira da estrada usavam xales na cabeça e nos ombros. Acenavam desesperadamente para nós; paramos para ver o que era. Queriam nos vender pedacinhos de cristal de rocha. Seus olhões inocentes e castanhos olhavam dentro dos nossos com uma intensidade tão espiritual que não sentimos o menor desejo sexual por elas; além do mais eram muito jovens, algumas tinham apenas onze anos mas pareciam ter quase trinta. "Olhem esses olhos!" murmurou Neal. Eram como devem ter sido os olhos da Virgem Maria quando criança. Vimos neles o olhar terno e clemente de Jesus. E aqueles olhos miravam os nossos fixamente. Esfregávamos nossos irrequietos olhos azuis e olhávamos outra vez. Continuavam nos transpassando com aquele lampejo pesaroso e hipnótico. Quando falavam tornavam-se subitamente frenéticas e quase tolas. Em silêncio eram elas mesmas. "Só muito <u>recentemente</u> aprenderam a vender esses cristais, visto que a estrada tem uns dez anos --- – até então essa nação inteira deve ter sido <u>silenciosa</u>!" As meninas uivavam em volta de nossas portas. Uma criança particularmente veemente segurou o braço suado de Neal. Uivava na língua indígena. "Oh sim, oh sim minha querida" respondia Neal com ternura e certa tristeza e saiu do carro e foi revirar seu velho baú no porta-malas --- o mesmo velho e torturado baú americano --- e sacou um relógio de pulso. Mostrou-o para a criança. Ela choramingou de alegria. As outras se apinharam em volta atônitas. Então na mãozinha da menina Neal procurou "o menor e mais puro e mais singelo cristal que ela apanhou pessoalmente para nós nas montanhas". Encontrou um do tamanho de uma framboesa. E lhe estendeu o relógio de pulso balouçante. Suas bocas se arredondaram como bocas de crianças de um coral. A menininha felizarda apertou o relógio contra o xale esfarrapado. Elas afagaram Neal e agradeceram. Ele permaneceu parado entre elas com seu rosto maltrapilho voltado para o céu olhando para o próximo e mais alto e último desfiladeiro e parecia o Profeta que chegara para elas. Voltou para o carro. Elas odiaram nos ver partir. Por um longo tempo, enquanto subíamos um íngreme e estreito desfiladeiro, elas nos acenaram e correram atrás do carro como cachorros que seguem o carro da família desde a fazenda até ficarem exaustos de língua de fora na beira da estrada. Fizemos uma curva e jamais voltamos a vê-las, mas mesmo assim elas continuavam correndo atrás de nós. "Ah isso me parte o coração" choramingou Neal batendo no peito. "Durante quanto tempo elas seriam capazes de sustentar essa lealdade e esse espanto! O que vai acontecer com elas? Será que tentariam nos seguir até a Cidade do México se fôssemos devagar o suficiente?" "Sim" respondi, porque tinha certeza. Atingimos as vertiginosas alturas da Sierra Madre Oriental. As bananeiras reluziam douradas sob a névoa. Densos nevoeiros se esparramavam além das paredes rochosas ao lado dos precipícios. Lá embaixo o Moctezuma serpenteava como uma tênue linha dourada no tapete verde da selva. Vapores erguiam-se de lá e mesclavam-se ao ar no alto e grandes massas atmosféricas de céu branco eram impelidas entre os picos arbustivos como um firmamento branco. Estranhas cidades de beira de estrada no topo do mundo ficavam para trás, com índios envoltos em mantas observando-nos sob a aba de chapéus e rebozos. Todos eles estavam de mãos estendidas. Haviam descido de montanhas remotas e lugares ainda mais altos para estender as mãos para algo que pensavam que a civilização poderia lhes oferecer e jamais imaginaram a tristeza e a profunda desilusão disso. Não sabiam que havia surgido uma bomba capaz de destruir todas as nossas pontes e bancos reduzindo-os a escombros como entulho de avalanche, e que um dia nós seríamos tão pobres quanto eles estendendo as mãos da mesma-mesmíssima maneira. Nosso arruinado Ford, um velho e persistente Ford americano dos anos trinta, passava chacoalhando entre eles e sumia na poeira. Em Zimapan, ou Ixmiquilpan, ou Actopan, não sei qual, havíamos atingido as imediações do último platô. Agora o sol luzia dourado, o ar era azul e penetrante, e o deserto com seus rios ocasionais era uma imensidão arenosa e escaldante com sombras súbitas de árvores bíblicas. Os pastores apareceram. Agora Neal dormia e Frank dirigia. Cruzamos toda uma faixa de subida até o último platô onde os índios estavam vestidos como nos tempos ancestrais, em longas túnicas largas, as mulheres carregando feixes dourados de linho, os homens de cajado. Vimos grandes árvores no deserto tremeluzente, e debaixo dessas grandes árvores os pastores sentavam-se em grupo, e as ovelhas redemoinhavam ao sol levantando nuvens de poeira. Grandes pés de agave jorravam da estranha terra judaica. "Cara, cara" gritei para Neal "acorde para ver os pastores, acorde e veja com seus próprios olhos o mundo dourado de onde veio Jesus!" Mas ele estava inconsciente. Fiquei fora de mim quando de repente passamos por uma poeirenta aldeia arruinada de adobe onde centenas de pastores estavam reunidos à sombra de uma parede desgastada, as túnicas compridas arrastando no pó, os cães saltando, as crianças correndo, as mulheres de cabeça baixa fitando pesarosamente, os homens com longos cajados observando-nos passar com semblantes nobres e ar de superioridade, como se tivessem sido interrompidos em suas meditações em grupo sob o sol vívido pela súbita engenhoca tilintante vinda da América com três babacas dentro. Gritei para Neal olhar. Ele ergueu a cabeça do banco, viu tudo num relance sob o sol rubro do entardecer, e caiu dormindo de novo. Quando acordou descreveu a cena em detalhes e disse "Sim, cara, estou feliz por você ter me acordado. Oh Senhor, o que haverei de fazer? Para onde irei?" Alisou a barriga, olhou para o céu com os olhos vermelhos, quase chorou. Em Colonia atingimos o nível final do grande platô mexicano e zunimos direto em frente numa estrada para Zumpango e Cidade do México. Ali é claro que o ar era tremendamente fresco e seco e agradável. O fim da nossa jornada estava próximo. Dos dois lados da estrada se derramavam vastos campos; um vento nobre soprava entre árvores imensas e bosques ocasionais e sobre antigas missões que se tornavam salmão ao sol do poente. Nuvens enormes estavam próximas e róseas. "A Cidade do México ao lusco-fusco!" Conseguimos. Quando paramos para mijar desci e caminhei por um campo até as árvores frondosas e sentei na planície por um tempo para pensar. Frank e Neal estavam sentados no carro a gesticular. Pobres sujeitos, em minha companhia seus corpos haviam sido levados por um total de três mil quilômetros desde os quintais vespertinos de Denver até essa vasta região bíblica do mundo e agora estávamos quase chegando ao fim da estrada e embora eu não soubesse estava prestes a chegar ao fim de minha estrada com Neal. E minha estrada com Neal havia sido consideravelmente mais longa do que três mil quilômetros. "Vamos trocar nossas camisetas de insetos?" "Não, vamos entrar na cidade com elas, ora essa." E entramos na Cidade do México. Um pequeno desfiladeiro na montanha levou-nos de repente para uma elevação de onde vimos lá embaixo toda a Cidade do México esparramada em sua cratera vulcânica e vomitando poluição e suas primeiras luzes crepusculares. Zunimos estrada abaixo, via bulevar Insurgentes, direto até o coração da cidade na Reforma. Meninos jogavam futebol em enormes campos tristes levantando poeira. Motoristas de táxi nos abordavam e perguntavam se queríamos garotas. Não, não queríamos garotas agora. Grandes e desordenadas favelas de adobe se esparramavam pela planície; víamos figuras solitárias nos becos sombrios. Em breve a noite cairia. Então a cidade rugiu e de repente estávamos passando por cafés e teatros lotados e muitas luzes. Jornaleiros berravam para nós. Mecânicos descalços passavam desleixados com chaves inglesas e esfregões. Loucos motoristas índios de pés descalços nos davam fechadas e nos ultrapassavam e buzinavam deixando o trânsito frenético. O barulho era inacreditável. Os carros mexicanos não têm surdina. As buzinas soavam jubilosa e continuamente. "Uau" berrou Neal. "Cuidado!" Ele ziguezagueava com o carro no trânsito e brincava com todo mundo. Dirigia como um índio. Chegou à rótula do bulevar Reforma e a contornou com suas oito vias lançando carros sobre nós de todas as direções, esquerda, direita, reto em frente, e ele urrava e saltitava de contentamento. "Esse é o trânsito com o qual sempre sonhei! Todo mundo VAI!" Uma ambulância com a sirene ligada surgiu de repente. As ambulâncias americanas disparam e costuram trânsito afora com a sirene uivando; as grandes ambulâncias universais dos camponeses indígenas simplesmente avançam a cento e vinte por hora pelas ruas da cidade e todos têm que sair da frente, e elas não param por um instante

Apêndice

Howard Cunnell

As últimas linhas do manuscrito em rolo foram extraviadas. De acordo com uma nota escrita à mão no final do rolo, onde consta "CACHORRO COMEU [Potchky-a-dog]", Potchky, cão que pertencia a Lucien Carr, mastigou o final. Kerouac falou sobre o incidente para John Holmes, e anos mais tarde Carr confirmou a história. Depois do colapso de seu casamento com Joan Haverty, Kerouac ficou no apartamento de Carr na Rua 21 Oeste por um breve período no meio de junho de 1951, antes de viajar para se reunir à família na Carolina do Norte. As cartas de Kerouac para Neal Cassady em maio e junho e uma carta de 6 de julho para Kerouac de Rae Everitt, seu agente na época, revelam que Kerouac havia datilografado uma versão revisada do romance a ser enviada para a avaliação de Harcourt, Brace e outras editoras antes de ele deixar Nova York; portanto, Kerouac pode ter deixado o rolo no apartamento de Carr antes de rumar para o sul.

Trabalhando a partir dos rascunhos de Kerouac pós-abril de 1951, eis aqui como poderia ter ficado o final.

Brixton, Londres, 2007

Uma ambulância com a sirene ligada surgiu de repente. As ambulâncias americanas disparam e costuram trânsito afora com a sirene uivando; as grandes ambulâncias universais dos camponeses indígenas simplesmente avançam a cento e vinte por hora pelas ruas da cidade e todos têm que sair da frente, e elas não param por um instante nem em hipótese alguma e passam voando direto por lá. Nós a vimos sumir de vista se sacudindo. Os motoristas eram índios. As pessoas, até velhas senhoras corriam atrás de ônibus que nunca paravam. Jovens comerciantes da Cidade do México faziam apostas e corriam em bandos atrás dos ônibus e saltavam neles por um triz. Os motoristas dos ônibus andavam descalços e de camiseta e sentavam-se num assento baixo e dirigiam quase agachados curvados sobre o volante enorme e baixo. Imagens de santos reluziam acima deles. As luzes dentro dos ônibus eram fracas e esverdeadas e rostos morenos enfileiravam-se em bancos de madeira. No centro da Cidade do México milhares de hipsters com chapéus de palha de aba caída e casacos de lapela larga sobre o peito nu percorriam a artéria principal, alguns vendiam crucifixos e maconha pelos becos, outros se ajoelhavam em capelas decrépitas ao lado de galpões de espetáculos de variedades mexicanos. Alguns becos eram de cascalho, com esgoto a céu aberto, portinhas davam para bares do tamanho de guarda-roupas embutidos nas paredes de adobe. Você tinha de saltar a vala para pedir seu drinque. Você saía do bar com as costas na parede e avançava de lado até a rua. Serviam café misturado com rum e noz-moscada. O mambo ressoava vindo de todos os lados. Centenas de prostitutas enfileiravam-se ao longo das ruas escuras e estreitas e seus olhos tristes cintilavam para nós à noite. Perambulamos num sonho febril. Comemos bifes esplêndidos por 48 centavos numa estranha lanchonete mexicana de azulejos com tocadores de marimba e violeiros ambulantes. Nada parava; as ruas fervilhavam a noite inteira. Mendigos dormiam enrolados em cartazes de publicidade. Famílias inteiras sentavam-se no meio-fio tocando pequenas flautas e rindo noite afora. Seus pés descalços ficavam à mostra. Nas esquinas velhas cortavam nacos de cabeça de vaca cozida e serviam em jornal. Essa era a grande e derradeira cidade que sabíamos que iríamos encontrar no fim da estrada. Neal a percorreu de braços caídos como um zumbi, boquiaberto, olhos reluzentes, e conduziu uma sagrada excursão maltrapilha que se prolongou até o amanhecer em um campo com um menino de chapéu de palha que ria e tagarelava conosco e queria jogar bola, já que nunca nada acabava. Também tentamos encontrar Bill Burroughs, e ficamos sabendo que ele acabara de partir com a família para a América do Sul, de modo que Bill havia enfim sumido de nossas vistas e desaparecido. Então tive febre e delirei e fiquei inconsciente. Do turbilhão negro de minha mente olhei para fora e percebi que estava de cama três mil metros acima do nível do mar, no topo do mundo, e soube que tinha vivido toda uma vida e muitas outras na pobre casca atomística da minha carne, e tive todos os sonhos. E vi Neal inclinado sobre a mesa da cozinha. Isso foi muitas noites depois e ele estava deixando a Cidade do México. "O que você está fazendo homem?" gemi. "Pobre Jack, pobre Jack você está doente. Frank vai tomar conta de você. Agora escute se sua doença permitir --- consegui me divorciar de Carolyn aqui e estou voltando para Diane em NY se o carro aguentar." "Tudo de novo?" choraminguei. "Tudo de novo, meu camarada. Tenho que retomar minha vida. Gostaria de poder ficar com você. Reze para que eu consiga voltar." Agarrei minha barriga em cólica e gemi. Quando olhei novamente Neal olhava para mim parado ao lado de seu velho e alquebrado baú. Eu já não sabia mais quem ele era, e ele sabia disso, e se compadeceu, e puxou o cobertor sobre meus ombros. "Sim, sim, sim, tenho que me mandar agora." E ele se foi. Doze horas mais tarde na tristeza de minha febre finalmente compreendi que ele havia partido. A essa altura ele estava dirigindo sozinho de volta por aquelas montanhas de bananeiras, dessa vez à noite, noite negra, noite secreta, noite sagrada. PARTE CINCO:- Uma semana depois começou a Guerra da Coreia. Neal partiu da Cidade do México e viu Gregor em Victoria de novo e empurrou aquele carro velho até Lake Charles La. antes que a parte traseira realmente caísse na estrada como ele sempre soube que cairia e então telegrafou para Diane e pediu $32 para uma passagem aérea e voou o resto do trajeto. Chegando em NY com os papéis do divórcio em mãos ele e Diane foram imediatamente para Newark e se casaram; e naquela noite, dizendo a ela que estava tudo bem e que não se preocupasse, e aplicando lógica onde não havia nada além de inestimáveis suores pesarosos, saltou num ônibus e voltou a cruzar mais uma vez o pavoroso continente até San Francisco para reencontrar Carolyn e as duas filhinhas. Portanto agora casara três vezes, se divorciara duas, e vivia com sua segunda esposa. No Outono eu próprio parti da Cidade do México de volta para casa e certa noite exatamente na fronteira de Laredo em Dilley, Texas, eu estava naquela estrada tórrida sob a lâmpada de um poste contra a qual se esborrachavam mariposas quando ouvi o som de passos vindos das trevas ao meu redor e eis que um velho alto com cabelos brancos esvoaçantes se aproxima com uma mochila nas costas, e ao me ver enquanto passava, disse "Lamente-se pelo homem" retornando com passos pesados para a escuridão. Será que aquilo significava que eu deveria completar a pé minha peregrinação pelas sombrias estradas da América? Empenhei-me e me apressei para chegar a NY, e certa noite lá estava eu numa rua escura de Manhattan gritando para a janela de um apartamento onde achava que meus amigos estavam dando uma festa. Mas uma linda garota pôs a cabeça na janela e perguntou "Sim? Quem é?" "Jack Kerouac" disse eu, e ouvi meu nome ressoar na rua melancólica e vazia. "Sobe" gritou ela "estou fazendo um chocolate quente." Então subi e lá estava ela, a garota com o adorável olhar inocente e puro que eu tanto havia procurado por tanto tempo. Naquela noite eu a pedi em casamento e ela aceitou e concordou. Cinco dias depois estávamos casados. Então planejamos migrar para San Francisco no inverno levando toda nossa mobília maltratada e nossos desgastados pertences em um caminhão velho. Escrevi a Neal e contei o que eu tinha feito. Ele respondeu com uma carta imensa de 18.000 palavras e disse que estava vindo me pegar e escolher pessoalmente o caminhão velho e dirigi-lo para nos levar para casa. Tínhamos seis semanas para juntar dinheiro para o caminhão de modo que começamos a trabalhar economizando cada centavo. Mas então Neal chegou de repente, cinco semanas e meia adiantado, e ninguém tinha grana nenhuma para realizar o plano. Eu estava dando uma caminhada e voltei para contar à minha esposa o que tinha pensado durante o passeio. Ela estava parada na sala escura com um sorriso esquisito. Falei várias coisas para ela quando de repente senti a quietude na sala e olhei em volta e vi um livro gasto em cima do aparelho de televisão. Sabia que era o livro de Neal. Como num sonho vi ele vindo da cozinha escura na ponta dos pés só de meias. Ele não conseguia mais falar. Saltitava e ria, gaguejava e agitava as mãos e dizia "Ah --- ah --- escuta só". Escutamos. Mas ele esqueceu o que queria dizer. "Escutem bem --- aham.... olhe caro Jack... querida Joan... eu vim... eu fui... espera aí... Ah sim." E olhou com pesar vacilante para as próprias mãos. "Não posso mais falar... vocês compreendem que é... ou deveria ser... mas ouçam!" Todos ouvíamos. Ele estava escutando os sons da noite. "Sim!" sussurrou espantado. "Mas vejam... não há motivo para falar mais... e além disso." "Mas por que você veio com tanta antecedência Neal?" "Ah", disse ele olhando para mim pela primeira vez "com tanta antecedência, sim. Nós... nós saberemos... quer dizer não sei. Vim com meus passes ferroviários... vagões dos funcionários... passe de guarda-freios... toquei flauta e ocarina de madeira a viagem inteira." Pegou sua nova flauta de madeira. Tocou algumas notas que soaram como guinchos saltitando pra cima e pra baixo só de meias. "Tá vendo?" disse. "Mas é claro Jack que em breve poderei falar tanto quanto sempre e na verdade tenho muitas coisas para lhe dizer e andei lendo e lendo o trajeto inteiro através do país e sacando montes de coisas que nunca terei TEMPO para lhe contar e AINDA nem falamos do México e da nossa febril separação lá... mas não é necessário falar. Absolutamente, agora, sim?" "Certo não falaremos." E ele começou a contar a história do que fizera em L.A. depois da volta com todos os detalhes possíveis, como visitara uma família, jantara, as conversas com o pai, os filhos, as irmãs (eram primas) ---

como eles eram, o que comeram, a mobília, suas ideias, seus interesses, o fundo de suas almas, e tendo concluído isso completou "Ah, mas veja o que eu REALMENTE queria contar... muito depois... Arkansas, cruzando de trem... tocando flauta... jogando cartas com os rapazes, meu baralho pornográfico... ganhei dinheiro, ocarina de madeira... Longa longa e horrorosa viagem de cinco dias e cinco noites só para te VER Jack." "E Carolyn?" "Me deu permissão é claro... esperando por mim... Carolyn e eu nos acertamos de vez e de uma vez por todas..." "E Diane?" "Eu... eu... eu quero que ela volte comigo para Frisco e que more do outro lado da cidade... não acha? Não sabe por que vim." Mais tarde num súbito momento de profundo assombro ele comentou "Bem e sim, claro, queria ver sua querida esposa e você... fui e fiz, meu velho... feliz por vocês... amo você como sempre." Ele ficou três dias em NY e começou a se preparar apressadamente para voltar de trem com os passes ferroviários e recruzar outra vez o sofrido continente, cinco dias e cinco noites em vagões poeirentos de segunda classe e bancos duros do vagão dos funcionários e ele ainda não sabia por que tinha vindo, e claro que não tínhamos dinheiro algum para o caminhão e não poderíamos voltar com ele de modo algum naquele momento. Ele simplesmente não tinha ideia de por que tinha vindo, além do fato de que queria ver a mim e minha querida esposa, e concordamos que ela era querida. Passou uma noite brigando com Diane grávida e ela o enxotou. Chegou uma carta para ele aos meus cuidados e eu a abri deliberadamente para ver do que se tratava. Era de Carolyn. "Meu coração se partiu quando vi você nos trilhos com sua sacola. Rezo e rezo para que você retorne são e salvo... Quero que Jack e sua nova esposa venham morar na mesma rua... Sei que você vai conseguir mas não consigo deixar de me preocupar ---agora que decidimos tudo... Neal querido, estamos no fim da primeira metade do século. Seja bem-vindo com amor e beijos para passar a metade restante conosco. Todas nós esperamos por você. (assinado) Carolyn, Cathy e Little Jami." Portanto a vida de Neal estava arrumada com Carolyn sua mulher mais constante, mais amarga e a que melhor o conhecia e dei graças a Deus por ele. A última vez que o vi foi em circunstâncias estranhas e tristes. Depois de ter dado várias voltas ao mundo de navio Henri Cru retornou a Nova York. Eu quis que ele encontrasse e conhecesse Neal. Eles se encontraram mas Neal já não conseguia falar e não disse nada e Henri lhe deu as costas. Henri havia conseguido entradas para o concerto de Duke Ellington no Metropolitan Opera e insistiu para que Joan e eu fôssemos com ele e a namorada. Henri estava gordo e melancólico mas ainda era um cavalheiro ansioso e formal e queria fazer as coisas do jeito certo conforme enfatizava. Assim conseguiu que seu bookmaker nos levasse de Cadillac para o concerto. Era uma gélida noite de inverno. O Cadillac estava estacionado e pronto para partir. Neal permanecia do lado de fora com sua sacola pronto para ir para a Penn Station e cruzar a nação. "Adeus Neal" disse eu. "Realmente gostaria de não precisar ir ao concerto." "Será que posso ir de carona até a R. 40 com vocês?" sussurrou. "Quero ficar com você o máximo possível meu garoto e além do mais é frio pra cacete aqui em Nova York..." Cochichei com Henri. Não, não dava, ele gostava de mim mas não gostava dos meus amigos. Eu não iria começar tudo de novo destruindo suas noitadas bem planejadas como fizera no Alfred's em San Francisco com Allan Temko em 1947. "Absolutamente fora de questão Jack!" Pobre Henri, mandara confeccionar uma gravata especial para aquela noite; nela estavam impressas reproduções dos tíquetes para o concerto, e os nomes Jack e Joan e Henri e Vicki, a garota, junto com várias piadas fracas e alguns de seus ditados favoritos como 'Não se pode ensinar novas melodias para um velho maestro'. Portanto Neal não poderia ir de carona até a cidade conosco e a única coisa que pude fazer foi sentar no banco de trás do Cadillac e acenar para ele. O bookmaker no volante também não queria nada com Neal. Neal, esfarrapado num sobretudo comido por traças que havia comprado especialmente para as gélidas temperaturas do Leste afastou-se a pé sozinho e a última visão que tive dele foi quando dobrou a esquina da 7ª Av., os olhos voltados para a rua em frente, e dobrou outra vez. Minha pobre esposa Joan para quem eu havia contado tudo a respeito de Neal quase começou a chorar.

"Oh não deveríamos deixá-lo partir dessa maneira. Que faremos?" O velho Neal se foi pensei, e disse em voz alta "Ele vai ficar bem". E lá fomos nós para o triste e desanimado concerto para o qual eu não tinha estômago e o tempo inteiro fiquei pensando em Neal e em como ele voltaria a pegar aquele trem e rodaria 5.000 quilômetros sobre aquela terra medonha sem jamais saber o motivo pelo qual viera, exceto para ver a mim e minha querida esposa. E ele se foi. Se eu não fosse casado teria ido com ele outra vez. Assim na América quando o sol se põe e eu sento no velho e arruinado cais do rio olhando os longos, longos céus acima de Nova Jersey e sinto toda aquela terra rude se derramando numa única inacreditável e elevada vastidão até a Costa Oeste, toda aquela estrada seguindo em frente, todas as pessoas sonhando nessa imensidão, e no Iowa eu sei que agora a estrela do entardecer deve estar morrendo e irradiando sua pálida cintilância sobre a pradaria antes da chegada da noite completa que abençoa a terra, escurece todos os rios, recobre os picos no oeste e oculta a derradeira e última praia e ninguém, simplesmente ninguém sabe o que vai acontecer a qualquer pessoa além dos desamparados andrajos da velhice, eu penso em Neal Cassady, penso até no Velho Neal Cassady o pai que jamais encontramos, eu penso em Neal Cassady, eu penso em Neal Cassady.

Livros de Kerouac publicados pela **L&PM** EDITORES:

Anjos da desolação
Big Sur
Cidade pequena, cidade grande
Despertar: uma vida de Buda
Diários de Jack Kerouac: 1947-1954
Geração beat
Jack Kerouac e Allen Ginsberg: as cartas
Kerouac: 3 em 1 (Os vagabundos iluminados, On the Road – Pé na estrada, Os subterrâneos)
Livro de haicais
O livro dos sonhos
Maggie Cassidy
O mar é meu irmão
On the Road – o manuscrito original
On the Road – Pé na estrada
Pic
Satori em Paris
Os subterrâneos
Tristessa
Os vagabundos iluminados
Viajante solitário
A vida assombrada
Visões de Cody
Visões de Gerard

Leia também na Coleção **L&PM** POCKET:
Kerouac – Yves Buin (Série Biografias)
Geração Beat – Claudio Willer (Série **Encyclopaedia**)

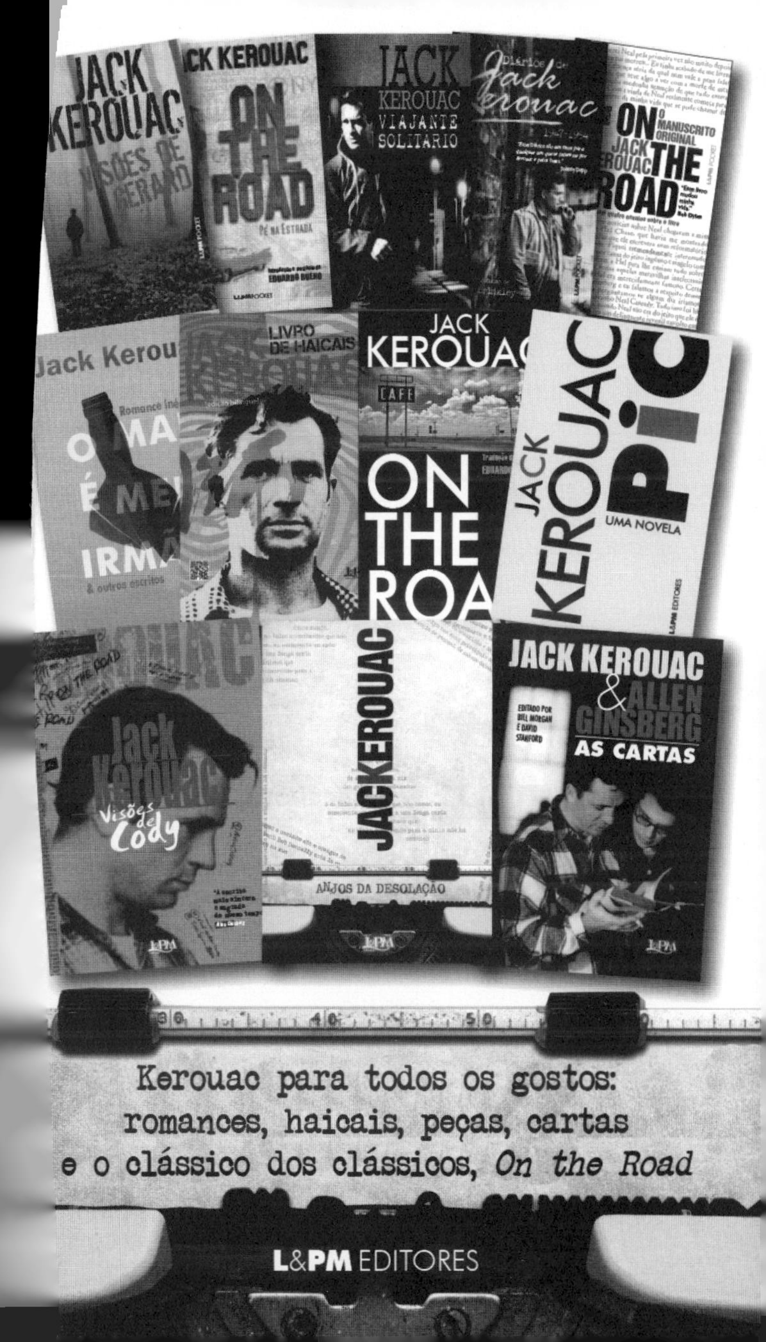
Kerouac para todos os gostos:
romances, haicais, peças, cartas
e o clássico dos clássicos, *On the Road*
L&PM EDITORES

IMPRESSÃO:
PALLOTTI
GRÁFICA
Santa Maria - RS | Fone: (55) 3220.4500
www.graficapallotti.com.br